Zu diesem Buch

Bisher hat Kendra Logan kaum mehr als das eintönige Dasein in Internaten kennengelernt. Mutig und entschlossen nimmt sie nun ihr Leben selbst in die Hand. An einem Herbsttag des Jahres 1847 geht die Neunzehnjährige an Bord des stolzen Seglers «Cynthia», der sie rund um Kap Hoorn nach Kalifornien bringen soll. Dort dient ihr Stiefvater als Offizier der nordamerikanischen Armee. Als sie in San Francisco eintrifft, das nicht mehr als neunhundert Seelen zählt, dessen Straßen bei Regen im Schlamm versinken, erfährt sie sehr rasch, warum Kalifornien über Nacht zu einem Mekka geworden ist für Glücksucher und Abenteurer, Defraudanten und Verzweifelte, Händler und Schurken: In den Bergen, Flüssen und Felsen liegt das Gold zuhauf – man braucht nur zuzugreifen. Kendra gerät in den großen Taumel, der alles und jeden erfaßt. Der Goldrausch beherrscht San Francisco. In ein paar Stunden werden Vermögen gemacht, und in ein paar Stunden werden sie auch schon wieder vertan – meist im Calico Palace, einem Spielsalon, der aus dem Boden gestampft wurde. Es kommt zu Mord und Totschlag, Feuersbrünste durchrasen die Stadt. Kendra erlebt in wenigen Monaten mehr als andere Frauen in ihrem ganzen Leben. Sie verliebt sich und heiratet, sieht aber bald ein, daß ihr Mann nicht der Richtige ist. Aber auch als sie ihre ganze Habe verliert, gibt sie die Hoffnung auf eine bessere Zukunft nicht auf. In einem Hexenkessel der Leidenschaften und Gefahren bleibt Kendra sich selber treu.

«Die amerikanische Schriftstellerin hat ihrem Klassiker ‹Kalifornische Sinfonie› abermals ein fesselndes Werk folgen lassen. Wieder hat es Gwen Bristow hervorragend verstanden, den Leser mit packenden Schicksals- und Milieuschilderungen pausenlos zu fesseln. Ihre überzeugende Darstellungskraft verspricht auch diesem Roman den Ruhm eines Bestsellers» («Darmstädter Tagblatt»). – «Gwen Bristow kann ausgezeichnet Menschenporträts zeichnen, und für Spannung sorgt ganz allein das Sujet. Ein Unterhaltungsroman, der nicht enttäuscht» («Kölnische Rundschau»).

Gwen Bristow wurde am 16. September 1903 als Tochter eines Pastors in Marion, South Carolina, geboren. Schon als junges Mädchen begann sie zu schreiben. Sie besuchte die Pulitzer School für Journalismus an der Columbia University und arbeitete als Reporterin einer Zeitung in New Orleans. Dort heiratete sie ihren Kollegen Bruce Manning. Ein Nachbar, der ständig sein Radio laut spielen ließ, inspirierte das Ehepaar zu einem gemeinsamen diabolischen Roman, «The Invisible Host» («Der unsichtbare Gast»), der später auch verfilmt wurde. Später schrieb Gwen Bristow ihre berühmt gewordene Louisiana-Trilogie «Tiefer Süden» (rororo Nr. 804), «Die noble Straße» (rororo Nr. 912) und «Am Ufer des Ruhmes» (rororo Nr. 1129). Weitere Romane von Gwen Bristow sind «Morgen ist die Ewigkeit» (rororo Nr. 1685), «Kalifornische Sinfonie» (rororo Nr. 1718) und «Celia Garth» (rororo Nr. 1798). Auch diese Romane sind nahezu in allen Weltsprachen erschienen und erreichten, jeder für sich, Millionenauflagen.

Gwen Bristow

Alles Gold der Erde

Roman

Rowohlt

Die Originalausgabe erschien bei Thomas Y. Crowell Company,
New York,
unter dem Titel «Calico Palace»
Aus dem Amerikanischen übertragen von Claus Velmeden
Umschlagentwurf Eva Kausche-Kongsbak

*Namen, Charaktere und Handlungen in diesem Roman
sind frei erfunden –
ausgenommen historische Persönlichkeiten*

1.– 40. Tausend	August 1973
41.– 65. Tausend	Dezember 1973
66.– 85. Tausend	Februar 1975
86.–100. Tausend	Februar 1976
101.–115. Tausend	Februar 1977
116.–128. Tausend	Mai 1978

Ungekürzte Ausgabe
Veröffentlicht im Rowohlt Taschenbuch Verlag GmbH,
Reinbek bei Hamburg, August 1973,
als Lizenzausgabe mit Genehmigung des Schneekluth Verlages

Satz Aldus (Linofilm-Super-Quick)
Gesamtherstellung Clausen & Bosse, Leck/Schleswig
Printed in Germany
680-ISBN 3 499 11590 5

1

Die *Cynthia* fuhr nach Kalifornien. Sie war ein schönes Schiff. In den Großsegeln sang der Wind, und die Galionsfigur – eine weiße Göttin – war mit einem Halbmond verziert. Das Schiff hatte New York im Oktober 1847 verlassen. Seit zwei Monaten segelte es auf Südkurs und näherte sich nun Kap Hoorn.

Kendra Logan stand auf dem Achterdeck und betrachtete das graue Meer ringsum. Kendra war neunzehn. Sie hatte eine schlanke und feste Figur. Ihr Gesicht war nicht gerade strahlend schön, doch war es immerhin ein Gesicht, das sich die Leute zweimal ansahen. Ihre Nase war wohlgeformt, ihr Kinn eigenwillig und ihr Mund heiter. Ihre tiefblauen Augen wurden von schwarzen Wimpern umschattet. Ihr dunkler Haaransatz wuchs spitz wie ein Pfeil aus ihrer Stirn. Wenn es ihnen gelang, hauchten die Männer gern einen schnellen Kuß auf diese Strähne – ein Küßchen in Ehren natürlich, so wie man seine ehemalige Lehrerin küßt oder seine Tante. Das behaupteten sie wenigstens.

Kleid, Mantel, Schal – alles war so blau wie ihre Augen, und alles flatterte im Wind. Als eine besonders heftige Bö sie traf, wandte sich Kendra von der Reling ab und blickte zu den Männern hinauf, die sich an den Segeln zu schaffen machten. Ihre Gestalten zeichneten sich hoch am Himmel ab.

Diese Männer hatten noch nie mit ihr geplaudert, und sie würden dies auch künftig nicht tun. In den Kabinen und auf dem Achterdeck hatten die Seeleute nichts zu suchen. Die Passagiere wiederum hatten woanders nichts zu suchen. Die Arbeit der Matrosen war so hart, daß sie kaum noch die Energie zu sehnsüchtigen Träumen aufbrachten. Als Kendra jedoch zu ihnen aufschaute, wobei der feuchte Nebel sich wie Perlchen in ihren Wimpern einnistete, hielt ein Seemann droben in der Takelage inne und starrte verlangend auf sie herab. Es war ein großer Bursche mit einem rostfarbenen Bart. Er fing ihren Blick auf und grinste sie an. Seine unverfrorene Haltung schien zu sagen: Mädel, du kannst mir schließlich keinen Vorwurf daraus machen, daß ich dich anglotze.

Kendra wußte, daß sie dieses Lächeln nicht zu beantworten brauchte; sie tat es aber doch. Als das Grinsen des Mannes immer unverschämter wurde, schlug sie allerdings ihre Augen nieder und kehrte sich wieder der See zu. Während der acht Wochen, die sie jetzt an Bord waren, hatte ihre Mutter sie oft genug gewarnt: Sie solle so tun, als wären die Matrosen gar nicht da. Kendra vermutete, daß diese Warnung berechtigt sei; dennoch wünschte sie, es wäre anders. Es müßte eigentlich ganz spaßig sein, den

Mann da oben kennenzulernen. Sie fragte sich, wie ihm wohl auf diesem kalten grauen Meer zumute sein mochte, auf dieser Fahrt nach einem trostlosen Land am Ende der Welt.

Aber er war ja aus freien Stücken auf diesem Schiff, was sich von ihr nicht behaupten ließ. Die Vereinigten Staaten führten Krieg mit Mexiko, und ihr Stiefvater, der Oberst Alexander Taine, war in eine Stadt namens San Francisco versetzt worden. Er hatte die Fahrt auf einem Truppentransporter gemacht, wo es keinen Platz für Frauen gab. Deshalb folgten ihm nun Kendra und ihre Mutter auf der *Cynthia,* die – obgleich ein Handelsschiff – einige Passagiere mitnahm. Kendras leiblicher Vater war jung gestorben, und sie war in Internatsschulen aufgewachsen. Jetzt aber war die Schulzeit zu Ende, und zum erstenmal würde sie mit ihrer Mutter und ihrem Stiefvater zusammen wohnen, und zwar auf vorgeschobenem Posten bei der Armee.

Diese Aussicht gefiel ihr ganz und gar nicht. Trotz aller schönen Worte, mit denen man ihr die Reise schmackhaft gemacht hatte, wußte sie sehr gut, daß sie nicht allzugern gesehen wurde. Die beiden hatten viele Jahre ohne sie gelebt, und sie nahmen sich ihrer jetzt nur deshalb an, weil sie nicht länger in der Schule versteckt werden konnte und weil es sonst niemanden gab, der sie hätte haben wollen. Kendra war jung und unerfahren, aber sie war durchaus nicht dumm. Schon seit langem war sie entschlossen, sich keine Sorgen um sich selber zu machen. Sie kam jedoch nicht gegen den Wunsch an, einen Menschen zu kennen, der sich darum kümmerte, was aus ihr wurde.

Während sie nun hier im Sturm stand, der sie nach Kalifornien hinaufjagen würde, fragte sich Kendra, wie das Leben dort wohl sein werde. Sie konnte sich keinerlei Vorstellungen machen. Mit ihrer Mutter war sie niemals lange beisammen gewesen, und den Oberst Taine kannte sie so gut wie überhaupt nicht. Und was nun dieses Kalifornien anlangte, so wußte niemand etwas darüber. Die Hälfte der Kongreßmitglieder hatte bereits erklärt, es lohne sich nicht, dieses Land zu erwerben, und die Entsendung einer Armee bedeute nur, daß das Geld der Steuerzahler zum Fenster hinausgeworfen werde.

Kendra lauschte dem Klatschen des Wassers und dem Knirschen der Taue, und sie dachte an die Galionsfigur des Schiffes, an die Göttin mit dem Halbmond. Von hier aus vermochte Kendra sie nicht zu sehen; sicher war ihr gleißendes Weiß jetzt so grau wie die Wolken. Nahe Kap Hoorn war es stürmisch und düster. Des Nachts schwankten geisterhafte Lichter durch die Finsternis. Loren Shields, der fröhliche junge Frachtaufseher der *Cynthia,* hatte ihr erzählt, die Seeleute glaubten, diese Lichter seien wandernde Seelen. Nein, Loren selber wußte nicht, woher sie kamen; er glaubte nicht, daß jemand ihren Ursprung kannte, aber er war überzeugt, daß es sich nicht um Gespenster handelte.

Eine Luke wurde zugeschlagen, und Kendra sah Loren Shields auf Deck erscheinen. Er war in seinen dicken Mantel eingemummelt, seine Wangen waren gerötet, und sein helles Haar wehte im Wind. Er winkte Kendra und kam auf sie zu. Wenngleich er immerhin bereits sechsundzwanzig Jahre zählte, war er doch der Typ, den Kendra als «netten Jungen» bezeichnete. Er war kein aufregender junger Mann, aber sie konnte ihn gut leiden. Es war freilich fast unmöglich, ihn nicht gern zu haben, weil er einfach so nett war, so höflich, so freundlich, so gefällig. Er lieh ihr Bücher und weihte sie in die Meereskunde ein; auch hatte er oft Zeit für ein Spielchen. Es hatte Kendra überrascht, daß er dazu Muße fand, aber Loren hatte ihr erklärt, «Frachtaufseher» bedeute genau, was das Wort sage: Er hatte sich um die Fracht zu kümmern, deshalb habe er in den Häfen viel, auf See dagegen häufig nichts zu tun.

Als er die Reling erreichte, schlingerte das Schiff, und beide wurden von einem Brecher übergossen. Loren hielt sich mit einer Hand an der Reling, während er mit der andern Kendras Arm umfaßte. Sobald sie wieder fest auf den Beinen stand, lockerte er seinen Griff und deutete aufs Meer. In der Ferne, halb vom Nebel verhüllt, war ein riesiger gezackter Felsen zu erkennen, der sich aus dem Wasser hob.

Loren brachte seinen Mund nahe an das blaue Halstuch, das sich Kendra um den Kopf gewickelt hatte, und schrie im Toben des Sturms:

«Das ist Kap Hoorn!»

Kendra war kein furchtsames Mädchen, doch jetzt erschauerte sie. Kap Hoorn ragte etwa vierhundertfünfzig Meter hoch aus dem Meer. Sie wußte, dieser südlichste Zipfel von Südamerika trennte den Atlantischen vom Pazifischen Ozean. Unentwegt wüteten hier die Stürme. Fast immer fegten sie von West nach Ost den Schiffen entgegen, die sich die Passage erzwingen mußten. Und dies stand nun der *Cynthia* bevor. Als jedoch Loren das Zittern Kendras bemerkte, lächelte er sie beruhigend an.

«Kein Grund zur Angst!»

Kendra erinnerte sich, daß Loren Kap Hoorn schon einmal umfahren hatte.

Jetzt sprach er weiter:

«Es ist kalt hier oben. Gehen wir hinunter ins Warme.»

Einmal, als die *Cynthia* schlingerte und Kendra beinahe hingestürzt wäre, packte Loren sie beim Ellbogen, ließ sie jedoch – wie schon auf Deck – gleich wieder los. Loren behandelte eine Frau mit Respekt; er hatte nichts Dreistes an sich wie dieser Seemann, der sie aus der Takelage angefeixt hatte. Aber sie meinte immer noch, es müsse ganz lustig sein, mit dem Mann zu plaudern.

Als sie den Sturm hinter sich hatten und wieder ruhig sprechen konnten, sagte Loren, um sie zu ermutigen:

«Wir werden nicht in Schwierigkeiten geraten, Kendra. Ein besseres Schiff als die *Cynthia* gibt es gar nicht, und Captain Pollock ist der beste

Nautiker, der je gelebt hat.»

Was für ein netter Junge, dachte Kendra zum hundertstenmal. Loren fuhr fort:

«Außerdem ist da noch ein anderer Grund . . . ich meine . . . na ja, es wird schon klappen.»

Großer Gott, er wurde ja rot, stellte Kendra fest, oder kam diese Verfärbung von dem Sturm? Doch statt auszusprechen, was er hatte sagen wollen, drängte er sie in die Kabine. Dort fanden sie Kendras Mutter, Eva Taine, und die beiden andern Passagiere, Bess und Bunker Anderson. Die Andersons waren in mittleren Jahren und lebten in Honolulu, wo er die Filiale einer New Yorker Handelsgesellschaft leitete. Die drei hatten Karten gespielt, doch damit aufgehört, als die See immer rauher geworden war. Eva nähte; sie begrüßte Kendra mit einem hellen Lächeln. Das tat sie übrigens immer. Kendra lächelte zurück. Das tat sie übrigens immer. Kendra und ihre Mutter waren nie ungezwungen miteinander ausgekommen, aber sie taten wenigstens so.

Eva war fünfunddreißig. Sie hatte keine Ähnlichkeit mit ihrer Tochter; Kendra sah wie ihr Vater aus, an den sie sich nicht erinnern konnte. Eva war in der Tat eine schöne Frau. Mit ihren großen dunklen Augen und ihrem stets glatten und glänzenden braunen Haar strahlte sie eine anmutige Gelassenheit aus. Es überraschte niemanden, daß sie die Frau eines Oberst war. Als Loren berichtete, Kap Hoorn sei in Sichtweite, legte Eva ihre Arbeit zur Seite und erklärte, sie wolle sich diesen berühmten Felsen einmal ansehen. Bess und Bunker Anderson erboten sich, sie zu begleiten. Loren sagte, er habe einige Berichte zu prüfen, und ging in sein Quartier. Kendra legte Mantel und Schal ab und setzte sich.

Die gemütliche Kabine der *Cynthia* war mit Hartholz getäfelt; durch das Oberlicht fiel tagsüber Licht ein; abends steckten sie eine Lampe mit Walfischtran an. Der Steward servierte die Mahlzeiten unter diesem Oberlicht, wo Captain Pollock am Kopfende der Tafel saß und die Offiziere und Passagiere die Längsseiten einnahmen. Ihre Stühle waren festgeschraubt, damit sie bei stürmischem Wetter nicht den Halt verloren. In Erzählungen über das Meer hatte Kendra gelesen, daß man auf langen Reisen bloß Salzfleisch und Schiffszwieback bekomme, und sie war erstaunt gewesen, daß die Speisen an Bord so gut waren. Natürlich erhielten sie Salzfleisch, aber zur Abwechslung auch Frischfleisch, denn sie hatten lebende Schweine und Geflügel in Verschlägen auf dem Vorschiff. Außerdem gab es Käse, Wurst, geräucherten Fisch, Kartoffeln, Zwiebeln, Erbsensuppe, Kohl und Trockenfrüchte. Bei besonderen Anlässen brachte Captain Pollock sogar eine Karaffe Wein, obwohl er selbst nie einen Tropfen trank.

Kendra interessierte sich für das Essen. Sie kochte nämlich gern. Oft probierte sie neue Rezepte aus und erfand auch welche. Aus Resten, die keiner mehr haben mochte, bereitete sie schmackhafte Gerichte. Wenn sie die Ferien im Haus ihrer Großmutter verbracht hatte, war sie immer in die

Küche gegangen, sobald es ihr zu langweilig geworden war.

Doch hier auf der *Cynthia* konnte sie natürlich nicht kochen. Und nähen wollte sie nicht. Kendra haßte es geradezu, mit Nadeln zu hantieren, und sie war eine resolute junge Person. Entweder machte sie etwas richtig, oder sie machte es gar nicht. Für Halbheiten war sie nicht zu haben.

Ihre Mutter konnte ebenso gut nähen wie stricken und sticken, und sie hatte schon viele Handarbeiten gemacht, seit sie in New York ausgelaufen waren. Auf dem Tisch lag ihr derzeitiges Stück: eine Handtasche aus braunem Leinen, die sie mit ihren Initialen bestickt hatte, und zwar in einem Muster von Herbstblumen. Eva vergeudete nie ihre Zeit. Sie hat immer recht, dachte Kendra rebellisch. In ihrem ganzen Leben hatte sie nur einmal Unsinn gemacht, und dieser Unsinn war ihre Heirat mit Kendras Vater gewesen.

Es war ihr mit fünfzehn Jahren passiert. Eva lebte in Baltimore. Sie war das jüngste Kind der Familie und das einzige Mädchen, hübsch, verhätschelt und gewöhnt, seinen Willen durchzusetzen. Eines Morgens ritt sie mit einem achtzehnjährigen Jungen namens Baird Logan durch die Gegend. Eva und Baird bildeten sich ein, sie liebten einander, und beschlossen im Handumdrehen, durchzubrennen und zu heiraten – was für ein verteufelt romantisches Abenteuer mußte das doch sein! Also begaben sie sich schnurstracks zu dem Friedensrichter einer benachbarten Kleinstadt, machten sich ein paar Jahre älter, und der Richter, ein närrischer alter Mann mit schwachen Augen, nahm ihre Flunkereien für bare Münze und traute sie. Eva jagte nach Hause, packte ein paar Kleider, kritzelte eine Notiz und stahl sich ungesehen davon. Und auf ging's zu einer Spritztour. Das waren ihre Flitterwochen.

Nach acht Tagen hatten ihre entsetzten Eltern sie jedoch schon aufgestöbert und wieder heimgeholt. Die beiden Väter wandten sich an einen Advokaten, der dafür sorgen sollte, daß die Ehe annulliert wurde. Baird und Eva erhoben keine Einwände; sie waren bereits enttäuscht von ihrer Eskapade und wollten nichts mehr voneinander wissen. Doch ehe das Annullierungsverfahren begann, entdeckte Eva, daß sie ein Kind bekommen würde.

Sie weinte und tobte. Die beiden Väter rannten im Flur auf und ab und fragten sich, wie um alles in der Welt sie diesen Skandal ertragen sollten. Die beiden Mütter stöhnten und jammerten über ihre Sprößlinge. «Nach allem, was ich für dich getan habe, ist das nun der Dank . . .»

Aber die Tatsachen waren nicht zu ändern. Baird und Eva mußten wohl oder übel beisammen bleiben. Die Eltern brachten sie in einem hübschen kleinen Haus unter. Bairds Vater erklärte, sein Sohn könne in das Importgeschäft der Familie eintreten. Doch trotz alledem blieb das hübsche kleine Haus eine Art Gefängnis. Eva war knapp sechzehn, als Kendra geboren wurde. Zu dieser Zeit haßte sie Baird, und Baird haßte seine junge Ehefrau nicht minder. Ständig lagen sie sich in den Haaren. Baird fing zu trinken an, und eines Nachts – Kendra war gerade ein Jahr alt – ritt er in einem Wintersturm von einem feuchtfröhlichen Fest nach Hause und zog sich eine Lungenentzündung zu. Ein paar Tage später war er tot.

Bairds Mutter, eine Frau mit Verstand, behauptete, es sei ihre Pflicht, Kendra zu sich zu nehmen, weil Eva eine Närrin sei, und Evas Mutter wiederum müsse ebenfalls eine Närrin sein, sonst hätte sie nicht eine solche Närrin von Tochter großgezogen. Eva war froh, ihr ungewünschtes Kind loszuwerden, aber die Großmutter wollte Kendra nicht haben. Schließlich tat sie gerade das Notwendigste, und sobald Kendra alt genug war, wurde sie in eine New Yorker Schule gesteckt.

«Kein Mensch hatte Kendra all dies jemals erzählt. Jedermann war nett zu ihr. Ihre Großeltern, ihre Tanten und Onkel, die Freunde der Familie – alle erwachsenen Leute waren nett. Aber erwachsene Leute reden. Sie lassen Bemerkungen fallen, wenn man mit seiner Puppe auf dem Fußboden sitzt. Sie sehen sich vielsagend in die Augen. Sie schütteln traurig die Köpfe. Man ist ja bloß ein Kind. Sie meinen, man verstehe sie nicht. Aber man versteht doch. So lange sie sich entsinnen konnte, hatte Kendra gewußt, daß sie ein Kind war, das keiner haben wollte. Als Kendra vier Jahre wurde, heiratete Eva, die Mutter, diesen Alexander Taine, und die beiden reisten zu einem Stützpunkt westlich des Mississippi, wo die Armee die Grenzen gegen Indianer sicherte. Das sei kein Ort für ein kleines Mädchen, sagte Eva. Alex stimmte ihr zu. Er interessierte sich nicht für Kendra. Er hatte sie noch nie gesehen, und er hoffte auf eigenen Nachwuchs. Und darin wurde er nicht getäuscht, denn Eva gebar ihm zwei hübsche Buben. In diesem Jahr hatten sie die beiden in New York zurückgelassen, in Kalifornien gab es keine Schulen, und Alex wünschte, daß Eva mit ihm komme.

Kendra hatte ihren Stiefvater Alex in all den Jahren nur drei- oder viermal getroffen, wenn er mit seiner Frau Freunde im Osten der Vereinigten Staaten besuchte. Sie hatte jedoch festgestellt, daß er keineswegs Baird Logan glich. Alex war Absolvent der Kadettenanstalt West Point gewesen. Er war weder leichtsinnig noch impulsiv; er teilte sich die Zeit genau ein und zahlte seine Rechnungen pünktlich und tat, was von ihm erwartet wurde. Und so verhielt es sich auch mit Eva. Denn Eva hatte etwas gelernt; nie wieder würde sie sich hereinlegen lassen. Sie hatte mit Alex in verschiedenen Grenzorten gelebt, und das gefiel ihr. Es war ein Abenteuer, aber ein sicheres Abenteuer; in einer Grenzgarnison hatte sie die gesamte Armee der Vereinigten Staaten hinter sich.

Wenn Eva zuweilen nach New York gekommen war, hatte sie Kendra zu einer Ausfahrt abgeholt. Manchmal hielten sie irgendwo an und kauften Eis und Makronen. Nie wußten sie, was sie sich eigentlich sagen sollten, und beide fühlten sich erleichtert, wenn die Sache hinter ihnen lag. In den Ferien ging Kendra zu ihrer Großmutter.

Und dann, im letzten Sommer, war Kendras Schulzeit abgelaufen. Sie war wieder zur Oma nach Baltimore zurückgekehrt, und just zu dieser Zeit wurde Alex nach San Francisco abkommandiert. Nachdem er sich mit den Truppen eingeschifft, hatte Eva eine Einzelkabine auf der *Cynthia* gebucht. Doch während sie noch in New York auf die Abfahrt des Schiffes wartete, wurde Kendras Großmutter vom Schlag getroffen und starb.

So also kam es, daß Kendra nun unterwegs nach San Francisco war. Ihre andern Großeltern, die Eltern ihrer Mutter, waren schon vor einigen Jahren gestorben, und es gab niemanden, dem Eva ihre Tochter hätte anvertrauen können. Kendras Tanten und Onkel waren so nett wie immer. Sie meinten, da dieser Todesfall nun einmal eingetreten sei, müsse man es geradezu als eine Gnade ansehen, daß Kendras Mutter zufällig da war und sich um das liebe Mädchen kümmern konnte. Mit ándern Worten. Nichts lag ihnen ferner, als sich mit Evas Range zu befassen.

Eva kam nach Baltimore, anmutig und schön gekleidet wie immer. «Ich werde Alex sofort schreiben», erklärte sie, «und den Brief werde ich einem der Kuriere mitgeben, die Armeedepeschen befördern. Ich bin entzückt, daß ich meine charmante Tochter jetzt bei mir habe.»

Wie die Tanten und Onkel meinte sie nicht, was sie sagte. Eva fand ihre Tochter mitnichten charmant. Andere Leute mochten ihretwegen Kendras blaue Augen und dunkles Haar bewundern; Eva dachte nichts dergleichen. Kendra sah genauso aus wie Baird Logan, und jeder Blick auf Kendra gemahnte Eva an den Kummer, den sie sich selber zugefügt, als sie mit ihm davongelaufen war.

Kendra saß in der Kabine der *Cynthia*. Es fiel ihr wieder ein, was Eva in der ihr eigenen taktvollen Weise vorgeschlagen hatte: Sie möge doch ihren Familiennamen Logan ablegen und sich statt dessen Taine nennen. «Solange du mit deiner Großmutter zusammen gelebt hast, die Logan hieß, war es selbstverständlich, daß auch du dich Logan nanntest. Aber ich bin Mrs. Taine. Wenn du deinen Namen als Logan angibst – nun, das wird die Leute verwirren. Du verstehst mich doch?»

Allerdings, Kendra verstand. Sie wußte, ihre Mutter betrachtete ihre erste Ehe als eine kindische Narretei, von der sie möglichst nichts mehr hören wollte. Kendra nahm ihr das übel. Und Kendra fehlte nicht nur das Äußere ihrer Mutter, auch im Wesen hatte sie wenig gemein mit ihr. Eva besaß Takt und Würde, Kendra hingegen war so geradeheraus wie ein Sturmwind. Sie sagte immer unverblümt, was sie dachte. Also hatte sie bockig geantwortet:

«Ich werde niemandem sagen, daß ich Taine heiße. Vielleicht schämst du dich wegen Baird Logan. Ich schäme mich nicht. Er war mein Vater, und mein Name ist Logan, und so werde ich mich auch nennen, bis ich einmal heirate.»

Eva wußte stets, wenn sie die Unterlegene war. Mit einem freundlichen Lächeln entgegnete sie:

«Gut, Kendra.»

Und damit war die Angelegenheit erledigt. Dieses freundliche Lächeln Evas gehörte zu der Heuchelei, die es ihnen erlaubte, miteinander auszukommen. Kendra haßte jedoch das Heucheln.

«Nun», fragte Loren plötzlich neben ihr, «warum so düster?» Kendra fuhr zusammen. Loren blickte lächelnd auf sie herab. Er sah so liebenswürdig aus, fast wie ein Bruder, daß sie den Wunsch verspürte, mit ihm zu plaudern. Aber es fiel ihr natürlich nicht im Ernst ein, ihm von diesen Dingen zu erzählen. Sie verabscheute Menschen, die jammerten, und Loren würde sie sowieso nicht verstanden haben. Er war in einer Kleinstadt New Englands aufgewachsen. In seinem Elternhaus war es unbekümmert zugegangen; vor großen Kaminen und auf bequemen alten Möbeln hatte eine Menge Kinder gespielt, die von ihren Eltern innig geliebt wurden. Er würde die Einsamkeit ihres Lebens gar nicht begreifen können.

«Loren, ich habe gerade überlegt: Wie weit ist es von New York bis San Francisco?»

In solchen Fragen kannte Loren sich aus. Er antwortete:

«Auf dem Weg um Kap Hoorn siebzehntausend Meilen.»

Kendra legte den Kopf auf die Seite. «Ein weiter Weg. Er ist so weit, daß ich fast Angst kriege. Ich habe das Gefühl, als wäre ich ein reines Nichts – so völlig unwichtig.»

«Aber Sie sind wichtig!» entgegnete Loren impulsiv. «Hier auf der *Cynthia* sind Sie wichtiger, als Sie überhaupt wissen.» Er verstummte und sprach erst nach einer Weile weiter. «Aber es wird jetzt spät. Ich sollte mich besser erkundigen, ob der Captain Befehle für mich hat.»

Er ging hinaus. Kendra starrte ihm mit gerunzelter Stirn nach. Jetzt hatte er schon zum zweitenmal etwas sagen wollen und es doch nicht getan. Sie wunderte sich. Was meinte er damit: Sie sei auf der *Cynthia* wichtiger, als sie überhaupt wisse . . .

2

Jetzt begann der Kampf um Kap Hoorn. Tag um Tag ächzte und taumelte die *Cynthia* gegen den Sturm an, um die Einfahrt in den Pazifik zu finden.

Die Matrosen zerrten an den dicken Tauen. Das Meer warf eisige Wogen über die Planken, es blendete und erstickte die Männer beinahe, das Salzwasser schnitt in ihre aufgerissenen Hände. Unter Deck krallten sich die vier Passagiere an ihre Stühle, sonst wären sie wie Murmelsteine durch den Raum gerollt. Es war nicht geheizt, und nachts brannte kein Licht, denn es wäre zu gefährlich gewesen, bei diesem rasenden Seegang die Öllampen anzuzünden. Tagsüber saßen sie unter dem trüben Oberlicht; nachts war es so dunkel, daß Kendra meinte, die Finsternis fast mit Händen greifen zu können. Sie legten sich wie gewöhnlich in ihre Kojen, aber sie fanden nicht viel Schlaf: Das stürmische Gewoge hielt sie meist wach.

Jetzt freilich bestand ihr Essen tatsächlich aus Zwieback und kaltem, sehr kaltem gesalzenem Rindfleisch. Sonst gab es nichts, denn es war dem Koch nahezu unmöglich, einen Topf auf dem Herd stillzuhalten. Hin und wieder brachte er es fertig, Kaffee zu kochen, doch auf Weisung des Captains wurde er zu den mühsam kämpfenden Männern gebracht.

Am Morgen des vierten Tages war es mit Kendras Nerven nicht mehr gut bestellt. Die Nacht war so schlimm gewesen, daß sie überall am Körper Schmerzen verspürte, und sie war ebenso froh wie ihre Mutter, als es Zeit zum Aufstehen war und sie in die Kabine gehen konnte. Der Steward servierte ihnen wieder einmal gesalzenes Rindfleisch, Zwieback und Wasser, das nach Rost schmeckte, denn es lagerte nun schon lange im Tank. Dann kam der Erste Offizier herein, aß hastig und verschwand wieder. Captain Pollock war noch auf Deck.

Kendra umklammerte ihre Stuhllehne.

Wie verloren waren sie doch in dieser schrecklichen Wasserwüste. Wie viele Schiffe mochten schon in diesen Strudeln zerschellt sein, durch die sich nun die *Cynthia* ihren Weg bahnen mußte. Selbst die Namen all jener Menschen, denen die Felsen des Kap Hoorn die Knochen zerschmettert hatten, waren verschollen.

Ihr gegenüber saßen ihre Mutter und die Andersons; mit grimmigen Mienen ertrugen sie das stetige Auf und Ab. Loren tauchte auf und setzte sich neben Kendra.

«Die Männer oben haben keine Angst», berichtete er. «Die Hälfte von ihnen ist schon einmal unter dem Kommando von Captain Pollock gefahren. Wenn sie zu ihrem alten Captain zurückkehren, dann ist dies das höchste Lob, das sie ihm zollen können.»

Kendra lächelte. Es gelang ihm, sie ein wenig aufzuheitern. Loren, der gleichfalls schon unter Pollock gesegelt war, fuhr fort:

«Er ist ein strenger Mann, aber ich war froh, daß er mich wieder haben wollte. Ein junger Bursche kann bei einem Captain wie ihm eine Menge lernen.»

Jetzt betrat auch Pollock die Kabine und bat Loren, er möge ihm durch den Steward sein Frühstück bringen lassen. Den Passagieren hatte er bloß zugenickt. Der Steward servierte ihm Fleisch mit Zwieback. Er kaute stumm. Er aß nur, weil er essen mußte. Seine Gedanken waren bei seinem Schiff.

Pollock war sechsunddreißig Jahre alt, ein kräftig gebauter Mann mit wetterhartem Seemannsgesicht und scharfen Augen. Sein Haar und sein Bart waren kastanienbraun, seine Hände groß und stark, seine Schultern breit. Seine blaue Marineuniform, seine weißen Hemden und seine schwarzen Stiefel wurden vom Steward in Ordnung gehalten. Jetzt aber war seine Uniform klatschnaß, Haar, Bart und Brauen waren von gefrorenem Salzwasser verkrustet. Er hatte weder Zeit zum Ausruhen noch zum Reden.

Sobald Pollock seine Mahlzeit beendet hatte, verließ er die Kabine und stieg an Deck.

Er schien geistesabwesend zu sein, war aber offensichtlich unbesorgt. Er sah aus wie ein Mann, der seine Pflichten hat. Kendra dachte, sein bloßer Anblick flöße einem schon Zuversicht ein. Sie sagte dies Loren, der sich wieder auf den Stuhl neben ihr gesetzt hatte.

Loren nickte. Pollock fahre seit seinem sechzehnten Jahr zur See, berichtete er. «Er ist Kapitän seit dem fünfundzwanzigsten Jahr. Er hat die Welt viermal umsegelt, und nicht ein einziges Mal ist die Versicherung genötigt gewesen, auch nur einen Dollar zu zahlen. Schließlich ist diese prächtige *Cynthia* eigens für ihn gebaut worden. Jetzt macht sie die Jungfernfahrt.»

«Und wie er dieses Schiff liebt!» rief Loren aus.

Während er weitersprach, blickte er über den Tisch zu Bunker Anderson, der seiner Frau und Eva gerade einen Witz über seinen Chinahandel zum besten gab. Loren senkte die Stimme:

«Kendra, neulich hätte ich Ihnen fast etwas gesagt. Im letzten Moment aber habe ich geglaubt, es sei besser, den Mund zu halten. Doch jetzt denke ich anders darüber. Sie werden sich dann weniger Gedanken machen. Also: Captain Pollock ist froh, daß er Sie an Bord der *Cynthia* hat.»

Sie krauste die Stirn. «Sie meinen, er sieht mich lieber als die anderen?»

Loren nickte. Nachdem er ein zweites Mal über den Tisch geschaut hatte, um sicher zu sein, daß die andern ihn nicht hören konnten, fügte er hinzu:

«Sie bringen ihm Glück.»

Kendra machte vor Erstaunen große Augen. «Ich? Wieso denn das?»

Er antwortete schlicht:

«Weil Sie ein unschuldiges junges Mädchen sind.»

Kendra brach in Lachen aus. Sie war ein unschuldiges junges Mädchen, das stimmte; wie hätte sie in ihrem wohlbehüteten Dasein auch Gelegenheit finden sollen, ihre Unschuld zu verlieren? Sie besaß indessen praktischen Verstand. Daß der Captain glaubte, ihre Anwesenheit bringe der *Cynthia* Glück, fand sie absurd.

«Ach, Loren», sagte sie, «Sie werden doch nicht solches Zeug glauben?»

Loren entgegnete in nüchternem Ton:

«Kendra, ich spreche von dem, was Captain Pollock glaubt. Ich weiß, daß er einmal einen Passagier von Bord gewiesen hat, weil er der Meinung war, dieser Mensch sei einer von jenen Gesellen, die für sein Schiff nicht gut genug sind. Und jetzt, da er die *Cynthia* kommandiert, ist er strenger denn je.»

Da sie noch immer verblüfft war, versuchte Loren, ihr die Situation auseinanderzusetzen. «Für Pollock», sagte er, «ist ein Schiff ein lebendiges Wesen. Natürlich haben nicht alle Schiffe denselben Wert, ebensowenig wie das bei den Menschen der Fall ist. Viele dreckige Walfangschiffe verdienen nichts Besseres als Schmieröl und Seeleute aus Hafenkneipen. Wenn jedoch ein Kapitän mit einem schönen Schiff wie mit Ausschußware umgeht, ist dies ungefähr so, wie wenn eine schöne Frau mißbraucht wird. Die Frau kann eine solche Beleidigung niemals vergessen. Ein stolzes Schiff auch nicht. Pollock respektiert seine Schiffe nach Gebühr, und sie danken es ihm. Daran glaubt er fest, und er macht daraus gar kein Geheimnis. Wenn andere Kapitäne ihn deswegen auslachen, verweist er nur auf sein Logbuch.

Und das Merkwürdige ist, daß er sich an Land ganz anders gibt. In den Hafenstädten trinkt er gern, verspielt ein paar Dollar, trifft sich mit Mädchen und läßt Gott einen guten Mann sein. In Honolulu gibt es einen Spielsalon, den er oft besucht. Die Leute behaupten, er himmele die Empfangsdame an.»

Kendra war amüsiert und erstaunt. An Bord war Captain Pollock so unnahbar und enthaltsam; sie wünschte, einmal beobachten zu können, wie er mit dieser Empfangsdame umsprang.

Doch Loren war noch nicht fertig:

«Er möchte sie aber um alles in der Welt nicht auf der *Cynthia* haben. Er glaubt, ein Mädchen wie sie würde das Schiff beleidigen, und das Schiff würde dann ihn dafür bestrafen.»

Loren grübelte eine Weile vor sich hin.

«Wie gesagt, an Land ist ihm die Gesellschaft von Frauen nicht unlieb. Verheiratet war er übrigens nie. Es ist auch nicht bekanntgeworden, daß er jemals in eine ernste Liebesaffäre verstrickt war. Sein ganzes Leben lang hat er nur Schiffe geliebt. Sein ganzes Leben lang hat er von dem vollkommenen Schiff geträumt. Jetzt hat er es offenbar bekommen.»

Kendra nickte.

«Sie nehmen die Sache immer noch nicht ernst? Nun, vielleicht haben Sie recht. Aber ich habe Ihnen diese Geschichte erzählt, weil ich nicht möchte, daß Sie sich hier am Kap Hoorn Sorgen machen. Captain Pollock versteht sein Handwerk, und da er Sie an Bord hat, ist seine Sicherheit noch größer. So etwas kann eine wirkliche Hilfe sein, Kendra.»

Kendra blickte ihn an. «Ich bin nicht mehr ängstlich, Loren.»

Und so war es auch. Ob es nun auf Lorens Erzählung zurückzuführen war oder auf die Selbstsicherheit Pollocks, sie verspürte tatsächlich keine Angst mehr. Den Rest des Tages über lauschte sie dem Knirschen der Taue, dem Knattern der Segel und den Schreien der Matrosen im Sturm. Diese Männer waren stark und geschickt, und Captain Pollock – mochte er auch ein paar sonderbare Eigenheiten haben – war der rechte Mann am rechten Platz. Deswegen würde sich die *Cynthia* auch erkenntlich zeigen – und nicht etwa deshalb, weil sich eine Jungfrau unter den Passagieren befand.

An diesem Abend, kurz vor Mitternacht, vernahm Kendra einen Schlag, als sei eine Luke laut zugeknallt worden. Captain Pollock betrat die Kabine und brachte den Geruch von Luft und Meer herein. Seine Nase war so rot wie eine Erdbeere, sein Mantel triefte, und seine Stiefel quietschten beim Gehen. Aber seine blauen Augen glänzten befriedigt, und er glühte förmlich vor Erregung. Er blieb stehen und schüttelte sich wie ein nasser Hund. Bunker Anderson rief ihm zu:

«Na, Captain, sind wir also glücklich im Pazifik?»

Pollock nickte. Halb verborgen unter seinem verkrusteten Bart war ein triumphierendes Lächeln wahrzunehmen. Er hatte dies schon früher geschafft, und sein Lächeln verriet, daß er es wieder schaffen würde, doch jedesmal war der Kampf hart, und der Sieg tat wohl. Schweigend schaute er sie alle an, als wolle er ihnen versichern, er freue sich, sie an Bord zu wissen. Als sein Blick auf Kendra fiel, zögerte er. Dieses Zögern war nur kurz, aber ihr schien, dieser Blick durchdringe sie. Dann drehte sich Pollock um und ging in seine Kajüte. Die Arbeit war getan. Der Captain konnte sich nun ausruhen.

Wieder fiel Kendra die Galionsfigur ein, die Göttin mit dem Halbmond. Zum erstenmal wurde ihr bewußt, daß der Name des Schiffes, *Cynthia*, ja eine alte griechische Bezeichnung für die Mondgöttin war, die ewig jung und ewig jungfräulich blieb.

Komisch, dachte Kendra.

Aber irgendwie stimmte das alles sie unbehaglich.

Das Schiff segelte an der Westküste Südamerikas hinauf. Mit jedem Tag, den sie Valparaiso näher kamen, wurde die Sonne wärmer. Zwei Wochen nach der Umsegelung von Kap Hoorn erreichten sie die Hafenstadt, wo sie anlegten, um Nahrungsmittel und Wasser an Bord zu nehmen.

Zunächst sah man von Valparaiso einen Berg, der so steil war, daß die Straße, die zu seinem Gipfel führte, die Form eines Z hatte. An dieser Straße waren zwei Häuser sichtbar, eines auf dem unteren Balken des Z, das andere auf dem oberen. Diese weißen Häuser mit roten Ziegeldächern fingen das Sonnenlicht auf und glänzten hell.

In beiden Behausungen warteten Mädchen auf Matrosen, die Landurlaub bekamen, und keine anständige Frau hatte jemals Notiz von ihnen genommen. Bess Anderson warnte Eva, und Eva – taktvoll wie immer – warnte ihrerseits Kendra. Kendra erwiderte pflichtschuldig: «Ja, Mutter.» Am liebsten hätte sie allerdings «Quatsch!» gesagt. In der Schule hatten manche Mädchen von derartigen Lasterhöhlen gefaselt, aber sie hätte nie damit gerechnet, einmal solche Häuser zu sehen. Da jedoch gleich zwei dieser Etablissements direkt vor ihrer Nase standen, fand sie es albern, so zu tun, als sähe man sie nicht. Sie kam sich wie eine Närrin vor.

Am Hafen drängte sich die eingeborene Bevölkerung in bunten Kleidern und behängt mit Armreifen. Am Kai wartete eine Gruppe nordamerikanischer Kaufleute mit ihren Frauen, von denen viele mit den Andersons gut bekannt waren. Diese Kaufleute lebten ständig hier und eilten jedesmal herbei, wenn irgendein Schiff anlegte, das die amerikanische Flagge trug. Ein Ehepaar bat die Andersons, sich als ihre Gäste zu betrachten, während ein anderes Eva und Kendra einlud. Eva dankte mit gewohnter Anmut.

Der kurze Aufenthalt war hübsch. Sie pflückten Pfirsiche und Weintrauben, fuhren in Kutschen durch die fremdartigen Straßen und trafen andere Amerikaner. Doch nicht ein einziges Mal erwähnte jemand die beiden weißen Häuser auf dem Berg.

Sie blieben vier Tage im Hafen. Als das Schiff wieder auslief, stand Kendra an der Reling und musterte zum letztenmal die geheimnisvollen beiden Häuser. Sie fragte sich, was für eine Sorte Mädchen dort wohl leben mochte. Waren sie von ihren Müttern angelernt worden, die demselben Gewerbe nachgingen? Oder waren sie – wenigstens einige von ihnen – auf ordentliche Weise erzogen worden?

Schöne Mädchen gerieten manchmal in Schwierigkeiten. Mehr als einmal hatten Kendras Schulfreundinnen skandalöse Geschichten aus ihren Ferien erzählt: «. . . und sie stammt aus einer so guten Familie, meine Liebe!»

Kendra hatte Romane über solche «Unglückliche» gelesen. Darin pflegte das Mädchen meist zu sterben: Sie verschmachtete vor Gram, wie es hieß; zuweilen freilich sprang auch eine dieser Bedauernswerten von einer Brücke in die Tiefe. Kendra jedoch glaubte nicht, daß sie im wirklichen Leben so einfach im passenden Moment von der Bildfläche verschwanden. Sie hätte gern gewußt, was tatsächlich aus ihnen wurde.

Jetzt nahm die *Cynthia* direkten Kurs auf San Francisco. Da die Stürme sie häufig abtrieben, fuhren Schiffe, die nach San Francisco bestimmt waren, zunächst nach Honolulu, was die *Cynthia* indessen nicht tat, da sie den Truppen in Kalifornien Proviant zu bringen hatte. Sie würde erst später Honolulu anlaufen und danach in chinesischen Häfen Handel treiben.

Der Neujahrstag 1848 war schön. Seit geraumer Zeit segelten sie in tropischen Gewässern, und jetzt glitten sie unter einer Sonne dahin, die so heftig stach, daß die Planken nicht selten zu heiß waren, als daß man sie hätte berühren können. Anfang Februar verkündete Loren: «Wir werden nun bald die Bucht von San Francisco erreichen. Der Ort ist nichts anderes als ein armseliges Dorf. Die Kalifornier hatten die Siedlung Yerba Buena – Heilkraut – genannt, und zwar wegen einer Pflanze, die dort wuchs und aus der sie eine Medizin bereiteten. Die meisten Bewohner waren jedoch Yankees, und sie konnten diesen Namen nur schwer aussprechen, deshalb gaben sie der Stadt den Namen der Bucht: San Francisco. Mit dem Nest ist es nicht weit her, aber die Bucht ist großartig. Sehen Sie mal.»

Loren legte seine Hände flach auf den Tisch, die Finger deckten sich, die Daumen waren gegeneinander gerichtet.

«Stellen Sie sich vor, meine Hände wären die kalifornische Küste und meine Daumen die beiden Halbinseln. Der kleine Raum zwischen meinen Daumenspitzen ist dann der Eingang zur Bucht. Und auf der Innenseite meines rechten Daumens – mit dem Blick über die Bucht aufs Festland – liegt San Francisco.»

Es verwunderte Kendra, daß San Francisco nach Osten gelegen war. Als pazifischer Hafen sollte die Stadt eigentlich auch ihr Gesicht dem Pazifischen Ozean zuwenden. Loren lachte und meinte, die meisten Leute nähmen das an, aber sie irrten nun einmal.

Zwei Wochen später segelte die *Cynthia* in die Bucht und ging vor Anker. Die Fahrt von New York hatte hundertzweiunddreißig Tage gedauert. Das war bemerkenswert schnell, denn die durchschnittliche Reisedauer betrug hundertsechzig Tage. Doch keines von Captain Pollocks Schiffen hatte zum Durchschnitt gehört, und seine schöne *Cynthia* hatte sie allesamt weit übertroffen. Es hätte Kendra interessiert, ob er noch immer glaubte, dies komme daher, weil die *Cynthia* ein unschuldiges junges Mädchen mit sich geführt habe.

Auf jeden Fall war die Reise nun zu Ende. An einem trüben Februartag des Jahres 1848 sah Kendra zum erstenmal San Francisco.

3

Loren hatte behauptet, die Bucht sei großartig. Kendra fragte sich, wie er zu dieser Ansicht gekommen sei: Sie nahm nichts anderes wahr als unruhige graue Wellen und Nebelstreifen, die gleich einer Geisterarmee vorüberzogen.

Es war gegen zehn am Morgen. Kendra wartete an Deck, um an Land zu gehen – ein weiter Weg übrigens, denn das Wasser vor San Francisco war so seicht, daß Hochseeschiffe eine Meile außerhalb ankern mußten. Die Luft war feucht, der Wind wehte heftig.

Sie war allein. Alex hatte sich in einem Boot eingefunden und den Quartiermeister mitgebracht, der jetzt mit Captain Pollock wegen des Proviants verhandelte. Auf Deck hatte der Stiefvater ihr die Hand geschüttelt und Eva mit einem Kuß begrüßt, als wäre sie bloß übers Wochenende fort gewesen. Er liebte seine Frau zärtlich, aber er wäre lieber gestorben, als dies angesichts fremder Leute zu zeigen. Alex war fünfundvierzig Jahre alt und auf eine dunkle romantische Weise schön; er zählte zu jenen Männern, die in Uniform immer gut aussehen. Kendra nahm sich zehn Minuten Zeit, dann stufte sie ihn als einen hochherzigen Langweiler ein.

Bei Flutwechsel begab er sich mit seiner Frau in einem Armeeboot an

Land; Kendra sollte mit den Andersons später folgen. Loren war mit Captain Pollock hinuntergegangen, aber er hatte ihr seinen Feldstecher gegeben, so daß sie sich ein bißchen in der Gegend umsehen konnte.

Jetzt nahm sie das Glas vor die Augen. Sie erblickte zwei andere Schiffe, eine Brigg namens *Eagle*, die aus China kam, wie ihr Loren gesagt hatte, sowie eine kleinere Brigg, die *Euphemia*, die gerade aus Monterey eingetroffen war, wie sie kurz darauf erfuhr. Nahe am Strand entdeckte sie einige kleine Schiffe, die regelmäßig zwischen der Stadt und den an Flüssen gelegenen Viehzüchterfarmen verkehrten. Der Nebel klarte auf, und eine blasse Sonne wagte sich hervor. Kendra betrachtete sich nun das Land.

Dies also war der Streifen, den Loren mit seinem rechten Daumen markiert hatte. Das Ganze sah wie ein Wirrwarr von Bergen, Unkraut und ein paar Bäumen aus, die von den erbarmungslosen Stürmen gekrümmt worden waren. An der Küste bemerkte sie eine Stelle, wo das Wasser eine halbmondförmige Bucht ausgehöhlt hatte. Rund um diesen Halbmond standen drei Berge und umschlossen ihn wie eine zerbrochene Tasse. Jenseits dieser drei Berge erstreckte sich San Francisco.

Kendra hatte noch nie eine so steil aufragende Stadt gesehen. Vom Ufer bis zur höchsten Erhebung waren Häuser wahllos verstreut. Die größten Gebäude – Warenhäuser und Handelsniederlassungen – standen am Meer. Sie konnte ungefähr ein Dutzend großer Geschäftshäuser erkennen. Die Leute in San Francisco beschäftigten sich nämlich in erster Linie mit dem Verkauf von Waren für den Pazifikhandel. Ebenfalls in der Nähe des Strandes machte sie sechs schäbige Hütten aus, auf deren Vorderfront das Wort «Saloon» gemalt war. Dort traten Männer ein, während andere davongingen und wieder andere auf Fässern und Kisten herumlungerten.

Weiter entfernt sah sie ein langes plumpes Gebäude aus braunen Backsteinen, an dessen Dach ein Schild mit der Aufschrift «City Hotel» hing. Daneben gab es zwei weiße Fachwerkhäuser – keine sehr weißen –, an denen geschrieben stand: «Betten». (Sofort mußte Kendra an Bettwanzen denken.) Einige Reiter trabten vorbei.

Dann fielen ihr ein paar kleine Holzhäuser auf, die den Eindruck machten, als ließen sie wohl keinen Regen ein. Doch außer ihnen waren alle andern «Gebäude» Baracken und Hütten aus rohen Brettern, breitgeschlagenen Konservenbüchsen, Kisten und allen möglichen sonstigen Gegenständen, die sich aneinandernageln ließen. Nebelfetzen flogen wie nasse Lappen durch die Luft.

Schließlich fuhr Kendra mit den Andersons an Land. Die Matrosen ruderten sie zur Nordseite der halbmondförmigen Bucht, wo ein Mann, dem ein Warenhaus gehörte, Steine ins Wasser geworfen hatte, um eine Art Landesteg zu schaffen. Auch hier wurden die Andersons wie in Valparaiso von freundlichen Kaufleuten begrüßt, und Bunker machte die am nächsten

Stehenden mit Kendra bekannt: Es waren ein Mr. Chase und ein Mr. Fenway. Kendra erkundigte sich höflich: «Wie geht's?» Während die Andersons mit ihren Bekannten schwätzten, gab sie sich alle Mühe, ihr Entsetzen zu verbergen.

Vor den Läden und Lagerhäusern erblickte sie eine schlammige Spur, wo Pferde ihre Hufeindrücke und ihre «Äpfel» hinterlassen hatten. Es handelte sich demnach um so etwas wie eine Straße. Diese «Straße» war mit Abfall übersät. Kendra sah Büchsen und Lumpen, Papierschnipsel, ein Geschirrteil und einen alten Schuh. Sie hörte die Fliegen über den Stapeln leerer Flaschen vor den Saloons summen. Sie rümpfte die Nase über den Gestank der Abtritte und toten Fische.

Und hier waren auch die Strolche, die sie von fern erspäht hatte: ungewaschene, ungekämmte, nach Schnaps riechende Kerle. Sie hatten die Fässer und Kisten, auf denen sie gehockt, verlassen und kamen so nahe, wie sie es wagten. Mit gierigen Augen starrten sie Kendra an.

Plötzlich spürte sie eine Berührung am Ellbogen und zuckte zusammen. Zu ihrer Erleichterung erkannte sie jedoch einen der Geschäftsleute, und zwar Mr. Chase. Es war ein kleiner dicker Mann mit angenehmem Lächeln.

Mr. Chase nahm sie auf die Seite. «Ich kann mir denken, wie es jetzt in Ihnen aussehen muß, Miss», meinte er mitfühlend. «Meine Frau war fürchterlich aufgeregt, als sie hier eintraf. Aber ganz so schlimm, wie Sie glauben, ist es wiederum doch nicht.» Mit einem verlegenen Blick auf die Tagediebe räusperte er sich. «Nun, diese Kerle da . . . lassen Sie es mich Ihnen erklären. Erst kürzlich hat eine Zählung ergeben, daß etwa neunhundert Menschen in San Francisco leben. Auf drei Männer kommt eine Frau. Und man hat nur jene Leute gezählt, die ihren Wohnsitz hier haben, nicht aber die Soldaten der Garnison, auch nicht die Rancher, die in Geschäften zur Stadt kamen, ebensowenig die Matrosen auf Landurlaub. Sie werden das also verstehen, nicht wahr? Die Männer fühlen sich schrecklich einsam.»

Ein stolzes Lächeln wich seiner ernsten Miene, als Mr. Chase hinter Kendras Rücken jemanden erblickte. Kendra drehte sich um und sah zwei Leutnants der US-Armee auf sie zukommen. Sie waren jung, sauber rasiert und so adrett, als hätten sie erst gestern West Point verlassen. Als sie vor ihr standen und sich verbeugten, ähnelten sie einander so sehr, daß Kendra sie im ersten Moment nur durch die Augenfarbe unterscheiden konnte.

Der Braunäugige sprach zuerst. «Miss Logan? Ich bin Leutnant Morse. Zu Ihren Diensten.»

Der Blauäugige sagte: «Leutnant Vernon. Der Oberst hat uns die Ehre gegeben, Sie in Ihre Wohnung zu begleiten, Miss Logan.»

Kendra begann zu verstehen, was Mr. Chase gemeint hatte. Morse und Vernon waren so aufgeregt, daß sie kaum noch fähig waren, sich so würdig zu benehmen, wie es sich für Gentlemen und Offiziere schickt. Galant führten die beiden sie zu den Pferden, und ebenso galant halfen sie ihr in den Sattel.

Sie ritten die sumpfige Hafenstraße entlang. Morse und Vernon machten Konversation auf Teufel komm raus. Diese Straße, so erklärten sie, werde Montgomery Street genannt, und zwar zu Ehren des Seehelden, der als erster die amerikanische Flagge in San Francisco gehißt habe. Sie deuteten auf ein wackliges Gebäude, das sich arrogant «New York Store» benamste, und auf einen andern Laden mit der Bezeichnung «Bee Hive», sodann auf Buckelews Uhrenreparaturwerkstatt und auf den Schneiderbetrieb des Lazarus Everhard. Ein Stück weiter zeigten sie ihr das Geschäft, welches den beiden Herren gehörte, die sie vorhin kennengelernt hatte, Chase und Fenway.

«Jedermann freut sich von Herzen, Sie zu sehen!» behauptete Morse.

«Und jetzt», meinte Vernon fröhlich, «können wir endlich ein bißchen tanzen.»

«Wir planen nämlich schon seit langem einen Ball», erklärte Morse, «aber wir wollten warten, bis Sie da sind.»

Die Clay Street war eine schmutzige Gasse, die sich einen Berg hinaufwand. Kendra wich erschrocken zurück. «Guter Gott! Das ist ja, als ob man auf einen Kirchturm ritte.»

Aber es half nichts, und so machten sie sich an den Aufstieg. Wie die Hafenstraße war auch diese «Straße» nur ein Pfad, der weder eine Fahrbahn noch Bürgersteige hatte. Als sie das City Hotel erreichten, erklärte Morse, hier gebe sich die ganze Stadt ein Rendezvous. «Dort kehren wir immer ein, um zu hören, ob etwas passiert ist. Das heißt, falls überhaupt mal etwas passiert», fügte er mit einem ärgerlichen Lachen hinzu.

«In San Francisco passiert grundsätzlich nie etwas», stieß Vernon hervor.

Dem City Hotel gegenüber lag der Marktplatz. Die beiden erläuterten Kendra, daß dieser Platz in mexikanischer Zeit plaza geheißen habe. Auf dieser *plaza* erhob sich ein altes Gebäude aus Lehmziegeln, das einst ein mexikanisches Zollamt gewesen war und nun als Kaserne herhalten mußte.

Es folgten Baracken, an denen Schilder hingen, die mit unbeholfener Hand bekanntgaben, daß hier Zimmerleute, Schuhmacher und Hufschmiede wohnten. Kendra sah ein paar Männer in Flanellhemden und beschmutzten schwarzen Hosen den Berg hinaufstapfen sowie einige Frauen mit Sonnenhüten und Baumwollschürzen. San Francisco glich wirklich einem Ort, an dem nie etwas passiert. Sie sagte sich: Ich werde dafür sorgen, daß etwas passiert. Ich werde etwas unternehmen. Doch in einer solchen Stadt . . .? Wie soll ich das anfangen?

«Erzählen Sie mir doch etwas von den Leuten, die hier leben», bat sie hoffnungsvoll.

«Nun, also die Händler», begann Morse, «dann ein paar Siedler, die in

Planwagen eingetroffen sind, und schließlich eine Gruppe Mormonen. Sie sind per Schiff aus New York herübergekommen.»

«Und die Landstreicher», warf Vernon ein, «und die davongelaufenen Seeleute.»

«Und die Verrückten», ergänzte Morse, «Leute, die das Perpetuum mobile erfinden oder sich eine neue Methode ausdenken, Gold aus dem Meer zu fischen.»

«Einer von ihnen», sagte Vernon, «ist gerade jetzt wieder da. Nur handelt es sich diesmal um Süßwasser. Ein Flüßchen in der Nähe von Sutters Fort – das liegt jenseits der Bucht. Dieser Bursche hat eine Konservenbüchse voll Kies und behauptet, das sei kein Kies, sondern Gold.»

Kendra verspürte Interesse. «Gold? Wo hat er es denn her?»

Lachend setzte Vernon es ihr auseinander. «Er sagt, das Bett des Flüßchens bestehe nicht aus Sand, sondern aus Gold. Er sucht jemanden, der ihm Geld pumpt, damit er Vorräte kaufen und zurückkehren kann, um eine Million Dollar zu scheffeln.»

«Glauben die Leute das?» fragte sie.

«Aber nein. Wir sind an solche Burschen gewöhnt. Wir lassen sie ruhig quatschen. Sie bieten wenigstens etwas Abwechslung.»

Allmählich näherten sie sich dem Gipfel des Berges. Jetzt konnte Kendra auch andere Berge erkennen, die in langen verschwommenen Linien bis zur Küste reichten. Parallel zur Montgomery Street in der Tiefe durchschnitt ein Pfad den Abhang. Entlang dieses Pfades stand eine Reihe von Häuschen, die viereckig wie Kisten und weiß angestrichen waren. Morse und Vernon sagten ihr, dies sei die Stockton Street, wo die Mormonen lebten. Einer von ihnen, ein unternehmungslustiger Mensch namens Riggs, der Zimmermann war, hatte zunächst ein Haus für seine Familie gebaut und danach andere zum Vermieten. Der Oberst Taine hatte hier Wohnung genommen. Sie ritten auf diese Residenz zu.

Das Haus glich allen übrigen. Das Erdreich ringsum bestand aus schwarzem Schlamm, in den Mr. Riggs eine Anzahl Trittsteine gelegt hatte. Eva trat auf die Veranda – munter, heiter und so häuslich gestimmt, als hätte sie immer in San Francisco gewohnt. Sie grüßte herzlich:

«Kommt herein. Das Feuer brennt schon. Ich habe Kaffee gekocht.»

Als sie zu dritt in den Flur traten, wies sie auf eine Tür. «Kendra, das ist unser Zimmer, und das dort ist deines.» Sie öffnete eine Tür auf der andern Seite des Flurs. «Und dies hier», verkündete sie fröhlich, «ist unser Speisezimmer und unser Wohnzimmer und unsere Bibliothek – wir nennen es großspurig unseren Salon.» Lachend schloß sie: «Ist das nicht fürchterlich?»

Kendra dachte: Aber gewiß.

Da es gerade erst fertig geworden war, roch das Haus nach rohem Holz und frischer Farbe. Der Flur führte von der Eingangstür bis zur Rückseite. Auf jeder Seite waren zwei Räume: die Schlafzimmer auf der einen und der sogenannte Salon auf der andern; dahinter lag die Küche.

Das war alles.

Kendra begutachtete ihr Schlafzimmer. Es war ein Stübchen mit zwei Fensterchen. Licht drang nur wenig ein, und die Läden klapperten im Wind. Es gab eine schmale primitive Schlafstelle, die vermutlich in einer der Werkstätten fabriziert worden war, an denen sie vorbeigeritten waren. Als Stuhl diente eine Holzkiste und als Frisierkommode eine zweite, auf der ein Krug und eine Waschschüssel standen.

Kendra mußte an die Wohnung ihrer Großmutter in Baltimore denken, an den roten Backsteinbau mit dem weißen Balkenwerk und den Marmorstufen, an den Rasen davor und an die Blumenbeete. Sie dachte an ihr Zimmer dort mit seinen zierlichen Möbeln, gekräuselten Vorhängen und weichen Teppichen vor dem Bett . . .

Und ihrer Mutter gefiel dieses Leben hier!

Kendra hörte Stimmen und roch den Duft von Kaffee. Sie legte Handschuhe und Hut aufs Bett und ging in den Salon. Hier bestand das Mobiliar aus einem derben Tisch und weiteren Kisten, auf die man sich setzte, als wären es Stühle. Eva und Alex tranken mit den beiden Leutnants Kaffee aus Zinnbechern, während eine rundliche rosige Frau um die Dreißig mit dem Topf hantierte. Eva stellte sie als Mrs. Riggs vor, die Frau des Zimmermannes, und bemerkte, sie komme jeden Tag und helfe im Haushalt.

«Wir werden es bald ganz gemütlich haben», meinte sie. «Mrs. Riggs sagt, im ‹New York Store› gibt es Stühle. Ich kann von Chase & Fenway Kattun bekommen, um Vorhänge und Bettvorleger zu machen. Und ich werde Kissen für die Stühle stopfen und kleine Teppiche mit Borte besetzen, damit die Fußböden nicht mehr so kahl sind.»

Alex lächelte den beiden jüngeren Männern zu. Vernon sagte: «Mrs. Taine, der Oberst hat uns erzählt: ‹Wo sie auch hingeht, sie bringt die Zivilisation mit sich.›»

Kendra hatte noch nie ein Kissen gestopft. Sie hatte auch keine Ahnung, wie man Teppiche mit Borten besetzt. Sie glaubte überdies nicht, daß sie dies je erlernen würde. Aber nachgerade kam sie dahinter, weshalb ihre Mutter das Leben auf vorgeschobenem Posten so genoß: Es war nicht nur das Abenteuer. Wie ein Künstler, der sich seiner Gabe erfreut, aus Ton etwas Schönes zu formen, so erfreute sich Eva ihres Talents, eine Hütte in einen Calico-Palast zu verwandeln, in ein mit Kattun herausgeputztes Schmuckkästchen.

Nach einer Weile verabschiedeten sich die Leutnants. Eva erklärte, sie habe eine Mahlzeit auf dem Herd stehen, die von Mrs. Riggs überwacht werde. Sie ging in die Küche, um mitzuteilen, daß man nun zu essen wünsche. Mrs. Riggs brachte die Gerichte herein, auf die Kendra ziemlich gespannt war. Da Mittag längst vorbei war, hatte sie Hunger; außerdem war sie nach der langen Seereise und deren begrenzten Mahlzeiten auf etwas Frisches begierig. Sie hatte sich bereits gefragt, was die Leute in San

Francisco wohl essen mochten.

Sie trat an den Tisch, und ihre Hoffnung schwand dahin. Sie setzten sich auf die Kisten und aßen von Zinntellern, die der Armee gehörten, aber das hätte ihr nichts ausgemacht, wenn das Essen nicht so gräßlich fade gewesen wäre: Rindfleisch, Gemüse, Kartoffeln. Und das alles bloß gekocht. Kendra aß, da dies ja immer noch besser war als gar nichts; Alex jedoch mußte ihre Enttäuschung bemerkt haben, denn er sagte:

«Das Essen in Kalifornien ist meistens fade. Die Leute ernähren sich von Rindfleisch, Rindfleisch und noch einmal Rindfleisch, bis es ihnen zum Halse heraushängt. Etwas anderes ist nur selten zu haben. Der Laufbursche von Chase & Fenway wird später eine Kiste mit Lebensmitteln bringen, aber ich weiß nicht, ob sie etwas taugen.»

Als sie fertig waren, begab sich Alex in das Hauptquartier an der Küste. Ein Soldat war mit einem Pferd für ihn heraufgekommen und hatte Eva die beiden Wochenzeitungen, den *Californian* und den *Star*, gebracht. Eva indessen legte wenig Interesse für die lokalen Neuigkeiten an den Tag. Nachdem Alex aufgebrochen war, sagte sie zu Kendra, nun wolle sie mit Mrs. Riggs in deren Haus gehen.

«Mrs. Riggs möchte mir ihre Einrichtung zeigen. Wenn dieser Laufbursche von Chase & Fenway kommt, sag ihm, er soll die Lebensmittel in die Küche bringen.»

Und damit ging sie. Die Zeitungen lagen auf dem Tisch. Kendra nahm den *Star* zur Hand. Sie las, daß man zwei Männer eingesperrt hatte, weil sie eine Kegelbahn ausgeplündert hatten. Ein anderer Mann, offenbar ein etwas anständigerer, hatte eine Werkstatt eröffnet, wo er Tische und Stühle herzustellen gedachte.

Sie sah Anzeigen der meisten Geschäfte, an denen sie am Vormittag vorbeigekommen war. Chase & Fenway offerierten Besen, Eimer, Nägel, Äxte, Farben, Brandy, Gin, Kämme, Tabak, Pfannen, Seife, Wein und Streichhölzer. Der Schneider Lazarus Everhard gab bekannt, daß er künftig auch Uniformen anfertigen wolle. Der «New York Store» bat jedermann dringend, Gemüsepillen zu kaufen, die ein hervorragendes Heilmittel seien, das garantiert bei Pocken, Gicht, Verstopfung und Frauenleiden Linderung verschaffe. Der Bee Hive-Laden hatte Korkenzieher, Samen, Schießpulver, Herrenhüte und Damenschals zu bieten.

In diesem Augenblick sah Kendra auf.

Und da stand er.

Sie wußte nicht – ihr ganzes Leben lang würde sie es nicht wissen –, ob sie nun zufällig aufgesehen oder ob sie seinen Blick gefühlt und deswegen den Kopf gehoben hatte. Jedenfalls sah sie auf, und über den Zeitungsrand hinweg erblickte sie ihn.

Er stand unter der Tür, ein fremder Mann, der verführerischste, den sie je gesehen hatte, und er beobachtete sie mit unverhohlenem Vergnügen. Als sich ihre Blicke trafen, lächelte er. Er mochte etwa dreißig sein. Er war groß und hager. Wie er so dastand mit der einen Hand an der Tür und der andern auf der Hüfte, hatte er etwas Schlaksiges, zugleich aber auch etwas Nobles an sich. Er trug eine Lederjacke, ein buntkariertes Wollhemd und eine Hose aus braunem Kammgarn, die in derben Stiefeln steckte, welche ihm fast bis an die Knie reichten. Einen Hut hatte er nicht auf; sein braunes Haar war vom Wind zerzaust; eine Locke fiel ihm in die Stirn bis auf die Augenbraue. Er schaute Kendra mit einem erfahrenen und wissenden Lächeln an, und Kendra fühlte augenblicklich, daß er von Frauen weit mehr verstand, als ihr über Männer bekannt war. In der Tat fühlte sie, daß er über alles mehr wußte als sie, so daß sein anerkennender Blick wohl um so höher zu bewerten war. Ganz offen zeigte er ihr seine Bewunderung.

Unverwandt blickte er sie an, und sie sah ebenso unverwandt ihn an. Er sagte nichts, und sie war außerstande, etwas zu sagen. Dies alles dauerte nur einen Moment, aber dieser Moment währte länger als notwendig, ehe er fragte:

«Wie geht es Ihnen? Ich bin der Laufbursche von Chase & Fenway.»

Kendra fuhr zusammen.

Er sah nicht wie ein Laufbursche aus. Als sie die Zeitung auf den Tisch legte, fuhr er fort:

«Ich hoffe, Ihnen nicht lästig zu fallen. Aber die Tür war offen, deshalb bin ich einfach reingekommen.»

Er sprach so ungeniert, daß ihr die Antwort ebenso leicht von den Lippen kam:

«Das ist schon in Ordnung. Wir haben Sie erwartet, Mr. . . .?»

«Mein Name ist Ted Parks», entgegnete er und lächelte wieder. «Und Sie sind Kendra Logan?»

«Aber ja. Wer hat Ihnen das gesagt?»

«Mr. Chase. Er kann die Leute gut beschreiben, doch diesmal hat er mich nicht genügend vorbereitet. Ich habe kaum erwartet, jemanden zu finden, der so . . . so lebhaft ist.»

Ted Parks ließ seinen Blick über sie gleiten. Wiederum dauerte dies bloß einen Augenblick, doch wurde sie sich in diesem Augenblick ihrer selbst bewußt: ihrer geschmeidigen Figur und ihrer dunkelblauen Augen. Sie hatte das Gefühl, als werde sie sozusagen entdeckt, als habe nie zuvor ein Mensch sie richtig betrachtet. Dann bückte er sich und hob eine Kiste auf die Schulter. «Wohin soll ich die Sachen bringen?»

Kendra öffnete die Küchentür. Sie hatte ihre Gelassenheit noch lange nicht wiedergefunden. Die Bewunderung der Leutnants hatte sie nicht weiter erregt, nachdem Mr. Chase sie auf den Mangel an Mädchen hingewiesen hatte. Dieser Ted Parks jedoch war so herrlich unverschämt, als sei er daran gewöhnt, unter einer Vielzahl von Mädchen seine Wahl zu treffen, von denen jedes eifrig bestrebt war, von ihm gewählt zu werden. Während er ihr in die Küche folgte, fragte Kendra:

«Seit wann sind Sie schon in San Francisco?»

«Fast ein Jahr», erwiderte er und fügte mit einem fröhlichen Augenzwinkern hinzu: «Aber Sie dürfen nicht denken, ich interessierte mich für Sie, weil die Mädchen hier rar sind. Ich bin an Ihnen interessiert, weil eben Sie es sind.»

Er hatte ihre Gedanken so deutlich gelesen, daß Kendra keine Antwort fand, aber Ted ersparte sie ihr auch. Als er die Kiste auf den Küchentisch gestellt hatte, erklärte er:

«Ich bin von Honolulu herübergekommen.»

«Und warum?» wollte Kendra wissen, die mit einemmal flink und neugierig geworden war.

Ted zuckte mit den Schultern. «Aus keinem besonderen Grund. Ich habe von Kalifornien reden hören und mir gesagt: Schau dir die Gegend mal an.»

Ein Wirrkopf, sagte sie sich. Ein Mensch, der ein planloses Leben führt. Alex Taine würde so jemanden nie ernst nehmen.

Ted deutete auf die Kiste. «Wollen Sie nicht sehen, was ich für Sie habe? Oder gehören Sie vielleicht auch zu den Leuten, denen es egal ist, was sie essen?»

«Ganz gewiß nicht!» sagte sie rasch. «Ich weiß gutes Essen zu schätzen, und ich koche auch gern. Lassen Sie doch mal sehen.»

«Oh, das freut mich aber. Es macht nämlich keinen Spaß, Lebensmittel auszusuchen für Leute, die gar keinen Wert auf anständige Nahrung legen.»

«Ich werde unsere Mahlzeiten kochen», erklärte Kendra.

Diesen Entschluß hatte sie soeben gefaßt. Sie konnte aus einer Hütte keinen Palast machen, aber sie konnte aus jeder Nahrung, die nicht gerade vergiftet war, ein schmackhaftes Mahl bereiten, und eben das würde sie künftig tun. Sie hatte keine Lust, dieses geschmacklose Zeug zu vertilgen, das ihre Mutter heute serviert hatte.

Ted meinte:

«Ich nehme an, man hat Ihnen schon gesagt, daß in Kalifornien fast nur Rindfleisch gegessen wird. Hier ist welches, aber ich habe da noch ein wenig Speck, und ich hoffe, später werden wir auch Schinken kriegen. Und hier sind ein paar Appetithäppchen und Gewürze.» Er holte aus seiner Kiste Curry, Ingwer, Senf, Nelken, Muskatnuß, Oliven, Rosinen und getrocknete Äpfel. «Für die meisten Gemüsesorten ist es noch zu früh, aber ich habe immerhin Zwiebeln und weiße Rüben entdeckt.»

«Ich werde Rindfleisch mit Zwiebeln machen», verkündete Kendra. «Und übermorgen wird es Curry geben.»

«Es freut mich, daß Sie Curry mögen. Diese Büchse ist mit der *Eagle* aus China gekommen.»

«Und ich bin froh, daß ich nun diese getrockneten Äpfel habe. Ich werde eine Torte backen.»

«Darf ich Ihnen einen Rat geben?» fragte Ted und nahm eine Schachtel mit Rosinen in die Hand. «Weichen Sie ein paar Rosinen über Nacht in

Wein ein, und fügen Sie sie dann der Tortenfüllung bei.»

«Eine gute Idee! Wer hat Ihnen denn das gesagt?»

«Oh, eine Frau, die ich mal gekannt habe», antwortete er und wechselte schnell das Thema. «Haben Ihnen die Burschen von der Armee erzählt, daß sie ein Tanzfest planen?»

Kendra nickte. Wer mochte das sein, diese Frau, die er «mal gekannt» hatte. Er schien sie jedoch bereits wieder vergessen zu haben, denn er erkundigte sich, ob sie mit ihm tanzen werde. Kendra versprach es und hoffte, dieses Versprechen möge nicht allzu eifrig geklungen haben. Ted erklärte: «Ich bin eingeladen worden, weil mich Mr. Chase empfohlen hat, der zu den angesehensten Bürgern gehört.»

Belustigt krauste er die Stirn. Kendra begann impulsiv:

«Sagen Sie mir . . .» Aber sie verstummte sogleich wieder.

«Ja?» half er ihr weiter.

«Warum sind Sie Laufbursche?»

Seine schmalen Wangen verzogen sich zu einem Grinsen. «Weil ich zu stinkfaul bin, um etwas Besseres zu sein.»

Er sagte das so, als wäre dies der logischste und amüsanteste Grund der Welt. Sie lachten beide. Dann fuhr Ted fort:

«Ihr Name gefällt mir. Kendra. Wo haben Sie den her?»

«Mein Vater hat ihn mir gegeben. Er hatte ungewöhnliche Namen gern. Es heißt, Kendra komme von einem alten Wort, das Wissen bedeute.»

Wie vorhin, als er unter der Tür gestanden hatte, glitt sein Blick über sie. Und wieder fühlte sie sich einen Augenblick so, als werde sie entdeckt.

«Was für ein ausdrucksvolles Gesicht Sie haben!»

Kendra griff sich mit der Hand ins Gesicht. «Gefällt es Ihnen wirklich?»

«Und wie! Diese schwarzen Wimpern und die blauen Augen und der Haaransatz. Einfach alles. Ähneln Sie Ihrer Mutter?»

«Nein. Meinem Vater. Es heißt immer, ich gliche ihm in vielem. Ich selbst kann mich nicht an ihn erinnern.»

«Da vermissen Sie wohl viel», meinte Ted ernst. Und auf ihren fragenden Blick setzte er hinzu: «Weil Sie ein ungewöhnlicher und sympathischer Mensch sind. Wenn Sie so sind, wie er war, dann muß auch er ein ungewöhnlicher und sympathischer Mensch gewesen sein.»

Kendra war erfreut. Daheim hatten die Logans ihren Vater stets als das schwarze Schaf der Familie angesehen. Doch ehe sie antworten konnte, vernahmen sie Schritte im Flur und Evas Ausruf:

«Um Himmels willen, Mrs. Riggs! Wer hat denn diesen Schmutz ins Haus gebracht?»

«Das ist meine Mutter», murmelte Kendra.

Ted hob langsam die Schultern. Mit beiden Händen in den Taschen seiner Lederjacke schlenderte er in den Flur. Kendra fiel auf, daß er nichts in Eile tat. Sie hörte ihn sprechen: «Es tut mir leid, Mrs. Taine. Ich bin der

Missetäter.»

Mit respektvoller Höflichkeit teilte er ihr mit, wer er sei, entschuldigte sich wegen seiner Sorglosigkeit und ging mit einer Verbeugung davon. Später bemerkte Eva, daß Ted Parks für einen Mann in seiner Stellung überraschend gute Manieren habe.

4

Kendra erklärte an diesem Abend: «Ich möchte von jetzt an kochen.» Ihre Mutter war erfreut und erstaunt. Eva betrachtete Kochen als lästige Pflicht. Daß jemand gar den Wunsch haben konnte, zu kochen, verblüffte sie. Es verblüffte sie ferner, daß Kendra überhaupt etwas vom Kochen verstand. Kendras Unfähigkeit, Handarbeiten zu machen, die ihr doch so gut gelangen, hatte Eva schon befürchten lassen, Kendra sei zu rein gar nichts nutz.

«Aber Kendra!» rief sie aus. «Kannst du eine richtige Mahlzeit kochen? Und ganz allein?»

Kendra bejahte. «Wenn du fortgehst, um Kattun zu kaufen, möchte ich gern mitkommen, weil ich noch ein paar Sachen brauche.»

«Meine Liebe», sagte Eva treuherzig, «das freut mich.»

Alex hörte ihnen zu und lächelte mit mehr Wärme, als Kendra ihm zugetraut hätte. «Du bist eine aufmerksame junge Frau», sagte er lobend.

Der nächste Tag war kalt und neblig. Eva wollte jedoch ihre Einkäufe machen, also schickte Alex Pferde und auch zwei Offiziere. Zu viert trabten sie zur Montgomery Street hinab und betraten das Ladengeschäft von Chase & Fenway.

Die beiden Kaufleute eilten zu ihrem Empfang herbei. Sie bildeten einen merkwürdigen Kontrast: Mr. Chase war untersetzt, munter und gefällig; Mr. Fenway war groß und dürr und gleichgültig und sah derart betrübt drein, als höre er in einem fort Trauermusik. Eva gab sich so charmant, daß Mr. Chase vor Vergnügen rot wurde und sogar Mr. Fenway sein düsteres Gesicht zu einem kurzen Lächeln verzerrte. Nachdem er eine Seitentür geöffnet hatte, rief Mr. Chase: «Parks! Kümmern Sie sich um diese Damen!» Ted stellte sich sogleich ein und sagte, es sei ihm eine Freude.

Kendra ging mit ihm in den Lagerraum, und er zeigte ihr seinen Bestand. Sie kaufte nicht viel, denn sie hatte ja noch die Nahrungsmittel, die er gestern gebracht hatte, aber nun wußte sie wenigstens, was es im Laden alles gab. Sie ritt wieder heim und bereitete das Mittagessen vor, das sie gestern geplant hatte.

Alex aß mit Behagen. Hinterher verkündete er: «Ich würde gern hin und wieder ein paar Kameraden zum Essen einladen.» Aus seiner Stimme sprach Hochachtung vor Kendras Künsten. Sie erwiderte, das könne er selbstverständlich tun, und Eva behauptete, sie seien ihr jederzeit willkommen.

Nachdem die Männer einige Male zu Gast gewesen waren und Kendras Menüs sowie Evas Charme kennengelernt hatten, beteuerten sie Alex, er sei der glücklichste Mann in dieser Stadt.

Morgens waberten meist Nebel ums Haus, und an den Nachmittagen war es windig und kühl. Fast täglich ritten Kendra und Eva, eskortiert von zwei Offizieren, in die Montgomery Street. Das Haus hatte zwei Haupträume: den zur Straße gelegenen Laden und den rückwärtigen Lagerraum; hinzu kam noch ein kleineres Zimmer, das als Büro benutzt wurde. Quer durch den Laden verlief die Theke. In einer Ecke stand ein Ofen, um den sich Männer drängten, die ihre Zeit rauchend und schwätzend totschlugen.

Die Wände des Lagerraums waren von Regalen verstellt; auf dem Boden standen Kisten und Fässer, die noch nicht ausgepackt und geleert waren. Kendra ging mit Vorliebe in diesen Raum, um Leckerbissen zu erhaschen. Das war keine leichte Aufgabe, denn die Packjungen stopften die Waren in jedes freie Plätzchen, so daß Backpflaumen und Sardinen neben Beilen, Schuhen und Kerzen lagen. Aber gerade das gefiel Kendra – vor allem dann, wenn Ted Zeit hatte und ihr behilflich sein konnte.

Während Kendra ihre Auswahl traf, kaufte Eva häufig woanders ein. (Es sei nicht ratsam, so meinte sie, nur in einem Geschäft zu kaufen.) Kendra ließ sie in der Obhut von Mr. Chase zurück und nahm die beiden Offiziere mit. Sie wollte nicht gern mit nur einem Begleiter gesehen werden. (Das sei, so meinte sie, bei einem jungen Mädchen ganz in Ordnung, bei einer verheirateten Frau könne es jedoch Anlaß zu bösem Gerede geben.) Wenn Eva keine anderweitigen Besorgungen zu machen hatte, wartete sie im Laden, bis Kendra fertig war. Umringt von Händlern und Offizieren, saß sie auf einer Kiste und lachte und plauderte. Dabei verstand sie es vortrefflich, eine Haltung einzunehmen, die genau ausgewogen war zwischen ungekünstelter Wärme und jener Zurückhaltung, die der Gattin eines Oberst wohl anstand.

Die Tür zum Lagerraum war immer offen, und die Herren Chase und Fenway sowie die Packjungen kamen und gingen. Dennoch fanden Ted und Kendra oft Gelegenheit, sich zu unterhalten.

Ted war interessant, aber er sprach nie wieder von dieser Frau, die er «mal gekannt» hatte. Als die *Cynthia* wieder in See stach, um nach Honolulu zu segeln, vermißte Kendra ihre Reisebegleiter gar nicht mehr.

Die *Cynthia* lief früher aus, als Captain Pollock beabsichtigt hatte. Ein Teil der Fracht bestand aus Gütern, die von Händlern in Honolulu bestellt worden waren. Pollock hatte eigentlich einen längeren Aufenthalt vorgehabt, um sich und seiner Mannschaft ein wenig Erholung zu gönnen. Jetzt aber mußte er aufbrechen, denn die Garnison von Monterey hatte dringgend um Hilfe ersucht.

Pollock berichtete dies Kendra und Eva, als er zum Abschiedsbesuch kam. Er war guter Dinge und lachte, während er seinen Auftrag beschrieb. Er müsse nach Honolulu segeln, um Salzfleisch und getrocknete Erbsen für die Matrosen der Kriegsschiffe in Monterey zu beschaffen. «Deren Vorrat ist bald erschöpft, und die Jungs murren schon. Sie verabscheuen nämlich das frische Fleisch der Rancher.»

Kendra und Eva waren erstaunt, Pollock indessen gar nicht. Die Seeleute wollten nun einmal das Essen haben, an das sie gewöhnt waren. Dann erzählte er:

«Man hat mich gebeten, so schnell wie möglich zurückzukehren. Die Fahrt nach Honolulu nimmt gewöhnlich drei Wochen in Anspruch, doch wird die *Cynthia* es sicher in kürzerer Frist schaffen.»

Kendra fragte sich boshaft, ob er vielleicht deshalb in so guter Stimmung war, weil er nun Aussicht hatte, diese Empfangsdame im Spielsalon wiederzusehen, von der ihr Loren berichtet hatte. Aber schon wieder hatten sich die Leutnants eingefunden, um sie und ihre Mutter zum Laden zu begleiten, und dort war Ted. Also machte sie sich keine Gedanken mehr um Captain Pollock.

Ted gefiel ihr immer besser. Daheim hatte Kendra mit jungen Männern geflirtet, die ihr eingeredet hatten, sie sei hübsch. Sie war jedoch nicht daran gewöhnt, jemanden um sich zu haben – ob Mann oder Frau –, der sich wirklich für sie interessierte, und zwar so, als sei sie etwas ganz anderes als alle andern. Und eben dies tat Ted. Sie entdeckte, daß sie noch nie so gern mit einem Menschen gesprochen hatte.

Er redete lieber über sie als über sich selbst, doch als sie ihn befragte, erzählte er ihr, daß er aus New York stamme, wo er für eine Anwaltsfirma gearbeitet hatte. «Alle haben mir dort versichert, ich hätte eine gute Chance, meinen Weg zu machen, ich müsse nur Sorgfalt, Pünktlichkeit, Ausdauer und noch verschiedene andere Tugenden aufbringen. Die gehen mir aber leider ab. Ich habe mich schrecklich gelangweilt. Deshalb stieg ich eines Tages in ein Schiff, das nach Honolulu fuhr.» Sie hielten sich wieder einmal im Lagerraum auf. Kendra trug ihren Korb, während Ted einen Sack neuer Kartoffeln schleppte, die aus Sutters Fort stammten. Das Boot war vor einigen Tagen den Fluß herabgekommen, und Ted hatte diese Kartoffeln sogleich für Kendra beiseite gelegt.

«Jetzt wissen Sie, wer ich bin, Kendra. Hitzig, impulsiv, leichtsinnig und ohne jeden Ehrgeiz, eines Tages Präsident der Vereinigten Staaten zu werden. Ich lebe halt so in den Tag hinein, wie es gerade kommt.»

Sie lachten beide. Ted erinnerte sie daran, daß morgen abend der Ball veranstaltet werde.

«Ich muß Packarbeiten erledigen. Sutters Agent hat eine Bestellung auf Werkzeuge mitgebracht. Ich werde vor dem Dunkelwerden fertig sein, wenn nicht, haue ich einfach ab.»

Es gab eine Pause. Dann fragte Kendra:

«Ted, wenn Sie tun könnten, was Ihnen Spaß macht, was würden Sie dann unternehmen?»

«Reisen», antwortete er, «nicht zu den Orten, wo alle Leute hinfahren, sondern nach China beispielsweise, ins Landesinnere, oder auf einsame Inseln oder in ferne, noch unerforschte Zonen.» Er lächelte glücklich. «Und Sie würde ich mitnehmen.»

In diesem Augenblick stolperte Mr. Chase herein und erkundigte sich bei Ted, ob er der jungen Dame denn auch den Käse gezeigt habe, der aus der Gegend des Columbia River geliefert worden war.

Sie gingen in den Laden. Dort hielt Eva wieder einmal hof. Ihre klare freundliche Stimme drang zu ihnen herüber:

«Ich sage es euch, Jungs: Das ist schierer Unsinn. Mein Mann hat mir erzählt, dieser Tage sei einer in das Büro des Quartiermeisters gekommen und habe ein paar dieser glitzernden Flocken gebracht. Er wollte wissen, ob das Gold sei. Der Quartiermeister hat sie sich genau betrachtet und dann erklärt, das sei nichts anderes als gelber Glimmer.»

Mit Bleistift und Notizblock rechnete Ted an der Theke Kendras Einkäufe zusammen. Er warf ihr einen Seitenblick zu. «Ich würde lieber ein Tänzchen mit Ihnen machen, als einen Sack voller Gold haben», meinte er sanft. «Morgen abend werden auf jede Frau zwei Männer kommen. Aber Sie werden zweimal mit mir tanzen. Ich habe gesagt: zweimal.»

Am nächsten Abend war es kalt, und ein rauher Wind trieb die Wolken am Mond vorbei. Kendra bürstete ihr Haar so lange, bis es glänzte, und zog ein weißes Seidenkleid an, das mit kleinen blauen Blüten bedruckt war. Mit Alex und ihrer Mutter ritt sie zum Ballsaal im Comet House in der Dupont Street. Nachdem sie ihre Mäntel dem wachhabenden Soldaten gereicht hatten, betraten sie den Salon, einen Raum mit grellen Blümchenmustertapeten und Walfischtranlampen, deren Schirme rosa leuchteten.

Kendra hatte noch nie einen derartigen Ball erlebt. Die anwesenden Männer waren Offiziere, Kaufleute, Rancher, im ganzen sechzig. An Frauen hatte man alles zusammengeholt, was sich finden ließ: Außer Eva waren noch zwei Offiziersgattinnen da, die gleich ihr die lange Reise nach San Francisco auf sich genommen hatten. Mr. Chase hatte seine Frau im Gefolge, eine stattliche Dame, die ebenso gutmütig war wie er selbst, aber er konnte mit keiner Tochter aufwarten, da ihre drei Kinder Jungen waren. (Mr. Fenway, der weder Weib noch Kind besaß, war nicht zugegen.) Im übrigen gab es Mormonenfrauen und einige Kalifornierinnen von mexikanischer Abstammung.

Um das Tanzbein mit den sechzig Männern zu schwingen, standen lediglich siebenundzwanzig Frauen zur Verfügung. Nur drei von ihnen, Kendra und zwei Mormonenmädchen waren unverheiratet. Während getanzt wurde, standen die überzähligen Männer an den Wänden herum und sahen zu – nein, dachte Kendra, sie glotzten. Sie erinnerten Kendra an einige Farmer, die sie auf einem Jahrmarkt über den Preis von Schweinen hatte verhandeln sehen.

Kendra wurde so oft zum Tanz gebeten, daß sie gar nicht allen Aufforderungen nachkommen konnte. Ohne zu stoßen oder zu drängeln, bahnte sich Ted den Weg zu ihr. Er forderte sie zu einem Tänzchen auf, und sie gewährte es ihm. Die Militärkapelle machte ihre Sache gut. Gerade jetzt spielte sie ein frivoles Liedchen, dessen Anfang lautete:

«Die Liebe ist eine Libelle,
Heute da und morgen dort . . .»

Die beiden tanzten. Nie zuvor hatte Kendra den Arm eines Mannes so fest um ihre Taille gespürt wie jetzt; nie zuvor auch hatte sie das Gefühl gehabt, mit einem Mann im Takt der Musik fast zu verschmelzen. Ted blickte auf sie herab und flüsterte:

«Wie schön Sie sind.»

Kendra lachte glücklich. «Ich bin nicht wirklich schön», erwiderte sie, weil sie wollte, daß er ihr noch einmal bestätigte, sie sei schön. Doch Ted hatte eine Art, Dinge zu sagen, die man nicht erwartete. Sein Griff wurde noch fester, und während er sie scharf ansah wie bei ihrer ersten Begegnung, sagte er sanft:

«Meine Liebe, jede Frau ist so schön, wie ein Mann sie sieht.»

Und bevor sie noch Atem holen konnte, brach die Musik ab, und Leutnant Vernon tauchte auf, um sie an ihr Versprechen zu gemahnen.

Vernon war wie Loren Shields ein netter Junge, und zwar ein so netter Junge, daß Kendra ein schlechtes Gewissen bekam, weil es ihr um jede Minute leid tat, die sie ihm schenkte. Sie mochte Vernon, und es war nicht sein Fehler, daß sie sich in einen andern Mann verliebt hatte. Dieser Gedanke bestürzte sie. Hatte sie sich wirklich verliebt?

Sie tanzte noch mit Leutnant Morse und mit andern Männern, deren Namen sie schon in dem Moment vergaß, da sie ihn hörte, doch schließlich gelang es Ted ein zweites Mal, sie aufzufordern. Mittlerweile war es im Zimmer heiß geworden, und die Lampen qualmten. Einige der Gäste hatten sich an dem Tisch in der Ecke mit Wein und Brandy reichlich bedient; sie tanzten nun mit großer Begeisterung, aber wenig Anmut. Doch scherte dies Kendra nicht.

Ted hatte die Musiker gebeten, das Lied von der Libelle noch einmal zu spielen, und Kendra überlegte, ob sie fortan jedesmal, wenn sie diese Melodie vernahm, wohl an Ted werde denken müssen.

Mitternacht war längst vorüber, und als dieser Tanz zu Ende war, meinte Alex, nun sei es an der Zeit, heimzugehen. Sie ritten – eskortiert von einem halben Dutzend Offizieren – durch den heulenden Nachtwind. In der Pazific Street waren die Kneipen noch erhellt, und der Wind trug das

Grölen der Betrunkenen herüber.

Kendra war glücklich, glücklicher denn je. Als sie in dieser Nacht in ihrem Bett lag, dachte sie, es sei doch wunderbar, begehrt zu werden. Ted ahnte gar nicht, wie sehr es sie danach verlangt hatte, geliebt zu werden. Sie hatte es selber bis zum heutigen Tage nicht gewußt: Erst jetzt war ihr klargeworden, wieviel ihr bisher gefehlt hatte.

Kurz vor dem Einschlafen kam ihr der Einfall, es sei vielleicht ein Glück, daß sie noch keine Liebe gefunden habe, denn sonst hätte sie ja jetzt nicht diese Entdeckerfreude kennengelernt.

5

Am Tag darauf war es immer noch düster und wolkig. Sie hatten so lange geschlafen, daß Eva heute nicht einkaufen wollte; sie schlug vor, die Reste zu essen. Eva war jetzt auch mit den Vorhängen für den Salon fertig geworden. Gemeinsam mit Mrs. Riggs wurden sie nun befestigt.

Im Schmutz und Nebel von San Francisco verwandelte Eva ihr kahles kleines Haus in eine Oase der Gemütlichkeit. Auch die Schlafzimmer waren inzwischen mit Vorhängen und den dazu passenden Bettvorlegern versehen worden. Im Salon standen Stühle am Tisch und Schaukelstühle am Kamin. Auf jedem lag ein Kissen, das mit Moos ausgestopft war. Eva liebte helle Farben. Sie meinte, in einer so grauen Stadt wie dieser brauche man einfach leuchtende Farben.

Kendra saß am Kamin mit dem *Star* in der Hand. Sie tat, als studiere sie die Anzeigen. In Wirklichkeit aber träumte sie vor den Flammen vom vergangenen Abend. «Wie schön Sie sind . . . Jede Frau ist so schön, wie ein Mann sie sieht . . .»

Sie hörte das Getrappel von Pferdehufen. Gleich danach lief ein Besucher die Treppen herauf und pochte an die Haustür. Mrs. Riggs ging öffnen. Herein trat Ted und grinste stolz, als er unter der Tür des Salons stehenblieb und ein eingewickeltes Päckchen von sich streckte.

«Wie geht's?» begrüßte er sie. «Mrs. Taine, ich bringe Ihnen Ihr Mittagessen.»

Eva sprang von dem Stuhl herab, auf dem sie gestanden hatte. «Ach, das ist reizend von Ihnen, Mr. Parks.»

«Ich habe es gleich gebracht, weil es sich nicht hält. Soll ich's in die Küche tragen?»

Kendra war in die Höhe geschnellt. «Ich komme mit.»

Sie gingen in die Küche, und Ted legte sein Päckchen auf den Tisch. Schwungvoll schlug er das Einwickelpapier zurück, und zum Vorschein kam ein Stück frischer Lachs. Kendra schrie vor Freude auf. Eva, die zur Tür gekommen war, meinte:

«Das wird ja ein wahrer Festschmaus.»

«Ich bin froh, daß es Ihnen Freude macht», sagte Ted. Er wies auf das Becken. «Darf ich meine Hände waschen?»

«Selbstverständlich», erwiderte Eva, und Kendra erkundigte sich, woher er den Fisch denn habe.

«Das war Glück. Ein paar Burschen kamen heute früh vom Fischfang zurück und hatten mehr Lachs, als sie selber vertilgen können. Deshalb haben sie den Rest in unseren Laden gebracht. Ich wäre noch früher gekommen, aber ich mußte erst diese Werkzeuge verpacken, die Mr. Sutter bestellt hat. Der Kapitän will morgen bei Tagesanbruch abfahren.»

Eva schaute durchs Fenster.

«Er ist ein braver Mann. Werden wir auch keinen Sturm bekommen?»

«Das kann man nie wissen», versetzte Ted und schrubbte sich die Hände. «Manchmal hängen die Wolken tagelang so tief wie jetzt, und doch fällt kein Tropfen Regen. Ich fühle mich in San Francisco ganz wohl, aber Sie werden mich nicht dazu verleiten können, ein Lob auf das hiesige Klima zu singen.»

Eva lachte, dankte ihm nochmals für den Lachs und kehrte wieder zu ihren Vorhängen zurück. Ted drapierte das Handtuch über dem Halter und fragte:

«Wollen wir nicht mal rausgehen und nach dem Wetter sehen?»

Kendra stimmte zu, und Ted machte die Tür zum Flur auf. Er lächelte sie mit seinem verführerischen Lächeln an, das sie jedesmal so glücklich werden ließ. Als sie an ihm vorbei in den Flur gehen wollte, streifte ihr Arm den seinen.

Ohne es eigentlich zu wollen, blieb Kendra bei ihm stehen. Ted blickte sie so zärtlich an wie in der letzten Nacht beim Tanz. Kendra rührte sich nicht. Sie konnte es gar nicht. Es war, als sei sie in einem Netz gefangen. Langsam hob Ted eine Hand und streichelte ihr Haar. Mit leiser Stimme murmelte er:

«Sie sind so schön.»

Einen Moment standen sie starr da. Dann geschah es. Teds knochige Hände griffen nach ihren Schultern. Er zog sie an sich. Kendra fühlte, wie sie vor Wonne schwach wurde. Ihre Lider kitzelten seine Wange. Ihre Lippen fanden sich. Doch in dieser Sekunde sprang Ted mit einer jähen Bewegung zurück, und er stieß die Worte mühsam heraus, als bereiteten sie ihm Schmerz:

«Mein Gott, was mache ich!»

Er schob sie so grob von sich, daß sie taumelte und am Tisch Halt suchen mußte, um nicht zu fallen. Er stürmte davon. Sie hörte seine Schritte im Flur und auf der Veranda und schließlich auf der Treppe.

Kendra war sich kaum bewußt, daß sie ihm in den Flur gefolgt war. Sie war wie benommen. Sie empfand einen brennenden Schmerz. In seiner

Eile, das Haus zu verlassen, hatte Ted die Tür offenstehen lassen, und Kendra sah, wie er sich auf sein Pferd schwang und den Berg hinabjagte. Er warf keinen Blick zurück. Sie hörte das Surren des Windes und sah den Nebel vor der Haustür in Wellen vorbeitreiben, als wäre er Wasser. In der Nähe schrien ein paar kleine Buben fröhlich auf, die aus Hölzern und Erdklumpen eine Festung bauten. Ein mexikanischer Holzhacker kam den Berg herauf mit Brennholz, das er verkaufen wollte. Ein Fuhrwerk ächzte unter der Last seiner Fässer mit Frischwasser von der Quelle in Sausalito. In einer Minute würde der Fahrer halten, um seine regelmäßige Lieferung abzugeben, und Eva oder Mrs. Riggs würden ihn einlassen.

Während Kendra noch immer außerstande war, einen klaren Gedanken zu fassen, sagte ein Instinkt ihr doch, daß die beiden sie jetzt besser nicht sahen. Unsicher ging sie in ihr Schlafzimmer. Als sie die Tür hinter sich geschlossen hatte, fielen ihr die Verse des Liedchens von gestern abend ein:

«Die Liebe ist eine Libelle,
Heute da und morgen dort . . .»

‹Ach Ted!› schrie es in ihr. ‹Hast du es nur so gemeint?›

Die Wolken wichen den ganzen Tag nicht, dennoch fiel kein Regen. Kendra kochte den Lachs, aber sie vermochte nur wenig davon zu essen. Auf Evas Frage, weshalb sie keinen Appetit habe, entgegnete Kendra, sie sei wohl noch etwas müde, weil sie wegen des Tanzfestes so lange aufgeblieben war. Das Wort «Tanz» erstickte sie fast. In der Nacht fühlte sie sich elend. Ruhelos wälzte sie sich von einer Seite auf die andere, schlief ein, erwachte jäh wieder, döste abermals – und mußte immerzu an Ted denken.

Wollte er sie, oder wollte er sie nicht? Sie war so sicher gewesen! Kendra wußte, daß es Männer gab, die sich einen Spaß daraus machten, die Liebe eines Mädchens zu gewinnen und es dann von sich zu stoßen. Aber Teds Lächeln und sein warmer Blick, seine zärtliche Stimme – sollte das alles nicht ehrlich gewesen sein? Aber dann wäre sie ja schlimmer hinters Licht geführt worden als je ein Mädchen zuvor! Und dieser Beinahe-Kuß, sein plötzliches Erschrecken, als er sie weggeschoben hatte . . . Was hatte das alles zu bedeuten?

In dieser Angelegenheit konnte sich Kendra ebensowenig wie in jeder andern mit Halbheiten zufriedengeben. Wenn sie etwas wollte, dann wollte sie es eben. Und sie wollte Ted. Wenn sie ihn nicht bekommen konnte, dann mußte sie wenigstens den Grund wissen. Sie würde ihn unverblümt fragen: «Lieben Sie mich, oder lieben Sie mich nicht?»

Und jede Antwort würde besser sein als die Ungewißheit.

Am nächsten Morgen regnete es zum Glück immer noch nicht. Kendra wusch ihre Augen wieder und wieder mit kaltem Wasser, denn falls sie nicht gut aussah, ließ ihre Mutter sie vielleicht nicht fort. Beim Frühstück meinte sie, das Wetter sei so bedrohlich, daß sie es für richtig halte, beizeiten einzukaufen. Eva war auch dieser Ansicht.

Ted war weder im Laden noch im Lagerraum. Mr. Fenway, der mit ein paar Männern am Ofen gestanden hatte, schlenderte herbei und begrüßte die Damen. Dann spazierte er zur Bürotür, steckte seinen Kopf ins Zimmer und gab die Ankunft von Mrs. Taine und ihrer Tochter bekannt. Alsbald erschien Mr. Chase, der sie laut willkommen hieß. Er kam allein.

Also ging Ted ihr aus dem Weg! In Kendra stieg die Wut auf. Doch vielleicht war er gar nicht im Büro? Aus dem Lagerraum hörte sie Stimmen; Männer rollten Fässer durch die Hintertür herein. Natürlich! Ted hatte dort mit den Packjungen zu tun.

Mr. Chase marschierte flott auf Eva, die Leutnants und die Männer am Ofen zu. Sein dickes Gesicht strahlte, als er fragte:

«Möchten die Herrschaften vielleicht ein wenig Gold?» – Die Gruppe wurde unruhig. Mr. Chase streckte seine feiste Hand aus, in deren Fläche ein Lappen lag. Er war zerknittert, als sei er verknotet gewesen. Die Männer drängten näher. Nur einer von ihnen, ein schlanker Bursche, der einen Fuß auf eine Kiste gestellt und einen Ellbogen aufs Knie gestemmt hatte, blieb unberührt. Die Taschen seiner Hose und seines Hemdes quollen förmlich über. Er hatte darin Notizbücher, Geld, Schlüssel, ein Messer, einen Kamm, Bleistifte, ein rotes Taschentuch und ein blaues Taschentuch und noch viele andere Dinge. Sein Bart war eine Woche alt; wie Fichtennadeln stachen die Stoppeln aus seinem mageren Gesicht. Als er die andern beobachtete, die sich neugierig um das Gold scharten, lächelte er freundlich, und seine nußfarbenen Augen glitzerten.

«Eine Minute, Leute», bat Mr. Chase. «Lassen Sie zuerst die Damen einen Blick darauf werfen. Dieser Gentleman dort, namens Pocket, hat das Zeug in die Stadt gebracht, und zwar zunächst zu dem Uhrmacher Buckelew, denn er kennt sich mit Gold aus, und er hat auch eine Juwelierwaage.» Mr. Chase nickte entschlossen. «Nun, es ist Gold.»

Ach, warum hörte er nur nicht mit diesem Geplapper auf, dachte Kendra, und rief lieber nach Ted? Der Lappen war von einem alten Hemd abgerissen worden. Ein Teelöffel voll schmutziggelblicher Körner lag darin. Morse und Vernon brummten unsicher etwas vor sich hin (schließlich hatte der Quartiermeister erklärt, dieses sogenannte Gold sei bloß Glimmer), Eva jedoch berührte mit einem ihrer behandschuhten Finger das Häufchen und fragte:

«Woher haben Sie das, Mr. . . .? Es tut mir leid, aber ich kann Namen nicht behalten.»

Der schlanke Fremde nahm seinen Fuß von der Kiste und richtete sich auf wie ein Mann, der unerwartet eine Ansprache halten soll.

«Mein Name ist Sylvester Brent, Ma'am», antwortete er höflich, «aber alle Welt nennt mich Pocket.» Er blickte Eva scheu an und fuhr sich dann über das stoppelige Kinn. «Hätte ich geahnt, daß ich feine Damen treffen würde, dann hätte ich mich vorher rasieren lassen. Entschuldigen Sie bitte, Ma'am. Aber Sie haben nach dem Gold gefragt. Ich arbeite im Laden von Mr. Smith droben bei Sutters Fort. Es haben schon andere solches Zeug da gehabt. Sie wollen es an Stelle von Geld verwenden.»

«Wo haben sie es gefunden?» fragte Eva interessiert.

Pocket verlagerte sein Gewicht von einem Fuß auf den andern. «Sie sagen, daß sie es am Sägewerk gefunden haben, Ma'am.»

«Sägewerk?» wiederholte Eva verständnislos.

Schüchtern erklärte Pocket:

«Nun, Ma'am, es kommen Siedler, und sie brauchen Holz, um sich Häuser zu bauen. Deshalb hat Mr. Sutter ein paar Mann in die Berge geschickt, die am American River ein Sägewerk bauen sollen. Sie haben diese Körner im Fluß gefunden, aber auch in Felsspalten, und sie behaupten, es sei Gold.»

«Es ist Gold», betonte Mr. Chase.

Unruhig stampfte Kendra mit dem Fuß auf. Wo steckte Ted?

«Das bedeutet gar nichts», bemerkte Mr. Fenway. Seine Stimme klang so eintönig wie das Summen einer Biene.

«Und was ist das?» begehrte Mr. Chase auf. «Ich werde es Ihnen sagen: Es ist Gold, hören Sie: Gold.»

Mr. Fenway blickte sich um wie ein Mann, der einiges zu sagen hat. «Wieviel Gold ist dort oben, Pocket?»

«Das weiß ich nicht», erwiderte Pocket in seiner unschuldigen Art. «Ich schätze, das weiß niemand.»

«Nun, regen Sie sich nicht auf», warnte Mr. Fenway. «Derlei passiert nicht zum erstenmal in dieser Gegend. Vor fünf oder sechs Jahren, als Chase noch nicht hier war, ist bei Los Angeles folgendes geschehen: Ein Rancharbeiter zerrte ein paar wilde Zwiebeln aus der Erde und sah Körner wie diese da an den Wurzeln hängen. Die Nachricht machte schnell die Runde. Männer ließen ihre Arbeit liegen und suchten nach Gold. Nun, was an den Wurzeln dieser Zwiebeln hing, war tatsächlich Gold, aber –» Mr. Fenway fuchtelte warnend mit einer Hand – «aber es war nicht so viel, daß es sich gelohnt hätte. Ein Mann, der von der Morgendämmerung bis zum Abend in der Erde herumwühlte, fand nicht genug, um einen Teller Bohnen bezahlen zu können.» Mr. Fenway nickte befriedigt. «Nun, Pocket, ich vermute, davon haben Sie wohl noch nie etwas gehört.»

Pocket lächelte bescheiden. «Nein, Sir, nie. Damals war ich nämlich noch gar nicht da. Ich bin erst im letzten Sommer gekommen.»

Kendra konnte dieses Geschwätz nicht mehr länger ertragen. Sie zupfte an Evas Ärmel. «Entschuldige, Mutter, aber meinst du nicht auch, es wäre besser, ich bekäme endlich meine Lebensmittel?»

«Ach ja, natürlich», entgegnete Eva. Kendra wandte sich zu Mr. Chase:

«Rufen Sie doch, bitte . . .»

Doch Mr. Fenway richtete bereits in seinem schleppenden Tonfall das Wort an sie:

«Ich werde mich sogleich um Sie bemühen, Miss.»

Er begab sich hinter die Theke, nahm ihren Korb vom Regal und wartete an der Tür zum Lagerraum auf sie. Als Kendra ihm folgte, sah sie, daß die große Hintertür offenstand und ein Lieferwagen gerade abfuhr. Die Jungen packten Waren aus, und kein Zweifel: Auch Ted mußte im Lagerraum sein. Sie gelobte sich, die halbwüchsigen Bengels bald loszuwerden, und trat mit Mr. Fenway ein.

Die Packjungen waren ihr als Bert, Al und Foxy bekannt. Als Kendra den Lagerraum betrat, sahen sie auf, grinsten bei ihrem erfreulichen Anblick und riefen: «Wie geht's, Miss?»

Ted war nicht da.

Im Raum war es düster und kalt. Dieses Lager erinnerte sie an ein Gewölbe, und Mr. Fenway erinnerte sie an ein Gespenst. Kendra stieg ein Dutzend Treppenstufen hinab. Mr. Fenway begleitete sie in tiefstem Schweigen. Plötzlich konnte sie ihre Ungeduld nicht mehr zügeln. Vorsichtig erkundigte sie sich:

«Wo ist denn Ted Parks heute morgen, Mr. Fenway?»

Mit einem traurigen Kopfschütteln antwortete er:

«Ted Parks ist gegangen.»

Kendra fürchtete umzusinken. Sie lehnte sich gegen ein Faß. «Gegangen?» fragte sie matt. «Wohin gegangen?»

«Achtung, Foxy!» schrie Bert hinter ihr. «Leg die Kerzen nicht so nah an den Rand vom Regal, sonst rollen sie runter. Schieb sie nach hinten.»

Mr. Fenway hatte sich einem andern Regal zugewandt und langte nach einer Schachtel. Über die Schulter gab er Kendra Bescheid:

«Nach Sutters Fort.» Seufzend fuhr er dann fort: «Ich weiß auch nicht, was heutzutage diesen jungen Leuten in den Kopf fährt. Zu meiner Zeit jedenfalls warf man seinen Job nicht wortlos hin. Parks hatte eine angenehme Arbeitszeit, eine gute Bezahlung und ein warmes Zimmer über dem Laden. Keine Dankbarkeit. Gestern kommt er hier an und sagt, daß er fortgehen will. Nun, Miss, wir haben da diese guten getrockneten Birnen aus Oregon bekommen . . .»

6

Das Leben ging weiter, aber das Leben ohne Ted war langweilig und freudlos. Ein Tag glich dem andern.

Kendra kochte auch weiterhin, denn sie mußte ja schließlich etwas zu tun haben, und die Offiziere versicherten Alex von neuem, daß er der glücklichste Mann in der ganzen Stadt sei. Kendra wurden von einsamen jungen Offizieren mehrfach Heiratsanträge gemacht. Sie kannte die Männer kaum und lehnte so liebenswürdig wie möglich ab. Es waren immerhin ganz nette junge Männer. Doch sosehr sie es auch versuchte, sie konnte sich nicht vorstellen, daß sie mit einem dieser netten jungen Männer ins Bett gehen sollte. Mit Ted konnte sie sich das vorstellen; sie hatte daran schon oft gedacht – und sie brauchte sich dabei nicht einmal Mühe zu geben.

Ab und zu hörte sie die Leute von dem Gold an Sutters Sägewerk sprechen, doch stimmte sie mit Mr. Fenways Ansicht überein, daß sich die Aufregung nicht lohne. Ein paar Hafenstrolche, die stets nach einem leichten Weg zum Reichtum suchten, zogen in die Berge hinauf. Andere, die das Fiasko im Süden vorsichtig gemacht hatte, blieben ungerührt.

Von Ted gab es keine Nachrichten. Statt seiner hatten Chase und Fenway einen jungen Mann namens Hodge aus Missouri eingestellt. Hodge tat seine Pflicht, aber er verfügte weder über Teds einnehmende Manieren noch über dessen Bildung. Ted konnte schön formulierte Geschäftsbriefe schreiben und auch die lateinischen Floskeln in den Verträgen lesen – Kunststücke, die Hodges Kräfte überforderten. Ted wurde vermißt.

Kendra wünschte, sie hätte eine Freundin, mit der sie sich aussprechen könnte, aber sie hatte nun einmal keine. Mit ihrer Mutter konnte sie sich ganz gewiß nicht aussprechen. Sie kannten einander nicht gut genug.

Im April jedoch wurde das Wetter wieder schön, und die *Cynthia* traf aus Honolulu ein. Kendras Stimmung hob sich ein wenig. Es würde ganz nett sein, Captain Pollock und Loren wiederzusehen.

Am Morgen nach seiner Ankunft machte Pollock einen Besuch. Kendra war auf der Veranda, als sie ihn den Berg hinaufreiten sah. Beim Reiten wirkte er geradezu linkisch, was Kendra überraschte, denn sie hatte ihn bisher bei keiner Gelegenheit linkisch gesehen. Aber natürlich, tadelte sie sich gleich danach, waren Seeleute fast durchweg schlechte Reiter. Man durfte ja auch von einem Kapitän nicht verlangen, daß er wie ein Kavallerist ritt, der sein halbes Leben im Sattel zubrachte.

Pollock stieg ab, band sein Pferd an eine Zwergeiche am Rand der Stockton Street und kam auf das Haus zu. Bevor er sechs Schritte gemacht hatte, wußte Kendra, daß etwas passiert war.

Sie beobachtete ihn verwirrt und erstaunt. Seine schlechte Haltung zu Pferd war nicht nur die Unbeholfenheit eines Seemannes gewesen. Sein Gang war nicht nur das etwas unsichere Ausschreiten eines Mannes, der gerade erst die Decksplanken verlassen hatte.

Nein, Captain Pollock hat sich sehr verändert, sagte sich Kendra verwirrt.

Ob auf See oder an Land, Captain Pollock schritt normalerweise mit herrischer Sicherheit daher. Das war heute nicht der Fall. Er trug zwei Päckchen, die in rotes und goldenes Papier eingewickelt waren – sicher Geschenke, die er von irgendeiner Palmenküste mitbrachte –, aber seine Schritte knirschten, als seien diese beiden kleinen Pakete eine gar zu schwere Last für ihn. Er ging mit gebeugtem Kopf und hängenden Schultern. Er wirkte verzagt. Als sie erkannte, daß seine Miene sorgenvoll war und seine hellen Augen verhangen schienen wie die eines Mannes, der eine schlaflose Nacht hinter sich hat, begriff Kendra: Sie hatte sich nicht getäuscht, es war wirklich etwas passiert.

Pollock versuchte sich so zu geben, als sei alles in Ordnung. Er nahm seine blaue Mütze ab, verbeugte sich und sagte höflich:

«Es ist mir ein Vergnügen, Sie wiederzusehen, Miss Logan.»

Mit einem Lächeln, das – wie sie hoffte – ihre Unruhe verbarg, führte ihn Kendra in den Salon und rief ihre Mutter. Eva hieß ihn herzlich willkommen.

Pollock antwortete in steifem, förmlichem Ton. Kendra merkte, daß es ihm schwerfiel, sich ungezwungen zu benehmen. Er reichte Eva und ihr die Geschenke. Es waren Lackkästchen, in denen man später Handschuhe oder Taschentücher aufbewahren konnte; jetzt aber war das eine mit chinesischem Tee und das andere mit gezuckertem Ingwer gefüllt. Sie bedankten sich, und Eva erkundigte sich:

«Ich hoffe, wir werden Sie öfter sehen, solange Sie im Hafen sind, Captain Pollock.»

«Wollen Sie nicht einmal abends zum Essen kommen?» fragte Kendra.

Pollock schüttelte den Kopf. «Sie sind sehr liebenswürdig, aber ich muß leider ablehnen. Ich werde nur kurze Zeit hierbleiben, und ich habe viel zu tun.»

Er sprach so knapp, daß sich Kendra unbehaglich fühlte. Es war offensichtlich, daß er diesen Besuch nur machte, weil die guten Sitten es verlangten, und daß er froh sein würde, wenn er wieder gehen konnte. Eva meinte freundlich:

«Aber Sie werden doch hoffentlich noch einmal nach San Francisco kommen, bevor Sie den Pazifik endgültig verlassen?»

Diese Frage bejahte Captain Pollock. Er wollte jetzt nach Kanton und einigen andern asiatischen Häfen segeln und im nächsten Frühjahr wieder in San Francisco anlegen, ehe er nach New York zurückkehrte. Eva versicherte ihm, sie freue sich auf seinen Besuch. Dann unterhielten sie sich über die Häfen, die er besuchen wollte; er blieb jedoch so kühl, daß selbst sie sich eines fröstelnden Gefühls nicht erwehren konnte. Eine unangenehme Pause entstand. Um das Schweigen zu brechen, fragte Kendra:

«Wie geht es denn Loren Shields?»

Als sie den Namen aussprach, ging ein Ruck durch den Kapitän. Seine Antwort war beinahe barsch:

«Mr. Shields ist nicht mehr bei uns.»

Kendra holte erstaunt Luft. Loren war ein Mann, der seine Arbeit zuverlässig erledigte. Er war leichtherzig, aber nicht leichtsinnig. Er hätte seinen Vertrag doch nie gebrochen. Ebensowenig konnte er entlassen worden sein, es sei denn, er hätte seine dienstlichen Obliegenheiten grob verletzt, und einer solchen Verfehlung hielt Kendra ihn nicht für fähig. Nun stand es absolut fest: Etwas Schlimmes war passiert.

Auch Eva war bestürzt. Sie wollte wissen, ob Loren in Honolulu geblieben sei.

Captain Pollock verneinte. Loren sei auf der *Cynthia* nach San Francisco zurückgekommen, aber nach ihrem Eintreffen hätten sie seinen Vertrag in beiderseitigem Einverständnis gelöst. Noch kürzer hätte diese Auskunft kaum ausfallen können. Da sie begriff, daß Pollock die Angelegenheit nicht zu diskutieren wünschte, fragte Eva taktvoll, ob er nicht eine Tasse Tee haben wolle und ein paar Zimtoblaten, die Kendra gestern gebacken hatte. Pollock lehnte ab. Er müsse jetzt gehen. Als Kapitän eines Schiffes, das erst vor wenigen Stunden eingelaufen sei, habe er dringende Geschäfte.

Nach seinem Fortgehen fragte Eva verdutzt:

«Was mag nur mit ihm los sein?»

«Ich wundere mich auch», sagte Kendra, «aber ich habe keine Ahnung, was mit ihm los ist.»

Als Alex an diesem Abend nach Hause kam, berichtete er: «Die Rückkehr der *Cynthia* ist unglücklich verlaufen. Die Hinfahrt hat nur siebzehn Tage gedauert, und auch die Rückreise hat günstig begonnen. Doch dann ist sie in einen Sturm geraten, durch den sie vom Kurs abgekommen ist, so daß die Fahrt dreiundzwanzig Tage gedauert hat.»

«Dies muß der Grund für Captain Pollocks Niedergeschlagenheit sein», meinte Eva. Kendra jedoch war anderer Meinung. Sie hätte es verstanden, wenn Pollock deswegen enttäuscht gewesen wäre, aber sie konnte nicht glauben, daß der Sturm allein ihn derart deprimiert hatte. «Pollock fährt seit zwanzig Jahren zur See», sagte sie. «Er weiß, daß auch das beste Schiff nicht gegen einen Sturm aufkommt. Außerdem erklärt das nicht den Bruch mit Loren. Und schließlich kann ja wohl Loren nicht schuld sein an diesem Sturm.»

Der nächste Morgen bescherte ihnen ein seltenes Vergnügen: Die Sonne schien aus einem wolkenlosen Himmel. Der Sturm hatte die Luft gereinigt. Die weite Bucht schimmerte hell, und die schäbige kleine Stadt San Francisco sah wie ein Schmutzfleck inmitten einer leuchtenden Welt aus.

Kendra und Eva ritten mit Morse und Vernon den Berg hinunter. Die beiden unterhielten sich eifrig. Sie wollten wieder einen Ball veranstalten, und Eva hatte versprochen, ihnen beim Dekorieren zu helfen. Vernon sagte, der «New York Store» habe chinesische Laternen und anderen fernöstlichen Zierat. Wollte sie sich diese Sachen nicht einmal betrachten?

Doch, gern, erklärte Eva. «Gehen wir hin?» fragte sie Kendra.

«Warum gehst du nicht allein hin?» gab Kendra zurück. «Laß mich ruhig bei Chase und Fenway. Sie haben eine viel größere Auswahl an Lebensmitteln.»

Sie sprach dies lächelnd, um ihre wahre Absicht nicht zu zeigen. Ihre wahre Absicht war nämlich, sich nach Ted zu erkundigen. Mr. Fenway hatte erzählt, Ted habe seine «Klamotten gepackt» und sei davongegangen, aber das stimmte nicht ganz. In seiner Eile hatte Ted nicht alle «Klamotten gepackt». Hodge, der nun in Teds Zimmer wohnte, hatte erwähnt, daß Ted verschiedene Dinge zurückgelassen habe: Hemden und Schuhe, ein Rasiermesser und sogar – Hodge sagte es respektvoll – einige Bücher. Als ehrliche Haut hatte Hodge diese Sachen in eine Kiste gepackt und diese Kiste unter sein Bett geschoben.

Falls Ted also zurückkam, fand er alles vor. Kendra hoffte noch immer, dieser Fall möge eintreten.

Da sie von dieser Geschichte nichts wußte, nahm Eva den Vorschlag ihrer Tochter an. Alle vier gingen zu Chase & Fenway, denn Eva ließ Kendra niemals allein gehen. Sie wünschte ihre Tochter stets wohlbehütet zu sehen.

Mr. Fenway ölte gerade die Schlösser und die Riegel. An der Theke verhandelte Mr. Chase mit einem Rancher, der seine Produkte in die Stadt gekarrt hatte. Die Packjungen schleppten Kisten, und dieser Bursche, den sie Pocket nannten, saß beim Ofen und las den *Star*. Pocket hatte bereits seinem Dienstherrn, dem Mr. Smith, eine Bootsladung Waren geschickt, aber dessen Partner, der Mormonenführer Sam Brannan, hatte vor seinem Aufbruch nach Sutters Fort Pocket gestattet, noch eine Weile in der Stadt zu bleiben. Pocket war nun besser herausstaffiert als an jenem Tag, da er mit dem Gold gekommen war. Er rasierte sich jetzt regelmäßig und bürstete auch seine Hose; heute trug er sogar ein frisch geplättetes Hemd. Seine Taschen freilich waren ausgebeult wie eh und je.

Kendra hatte in San Francisco so selten sonnige Tage erlebt, daß es sie erstaunte, wie ganz anders der Laden im Sonnenschein wirkte. Durch ein Seitenfenster fiel das Licht auf die Eingangstür, wodurch die Schatten in den Ecken noch dunkler erschienen. Als Kendra mit den andern eintrat, schnurrte die Tür lautlos hinter ihnen zu, doch die Männer im Laden hörten die schweren Schritte der Offiziere und drehten sich um.

Pocket legte, als er Kendra und ihre Mutter sah, seine Zeitung hin und stand höflich auf. Er machte sich viel aus Frauen, und Kendra hatte einige Male die Packjungen davon reden hören, daß die Frauen ihrerseits sich viel aus Pocket machten. Mr. Fenway schlenderte herbei, und Eva teilte ihm mit, sie überlasse ihm Kendra, da sie mit Morse und Vernon die chinesischen Dekorationen ansehen wolle. Sie lachte taktvoll. «Sie verzeihen mir doch, daß ich einmal bei Ihrer Konkurrenz einkaufe, Mr. Fenway?»

«Sie haben Kundschaft nötig», bemerkte Mr. Fenway mit trauriger Genugtuung. «Wie ich höre, hatten sie eine schwere Zeit, um diesen chinesischen Kram an den Mann zu bringen.» Diese Erinnerung an die Schwierigkeiten seiner Konkurrenz heiterte ihn so sehr auf, daß er zwei oder drei Sekunden lang ein beinahe fröhliches Gesicht machte, bevor er wieder seine gewohnt düstere Miene aufsetzte.

Nachdem Eva gegangen war, gab Hodge Kendra ihren Korb, und sie stieg in den Lagerraum hinab. Sie traf ihre Auswahl, aber ohne Ted war dies ziemlich langweilig, und in wenigen Minuten war sie fertig und ging wieder in den Laden. Mr. Chase und der Rancher waren verschwunden. Hodge und Mr. Fenway beratschlagten mit einem andern Kunden, einem verschmutzten Gesellen, den sie mit Mr. Ingram anredeten. Trotz seiner abgerissenen Kleidung schien Mr. Ingram jedoch ein wertvoller Kunde zu sein, denn in seiner knorrigen Faust hielt er einen Zettel mit einer langen Liste von Gegenständen, die er zu kaufen wünschte. Pocket, der wieder über seiner Zeitung hockte, rieb sein frisch rasiertes Gesicht, an das er sich offenbar noch nicht recht gewöhnen konnte. Pocket hatte klar geschnittene Züge, und da nun auch sein Bart gefallen war, fand Kendra, daß er eigentlich ein ganz hübscher Mann sei.

Plötzlich, als habe er seinen Namen vernommen, wandte sich Pocket zur Eingangstür. Kendra sah sein Gesicht im Profil. Seine Lippen öffneten sich, und er lächelte wie ein Mann, der einen Regenbogen erblickt.

Jetzt schien es auch Kendra so, als habe sie etwas gehört, ein leichtes Rascheln vielleicht. Sie drehte sich um.

Mitten im Sonnenglanz stand ein Mädchen.

Jedes Mädchen war in San Francisco ein Ereignis, aber dieses Mädchen da hätte an jedem Ort die Gedanken eines Mannes abgelenkt. Sie hatte rotes Haar, grüne Augen und eine üppige Figur. Sie trug ein grünes Seidenkleid, das zu ihren Augen paßte, und einen modischen Strohhut mit grünen Bändern. Ihr Gesicht war nicht vollkommen schön, führte jedoch weit eher in Versuchung als Schönheit schlechthin, denn es strahlte eine Wärme ganz eigener Art aus. Es war ein ungewöhnliches Gesicht mit vollen Lippen, einer frechen Nase und Sommersprossen. Sie hatte deren so viele, daß man hätte meinen können, jemand habe ihr Gesicht mit Goldstaub besprüht.

Ihre Augen waren grün wie Klee, und der Wind hatte kupferrote Locken unter ihrem Hut hervorgezaust. Langsam und mit fröhlichem Übermut löste sie die Bänder und setzte ihren Hut ab. Ihr rotes Haar flammte im Sonnenlicht wie eine Fackel auf. Nein, sie war nicht schön, aber sie erregte Aufsehen, und Kendra wunderte sich, was eine solche Frau hier, in diesem gottverlassenen Winkel, suchte.

Pocket hatte gar nicht erst aufgehört, sich zu wundern. Er ließ seine Zeitung fallen, sprang hoch und ging mit langen Schritten auf sie zu. Schüchtern fragte er:

«Darf ich Ihnen den Hut abnehmen, Ma'am?»

Die kleegrünen Augen der Fremden funkelten ihn an. Ohne Zweifel war sie daran gewöhnt, Eroberungen zu machen, aber sie wurde ihrer wohl niemals überdrüssig. «Vielen Dank», antwortete sie und reichte ihm graziös ihren Hut. Als Pocket ihn ergriff, fügte sie hinzu: «Ich suche . . .», aber sie konnte nicht weiterreden, denn jetzt hatten auch die andern sie erspäht, und alle gerieten in Bewegung.

Foxy murmelte:

«Herrgott, schaut euch das an!»

Seine beiden Kumpane gaben ähnliche Kommentare von sich. Hodge schien seinen verschmutzten Kunden vergessen zu haben, was allerdings nicht weiter schlimm war, denn auch der Kunde hatte seine Liste vergessen und gaffte die Rothaarige an. Selbst Mr. Fenway traf Anstalten, näher zu treten, und stieß ein Faß beiseite, das ihm im Wege stand. Allesamt waren sie im Begriff, sich der Frau zu nähern, doch Mr. Fenway blickte sich mit strengem Tadel um, als wolle er sie daran erinnern, daß er hier der Boss war und daß es seine Aufgabe war, diese Kundin unter seine Fittiche zu nehmen. Seine hohe Gestalt klappte in einer Verbeugung zusammen.

«Guten Morgen, Ma'am», summte er. «Mein Name ist Fenway. Womit kann ich Ihnen dienen?»

Hodge und sein Klient, Foxy und Bert und Al sowie Pocket waren überwältigt. Der sommersprossigen Circe gelang es, sie alle miteinander in ihr Lächeln einzubeziehen.

«Nun, Mr. Fenway, Sie sind genau der Mann, den ich brauche. Sie und Mr. Chase. Paßt es Ihnen, wenn wir uns ein wenig unterhalten?»

Mr. Fenway versicherte ihr feierlich, daß es ihm sehr passe.

Kendra, die noch immer unter der Tür des Lagerraums stand, entschloß sich, ruhig der kommenden Dinge zu harren. Über diesem hinreißenden Rotschopf vergaß Mr. Fenway vielleicht, daß auch sie noch da war. Die Fremde sagte:

«Sie sind sehr liebenswürdig zu einer Unbekannten, Sir. Mein Name ist Marny – ja, nennen Sie mich einfach Marny, wie das jedermann tut. Mir ist, als ob wir uns schon lange kennten, Mr. Fenway, denn ich habe so viele Ihrer Freunde getroffen. Ich war in einem Spielsalon in Honolulu beschäftigt. Vor zwei Tagen bin ich mit der *Cynthia* hier angekommen.»

«Aha», machte Mr. Fenway, «die *Cynthia.*» Er nickte erfreut, da er sich des Mißgeschicks entsann, welches das Schiff unterwegs getroffen hatte. «Ihre Reise war nicht sehr angenehm?»

Marny lächelte und zuckte die Achseln. «Na ja, immerhin sind wir jetzt hier, und das ist schließlich die Hauptsache.»

Was Mr. Fenway darauf erwiderte, vernahm Kendra nicht. Ein Spielsalon in Honolulu? Sie erinnerte sich der Geschichte, die Loren ihr am Kap Hoorn erzählt hatte. Beinahe sah und hörte sie die Szene wieder: den Sturm und die tobende See, das graue Oberlicht in der Kabine und Loren, der von Pollock berichtete. Der Kapitän sei so froh, daß er sie, Kendra, auf der *Cynthia* habe, weil sie ein unschuldiges junges Mädchen sei. Und dann ...

In Honolulu gibt es einen Spielsaal, den er oft besucht. Die Leute behaupten, er himmele die Empfangsdame an. Er glaubt, ein Mädchen wie sie würde das Schiff beleidigen ...

Kendra war noch nie in einem Spielsalon gewesen, und kein Mensch hatte ihr je gesagt, was für eine Person die Empfangsdame in einem Spielsalon sein mochte. Aber Loren hatte eindeutig erklärt, daß diese Empfangsdame auf der *Cynthia* nicht willkommen sein würde, weil sie kein unschuldiges junges Mädchen sei.

Plötzlich mußte sie auch wieder an die Galionsfigur denken: an die Göttin mit dem Halbmond – Cynthia, die Mondgöttin, die ewig junge und ewig jungfräuliche. Wie hatte sie damals über Pollocks komische Ideen gelacht.

Und doch war der *Cynthia* auf der langen und schweren Reise von New York mit ihr an Bord keinerlei Mißgeschick widerfahren; sie war sogar sehr schnell gesegelt. Auf der kurzen und leichten Reise von Honolulu nach San Francisco mit Marny an Bord war die *Cynthia* jedoch vom Sturm aus ihrem Kurs geworfen worden!

Und folglich, so überlegte Kendra, glaubt Captain Pollock, daß sein Schiff durch die Anwesenheit Marnys beleidigt worden ist. Und jetzt ist er ängstlich. Vielleicht ist es nun auch mit seinem tadellosen Ruf aus. Deswegen also macht er sich Sorgen.

Ach, was für ein Unsinn! Aber er glaubte dies doch allen Ernstes. Und es hatte nun einmal diesen Sturm gegeben!

Weshalb aber hatte er denn Marny überhaupt mitreisen lassen? War es deswegen zum Bruch zwischen dem Kapitän und Loren gekommen? Loren nahm die Buchungen der Passagen entgegen, aber er kannte doch Pollocks Einstellung. Und selbst wenn er sie nicht gekannt hätte: In dieser Frage hatte der Kapitän wie in allen sonstigen das letzte Wort.

Jede Antwort schien eine neue Frage heraufzubeschwören. Kendra war verblüffter denn je.

7

Marny gab ihr Debüt. Foxy hatte ein Paket Spielkarten aus einem Regal genommen und hielt es ihr hin. Mit ihrem übermütigen Lächeln entledigte sich Marny der Handschuhe und reichte sie Pocket, damit er sie wie ihren Hut verwahre. Mr. Fenway lud sie ein, doch näher zum Ofen zu kommen und sich aufzuwärmen.

«Sie sind so rücksichtsvoll, Mr. Fenway», flötete Marny mit ihrer schönen Stimme. «Wir werden beide kommen.» Sie ging auf eine schattige Ecke zu, und zu Kendras Überraschung sowie augenscheinlich auch zur

Überraschung aller Anwesenden sagte sie sanft: «Delbert.»

Jetzt erst entdeckten sie, daß Marny nicht allein den Laden betreten hatte. Ein Mann stand in der Ecke. Marny war eine derart ins Auge springende Gestalt, daß dieser Mann vermutlich noch eine ganze Weile dort unbeobachtet hätte stehen können. Jetzt trat er ruhig aus dem Halbdunkel hervor. Er sah aus, als habe ihn nie etwas aus der Ruhe gebracht und werde sich auch nie aus der Ruhe bringen lassen, da es auf der Welt nichts gab, was so wichtig gewesen wäre, um ihn zu erregen. Ruhig nahm er seinen Hut ab, ruhig nickte er den Männern zu. Er hatte glänzend schwarzes Haar, einen gepflegten Spitzbart, einen schmalen Mund und eine Nase, die einem Papageienschnabel ähnelte. Er trug einen schwarzen Anzug und ein weißes Hemd; seine Schuhe waren sauber, sah man von dem Straßenstaub ab. Mit dem Hut in der Hand schien er auf das zu warten, was als nächstes geschehen würde – nicht daß es ihn interessiert hätte, aber irgendwie mußte man seine Tage ja hinbringen. Sein Gelangweiltsein unterschied sich so sehr von der Munterkeit Marnys, daß Kendra sich erstaunt fragte, wie sie wohl mit diesem Mann zurechtkommen mochte.

Zurecht kam sie indessen mit ihm, denn sie sprach in anmutigem Ton: «Mr. Fenway, darf ich Ihnen meinen Freund Delbert vorstellen?»

Elegant und müde verbeugte sich Delbert, und Marny schlug vor: «Warum nimmst du nicht am Ofen Platz, Delbert?»

Mit höflicher Gleichgültigkeit begab sich Delbert zum Ofen, nahm die Zeitung, die Pocket hingelegt hatte, setzte sich auf eine Kiste und begann zu lesen. Marny schien ihn sogleich wieder vergessen zu haben. Gefolgt von ihren Anbetern schritt sie in den warmen Raum zwischen Ofen und Theke und streckte Foxy eine Hand entgegen:

«Jetzt die Karten, bitte.»

Die Männer umdrängten sie; an Geschäfte dachte vorderhand keiner mehr. Mit seinem blauen Taschentuch wischte Pocket ein Stück der Theke ab und legte darauf Marnys Hut und Handschuhe. Während ihre Blicke über die Schar ihrer Bewunderer tanzten, öffnete Marny das Kartenpäckchen. Ihre Hände waren kräftig und fest, die Haut war sehr weiß und genauso sommersprossig wie ihr Gesicht. Ihre Finger zuckten so schnell wie die einer Wahrsagerin. Sie nahm die Karten heraus. Delbert las in der Zeitung.

Marny machte einen Schritt auf die Theke zu und teilte den Pack in zwei Hälften. Dann gab es ein Schwirren, und die Karten waren gemischt. Einen Moment lang hielt sie die Blätter in die Höhe und betrachtete sie lächelnd. Es war ein geradezu liebevolles Lächeln. Diese Karten waren ihre Freunde; das war für jeden deutlich zu erkennen.

Sie faßte das ganze Spiel mit einer Hand, ließ die Finger der andern Hand darübergleiten und griff plötzlich entschlossen zu. Für eine Sekunde standen die Karten aufrecht wie eine Säule. Im nächsten Augenblick fächerte sie das Spiel horizontal auf, so daß die Karten wie eine Ziehharmonika auseinandergezogen schienen.

Die Männer schauten begeistert zu. Marny mischte die Blätter immer wieder. Es gelang ihr, sie derart geschickt aufzudecken, daß jede einzelne genau den gleichen Abstand von der nächsten hatte. Es war reine Hexerei.

Bewundernde Seufzer wurden laut. Pocket grinste so stolz, als habe er allein diese Frau entdeckt. Selbst Mr. Fenway murmelte beifällig. Delbert unterdrückte ein Gähnen. Doch achtete niemand auf Delbert. Alle starrten Marny an.

«Zum Teufel, Miss! Sie können aber mit den Karten umgehen!» rief Hodge aus.

Foxy fielen beinahe die Augen aus dem Kopf. Atemlos fragte er:

«Werden Sie ein Spielchen mit uns machen, Ma'am?»

Mit einem Blick auf Mr. Fenway lächelte Marny und schüttelte den Kopf. «Jetzt nicht. Und auch nicht hier. Später.»

Pocket kam einen Schritt näher. «Werden Sie in der Stadt bleiben, Miss Marny?»

«Ich denke, doch. Ich werde einen dieser Spieltische im City House nehmen. Ich hoffe, Sie kommen einmal vorbei, ja?»

Pocket versetzte sanft: «Ich spiele nicht, Miss Marny.»

Sie schaute ihn verblüfft und amüsiert an. Bevor sie jedoch antworten konnte, rief Foxy:

«Aber alle andern tun's! Sie bleiben am besten da, Miss.»

Marny nickte versonnen. «Man hat mir gesagt, daß Sie in San Francisco keine Frömmler haben, die es für verrucht halten, Karten zu spielen.»

«Verrucht?» schrien alle zugleich.

«Nun ja, in Honolulu gab es solche halsstarrigen Leute», erklärte Marny. In verwundertem Ton fuhr sie fort: «Wenn die Walfangschiffe nach sechsmonatiger Arbeit in der Arktis anlegten und die Seeleute an Land gingen, wissen Sie, was diese frommen Musterknaben von Honolulu dann von ihnen verlangten?»

Die Männer schüttelten eifrig die Köpfe.

«Sie wollten die armen Kerle zu Tee und Keks ins Gemeindehaus einladen.»

Lautes Gejohle. Mr. Fenway brummte, diese Musterknaben hätten halt keine Ahnung von Seeleuten und deren Wünschen. Der schäbig aussehende Mr. Ingram, der den Mund nicht mehr aufgemacht hatte, seit Marny da war, öffnete ihn auch jetzt noch nicht, aber seine Lippen verzogen sich spöttisch. Mr. Ingram hatte beide Daumen in die Taschen gesteckt, seinen verbeulten Hut in den Nacken geschoben und erfreute sich stumm der Vorgänge. Delbert blätterte eine Seite seiner Zeitung um und las weiter.

«Also gut», sagte Marny, «kein vernünftiger Mensch erwartet, daß Seeleute in ihrem kurzen Urlaub Tee trinken. Sie wollen Licht und Musik um sich haben und auch ein bißchen Nervenkitzel. Und außerdem gibt es schließlich noch die Männer, die das ganze Jahr über in Honolulu leben. Sie brauchen ein Plätzchen, wo sie nach getaner Arbeit ein wenig Spaß finden. Und alle wußten, daß sie auch zu ihrem Spaß kommen würden.»

Geräuschvoll stimmten die Männer zu, und Marny lachte. Ihre roten Locken flogen. Ihr sommersprossiges Gesicht war erhitzt, als vertraue sie sich soeben ihren besten Freunden an.

«Aber ihr wißt ja selber, Männer, es gibt da immer welche, die aus einer solchen Situation für sich selber einen Vorteil herausschlagen wollen. In Honolulu ist es die Polizei. Wir mußten den Greifern Geld zustecken, damit sie uns in Ruhe ließen.»

«Aha», meinte Mr. Fenway. Dann seufzte er trübsinnig und weise, als habe er dergleichen die ganze Zeit schon befürchtet.

«Und diese Schmiergelder wurden immer größer», klagte Marny. «Schließlich sind wir der Sache müde geworden. Leute, die aus San Francisco kamen, haben uns gesagt, das hier sei eine große neue Stadt, in der das Leben und Treiben gerade erst richtig anfange.»

Ihre Zuhörer nickten lebhaft.

«Deshalb haben wir uns gedacht: Schauen wir uns dort doch mal um. Man hat uns gesagt, daß wir über die hiesigen Verhältnisse am besten durch die bedeutende Firma Chase und Fenway etwas erfahren könnten.»

«Sehr wohl, sehr wohl!» dröhnte eine kräftige Stimme von der Tür her, und Mr. Chase kam hereingekugelt. «Mein Name ist Chase. Hat jemand nach mir gefragt?»

Alle begannen gleichzeitig, sich einander vorzustellen. Kendra an ihrer Lagerraumtür wünschte, auch sie könne sich zu diesen Leuten gesellen. Ihr schien, daß Marny harmlos war. Sie genoß wohl auf ihre Weise das Leben.

Und Kendra, die ihr Leben überhaupt nicht mehr genießen konnte, nachdem Ted verschwunden war, wurde fast gelb vor Neid.

Marny legte die Spielkarten auf die Theke. Mit einem bestrickenden Lächeln schob sie ihre kleine Hand in die derbe Hand des Mr. Chase, der blinzelte, als werde er geblendet. Dann beugte er sich über Marnys Pfötchen, und zwar so tief, daß Kendra glaubte, er werde sie gar küssen. «Es ist mir ein Vergnügen, Ma'am», polterte er dabei. «Ein wahres Vergnügen.»

«Vielen Dank, Sir», zwitscherte Marny und drehte den Kopf zum Ofen: «Delbert?»

Delbert trennte sich von der Zeitung und stand auf. Eine Sekunde fragte sich Kendra, ob Marny ihn vielleicht angeheuert habe, damit er ihr auf Schritt und Tritt folge, denn es wäre in der Tat kein sicheres Unterfangen für sie gewesen, allein durch die Straßen zu gehen.

Aber nein, Marny stellte Delbert als ihren Teilhaber im Spielgeschäft vor.

Mr. Chase, der sich in ihrem Charme aalte, beteuerte, daß er und sein Partner es als Ehre betrachteten, ihnen behilflich zu sein. Wenn die Dame und der Herr vielleicht in das Büro kommen wollten ...

Sie gingen alle vier hinein. Mr. Chase hielt Marnys rechten Ellbogen, Mr. Fenway ihren linken, und Delbert stolzierte hinterdrein. Als sich die Tür hinter ihnen schloß, wies Hodge die Packjungen an, wieder an ihre Arbeit zu gehen. Er selber kehrte zu seiner Konferenz mit dem verwitterten Mr. Ingram zurück. Pocket setzte sich von neuem an den Ofen und griff nach der Zeitung, aber er las nicht; verträumt starrte er vor sich hin, als sähe er noch immer Marnys sommersprossiges Gesicht.

Marny war jedoch nicht mehr da. Die Sonne schien nicht mehr durchs Fenster. Jetzt war der Laden wieder glanzlos. Faul kramten die Jungen Waren aus den Kisten. Ein Bummelant kam von der Straße herein, kaufte eine Schachtel Streichhölzer und hockte sich an den Ofen, um zu rauchen. Kendra strich wieder durch den Lagerraum auf der Suche nach irgend etwas Brauchbarem. In einem Regal nahe der Hintertür, das so hoch war, daß sie es auf den Zehenspitzen stehend kaum erreichen konnte, entdeckte sie eine Flasche mit Zitronensaft, was sie auf die Idee brachte, eine Zitronentorte zu backen.

Die Hintertür war verriegelt. Kendra stellte ihren Korb auf ein Faß und angelte nach der Flasche. Wie still es hier drinnen war und wie laut draußen. Sie hörte hinter sich die Jungen plappern. Von der Straße hörte sie das Getrappel von Pferdehufen, Hammerschläge und Brettergeknalle. Ein neuer Saloon wurde nebenan gebaut. Als sie die Flasche in ihren Korb legte, hörte sie noch einen andern Laut von jenseits der Hintertür.

Sie zuckte zusammen und lauschte. Ihr Herz fing fast so laut zu schlagen an wie die Hufe auf der Straße. Was sie hörte, war ein gepfiffenes Liedchen. Sie vernahm nur Bruchstücke, aber es war eine Melodie, die sie überall sogleich erkannt haben würde.

Das Pfeifen kam näher. «Die Liebe ist eine Libelle ...»

Der Ball und die grellen Lichter und die überfüllten Flure. Teds Arm, der sie umschlang, als die Kapelle das Lied von der Libelle gespielt und er geflüstert hatte:

«Wie schön Sie sind ... Jede Frau ist so schön, wie ein Mann sie sieht ...»

Sei keine Närrin, Kendra! ermahnte sie sich. Jeder kann dieses Liedchen pfeifen, jeder, jeder ...

Schon aber schoben ihre Hände den Riegel zurück. Die Tür flog auf. Und da war Ted. In diesem Moment – als ob ihre Augen ihn gerufen hätten – blickte er auf und in ihr Gesicht.

Ted war gebräunt, als habe er an einem Ort gelebt, wo die Sonne häufiger schien als in San Francisco. Er sah überhaupt ganz anders aus. Früher war er immer so ordentlich gewesen, jetzt aber machte er einen verwahrlosten Eindruck. Sein Anzug war durchgescheuert, und seine Stiefel hatten Löcher. Doch wie er dastand und sie sehnsüchtig anschaute, war ihr, als habe er sich gar nicht verändert. Dann wandte er den Kopf zur Seite, als müsse er sich von ihrem Anblick losreißen. Endlich aber kam er langsam und fast unwillig die Treppe herauf.

Kendra bebte vor Glück. Ted war wieder da! Und diesmal würde sie ihn nicht wieder gehen lassen. Nicht ohne sie!

Als Ted oben angelangt war, stieß er sie in den Raum und schloß die Tür. Beide sprachen kein Wort. Sie fielen einander in die Arme. Das war der Kuß, vor dem Ted davongelaufen war: der Kuß, den sie an jenem wolkenverhangenen Tag vor knapp einem Monat hatten tauschen wollen – Kendra meinte, hundert Jahre wären inzwischen vergangen. Die Freude überwältigte sie. Aber auch heute schob Ted sie gleich wieder von sich und fragte:

«Weshalb, zum Teufel, kannst du nicht aus meinem Leben verschwinden?»

«Weil ich dich liebe.»

Diese Worte überraschten sie nicht im mindesten. Sie klangen so natürlich, als sei es ihr Vorsatz gewesen, sie auszusprechen.

Ted schlug mit seinen Fäusten gegen die Tür. «Ich liebe dich ja auch. Ich wollte es nicht. Und ich habe nie davon geträumt ...» Er brach ab. «Ich hatte nicht die Absicht, dich heute morgen zu sehen.»

«Was machst du dann hier?»

«Ich will meine Sachen holen.»

«Warum hast du das Liedchen von der Libelle gepfiffen?»

«Habe ich das getan? Ich weiß es gar nicht.»

«Du hast an mich gedacht», behauptete Kendra.

«Ich habe an nichts anderes gedacht, seit ...» Er verstummte und lauschte auf die Stimmen im Laden. «Wir können uns hier nicht unterhalten.»

Kendra sprach schnell:

«Wir können uns morgen nachmittag unterhalten. Im Comet House wird wieder ein Ball gegeben. Meine Mutter will mit Mrs. Chase hingehen, um die Dekorationen anzubringen. Sobald sie fort ist, kannst du mich besuchen.»

«Kendra, das alles ist falsch.»

«Wirst du mich morgen besuchen?»

«Ja, ich werde kommen.»

Dann riß er die Tür auf und stürzte die Treppe hinab.

Kendra blieb, wo sie war. Jetzt würde er sie nicht ein zweites Mal sitzenlassen. Ihre Gedanken waren ganz klar. Es verlangte sie nach Ted. Sie hatte nicht gewußt, wie sehr es sie nach ihm verlangte, bis sie ihn vorhin auf dieser Hintertreppe gesehen hatte.

Sie fing zu lachen an. Man schrieb das Jahr 1848, ein Schaltjahr, und sie entsann sich des alten Sprichworts: Eine Frau kann in einem Schaltjahr einen Heiratsantrag machen, und wenn ihr Liebhaber ihn zurückweist, muß er ihr ein Seidenkleid schenken.

Kendra wollte kein Seidenkleid. Sie hatte schon mehrere. Aber sie wollte Ted, und sie würde ihn auch bekommen.

8

«Los, sprich!» beharrte Kendra. «Warum bist du abgehauen?»

«Das weißt du doch. Um von dir loszukommen.»

«Aber warum wolltest du von mir loskommen?»

«Weil ich nicht viel tauge, Kendra. Ich bin nicht gut genug für dich. Ich bin für keine gut genug. Wie oft muß ich das denn noch sagen?»

«Liebst du mich?»

«Wäre ich sonst davongelaufen?»

«Wenn du mich liebst, warum bist du dann abgehauen?»

«Mein Gott!» stöhnte Ted. «Jetzt fangen wir ja wieder von vorne an.»

Sie standen sich im Salon gegenüber. Der Raum sah jetzt hübsch aus mit Evas hellen Teppichen und Vorhängen und einer Schale voller Klatschmohn auf dem Tisch. Eva und Mrs. Chase waren zum Comet House geritten. Im Hinterhof hängte Mrs. Riggs Wäsche auf. Ted trat an das Vorderfenster, starrte hinaus, drehte sich um und kam zurück.

«Kendra, als ich damals die Lebensmittel brachte, hatte ich nichts anderes im Sinn als einen kleinen Flirt. Aber dann bin ich an diese Tür gekommen, und da warst du, und wir haben uns angesehen. Es war, als ob der Blitz eingeschlagen hätte. Erinnerst du dich?»

«Ja», sagte Kendra. «Ich erinnere mich.»

«Ich hätte damals sofort gehen sollen – nach Los Angeles, zurück nach Honolulu, egal wohin.»

«Warum hast du es nicht getan?»

«Wie hätte ich denn wissen können, was geschieht?» fragte er heftig. «Ich dachte, ich wüßte so ungefähr alles über Männer und Frauen. Ich habe immer gelacht, wenn ich von Männern hörte, die vor lauter Liebe fast den Verstand verloren. Ich habe nicht gewußt, daß es einen so erwischen kann.»

«Ich habe es auch nicht gewußt», entgegnete Kendra. «Aber nun hat es uns erwischt – dich und mich. Ach, Ted, wo bist du denn bloß gewesen?»

«Im Goldland», sagte er knapp.

«Im Gold ...» Kendra verschlug es die Sprache. «Warum hast du mir nicht gesagt, daß du dorthin gehen wolltest?»

«Das wußte ich ja selber nicht. Ich habe nur eines gewollt: von hier verschwinden, bevor ich noch mehr Schaden anrichte. Ich wäre mit jedem Schiff gefahren, ganz gleich, wohin. An dem Tag ist aber nur Sutters Schiff gesegelt. Ich bin bis zum Fort mitgefahren. Dann habe ich die Männer gesehen, die Gold vom Sägewerk hatten ...»

«Dann ist es also doch wahr, Ted? Es gibt wirklich einen Goldfluß?»

Ted nickte. Sein Gesicht hellte sich ein wenig auf. Als er wieder sprach, klang seine Stimme ehrfürchtig:

«Kendra, es ist wahr. Nicht nur ein Fluß, sondern viele. Niemand weiß, wieviel Gold dort verborgen liegt. Die Sandbänke sind vom Gold gefleckt, die Felsspalten von Goldadern durchzogen. Sieh mal.»

Er trug seine Lederjacke, die jetzt fadenscheinig und beschmutzt war. Er holte aus einer Tasche ein kleines Wildledersäckchen hervor, in dem früher Tabak gewesen war. Nachdem er die Schnur gelöst hatte, schüttete er ein Häufchen gelber Körner auf den Tisch. «Goldstaub», erklärte er.

Kendra spielte mit den Fingern in den Körnern. Sie nahm ein Quentchen und rieb es zwischen Daumen und Zeigefingerspitze. Als Pocket mit seinem Gold im Laden aufgekreuzt war, hatte Kendra keinerlei Interesse gezeigt. Doch jetzt geschah etwas Merkwürdiges in ihr: Eine Unruhe, die schmerzhaft und doch freudig war, rann wie ein Prickeln durch ihren Körper. Sie glaubte sogar, ihre Beine gäben nach und ein Stich träfe sie im Nakken. Auch ihre Stimme klang ehrfürchtig, als sie nun fragte:

«Und dort ist wirklich soviel Gold? Du weißt das ganz bestimmt?»

Ted nickte langsam. Kendra fühlte sich mit ihm so vertraut wie bei ihrer ersten Begegnung. Mit leiser Verschwörerstimme flüsterte Ted:

«Kendra, in einer Schlucht, die Shiny Gulch genannt wird, habe ich schon beinahe neun Kilogramm Gold gefunden. Das meiste habe ich bei Mr. Chase hinterlegt. Mit einem Teil davon kann ich meine Ausrüstung bezahlen. Den Rest hebt er für mich auf. Aber dort oben ist noch viel mehr, viel, viel mehr. Ich habe es mit eigenen Augen gesehen.»

Kendra nahm ein anderes Goldkörnchen. Sie legte es in eine ihrer Handflächen und betrachtete diese glitzernde Verheißung. Sie dachte: Ich bin es satt, niemandes Kind zu sein. Jetzt kann ich es ihnen zeigen: Alex, meiner Mutter, all diesen Tanten und Onkeln, die meinen Vater für die Schande der Familie halten. Sie werden stolz sein, mich zu kennen, wenn ich zurückkehre. Ich werde eine Kutsche mit zwei Rappen haben. Ich werde einen Mantel samt Muff und Opalschmuck haben. Ich werde Ted haben, der klug, hübsch, erfahren und charmant ist. Ich werde alles haben ...

Sie sah auf. Schwer atmend fragte sie:

«Wer ist sonst noch dort oben in Shiny Gulch?»

«Arbeiter von Sutters Fort, ein paar Rancher, einige Leute aus der Gegend. Natürlich wird die Sache bald bekannt sein, aber bis jetzt ist sie noch nicht bekannt. Ich gehe zurück. Ich mußte in die Stadt kommen, um Vorräte zu beschaffen. Ich habe mich mit einem Burschen namens Ning befreundet. So rufen sie ihn, aber sein richtiger Name ist Ingram.»

«Ingram?» wiederholte sie. «Er war gestern im Laden und hat eine Menge gekauft.»

«Wir brauchen auch eine Menge», erwiderte Ted. Er sprach nun schnell, mit jungenhaftem Eifer. «Stiefel und Decken, Schaufeln und Pfannen, Nahrungsmittel – das ist ein rauhes Land. Wir müssen alles mitbringen, was wir brauchen.»

Ted erzählte, daß Ning sehr viel über Goldgruben wisse. Er sei im Lumpkin County in den Bergen von North Georgia aufgewachsen, wo vor Jahren Gold gefunden worden war.

«Er weiß, was wir nötig haben. Wir gehen zurück, sobald unsere Ausrüstung komplett ist. Und dann, Kendra, noch ehe der Sommer zu Ende ist, werde ich reich sein. Das Gold liegt zum Greifen nahe. Dann kann ich machen, was mir gefällt, alles kaufen, überall hinfahren. Erinnerst du dich noch, was ich dir einmal gesagt habe? Ich würde gern auf einsame Inseln oder in ferne, noch unerforschte Zonen reisen.»

Sie erinnerte sich.

«Ich werde dich mitnehmen», fuhr Ted hastig fort. Und dann redete er wieder von diesen wunderbaren Bergen: Gold im Wasser und im Felsgestein, Gold in Körnern, Nuggets und sogar in Klumpen unter der Erde. Gold, das nur darauf wartete, daß einer kam und es an sich nahm.

Und Ted liebte sie. Er hatte es gesagt. Er sagte es jetzt wieder:

«Ach, Kendra, es ist so schön, daß ich dir das alles erzählen kann! Du verstehst es. Du verstehst, wie ich fühle. Du hast es immer verstanden. Ich habe dich ja so vermißt.»

«Ich habe dich auch vermißt, und wenn du zurückgehst . . .»

«Ja», unterbrach er sie fast ärgerlich. «Ich gehe zurück. Aber diesmal gehe ich im Guten.»

«Nein!» rief sie in plötzlicher Furcht.

«Doch», versetzte er heftig. «Ich haue hier ab. Du bist das erste Mädchen, das ich je geliebt habe, und ich hoffe zu Gott, daß du auch das letzte sein wirst.»

Er machte einen großen Schritt zur Tür. Kendra stürzte zu ihm und packte sein Handgelenk.

«Ted, du liebst mich doch! Du hast gesagt, daß du mich liebst!»

«Ja, und gerade deswegen verlasse ich dich jetzt. Wenn es mir gleichgültig wäre, was aus dir wird – aber es ist mir nicht gleichgültig.» Er verstummte und sah sie traurig an. «Warum mußt du so schön sein, wenn wir uns Lebewohl sagen?»

«Wir sagen uns doch nicht Lebewohl, Ted.»

«Kendra», drängte er. «Ich bin faul. Mit mir ist nicht viel los. Ich werde es nie zu etwas Rechtem bringen.»

«Das ist mir einerlei. Wir werden das ganze Gold aus diesen Flüssen haben.»

«Ach, Kendra, es ist doch nicht das Gold, das Ärger macht. Ich bin derjenige, der Ärger macht. Und du bist so ein nettes Mädchen. Du willst doch auch einmal heiraten.»

«Natürlich. Wir können hier heiraten, gleich jetzt. Der Friedensrichter – wie nennen sie ihn in Kalifornien? Ja, der Alcalde kann uns trauen.»

«Dann wirst du mich für den Rest deines Lebens auf dem Halse haben.»

«Das ist ja gerade das, was ich will.»

«Ach, meine Liebe, blamiere dich doch nicht mit mir.»

Wieder ging er, mit den Händen in den Taschen, zum Fenster und dann zurück. Kendra betrachtete sein zerwühltes Haar und sein schalkhaftes Gesicht, das jetzt gefurcht war, als kämpfe er gegen sie und gegen sich selbst und gegen die ganze Welt. Da, auf dem Tisch, lagen das Säckchen und das Häufchen Goldstaub. Ted starrte sie wehmütig, zärtlich und gleichzeitig erschreckt an, als wolle er fliehen und brächte es doch nicht fertig. Plötzlich fragte Kendra:

«Ted, warum bist du nach San Francisco zurückgekehrt?»

«Ich hab's dir doch erzählt. Wegen der Vorräte.»

«Du hättest sie ja auch in Sutters Fort kaufen können. Warum hast du den weiten Weg hierher gemacht?»

«Hier sind die Preise niedriger. Alles, was im Fort zu haben ist, muß den Sacramento River hinaufgebracht oder über Land hingeschafft werden. Das verteuert die Waren natürlich.»

«Was du hier einkaufst, mußt du aber auch mitnehmen. Also: Warum bist du nach San Francisco gekommen?»

«Ein anderer Grund war der, daß ich mein Gold sicher deponieren wollte. Mr. Chase wird es für mich unter Verschluß halten.»

«Hätte Mr. Sutter das denn nicht auch tun können? Er muß doch einen Safe haben oder irgendeinen Tresor.»

Sie trat einen Schritt näher und blickte ihm in die Augen.

«Ted, warum bist du nach San Francisco gekommen?»

Er schaute sie eine Weile schweigend an. Wie beim erstenmal nahm er ihr Bild in sich auf: die dunkelblauen Augen, den pfeilförmigen Haaransatz, ihren schlanken festen Körper, der begierig und fordernd vor ihm stand. Mit einemmal drehte er sich auf dem Absatz um und schlug so heftig auf den Tisch, daß der ganze Raum zu beben schien.

«Also gut», brach es aus ihm hervor. «Ich bin deinetwegen gekommen. Ich habe versucht, von dir loszukommen. Gott weiß, daß ich es versucht habe. Ich ging zu Sutters Fort, aber das war nicht weit genug. Ich habe das Fort hinter mir gelassen und bin bis zum Sägewerk in den Bergen gegangen. Aber auch das war nicht weit genug. Ich habe das Sägewerk hinter mir gelassen und bin nach Shiny Gulch gegangen. Ich habe von früh bis spät Gold gesiebt und versucht, so müde zu werden, daß ich umfalle und einschlafe, ohne an dich denken zu müssen. Es hat alles nichts geholfen. Ich habe mich zu sehr nach dir gesehnt. Aber ich habe wirklich alles versucht,

Kendra!»

Jetzt lachte sie. «Ach, Ted, warum bist du denn so ernst? Ich liebe dich, und du liebst mich, und alles andere ist doch ganz egal. Warum denkst du nicht auch so?»

Ted wandte sich nicht um. Langsam zupfte er die Blätter von einer Mohnblume auf dem Tisch. «Kendra, ich kenne die Sorte Burschen, zu denen ich gehöre. Ich würde dir dein Leben ruinieren.»

«Es ist *mein* Leben», entgegnete sie starrsinnig.

«Kendra, du kannst doch nicht nach Shiny Gulch gehen! Das ist die Wildnis. Die Männer schlafen im Freien auf der Erde. Sie braten Speck über Lagerfeuern.»

«Das würde ich auch gern machen.»

«Aber das ist doch so unbequem! Ameisen und Heuschrecken! Die Kleider müssen im Fluß gewaschen werden ...»

«Ich will mit dir gehen», sagte Kendra. Sie sagte es mit entschlossener Stimme, denn es war ihr Ernst. Jedes seiner Worte hatte sie nur noch begieriger gemacht. Ted konnte ihr nicht widerstehen.

Jäh drehte er sich um, und seine Hände griffen nach ihren Schultern, daß es ihr weh tat.

«Ist es denn meine Schuld, wenn ich nicht zurückgehen kann ohne dich?» rief er aus. Als er sie an sich preßte, hörte sie ihn noch flüstern: «Mein Gott, ich habe alles versucht.»

Und so kam es, daß an einem hellen Nachmittag im April der amerikanische Alcalde von San Francisco die Trauungsformel verlas. Er las sie im Salon des kleinen Hauses in der Stockton Street in Gegenwart von Alex und Eva, einigen Offizieren und andern Freunden, die sie mittlerweile in der Stadt gefunden hatten. Mr. und Mrs. Chase waren gleichfalls anwesend, auch Mr. Fenway, der mit mürrischer Miene dasaß, als könne er es nicht billigen, daß die Leute heirateten. Nach der Zeremonie trank man noch eine Stunde lang Wein, aß Kekse und wünschte viel Glück. Dann brachen Alex und Eva auf, um ein paar Tage bei der Familie Chase zu verbringen. Ted und Kendra blieben allein zurück.

Denn Eva hatte entschieden:

«Du wirst das alles richtig machen. Ich will nicht, daß ihr euch aus dem Büro des Alcalden davonstehlt.»

Dieser Meinung hatte sich Alex angeschlossen. Er hätte es als Schmach empfunden, wenn eine Heirat in seinem Haus nicht ordnungsgemäß verlaufen wäre. Da er ein aufrechter Angehöriger der Episkopalkirche war, hätte er zwar einen Geistlichen vorgezogen, doch war in San Francisco keiner aufzutreiben, und der nächste Militärkaplan saß in Monterey. Alex stimmte also zu, daß der Alcalde die Trauung vornahm.

Was nun die Trauung selber anlangte, so wäre es ihm und seiner Frau lieber gewesen, wenn Kendra einen der jungen Offiziere geheiratet hätte.

Wenn sie aber durchaus diesen Ted Parks heiraten wollte – warum schließlich nicht? Er war immerhin ein gebildeter Mensch und wußte sich zu benehmen. Auch vertrödelte er seine Abende nicht an den Spieltischen im City Hotel. Und Shiny Gulch – wo immer das liegen mochte – konnte nicht viel schlimmer sein als manche Grenzposten, wo Alex und Eva gelebt hatten. Wenn es Ted und Kendra gar zu wüst wurde, konnten sie ja immer noch woanders hingehen. Bevor die *Cynthia* New York verließ, hatte der Kongreß einen Vertrag über regelmäßige Dampferlinien an der atlantischen und pazifischen Küste gebilligt; eine Eisenbahn sollte den Isthmus von Panama überqueren. Bald würde es ein leichtes sein, nach Hause zu fahren.

Tatsache war (und Alex wußte dies ebensogut wie Eva), daß sie diese Heirat auch dann nicht hätten verhindern können, wenn sie es gewollt hätten. Amerikanische Frauen waren in Kalifornien solche Raritäten, daß sie anstellen konnten, was ihnen beliebte. Wenn ein Armeetrain sich Sutters Fort näherte und es sich herumsprach, daß ein Mädchen mit von der Partie war oder eine Frau, der die Indianer unterwegs den Mann getötet hatten, dann stürmten die Männer zu den Wagen und machten Heiratsanträge, bevor sie noch die Zeit fanden, ihren Hut abzunehmen. Auch verheiratete Frauen taten, was sie wollten. Fast jede Woche las man in der Zeitung von einem wütenden Ehemann, dessen Frau Tisch und Bett verlassen hatte. In den älteren Gemeinden des Ostens wäre eine solche Notiz einer Ächtung der betreffenden Frau gleichgekommen. Hier dagegen bedeutete derlei lediglich, daß sie von nun an mit einem andern Mann zusammen lebte, der ihr besser gefiel. Und damit hatte es sich.

Wenn Ted und Kendra heiraten wollten, brauchten sie nur in das Büro des Alcalden zu gehen und es ihm zu sagen. Alex und Eva gestanden sich dies ein. Was sie sich nicht ganz so offen eingestanden, war eine gewisse Erleichterung, die sie beide empfanden. Eva war nun einmal keine mütterlich veranlagte Frau. Als Alex sie gebeten hatte, ihre beiden Söhne in New York zurückzulassen und ihm nach Kalifornien zu folgen, war dies kein großer Schmerz für sie gewesen. Sie hatte ihre Jungen gern, Alex indessen liebte sie. Was Kendra anging, so hatte Eva ihretwegen immer ein schlechtes Gewissen gehabt – und mehr als ein schlechtes Gewissen hatte sie auch jetzt nicht. Sie und Alex waren froh, daß Kendra einen passenden jungen Mann heiratete.

Folglich sagte Eva:

«In Ordnung, Kendra.» Und nachdem sie ihrer Tochter noch einige gute Ratschläge über jene Dinge erteilt hatte, die eine Braut wissen sollte (Kendra dachte: Das hört sich an, als ob eine Lehrerin französische Verben erklärt), fügte Eva hinzu: «Ihr heiratet bei uns daheim. Ihr beide, du und Ted, könnt im Haus bleiben, bis ihr die Stadt verlaßt.»

Kendra wäre es durchaus recht gewesen, die Hochzeitsnacht in dem Planwagen zu verbringen, den Ted für die Reise nach Shiny Gulch gekauft hatte, aber sie freute sich doch, daß die Angelegenheit nun so geregelt wurde. Mit seinen hübschen Vorhängen, Teppichen und Polsterstühlen war das Haus ein lauschiges Nest für Flitterwöchner. Ihre Ehe würde beginnen wie die einer Braut in New York oder in Baltimore.

Aber danach würde ein Abenteuer seinen Anfang nehmen, das noch keiner Braut aus New York oder aus Baltimore bevorgestanden hatte. Auf denn ins Land der goldenen Flüsse!

9

Diese Tage in dem kleinen Haus der Stockton Street vergingen wie in einem Traum. Kendra und Ted liebten einander, und nun redete er auch nicht mehr von seinen Zweifeln. Kendra war noch nie so froh gewesen. Endlich bedeutete sie einem Menschen etwas.

Ted und sein Partner Ning wollten aufbrechen, ehe zu viele Leute sich in den Goldfeldern tummelten. Kendra kaufte Sonnenhüte und derbe Schuhe, in denen man über Felsen kraxeln konnte, sowie Löffel aus Horn, die – so wußte Ning zu berichten – am besten geeignet seien für Mahlzeiten im Freien. Ning sagte ihr, daß man solche Löffel eigentlich ständig brauche. Man konnte mit ihnen Goldsplitter zusammenscharren, beim Essen diente der Stiel zum Aufspießen des Specks, und sie ließen sich zum Wenden von Pfannkuchen verwenden.

Mr. Chase verkaufte ihr diese Gegenstände mit einem nachsichtigen Lächeln. Er war überzeugt, daß sie und Ted dieser Narretei bald überdrüssig sein und in die Stadt zurückkehren würden. Mr. Fenway warnte sie vor den Wilden, die in den Wäldern hausten: Das sei ein ganz elendes und sündhaftes Pack. Doch Mr. Chase meinte:

«Jagen Sie ihr doch keine Furcht ein. Alle jungen Leute müssen ein bißchen über die Stränge schlagen, bevor sie zur Ruhe kommen.»

Kendra lachte beide aus, Ted liebte und begehrte sie, und – was wichtiger war – er brauchte sie. Er sprach von den Männern in den Goldfeldern, die aus lauter Ungeduld, schnell reich zu werden, sich nicht einmal die Zeit zum vernünftigen Essen nahmen. Sie versuchten, sich von Speck und Mehlklößen zu ernähren, und jammerten dann über Bauchschmerzen.

«Aber ich brauche mir ja keine Sorgen zu machen. Ich habe jetzt die beste Köchin von Kalifornien», sagte Ted.

Ning kam zum Essen, und auch er meinte, Kendra werde sehr nützlich sein. Ning aß mit dem Messer und goß seinen Kaffee in die Untertasse, um ihn abzukühlen. Kendra mochte ihn jedoch gut leiden. In ihrer jetzigen Stimmung mochte sie überhaupt alle gut leiden, aber selbst in den nüchternsten Augenblicken mußte sie zugeben, daß Ning alles andere als ein Narr war. Mit ihm als Führer hatten sie nichts zu befürchten.

Er ging mit ihr in den Hof und lehrte sie, ein Feuer zu entfachen. Kendra verbrannte sich zunächst einmal die Finger, bekam die Nase voll Rauch, hustete, lachte über sich selbst und versuchte es abermals, bis es ihr am Ende gelang. All das machte ihr viel Spaß.

Ning wollte mit einer Reisegesellschaft nach Shiny Gulch. Dies war sicherer, da sie ein ziemlich einsames Land zu durchqueren hatten. Mit Sorgfalt hatte er die Gefährten ausgesucht. Ning selber hatte sich einst durch die weiten Ebenen des Mittleren Westens nach Kalifornien seinen Weg gebahnt, und er wußte, daß man mit manchen Leuten gut fuhr, mit andern dagegen ausgesprochen schlecht. Die guten Reisegefährten – nun, die waren eben in Ordnung. Wenn er nicht glaubte, die passenden Leute gefunden zu haben, wäre er allein zurückgekehrt und hätte Ted seinem Schicksal überlassen.

Ted sagte zu Kendra: «Außer uns und Ning kommen noch acht Personen mit. Zunächst einmal Pocket, dem es langweilig wird, auf eine Nachricht seiner Dienstherren zu warten. Er will ins Fort reisen und herausfinden, was dort los ist; vielleicht zieht er dann mit uns in die Berge, um ein wenig Gold aufzuklauben.»

«Ich freue mich, daß er mit uns kommt», sagte Kendra. «Er gefällt mir. Wer ist sonst noch dabei?»

Sie saßen nach dem Essen am Tisch. Ted war in bester Laune. Kendra hatte ihm eine Fleischpastete serviert, und nun nippten sie an ihrem Kaffee, während das Feuer im Kamin prasselte und der Wind ums Haus stürmte.

Ein anderer Reisegenosse würde ein Seemann sein, kein Deserteur, sondern ein ehrlicher Bursche, der durch seiner Hände Arbeit nach Kalifornien gekommen war. «Und zwar auf der *Cynthia*», fügte Ted lachend hinzu. «Ich soll dich fragen, ob du dich noch an ihn erinnerst. Er sagt, du hättest eines Tages am Kap Hoorn mit ihm geflirtet.»

Kendra lachte auf, als ihr der große Seemann mit dem rostroten Bart einfiel, der sie aus der Takelage angegrinst hatte. «Natürlich kann ich mich an ihn erinnern. Wie heißt er denn?»

«Hiram Boyd. Er kommt aus der Gegend von New York. Er wollte nach Kalifornien, hatte aber kein Geld für die Passage. Deshalb ließ er sich auf der *Cynthia* anheuern.»

Pocket und Hiram würden sich um die Packpferde kümmern. Beide verstanden etwas von Pferden, und Pocket war zudem ein Meisterschütze. Er war in den Bergen von Kentucky aufgewachsen, wo ein Junge das Schießen lernt, sobald er imstande ist, einen Revolver zu halten. Er würde von großem Nutzen sein, falls sie Pferdedieben oder andern Störenfrieden begegneten.

«Hiram und Pocket», rechnete Kendra, «das sind aber erst zwei. Du hast doch von acht Personen gesprochen. Wer sind die andern?»

«Kendra, wie prüde bist du eigentlich?»

«Ich glaube nicht, daß ich überhaupt prüde bin», gab sie mit einiger Überraschung zurück. «Was meinst du damit?»

«Entsinnst du dich noch dieses Mädchens aus Honolulu, das du im Laden gesehen hast?»

Kendra stellte ihre Tasse klirrend hin. «Aber Ted! Kommt Marny mit uns?»

«Ja, Marny und ihre Partner. Wie ich sehe, macht dir das nichts aus.»

«Aber nein. Ich finde das sogar großartig. Ich habe nie solche Leute kennengelernt. Warum gehen sie nach Shiny Gulch?»

«Sie wollen ein Spielzelt aufmachen. Delbert hat mit Ning gesprochen.»

«Du wirst mir doch nicht einreden wollen, daß Delbert seinen Mund aufmachen und sprechen kann.»

«Doch, das kann er, und zwar ganz vernünftig. Er meint, da sie hier fremd seien, brauchten sie Führer ins Goldland. Er hat einen anständigen Preis geboten, wenn Ning und ich sie hinbringen.»

Ted sprach sachlich. Kendra jedoch war aufgeregt. Ted fuhr fort:

«Als ich in Honolulu war, bin ich manchmal in Marnys Salon gegangen, um ein Spielchen zu wagen. Marny ist gutmütig, und sie versteht ihr Geschäft. Sie und ihre Freunde werden uns keine Schwierigkeiten machen.»

Während sie den Tisch abräumte, fragte sich Kendra, wie ein Mädchen wohl auf die Idee kommen konnte, als Bankhalterin in einem Spielsalon zu arbeiten. Sie fragte sich auch, woher Marny stammte und wo sie ihre Fingerfertigkeit erlernt hatte. Das Unternehmen schien wirklich ein echtes Abenteuer zu werden.

Wie merkwürdig, daß sie selber gar nicht den Wunsch gehabt hatte, nach Kalifornien zu reisen!

Am Tag darauf kam Loren zu Besuch. Er beglückwünschte Ted, den er nicht kannte, und überreichte Kendra ein Körbchen mit Walderdbeeren. Heute war er wie ein Geschäftsmann gekleidet, wodurch er ganz anders wirkte als in Marineuniform, aber er hatte noch immer die geröteten Wangen und war so herzlich wie früher. Er berichtete, daß er in Monterey einen Freund besucht habe, der ihm eine Empfehlung für eine Handelsgesellschaft in San Francisco gegeben hatte. Dort wollte er eine Zeitlang arbeiten und sich erst später entschließen, ob er in San Francisco bleiben oder einen Posten auf einem Schiff suchen würde, das ihn nach Hause bringen konnte. Da er keine abenteuerliche Natur war, interessierte er sich nicht für goldene Berge.

Ted wußte, daß Kendra gern erfahren wollte, was Loren ihr über Marny erzählen konnte. Deshalb ging er ins Haus, um seine Vorratsliste zu überprüfen, und ließ die beiden auf der Veranda allein. In der Bucht sahen sie die *Cynthia* vor Anker liegen. Kendra fragte, wie Marny auf das Schiff gekommen sei.

Loren lehnte sich bequem in einem von Evas Schaukelstühlen zurück, lächelte und erwiderte:

«Wie jeder andere Passagier auch.»

Kendra runzelte die Stirn. «Dann hat sie also Honolulu nicht heimlich verlassen?»

Loren schüttelte lachend den Kopf. «Niemand kann sich in Honolulu an Bord eines Schiffes schmuggeln.» Dann erklärte er ihr, daß Honolulu – auf halbem Wege zwischen Asien und Nordamerika gelegen – das bedeutendste Handelszentrum des Pazifik sei. Ständig kamen und gingen die Leute. Doch dank dieser günstigen Lage war Honolulu auch das lockende Ziel vieler Herumtreiber, die einwanderten und bald wieder auswanderten, wobei sie häufig Schulden hinterließen. Um diesem Treiben ein Ende zu machen, hatte die Regierung von Hawaii ein Gesetz verabschiedet, wonach jeder, der Honolulu verlassen wollte, einer Ausreisegenehmigung bedurfte. Kapitäne, die einen Passagier ohne diese Erlaubnis an Bord nahmen, sahen sich ernsten Maßnahmen ausgesetzt, falls sie jemals wieder nach Honolulu kamen. Wenn jemand um eine Ausreisegenehmigung nachsuchte, wurde das bekanntgegeben. Auf diese Weise konnten Gläubiger das Paßbüro benachrichtigen, und die Genehmigung wurde verweigert, bis der Schuldner seine Angelegenheiten in Ordnung gebracht hatte.

Kurz vor Ankunft der *Cynthia* waren Marnys Partner zur Sondierung des Terrains nach Kalifornien abgereist. Marny blieb zurück, um die Spielräume zu schließen. Dann hatte auch sie eine Ausreisegenehmigung beantragt und erhalten. Als sie in den Zeitungen las, daß die *Cynthia* im Hafen lag und für die Rückreise nach San Francisco Passagiere an Bord nahm, hatte sie eine Einzelkabine gebucht.

Dies hatte sie allerdings nicht selber getan. Ein gewisser Galloway, ein seit Jahren in Honolulu lebender Geschäftsmann, plante zusammen mit seiner Frau eine Reise nach San Francisco. Da Marny noch eine Menge zu erledigen hatte, bat sie ihn, auch für sie ein Ticket zu kaufen. Mr. Galloway hatte allen Grund, Marny dankbar zu sein. Einst, als er Vingt-et-un gespielt, hatte sie beobachtet, daß der Bankhalter gezinkte Karten benutzte. Den Spielern war dies nicht aufgefallen; sie hätten weiterhin verloren, wenn nicht Marny sogleich das Spiel unterbrochen und das verlorene Geld zurückgegeben hätte. Der Falschspieler war von zwei kräftigen Angestellten ins Freie befördert worden, die als Schwarzbärte bekannt waren. Eingedenk dieses Vorfalls war Mr. Galloway froh, nun seinerseits Marny einen Gefallen zu tun. Seine Frau war zu jung und zu hübsch, um eifersüchtig zu sein, und er kannte Captain Pollock und dessen Skrupel nicht.

Mr. Galloway also war zu Loren gekommen und hatte erklärt, er würde gern eine der Kabinen für sich und seine Frau buchen und eine zweite für eine Freundin. Er legte die Ausreisegenehmigungen vor, an denen nichts auszusetzen war. In Marnys Papieren stand jedoch ihr richtiger Name: Miss Marcia Roxane Randolph aus Philadelphia. Natürlich kam es Loren nicht in den Sinn, daß dies die rothaarige Verführerin des Spielsalons sein könnte.

Ebensowenig kam dies Captain Pollock in den Sinn. Loren nannte ihm die Namen von Mr. und Mrs. Galloway und ihrer Freundin Miss Randolph, und der Kapitän stimmte zu. Er wußte, daß Galloway ein angesehener Kaufmann war. Miss Randolph kannte er zwar nicht; er nahm jedoch an, die drei Personen reisten zusammen, da es für eine unverheiratete Frau kaum schicklich war, ohne Anstandsdame so weit zu fahren. Hier fiel ihm Kendra ins Wort:

«Wenn Captain Pollock glaubte, er verhalte sich ‹schicklich›, hätte er auch nichts ‹annehmen› dürfen.»

«Ich vielleicht auch nicht», versetzte Loren, «aber ich hatte so viel mit der Fracht zu tun, daß ich nicht genug Zeit für die Passagiere fand. Als Marny an Bord kam, prüfte ich ihr Ticket, führte sie in ihre Kabine und dachte nicht weiter an sie.»

«Sie haben sie also nicht wiedererkannt?»

«Wie denn das?! Ich hatte sie doch noch nie gesehen.»

«Sie waren nie im Spielsalon gewesen?»

«Nie. Ich will nicht behaupten, daß ich ein besonders rechtschaffener Mensch bin, aber ich verschwende mein Geld nicht gern auf diese Art. Als der Captain sie jedoch zu Gesicht bekam, wollte er mir einfach nicht glauben, daß ich nicht gewußt habe, wer sie ist.»

«Wann hat er sie gesehen?» fragte Kendra.

Erst am nächsten Tag, denn Marny war abends nicht bei Tisch erschienen. Das überraschte niemanden, denn viele Passagiere hatten bei der ersten und zweiten Mahlzeit keinen Appetit. Als Pollock sie schließlich sah – sie spazierte gerade auf dem Achterdeck herum –, befand sich das Schiff bereits auf hoher See. Pollock war in seine Kajüte gestürzt und hatte Loren zu sich beordert.

«Er war außer sich. Ich konnte ihn nicht davon überzeugen, daß ich genauso erstaunt war wie er. Und wissen Sie was: Marny konnte einen tatsächlich verwirren. Man hatte mir erzählt, sie sei eine Sirene, bei deren Anblick die Männer den Kopf verlören. Aber diese Miss Randolph sah wie eine vollkommene Dame aus und sprach auch so. Nicht einmal bei einer Teegesellschaft in einem Gemeindehaus hätte sie Aufsehen erregt.»

Kendra dachte an Marnys Meinung über Teegesellschaften in Gemeindehäusern und war verdattert.

Loren erzählte, Pollock habe Marny kommen lassen, um sich zu erkundigen, wie sie es habe wagen können, sein Schiff zu betreten.

«Was hat sie geantwortet?»

«Sie hat wie ein Feldwebel zu ihm gesprochen, also durchaus nicht damenhaft. Marny hat – nun, Sie würden wohl sagen: zwei Gesichter.»

«Was sollte Captain Pollock machen? Er konnte sie ja nicht gut wie Jonas über Bord werfen und hoffen, ein Wal schwimme zufällig vorbei.»

«Nein, aber er hat gedroht, nach Honolulu zurückzusegeln und sie an Land zu setzen. Daraufhin hat sie ihm gesagt, wenn er das täte, würde sie ihn vors Gericht schleifen, und dann liege seine kostbare *Cynthia* ein halbes Jahr im Hafen fest. Schließlich habe sie ihre Fahrkarte bezahlt, und somit habe er einen Vertrag geschlossen, der ihn verpflichte, sie nach San Francisco zu bringen. Und damit hatte sie natürlich recht.»

«Und was geschah dann?» wollte Kendra wissen.

«Dann hatten wir zehn Tage lang bei schönstem Wetter eine prächtige Fahrt. Marny verbrachte den größten Teil ihrer Zeit auf dem Achterdeck. Bei den Mahlzeiten war sie freundlich. Alles ging gut, und dennoch herrschte eine gespannte Atmosphäre an Bord. Man könnte beinahe sagen, Captain Pollock habe gewußt, daß sich etwas ereignen würde. Und wenn der Kapitän unsicher ist, sind es alle andern auch.»

Kendra nickte. Sie erinnerte sich, wie an Kap Hoorn das Selbstvertrauen des Kapitäns auch sie beruhigt hatte. Gewiß verhielt es sich im umgekehrten Falle genauso.

«Und dann, elf Tage nach unserer Abfahrt in Honolulu, brach der Sturm los. Dieser Sturm war wirklich eine böse Überraschung. Wir schafften es, als aber der Sturm abflaute und wir wieder auf Kurs gehen konnten – Kendra, von da an glich Captain Pollock einem Mann, der von Dämonen besessen ist. An dem Sturm war Marny schuld, und ich war daran schuld, weil ich sie an Bord gelassen hatte, und Mr. Galloway war schuld, weil er das Ticket für sie gekauft hatte.»

«Was hat denn Mr. Galloway dazu gesagt?»

«Er war verdutzt. Er war Captain Pollock schon in Marnys Spielsalon begegnet und konnte absolut nicht einsehen, wieso Marnys Gegenwart etwas mit dem Sturm zu tun haben sollte. Doch am schlimmsten tobte Captain Pollock gegen Marny selbst.»

«Wie hat sie das alles aufgenommen?»

«Sie hat ihn ausgelacht.»

«Ins Gesicht hinein?»

Loren nickte. «Sie hat ihm gesagt, er sei der größte Narr, der ihr jemals über den Weg gelaufen sei.»

Kendra dachte einen Augenblick nach. Sich über den Kapitän lustig zu machen, war wohl nicht sehr klug gewesen. «Haben auch Sie ihn ausgelacht, als er Sie beschuldigte?»

«Nein, das konnte ich nicht. Ich kenne ihn ja besser, als sie ihn kennt. Ich verstehe, wie ernst er diese Dinge nimmt. Aber ich kann Ihnen sagen: Der Rest der Reise war nicht gerade angenehm. Als wir in San Francisco anlegten, wußte ich, daß ich nicht länger mit ihm zusammenarbeiten konnte. Deswegen habe ich ihm mitgeteilt, ich sei bereit, unseren Vertrag aufzukündigen.»

Loren verabschiedete sich bald darauf, und Kendra ging ins Haus, um mit den Erdbeeren einen Mürbekuchen zu backen. Abends, beim Essen, erzählte sie Ted die Geschichte Lorens. Sie merkte, daß er amüsiert den Mund verzog.

«Warum lachst du?»

«Loren ist zu nett, um dir alles zu sagen, was auf diesem Schiff vor sich gegangen ist. Vielleicht ist er aber auch so harmlos, daß er es gar nicht mitbekommen hat.»

«Was soll denn vor sich gegangen sein?» fragte Kendra verwundert.

«Nun, zwischen Honolulu und dem Sturm haben Pollock und Marny eine Nacht gemeinsam verbracht.»

«Oh, ich verstehe.» Kendra wunderte sich, daß sie nicht von selbst darauf gekommen war. Ted lächelte.

«Hat dir Loren denn nicht erzählt, daß Pollock in Marnys Spielsalon ging, weil er sie gern hatte?»

«Doch. Er meinte, an Land sei Captain Pollock anders als an Bord.»

«Das scheint mir auch so. Ein bißchen Sünde an Land – ja. An Bord – um Himmels willen nicht. Aber in Honolulu war Marny stets von Männern umringt. Vermutlich hatte mindestens einer ältere Rechte auf sie und war wohl auch bereit, diese Rechte notfalls mit dem Revolver zu verteidigen.»

Kendra hörte stumm zu. Ted sprach weiter:

«Auf dem Schiff hatte sie ihre Kabine, und Pollock brauchte keinen Rivalen zu fürchten. In der Minute, als er sie sah, wußte er auch schon, daß ihm sein Schicksal begegnet war.»

«Wie konnte er aber wissen, daß Marny ihm zu Willen sein würde?»

«Liebling, Marny denkt über diese Dinge nicht so wie du. Für sie war das sicher bloß eine Bagatelle. An Land wäre es für Pollock wahrscheinlich auch nicht mehr als das gewesen. An Bord freilich sah alles anders aus. Als der Sturm einsetzte, glaubte er, nun werde seine jungfräuliche *Cynthia* besudelt.»

«Er hat aber doch behauptet, Marny sei schuld an dem Sturm gewesen», rief Kendra empört.

«So ist nun mal die menschliche Natur, Kendra. Wenn wir etwas tun, was wir nicht tun sollten, beschuldigen wir stets einen andern. Das hat schon mit Eva angefangen. Liebes, hältst du mich für einen argen Fresser, wenn ich dich bitte, mir noch ein Stück von dem Erdbeerkuchen abzuschneiden?»

Kendra lachte. «Iß, solange du noch Gelegenheit dazu hast. Wenn ich unter freiem Himmel kochen muß, werde ich wohl kaum zum Kuchenbakken kommen.»

«Ein dickes Stück», bat Ted.

Zwei Tage später, am 25. April 1848, brachen sie auf ins goldene Land. Sie waren seit neun Tagen miteinander verheiratet.

10

Auf Nings Rat wollten sie den Landweg einschlagen, also bis zur Südspitze der Bucht reiten und dann nach Norden und Nordosten über Sutters Fort. Dies würde zwar länger dauern, als wenn sie den Sacramento River hinaufgesegelt wären, doch erinnerte Ning sie daran, daß keiner von ihnen imstande sei, eine Barkasse zu steuern, mit Ausnahme des Seemanns von der *Cynthia* vielleicht, aber der allein würde damit auch nicht fertig werden.

Sie beluden die Wagen mit Lebensmittelvorräten, Kleidern, Bettzeug, Gewehren und Werkzeugen sowie mit Glasperlen und Gesichtsfarbe zum Handel mit den Wilden. Die meisten Leute nannten diese Wilden Digger-Indianer, was Ning indessen mißfiel. Er kannte das robuste Volk der Prärien. Wenn man die primitiven kalifornischen Geschöpfe auch als Indianer bezeichne, so beleidige man die echten Rothäute. Da er auf seiner Meinung beharrte, hatte Ted vorgeschlagen, diese Abart doch einfach Aborigines, also Ureinwohner, zu nennen. Ning hatte dieses Wort noch nie gehört und fand es schwer auszusprechen, deshalb verkürzte er es auf «Abs». Von nun an waren für ihn und die andern alle kalifornischen Wilden Abs.

Die Gesellschaft versammelte sich am frühen Morgen: elf Personen mit zwanzig Pferden und drei Planwagen. Die Reisenden waren Ning, Ted und Kendra; Pocket und Hiram, der Matrose von der *Cynthia*; Marny und Delbert mit zwei Männern und zwei Frauen, die für sie arbeiteten. Diese Helfer waren jene beiden Burschen, die man Schwarzbärte rief und die den Betrüger aus dem Spielsalon in Honolulu gefeuert hatten, sowie zwei reizende Mädchen aus Hawaii, die wohl kaum mit ihnen verheiratet waren.

Einer der Wagen gehörte Ning und Ted, in den beiden andern wurden Waren und Spielerausrüstung Marnys und ihrer Freunde transportiert. Pocket und Hiram, die wenig mit sich führten, hatten ihre Vorräte auf die Packpferde geladen. Ted erzählte Kendra, sie müsse reiten, während er und Ning abwechselnd die Wagen kutschierten. Zu Pferd kam man in Kalifornien am schnellsten voran, denn es gab keine Straßen, und wer in einem Wagen saß, wurde unbarmherzig durcheinandergeschüttelt.

Abends nahm Ning sein Bettzeug und schlief im Freien, wie er es gewöhnt war. Ted und Kendra ließen die Vorhänge ihres Wagens herab und machten es sich gemütlich. Diese Vorhänge bestanden aus chinesischem Grasleinen. Sie waren fest und kunstvoll gewebt, so daß frische Luft eindringen konnte, Moskitos dagegen abgewehrt wurden.

Marny und Delbert ritten gleichfalls, die Schwarzbärte indessen lenkten ihre Wagen. Kendra sah Marny und Delbert zum erstenmal seit jener Begegnung im Laden wieder; ihre Helfer waren ihr noch gar nicht begegnet. Diese Schwarzbärte ähnelten einander so sehr, daß Kendra im ersten Moment glaubte, sie müßten Zwillinge sein (was sie denn auch in der Tat waren). Mit ihren schwarzen Mähnen, ihren dichten schwarzen Augenbrauen und ihren schwarzen Kinnbärten sahen sie geradezu furchterregend aus. Sie hätten die Söhne eines Piraten sein können. Ted sagte jedoch, ihr Vater sei ein Ladenbesitzer in New England mit dem schlichten Familiennamen Thompson gewesen, aber ihre romantisch veranlagte Mutter hatte sie auf die Vornamen Marmaduke und Murgatroyd taufen lassen. Marny, der es nach eingehendem Studium gelungen war, sie auseinanderzuhalten, rief sie Duke und Troy.

Kaum hatten sie ihre Flegeljahre hinter sich, da brachen sie auch schon zur Abenteuersuche in den Stillen Ozean auf. Offensichtlich hatten sie den Geschäftssinn ihres Vaters geerbt, nicht minder aber auch die romantische Ader ihrer Mutter. Jetzt waren sie die raffiniertesten Kartenspieler, die man sich vorstellen konnte. Beide hatten neben sich ein hawaiianisches Mädchen sitzen. Auch diese Mädchen machten mit ihren leuchtenden pechschwarzen Augen und ihrer goldfarbenen Haut Furore. Marny nannte die eine Lulu und die andere Lolo. Duke war der Beschützer von Lulu, Troy der von Lolo.

Die Männer trugen schwere Baumwollhemden und Reithosen aus Kordsamt. An ihren Gürteln baumelten Revolver. Kendra und Marny waren in Reitdreß aus kräftigem dunklem Tuch gekleidet. Ihre Hände wurden durch Handschuhe und ihre Augen durch breitkrempige Hüte geschützt. Die Mädchen aus Hawaii hatten bunte Chintzkleider an. Ihr Haar hielten sie durch Bänder zusammen.

Als alle da waren, ritt Ning auf einem schönen gefleckten Wallach hin und her, vergewisserte sich, daß alle Lasten fest verschnürt waren und die Pferde sich in gutem Zustand befanden.

«Ruhe, Leute!» kommandierte er sodann.

Während er mit seiner Reitpeitsche nacheinander auf jeden einzelnen deutete, rief er ihre Namen auf:

«Ted Parks? Mrs. Parks?»

Ted winkte vom Wagen herab, Kendra aus dem Sattel. Es gefiel ihr, «Mrs. Parks» gerufen zu werden, denn dies gab ihr das Gefühl, willkommen zu sein. In dieser Gesellschaft hatte sie ihren Platz. Nie zuvor hatte sie das Gefühl gehabt, einer Gruppe anzugehören oder irgendwohin zu gehören.

Ning wies jedem seinen Posten an. Als er Marnys Namen rief, ließ sie ihr fröhliches Lächeln aufblitzen und fragte:

«Wie geht's euch allen miteinander?»

Delbert, der auf einer Stute saß, die so schwarz war wie der Rappe des Fürsten der Finsternis, verbeugte sich formell und gelangweilt. Die Schwarzbärtigen nickten, die Mädchen von Hawaii hoben grüßend die Hände.

Dann stellte Ning Pocket und Hiram Boyd den andern vor. Pocket lächelte verschämt, als sei er nicht daran gewöhnt, in der Öffentlichkeit aufzufallen. Hiram zog seinen Hut und schwenkte ihn über dem Kopf wie der Anführer eines Begrüßungskomitees. Hiram war nicht gerade eine männliche Schönheit, aber er wirkte doch auf derbe Art recht anziehend mit seinen breiten Schultern. Seine gewaltigen Fäuste waren von Sturm und Sonne gegerbt. Seinen rostroten Bart hatte er bei einem Barbier in San Francisco zurückgelassen, doch zweifelte Kendra nicht daran, daß er bald wieder nachwachsen würde. Jetzt konnte sie sehen, daß er ein rauhes Gesicht mit starker Nase und vorspringendem Kinn hatte – manche Leute hätten wohl von einem Boxerkinn gesprochen. Sein struppiges Haar war rostrot wie der Bart. Er saß gut zu Pferde, und er hatte die überzähligen Tiere geschickt in eine Reihe gebracht. Kendra fiel ein, was Ning über «gute» Reisende gesagt hatte. Hiram würde sicher einer von ihnen sein.

Ning gab das Signal zum Aufbruch:

«Los geht's!»

Kendra blickte sich um. Delbert ritt stumm und gedankenverloren neben dem ersten Wagen. Marny betrachtete mit Interesse, wie Pocket und Hiram die Pferde in Gang setzten. Kendra fragte sich, ob sie Marny wohl jetzt richtig kennenlernen würde. Sie hoffte es, wenngleich sie sich nicht denken konnte, wie sie eine Unterhaltung beginnen sollte. Schließlich konnte sie doch nicht einfach zu Marny treten und sagen: «Ich habe noch nie einen Menschen getroffen, der so ist wie Sie, und ich sterbe vor Neugierde.»

Nun, irgendeinen Weg mußte es ja wohl geben. Wie Ning gesagt hatte, würden sie etwa zwei Wochen unterwegs sein. In diesen beiden Wochen konnte allerlei passieren.

Nachdem sie die von Nebeln verhüllten Berge San Franciscos hinter sich hatten, kamen sie in eine Landschaft, wo die Sonne über Gräsern und Frühlingsblumen schien und die Vögel in den Bäumen tirilierten. Zu ihrer Linken konnte Kendra die Bucht sehen, die rosa und silbern glänzte; zu ihrer Rechten ragten die Berge auf, welche die Bucht vom Meer trennten. Auf diesen Bergen graste Vieh. Dort standen kleine Häuser aus Brettern oder Lehmziegeln, in denen die Rancher lebten. Zuweilen erblickte sie einen Reiter oder eine Frau, die Wasser schleppte, oder ein Kind, das ihnen zuwinkte.

Einmal erspähten sie ein Dutzend Abs. Sie starrten aus Büschen herüber. Es waren häßliche Kreaturen mit dunkler, fast grauer Hautfarbe; ihre Haare standen nach allen Richtungen von den Köpfen ab; ihre kleinen blinzelnden Augen glänzten beim Anblick der Pferde gierig auf, denn nichts aßen sie lieber als Pferdefleisch. Sie trugen ein paar Tuchfetzen und Glasperlenketten, und sie waren derart schmutzig, daß Kendra ihren Geruch schnupperte. Ted hatte ihr berichtet, daß sie zwar alles stahlen, was sie davontragen konnten, sonst aber harmlos seien, solange ihnen nicht irgendein Narr Alkohol gab. Dennoch war sie froh, als der Wagenzug die Abs passiert hatte.

Diese ersten Tage verliefen mühelos. Ning hatte angeordnet, daß sie oft rasteten, damit die Pferde frisch blieben für den anstrengenden Aufstieg. Die Kuriere der Armee ritten vierzig Meilen am Tag, aber sie hatten keine Lasten bei sich, außer Wäsche in den Satteltaschen. Mit Wagen seien zwanzig Meilen genug, meinte Ning. Das Kochen stellte für Kendra kein Problem dar, denn sie hatte ausreichende Mengen von gedörrtem Schinken und Rindfleisch und andern Lebensmitteln bei sich.

Nur eine Kleinigkeit machte ihr Sorgen. Dieses ungezwungene Leben gefiel ihr. Aber sie war nun einmal ein zivilisierter Mensch, und es gab gewisse private Notwendigkeiten, die auch privat bleiben sollten. Auf einer Reise wie dieser – wie verhielt man sich da? Verkroch man sich einfach hinter einen Busch und hoffte, niemand komme vorbei?

Nun, sie würde sicherlich auch das bald herausfinden.

Lange vor Mittag erreichten sie einen Bach, der von Weiden gesäumt war. Ning erklärte, hier werde eine Verschnaufpause eingelegt. Er hatte die Gruppe in zwei Kochgemeinschaften unterteilt: Kendra bereitete die Mahlzeiten für Ning, Ted, Pocket und Hiram, während Marnys Leute für sich selber verantwortlich waren.

Kendra stieg ab, Hiram nahm sich ihrer Stute an, und sie ging zum Wagen, um den Kaffeetopf zu holen. Ted, der seine Pferde ausspannte, rief ihr zu, er werde Brennholz sammeln. Kendra kletterte in den Wagen, nahm den Topf und wollte wieder aussteigen. Zu ihrer Überraschung sah sie Marny an einem der Vorderräder stehen. Sie hatte ihren Sonnenhut abgenommen, ihr Haar leuchtete wie eine Krone, und die Sommersprossen schienen auf ihrer Nase zu tanzen.

«Wollen Sie nicht mein Badezimmer benutzen?» fragte sie.

11

Marnys Stimme klang ernst, doch ihre Lippen zuckten übermütig. Ihre grünen Augen schienen zu fragen: Wir sind nun mal in diese Sache hineingeschlittert, also wollen wir sie auch gemeinsam deichseln, nicht wahr?

Hundert Gedanken schossen Kendra durch den Kopf. Sie hatte noch nie mit einer Frau von lockeren Sitten gesprochen. Eva hätte an ihrer Stelle Marny kalt angeblickt und von oben herab erwidert: «Nein, vielen Dank.» Danach wäre sie zweifellos in den Wagen zurückgekehrt, um dort zu warten, bis Marny sie von ihrer unverschämten Anwesenheit befreite.

Doch als Kendra sich dieses Bild ausmalte, verspürte sie einen Lachreiz. Denn Eva würde nie in eine solche Situation geraten. Nie hätte sie sich einer Gruppe angeschlossen, zu der Leute wie Marny und ihre Freunde zählten. Aber ich, dachte Kendra, ich bin nicht Eva. Ich bin ich. Also sagte sie:

«Vielen Dank. Ich würde es sehr gern benutzen. Aber was meinen Sie mit ‹Badezimmer›?»

Marny hob ihre Reitpeitsche. Kendra sah in der angegebenen Richtung einige Büsche, welche die Schwarzbärte mit Hilfe einer Plane umspannt hatten. Auf diese Plane waren in schwarzen Lettern die Worte «Nur für Damen» gepinselt.

«Ich habe alle erforderlichen Utensilien», erklärte Marny. «Auch ein Waschbecken ist dabei. Sie brauchen bloß Ihr Handtuch mitzubringen.»

So schnell sie konnte, nahm Kendra ein Handtuch aus ihrem Gepäck und kletterte wieder aus dem Wagen. «Was für eine gute Idee!» rief sie begeistert. «Wer ist denn darauf gekommen?»

«Ich», antwortete Marny lächelnd, als wolle sie eigentlich sagen: ‹Wer, glauben Sie, kommt denn außer mir auf die guten Ideen?›

An der Plane waren Pflöcke befestigt, die jetzt im Erdreich steckten. Marny wies auf den Eingang:

«Gehen Sie zuerst hinein, Sie sind mein Gast.»

Dies war eine sonderbare Art, sich miteinander bekannt zu machen, doch miteinander bekannt waren sie nun ohne Zweifel. Kendra betrat das «Badezimmer», und als sie wieder herauskam, sagte sie:

«Ich danke Ihnen vielmals.»

«Sie sind jederzeit willkommen. Bis später.»

Und somit waren sie Freundinnen geworden . . .

Kendra breitete ihr Handtuch zum Trocknen aus. Dann machte sie Feuer, holte Wasser am Bach und tat die Kaffeebohnen in ein Tuch, so daß sie sie zwischen zwei Steinen mahlen konnte, wie Ning es ihr gezeigt hatte. Während der Kaffee kochte, holte sie die Pfannen heraus, dicke Pfannen mit Holzgriffen, die bequem gehalten werden konnten, wenn man auf der Erde saß.

Nachdem Kendra die Pfannen mit Rindfleisch, Brot, Oliven und getrockneten Feigen gefüllt hatte, rief sie: «Das Essen ist fertig.»

Während ihrer Arbeit hatte sie beobachtet, daß Delbert doch nicht so unnütz war, wie sie geglaubt hatte. Er und Pocket bewachten nämlich das Lager. Schweigend gingen sie mit schußbereiten Waffen auf und ab. Als Ning gegessen hatte, nahm er Pockets Platz ein, und einer der Schwarzbärte löste Delbert ab. Ning riet den übrigen, sich hinzulegen und auszuruhen.

Eine Stunde später ritten sie weiter. Als es dunkelte, richteten die Schwarzbärte wiederum das «Badezimmer» her. Kendra sah, daß Ning einen Armvoll Brennholz herbeitrug. «Ich gehe jetzt und mache mein Feuer an», sagte sie zu Marny.

«Sie taugen mehr als ich», versetzte Marny. «Ich bin müde und werde mich ein wenig entspannen. Sie Ärmste aber müssen kochen.»

«Das macht mir nichts aus», erwiderte Kendra, obwohl auch sie ermattet war. Ihre Reitlehrer hatten ihr einiges beigebracht, und dank der Berge von San Francisco hatten sich ihre Reitkünste verfeinert, freilich war sie nicht daran gewöhnt, den ganzen Tag im Sattel zu sitzen. Sie konnte sich eines neidischen Gefühls nicht erwehren, als sie ihr Gesicht über der schmorenden Pfanne fast versengte und Marny mit Delbert unter einem Baum sitzen sah, wo sie Wein schlürften und Karten spielten, während Lulu und Lolo das Essen für sie kochten.

Aber jetzt kam Ted auf seinem Wachgang an ihr vorbei und flüsterte ihr zärtlich zu: «Du bist großartig, mein Schatz.» Kurz danach traten die Männer ausgehungert ans Feuer. Kendra füllte ihre Pfannen mit Schinken, Apfelmus und Bratkartoffeln. Hiram grinste und meinte: «Das ist aber besser als die Kost, die ich sonst kriege.» Pocket versicherte: «Es schmeckt wirklich gut, Ma'am.» Und Ning beteuerte: «Ich hab euch ja gleich gesagt, daß sie sehr nützlich sein wird.»

Und Kendra hätte ihren Platz mit niemandem auf Erden tauschen mögen.

In dieser Nacht schlief sie so tief, als habe sich ein schwarzer Vorhang über sie gesenkt. Am Morgen wurde sie von Ted geweckt, der ihr Ohrläppchen küßte, und sie sagte zu sich selbst: Ach, ich bin glücklich, glücklich, glücklich! Ich bin mit dem besten Mann der Welt verheiratet, und ich bin auf dem Weg zu einem Berg aus Gold ...

Später ritt sie zu Marny. Mit ihr ließ sich leicht reden. «Haben Sie mich eigentlich damals in dem Laden bemerkt?» erkundigte sie sich neugierig.

«Aber ja. Es hat mir gefallen, daß Sie da waren. Sie haben ganz fasziniert ausgesehen.»

«Ich war auch fasziniert. Daß jemand so mit den Karten umgehen kann ...»

«Ich liebe die Karten», erwiderte Marny schlicht.

«Ich verstehe nicht viel davon», entgegnete Kendra ein wenig schüchtern. «Natürlich kenne ich Spiele wie Whist, also Gesellschaftsspiele, aber keine ...» Sie zögerte.

Marny lächelte. «Aber keine Spiele wie Faro und Vingt-et-un? Sie können uns in Shiny Gulch zusehen, sobald wir unser Zelt errichtet haben.»

«Was für ein Zelt haben Sie denn?»

«Nur eine Zeltbahn, aber ich will sie bunt haben. Zum Drapieren habe ich roten Kattun und viele Kerzen. Und ich werde ein Schild anbringen. Aber erst muß ich mir noch einen Namen ausdenken. Gold-Bar vielleicht, denn eine Bar werden wir natürlich haben, aber dieser Name ist nicht zugkräftig genug.»

Ein Zelt inmitten der Wildnis, ein Zelt mit vielen Lichtern und buntem Kattun, ein Zelt voller Männer, die dort ihre Späße trieben, ob sie nun Karten spielten oder nicht ... Marny besaß wie Eva die Gabe, mit ein wenig Kattun aus einer Hütte ein Schmuckkästchen zu machen. Wie hatte sie das kleine Haus ihrer Mutter in San Francisco genannt?

«Wie wär's mit Calico-Palast?» schlug Kendra vor.

Marny brach wie ein glückliches Kind in ein Lachen aus. «Calico-Palast! Das ist genau das Richtige! Vielen Dank! Das muß ich sofort Delbert erzählen.»

Kendra schaute Delbert an, der in seiner Einsamkeit ungemein ernst wirkte.

«Warum hält er sich eigentlich so zurück?» fragte sie.

«Delbert liebt die menschliche Rasse nicht.»

«Überhaupt niemanden? Warum nicht?»

Marny lachte. Es war ein weiches seidenes Lachen. «Mein Engel, er ist vor langer Zeit zu der Überzeugung gekommen, daß die Menschheit eine Plage ist.»

«Aber er mag doch Sie.»

«Er meint nicht wirklich mich», gab Marny gut gelaunt zurück. «Er meint nur, ich sei weniger unangenehm als die meisten andern Leute.»

Kendra hätte am liebsten gefragt: Weshalb haben Sie ihn gern? Statt dessen erkundigte sie sich:

«Ist Delbert sein Vorname oder sein Familienname?»

«Er unterschreibt mit ‹John Delbert›, wenn es unbedingt sein muß. Bei dem Paß in Hawaii zum Beispiel mußte er den vollen Namen angeben. Sonst aber nennt er sich einfach Delbert. Ich weiß auch nicht, warum. Ich nehme an, er glaubt, es sei elegant, sich selber diesen Namen zuzulegen.»

«Er legte sich diesen Namen zu? Ja, wie heißt er denn in Wirklichkeit?»

«Ach, meine Liebe, das weiß ich nicht. Es würde mich nicht überraschen, wenn er selber seinen Namen vergessen hätte.»

Kendra war so verblüfft, daß ihr keine Entgegnung einfiel. Marny und Delbert hatten die letzte Nacht zusammen in ihrem Wagen geschlafen, und dabei kannte sie noch nicht einmal seinen wahren Namen! Konnte eine Frau denn so frivol sein? Sie fragte sich, ob Marny – wie Ted meinte – die Affäre auf der *Cynthia* wirklich nur als eine Bagatelle betrachtete. Kendra vermochte sich nicht vorzustellen, daß eine Frau es für eine Bagatelle hielt, mit einem Mann ins Bett zu gehen, aber Ted wußte gewöhnlich, worüber er sprach.

Doch wie auch immer Marny diesen Vorfall beurteilte – für Captain Pollock war es keine Bagatelle gewesen. Pollock glaubte, Marny habe sein Schiff geschändet.

Ach, Unsinn! dachte Kendra. Er liebt sein Schiff. Er liebt es so, wie andere Männer eine Frau lieben. Doch was kann er gegen Marny ausrichten? Nichts. Gleichviel – vielleicht bin ich so dumm wie er –, gleichviel: Ich fühle mich in meiner Haut wohler, wenn er nach New York zurücksegelt.

An diesem Abend lagerten sie an der Südspitze der Bucht. Am nächsten Morgen wandten sie sich nach Norden. Die Landschaft war wild und nahezu menschenleer. Hin und wieder lugte ein Ab hinter einem Baum hervor, oder eine Schar mexikanischer Reiter galoppierte vorüber. Sie sahen grasendes Vieh und in der Ferne Rotwild und Wapitihirsche, die davonstoben, sobald die Wagen angerattert kamen. Ning warnte Kendra und Marny: «Reitet dicht beim Zug und seid vorsichtig! Hier kann man auf allerlei Gesindel stoßen: auf davongelaufene Matrosen und desertierte Soldaten – alles Leute, die nichts mit dem Gesetz zu tun haben wollen.»

Kendra erkannte besser denn je, daß Ning die Gefährten klug ausgewählt hatte. Hiram und Pocket erledigten ihre Arbeit gut. Delbert war auch weiterhin ein aufmerksamer Wächter bei Tag und Nacht. Delbert mochte keine hohe Meinung von seinen Mitmenschen haben, aber er schätzte immerhin die Münzen, die er und Marny als Spielkapital mit sich trugen, und er war nicht gesonnen, Banditen in seine Nähe kommen zu lassen. Während sie sich am Mittag in ihrem «Badezimmer» wuschen, erzählte Marny, daß Delbert früher auf Mississippi-Schiffen Karten gespielt habe.

«In dieser Branche muß ein Mann schnell mit dem Revolver zur Hand sein, wenn er am Leben bleiben will.»

«Haben Sie ihn dort kennengelernt?»

«Nein, ich traf ihn auf der Fahrt nach Honolulu. Er kam in Valparaiso an Bord. Delbert treibt sich gern herum.»

Marny schnallte den Gürtel ihres Reitkleides zu. Kendra bemerkte, daß in einer Tasche dieses Gürtels eine kleine Waffe steckte.

«Darf ich sie mir mal ansehen?» fragte sie, denn sie hatte noch nie einen Revolver angefaßt.

Marny erklärte ihr, wie die Waffe funktionierte. Es war ein kleiner sechsschüssiger Colt. «Ist er nicht hübsch?» meinte Marny.

«Ist er geladen?» fragte Kendra scheu.

«Aber natürlich. Was für einen Sinn hätte es denn, mit einem ungeladenen Revolver durch die Gegend zu laufen?»

Als Kendra den Revolver ziemlich ängstlich zurückgab, streichelte ihn Marny lächelnd.

«Ein Geschenk eines Mannes, der den besten Spielsalon in New York geleitet hat», erläuterte sie. «Ein Franzose aus New Orleans namens Norman Lamont. Ich habe oft die Bank für ihn gehalten. Als ich beschloß, nach Honolulu zu reisen, wollte ich ihn gern mitnehmen, aber er hatte keine Lust. Er wollte wieder heimfahren. Er meinte, New Orleans sei die reichste Spielerstadt des ganzen Landes.»

«Und Sie waren nicht dieser Ansicht?» erkundigte sich Kendra, die mehr erfahren wollte, denn von diesen Dingen wußte sie rein gar nichts.

«Ich weiß es nicht. Ich bin niemals dort gewesen. Aber ich wünschte, Norman wäre mit nach Honolulu gekommen. Er könnte auch jetzt bei uns sein und mit in die Goldfelder ziehen. Er war der gerissenste Spieler, den ich je gesehen habe.»

Marny machte eine Pause. Offenbar war sie mit ihren Gedanken in der Vergangenheit.

«Zwischen mir und Norman hat es übrigens nie etwas gegeben», fügte sie versonnen hinzu. «Er hatte immer ein Mädchen zur Hand. Aber ich habe ihn bewundert. Er besaß echtes Talent.»

«Mehr als Delbert?» fragte Kendra.

«Ja», antwortete Marny amüsiert, «aber lassen Sie ihn das nicht wissen. Das Leben ist ohnehin gefährlich genug.»

Kendra lachte und versprach, zu schweigen. Ungläubig wollte sie dann wissen, ob Marny wirklich schießen könne.

«Gewiß. Sie haben niemals auf sich selber achtgeben müssen, meine Liebe. Ich muß das in einem fort tun.»

Kendra fragte sich, was das wohl für ein Gefühl sein müsse: einen Revolver nötig zu haben. Es stimmte: Sie selbst hatte nie auf sich achtgeben müssen; immer hatte man für sie gesorgt. Die Reise nach Kalifornien war zwar lang, aber sie hatte sie auf einem der schönsten Schiffe gemacht. San Francisco war ein unzivilisiertes Nest, aber sie war nicht ein einziges Mal schutzlos durch die Straßen gegangen. Und nun zog sie in die Wildnis, aber sie hatte Ted bei sich.

Marny überlegte:

«Falls es dort nicht soviel Gold geben sollte, kehren wir halt wieder um und machen in San Francisco einen Laden auf.»

«Aber dort ist eine Masse Gold», rief Kendra. «Ted hat es ja gesehen.»

Hiram, der jetzt neben ihnen ritt, kicherte. «Ich glaube ihm, sonst wäre ich gar nicht hier.» Mit seiner großen Hand zeigte er auf seine beiden Packpferde. «Alles, was ich besitze, tragen die Gäule da auf ihrem Buckel.»

«Sie sind ein mutiger Mann», sagte Kendra, «daß Sie alles auf eine Karte setzen.»

Hiram hob eine Schulter. Sein rostfarbener Bart wuchs schon wieder nach; die Stoppeln glitzerten in der Sonne. «Ich bin nach Kalifornien gekommen, um mein Glück zu machen», bekannte er offen. «Ich bin der Sohn eines Pfarrers. Wie Sie vielleicht wissen, schicken die Pfarrer ihre Kinder zur Schule, aber sie geben ihnen keine Reichtümer mit auf den Weg.»

Er sah kräftig und selbstsicher aus. Dann erzählte er ihnen, daß er einige chinesische Feuerwerkskörper eingepackt habe, um die Abs abzuschrekken, falls sie sich an seinen Habseligkeiten vergreifen sollten. Marny lachte.

Kendra beneidete die beiden. Hiram und Marny waren unabhängige Menschen, die niemanden brauchten und in sich selber ruhten.

Aber ich, dachte Kendra, ich ruhe nicht in mir selber. Ich brauche andere

Menschen. Ich muß Liebe haben. Ich brauche Liebe.

Heute lenkte Ning den Wagen, und Ted führte das Zugpferd. Kendra ritt zu ihm. Sie empfand eine jähe Furcht bei dem Gedanken, wie sehr sie Ted brauchte. Ohne ihn wäre sie wieder so verloren wie früher gewesen. Doch als Ted sie auf sich zukommen sah, warf er ihr einen Handkuß zu, und Kendra sagte sich beruhigt: Ich bin nicht mehr allein. Ich brauche ihn, aber ich habe ihn ja auch bekommen.

12

Am nächsten Tag gerieten sie in einen Regenschauer, der die Bäche anschwellen ließ, die sie zu überqueren hatten, so daß sie langsamer vorankamen. Am Morgen darauf aber war das Wetter wieder schön. Ning brachte sie bei Tagesanbruch auf die Beine, und um acht Uhr erreichten sie ein Gewässer, das Carquinez Strait hieß. Hier hatte ein unternehmungslustiger Riese namens Semple, der aus Kentucky gekommen war und mehr als zwei Meter maß, einen Fährbetrieb nach der Niederlassung Benicia auf dem andern Ufer eingerichtet.

Semple lebte in Benicia, aber auf dem diesseitigen Ufer war ein Vorrat an Gerste und Hafer für die Pferde vorhanden, den einige Jungen bewachten. Sie setzten Einzelreisende nach Benicia über, doch wenn eine ganze Gesellschaft eintraf, kam Semple selbst und kümmerte sich um den Transport. Sein breites Fährboot hatte geringen Tiefgang und war groß genug, um ein halbes Dutzend Pferde auf einmal zu befördern. Für jedes Pferd verlangte er einen Dollar, für jede Person fünfzig Cent und für jeden Wagen sechs Dollar.

Am Ufer blühten Blumen und Weidenkätzchen. Die Männer stoppten den Wagenzug an einem Bach, der etwa eine halbe Meile vor den Landeplatz der Fähre in die Carquinez Strait floß. Jetzt waren sie schon fünf Tage unterwegs. San Francisco lag dreiundzwanzig Meilen hinter ihnen – dreiundzwanzig Meilen in der Vogelfluglinie, aber sie hatten fast neunzig Meilen zurücklegen müssen.

Ning erklärte Marny und Kendra, sie müßten viermal das Gewässer kreuzen. Die Jungen brachten die ersten Pferde ans jenseitige Ufer; Hiram fuhr mit und bewachte sie drüben. Bei den nächsten beiden Fahrten setzten die Schwarzbärte mit Lulu und Lolo, Delbert und den zwei Wagen über; Ning schloß sich ihnen an, um nach dem Rechten zu sehen. Marny und Kendra warteten zusammen mit Ted und dessen Wagen sowie mit Pocket, der hiergeblieben war, um ihm beim Bespannen zu helfen.

Die Mittagszeit war vorüber, und die Sonne brannte heiß vom Himmel. Pocket hatte die Pferde an einen Baum gebunden und sich in der Nähe niedergelassen. Ein paar Meter entfernt von ihm lag Ted im Schatten seines

Wagens. Zwischen beiden saßen Marny und Kendra unter einem Baum und beobachteten die Fähre, die sich den fünfzehn oder zwanzig Hütten näherte, welche die Stadt Benicia darstellten.

Vögel schilpten und rupften im Gras. Tausend Bienen umsummten die Blüten.

«Ich habe nur eine Klage», meinte Marny. «Ich bin hungrig.»

Das war auch Kendra. Plötzlich entsann sie sich der getrockneten Früchte. «Ich hole ein paar Feigen», sagte sie und stand auf. «Oh, verflixt!»

«Wenn sie ‹verdammt› meinen, warum sagen Sie's dann nicht?» erkundigte sich Marny.

«Verdammt!»

«Was ist los?»

Kendra war auf den Saum ihres Reitkleides getreten und hatte den Stoff eingerissen.

«Das ist doch keine Tragödie», tröstete Marny. «Haben Sie ein Nähkörbchen bei sich?»

«Ja. Dafür hat meine Mutter gesorgt. Aber ich kann doch nicht nähen.»

Marny lächelte verständnisvoll. «Ich werde das Loch stopfen. Bringen Sie mir Nadel und Garn.»

Kendra holte das Körbchen und ging dann mit Marny in ein Weidengebüsch. Dort zog sie ihr Kleid aus und schaute zu, wie Marny geschickt den Schaden behob. «Ich wünschte, ich könnte das auch machen.»

«Sie können ja nicht mit allen Gaben gesegnet sein, meine Liebe. Sie sollten mich mal kochen sehen. Selbst wenn ich mir die größte Mühe gebe, schmeckt mein Kaffee immer noch nach Schlamm.» Marny schnitt den Faden ab. «So, das ist jetzt wieder wie neu. Ziehen Sie Ihr Kleid an. Sie können sich wieder in der Öffentlichkeit blicken lassen. Ach, mein Gott! Sehen Sie sich das an . . .»

Ihre Stimme war zu einem ängstlichen Flüstern geworden. Sie umfaßte Kendras Handgelenk und deutete auf das Grasland.

Kendra sah zwei zerlumpte und struppige Männer, die von den Bergen herabgekommen waren. Ihre Anzüge waren verdreckt und ihre Schuhe zerrissen. Der eine war barhäuptig, während der andere einen alten Hut schief auf dem Kopf sitzen hatte. Sie waren noch ein ganzes Stück entfernt, aber sie kamen rasch näher. Marny wisperte der verstörten Kendra zu: «Es sind Matrosen. Ich sehe das am Gang. Ich habe Hunderte von dieser Sorte in Honolulu getroffen. Ausreißer, vor denen uns Ning gewarnt hat. Kendra, unsere Männer wissen nicht, daß diese Kerle kommen.»

Ein Blick durch die Weiden zeigte Kendra, daß Pocket ihnen den Rücken zuwandte und eine lockere Schlinge wieder festzog. Ted lag im Gras. Die Matrosen näherten sich jedoch aus der entgegengesetzten Richtung, so daß er sie gar nicht sehen konnte. Offenbar hatten die Männer ihn bisher ebensowenig wahrgenommen wie Kendra und Marny. Doch den Wagen hatten sie bestimmt gesehen, und auf ihn marschierten sie jetzt zu. Bei einem Wagen mußten Reisende sein, und Reisende hatten manches bei sich, das des Stehlens wert war. Vielleicht nahmen sie auch an, dieser Wagen sei unbewacht zurückgelassen worden, bis er an die Reihe käme – eine närrische Idee freilich, aber es gab nun einmal Narren. Die Taschen der Matrosen waren übrigens ausgebeult, als steckten Revolver darin. In ihren Gürteln trugen sie Messer.

«Sie wollen zum Wagen», flüsterte Kendra mit vor Angst trockenen Lippen.

«Sie scheren sich den Teufel um den Wagen. Sie wollen uns», gab Marny zurück.

Kendra zuckte erschreckt zusammen. «Aber sie haben uns doch noch gar nicht entdeckt!»

«Sie werden uns bald genug entdecken», versicherte Marny weise. «Und wenn sie uns erst mal gesehen haben, dann kann ihnen der Wagen gestohlen bleiben.»

Kendra dachte an Marnys kleine Pistole. «Ich möchte nicht, daß Sie jemand verletzen, aber könnten Sie vielleicht so schießen, daß Sie diese Männer nicht treffen? Ted und Pocket würden den Schuß hören.»

«Natürlich könnte ich schießen», erwiderte Marny zweifelnd, «aber diese Kerle wüßten dann, daß der Schuß aus unserer Richtung gekommen ist, und sie würden ihrerseits zu ballern anfangen. Und die sind bestimmt nicht zimperlich. Denen würde es gewiß nichts ausmachen, wenn sie uns treffen. Nein, ich würde mich wohler fühlen, wenn wir Hilfe hätten. Wenn nur Ted und Pocket sich endlich umdrehen wollten!»

Doch Ted und Pocket hatten keineswegs bemerkt, daß etwas nicht stimmte. Obwohl der Wagen unbewacht schien, bewegten sich die Matrosen vorsichtig auf ihn zu. Das dichte Gras verschluckte das Geräusch ihrer Schritte.

Die Vögel zwitscherten, und im Klee summten immerzu die Bienen. Mit der einen Hand griff Kendra nach ihrem Kleid, während sie mit der andern fest Marnys Ellbogen umklammerte.

«Wir gehen ins Freie», raunte sie ihr zu, «und tun so, als verstünden wir kein Englisch. Dadurch gewinnen wir Zeit, und unsere Männer hören, daß gesprochen wird.»

Marnys Miene hellte sich auf. Marny liebte das Abenteuer, ob es nun gefährlich war oder nicht. «Das mache ich. Ich werde die Burschen aufhalten. Ziehen Sie Ihr Kleid über, und rennen Sie dann zu Ted, falls er immer noch nichts merken sollte.»

Kendra nickte, Marny stand auf und schob einen Zweig beiseite. Dann trat sie in den Sonnenschein hinaus, machte ein paar müßige Schritte und blieb vor einem Lupinenbüschel stehen. Sie bückte sich, als wolle sie die Blüten pflücken – und jetzt endlich nahmen die Matrosen Notiz von ihr.

Wie Marny es vorausgesagt hatte, vergaßen die beiden, daß es einen

Wagen gab. Sie stürzten auf Marny zu. Eigentlich hätten sie auch Kendra sehen müssen, wenn sie das Weidengebüsch in Augenschein genommen hätten, aber sie dachten gar nicht daran, einen Blick dorthin zu werfen. Sie sahen nichts außer Marny mit ihren grünen Augen, ihren Sommersprossen, ihrer geschmeidigen Figur und ihrer Haarmähne.

Von Kopf bis Fuß zitternd, streifte Kendra ihr Kleid über.

Der Barhäuptige warf Marny laut schmatzende Handküsse zu, sein Kumpan nahm den Hut ab und machte eine Verbeugung, die er wohl für galant hielt. Der eine sagte: «Wie geht's, schöne Frau?» Der zweite verkündete: «Hören Sie mal, Sie sind aber ein Anblick, für den man dankbar sein muß.»

Marny blickte sie mit ausdruckslosem Gesicht an. Mit tonloser Stimme antwortete sie:

«No spik Inglis.»

Sie hörten gar nicht zu. Sie starrten sie an und überlegten eifrig, wie sie dieses unerwartete Geschöpf am schnellsten kirre machen konnten. Beide begannen gleichzeitig zu sprechen:

«Ich heiße Joe», sagte jener, der die Handküsse verteilt hatte. «Und das da ist Bill. Wie ist Ihr Name?»

«Woher kommen Sie?» wollte Bill wissen. «Wohin gehen Sie dann? Woher haben Sie diese roten Haare?»

«Und woher haben Sie diese vielen Sommersprossen?» fragte Joe.

Marny entgegnete:

«No spik Inglis.»

«Wir sind in der ganzen Welt gewesen», versetzte Joe, «aber so eine wie Sie haben wir noch nie gesehen.»

Marny erwiderte gleichgültig:

«No spik Inglis.»

Bill und Joe waren keine besonders hellen Köpfe, doch allmählich ging ihnen ein Licht auf. «Sie spricht kein Englisch», meinte Bill. «Eine ausländische Lady.»

Joe nickte. Mit einem breiten Lächeln, das einige Zahnstummel entblößte, erkundigte er sich:

«Mamzell, parlez-vous français?»

Sein Akzent war fürchterlich, aber Kendra hatte in der Schule genug gelernt, um zu begreifen, daß er sich mit der französischen Sprache herumschlug. Ob Marny nun Französisch verstand oder nicht, war ihrer Miene nicht anzumerken.

«Sie versteht auch kein Französisch», klagte Bill. «Laß mich mal versuchen.» Nach einer neuerlichen Verbeugung fragte er:

«Habla español, Señorita?»

Marny gab ihm keine Antwort.

«Zum Teufel!» tadelte ihn Joe. «Natürlich ist sie keine Mexikanerin. Es gibt überhaupt keine rothaarigen Mexikanerinnen!»

«Na ja, aber irgend jemand muß sie ja wohl sein, oder?» rief Bill. «Hören Sie, Lady: Wir waren schon überall. Sprechen Sie Deutsch?»

Marny zuckte nicht mit der Wimper.

Bill und Joe waren auf allen sieben Meeren gefahren. Sie hatten in hundert Häfen mit Mädchen geschlafen. Zwar beherrschten sie keine fremde Sprache, aber sie hatten doch eine ganze Menge ausländisches Kauderwelsch im Kopf behalten. Bill fragte ungeduldig:

«Parlate l'italiano?»

«Ich habe dir doch gesagt, daß sie keine Mexikanerin ist», schrie Bill, «auch keine Spanierin, Portugiesin oder Italienerin. Und ganz gewiß ist sie auch kein Chinesenweib.» Er streckte Marny einen schmutzigen Finger entgegen. «Geben Sie acht, Lady: Irgendeine Sprache müssen Sie doch reden können! Snakker De norsk? Spreekt U Nederlandsch? Los! Wachen Sie auf! Reden Sie endlich!» Er packte mit seiner dreckigen Pfote Marny an der Schulter und schüttelte sie.

Marny machte sich verärgert frei und verschluckte die leicht verständlichen englischen Worte, die ihr auf der Zunge lagen. Hinter den Weiden zitterte Kendra so sehr, daß sie kaum mit ihren Knopflöchern zurechtkam. Eines war ihr klar: Lange konnte Marny die Männer nicht mehr hinhalten. Einmal mußte sie sprechen. Und was passierte, wenn sie «Fe, fi, fo, fum» plapperte? Diese Männer sahen nicht danach aus, als ließen sie sich gern foppen. Vielleicht schossen sie am Ende doch ...

Jetzt forderte Joe in barschem Ton:

«Er De dansk? Los jetzt, Lady!»

Grinsend, als sei ihm etwas ganz Besonderes eingefallen, wirbelte Bill seinen Hut durch die Luft und fragte:

«Vielleicht Rußki?»

Kendra raffte ihren Rock hoch. Lauf jetzt! befahl sie sich selbst, lauf und fall nicht hin!

«Sprechen Sie!» brüllte Joe. «Ich habe gesagt, Sie sollen sprechen!» Und er griff abermals nach Marny.

Doch auch diesmal riß sie sich wieder los. Sie konnte es nicht leiden, wenn man sie mit derber Hand berührte. Nun amüsierte dieses Spiel sie nicht länger – jetzt wurde sie toll. Und wenn sie toll wurde, fiel ihr immer etwas ein.

Sie begann zu sprechen.

«*Amo, amas, amat!*» gab sie wütend zurück. «*Amamus, amatis, amant!*»

«He?» machte Joe.

Joe und Bill starrten sich an.

Marny stampfte mit dem Fuß auf. Obgleich Kendra das Geleiere Marnys nicht verstanden hatte, erkannte sie doch mit Freude, daß sie jetzt in einer Sprache redete, die den Männern unbekannt war. Das Stimmengewirr hatte nun auch Teds Aufmerksamkeit erregt, und er war zu einer Stelle gelangt, von wo aus er die Seeleute sehen konnte, aber er feuerte nicht, wenn er auch seine Waffe in der Hand hielt. Um Himmels willen, fragte sich Kendra, weshalb schoß er nicht endlich? Sicher wollte er niemanden töten, aber er könnte doch wenigstens in die Luft knallen, damit die Matrosen merkten, daß Marny nicht allein war. Marny übergoß die beiden mit einem Wortschwall:

«Quosque tandem abutere, Catilina, patentia nostra?»

Die Matrosen standen mit aufgerissenen Mündern da, aber sie erwiderten nichts, weil ihnen nichts einfiel. Marny dozierte weiter:

«O tempora! O mores! Senatus haec intellegit, consul videt, hic tamen vivit!»

Sie redete und redete, und die Verblüffung ihrer Zuhörer wurde immer größer. Kendra rannte zu Ted. Als sie bei ihm anlangte, erkannte sie staunend, weshalb er nicht gefeuert hatte. Er war dazu gar nicht in der Lage. Er krümmte sich nämlich vor Lachen. Der Revolver schwankte in seiner Hand, so daß er nicht wagen durfte, den Abzug durchzuziehen.

«Ted!» rief sie aus. «Was um alles in der Welt . . . Warum hilfst du ihr denn nicht?»

Sein Gelächter erstickte seine Worte. Als er wieder sprechen konnte, sagte er:

«Dieses Mädchen braucht keine Hilfe.»

Marnys Stimme klang nun klar zu ihnen herüber:

«Arma virumque cano, Trojae qui primus ab oris . . .»

Ted wandte sich zu Kendra um.

«Weißt du, was sie sagt?»

Kendra schüttelte den Kopf.

«Sie spricht Lateinisch.»

«Lateinisch?» fragte Kendra. «Aber wo hat sie das gelernt?»

«Wie soll ich das wissen? Ein elegantes Frauenzimmer, das in einem Spielkasino die Bank gehalten hat . . .»

«Italiam fugo profugus», predigte Marny, «Lavinaque venit . . .»

Ted war hingerissen. «Das ist das schönste klassische Latein, das ich je gehört habe. Sie hat Cäsar und Cicero zitiert, und jetzt fängt sie mit Vergils ‹Äneis› an. Kendra, was meinst du, wo . . .»

Vom Bach her krachte ein Schuß. Bill fiel der Hut aus der Hand, und er riß mit einem Schrei seine Hand hoch. Doch die Hand war nicht verletzt. Die Kugel hatte nur seinen Hut durchlöchert. Es war ein Meisterschuß gewesen, und jetzt kam Pocket an, um sich von der Wirkung seines Schusses zu überzeugen.

Joe griff nach seinem Messer, aber es war zu spät, denn jetzt schoß auch Ted. Er zielte jedoch ziemlich hoch, denn obwohl auch er ein guter Schütze war, besaß er nicht Pockets Treffsicherheit. Dann sprang er auf die Füße und lief den Seeleuten entgegen; Pocket näherte sich von der andern Seite. Bill und Joe waren eingekreist, und nun brachte auch Marny ihr kleines Schießeisen zum Vorschein. Pocket, der neben ihr stand, befahl:

«Haut ab, ihr Kerle! Nehmt die Beine in die Hand!»

Die Matrosen blinzelten. «Wir wollten niemandem etwas tun», versicherte Joe.

«Ihr habt auch niemandem etwas getan. Los, verschwindet!»

Sie zogen sich zurück. Ted und Pocket tippten sie mit ihren Revolvern an, worauf sie ihr Tempo beschleunigten.

Kendra trat zu Marny, die sich ins Gras gesetzt hatte und heiter den Rückzug der Seeleute beobachtete. «Marny», sagte Kendra voller Ehrfurcht, «Sie sind einfach wunderbar.»

Marny sah sich um und kniff dann die Augen zusammen. Bald waren die beiden Helden hinter den Bäumen untergetaucht. Ted und Pocket kamen wieder herbei.

«Ich danke euch, Jungs», sagte Marny.

Nichts zu danken», entgegnete Ted. «Sie haben sich ja selber aus der Affäre gezogen.»

Marny hob Bills Hut auf und steckte einen Finger in das Loch der Krempe. «Pocket», meinte sie dann bewundernd, «Sie wissen aber wirklich, wie man mit einer Kanone umgeht.» Sie warf den Hut fort und streckte die Hand aus. «Helfen Sie mir in die Höhe.»

Er nahm ihre Hand. «Sagen Sie, Miss Marny, Ted hat mir erzählt, daß Sie gebildet seien. Stimmt das?»

Marny strich eine rote Locke aus der Stirn. «Ich bin noch ein bißchen matt. Ich hätte ganz gern eine kleine Erfrischung. Haben Sie in Ihren vielen Taschen nicht auch ein Fläschchen, Pocket?»

Er lächelte bedauernd. «Es tut mir leid, Miss Marny. Ich trinke nicht.»

Sie betrachtete ihn amüsiert und nachsichtig wie damals im Laden von Chase & Fenway, als er gesagt hatte, er spiele nicht.

«Rauchen Sie, Pocket?» fragte sie.

«Nein, Ma'am», antwortete er sanft.

«Woran haben Sie eigentlich Spaß?»

Pocket lächelte entwaffnend. «Nun, Ma'am, ich habe Frauen ganz gern.»

Marny brach in ein Gelächter aus. «Und ich, Pocket, ich habe Männer ganz gern. Sie sind in Ordnung, mein Lieber.»

Auch Ted lachte. «Ich habe eine Flasche im Wagen, Marny. Kommen

Sie mit. Aber wo haben Sie denn Ihr Latein aufgegabelt?»

Marny blickte sie alle mit ihren grünen Augen an. «Wer aus so vielen Schulen hinausgeschmissen worden ist wie ich, hat notgedrungen dies und das aufgeschnappt. Aber wo ist die Flasche? Bis dat qui cito dat – das heißt: Wer schnell gibt, der gibt doppelt.»

Sie ging mit Ted zum Wagen. Ted kletterte hinein und kam eine Minute später mit einer Feldflasche wieder heraus, die er in einem Laden der Armee gekauft hatte; kein Glasbehälter hätte die Reise heil überstanden. Pocket kehrte zu den Pferden zurück. Kendra indessen kam mit einemmal ein Gedanke:

Loren hatte ihr erzählt: «Diese Miss Randolph hat wie eine vollkommene Dame ausgesehen und sich auch wie eine solche benommen.» Sie selbst, Kendra, hatte angesichts der beiden weißen Häuser in Valparaiso geglaubt, daß hübsche Mädchen manchmal Scherereien bekämen, aber sie hatte nicht geglaubt, daß sie allesamt vor Gram zugrunde gingen, wie es in erbaulichen Büchern geschrieben stand. Sie erinnerte sich der Bilder, die solche Geschichten illustrierten: Ein Mädchen schlich im nächtlichen Schneetreiben davon, nachdem der grimmige Vater es aus dem Hause gejagt hatte. Auf derartigen Bildern pflegte es unentwegt zu schneien.

Aber da war nun diese Marny. Hatte ein unerbittlicher Vater, hatte eine selbstgerechte Familie sie auf ähnliche Weise vor die Tür gesetzt?

Marny und Ted schlürften Brandy. Dann kauerte sich Marny ins Gras. Auch Pocket, der eine Zeitlang den Horizont gemustert hatte, fand sich wieder ein und musterte nun mit Interesse Marny. «Woher kommen Sie eigentlich, Ma'am?» erkundigte er sich.

«Aus Philadelphia.»

«Warum sind Sie von dort weggegangen?»

Kendra zuckte innerlich zusammen. Mußte er das fragen? Konnte er sich nicht vorstellen, daß ein Mädchen wie Marny keine Lust hatte, über ihre Vergangenheit zu plaudern? Kendra blickte Ted an, aber der wartete offenbar auch auf Marnys Antwort. Marny selbst bedachte Pocket mit einem spitzbübischen Zwinkern, als sie ihrerseits fragte:

«Waren Sie jemals an einem Sonntag in Philadelphia?»

«Nein, Ma'am. Was geschieht denn sonntags in Philadelphia?»

«Nichts», versetzte Marny. «Ich meine: gar nichts, überhaupt nichts. Die Leute bleiben zu Hause und lesen gute Bücher.»

Ted ließ sich an ihrer Seite nieder. «Haben Sie aus diesem Grund soviel gelernt?»

«Warum laßt ihr sie nicht in Ruhe?» mischte sich Kendra ein.

Die beiden Männer drehten sich verdutzt um. Kendra sprach schnell weiter:

«Versteht ihr denn nicht? Das geht euch doch nichts an! Vielleicht will Marny euch nichts über sich erzählen. Marny . . . nun, Marny hat eine gute Erziehung genossen.»

Sie brach jäh ab. Ted und Pocket hatten ihr mit ernstem und schuldbewußtem Gesicht zugehört, als sähen sie erst jetzt ein, daß sie sich wirklich zu sehr um Marnys Angelegenheiten kümmerten.

Aber Marny begann zu lachen. Sie lachte so ausgelassen, daß der Brandy in ihrer Tasse fast überschwappte. Mit ihrer freien Hand drückte sie Kendras Arm.

«Kendra, Sie sind ein Schatz. Setzen Sie sich doch.» Sie zog Kendra ins Gras, und nun hockte sich auch Pocket zu ihnen. Marny fuhr fort:

«Als Sie noch in Baltimore waren, Kendra, haben Sie doch gewiß auch Leute gekannt, die mitleidig den Kopf schüttelten und tuschelten: ‹In jeder Familie gibt es halt so einen.›»

Kendra runzelte die Stirn.

«Einen, den die Leute nie erwähnen», half ihr Marny auf die Sprünge.

Ja, Kendra hatte diese Redensart zuweilen vernommen; sie wurde meist geflüstert. («Und der jüngere Bruder? Was macht der jetzt?» – «Pst! Man spricht niemals von ihm.») Kendra nickte also, und Marny schaute belustigt die Männer an.

«Ihr lieben Leute, in meiner Familie gab es auch jemanden, der von taktvollen Besuchern nie beim Namen genannt wurde. Und das war ich.»

Alle lauschten gespannt. Mit einem übermütigen Glitzern ihrer Augen fragte Marny:

«Soll ich euch die Geschichte meines mißratenen Lebens erzählen?»

«Ja, Ma'am», rief Pocket. «Bitte, tun Sie das.»

Marny lachte sanft.

«Meine Lieben, in den Außenbezirken von Philadelphia gibt es eine Institution, die Landreth-Universität heißt. Eine äußerst noble Einrichtung. Mit Efeu bewachsene Türme. Schöne alte Bäume. Spazierwege durch Rasen und zwischen Hecken. Mein Vater war Dr. Vergil Randolph, Professor für Latein und Griechisch. Meine Mutter war die Tochter eines ebenso gelehrten Mannes, der gleichfalls in diesen heiligen Hallen amtierte. Ihre Hochzeit erfreute alle Welt. Ihr Heim war ein Backsteinhaus in einer von Bäumen beschatteten Straße. Sie hatten Tanten und Onkel und Kusinen und erlauchte Ahnen, und sie waren tadellose Leute. Alle miteinander.

Im Verlauf von fünfzehn Jahren wurden Dr. Randolph und seine Frau mit drei Söhnen und zwei Töchtern beglückt. Die Kinder waren klug und hübsch und wußten sich anständig zu benehmen, und ihre Eltern und alle Verwandten waren sehr stolz auf sie. In ganz Philadelphia konnte man keine angesehenere Familie als die Randolphs finden. Sie machten der Gemeinde Ehre. Sie machten der menschlichen Rasse Ehre. Und glaubt mir: Sie wußten das auch.

Alles bei den Randolphs war in Butter. Und dann, als das jüngste Kind zehn Jahre alt war, mußte Mrs. Randolph zu ihrem Entsetzen feststellen, daß sie sich noch einmal in gesegneten Umständen befand.»

Marny machte eine Pause. Kendra und Ted lachten. Pocket erklärte:

«Und das waren Sie.»

«Jawohl, das war ich, Pocket. Ich habe schon Schwierigkeiten gemacht, bevor ich überhaupt da war.»

Nachdem sie einen Schluck Brandy getrunken hatte, berichtete Marny weiter:

«Meine Mutter war hoch in den Vierzigern. Sie war nicht nur entsetzt, sie war auch auf das peinlichste berührt. So war diese Familie nun mal. Keine ehrbare Frau kriegt in diesem Alter noch ein Kind. Aber ich kam zur Welt, und sie gaben sich Mühe, das beste aus mir zu machen. Freilich mußten sie schon bald erkennen, daß ich wie eine Biene in ihrem geordneten Dasein herumschwirrte.»

Marny seufzte.

«Ich war nicht kränklich, ich war nicht dumm, ich war nicht übellaunig. Aber ich war anders als sie. Nicht nur, daß sonst keiner in der Familie rotes Haar und grüne Augen hatte; niemand legte ein so leichtfertiges Verhalten an den Tag wie ich. In einem fort rumorte ich durchs Haus, in einem fort hatte ich etwas zum Kichern. Sie konnten das einfach nicht fassen. Soll ich weiter erzählen?»

«Ja, ich bin aufs höchste interessiert», sagte Ted. Kendra und Pocket waren ebenfalls aufs höchste interessiert. Marny lachte in der Erinnerung auf. Was für ein schönes Lachen! dachte Kendra. Man konnte eine Blume sehen, und man konnte an ihr riechen; wenn man eine Blume auch noch hören könnte, dann würde sie ungefähr so klingen wie Marnys Lachen, sagte sich Kendra.

«Eines Tages, als ich noch ganz klein war, rannte ich mit schmutzigen Händen ins Haus und beschmierte ein Buch mit Anstandsregeln, das auf einem Tisch lag. Es gehörte meiner großen Schwester, die heiraten wollte, und zwar streng nach der Etikette mit allem Drum und Dran. Ich wußte natürlich nicht, was für eine Bewandtnis es mit diesem Buch hatte, aber sie sagten mir, ich hätte geradezu einen Instinkt dafür, über solche Sachen herzufallen. Anscheinend war ich von einem schlimmen Dämon besessen.

Ein andermal fand ich ein Tablett mit gefüllten Rotweingläsern. Der Wein sah so schön aus und roch so gut, daß ich ihn unbedingt kosten mußte. Er schmeckte mir. Er schmeckte mir besser als Marmelade. Dieser Meinung bin ich übrigens heute noch. Als mein erwachsener Bruder Ovid hereinkam, um das Tablett für die Gäste zu holen, entdeckte er, daß die Hälfte der Gläser leer war und ich im Zimmer herumhopste und sang und so blau war wie ein Veilchen. Damals war ich vier. Ich hielt das für einen herrlichen Jux, aber mein Bruder war anderer Ansicht.»

Marny seufzte abermals.

«Nicht lange danach fiel mir ein Paket Spielkarten in die Hand. Die Karten begeisterten mich. Es machte mir Spaß, sie auseinanderzubreiten. Natürlich wußte ich damals noch gar nicht, was sie bedeuteten. Doch nach einer Weile schloß ich Freundschaft mit einem Jungen, dessen Vater Hausmeister der Universität war. Meine Schwester Doris überraschte uns, als wir auf der Hintertreppe um Pennies spielten. Der Familienrat beschloß, von nun an müsse eine Gouvernante über mich wachen.

Ich hatte verschiedene Gouvernanten. Eine gab der nächsten die Klinke in die Hand. Die armen Dinger hielten es nicht bei mir aus. Sie versuchten mich zu ändern, aber ich war nicht zu ändern. Dann schickte die Familie mich in ein Internat. Meine Aufgaben machte ich gut, ich bin nicht auf den Kopf gefallen, und das Lernen fand ich sogar spaßig. Doch, das ist wahr. Aber eines Abends erwischte man mich auf einem Balkon, wo mich der Gärtnerssohn küßte. Da haben sie mich wieder heimgeschickt.

Neue Schulen, neue Blamagen. Ich konnte die Finger weder von den Karten noch von den hübschen Männern lassen. Meine Eltern kamen bei einem Schiffsunglück um, aber meine Brüder und Schwestern und Tanten und Onkel und Kusinen plagten sich allesamt mit der Aufgabe ab, mich auf die rechte Bahn zu führen. Ich wollte nicht auf die rechte Bahn geführt werden, aber ich wollte die braven Leutchen auch nicht länger ärgern. Mein Vater hatte mir etwas vererbt, und mit diesem Geld verließ ich Philadelphia.»

«Und gingen nach Honolulu?» wollte Ted wissen.

«Nicht sofort. Ich ging nach New York. Ich hatte keine Mühe, Arbeit zu finden. Ich habe ein Talent fürs Kartenspiel. Ich hielt in Norman Lamonts Spielsalon die Bank. Aber New York lag zu nahe bei Philadelphia. Es bestand die Gefahr, daß Männer, die meine Familie kannten, mich bloßstellen würden und damit zugleich auch meine Verwandtschaft. Ich wollte jedoch nicht, daß sie ständig meinetwegen in Verlegenheit gerieten. Also beschloß ich, weiterzuziehen. Norman wollte mich mit nach New Orleans nehmen, aber ich dachte mir: Besser gehst du noch weiter fort. Ich hatte wirklich nichts gegen meine Familie. Sie taten mir leid, weil sie ihre Köpfe zwischen Mottenkugeln vergruben. Ich glaubte, der größte Gefallen, den ich ihnen erweisen könne, sei der, das Land überhaupt zu verlassen und aus ihrem Leben ein für allemal zu verschwinden. Und jetzt bin ich hier.»

Marny blickte sich in der Runde um.

«Meine Freunde, ich bin oberflächlich und leichtsinnig, und mein Charakter ist wahrscheinlich keinen Cent wert, aber ich freue mich meines Lebens, und ich habe euch alle gern. Ich habe euch viel lieber als diese Leute, die ich in den Hörsälen kennengelernt habe. Und ich hoffe, ihr habt mich auch ein bißchen gern.»

«Jawohl», beteuerte Pocket mit Nachdruck, «ich habe Sie gern.»

«Ich habe Sie auch gern», erklärte Ted.

Kendra sagte eine Zeitlang nichts, dann sagte sie nachdenklich:

«Marny, ich habe Sie viel lieber, als wenn Sie das schlecht behandelte Mädchen wären, für das ich Sie gehalten habe. Sie wußten, was Sie wollten, und Sie haben Ihren Kopf durchgesetzt. Ich kann Halbheiten nicht leiden. Ich schätze Menschen, die Courage haben.»

«Vielen Dank, meine Liebe», entgegnete Marny. «Wenn Sie ‹Mumm› meinen, warum sagen Sie's dann nicht?»

«Also Mumm», sagte Kendra.

14

Am 2. Mai, eine Woche nach dem Verlassen von San Francisco, sahen sie zwischen Bäumen und Weinreben den Sacramento River aufblitzen. Die Moskitos schwärmten so wütend durch die Luft, daß sie wünschten, niemals etwas von Gold gehört zu haben. Auch aus diesem Grunde hatte Ning nicht per Schiff reisen wollen: Er wußte, daß die Moskitos im Frühling am Sacramento eine schlimmere Plage waren als alle Abs und desertierten Matrosen zusammen.

Hier, am Flußufer, erlebte Ning die erste Überraschung. Mr. Sutter besaß ein Kanu, mit dem Besucher übersetzen konnten, aber Ning hatte seinen Leuten gesagt, sie würden Bäume fällen und ein Floß bauen müssen, um die Wagen aufs andere Ufer zu bringen. Kaum hatten sie jedoch mit dem Abladen ihrer Werkzeuge begonnen, als sie Rufe vom Wasser vernahmen und ein Floß auf sich zutreiben sahen, das mit Schiffsstangen entlang einer Trosse bewegt wurde. Auf dem Floß saßen zwei robuste bärtige Männer, die flußaufwärts deuteten. Ning fand alsbald die Stelle, wo sie die Trosse befestigt hatten.

Die beiden sprangen an Land. Während sie die Moskitoschwärme abwehrten, nannten sie ihre Namen: Bates und Cunningham, Mormonen aus New York. Auch sie wollten Gold suchen. Da ihnen jedoch das Geld fehlte, um Vorräte zu kaufen, hatten sie beschlossen, es sich dadurch zu verdienen, daß sie andere Goldsucher über den Fluß brachten.

«Eine gute Idee», meinte Ning. «Wir werden die Wagen wohl entladen müssen?»

«Ja», stimmte Bates zu, «sie sind zu schwer.»

Die Männer machten sich an die Arbeit, und Ning wandte sich Kendra zu:

«Ich werde Sie und Marny als erste fahren lassen, zusammen mit einem der Schwarzbärte, der Wache hält. Sie können dann schon zu kochen anfangen. Aber lassen Sie sich nur ja keine Bohne stibitzen.»

Plötzlich kam ein scharfer Wind aus Norden und trieb die Moskitos den Fluß hinab. Mit der einen Hand raffte Kendra vorsichtig ihr Kleid, mit der andern stützte sie sich auf Cunninghams Ellbogen, und so stieg sie auf das Floß. Die Überfahrt ging zwar ziemlich schwankend vor sich, aber sie dauerte nicht lange. Als sie drüben wieder Land betrat, fühlte sie ihr Herz aufgeregt pochen. Etwa drei Meilen entfernt sah sie das berühmteste Gebäude von ganz Kalifornien, Sutters Fort. Und zu ihrer Begrüßung nahten einige Reiter, die angeführt wurden von dem großen Johann August Sutter in Person: der phantastischsten Erscheinung, die jemals über die Rocky Mountains gekommen ist.

Sutter war fünfundvierzig Jahre alt und ein Mann von geradezu stürmischem Charme. Er hatte einen schönen lockigen Bart und dichtes dunkles Haar über der kahl werdenden Stirn. Seine Kleidung war imponierend: Er trug einen schwarzen Anzug und ein weißes Leinenhemd mit einer kunstvoll geschlungenen blauen Seidenkrawatte sowie glänzende Stiefel und eine schwere Goldkette vor dem Leib. Ein kraftvoller Mensch, herzlich gegenüber Männern, höflich gegenüber Frauen, roch Sutter meist nach Brandy, und er hörte sich gerne reden.

Pocket hatte Kendra und Marny viel von ihm erzählt. Sutter stammte aus der Schweiz und war vor neun Jahren in Kalifornien eingetroffen. Seine Taschen waren leer, sein Kopf aber war voll von grandiosen Visionen. Die mexikanische Regierung hatte ihm riesige Ländereien in der Wildnis überlassen. Hier hatte er sein Fort errichtet, den Grundstock zu seinem künftigen Reich.

Abgesehen davon wußte freilich niemand etwas von ihm. Er beherrschte zwar vier Sprachen und berichtete in allen vieren über sich, doch war er selten völlig nüchtern, und seine Geschichten klangen stets ein wenig berauscht. Er behauptete, aus einer angesehenen Schweizer Familie zu kommen, doch habe er wegen seiner liberalen Ideen aus der Heimat fliehen müssen. (Dies verdutzte alle Zuhörer, welche die Schweiz kannten. Sie meinten, noch nie hätten sie gehört, daß jemand aus diesem freien Land habe flüchten müssen, weil er ein offenes Wort gesprochen.)

Nach zahllosen Abenteuern, deren Gefahren er oft nur um Haaresbreite entronnen war, wollte Sutter der Leibgarde des Königs Karl X. von Frankreich angehört haben. (Von dieser Zeit plauderte er mit Vorliebe.) Bei der Verteidigung seines neuen Vaterlandes habe er in vielen Schlachten seinen Mann gestanden und auch viele Wunden davongetragen. (Er war jederzeit bereit, die Narben zu zeigen, doch fragten sich Skeptiker wiederum, um welche Schlachten es sich denn gehandelt haben mochte.) Das Unheil indessen wich ihm nicht von den Fersen. Die Revolution jagte Karl X. vom Thron, und von neuem – so erzählte Sutter – mußte er eine Heimat suchen. Nach weiteren Heldentaten hatte er zu guter Letzt Kalifornien erreicht. Und jetzt war er glücklich, seine Freunde begrüßen zu können, die in das Land rings um sein Fort kamen. Wenn sie in den Bergen nach Gold graben wollten – bitte sehr: Sie sollten sich nur nicht stören lassen.

Diese letzte Äußerung sei Geschwafel, erklärte Pocket. Die Wahrheit sehe anders aus: Als die Arbeiter des Sägewerks etwas gefunden hatten, das sie für Gold hielten, hatte Sutter einen seiner Angestellten zu Oberst Mason, dem Militärgouverneur von Kalifornien, geschickt und den Fund für sich selber beansprucht. Da das Gold jedoch auf staatlichem Boden entdeckt worden war, hatte sich der Oberst außerstande gesehen, es Sutter oder sonst jemandem zu übereignen. Der Angestellte ging darauf nach San Francisco und zeigte das Gold überall vor, bis er schließlich einen fand, der ihm glaubte; und die beiden begaben sich in die Berge, um zu ihrem eigenen Vorteil zu schürfen. (Der Name dieses Angestellten war Bennett, und Kendra erfuhr später, daß er jener Bursche war, von dem Morse und Vernon am Tage ihrer Ankunft erzählt hatten.)

«Man soll sich nicht weiter um Sutter kümmern», meinte Pocket. «Man soll ihn reden lassen. Es macht ihm Spaß, und man kann ihm den Mund sowieso nicht verbieten. Wenn er sich einbildet, die Goldsucher seien mit seiner Erlaubnis da – nun, was schadet das schon? Er verdient eine Menge Geld, da die Leute ihren Goldstaub bei ihm lassen.»

Sutter kam mit zweien seiner Helfer angeritten, zog seinen Hut und winkte. Pocket hieß er laut willkommen. Auf geräuschvolle Weise gab er bekannt, daß er sich freue, den Schwarzbart kennenzulernen, während er sich vor Marny und Kendra tief verneigte und behauptete, es sei ihm ein Genuß, derart schöne Damen begrüßen zu dürfen. Hiram schwamm mit den Pferden über den Fluß; dann kehrte er zusammen mit den Mormonen zurück. Sutter hingegen, der mit voller Lungenkraft sprach, gab den Frauen und ihren Reisegenossen das Geleit in die schlichte Pracht seiner Domäne.

Sie hatten bereits bemerkt, daß der Sacramento River nach Süden floß. Jetzt sahen sie, daß ein anderer Strom, der American River, von den Bergen herabkam und fast im rechten Winkel in den Sacramento mündete. Wo sich die beiden Flüsse vereinigten, stand Sutters Fort, und zwar weit genug von den Ufern entfernt, so daß es bei Überflutungen sicher war.

Sutter hatte ein mehr als hundertfünfzig Meter langes und mehr als fünfzig Meter breites Rechteck markiert und darum eine hohe weißgekalkte Backsteinmauer errichten lassen, die einen Meter dick war. Dann folgte eine zweite Mauer, mit der äußeren durch ein Dach verbunden. In den unterteilten Räumen waren die Wohnungen der Wächter und die Werkstätten der Arbeiter.

Der Haupteingang zu Sutters Anwesen war breit genug, um einen Planwagen einzulassen; dennoch war es nicht leicht, ins Innere zu gelangen, wenn Sutter den Gast für einen unerbetenen Besucher hielt: Auf der Außenmauer waren Geschütze postiert, deren Rohre in alle Richtungen wiesen, und das Tor selbst war so schwer, daß es mehrerer Männer bedurfte, um es zu öffnen und zu schließen. An zwei Ecken erhoben sich zudem noch Wachtürme, von denen aus jedermann zu sehen war, der sich dem Fort näherte, sei es zu Lande, sei es per Boot.

Pocket flüsterte den Frauen zu:

«Unter dem einen dieser Wachtürme befindet sich ein Verlies, in das Sutter jeden einsperrt, der sich schlecht aufführt. Dieses Verlies ist dunkel und feucht, am schlimmsten aber sind die zahllosen Fliegen! Nach ein paar Stunden schreit auch der zäheste Missetäter, wenn man ihn nur freiließe, werde er sich für den Rest seines Lebens anständig benehmen.»

Innerhalb der Ummauerung gab es einen Brunnen und Lagerhäuser; ferner stand hier ein großes zweistöckiges Gebäude: Sutters Hauptquartier, wo er seine Gäste empfing und seine Befehle erteilte.

Jenseits der Mauern dehnte sich Sutters Reich aus. Die Luft roch nach Menschen, Tieren und Schnaps. Männer schrien, und Vieh brüllte. Hammerschläge dröhnten, und Wagenräder knirschten. Ab und zu fiel ein Schuß, wenn einer seine neue Waffe ausprobierte. Hier wuchs eine ganze Stadt aus dem Boden mit Handelsniederlassungen und Wohnungen, vor denen Kinder herumtollten und Frauen Wäsche aufhängten oder im Freien kochten. Weiter weg, wo sich das Land im Schatten der Berge verlor, erblickten sie Sutters Weizenfelder. Dort arbeiteten die Abs unter der Aufsicht einer berittenen Truppe ihrer Stammeshäuptlinge. Diese Häuptlinge hatten die Feldarbeiter herbeigeschafft und sorgten nun dafür, daß sie nicht wieder davonliefen. Zur Belohnung erhielten sie vielfarbene Uniformen und wurden Captanos genannt; Essen und Squaws bekamen sie im Überfluß. Sutter, so erzählte Pocket, hatte seine Abs fester an der Kandare als jeder andere Grundbesitzer in Kalifornien.

Nachdem sie sich mit Sutter abgesprochen hatten, führte Pocket sie zu einem Lagerplatz in der Nähe des American River. Während Kendra Feuer machte, schleppte Pocket Wasser heran und ging dann zu Sutters Lagerhäusern, um Hafer für die Pferde und Gemüse für Kendra zu kaufen. Er gab genügend Geld aus, so daß sie sich nun als wirklich willkommene Gäste betrachten durften. Danach ließ er einen der Schwarzbärte zur Bewachung der Pferde und des kochenden Wassers zurück, steckte sich noch ein paar neue Taschentücher ein und nahm die Frauen mit zum Laden der Herren Smith und Brannan, wo er bisher gearbeitet hatte. Dort stellte er ihnen seinen Freund Gene Spencer vor, einen Mormonen, der ihn vertrat. Marny und Kendra spazierten durch den Laden, während Gene sich daranmachte, Pocket von den Vorfällen zu erzählen, die sich in seiner Abwesenheit zugetragen hatten.

Der Laden glich dem von Chase & Fenway, allerdings war die Auswahl größer. Die Regale waren gerammelt voll, und es standen so viele Fässer und Kisten auf dem Boden, daß man kaum einen Schritt tun konnte. Kendra und Marny kämpften sich zum Lagerraum durch. Dort blieben sie stehen und machten große Augen, denn dieser Raum war voller als voll, wenn man sich so ausdrücken wollte: Von der Decke hingen die Waren herab, die Regale vermochten die aufgestapelten Mengen kaum noch zu tragen, kein Fußbreit blieb ungenützt. Es war so gut wie alles hier zu haben: Schinken, Rindfleisch, Tabak, Mehl, Whisky, Salzfleisch, Eingepökeltes, Kaffee, Maismehl, Speck und Bohnen, aber auch Töpfe, Pfannen, Holzschalen, Hornlöffel, Spitzhacken, Schaufeln, Stemmeisen, Messer, Zündhölzer sowie Stiefel, Hemden, Hosen, Sättel, Decken und Revolver.

Als sie wieder in den Vorderraum traten, brach Spencer seine Unterhaltung mit Pocket ab und lächelte die Frauen an, als wisse er schon, was sie sagen würden.

«Wer, um alles in der Welt, soll denn diese Sachen kaufen?» rief Kendra aus.

Gene kicherte. Er war ein liebenswürdiger junger Mann, der intelligenter wirkte als die meisten andern in Sutters Fort. «Die Leute aus San Francisco, die Gold suchen, Mrs. Parks», antwortete er.

«Glauben Sie wirklich, daß so viele kommen werden?» wandte Kendra ein. «Wir kommen gerade von dort. Die Leute reden zwar über das Gold, aber kaum jemand hält die Funde für bedeutsam.»

Spencer lächelte weise. «Nur gemach! Sie werden sich bald einfinden.»

«Ich glaube, er hat recht, Ma'am», sagte Pocket sanft wie immer. «Gene, erzähl doch mal den Damen, was du gerade mir erzählt hast.»

Gene erklärte es ihnen. Sie wußten, daß der Partner von Smith, der Mormonenführer Brannan, San Francisco vor einigen Wochen verlassen hatte. Er hatte gesagt, er müsse in Geschäften nach Sutters Fort. Nun, seine Geschäfte bestanden darin, daß er Gerüchte über die Goldfunde gehört hatte und herausfinden wollte, ob etwas Wahres daran sei. Das war es in der Tat. Also hetzte Brannan durch das Land und kaufte alles nur mögliche auf, was für Männer in den Bergen von Nutzen sein konnte. Als das Lagerhaus so voll war, daß es kaum noch einen weiteren Sack Bohnen fassen konnte, war er wieder nach San Francisco geeilt. Auf diesem Wege befand er sich eben jetzt. Er wollte die Nachricht über das Gold so laut und nachdrücklich in der Stadt verbreiten, daß jedermann sie verstand und jedermann beeindruckt würde. Und dann würden die Leute in die Berge strömen.

Und hier, just am Eingang zum Goldland, fanden sie seine Handelsniederlassung, wo sie alles Notwendige kaufen konnten. Sam Brannan wußte, daß man nicht unbedingt in der Erde nach Gold zu wühlen brauchte, um ein reicher Mann zu werden.

Sie lauschten amüsiert und bewundernd, Marny fragte Pocket, was er nun zu unternehmen gedenke.

«Wollen Sie wieder Ihren alten Job annehmen, oder gehen Sie mit uns?»

«Ich gehe mit Ihnen, Miss Marny», erwiderte er. «Wir sind gerade zur rechten Zeit aufgebrochen.»

Kendra wandte sich an Gene Spencer. «Und Sie? Kommen Sie denn nicht auch mit in die Berge?»

«O doch, Mrs. Parks, später, sobald Mr. Brannan wieder da ist. Im Moment –» er lachte freimütig – «im Moment werde ich ganz gut dafür bezahlt, wenn ich bleibe, wo ich bin. Das Geschäft blüht.»

Dann warf er einen Blick auf Kendra und Marny und fragte Pocket:

«Soll ich es Ihnen zeigen, Pocket?»

Pocket krauste die Stirn, zwickte sich in die Nase und meinte endlich:

«Na ja, es ist zwar nicht sehr sittsam, aber sie sind ja willensstarke Damen.»

Gene ging in die Knie und schloß einen Safe auf, der hinter der Theke stand. Er griff hinein und holte einen irdenen Nachttopf heraus. Es war ein komischer Topf mit Deckel, auf den rote Rosen gemalt waren. Mit beiden Händen stellte Gene diesen Topf auf die Theke und nahm den Deckel ab. Der Topf war bis zur Hälfte mit Gold gefüllt.

«Wir haben nichts anderes zum Unterbringen», entschuldigte sich Gene.

Aber Kendra und Marny schnappten nach Luft – nicht wegen des Nachttopfes, sondern wegen des Goldes. Mit scheuer Stimme fragte Marny:

«Mr. Spencer, dieses ganze Gold da . . . darf ich es mal anfassen?»

«Gewiß, Ma'am», versetzte Gene mit einem glucksenden Lachen.

Beide nahmen das Gold in ihre Hände. Es waren Körner, Flocken, birnenförmige Nuggets und längliche Stückchen, die wie Melonenkerne aussahen. Das Gold war kalt und schwer, es klang hell gegen den Rand des Topfes, es rann glitzernd zwischen ihren Fingern hindurch.

Kendra empfand das gleiche Prickeln wie damals, als Ted ihr das Säckchen gezeigt hatte. Sie konnte beinahe schon ihren Pelzmantel und den Muff samt dem Opalschmuck sehen; sie spürte förmlich schon den Respekt ihrer Tanten und Onkel, die ihren Vater für die Schande der Familie hielten . . .

Sie blickte Marny über dem Nachttopf an. Beide lächelten zögernd, Kendra fragte sich, ob wohl auch Marny an den Tag denken mochte, da sie wieder heimkehrte – mit einem Sack voller Gold als Gepäck.

15

Es war eine langwierige und schwere Arbeit, die Wagen über den Strom zu transportieren, und als sie endlich fertig waren, ächzten die Männer. Sie sprangen ins Wasser, um den Schweiß abzuspülen, danach verschlangen sie das Rindfleisch, und bei Anbruch der Nacht lagen alle in tiefem Schlaf – nur Pocket nicht, der nach einem Mädchen Ausschau halten wollte, das er im Smithschen Laden kennengelernt hatte.

Ning weckte sie beizeiten.

«Heute müssen wir bis Mormon Island kommen», verkündete er. «Steht also auf.»

Sie murrten, gehorchten jedoch. Sie waren noch nicht weit gekommen, als sie begriffen, weshalb Ning sie so früh auf die Beine gebracht hatte: Der Aufstieg im rauhen steinigen Gelände wurde mit jeder Stunde mühsamer.

Als die Sonne sank, gelangten sie zu einem Punkt, wo der American River eine Krümmung machte und ein großes Stück Land in Form eines Tennisschlägers umschloß. Es war keine wirkliche Insel, sah indessen bei Hochwasser so aus, weil der Fluß dann den Griff des Schlägers überflutete. Zwei Mormonen hatten hier Gold gefunden. Mit ihren Freunden scharrten sie nun im Kies und wurden allmählich reich dabei.

Die beiden Führer der Gruppe kamen herbei, um sich zu vergewissern, daß die Ankömmlinge nichts Böses im Schilde führten. Da Ning schon dagewesen war, erkannten ihn die Mormonen wieder und halfen, die Pferde bei dem wild wuchernden Hafer am Fluß anzupflocken. Aber natürlich, versicherten sie, gab es hier einen Haufen Gold. Hundertfünfzig bis dreihundert Gramm fanden sie täglich. Einer der Männer zeigte Kendra eine Flasche, in der einmal Zwiebeln gewesen waren, die aber jetzt lauter Goldstaub enthielt.

In dieser Nacht träumte Kendra von Goldkörnchen, die wie Glühwürmchen in der Luft flimmerten, und am Morgen, beim Erwachen, hörte sie Ted ausrufen: «Worüber lachst du denn? Du hast ja kaum die Augen auf.»

Sie wußte gar nicht, daß sie gelacht hatte, doch als sie in sein verwundertes stoppelbärtiges Gesicht sah, mußte sie von neuem lachen.

Heute war der Ritt noch anstrengender als gestern. Vor ihnen stieg das Land geriffelt an: ein Berg, ein Tal, wieder ein Berg, und so ging das immer weiter, und jeder neue Berg war höher als der letzte. Die Sonne brannte heiß, die Pferde zerrten schwitzend die Wagen hoch. Manchmal mußte der ganze Zug anhalten, weil etwas zu reparieren war. «Wenn wir dieses Gold tatsächlich kriegen», meinte Hiram, als er und Pocket einen wackligen Metallreifen befestigten, «dann haben wir es uns aber auch redlich verdient. Pocket, was wirst du eigentlich mit deinem vielen Geld anfangen?»

«Ich werde es mit einer Menge schöner Frauen durchbringen.»

«Ja, ich wette, das tust du wirklich», sagte Hiram, «und das ist noch nicht mal der schlechteste Gedanke.»

Beide warfen einen sehnsüchtigen Blick in Richtung der jungen Frauen. Kendra kochte Kaffee, um die Männer bei ihrer Arbeit etwas aufzumuntern; Lulu und Lolo stopften die Kleider ihrer Schwarzbärte; Marny übte sich im Kartenspielen. Sie übte sich darin bei jedem Halt.

Jetzt waren sie nicht mehr weit von den mächtigen Bergen entfernt. Die Erde, die bislang braun gewesen war, wurde nun rot. Sie kamen an Büschen und Kiefern und Felsen vorüber. Schließlich, kurz vor Mittag des zwölften Reisetages, erreichten sie einen gewaltigen Felsen, der gleich einer Burg den Gipfel eines Berges krönte.

Hinter dieser Burg, so erklärte Ning, gehe es hinab nach Shiny Gulch.

Kendra wurde vor Ungeduld ganz zappelig, aber Ning hatte keine Eile. Zunächst einmal müßten sie zu Mittag essen und die Pferde rasten lassen. Kendra gab sich Mühe, ruhig wie immer zu kochen, und beim Essen erkannte sie wiederum, wie klug Ning gewesen war, denn sie hatten seit Sonnenaufgang im Sattel gesessen und waren nun allesamt ausgehungert.

Sie selber aber fühlte sich stark und glücklich. Das Wetter war schön. Niemand hatte Grund zu Klagen. Die Tiere waren heil. Sie bekam kein Kind – wenigstens jetzt noch nicht –, also brauchte sie sich in dieser Hinsicht keine Sorgen zu machen. Und jetzt kam Marny auf sie zu. Ihr rotes Haar glitzerte, ihr Kleid flatterte im Wind. Marny summte ein Liedchen, das zwar recht flott, doch ziemlich unmelodisch klang, denn die Musik gehörte nicht zu ihren starken Seiten. Sie blieb bei Kendra stehen.

«Aufgeregt?» erkundigte sie sich.

«Sind wir das denn nicht alle?»

Marny nickte. «Sogar Delbert zeigt einen Schimmer von Interesse. Kommen Sie, ich helfe Ihnen beim Packen. Dann können wir aufbrechen. Pocket sattelt schon unsere Pferde.»

Kendra löschte das Feuer so vorsichtig, wie es Ning ihr beigebracht hatte, und sammelte ihre Utensilien ein, die sie gemeinsam mit Marny zum Wagen trug, wo Ted die Pferde anschirrte und «Die Liebe ist eine Libelle» pfiff. Dann bestiegen sie ihre Tiere, und einen Augenblick später rief Ning: «Auf geht's!» Der Zug fuhr um die Felsenburg und den Berg hinab.

Kendra und Marny ritten nebeneinander. Die Luft war so klar wie Glas. Es ging nach Norden. Sie hatten einen schönen Blick in die Schlucht. Auf beiden Seiten ragten langgezogene Bergketten zum Himmel empor. Zwischen diesen Ketten sahen sie einen schmalen Streifen Land, der bis zu der Stelle anstieg, wo die Gebirgszüge sich wieder trafen. Die eine Hälfte dieses Streifens war aufgerissen, so daß eine tiefe Schlucht entstanden war. Und dies war Shiny Gulch.

Die Sonne leuchtete auf der roten Erde und funkelte in dem Fluß, der über die Felsen sprudelte. In der Schlucht erblickten sie gefällte Baumstämme, Gestrüpp, Felsen. Zwischen dem Rand der Schlucht und der Bergkette lag weiteres Gestein, um das sich Geäst in sonderbaren Formen gerankt hatte. Doch so rauh es hier auch sein mochte, dieser Streifen war der einzige Ort, der einigermaßen eben schien. Also hatten die Goldsucher dort ihr Lager aufgeschlagen.

Kendra und Marny sahen zwei Planwagen und drei Zelte sowie hier und da eine Art Anbau: Stämme waren gegen flache Felsen gelehnt worden. Zwischen diesen verschiedenartigen Unterkünften erspähten sie den Rauch von Lagerfeuern und puppenhafte Gestalten. Sie zählten siebenundzwanzig Männer, drei Frauen und sechs Kinder. Die meisten der Männer hielten sich unten in der Schlucht auf und suchten nach Gold. Im Lager wuschen die Frauen Kleider und kümmerten sich um die Feuer. Selbst die

Kinder schienen sich nützlich zu machen. So weit sie schauen konnte, sah Kendra niemanden, der sich faul herumtrieb.

Und warum auch, so fragte sich Kendra, sollten sie sich faul herumtreiben? Ihr Leben war hart, gewiß, aber es war vom Glanz der Romantik überstrahlt. Ein Traum hatte diese Menschen nach hier geführt. Und anders als die meisten Träume wurde dieser wahr . . .

Plötzlich gesellte sich Hiram zu ihnen. Er grinste. «Ist das nicht großartig?» rief er aus.

Kendra nickte eifrig, und Marny beteuerte, es gefalle ihr sehr gut. Hiram fuhr fort:

«Kein Mensch hat so etwas jemals gesehen. Ich komme mir vor wie . . . na, wie komme ich mir denn vor?»

«Wie Kolumbus!» rief Kendra. «Wie ein Entdecker!»

«Jawohl!» stimmte Hiram ihr zu. «Wir und diese Leute da unten, wir sind Entdecker! Und das alles ist noch unser Geheimnis. Haben Sie die Sache schon mal von dieser Seite betrachtet? In den Staaten weiß noch niemand etwas von unserem Gold.»

Kendra zuckte zusammen. Daran hatte sie wirklich noch nicht gedacht. Auch Marny nicht. Im Osten der Rocky Mountains wußte kein Mensch, daß es in Kalifornien Gold gab. Die Leute daheim würden vermutlich noch monatelang nichts davon erfahren. Es bestand ja keine regelmäßige Verbindung zwischen Kalifornien und der übrigen Welt. Kendra war dies zwar bekannt, aber in der Aufregung der letzten Wochen hatte sie diese Tatsache völlig vergessen. Der Telegraf verband die atlantische Küste mit New Orleans und St. Louis, aber dann war es aus: Das westlichste Postamt befand sich in der Stadt Independence im Staate Missouri.

Zwischen Independence und San Francisco lagen jedoch zweitausend Meilen, die noch auf keiner Karte verzeichnet waren und die kaum jemand kannte. Dieses Land mit einem Wagenzug zu durchqueren (wie es Pocket getan hatte), nahm vier oder fünf Monate in Anspruch. Wer aus einem Hafen der Ostküste kam und per Schiff reiste (wie Kendra), brauchte genauso lange. Und um die Nachricht nach Hause zu bringen, war noch einmal die gleiche Zeit nötig – egal, wie wichtig diese Nachricht sein mochte. Gelegentlich schickten die Garnisonen ihre Depeschen durch Kuriere, doch selbst diese aufs beste ausgerüsteten Kavalleristen brauchten Monate, um von Kalifornien aus die Vereinigten Staaten zu erreichen.

Natürlich würden die Leute daheim eines Tages vom kalifornischen Gold hören. Aber es würde noch lange, lange Zeit dauern. Sie fragte sich, wie lange wohl.

16

Ted lehnte sich aus dem Wagen und schrie:

«He, Mädels! Was ist los mit euch? Kommt her!»

Die Fahrt wurde immer beschwerlicher. Einige Male mußten sie anhalten und mit den Äxten einen Weg durch das Gestrüpp der Büsche schlagen. Als sie endlich in das Lager einritten, war es schon Spätnachmittag. Die Pferde keuchten. Die Gesichter der Männer waren vom Schweiß überströmt. Die Goldgräber hatten sich zum Abendessen um ihre Feuer versammelt, ließen jedoch ihre Pfannen sinken und eilten zur Begrüßung herbei. Nur zwei oder drei Männer waren aus San Francisco gekommen. Die übrigen waren Arbeiter in Sutters Fort oder Siedler in der Umgebung gewesen. Einige erinnerten sich an Ning, fast alle aber kannten Pocket.

Pocket trieb sein Pferd zu Kendra und stellte ihr Will Gibson und Nathan Larch vor. Er sagte, sie seien im vergangenen Sommer zusammen mit ihm gereist. Beide waren verheiratet und hatten ihre Frauen und Kinder mitgebracht. Und hier die Damen: Sue Gibson und Hester Larch, alles nette Leute.

Will und Nathan trugen verdreckte Overalls. Sue und Hester waren muskulöse Frauen. Alle vier hatten eine Haut wie Leder, aber das Leben pulsierte so heftig in ihnen, und sie gaben sich so herzlich, daß Kendra sich in dieser Wildnis plötzlich wie bei alten Freunden glaubte.

«Es freut mich, Sie kennenzulernen», schrie Nathan Larch ihr entgegen. Will Gibson dröhnte:

«Wie geht's, Ma'am? Tun Sie ganz so, als wären Sie hier zu Hause.»

Einige krausköpfige Kinder hüpften herum und brüllten vor Hunger. Hester und Sue ermahnten sie, sich zu benehmen, und sagten dann zu Kendra:

«Wenn wir irgend etwas für Sie tun können, Mrs. Parks, dann lassen Sie's uns wissen.»

Es waren wirklich nette Leute. Kendra dankte ihnen lächelnd für das freundliche Willkommen.

Ning hatte sie angewiesen, hier zu warten, während er mit Hiram weiterritt, um einen guten Lagerplatz zu finden. Kendra wäre es lieb gewesen, wenn sie jetzt einmal eine Weile Ruhe gehabt hätte, aber sie hatte vergessen, daß es ja noch eine dritte Frau hier gab. Diese Person pflanzte sich nun neben ihrem Pferd auf und musterte sie mit kritischen Blicken. Sie war ein kleines dickes Geschöpf von etwa Dreißig, dessen Figur an eine Wurst denken ließ. Sie trug eine blaue Baumwollschürze. Ihre gelblichen Locken hatte sie mit Nadeln zu einem lockeren Büschel hochgesteckt. Man hätte meinen können, sie trüge verwelkte Narzissen auf ihrem Kopf spazieren.

«Mein Name ist Edith Posey», erklärte sie streng, «Mrs. Edith Posey.»

«Wie geht es Ihnen?» fragte Kendra.

«Ihnen wird's hier wohl kaum gefallen», bellte Mrs. Edith Posey.

«Warum denn nicht?»

«Hier wird gearbeitet», versetzte Mrs. Posey.

Kendra verscheuchte eine Stechmücke von ihrer Nase. «Ich bin an Arbeiten gewöhnt», erwiderte sie.

Mrs. Posey schüttelte ihren Kopf so nachdrücklich, daß die gelben Locken aufgeregt tanzten. «Sie sehen nicht danach aus. Sie sehen wie ein Mädchen der New Yorker Gesellschaft aus. Woher kommen Sie?»

Kendra hätte Mrs. Posey nur allzugern gesagt, sie möge sich gefälligst um ihre eigenen Angelegenheiten scheren, aber sie hielt sich zurück, denn sie war zu müde, und es erforderte weniger Energie, eine klare Antwort zu geben. «Ich bin in Baltimore geboren und in New York zur Schule gegangen.»

«Ich hab's ja gleich gesagt», entgegnete Mrs. Posey. Sie nickte wiederum entschlossen, und die Locken nickten ebenfalls. «Ein Mädchen aus der Gesellschaft! Es wird Ihnen hier wohl kaum gefallen.»

In diesem Moment vernahm Mrs. Posey ein leises Lachen. Sie drehte den Kopf um, und ihr kleiner Mund wurde hart, als sie Marny erblickte. Marny wurde von den Männern umschwärmt. Sie hatte ihren Hut zurückgeschoben, und die Sonne flammte in ihrer Mähne. Sie stimmte in das Lachen ihrer Bewunderer ein. Auch sie war müde, doch Marny war niemals zu müde, um nicht an einem solchen Empfang ihren Spaß zu haben.

Mrs. Posey musterte sie höchst beunruhigt. Dann widmete sie sich wieder Kendra. «Und wer ist das?»

Diesmal konnte Kendra lächeln, ohne sich anstrengen zu müssen. «Sie heißt Marny.»

Mrs. Posey warf ihren Kopf so heftig zurück, daß ihre Locken erbebten. «Und was will die hier?»

«Sie will ein Spielzelt aufmachen.»

Im Nu war Mrs. Posey die Rechtschaffenheit in Person. «Ein Spielzelt! Nun, wir werden ein Auge darauf haben!»

Und damit verlor sie das Interesse an Kendra und eilte, so schnell ihre kurzen dicken Beine sie trugen, zu den Männern, die Marny umringten. Sie gaben ihr den Weg frei, zögernd und resignierend, als wüßten sie, daß es doch keinen Sinn habe, sich ihr zu widersetzen. Mrs. Posey legte ihre Patschhand auf den Arm von einem der Männer.

«Orville Posey!?» rief sie. «Das Abendessen wartet.»

Die Männer lachten, und auch Marny lachte, was Mrs. Posey keineswegs amüsierte. Sie zog ihren Mann am Arm mit sich fort.

Wenige Minuten später kam Hiram zurück und verkündete:

«Ning hat einen Lagerplatz für uns ausgesucht. Kommt mit.»

Marny warf ihren neuen Freunden Kußhände zu, als sich der Wagenzug wieder in Bewegung setzte. Hiram leitete sie zu dem oberen Ende des Landstreifens, in die Nähe jener Stelle, wo die Bergketten aufeinanderstießen. Der Boden war hier steil, doch Ning erklärte, dies sei der sicherste Platz für die Pferde. Am unteren Ende der Schlucht hatten die Abs nämlich eine Art Dorf angelegt, um die Abfälle des Lagers aufzupicken, und die Abs liebten nichts mehr als gebratenes Pferdefleisch. Es war also ratsam, sie möglichst weit weg zu wissen. Am Rand der Schlucht fand sich auch ein kleiner ebener Fleck, wo Kendra heute abend kochen konnte. Morgen würden ihr die Männer eine ständige Kochstelle einrichten.

Bei dem Wort Kochen wurde Kendra sich wieder ihrer Müdigkeit bewußt. Es stimmte ja: Sie hatte noch Arbeit, aber sie war so zerschlagen, daß sie sich geradezu vor dem Essenmachen fürchtete. Ted schob Holzklötze vor die Räder ihres Wagens. Hiram war ihr beim Absteigen behilflich.

«Geben Sie uns heute nur ein kaltes Essen», sagte er dabei.

Sie stutzte. «Was meinen Sie?»

«Ich habe mit Ning gesprochen», erwiderte Hiram, «und er ist auch meiner Meinung: Gesalzenes Rindfleisch, Zwieback und ein paar getrocknete Früchte genügen. Wir sind so hungrig, daß uns das wie ein Festessen schmecken wird. Kochen Sie nichts, außer Kaffee.»

Kendra seufzte dankbar. «Zum Ausgleich werde ich morgen ein prachtvolles Frühstück machen, Hiram.»

Marny teilte ihr mit, sie habe einen Platz für das «Badezimmer» entdeckt. Kendra war in etwas besserer Stimmung, nachdem sie sich gewaschen hatte. Dann kniete sie nieder, um das Feuer anzuzünden. Als sie den Kaffeetopf aufgestellt hatte, streckte sie ihre verkrampften Beine und schaute hinab in die Schlucht. Die Goldgräber hatten für heute Schluß gemacht. Das Wasser rauschte in der Tiefe. Weiter flußabwärts konnte sie Pfade erkennen, die von den Männern in das Dickicht geschlagen worden waren, um schneller an den Strom zu gelangen, dessen Bett das Gold enthielt.

Kendra hob den Blick und betrachtete ihre nächste Umgebung. Wo die Berge sich trafen, banden Ted und Hiram gerade die Pferde an. Lulu und Lolo waren an ihrem Feuer beschäftigt. Die Schwarzbärte blockierten die Räder ihres Wagens. Marny und Delbert standen in der Nähe und musterten das Terrain. Kein Zweifel: Sie überlegten, an welchem Platz sie ihr Zelt aufschlagen sollten.

Schon fühlte sich Kendra weniger matt als vorhin. Es gefällt mir hier, sagte sie zu sich selbst. Ich habe Freunde. Ich gehöre zu ihnen. Was auch geschehen mag: Ich werde mich nie wieder einsam fühlen.

Und sie stampfte mit dem Fuß auf.

Ich werde mich nie wieder einsam fühlen, wiederholte sie. Ich werde schuften müssen, aber ich werde nicht mehr einsam sein. Staub und Müdigkeit – das alles ist mir egal. Jetzt erst fange ich zu leben an, und ich werde leben. Ich werde jede Minute meines Lebens auskosten.

Und sie stampfte abermals mit dem Fuß auf. Diesmal stampfte sie jedoch so heftig auf, daß der Rand der Schlucht unter ihr nachgab. Sie fiel.

Über sich hörte sie Marny schreien, aber sie nahm den Schrei kaum zur Kenntnis. Das Entsetzen durchzuckte sie bei diesem jähen Sturz. Die Erde – feucht von der Schneeschmelze – war noch sehr weich. Als Kendra hinabglitt, lösten sich Steine, Klumpen und Schößlinge; statt ihr einen Halt zu geben, sauste alles kunterbunt hinter ihr drein. Sie spürte, wie sie aufschlug, und sie hörte, wie ihr Kleid riß. Ihre Knie und Ellbogen wurden wundgescheuert, Schmutz füllte ihre Augen, ihren Mund und ihre Nase. Ein Busch verfing sich im Kragen ihres Kleides. Durch den Ruck wurde sie beinahe stranguliert.

Doch dies gab ihr einen Aufschub. Sie konnte nicht mehr sehen, aber sie tastete blindlings mit ihren aufgeschürften Händen nach dem Busch und klammerte sich verzweifelt an die Zweige. Zum Glück war dieser Busch schon alt und sein Wurzelwerk fest. Sie schöpfte Atem.

Jetzt vernahm sie Stimmen. Obgleich sie noch zu verwirrt war, um die Worte zu verstehen, beruhigten die Laute sie doch ein wenig. Irgendwie würden die Freunde ihr zu Hilfe kommen – wenn sie nur lange genug an diesem Busch aushielt. Aber, fragte sie sich voller Angst, konnte sie denn aushalten? Sie hing an ihren blutenden Händen. Der Kragen ihres Kleides drückte schmerzhaft. Sie machte sich selber Mut und blickte nach unten. Nicht weit von ihren baumelnden Füßen entfernt ragte eine Felsbank aus dem Abhang. Dieser Vorsprung war nur einen Meter breit, aber er sah aus, als sei er massiv.

Kendra hörte ihr würgendes Keuchen. Sie hörte aber auch ein anderes Geräusch: Die Wurzeln des Busches steckten zwar noch fest im Boden; die Zweige, an denen sie schaukelte, brachen jedoch unter ihrem Gewicht. Sie nahm die Unterlippe zwischen ihre Zähne, löste die Hände von den Zweigen, ließ sich fallen und stürzte auf den Vorsprung, wo sie erschöpft zusammensackte. Jetzt hatte sie wenigstens wieder festen Boden unter den Füßen.

Eine Weile vermochte sie gar nichts zu tun. Steine, Staub und Erdbrokken waren hinter ihr herabgepoltert und bedeckten sie nun. Ihr war, als sei jedes Organ in ihrem Körper von seinem Platz gerissen und schmerze unerträglich. Ihre Hände brannten, und sie sah Blutflecken auf ihrem Kleid.

Mit Mühe griff sie nach ihrem Hals und öffnete den obersten Knopf des Kleides, um freier atmen zu können. Dann bewegte sie ihre Schultern. Sie waren verletzt, und auch ihre Hüften waren verletzt. Ihre Knie mußten voll blauer Flecken sein, und ihre Oberarme taten ihr so weh, als sei die Haut abgeschält worden. Alles tat ihr weh.

Jetzt erst verstand sie, daß Ted immer wieder ihren Namen rief. Geistesabwesend sah sie in die Höhe. Ted hatte sich am Rand der Schlucht auf die Erde geworfen, um ihr näher zu sein, und er schrie:

«Kendra! Kendra! Kannst du mich nicht hören?»

Sie nickte schwach. Mit Anstrengung rief sie hinauf:

«Doch, ich verstehe dich.»

«Hiram holt ein Seil», schrie Ted. «Verstehst du?»

Allmählich wurde es in Kendras Kopf klarer. Sie nickte wiederum.

«Er wird eine Schlinge machen», schrie Ted weiter, «eine Schlinge mit einem guten starken Seemannsknoten. Du legst dir die Schlinge unter die Achseln, und wir ziehen dich dann hoch.»

Kendra rief, daß sie verstanden habe. Überrascht stellte sie fest, daß Ted gar nicht so weit von ihr entfernt lag. Ihr Sturz schien ihr so lange gedauert zu haben, daß sie schon gefürchtet hatte, sie sei in der Tiefe der Schlucht gelandet. Aber auch jetzt war sie noch nicht imstande, die Entfernung richtig einzuschätzen. Jedenfalls würde es den Männern nicht allzu schwerfallen, sie in die Höhe zu ziehen.

Sie war viel zu zerschunden, um sich rühren zu können. Sie blieb einfach liegen. Immer noch regneten Steine auf sie nieder.

Schlimmer als der Sturz, schlimmer als ihr Schmerz war die Scham über sich selbst. Während der ganzen zwölftägigen Reise hatte sie sich wacker gehalten. Aber jetzt, da sie Shiny Gulch kaum erreicht hatten, leistete sie sich diese Dummheit! Und den andern fiel sie nun zur Last. Ihre Hände mußten bandagiert werden, und vielleicht vergingen Tage, ehe sie wieder ein Feuer anmachen und einen Kochkessel heben konnte. Ja, vielleicht konnte sie nicht einmal mehr gehen.

Ihr Kleid war an einem Dutzend Stellen aufgerissen und so schmutzig, daß es nicht wieder sauber werden würde, auch wenn man es eine Stunde lang ausbürstete. In ihrem Schoß und rings um sie verstreut lagen Steine, Zweige, Blätter und ein roter Tonklumpen. Neben ihrem rechten Knie erblickte sie einen Klumpen, der nicht so rot war wie die übrigen. Er war so groß wie ein Ei, doch anders als ein Ei war er uneben. Er sah nicht wie ein Erdbrocken aus, sondern eher wie ein Stein, der von roten Farbstreifen durchsetzt ist. Ein flimmernder Stein. Die Sonne leuchtete auf ihm. Kendra griff danach.

Mit einemmal stockte ihr der Atem. Ein Stich ging ihr durch die Brust. Dies war kein Stein. Kein Stein dieser Größe konnte so schwer sein. Ihre Hände, von denen noch immer das Blut tropfte, tasteten nach einem Zipfel ihres Kleides. Sie wischte den Staub von dem Klumpen. Ihr Atem ging jetzt ganz schnell. Der Schmerz in ihrer Brust schwoll an, bis sie glaubte, ihn nicht mehr ertragen zu können. Die Hand, die den Stein hielt, begann zu zittern.

Über ihr rief Marny ermunternde Worte. Ted schrie, soeben mache Hiram den Knoten. Kendra hörte sie kaum.

Sie waren seit einer knappen halben Stunde in Shiny Gulch. Und schon hatte Kendra ihren ersten Fund gemacht. Zwischen ihren wunden, brennenden Fingern lag ein prächtiger Goldnugget.

17

Am nächsten Tag war Sonntag. Ning hatte gesagt, im allgemeinen suche man an Sonntagen nicht nach Gold, sondern ruhe sich aus, wie es die Bibel verlange. Heute waren sie gekommen, um Kendra zu besuchen.

Kendra hatte eine unruhige Nacht verbracht, denn sobald sie sich bewegte, hatte sie Schmerzen. Als das Morgenlicht sie endgültig weckte, fand sie sich allein, denn Ted war statt ihrer hinausgegangen und hatte Kaffee gekocht. Sie fühlte sich am ganzen Leib zerquetscht und wund. Als Ted ihr jedoch eine Tasse Kaffee und ein Stück Zwieback mit Speck brachte, den Ning für sie gebraten hatte, wurde es ihr ein wenig besser zumute. Und jetzt, da sie eine Art Hof hielt, war sie beinahe wieder in Ordnung.

Ted hatte ihre Wunden verbunden, Marny hatte ihr das Haar gekämmt, und nun lag sie auf ihrem Bettzeug im Wagen mit einer Decke über den Knien und einer zweiten unter dem Kopf. Ted hatte die Wagenplane zusammengerollt, so daß sie hinausblicken konnte – oder besser gesagt: so daß jedermann auf sie blicken konnte.

Und alle wollten sie Kendra betrachten, denn Nuggets wie der ihre waren selten. Das meiste Gold bestand aus Stückchen von der Sorte, die sie und Marny in Sutters Fort gesehen hatten. Die Goldjäger beneideten sie zwar wegen ihres Glückes, doch waren sie auch froh wie Männer an einem Spieltisch, die Zeuge werden, wie ein anderer Spieler der Bank einen großen Betrag abnimmt. Alle im Lager kamen herbei, um sie zu berühren, damit sie selber in eine Glückssträhne gerieten.

Man konnte den ganzen Tag arbeiten und dreißig Gramm Gold finden; es war aber auch möglich, in einer Stunde ein ganzes Pfund aufzustöbern. Und manchmal – so wie es Kendra widerfahren war – fiel einem das Gold geradezu in die Hände, ohne daß man überhaupt etwas tat. Gold verhieß Glück. Und es hatte ganz den Anschein, als wäre Kendra auf einer rosigen Glückswolke in das Lager geschwebt.

Die Männer sagten ihr das. Sie sagten es ihr, bis am Nachmittag Mrs. Posey es für angebracht hielt, bei ihr zu erscheinen und ihr mitzuteilen, daß dem mitnichten so sei:

«Na, glauben Sie bloß nicht, daß das jeden Tag so geht. Sie sind auch nicht besser als wir.»

Während sie sprach, schaute Mrs. Posey an Kendra vorbei. Da die Plane aufgerollt war, konnte sie sehen, was sich auf der andern Seite des Wagens abspielte.

«Nanu», fuhr sie auf, «was stellt denn diese Person da an?»

Kendra wandte den Kopf, er schmerzte, doch mußte sie sogleich auflachen. Noch waren sie keine vierundzwanzig Stunden in Shiny Gulch, und Marny war bereits am Werk. Das Zelt für den Calico-Palast konnte erst errichtet werden, wenn ein Stück Land vom Buschwerk gesäubert war. Marny jedoch hatte Bretter auf zwei Fässer gelegt und über diesen provisorischen Tisch einen grünen Filz gebreitet. Darauf waren Gold- und Silbermünzen gestapelt; außerdem gab es eine Waage, um den Goldstaub zu bemessen, der bereits in Häufchen vor ihr lag. Zum Vergnügen eines Dutzend Männer spielte Marny Karten. Neben dem einen Faß stand Delbert mit einer Feldflasche in der Hand. Er fungierte als Barkeeper und Aufpasser. Kendra gab Mrs. Posey Bescheid:

«Ich verstehe nicht viel vom Spielen. Aber ich glaube, sie spielt Vingt-et-un, Einundzwanzig also –, denn sie hat mir erzählt, dazu brauche man keine besondere Ausstattung.»

«Kartenspiel!» stieß Mrs. Posey hervor. «Und das auch noch am Sonntag! Eine schamlose Kreatur! Wenn mein Orville . . .» Der Blick ihrer kleinen blauen Augen überflog die Gruppe, aber ihr Orville war nicht dabei. Vielleicht wußte er, daß es klüger war, die Finger von derlei Dingen zu lassen. Nachdem sie noch einen Moment hingestarrt hatte, trottete Mrs. Posey davon. Als sie jedoch die Sünder erreicht hatte, fing sie zu schimpfen an. Kendra konnte nicht viel hören, aber sie konnte sehen, daß Mrs. Poseys Worte die Männer gewiß nicht auf den Pfad der Tugend zurückführten. Einige von ihnen lächelten duldsam, andere zuckten verärgert die Achseln, der Rest schenkte ihr gar keine Aufmerksamkeit. Es wurde weitergespielt.

Der Tisch stand tiefer als ihr Wagen, deshalb vermochte Kendra genau Marnys Hände zu beobachten. Sie dachte, daß sie noch nie so schöne Hände bei einer Beschäftigung gesehen habe. Sie bewegten sich flink, rhythmisch, sicher und harmonisch. Marny spielte mit ihren Händen, als mache sie Musik sichtbar.

Kendra sah, daß Hiram einen Einsatz wagte. Auch Ted war dort, aber nach einer Weile kam er zum Wagen und erkundigte sich, wie es ihr gehe. «Ning und Pocket kochen das Abendessen», meldete er. «Sie meinen, es wird nicht so gut sein wie deine Mahlzeiten, aber essen werden wir's wohl können.»

«Sag ihnen, daß ich mich bedanke», erwiderte Kendra, «und daß es mir sehr leid tut, soviel Ärger anzurichten.»

«Du machst keinen Ärger. Sie freuen sich, dir einmal helfen zu können.» Er kniff sie ins Ohr. «Der Kaffee muß schon fertig sein. Ich bringe dir eine Tasse.»

Kendra schaute ihm zärtlich nach. Sie fragte sich, weshalb Ted gezögert hatte, ja beinahe ängstlich gewesen war, sie zu heiraten. Nun, jetzt spielte das ja keine Rolle mehr. Er schien seine Bedenken vergessen zu haben, und sie würde ihn nicht mehr erinnern. Sie waren einundzwanzig Tage verheiratet. Es war die glücklichste Zeit ihres Lebens gewesen.

Kendras Sturz hatte sie tüchtig geschüttelt, aber keinen wirklichen Schaden verursacht, so war sie nach wenigen Tagen wieder auf den Beinen und konnte arbeiten. Sie hatte eine Menge zu tun. Hier, in der frischen Bergluft, besaß sie eine fast unbegrenzte Energie, und das Kochen ging ihr viel leichter von der Hand als während der Reise. Die Männer richteten ihr eine ständige Kochstelle ein.

Es kamen immer neue Leute in das Lager, entweder allein oder in Gruppen, aber es war ja Platz genug da und auch eine Menge Gold. Manche arbeiteten gemeinsam und teilten die Ausbeute unter sich; andere waren Einzelgänger, die sich abseits hielten und mit niemandem sprachen, außer wenn es unbedingt sein mußte.

Ein Einzelgänger arbeitete mit einem Sieb. Zunächst schaufelte er Sand hinein, dann goß er Wasser darüber, und schließlich wirbelte er das Sieb mit heftigen Bewegungen, bis der leichte Sand herausschwappte und nur das schwere Gold zurückblieb. Oder er untersuchte die Felsen am Wasser, bis er einen Riß fand, wo er den Felsen mit seiner Spitzhacke aufspalten konnte. In solchen Rissen war nahezu immer Gold. Zuweilen glich dieses Gold einem Samtbesatz, und er kratzte es mit seinem Messer ab. Manchmal aber entdeckte er auch ein Häufchen Goldflocken, das er mit seinem Hornlöffel einfach abschaben konnte, um es in dem Sack oder in der Flasche zu verstauen, die seinen Schatz bargen.

Ning, Ted, Pocket und Hiram waren übereingekommen, gemeinschaftlich zu arbeiten. Unter Nings Anweisungen bauten sie eine Vorrichtung, an die er sich noch aus seiner Schatzgräberzeit in Georgia entsann: Sie höhlten einen Baumstamm aus. Das eine Ende öffneten sie, während sie am andern eine Art hölzernes Gitter anbrachten. Als sie soweit waren, wurde das Ding auf Wippen befestigt. Es sah wie eine Wiege aus – freilich für ein Riesenbaby.

«Es gibt Leute», so berichtete Ning, «die dieses Instrument tatsächlich Wiege nennen. Doch meist wird es als ‹Schüttler› bezeichnet, weil es das Gold wirklich aus dem Erdreich herausschüttelt.» Er erklärte, wie sie zu viert mit diesem Schüttler zurechtkommen würden. Zwei mußten Erde herbeischleppen, ein dritter hatte Wasser zu holen und es über die Erde zu gießen, während der vierte Mann die Wiege vorsichtig zu schütteln hatte, bis der Schlamm durchgesickert war. Das Prinzip war das nämliche wie bei einem Sieb: Da das Gold schwer war, würde es niedersinken und sich an diesem Gitter sammeln. Der Schmutz hingegen, der leichter wog, würde zusammen mit dem Wasser am offenen Ende abfließen. Ein Schüttler erforderte Zusammenarbeit. Manchmal blieben die Leute nicht dabei, weil Streit entstand. Wenn sie sich jedoch vertrugen, dann konnten vier Partner mit einem Schüttler mehr Gold beschaffen als vier Einzelgänger mit Hakken und Sieben.

Kendra verrührte in einem Kessel Bohnen und Salzfleisch. Ted holte gerade Trinkwasser. Ning, Pocket und Hiram saßen müde, aber stolz da und betrachteten ihr Werk. Hiram lachte gutmütig, und Pocket meinte:

«Ich glaube schon, daß wir miteinander auskommen werden, Boss.»

«Das glaube ich auch», antwortete Ning ernst, «denn ich habe euch ja selber ausgesucht, und gewöhnlich suche ich mir die richtigen Männer aus.» Er nahm seinen Hut ab, kratzte sich am Kopf und setzte den Hut wieder auf.

«Bis jetzt ist ja auch alles gutgegangen», bemerkte Hiram.

«Jawohl», erwiderte Ning. «Ihr habt euch prächtig gehalten, Jungs.» Beim Sprechen warf er einen raschen bedeutungsvollen Blick auf Kendra. Sie spürte, daß ihre Wangen brannten. Ning fiel nicht auf, daß sie seine Worte gehört und aus den Augenwinkeln seinen Blick wahrgenommen hatte. Sie hielt ihr Gesicht über den Kessel gebeugt. Jetzt hörte sie Pocket reden:

«Schön, Boss, man hat mich schon einen Schürzenjäger genannt, und ich nehme an, das trifft sogar zu. Aber ich weiß schon, wann ich mich zusammennehmen muß.»

Hiram hielt es nicht für nötig, überhaupt etwas zu sagen. Kendra fühlte sich erleichtert, als sie Ted mit dem Wassereimer kommen sah. Sie teilte das Fleisch und die Bohnen aus, und während die Männer weiter über den Schüttler diskutierten, betrachtete sie den Platz, der für den Calico-Palast hergerichtet worden war. Delbert und Marny hatten angenommen, dies würde höchstens einen Tag oder allenfalls zwei dauern. Doch die Arbeit war schwerer, als sie erwartet, und die Schwarzbärte hatten auch darauf bestanden, tagtäglich Gold auszuwaschen. Wenngleich sie schon neun Tage hier waren, erklärten sie sich erst jetzt bereit, das Zelt aufzubauen. Marny freilich hatte keine Zeit vergeudet. Jeden Nachmittag stand sie an ihrem Tisch und wartete auf den ersten Goldgräber.

Sie beendeten ihre Mahlzeit. Pocket sagte, er wolle Kendra beim Geschirrspülen behilflich sein. Die andern nutzten das letzte Tageslicht, um den Schüttler nach dem Platz zu tragen, wo sie morgen früh beginnen wollten. Pocket lag auf seinen Knien und wischte die Pfannen mit Gras aus, und Kendra säuberte mit dem Wasserrest den Kessel, als sie das Trippeln von Füßen hinter sich vernahmen. Beide sahen auf. Mrs. Posey, die einen Korb mit Spänen trug, die sie zum Feuern gesammelt hatte, blieb stehen und stierte sie aus ihren kleinen blauen Augen an.

Pocket erhob sich höflich, doch schenkte sie ihm keine Aufmerksamkeit. Statt dessen bellte sie Kendra entgegen:

«Da kommt dieses Frauenzimmer!»

Kendra war müde und ungeduldig. Nicht sehr taktvoll sprach sie aus, was sie dachte:

«Marny tut Ihnen nichts zuleide. Warum kümmern Sie sich nicht um Ihre eigenen Geschäfte?»

«Aber es ist mein Geschäft!» versetzte Mrs. Posey scharf. «Sie ist ein Schimpf für jede ehrbare Frau hier.»

«Na, ich fühle mich ganz und gar nicht beschimpft», gab Kendra kurz zurück, «und ich nehme doch an, daß ich ehrbar bin.»

Pocket fügte mit seiner milden Stimme hinzu:

«Marny ist wirklich ein süßes Mädchen, Mrs. Posey. Sie macht nicht die geringsten Unannehmlichkeiten.»

Offenbar im Glauben, es sei sinnlos, mit einem Mann zu debattieren, wenn es um Marny ging, beachtete Mrs. Posey ihn auch jetzt nicht. Vielmehr funkelte sie Kendra an:

«Sie ist eine Schande für dieses Lager. Sie sollten sich schämen, ihre Partei zu ergreifen.»

«Nun, wie geht es euch allen denn?» fragte unvermittelt eine Stimme. Marny lächelte liebenswürdig.

«Guten Abend, Mrs. Posey.»

«Sprechen Sie nicht mit mir! Sie schamlose Dirne!»

Marny blickte gedankenvoll drein. Dann sagte sie klar und deutlich:

«Sie sind pinguis.»

Mrs. Posey fuhr hoch. «Ich bin nichts dergleichen! Hören Sie auf, derartige Ausdrücke zu gebrauchen und eine anständige Frau zu beleidigen!» Sie blinzelte verdattert und wütend.

Kendra wußte ebensowenig wie Mrs. Posey, worüber Marny eigentlich sprach, aber sie hielt Mrs. Poseys Zorn für komisch. Sie konnte sich nicht helfen: Man merkte ihr an, wie amüsiert sie war. Mrs. Posey schleuderte ihr einen zornigen Blick zu und zischte:

«Und es würde mich gar nicht überraschen, wenn ich dahinterkäme, daß auch Sie nicht besser sind als diese da!» Die letzten Worte sprudelte sie über die Schulter zurück, während sie voller Grimm und Selbstgerechtigkeit davonstolperte. Kendra schnappte nach Marnys Ärmel:

«Was haben Sie zu ihr gesagt?»

«Ich habe ihr gesagt, daß sie pinguis sei. Das ist lateinisch und heißt fett. Das ist sie ja auch.»

Kendra brach in Lachen aus, Pocket jedoch meinte mit sanftem Tadel:

«Miss Marny, Sie haben keine besseren Manieren als ein Eichelhäher.» Er wiegte den Kopf. «Und ein Eichelhäher besitzt überhaupt keine Manieren.»

Marnys Antwort klang heiter. «Pocket, ich respektiere Ihr Urteil. Aber Mrs. Posey ist nun mal ein öffentliches Ärgernis.»

«Sie ist nichts weiter als dumm.»

«Sie ist gemein», behauptete Marny mit Überzeugung. «Und Sie, Pokket, haben ein viel zu harmloses Gemüt.»

Es machte Pocket nichts aus, anderer Meinung zu sein. Zu dritt spazierten sie los. Das Licht des Tages verblaßte, und Leuchtkäfer huschten durch die Dämmerung. Ted kam herbei. Nach einer Weile sagten sie einander gute Nacht, und Kendra ging mit ihm zu ihrem Wagen zurück.

Kendra wunderte sich über Mrs. Posey. Sie war so ganz anders als Sue Gibson und Hester Larch. Mrs. Posey und ihr Mann waren mit dem Schiff der Mormonen aus New York gekommen, obwohl sie keine Mormonen waren. Posey war Ladenbesitzer gewesen, aber er hatte es nicht weit gebracht. Als Mrs. Posey erfuhr, daß die Mormonen den überzähligen Raum auf ihrem Schiff an Interessenten abtreten wollten, hatte sie ihren Mann überredet, er solle sich von seinem Bruder etwas Geld für die Passage borgen, und zwar in der Hoffnung, er würde es hier, in diesem fremden Land, weiterbringen. Sie bestand darauf, daß er bei der Stange blieb. Für das Kartenspiel war in ihren Plänen kein Platz.

Sue und Hester waren anders. Oft kamen sie an Marnys Tisch vorbei und blieben stehen, um dem Spiel zuzuschauen. Ihre Männer machten manchmal ein Spielchen, und Sue und Hester schienen nichts dagegen zu haben. Aber Sue und Hester waren Frauen von der Grenze, die sich durch die weiten Ebenen ihren Weg gebahnt hatten. Sie wußten, wie man Ochsengespanne lenkt und auf plündernde Indianer feuert. Sie hatten es nicht nötig, in einem fort jemanden herumzukommandieren, weil sie es nicht nötig hatten, ihren eigenen Wert unter Beweis zu stellen.

Kendra zuckte die Schultern.

18

Während der nächsten beiden Tage beobachtete Kendra eifrig, wie Marny und ihre Leute den Calico-Palast errichteten. Die Schwarzbärte hatten die Äste zweier junger Kiefern abgehackt und die Wipfel geköpft, so daß die Stämme als Zeltpfosten stehenblieben. Darüber bauten sie ein Holzgerüst, das sie zerlegt mitgeführt hatten. Um dieses Gerüst drapierten sie nun das Zelt. An einem andern Baumstumpf in der Nähe wehte ein Stück Stoff, auf das Marny in großen schwarzen Lettern «Calico-Palast» gemalt hatte. Rot wäre ihr eigentlich lieber gewesen, aber sie hatte keine rote Farbe zur Hand, weshalb sie sich mit Holzkohle zufriedengeben mußte. Immerhin hatte die Örtlichkeit nun, wie sie meinte, mit dem Namen auch einen Charakter bekommen.

Das Zelt war häßlich und zugig; die Seiten sackten ab. Dennoch beherrschte es von jetzt an Shiny Gulch. Es war das erste, was ein Neuankömmling erblickte, und es war auf alle Fälle der imposanteste Bau nach Sutters Fort. Einen Boden hatte das Zelt zwar nicht. Die Erde war klumpig und weich. Aber Marny war der Ansicht, die Männer würden sie bald festgetrampelt haben. Sie und Delbert stellten Kisten als Tische auf, und als Stühle benutzten sie hölzerne Bottiche, in denen einmal Salzfleisch für Matrosen gewesen war. Gegenüber dem Eingang richtete sie die «Bar» her, die nichts anderes war als die beiden Fässer und das Brett, die Marny bereits unter freiem Himmel als Spieltisch gedient hatten. Hinter dieser Bar standen die Alkoholfäßchen. Man öffnete das Spundloch und schenkte in die Zinnbecher, die der Durstige selber mitzubringen hatte.

Marny verkündete im voraus, daß ihr Alkoholvorrat gering sei. Sie besaßen nur das, was sie mitgebracht hatten; hinzu kam noch ein wenig, das sie Händlern abgekauft, die manchmal mit einem Wagen voller Waren im Lager erschienen. Aus diesem Grund könne jeder Mann bloß dreimal nachgefüllt bekommen. Vertraulich erzählte Marny, daß sie dadurch die Ordnung aufrechterhalten wolle:

«Ich will, daß wir uns schon in den ersten Wochen einen blütenweißen Ruf zulegen. Keine Betrunkenen, keinen Krawall, nur anständige Unterhaltung! Später, wenn sie ohne uns nicht mehr auskommen, können wir aus dem Fort so viel Schnaps heranschaffen lassen, wie wir nur wollen.»

Am Mittwoch, dem 17. Mai, ihrem elften Tag in Shiny Gulch, eröffneten Marny und Delbert den Calico-Palast. Pocket, Ning und Hiram gingen hin. Pocket kam bald zurück, um Kendra und Ted Bericht zu erstatten. Wie er sagte, gebe es keinen Grund, warum nicht auch Kendra sich die Sache einmal ansehen solle. Alles sei in bester Ordnung, wie Marny versprochen habe. Umgängliche Burschen spielten Einundzwanzig; Sonderlinge hockten stumm an einem andern Tisch, wo Delbert Faro spielte. Die Schwarzbärte kümmerten sich darum, daß alles mit rechten Dingen zugehe. Es seien auch einige Tische da, die stundenweise gemietet werden könnten. Lulu und Lolo betreuten die Bar. Hin und wieder mache ein Mann eine erwartungsvolle Bemerkung zu ihnen, aber ein Blick der Schwarzbärte überzeugte ihn, daß dergleichen nicht ratsam sei. Wenn der Betreffende jedoch nicht kapiere, dann geleite einer der beiden ihn hinaus und empfehle ihm, sich unter einen Baum zu setzen und in aller Ruhe über die Angelegenheit nachzudenken.

So gingen sie denn alle drei zum Calico-Palast. Kendra setzte sich in der Nähe der Bar auf einen ehemaligen Schweinefleischbottich. Ted bestellte einen Drink, und Pocket bemerkte, daß Lulu und Lolo auch Tee zu offerieren hatten. Für einen Drink verlangten sie einen Dollar. Für eine Tasse heißes Wasser mit ein paar Teeblättern darin mußten fünfzig Cent berappt werden – aber die Männer hatten zwei Tassen zu bezahlen, ob sie nun alle beide tranken oder nicht, denn ein Dollar war der mindeste Betrag, der an der Bar entgegengenommen wurde. Man konnte auch mit Goldstaub zahlen; auf der Theke stand eine kleine Waage. Wer seine Tasse vergessen hatte, mußte eine zusätzliche Summe entrichten.

An diesem Abend schauten fast alle Männer des Lagers einmal herein, nur nicht Orville Posey. Auch Nathan Larch und Will Gibson kamen; Hester und Sue jedoch, die nicht so keck waren wie Kendra, blieben am Eingang stehen. Der wachhabende Schwarzbart meldete ihre Ankunft und nahm Delberts Platz am Faro-Tisch ein, während Delbert zur Tür schritt und die Damen bat, doch näher zu treten und als seine Gäste ein Glas Sherry zu trinken. Kichernd wie junge Mädchen kamen sie herein und hatten bald ihren Spaß. Auch Ted brachte Kendra eine Tasse Sherry, und zwar im Auftrag von Delbert. Gemeinsam schlürften sie ihren Sherry, und so wurde – trotz Mrs. Posey – der Calico-Palast mit dem Siegel der Ehrbarkeit versehen.

Hester und Sue gingen nach einigen Minuten wieder; sie mußten nach ihren Kindern sehen. Pocket fragte Kendra, ob sie sich nicht ein wenig im Zelt umsehen wollten. Ted berichtete Gibson, wie sie ihren Schüttler fabriziert hatten. Kendra schlenderte mit Pocket durch den «Palast».

Von außen wirkte das Zelt grau, aber Marny hatte große Anstrengungen unternommen, um das Innere möglichst strahlend zu machen. Auf die Bar und die Spieltische hatte sie eine Menge Kerzen gestellt. Die Tür war mit rotem Kattun verkleidet. Auf die Zeltbahnen zu beiden Seiten der Bar hatte sie Bilder aus Modemagazinen geklebt. Allerdings waren diese Moden schon längst aus der Mode gekommen, denn Marny hatte sie aus alten Magazinen gerissen, die in den Vereinigten Staaten von Packern in Kisten gestopft worden waren, um Leerraum zu füllen. Die Bilder zeigten indessen hübsche Frauen, und Marnys Kunden waren nun einmal Männer.

Tabakrauch schwebte in blauen Kringeln durch die Luft, und alle Welt schien guter Laune zu sein. Die Männer lächelten breit, wenn sie Kendra Platz machten; sie verbeugten sich und fragten nach ihrem Befinden. Als sie den Calico-Palast inspiziert hatten, faßte Kendra Freund Pocket am Ellbogen, der sich nur allzugern an Marnys Tisch nahe beim Eingang führen ließ. Jeder Eintretende mußte zunächst Marny sehen. Sie lockte die Kunden an. Kendra und Pocket blieben bei ihr stehen. Marny schaute nicht auf. Wenn Marny Karten spielte, existierte nichts sonst auf Erden für sie.

Inmitten des Rauchs und der vielen Lichter war Marny geradezu aufreizend elegant. Ihr Kleid bestand aus schlichtem dunklem Baumwollstoff; es konnte immer wieder in einem Bach gewaschen werden. Doch war es gerade diese Schlichtheit, die ihre blendende Figur betonte, ihre weiße Haut, ihr glänzendes Haar und ihre Sommersprossen. Ihre Blicke schossen zwischen Karten und Spielern hin und her. Es waren die Augen einer schmucken Katze. Kendra fiel auf, daß Marny überhaupt einer Katze glich. Sie besaß die gelassene Selbstsicherheit einer Katze. Wie eine Katze war sie scharf auf schöne Dinge, vermochte aber auch sehr gut ohne sie auszukommen. Sie bewegte sich mit der samtenen Stille einer Katze. Und wie eine Katze liebte sie sich selber am meisten.

Noch ein paar Männer traten an den Tisch, und Kendra flüsterte Pocket zu, es wäre wohl besser, wenn sie ihnen Platz machten. Sie gingen zur Bar. Pocket ließ sich einen Tee geben. Sechs Männer standen an der Theke, unter ihnen Delbert, der sich ein wenig ausruhte; der diensttuende Schwarzbart vertrat ihn am Faro-Tisch. Aber Delbert beachtete die andern gar nicht, wenngleich seine Hand auf dem Pistolenhalfter am Gürtel lag. Seine Aufmerksamkeit galt ausschließlich einem Mann, der mit voller Lautstärke sprach.

Er hieß Ellet und war erst kürzlich von einem Lager weiter oben am Fluß herabgekommen. Ellet war ein großer haariger Bursche mit scharfen kleinen Augen und gewaltigen schmutzigen Händen. Seine Mähne fiel ihm auf die Schultern, sein langer zottiger Bart bedeckte seine Brust und reichte fast bis zu den Hüften. Er trug eine Wildlederhose, ein rotes Flanellhemd und eine kurze ärmellose Lederjacke. Er sprach mit dröhnender Stimme, wobei er seine Worte unterstrich, indem er seine rechte Faust in die Fläche seiner Linken klatschte. Alle an der Bar hörten ihm zu. Selbst Pocket lauschte. Kendra rutschte auf ihrem Bottich näher.

Ellet sprach über den «großen Klumpen».

«Jawohl, Jungs, so ist es: Wir finden das Gold in den Flüssen oder in den Felsen und im Dreck an den Ufern. Wir wissen, daß das Gold vom Wasser herabgetragen wird. Aber –» er machte eine wirkungsvolle Pause – «aber woher kommt es?»

Die Männer murmelten durcheinander. Ellet fuhr fort:

«Jungs, von irgendwoher muß es ja schließlich kommen. Oder etwa nicht?»

Seine Zuhörer sahen sich gegenseitig an. Ja, so mußte es wohl sein.

«Hört zu», sprach Ellet, «wir wissen, daß die Steine und Kiesel im Wasser von größeren Felsen flußaufwärts abgebrochen sind. Wenn Flut ist, bringt der Fluß sie zu Tal. In ruhigen Zeiten sinken sie in das Flußbett. Scheint es denn nicht vernünftig, daß diese Goldstückchen hier im Wasser auf dieselbe Art von einem großen Goldklumpen droben im Gebirge abgebrochen sind?»

Jemand pfiff.

«Ich sage euch, Jungs, in den meisten Bergen ist das Gold noch so, wie es der Herrgott erschaffen hat. Dort oben ist nie eines Menschen Fuß gegangen. Aber über kurz oder lang wird jemand diese Gegend in Augenschein nehmen. Jemand wird ihn finden – den großen Klumpen.»

Vier oder fünf Männer begannen gleichzeitig zu reden. Delbert sagte nichts. Die andern waren so emsig dabei, ihre Meinungen auszutauschen, daß keiner auf ihn achtete. Kendra allerdings schwieg. Sie beobachtete Delbert.

In sein Gesicht kam ein Ausdruck, der an ein hungriges Tier denken ließ. Er befeuchtete seine Lippen. Seine Augen wurden schmal. Er lauschte. Es war das erstemal, daß Kendra ihn aus seiner steinernen Ruhe erwachen sah. Diese Verwandlung machte ihn nicht angenehm. Sie machte ihn abstoßend. Die andern Männer redeten immer noch. Sie fragten sich, ob dergleichen denn möglich sei: Gab es ihn tatsächlich, diesen ganz großen Klumpen Gold, die Quelle dieser vielen Rinnsale, den Schoß, dem die ganze Pracht entstammte? Einer äußerte Zweifel. Andere meinten, es könne durchaus wahrscheinlich sein. Nach einer Weile hatte auch Pocket etwas zu sagen. Seine Stimme übertönte plötzlich den Tumult:

«Angenommen, es gibt ihn, und einer findet ihn – es würde sich nicht mehr lohnen.»

«Was?!»

Die Männer waren schockiert. Pocket nippte an seinem Tee. Dann setzte er ihnen seine Ansicht auseinander:

«Gold und Diamanten und solches Zeug sind ja nur deswegen so wertvoll, weil es nicht allzuviel davon gibt. Wenn irgendwelche Leute diesen großen Klumpen finden und das Gold tonnenweise herabschleppen, würde ein Goldbarren sehr schnell nicht mehr wert sein als ein Kupfercent.»

Wiederum entstanden Diskussionen. Jeder hatte etwas beizutragen und sagte es mit vielen Worten. Alle – nur Delbert nicht. Eine Zeitlang hörte er noch zu, dann sprach er, aber er sprach langsam und leise, als spreche er mit sich selbst:

«Und gesetzt den Fall, ein Mann findet das Gold und hält seinen Mund?»

Die andern, die allesamt schwätzten, schienen ihn nicht verstanden zu haben. Kendra freilich hatte ihn verstanden, und seine Worte jagten ihr einen Schauer über die Haut. Sie dachte: Ein Mann, der einen Goldberg entdeckte und dieses Geheimnis für sich behielt; ein Mann, der das Gold nur so scheffeln konnte, wann immer es ihm beliebt, und der als einziger Mensch der Welt wußte, wo das Gold lag ...

Delbert redete nichts weiter sonst. Er blieb nachdenklich stehen. Aber Kendra sagte sich die Worte, von denen sie sicher war, daß auch er sie im Sinn hatte:

Der Mann, der den großen Klumpen besitzt, er könnte der Herrscher der Welt sein.

19

Ted hatte nichts von dem Gespräch mitbekommen. «Absurd», meinte er, als Kendra ihm davon erzählte. «Doch egal. Kriegen wir denn hier nicht genug?»

Dieser Meinung war auch Kendra. Ihr Schüttler hatte am ersten Tag fast neunhundert Gramm Gold ausgewaschen. Am Tag darauf fanden sie ein gutes Kilo und am dritten Tag beinahe anderthalb Kilogramm. Am 1. Juni besaßen die vier Partner etwa vierzehn Kilo Gold – und der ganze Sommer lag noch vor ihnen!

«Wir können bald nach jenen fernen Zonen reisen», rief Ted aus. «Wirklich bald, Kendra. Würdest du gern China kennenlernen? Oder eine richtige Südseeinsel, wo die Mädchen Kleider aus Gras anhaben und am Strand herumtanzen?»

Kendra dachte an ihre Kutsche mit den beiden Rappen, an ihren Mantel samt Muff und Opalschmuck. «Wir könnten aber auch zurück nach den Vereinigten Staaten gehen», schlug sie vor. «Nach Baltimore oder New York.»

«O nein, um Himmels willen nicht!» protestierte Ted. «Ich hasse New York.»

«Warum denn, Ted? Willst du nie wieder dorthin?»

Ted lachte leise, als wolle er sich entschuldigen. «Aber Liebling, wir waren doch beide schon da. Würdest du nicht lieber mal was anderes sehen?»

Auch Kendra lachte nun. Es war herrlich wie ein Märchentraum. Shiny Gulch war, was man ein Placer nannte. Dieses spanische Wort bedeutete Vergnügen, Entzücken, und jetzt gebrauchten es die Männer für jeden Ort, wo sie Gold fanden, das darauf wartete, aufgelesen zu werden. Kendra war zumute, als lebe sie auf einer Zauberinsel, wo Vergangenheit und Zukunft nichts galten, wo man weder an das eine noch an das andere denken mußte.

Sie waren froh, noch rechtzeitig Shiny Gulch erreicht zu haben, denn sie hatten mit ihrer Arbeit begonnen, ehe der eigentliche Ansturm einsetzte. Während des Monats Mai waren ständig neue Leute ins Lager gekommen. Einige blieben, manche zogen weiter nach noch unentdeckten Placers. Dann jedoch schien das kleine Lager fast überzuquellen. Aus San Francisco strömten – zwanzig oder dreißig Mann auf einmal – lebhafte und laute Scharen herbei, und alle waren sie gierig auf Gold.

An einem Junitag saß Kendra neben ihrem Feuer im Gras und dachte darüber nach, daß es besser gewesen wäre, wenn jemand im Fort neue Vorräte geholt hätte, denn bald würde sie nichts mehr zum Kochen haben. Die schwere Arbeit an der frischen Luft machte den Männern starken Appetit, und sie aßen ihre Vorräte doppelt so schnell auf, wie sie angenommen hatte. Kendra beschloß, einen Salat aus Löwenzahnblättern für den Abend zu bereiten. Der Löwenzahn in Shiny Gulch war anders als der, den sie kannte: Diese Blumen hier glichen flaumigen Scheiben in der Größe eines Silberdollars, und die kleinen Blätter schmeckten köstlich. Kendra wollte unter keinen Umständen, daß sie und ihre Freunde aus Mangel an Pflanzennahrung Skorbut bekämen. Sie hatte zwar noch niemanden gekannt, der unter Skorbut gelitten hätte, aber man hatte ihr erzählt, daß dies eine schreckliche Krankheit sei.

Sie machte sich gerade daran, Blätter zu sammeln, als sie eine Stimme schreien hörte:

«Miss Logan! – Ach, ich meine: Mrs. Parks!»

Foxy, der Packjunge von Chase & Fenway, kam auf sie zugerannt. Es überraschte Kendra beinahe, daß er sie erkannt hatte, denn ihr Gesicht war gebräunt, und statt der Stadtkleidung trug sie jetzt ein Kleid aus schwerer dunkler Baumwolle sowie einen Sonnenhut, den sie zurückgeschoben hatte. Aber Foxy hatte sie dennoch erkannt, und er freute sich, ihr zu begegnen. Mit einem Grinsen, das sein ganzes Gesicht überstrahlte, ergriff er ihre Hand und schüttelte sie fest. Dann begann er zu berichten, genauso zungenfertig, wie er auch schon im Laden gewesen war.

Er war bereits vor einigen Stunden in Shiny Gulch eingetroffen, und zwar mit einer Gesellschaft aus San Francisco. Während sie noch einen Platz suchten, wo sie ihr Lager aufschlagen konnten, hatte jemand ihm gesagt, daß sie und Ted hier seien.

«Und diese rotköpfige Dame mit den Sommersprossen – ist das da drüben ihr Zelt?» Kendra berichtete ihm, daß der Calico-Palast so früh noch nicht geöffnet sei. Wahrscheinlich aber richte Marny schon die Tische und die Bar her.

Foxy hatte ein kleines Geschenk mitgebracht. Er gab ihr eine Dose Kaffee, was Kendra entzückte, denn ihr eigener ging wie die übrigen Vorräte zur Neige. Dann ließ Foxy sie freimütig wissen, daß dieses Geschenk doch nicht ganz uneigennützig sei. Ihr Feuer brannte bereits – wenn er nun Miss Marny holte, könnte Mrs. Parks vielleicht eine Kanne Kaffee für sie alle drei kochen?

Kendra stimmte zu, und Foxy begab sich auf die Suche nach Marny. Als er mit ihr ankam, füllte Kendra drei Tassen, und sie setzten sich unter einen Baum. Kendra erkundigte sich nach ihrer Mutter und ihrem Stiefvater. Foxy erzählte: «Der Oberst und seine Frau sind gesund. Vor kurzem erst sind sie im Laden gewesen. Freilich weiß ich nicht mehr genau, wann das war; jetzt passiert gar soviel. Hodge hat mit mir die Stadt verlassen, und auch die beiden anderen Packjungen, Bert und Al, sind mitgekommen. Hodge ist zum Sägewerk gegangen. Er wollte den Ort sehen, an dem das erste Gold gefunden worden ist. Ich glaube, der ist verrückt. Ich suche mir lieber einen Platz, wo noch nicht soviel gegraben worden ist. Vielleicht einen ganz neuen Placer.»

«Wenn ihr immerzu nach neuen Placers grabt, werdet ihr noch das ganze Land von innen nach außen kehren, bevor der Sommer zu Ende ist», meinte Kendra.

Foxy schwieg und blickte sich um. Er lauschte dem Geräusch der Hakken und Siebe. «Na, ich werde mal eine Zeitlang hierbleiben, bis ich gelernt habe, wie die Dinge so laufen. Sieht ja aus, als wäre allerhand los.»

Kendra bestätigte, daß hier allerhand los sei. Marny fragte nach den Herren Chase und Fenway.

«Auch denen geht es ganz gut», antwortete Foxy. «Allen Händlern geht es gut, weil sie Vorräte an die Männer verkaufen, die zu den Placers aufbrechen. Erinnern Sie sich noch an diesen Burschen von der Marine, Mrs. Parks? Loren Shields? Er arbeitet jetzt für Chase & Fenway. Sie entlohnen ihn anständig, aber ich finde, es ist schön dumm, ausgerechnet jetzt in der

Stadt zu bleiben.»

Loren hatte Kendra einmal gesagt, er ziehe ein ruhiges Leben der wagemutigen Jagd auf Gold vor. Sie fragte:

«Warum soll es dumm sein, wenn er es so haben will?»

«Na ja, Mrs. Parks», erwiderte Foxy, «die Stadt ist doch tot. Männer wie Mr. Chase und Mr. Fenway – sie müssen ja bald vierzig sein –, für die ist es vielleicht gut, wenn sie daheim bleiben. Aber weshalb so ein junger Kerl wie Loren in der Stadt festklebt? Ted war schlau, als er abgehauen ist. Ich wünschte, ich wäre auch früher fort. Wann ist er zum erstenmal hierhergekommen? Im März?»

Kendra nickte. Mit einem Schulterzucken sprach Foxy weiter:

«Na, ich bin nicht der einzige, der damals eben nicht schlau war. Damals wollte es ja keiner glauben. Die Leute fingen erst ungefähr am ersten Mai an, die Sache zu glauben, aber die meisten selbst dann noch nicht. In der ersten oder zweiten Maiwoche schlichen sich die Männer dann aus der Stadt. Ich meine wirklich: Sie sind geschlichen, denn sie haben sich geschämt. Manche taten so, als müßten sie in Geschäften verreisen, damit die Leute sie nicht auslachten, wenn die ganze Sache sich am Ende doch als ein Reinfall herausstellen sollte. Ein paar Soldaten und Seeleute sind desertiert – nicht viele, aber immerhin.» Foxy kratzte sich am Kopf und bemühte sich, eine Rechtfertigung dafür zu finden, daß er wie die andern so lange gezögert hatte.

«Kein Mensch hatte einen Grund zum Fortgehen, wirklich nicht. Die Stadt blüht und gedeiht. An die fünfzig neue Häuser werden gebaut – Läden, Lagerhäuser, Wohnungen. Und ein schönes neues Hotel, das Parker House in der Kearny Street an der Plaza, gibt's auch. Ein Redakteur des *Star* ist zum Sägewerk gereist und hat dann darüber in seinem Blatt geschrieben. Er hat behauptet, dort gebe es nicht so viel Gold, daß es die Aufregung lohne – ebensowenig wie damals bei Los Angeles. Er hat gemeint, vernünftige Leute blieben bei ihrer Arbeit. Aber dann – erinnern Sie sich an Mr. Brannan, diesen reichen Mormonen, der in dem großen Haus in der Washington Street, Ecke Stockton Street, wohnt? Nun, der ist zu seinem Laden in Sutters Fort gegangen. Am Tag nach Ihrer Abreise ist er dann wieder aufgetaucht.»

Marny und Kendra tauschten einen Blick. Sie entsannen sich Gene Spencers' Bericht: Brannan hatte seinen Laden für die Goldgräber ausstaffiert. Brannan hatte gewußt, daß die Leute bald in hellen Scharen kommen würden. Er hatte dafür gesorgt, daß sie kommen mußten. Foxy setzte seine Erzählung fort:

«Na, also eines Tages habe ich mit Bert und Al im Lagerraum gearbeitet, und da haben wir von draußen einen Krach gehört. Wir dachten, es ist bloß ein Besoffener, der die Gegend vollgrölt. Aber das Geräusch kam näher, und es wurde immer lauter, und wir gingen raus und guckten nach. Und wen sahen wir da die Straße herunterrennen? Eben diesen Mr. Brannan, und er sah aus, als wäre er tatsächlich besoffen, aber auch noch verrückt dazu. Er hatte eine Chininflasche voll Goldstaub, und im Laufen fuchtelte er mit der Flasche über seinem Kopf und brüllte: ‹Gold! Gold! Gold vom American River!›»

«Ein kluger junger Mann», murmelte Marny anerkennend. Foxys Stimme klang nun ehrfürchtig:

«Meine Damen, Sie haben so etwas gewiß noch nicht erlebt. Er brüllte so laut, daß man ihn eine halbe Meile weit hören konnte, und die Leute stürzten überall in der Straße aus ihren Läden und Werkstätten, um festzustellen, was denn dieser Tumult zu bedeuten habe. Aber er blieb einfach nicht stehen, er rannte immer weiter und grölte und fummelte mit der Flasche in der Luft herum. Also fingen die Männer an, hinter ihm herzulaufen, um zu sehen, ob es denn wirklich Gold sei. Ich sage Ihnen, sein Gesicht war so rot, daß es förmlich leuchtete, und mit den vielen Männern hinter sich schoß er wie ein Komet die Straße hinab.»

Bei der Erinnerung wischte Foxy seine Stirn mit dem Ärmel ab. «Natürlich konnte er nicht ewig so weiterrennen. Als er ans Meer kam, hatte er eine derartige Menschenmenge hinter sich, daß er anhalten mußte. Ich und die anderen, wir gingen auch hin, und wir umringten ihn und wollten diese Flasche mit dem Gold sehen. Sobald er wieder zu Atem kam, zeigte er die Flasche im Kreis herum und erzählte uns, wir könnten so was praktisch im Handumdrehen auflesen. Deshalb haben wir beschlossen, hierherzugehen und auch ein bißchen Gold aufzuklauben. Aber dazu haben sich auch alle andern entschlossen.»

Die Geschichte Foxys verfehlte ihre Wirkung nicht.

«Meine Damen, als die Neuigkeit an diesem Tag allgemein bekannt wurde, sah es so aus, als lasse einfach jeder alles stehen und liegen, um aus San Francisco hinauszustürmen. Die Zimmerleute am Parker House schmissen ihre Hämmer hin und ließen ihre Sägen auf den Brettern zurück. Sie wollten nicht mal mehr ihren Lohn haben! Sie sind einfach abgehauen. Und das gleiche ist an allen Neubauten passiert. Die Schuhmacher und die Angestellten und die Stallburschen und die Spieler vom City Hotel und die Köche und die Bäcker und die Schullehrer und der Apotheker – alle sind sie einfach abgehauen. Es war, als hätte einer ‹Buh!› gesagt, und die ganze Stadt wäre in einer Staubwolke verschwunden. Auf dem Markt in der Kearny Street stellten die Verkäufer ein Schild ‹Bedienen Sie sich selbst› auf und zogen Leine. Sie waren nicht die einzigen.

Aber Mr. Chase und Mr. Fenway haben erklärt, sie bleiben und werden weiter ihre Waren verkaufen. Mr. Chase hat uns Jungs erzählt, wenn wir nur noch zwei oder drei Tage abwarten und ihm helfen wollten, würde er uns die ganze Ausstattung kostenlos geben: Stiefel, Hemden, Äxte, Schaufeln, Salzfleisch – alles wollte er uns schenken. Deshalb sind wir noch geblieben. Die Leute haben alles gekauft, worin man Gold aufheben kann: Flaschen, Kochtöpfe, Marmeladegläser und Schnupftabakdosen und Teebüchsen – alles. Mr. Chase hat die Preise heraufgesetzt, aber das war den Leuten egal.

Wir haben alles verkauft, was man möglicherweise in den Minen brauchen kann. Aber es kamen immer noch Leute und wollten Sachen kaufen, die wir nicht mehr hatten. Einmal ist ein Mann mit einem Sack Gold angekommen und hat gesagt, er zahle fünfzig Dollar für eine Schaufel! Für eine schlichte Schaufel, die er vor kurzem noch für einen einzigen Dollar bekommen hätte! Aber wir hatten keine mehr. Ich hatte die Schaufel, die mir Mr. Chase geschenkt hatte, damit ich noch bliebe, unter Gemüse versteckt.»

Kendra und Marny lachten verständnisvoll. Kendra füllte die Tassen nach.

«Und, Leute», erzählte Foxy weiter, «ihr hättet einmal die Schwierigkeiten sehen sollen, aus der Stadt überhaupt herauszukommen. Jeder Mann, der irgendein Boot besaß, konnte Geld verdienen, wenn er die Leute zu Sutters Fort schaffte. Überall am Strand hockten sie mit ihren Bündeln, Vorräten, Schaufeln und Sieben und hofften, daß ein Boot kommt. Nicht nur Männer, nein, ganze Familien, sogar Damen mit Babies, die noch gar nicht laufen konnten, warteten auf ihren Kisten.

Dann haben wir, die andern Jungs und ich, beschlossen, auf dem Landweg zu reisen, rund um die Bucht, wie Sie's auch getan haben. Da war eine Masse Menschen, die denselben Weg einschlugen, mit Pferden und Maultieren und Planwagen. Es gingen sogar welche zu Fuß und schleppten ihre Ausrüstung auf dem Buckel. Wir sind ganz gut um die Bucht gekommen, aber als wir die Carquinez Strait überqueren wollten – Sie müssen sie ja kennen, Sie sind doch auch dort übergesetzt, nicht wahr?»

«Aber ja», sagte Marny. «Mit Semples Fähre.»

«Hatten Sie irgendwelche Schwierigkeiten? Ich meine, war jemand vor Ihnen da und wartete aufs Übersetzen?»

Sie schüttelte den Kopf.

«Wann war das?»

«Etwa Ende April», sagte Kendra.

«Ungefähr drei Wochen später kamen wir dort an», erklärte Foxy. «Und wissen Sie, was passiert ist? Dort standen zweihundertdreiundvierzig Wagen – ich habe sie gezählt, denn ich hatte ja nichts anderes zu tun, während ich auf die Überfahrt wartete. All diese Wagen warteten, außerdem die Pferde und die Maultiere und die Männer, die sie ritten, und die andern Männer, die den ganzen Weg zu Fuß gelaufen waren. Ich konnte diese Leute nicht zählen; sie sind immerzu hin- und hergegangen, aber ich schätze, es müssen fünfhundert oder sechshundert gewesen sein – Männer, Frauen und Kinder. Und sie alle haben auf die Fähre gewartet.»

Foxy seufzte auf.

«Und keiner außer diesem Semple konnte die Fähre steuern.»

«Aber was war denn mit den jungen Männern, die für ihn gearbeitet haben?» fragte Kendra.

«Er hatte keine jungen Männer, als ich dort war», sagte Foxy. «Sie werden wohl auch nach den Goldgruben abgehauen sein. Semple hat Tag und Nacht geschuftet, und wahrscheinlich macht er's jetzt auch noch. Ich weiß nicht, wann er schläft; aber wenn er diese Plackerei durchhält, wird er ein reicher Mann, denn er erhöht jeden Tag die Preise, aber die Leute drängen sich immer noch. Wir hatten Glück, weil wir keinen Wagen bei uns hatten. Die Fähre setzt jedesmal zwei Wagen über, und jedesmal nimmt Semple ein paar Leute wie uns mit. Deshalb brauchten wir auch bloß drei Tage zu warten.»

Wieder gab Foxy einen Seufzer von sich.

«Dann kamen wir nach Sutters Fort.»

«Haben Bates und Cunningham noch ihr Floß?» erkundigte sich Marny.

«Nein, ich habe von ihnen gehört, aber sie sind auch auf die Goldsuche gegangen. Mr. Sutter hat ein Ruderboot mit einer Mannschaft von sogenannten Indianern ...»

«Wir nennen sie Abs», erläuterte Kendra.

«Abs? Na ja, also diese Abs rudern über den Fluß, und das ist gut und schön, sofern man die Läuse aushält. Aber man muß sie aushalten, weil das die einzige Möglichkeit ist, über den Fluß zu kommen. Und wenn man drüben ist, stellt man fest, daß der Fluß von Männern wimmelt, die früher übergesetzt sind und sich jetzt die Läuse abwaschen. Das muß man als erstes dann auch machen.»

Foxy kicherte trübselig.

«Das Fort platzte fast, so viele Leute waren da, die in die Minen wollen. Und dieser Laden von Smith und Brannan – Sie hätten einmal diesen Betrieb sehen sollen!»

Wieder nickten Kendra und Marny sich verständnisinnig zu. «War Gene Spencer noch da?» fragte Marny.

«Ja, Ma'am, aber er hat gesagt, daß er auch bald nach Shiny Gulch heraufkommt. In diesem Laden wird das Geld nur so zusammengescharrt. Und Goldstaub – pfundweise Goldstaub! Und wissen Sie auch, wo sie diesen Goldstaub aufheben – ach, Donnerwetter! Entschuldigen Sie, meine Damen ...»

Kendra und Marny fingen zu lachen an. «Schon gut», sagte Kendra, «wir haben ihn gesehen.»

«Ihn?» wiederholte Foxy. Dann lachte er auch. «Jetzt gibt es nicht nur einen, sie haben eine ganze Reihe davon!»

«Wunderbar», murmelte Marny. «Erzähl weiter.»

«Na, wir sind dann nach Mormon Island geritten. Dort sind vierzig oder fünfzig Mann, die solche Dinger schütteln, wie sie eure Männer da drüben auch haben. Sie haben uns erzählt, daß jeder pro Tag mindestens ein halbes Pfund Gold findet. Deshalb wollen wir uns jetzt auch an die Arbeit machen. Mrs. Parks, glauben Sie, daß Ted uns erklären wird, wie man mit diesen Wiegen umgehen muß?»

Kendra versicherte es ihm.

Foxy betrachtete die Gegend, wobei ein Grinsen langsam über sein knochiges Gesicht lief. «Das ist bestimmt wundervoll», meinte er eifrig. «Ein halbes Pfund pro Tag! Aber es gibt einige, die behaupten, man könnte noch mehr einsäckeln. Meine Damen, haben Sie schon mal einen von dem großen Klumpen reden hören?»

«Na klar», entgegnete Marny. «Bei mir schwätzen sie alle darüber. Jeden Tag oder jeden zweiten höre ich, daß einer losziehen will, um ihn zu entdecken.»

Foxy stieß wieder einen Seufzer aus. «Sagen Sie, Marny, glauben Sie daran?»

«Nein», antwortete Marny, «ich glaube nicht daran.» Sie hob die Schultern. «Früher schrien sie vor Freude über hundert Dollar am Tag. Jetzt lamentieren sie, weil sie nicht eine Million im Monat finden. Deswegen wollen sie unbedingt an den großen Klumpen heran. Manche Leute können eben den Hals nicht voll genug kriegen, und das wird ihnen noch einmal leid tun.»

20

In den nächsten Tagen kamen Kendra immer wieder Gerüchte über den großen Klumpen zu Ohren, freilich nicht durch Delbert. Wenn er sprach – falls er überhaupt sprach –, dann klagte er über den Mangel an Alkohol. Ein Mann namens Stub Crawford, ein rattenähnlicher Kerl mit schmutzigem Gesicht und einer Stimme, die sich wie Katzenmiau anhörte, traf mit einer Ladung Schnaps in Shiny Gulch ein. Er rechnete damit, daß Delbert und Marny ihn zu einem phantastischen Preis kaufen würden. Delbert ließ sich einen Drink eingießen, kostete und schüttete den Rest auf die Erde. «Dieses Zeug würde selbst Blech ruinieren», urteilte er.

Zum Zorn von Crawford lehnte er den Kauf ab. Delbert hatte nicht etwa Skrupel, Fusel zu verkaufen, doch war er wie Marny der Ansicht, daß der Calico-Palast seinen guten Ruf wahren müsse. Gelegentlich tauchte ein Händler mit einem Faß trinkbarem Gin oder Brandy auf, was ihnen ermöglichte, die Bar zu unterhalten. Marny erzählte Kendra, die Geschäfte gingen besser, als sie zu hoffen gewagt hätten. Mit jedem Tag kamen auch neue Goldjäger an. Sie fanden das Gold in solchem Überfluß, daß viele ganz vergaßen, wie wertvoll es war; sie verschwendeten und verspielten es so schnell, wie sie es erworben hatten.

Selbst Ellet mit dem langen Bart, der das Gerede über den großen Klumpen in die Welt gesetzt hatte, schien es nun vergessen zu haben, denn auch er wurde dort wohlhabend, wo er sich befand. Er hatte zwei Wagen mit Waren vom Fort heraufgeschafft und am unteren Ende des Lagers einen Laden eröffnet. In der Nähe, hinter der Biegung des Flusses, lag das Dorf der Abs. Die Männer in Shiny Gulch – mehr noch die Frauen – wollten nicht, daß die Abs durch das Lager streunten, ihren Gestank und ihr Ungeziefer verbreiteten und alles wegschleppten, was ihnen gefiel. Andererseits aber war man bereit, Handel mit ihnen zu treiben, denn die Abs kamen mit Händen voller Gold zu der Handelsniederlassung.

Während vieler Jahrhunderte hatten die Abs dem funkelnden Kies in den Bächen Kaliforniens keine Aufmerksamkeit geschenkt. Jetzt aber wollten diese merkwürdigen Fremden ihn partout haben. Als Gegengabe boten sie alle möglichen herrlichen Dinge: Rosinen, Tabak, Gesichtsschminke, bunte Glasperlen von der Größe einer Walnuß, aber auch getrocknete Bohnen, die von den Abs zu einem schmackhaften Brei mit Heuschrecken zerstampft wurden; obendrein hatten diese fremden Leute Silbermünzen, die sich die Abs um die Hälse hängten, nachdem sie ein Loch hineingebohrt hatten.

Für eine Handvoll Bohnen oder Rosinen verlangte Ellet soviel Goldstaub, wie er zwischen Daumen und den beiden ersten Fingern fassen konnte. Da Ellet große Hände besaß, war dies eine ganze Menge Gold. Für Münzen gaben die Abs sogar noch mehr. Je dicker die waren, um so höher schätzten sie die Münzen ein. Ted hatte einen Silberdollar, den er als Talisman bei sich trug, aber jetzt brachte er ihn zum Laden, wo ein Ab ihn freudig für sein Gewicht in Gold erwarb. Ellet behielt zehn Prozent des Goldes, und alle drei waren zufrieden.

Kendra fragte sich, ob diese Transaktionen eigentlich rechtens seien. Sie erkundigte sich indessen bei niemandem, denn sie beantwortete ihre Fragen gern selbst. Als sie zu einem Entschluß gelangt war, erzählte sie Marny, was sie dachte.

«Es ist so fair wie jeder andere Handel auch», erklärte sie. «Ted hat das Recht, für diesen Dollar Gold zu nehmen, so wie ein Juwelier das Recht hat, Geld für den Opalschmuck zu kassieren, den ich mir kaufen werde. Mr. Ellet hat das Recht, für seine Bohnen Geld zu nehmen, genauso wie ein Mann in New York das Recht besitzt, Geld für Kaviar zu verlangen. Ein Gegenstand ist doch erst dann etwas wert, wenn jemand bereit ist, dafür zu zahlen.»

Sie kauerten im Gras und warteten, bis Ted die Pferde gesattelt hatte, damit er und Kendra zu dem Laden hinabreiten konnten. Ihre Eßvorräte mußten ergänzt werden, aber die Männer scheuten den weiten Weg zum Fort – in der Zwischenzeit lag ihr Schwingtrog müßig herum, und die andern stopften sich immer mehr Gold in die Taschen.

Jetzt lebten hier schon zweihundert Männer. Sie arbeiteten mit Äxten und Pfannen im Wasser oder mit Schüttlern und Schaufeln in den Bergen. Die Zahl der Frauen betrug dreißig. Die meisten waren robuste Personen wie Hester und Sue. Einige indessen – so hatte Ted Kendra berichtet – gehörten zu jener Sorte, die man an Orten findet, wo es zu viele Männer gibt. Im Vorbeireiten sahen sie Mrs. Posey, die Kleider wusch, und Kendra fragte, was sie wohl am liebsten mit derartigen Frauen anfangen würde.

Mit einem Kichern erwiderte Ted, er glaube nicht, daß Mrs. Posey überhaupt etwas mit ihnen anfange. «Liebes, es ist doch nicht Marnys Moral, die Mrs. Posey so aufbringt; es ist Marnys aufreizende Erscheinung. Hast du noch nicht bemerkt, daß sie gegen dich genausoviel einzuwenden hat?»

Mrs. Posey blickte nicht auf, um sie zu grüßen. Sie ritten weiter.

Die sogenannte Handelsniederlassung Ellets war ein Schuppen. Am Berghang hatte Ellet Stämme, an denen noch die Rinde haftete, in die Erde getrieben, Querbalken darübergelegt und ein Dach aus rohen Häuten und Laub gemacht. Der Berg bildete die Rückwand des Schuppens. An der Südseite hingen Felle, die Schatten spenden sollten. Die beiden anderen Seiten waren offen. In der Hütte hatte er einen Wagen auf den Kopf gestellt; er diente ihm nun als Ladentisch.

In der Nähe hockte Stub Crawford auf einem Felsen und rauchte. Er sah wie ein Nichtsnutz aus – ein schmächtiges Kerlchen mit sauertöpfiger Miene, schuppigem Haar und schwarzen Fingernägeln. Seinen Anzug schien er bereits seit Wochen zu tragen. Als Kendra vom Pferd stieg, ließ er seinen häßlichen Blick über ihre Gestalt wandern, als könne er durch ihre Kleider sehen.

Ted und Kendra traten in den Schuppen, und Ellet kam hinter seiner Theke hervor, um sie willkommen zu heißen. Er war auch nicht viel reinlicher als Stub, aber er verfügte über eine herzhafte Freundlichkeit, die ihn weit angenehmer machte. Mit einem Seitenblick auf Crawford forschte Ted:

«Was treibt der hier?»

Ellet zuckte mit seinen breiten Schultern. «Ach, dieser verdammte Narr! Er bittet mich in einem fort, seinen Schnaps zu kaufen. Ich will ihn aber nicht. Ich habe meinen eigenen. Ich habe ihm gesagt, er soll doch einen Saloon aufmachen, aber soviel Arbeit will er sich nicht aufladen. Zu faul zum Schaffen, zu faul zum Goldsuchen. Er schleicht den lieben langen Tag mürrisch herum, weil der Herrgott die Welt nicht so einrichtet, wie es ihm am liebsten wäre.»

Damit Kendra Muße fand, sich umzuschauen, sagte Ted, er möchte einige Tücher haben, die den Nacken gegen die Sonne schützten. Ellet hatte eine Vielzahl von Waren, aber in dem Moment, als Kendra ihren Fuß in diese Hütte gesetzt hatte, wußte sie auch schon, daß sie nichts essen würde, das hier feilgeboten wurde. Ellet mochte ein freundlicher Mann sein, aber sie hatte noch nie einen solchen Geruch wahrgenommen wie den in dieser «Handelsniederlassung», und sie hatte auch noch nie soviel Gewürm an einem Platz gesehen. Schon hatte sie das Gefühl, es kröche auf ihrer Haut. Vielleicht war's wirklich so. Im Schuppen war es fürchterlich heiß, und der Geruch machte sie krank. Es stank nach verdorbenen Lebensmitteln, nach schalem Schweiß, nach den nur halb gegerbten Fellen. Sie hörte das gierige Summen der Fliegen und sah schwarze Käfer in die Fässer hinein- und hinauskriechen.

Ein Mann kam mit einem Eimer an und wünschte Mehl. Jovial langte Ellet in ein Faß – es hatte keinen Deckel – und holte Mehl mit einer Schöpfkelle heraus. Kendra sah eine Schabe im Mehl, das Ellet in den Eimer kippte. Der Kunde zahlte mit Goldstaub. Kendra blickte ihm nach und wunderte sich: Hatte er denn nicht auch gesehen, was sie gesehen hatte? Vielleicht nicht, vielleicht machte es ihm nichts aus. Nun, ihr machte es etwas aus. Das Leben im Freien hatte sie weniger empfindlich werden lassen, aber es fiel ihr gar nicht ein, Schaben zu vertilgen. Sie mußte an den Laden in Sutters Fort denken. Er war nicht gerade elegant, doch immerhin ziemlich sauber gewesen. Wenigstens hatte es dort nicht so fürchterlich gerochen wie hier.

«Ich warte draußen auf dich, Ted», sagte sie.

Sie bestieg ihr Pferd, und als er seine Tücher bezahlt hatte, folgte Ted. Er lachte. «Ich mache dir nicht die geringsten Vorwürfe», meinte er, als sie fortritten. «Ellet ist kein schlechter Kerl, aber wir werden unsere Lebensmittel doch im Fort besorgen müssen.»

Ted machte sich wieder am Schwingtrog zu schaffen. Sobald Kendra die Erinnerung an diese Handelsniederlassung ausgelöscht hatte, zündete sie ihr Feuer an und hängte einen Kessel mit Bohnen und Rindfleisch darüber. Beides war mit Salbei gewürzt, der purpurfarben auf den Bergen wuchs. Während das Fleisch schmorte, füllte sie einen Topf mit Blättern der wild wuchernden Senfpflanze und setzte ihn zusammen mit einem Würfel ihres immer weniger werdenden Specks ebenfalls auf die Flamme.

Die Schatten wurden länger, aber die Sonne war noch nicht hinter den Bergen untergegangen. Auch die andern Frauen rührten in ihren Kochtöpfen. Kinder trugen Brennholz herbei. Die Männer fanden sich mit ihren Eßgeschirren ein. Andere betraten den Calico-Palast, um ein Gläschen zu kippen oder den Gewinn des Tages bei Marny aufs Spiel zu setzen. Es roch nach Kaffee und Schinken und Salzfleisch. Ted und seine Kompagnons zogen ihren Trog zu der Stelle, wo sie ihn über Nacht liegen ließen. Alle vier winkten ihr zu.

Kendra hörte Pferdegetrappel und blickte sich um. Auf einem häßlichen Klepper kam Stub Crawford auf sie zugeritten. In seiner Satteltasche führte er Schnaps bei sich, den er den Männern bei den Lagerfeuern anzudrehen versuchte. Es kauften jedoch nicht viele; offenbar hatten sie erfahren, wie schrecklich die Brühe war, und wer einen anständigen Drink haben wollte, konnte einen guten im Calico-Palast bekommen, und zwar für weniger Geld, als Stub verlangte. Jetzt näherte er sich Kendra, hielt an, stieg ab und torkelte auf sie zu. Er hatte eine Feldflasche in der Hand, die nach Fusel stank.

«Wie geht's?» begrüßte er sie mit seiner mürrischen Stimme.

Kendra, die sich über ihren Kessel gebeugt hatte, schaute ihn voller Abscheu an.

«Guten Abend», antwortete sie kurz und wandte sich wieder ihrer Beschäftigung zu, damit er begriff, daß er nicht gerade willkommen war. Crawford war indessen nicht der Mann, der eine Andeutung sofort verstand.

«Wo sind denn Ihre Männer?» fragte er in schleppendem Tonfall.

«Sie nehmen ein Bad», antwortete Kendra knapp. Wenn Crawford das nur auch einmal tun wollte! Doch der wackelte bloß mit seiner Nase.

«Mmmm!» murmelte er dann. «Was kochen Sie denn da?»

«Bohnen.»

«Aber auch Fleisch, nicht wahr? Es riecht gut.» Er schnüffelte hungrig. «Und auch Kaffee. Und was ist das?» Er streckte einen seiner schmutzigen Finger aus.

«Wilder Senf», versetzte sie kurz angebunden und wünschte, ihre Freunde möchten sich beeilen.

«Und Schinken. Ah!» Crawford winselte beinahe. «Helfen Sie doch einem armen Mann aus, oder wollen Sie nicht? Nur ein kleines bißchen was.»

«Nein», entgegnete Kendra.

Crawford steckte seine Feldflasche ein. Er kam näher. «O doch, Sie können schon ein bißchen was entbehren.»

«Nein!» rief Kendra. «Gehen Sie fort!»

Jetzt fing Crawford zu flehen an. «Wie können Sie bloß so gemein sein! Ein armer Mann, der nichts zu essen hat und um den sich kein Mensch schert. Warum sind Sie so knauserig?»

Kendra wandte ihm ihr Gesicht zu. Die Schöpfkelle hielt sie in der Hand. «Gehen Sie fort!» befahl sie. «Und lassen Sie mich in Ruhe! Ich werde Ihnen nichts geben.» Sie sprach mit klarer Stimme. Ein wenig Soße tropfte von der Kelle und fiel auf die Erde. «Lassen Sie mich in Ruhe», wiederholte sie zwischen den Zähnen.

Aber Stub Crawford beugte sich nieder und nahm eine der Pfannen in die Hand. «So, das werden Sie nicht vermissen», quengelte er wie ein verzogenes Kind. Er haschte nach der Schöpfkelle, die sie immer noch festhielt.

«Nicht!» stieß Kendra hervor und umklammerte die Kelle mit aller Kraft. Crawford wollte jedoch etwas zum Essen haben und sah nicht ein, weshalb er es nicht bekommen sollte. Mit einem gackernden Lachen entriß er ihr die Kelle und stieß sie gegen die Schulter. Kendra fiel rücklings auf die Erde.

Noch nie zuvor hatte ein Mann sie derb angefaßt. Außer sich vor Wut stand sie auf. Mit der Pfanne in der einen und der Schöpfkelle in der andern

Hand wollte Crawford zu essen anfangen.

Doch kam er dazu nicht. Kendra hörte einen Schuß krachen. Crawford heulte auf, die Kelle fiel hin, die Pfanne polterte auf den Boden und rollte den Abhang hinunter.

Einige Männer, die von dem Schuß aufgeschreckt worden waren, rannten zu Kendra und boten ihre Hilfe an. Aber sie brauchte jetzt keine mehr. Pocket kam mit der Pistole in seiner Rechten auf sie zugelaufen. Er lächelte sanft. Er hatte sein Bad früher als die anderen beendet und war hinter dem Felsen hervorgetreten, der den Teich verbarg. Gerade noch rechtzeitig hatte er gesehen, was Crawford anzustellen versuchte. Er hatte sogleich eingegriffen. Mit derselben Zielsicherheit, die er schon den Seeleuten an der Carquinez Strait bewiesen, hatte er die Pfanne aus Crawfords Hand geschossen, ohne die Hand selbst zu verletzen.

Schreiend vor Schreck stürzte Crawford zu seinem Gaul. Die Feldflasche fiel aus seiner Tasche, und der Fusel ergoß sich auf die Erde.

Die übrigen Männer brachen in Gelächter aus. Auch Kendra lachte nun.

«Pocket, Sie sind wunderbar!» rief sie erleichtert aus.

Freund Pocket schob seine Pistole in den Halfter zurück. «Es freut mich, Ihnen zu Diensten zu sein, Ma'am.»

«Haben Sie denn nicht gefürchtet, Sie könnten ihn töten?» fragte sie beunruhigt.

Pocket antwortete unschuldig und erstaunt:

«Aber wieso denn, Ma'am? Ich habe noch nie jemanden getötet, wenn ich nicht die Absicht hatte.»

Ehe Kendra Zeit fand, sich zu erkundigen, ob er denn tatsächlich jemals einen Menschen umgebracht habe, kamen auch Ted, Ning und Hiram angelaufen und wollten wissen, was der Schuß bedeute. Kendra erklärte es ihnen. Pocket borgte sich bei anderen Leuten eine Pfanne aus, und Kendra servierte ihnen das Abendessen.

Später, als sie plaudernd im Gras lagen, stimmten sie darin überein, daß Pocket und Hiram mit Packpferden nach Sutters Fort hinabreiten und Nahrungsmittel holen sollten. In ihrer Abwesenheit würden Ning und Ted mit dem Schwingtrog arbeiten, und das gefundene Gold würde mit Pocket und Hiram nach deren Rückkehr geteilt. Das bisher geschürfte Gold sollten sie mitnehmen und im Laden sicher deponieren. Hier in Shiny Gulch hatte es bis jetzt zwar noch keine Diebstähle gegeben; mit einem Taugenichts wie diesem Crawford indessen mußte man vorsichtig sein.

Der lange Junitag war noch immer hell. Als sie nach dem Glühen auf den Gipfeln schaute, dachte Kendra, wie wohl sie sich doch fühlte. Sie war müde, sie alle waren müde, aber am Ende eines Tages war man nun einmal müde. Sie würden dann um so tiefer schlafen und morgen gut ausgeruht sein.

Morgen würden sie übrigens wiederum Bohnen und Schmorfleisch essen müssen, doch würde sie diesmal mit wildem Dill würzen statt mit Salbei. Und sie würde einen Topf mit einem Kraut füllen, das Ning ihr gezeigt hatte. Es war eine hübsche kleine Pflanze, zehn oder zwölf Zentimeter hoch, deren Stengel durch ein rundes flaches Blatt wuchs und dicht oberhalb dieses Blattes in einer rosafarbenen Blüte endete. Ning meinte, diese Pflanze habe seines Wissens keinen Namen. Aus dem Blatt ließ sich jedoch ein guter Salat anrichten; deshalb nannten sie ihn «Goldgräberlattich».

Hiram, der müßig dagelegen und die Wolken betrachtet hatte, richtete sich auf dem Ellbogen in die Höhe. «He, was ist das?»

Die anderen blickten sich um. Alle vernahmen sie nun das Trappeln der Pferdehufe. Foxy kam eilig heran und schrie etwas. Anscheinend gab er Alarm, denn die Männer ließen ihre Pfannen sinken, und die Frauen griffen nach ihren Kindern. Hiram lief bereits davon, um zu erfahren, was los sei. Sie sprangen auf die Füße, und Ted legte einen Arm um Kendras Schultern. Weiter unten sahen sie Marny und Lolo zum Eingang ihres Zeltes gehen, gefolgt von Delbert. Hiram traf Foxy, hörte sich dessen Worte an und kam zurück.

«Dieser verfluchte Crawford hat seinen Fusel zu den Abs geschafft und macht jetzt mit ihnen seine Geschäfte.»

Alle stöhnten vor Wut. Ein Drink, der einen Weißen kaum ein wenig belebte, machte aus einem Ab eine gefährliche Bestie, und jedermann im Lager wußte das. Hiram sprach weiter: «Ellet hat versucht, ihn zurückzuhalten, aber Crawford hatte das heulende Elend – kein Mensch wolle einen so armen Kerl wie ihn leben lassen, und als er Hunger gehabt und um ein wenig Essen gebeten habe, sei er von einem Schurken fast umgebracht worden.»

«Bastard», brummte Pocket. «Entschuldigung, Ma'am.»

«Wenn Pocket ihn hätte töten wollen, wäre ihm das wohl auch gelungen», versetzte Kendra unwillig.

«Die Abs werden wild», meinte Hiram. «Wenn wir nicht runtergehen und dafür sorgen, daß sie in ihrem Kaff bleiben, werden sie das ganze Lager überschwemmen.»

Schon fanden sich bewaffnete Männer ein. Trotz des Stimmengewirrs glaubte Kendra das Heulen der betrunkenen Wilden zu vernehmen. Ihr Verstand sagte ihr zwar, daß dies kaum möglich sein könne, da sie immerhin drei Meilen entfernt standen, aber ihr Gehör ließ sich dennoch täuschen.

Ning hatte mittlerweile mit Delbert und den Schwarzbärten konferiert. Er berichtete Kendra: «Sie und Marny und die Hawaiimädchen werden die Nacht am besten im Zelt verbringen, Delbert steht draußen Wache. Ning und die Schwarzbärte werden gleichfalls auf der Hut sein; Ted, Pocket und Hiram gehen zu den bewaffneten Goldgräbern.»

Ted ging mit Kendra zum Zelt und küßte sie zum Abschied. Das Gold war von den Tischen und der Schnaps von der Bar verschwunden. Auf der Theke brannte eine einzige Kerze. An den Wänden hatte Marny Bettzeug ausgebreitet: ein Bündel für Lulu und Lolo, das andere für Kendra und sich selbst.

«Legt euch jetzt hin», sagte sie zu den Mädchen. «Der Mond steigt, und die Männer im Freien können jede sich nähernde Gefahr ausmachen.» Sie war gelassen, und ihre Stimme klang so warm und besänftigend, daß sie die Ängste der beiden Mädchen schnell verscheucht hatte.

«Wie vernünftig Sie doch sind, Marny», meinte Kendra.

Marny setzte sich zu ihr aufs Bett und verschränkte ihre Hände vor den Knien. «Ich glaube nicht, daß wir ernstlich etwas zu befürchten haben. Die Abs sind ein gutes Stück weit fort. Ning bewacht euer Gold, und unseres ist außer Sicht. Gleich nachdem wir den Calico-Palast eröffnet haben, habe ich mir ein Versteck gesucht für den Fall, daß wir jemals so etwas brauchen sollten.»

Es gab eine Pause. Lulu und Lolo schliefen ein. Die Stimmen von draußen verhallten, als die Männer, welche ein Auge auf die Abs haben sollten, hinab ins Dorf gingen. Die Männer, die das Lager zu bewachen hatten, schwiegen ohnehin. Kendra war froh, daß Marny ein sicheres Versteck für ihre Schätze hatte. Das sah Marny so ganz und gar ähnlich: Sie war auf alles vorbereitet. Nachdenklich meinte Kendra:

«Marny, Sie überlassen nichts dem Zufall. Sie denken immer im voraus.» Im Halbdunkel sah sie, daß Marny versonnen mit einer Locke ihres roten Haares spielte.

«Nun, ich würde nicht sagen: immer. Kein Mensch vermag schließlich alles vorauszusehen. Aber ich versuche, die Dinge so zu arrangieren, wie ich sie haben möchte. Aber warum lachen Sie denn?»

Kendra war nämlich in ein Gelächter ausgebrochen. Vergeblich bemühte sie sich, wieder ernst zu sein. «Mir ist gerade etwas eingefallen», sagte sie endlich, «vorhin, als ich gesagt habe, Sie würden nichts dem Zufall überlassen.»

Marny lachte jetzt auch. «Worum handelt es sich, Kendra?»

«Sie wollten an Bord der *Cynthia* gehen, und zwar ohne Wissen von Captain Pollock. Er sollte es erst erfahren, wenn das Schiff bereits auf hoher See war. Sie haben also alles so eingerichtet, daß es haargenau geschah, wie Sie es haben wollten. War es etwa nicht so?»

«Natürlich», gab Marny fröhlich zu. «Ich wußte ja, daß er mich nicht an Bord haben wollte, weil er ein Musterknabe ist und ich ein schlimmes Mädchen bin. Aber es gab nur noch ein anderes Schiff, das nach San Francisco fuhr, und das war ein dreckiger alter Kahn voller Ratten.»

«Also haben Sie Ihren Freund Galloway gebeten, ein Ticket für Sie zu kaufen, weil Sie angeblich keine Zeit hätten?»

«Richtig, meine Liebe.»

«Und zwar auf den Namen einer Miss Marcia Roxane Randolph.»

«Aber so heiße ich doch nun mal.»

«Loren hat jedoch nicht gewußt, daß Sie das sind, und der Kapitän hat es ebensowenig gewußt. Sie aber wußten auch, daß Loren niemals in Ihrem Spielsalon gewesen war und Sie also gar nicht erkennen konnte. Um doppelt sicherzugehen, haben Sie sich obendrein wie eine Dame gekleidet und auch wie eine Dame geredet, die auf dem Weg zu einer Teegesellschaft im Gemeindehaus ist.»

Marny erwiderte sittsam:

«Ich habe immerhin eine gute Erziehung genossen. Zwar bin ich keine Dame, aber ich weiß mich wenigstens wie eine zu benehmen.»

«Damit Captain Pollock Sie nicht erkennt, sind Sie am ersten Abend und am nächsten Morgen nicht bei Tisch erschienen. Sie waren doch nicht etwa seekrank?»

«Nein. Ich wollte ihm einfach nicht unter die Augen kommen. Ich hatte Obst mitgebracht. Das habe ich gegessen.»

«So war es also zu spät, als er Sie zu Gesicht bekam?» Kendra seufzte bewundernd. «Sie haben jede winzige Einzelheit einkalkuliert.»

Marny schüttelte den Kopf. «Nein, Kendra», entgegnete sie nüchtern. «Bis jetzt hatten Sie recht. Aber etwas hatte ich doch nicht eingeplant. Wenn Sie soviel erraten haben, werden Sie sich vermutlich auch den Rest der Geschichte denken können. Nun ja, es ist halt passiert.»

Darüber hatte Kendra nicht sprechen wollen. Sie war zu vernünftig, als daß sie ein Thema angeschnitten hätte, das Marnys Privatleben betraf. Da jedoch Marny es nun selber zur Sprache brachte, erwiderte sie:

«Das habe ich nicht erraten. Ted war es.»

«Schön. Delbert hat's nicht erraten, und wenn Sie es ihm erzählten, würde er es nicht glauben. Er hält sich nämlich für hinreißend.»

Sie schwiegen wieder eine Weile. Sie hörten das Seufzen des Windes, gelegentlich den Ruf eines Vogels oder das Rascheln eines durch die Nacht streifenden Tieres und hin und wieder eine Stimme von draußen, die beteuerte, alles sei in Ordnung. Offenbar sorgten die Männer drunten dafür, daß die Abs in ihrem Dorf blieben. Marny sprach in weicherem Ton, als sie fortfuhr:

«Kendra, ich wußte, daß Pollock mich oft sehnsüchtig angestarrt hatte, aber das hatten auch die meisten andern Männer getan, die uns in Honolulu besuchten. Ich habe nicht gewußt, daß er so verrückt auf mich war. Vielleicht hätte ich das wissen müssen. Jedenfalls habe ich's nicht gewußt. Ich dachte bloß daran, nach San Francisco zu kommen. Aber so eine Reise, Tag um Tag und Nacht um Nacht – Sie wissen ja, wie langweilig das werden kann.»

Ja, Kendra entsann sich der trostlosen Wochen, die sie auf See verlebt hatte. Sie erinnerte sich auch daran, wie behutsam Loren es vermieden hatte, ihren Ellbogen zu berühren, wenn es nicht unumgänglich war. Sie verstand dies nun besser als damals.

Nun, auch ich liebe das Geld . . .

. . . gestand Marny. Warum auch nicht. Es gibt Schlechteres, was geliebt wird. Und ein Berühmter hat die Liebe zum Geld verteidigt: «Daß die Wünsche der Menschen hauptsächlich auf Geld gerichtet sind und sie dieses über alles lieben, wird ihnen oft zum Vorwurf gemacht. Jedoch ist es natürlich, wohl gar unvermeidlich, das zu lieben, was, als ein unermüdlicher Proteus, jeden Augenblick bereit ist, sich in den jedesmaligen Gegenstand unsrer so wandelbaren Wünsche und mannigfaltigen Bedürfnisse zu verwandeln.» Diese Sätze wurden zur Zeit des kalifornischen Goldrauschs geschrieben, von Arthur Schopenhauer.

«Ja», sagte sie, «ich weiß.»

«Und nachts war meine Kajüte dunkel und stickig, und ich fand keinen Schlaf. Wenn ich nicht schlafen konnte, zog ich einen Morgenrock an und setzte mich in der Kabine unter das Oberlicht. Dort war es heller, und ich konnte die Sterne beobachten und die Männer auf Deck hören und den Mond heraufkommen sehen. Der Mond war schön. Mit jeder Nacht wurde er größer. Nach einer Weile wurde ich dann schläfrig und ging wieder ins Bett. Ich bin nie jemandem zur Last gefallen.»

Im schwachen Licht der Kerze hörte sich Marnys Erzählung recht harmlos an.

«Dann, eines Nachts, kam Captain Pollock in die Kabine. Er hatte nicht damit gerechnet, mich dort zu finden. Er blieb stehen. Er sah mich an, und ich sah ihn an. Wir konnten uns gegenseitig sehr gut erkennen. Er war angezogen, trug aber keine Jacke, und sein Hemd war am Hals offen, wodurch er anders wirkte – Sie wissen ja, wie formell er sich den ganzen Tag über gibt. Ich saß direkt unter dem Oberlicht, und das Mondlicht fiel herab. Und mein Haar war gelöst, und ich hatte nichts an außer einem Nachthemd und dem seidenen Morgenrock darüber . . .»

Marny hielt inne. Kendra konnte sie sich vorstellen mit ihrem schimmernden Haar und ihren grünen Augen, die im Mondschein glitzerten.

«So also hat die Sache angefangen. Ich habe gesagt – ach, was man eben bei solchen Anlässen sagt; hinterher erinnert man sich nie mehr daran.»

Marny wandte sich um und blickte beim Flackern der Kerze Kendra fest an. «Das hatte ich wirklich nicht im Sinn gehabt, als ich auf die *Cynthia* ging.»

«Natürlich nicht», erwiderte Kendra. «Gibt es denn Leute, die solche Sachen planen?»

Leise lachend schüttelte Marny den Kopf. «Nun, am nächsten Morgen wurde ich vom Sturm geweckt, der in den Segeln tobte. Das Schiff schlingerte wie verrückt. Der Sturm hatte eingesetzt.» Sie schüttelte sich. «Jetzt wurde ich tatsächlich seekrank, und ich habe mich fast zu Tode geängstigt. Und dann hat dieser Narr behauptet, ich hätte den Sturm verursacht! Hält er mich denn für eine Hexe?»

Kendra empfand das nämliche Unbehagen, das sie immer empfand, wenn diese Marotte des Kapitäns zur Sprache kam, aber sie wollte das nicht zugeben. Statt dessen meinte sie:

«Hoffen wir, er macht ein Millionengeschäft in China und kehrt nach New York zurück und bleibt künftig dort.»

«Gut.» Marny gähnte. «Unterdessen wollen wir uns aber schlafen legen.»

Sie hatten sich nicht ausgezogen; doch jetzt, da alles still blieb, fanden sie, daß sie unbesorgt in ihren Hemden schlafen könnten. Also legten sie ihre Kleider auf die Theke, so daß sie im Handumdrehen übergestreift werden konnten, und krochen dann unter die Decke. Von draußen vernahmen sie Delberts stetigen Schritt.

«Er ist ein zuverlässiger Wächter», sagte Kendra.

«Delbert liebt das Geld.»

Kendra fragte unvermittelt:

«Marny, lieben Sie ihn eigentlich?»

Ein Lachen antwortete ihr. «Guter Himmel, nein. Ich bin doch keine derartige Närrin.»

«Aber ... warum haben Sie ihn dann gern?»

In der Dunkelheit klang Marnys Lachen sanft. «Nun, auch ich liebe das Geld», gestand sie aufrichtig. Nach einem Moment fügte sie hinzu: «Und Delbert ist kein Schwätzer, Kendra. Meine ganze Familie hat immerzu geschwätzt. Sie haben über die Zeitläufte geschwätzt. Sie haben über alte und neue Sprachen geschwätzt. Sie haben von den Griechen der Antike bis zur Morgenzeitung schlechterdings alles zitiert. Sie haben mit mir gesprochen. Sie haben auf mich eingesprochen. Sie haben über mich gesprochen. ‹Warum bist du nicht so wie wir andern? Was soll bloß aus dir werden? Ach, was fangen wir nur mit diesem Mädchen an?› Es ist ein wahres Labsal, mit einem Menschen zusammen zu leben, der sich keinen Pfifferling darum schert, was aus mir wird, und der seinen Mund hält.»

Wiederum nach einer Pause schloß Marny:

«Außerdem, meine Liebe – na, Sie wissen ja wohl, wie das zwischen Mann und Frau zugeht. Nun, auch dabei ist er ganz brauchbar. Aber schlafen Sie jetzt.»

21

Nicht allen Abs war es geglückt, etwas von Crawfords Schnaps zu erwischen. Die Erfolgreichen aber waren vor Tagesanbruch trunken und betäubt. Um keinerlei Risiko einzugehen, harrten die Wächter jedoch aus, bis die Sonne aufging. Mit roten Augen, müde und wütend kamen sie dann zurück. Sie mußten jetzt schlafen, und das hieß, daß sie einen Tag verloren hatten: einen Tag, der ihnen Gold eingebracht hätte. Wenn dieser Stub sein Rattengesicht hier je wieder blicken ließ ... Einige hatten ihn letzte Nacht kurzerhand erschießen wollen. Pocket hatte indessen darauf bestanden, ihn eine Meile weit den Fluß hinab zu eskortieren mit der Warnung, ihn bei einer Rückkehr abzuknallen.

Am nächsten Morgen brachen Pocket, Hiram, Delbert und einer der Schwarzbärte mit Packpferden nach Sutters Fort auf. Sie waren schwer bewaffnet, denn die Pferde trugen fast neunzig Kilogramm Gold. Als sie die Männer verabschiedet hatte, machte sich Kendra auf die Suche nach Senfblättern. Sie mußte nun sehen, wie sie das Essen streckte. Die Sonne schien heiß, und das Sammeln der Pflanzen war ziemlich anstrengend.

Tags darauf erschien Foxy und fragte, ob Kendra nicht einige Vorräte kaufen wolle, die er und seine Freunde mitgebracht hatten. Die jungen Burschen hatten beschlossen, nach ergiebigeren Goldgruben zu suchen. Vielleicht fanden sie den großen Klumpen? Je weiter sie flußaufwärts zogen, um so steiler wurde der Weg, und die Maultiere hatten ihre Spitzhacken und Pfannen zu schleppen. Also hatten sie keine Verwendung mehr für überflüssige Nahrungsmittel. Sie nahmen nur in Streifen geschnittenes Fleisch und Zwieback mit. Foxy wollte Kendra einen Sack Kartoffeln und einen zweiten mit getrockneten Bohnen verkaufen.

Kendra wußte, daß sie ihm eigentlich hätte sagen müssen, wenn er bloß von Fleisch und Zwieback lebte und kein Gemüse aß, werde er Skorbut bekommen. Aber sie wußte auch, daß Ning und andere Grenzer dies den Leuten aus der Stadt so häufig erzählt hatten, bis die der Warnung überdrüssig geworden waren. Außerdem wußte sie, daß sie ihm raten sollte, an einem Platz zu bleiben und geduldig zu schürfen; auf diese Weise würde er wahrscheinlich eher zu viel Gold kommen, als wenn er sich auf die Suche nach einem märchenhaften Ort machte, wo er drei Kilo am Tag zusammenkratzen konnte. Aber auch dies war schon so oft gesagt worden, und dennoch forschten viele nach neuen Placers, anstatt beharrlich an einer Stelle Goldstaub in geringen Mengen zu sammeln. Niemand wollte einen guten Rat hören, und sie wollte die Bohnen und die Kartoffeln haben, die Foxy ihr verkaufen wollte. Nahm sie die Sachen nicht, dann würde ein anderer sie um so lieber erwerben.

Also kaufte sie und zahlte mit Goldstaub, und zwar zehnmal mehr, als sie im Frühjahr in San Francisco dafür gezahlt hatte. Sie und Foxy waren gleichermaßen glücklich über den Handel.

Ein paar Tage später erlebte auch Marny eine frohe Überraschung. Ein Hausierer kam mit einem Wagen nach Shiny Gulch und brachte ein wenig gesalzenes Schweinefleisch, aber viel guten Wein und Brandy mit. Er berichtete, ihre Freunde hätten das Fort vor seiner Abfahrt erreicht. Alles sei in Ordnung.

Marny kaufte seinen Alkohol und schenkte nun großzügiger ein. Der Hausierer verteilte sein Schweinefleisch unter einigen Kunden und fuhr erfreut wieder ins Fort zurück. Auch Marny war erfreut. Kendra jedoch, die neben ihr vor dem Zelt stand, blickte traurig auf das Fleischstückchen in ihrem Korb. «Weshalb, um alles in der Welt, hat er denn nicht mehr Fleisch gebracht?» rief sie aus.

«Es war kein Platz mehr im Wagen», entgegnete Marny etwas überrascht.

«Aber er hätte mehr Fleisch bringen sollen und weniger Alkohol.»

«Warum?» erkundigte sich Marny.

«Weil die Menschen nun einmal Fleisch brauchen. Alkohol aber brauchen sie nicht.»

«Meine liebe Kendra», begann Marny. «Der Mann macht keine

Geschäfte, weil er gute Taten zu verrichten wünscht. Er macht Geschäfte, weil er Geld verdienen will. Und die Leute zahlen höhere Preise für Dinge, die sie nicht brauchen, als für Dinge, die sie brauchen.»

«Das ist doch unsinnig!»

«Ich habe ja auch nicht gesagt, daß es sinnvoll wäre», erklärte Marny heiter. «Ich habe nur gesagt, daß die Leute eben so sind. Ich bekomme fast sechzig Gramm Gold für gut einen Liter Schnaps. Wer würde wohl sechzig Gramm Gold für einen Liter Milch bezahlen?»

Natürlich hat sie recht, sagte sich Kendra. Aber dann wollte sie wissen:

«Warum sind denn die Menschen so?»

«Das weiß ich auch nicht. Ich weiß bloß, daß sie so sind. Übrigens wird es Zeit für mich, die Bar zu eröffnen.»

Sie winkte, wandte sich ab und betrat das Zelt. Kendra ging zu ihrem Lagerplatz, wo Ted sich im Gras ausruhte, nachdem er im Teich gebadet hatte. Sie setzte sich zu ihm und meinte, er müsse sein Haar schneiden und sich rasieren lassen. Die Männer schnitten sich gegenseitig die Haare, wenn sie so lang geworden waren, daß sie ihnen lästig wurden, aber das war ein recht ungeschicktes Schnippeln, und Ted hatte seit ihrer Abreise aus San Francisco vor zwei Monaten kein Rasiermesser mehr benutzt. Sein Bart war beinahe drei Zentimeter lang; er wuchs nach allen Richtungen. Nun aber war endlich ein Barbier nach Shiny Gulch gekommen und hatte die Nachricht verbreitet, er werde an den Wochentagen Gold auswaschen, an Sonntagen indessen seinen Gewinn durchs Barbieren aufbessern.

Ted äußerte Bedenken: «Warum soll ich mich rasieren lassen? Der Mann wird einen unerhörten Preis fordern, und mein Bart wächst sowieso wieder nach.»

Kendra beharrte:

«Ja, wenn du so einen hübschen gepflegten Bart wie Delbert hättest ...»

«Mein Liebling», belehrte sie Ted und rekelte sich faul, «das macht genausoviel Arbeit wie eine glatte Rasur.»

«Dein Kopf sieht aber wie ein Strohbüschel mit Augen drin aus. Und wenn du mich küßt, reißt du mir beinahe die Haut ab.»

«Aber Schatz, es ist doch ganz natürlich für einen Mann, daß er einen Bart hat.»

«Wenn du am Sonntagmorgen zu dem Barbier gehst, werde ich ein sauberes Baumwollhemd für dich parat haben.»

«Es wäre mir lieber, du würdest mir neue Stiefel geben.»

«Sie bringen doch welche vom Fort mit», sagte Kendra. «Geh am Sonntagmorgen zum Barbier, und am Mittag werde ich ein Festessen kochen.»

Nach einigen weiteren Protesten gab Ted nach. Kendra kam allmählich dahinter, daß Ted immer nachgab, wenn sie sich ernstlich zu etwas entschlossen hatte – wie es ja auch mit ihrer Heirat gewesen war. Es kam zwar selten vor, daß sie nicht einer Meinung waren, doch wenn dies einmal geschah, setzte sie sich durch – und das gefiel ihr.

Am Sonntag richtete der Barbier seinen «Laden» unter einem Baum ein. Als Stuhl mußte ein gefällter Stamm herhalten. Sein Streichriemen hing an einem Ast, und an einen anderen Baum hatte er einen zerbrochenen Spiegel gelehnt, so daß seine Kunden die Verwandlung ihres Gesichtes verfolgen konnten. Viele spotteten über den Einfall, sich in der Wildnis zurechtstutzen zu lassen, andern machte es Spaß, und die meisten der verheirateten Männer gingen – wie Ted – zu dem Barbier, ob sie es nun gern taten oder nicht. Rasiert, geschoren und in sauberem Hemd sah Ted gut aus, als er zum Feuer zurückkam, wo Kendra das versprochene Essen zubereitete.

Ning strich über sein stoppeliges Kinn und meinte: «Vielleicht werde auch ich einmal zu diesem Barbier gehen.» Kendra bewunderte ihren Mann. «Jetzt bist du genauso wie an dem Tag, als ich dich zum erstenmal sah.»

Er lächelte in ihr glückliches Gesicht hinein. «Und du bist die hübscheste Frau hier.»

«O nein, das bin ich nicht. Ich bin so braun wie eine Haselnuß, ich habe einen Sonnenhut auf dem Kopf und ein abgetragenes Kleid an, und diese derben Schuhe da . . .»

«Was diese Sonnenbräune anlangt», fiel ihr Ted ins Wort, «deine Augen sind tatsächlich blau wie Saphire, und wenn du dich über den Kessel beugst, bist du so anmutig wie eine Blume.» Er schnupperte. «Und kochen kannst du auch.»

Ihr Mahl war lecker. Als sie fertig waren, streckten sich Ted und Ning mit den Hüten über ihren Gesichtern im Gras aus. Kendra ließ sich unter einem Baum nieder und betrachtete in der Nachmittagshitze das sonntägliche Lagerleben. Einige Männer dösten, andere wuschen ihre Anzüge, wieder andere gingen in den Calico-Palast. Ein Einzelgänger spielte ganz für sich auf einem flachen Stein. Ein Mann saß auf einem Baumstamm und las in der Bibel. Die meisten der Frauen standen beisammen und hielten einen Schwatz. Manche prahlten mit dem vielen Gold, das ihre Männer in der vergangenen Woche geschürft hatten. Zwei kleine Mädchen wiegten ihre Puppen, die sie aus Reisig gebastelt hatten. Ein Stück weiter abwärts, zwischen Kendra und dem Calico-Palast, kauerte Orville Posey und sah einer Schar Buben zu, die Bockspringen veranstalteten. Er schien seinen Spaß daran zu haben. Kendra machte es gleichfalls Freude.

Doch dann sah Kendra plötzlich Mrs. Posey herankommen.

Sie hatte ihre Kochtöpfe in einem Teich gesäubert, in den das Wasser mit solcher Wucht über Felsen schoß, daß sie selber kaum noch Hand anlegen mußte. Jetzt war sie auf dem Wege zu Orville. Als sie in die Nähe von Kendra kam, blieb sie stehen und blickte mißbilligend auf die lärmenden

Kinder. Mrs. Posey, die selber keine Kinder hatte, mißbilligte Kinder grundsätzlich.

Scharf sagte sie zu Kendra:

«Schamlos, nicht wahr?»

«Was denn?» fragte Kendra verdutzt.

Mrs. Posey kniff die Lippen zusammen und straffte ihre plumpe kleine Gestalt. Die gelben Locken zitterten auf ihrem Kopf. «Am Sonntag zu spielen!»

Kendra zuckte die Achseln. «Was sollen sie denn Ihrer Meinung nach anderes tun?»

«Sie sollen sich ruhig verhalten!» forderte Mrs. Posey. «Da kommt ja Nathan Larch. Jemand sollte mit ihm reden. Er läßt zu, daß sein eigener Sohn den Sabbat entheiligt!»

Kendra holte tief Atem. Mrs. Posey versetzte sie jedesmal in die schlechteste Stimmung. «Warum können Sie die Leute nicht in Frieden leben lassen?» fuhr sie auf.

«Achten Sie gefälligst auf Ihre Manieren!» schnauzte Mrs. Posey zurück. Mit bebenden Locken trottete sie zu der Stelle, wo ihr Mann seine verdiente Sonntagsruhe genoß.

Nathan Larch kam angeritten und rief Kendras Namen. Sie ging ihm entgegen. «Die Männer sind vom Fort zurück», berichtete er. «Ich bin soeben unten bei der Handelsniederlassung gewesen und habe sie mit einigen neuen Goldsuchern gesehen. Ich will jetzt in der Calico-Palast, um Karten zu spielen. Aber wie ich Sie gesehen habe, ist mir eingefallen, daß Sie die Nachricht vielleicht gern gleich erfahren.»

Kendra dankte ihm und gab Ning und Ted Bescheid. Alsbald sahen sie die Gesellschaft: zehn oder zwölf Männer und eine Koppel Packpferde. Pocket und Hiram winkten. Delbert und der eine Schwarzbart ritten zum Calico-Palast. Pocket und Hiram kamen zu ihrem Lager. Mit Hilfe von Ning und Ted luden sie die Lasten von den Tieren.

Ja, erzählten sie, die Reise sei gut verlaufen, allerdings hätte die Sonnenglut sie beinahe geröstet. Das Gold war sicher bei Smith und Brannan deponiert. Ja, sie hatten Bohnen und Salzfleisch und Kaffee und neue Stiefel für alle . . . aber was diese Sachen heutzutage kosteten! Erschöpft von der Hitze und der schweren Arbeit des Abladens warfen sich die vier Männer neben Kendra im Schatten des Baumes auf die Erde. Hiram grinste sie matt an:

«Kendra, ich schäme mich, so schmutzig und verschwitzt vor Ihnen zu sitzen. Verzeihen Sie mir. Aber ich bin einfach zu fertig, um mich waschen zu können.»

Lächelnd erwiderte Kendra:

«Schon gut, Hiram.»

Pocket wühlte in den vollgestopften Taschen seines Anzugs und brachte eine Büchse mit getrockneten Aprikosen zum Vorschein: ein Geschenk, das er in Sutters Fort für sie besorgt hatte. Kendra rief, seit Wochen habe sie etwas so Herrliches nicht mehr gegessen. Wie geborgen fühlte sie sich doch unter ihren Freunden! Merkwürdig, daß sie noch nicht einmal ganz drei Monate verheiratet war. Was sich in dieser kurzen Zeit ereignet hatte, erschien ihr wirklicher als alles, was zuvor geschehen war. Und sie fühlte sich so wohl. Sie lebte so bewußt. Noch bekam sie kein Baby, und darüber freute sie sich, denn jetzt schwanger zu werden, das würde die ganze Lage ändern, und sie wollte keine Änderung, solange dieser goldene Sommer währte.

«Soll ich Kaffee machen?» fragte sie.

«Kaffee? Zum Teufel mit dem Kaffee!» rief Ted lachend. «Sie brauchen Schnaps! Ich gehe mit meiner Feldflasche zu Marny runter und lasse sie füllen.»

«Großartige Idee», murmelte Hiram.

«Ted sieht ja wie ein Gentleman aus», sagte Pocket zu Kendra. Nachdem Kendra ihm von dem Barbier erzählt hatte, kratzte er sein bärtiges Kinn. «Vielleicht lasse ich mich am nächsten Sonntag von ihm rasieren. Aber da kommt ja Miss Marny!» So müde er auch war, er sprang doch schnell auf.

Marny trat mit Gene Spencer, dem Angestellten von Smith und Brannan, auf sie zu. Hiram erklärte, auch Gene wolle nun sein Glück in Shiny Gulch versuchen. Pocket stellte ihn Ning vor, und Marny meinte:

«Es ist so heiß, und ich bin es müde, Karten zu spielen. Als Gene ankam, habe ich beschlossen, mich auszuruhen und die Neuigkeiten anzuhören.»

«Haben Sie Ted getroffen?» fragte Kendra. «Er wollte Schnaps bei Ihnen holen.»

«Nein», entgegnete Marny, «wir haben bloß einmal in unseren Wagen geguckt, wo Delbert jetzt wie ein Baby schläft. Aber Ted braucht keinen Alkohol zu kaufen, ich habe welchen mitgebracht.» Sie zeigte ihnen eine Kaffeekanne, die sie an ihrer Bar gefüllt hatte. «Reicht mir eure Becher, Jungs.»

Hiram richtete sich auf. «Zwischen euch beiden Hübschen werden wir ganz schön blau sein, noch bevor es dunkel wird.»

«Nach diesem Ritt habt ihr das auch verdient», versicherte Marny. «Kendra? Ach, kommen Sie, ein Teelöffel voll wird Ihnen nicht weh tun. Sie können ihn ja mit Wasser verdünnen. Und Sie, Ning?»

Er streckte seinen Becher aus, und sie goß ihm beträchtlich mehr ein, als ein Teelöffel faßte. Pocket lehnte sanft ab. Dann bediente Marny sich selber. «Prost! Kendra, ist es nicht gut, daß wir diese Burschen wieder heil hier haben?»

Kendra beteuerte, ganz gewiß sei es das. Gene wandte sich mit einem scheuen Lächeln an sie:

«Sie alle sind so alte Freunde ... ich hoffe, daß ich nicht störe, Mrs.

Parks.»

«Natürlich nicht», antwortete Kendra. «Es freut mich, Sie wiederzusehen. Jetzt können Sie auch Ted kennenlernen.»

«Auf dem Weg hierher habe ich eine Menge über Ted gehört, auch über Ning.»

Ning nippte, und sein ledernes Gesicht leuchtete vor Freude auf. «Wie ich höre, wird euer Fort langsam übervölkert?»

«Nun, es scheint, als kämen sie aus allen Himmelsrichtungen», erwiderte Gene. «Sobald die Nachricht vom Gold in einer Stadt eintrifft, machen sich die Leute auch schon auf die Socken. Monterey ist menschenleer, auch San José. Ich weiß nicht, ob die Kunde bereits nach Los Angeles gedrungen ist.»

«Weiß man es auch schon in Honolulu?» erkundigte sich Marny.

«Bald», entgegnete Gene. «Zwei Schoner haben in der letzten Maiwoche San Francisco verlassen, um nach Honolulu zu segeln.»

«Um ein Haar hätten die Schoner gar nicht auslaufen können», warf Hiram ein. «Die Kapitäne mußten die Heuer gewaltig erhöhen, um die Matrosen bei der Stange zu halten. Alle Schiffe haben jetzt Schwierigkeiten mit ihren Mannschaften. Die Leute gehen in San Francisco an Land, hören vom Gold und laufen davon.»

«Auch beim Heer und bei der Flotte kommen Desertionen vor», ergänzte Pocket. «Erzähl ihnen doch von Oberst Mason, Gene.»

Gene berichtete:

«Oberst Mason, der Militärgouverneur von Kalifornien, unternimmt eine Reise durch das Goldland. Es heißt, daß der Krieg mit Mexiko zu Ende ist, und Offiziere haben mir gesagt, sie fürchten den Tag, an dem die Nachricht vom Friedensschluß eintrifft.»

«Aber warum?» fragte Kendra erstaunt. «Wollen sie denn nicht, daß der Krieg aus ist?»

«Nein, Mrs. Parks, sie wollen es in der Tat nicht», antwortete Gene ernst. «Ich meine, sie wollen nicht, daß ein offizielles Bulletin darüber kommt. Denn in dem Moment werden alle Freiwilligen ausgemustert, und die reguläre Armee hat nicht genügend Leute, um unter den jetzigen Verhältnissen die Ordnung aufrechtzuerhalten. Es wird nämlich gestohlen.»

«Das ist aber komisch», bemerkte Marny. «Hier stiehlt niemand Gold.»

«Nicht Gold», erklärte Gene. «Die Leute hoffen, viel Gold zu finden. Aber sie stehlen Pferde und Maultiere, um hierherzukommen. Mit den Booten und andern Fahrzeugen, die über die Bucht setzen, ist es genauso. Auch Vieh wird gestohlen. Eine Ranch nach der andern wird geplündert. Und wenn sie in die Minen aufbrechen, sind sie in solcher Hast, daß sie querfeldein galoppieren und die Ernte vernichten. Und in ganz Kalifornien lassen verheiratete Männer ihre Familien sitzen und gehen einfach davon.

Sie meinen, sie werden Säcke voller Gold nach Hause tragen, und vielleicht wird das auch der Fall sein, aber in der Zwischenzeit haben die Kinder nichts zu nagen und zu beißen.»

Gene seufzte. Marny goß eine neue Runde ein.

«Und jedermann verlangt, daß der Oberst Mason etwas unternimmt. Die Rancher fordern Wachen. Die Händler wollen ihre Boote. Die Kapitäne brüllen nach ihren Matrosen. Die Frauen schreien nach ihren Männern.»

Ning verzog seine Lippen zu einem halb amüsierten, halb mitfühlenden Lächeln. «Und was wird er unternehmen?»

«Das weiß der Himmel. Er schickt einen Bericht nach Washington, aber der Kurier wird Monate brauchen, um hinzugelangen, und noch einmal Monate, bis er mit den Instruktionen wieder da ist. Und in der Zwischenzeit wird Mason die Hälfte seiner Männer verlieren.» Gene hob die Schultern.

«Er tut sein Bestes», meinte Hiram. «Aber ich glaube nicht, daß es auf Erden einen Mann gibt, der wüßte, was man in dieser Situation am besten unternimmt.»

Gene kicherte plötzlich. «Wissen Sie, wer einer der Offiziere ist, der mit Oberst Mason durch die Minen reist? Jener Quartiermeister, ein gewisser Hauptmann Folsom, der ganz am Anfang schon das Gold gesehen und es für Glimmer gehalten hat!»

Sie lachten alle. «Noch einen Drink?» fragte Marny Gene.

«Noch nicht, danke; ich bin ja mit dem da noch nicht fertig. Nun, also – ach, du meine Güte! Da kommt ja ein Mann, den ich in New York gekannt habe!» Gene rappelte sich auf. «Timothy Bradshaw, wenn mich nicht alles täuscht! Wann bist denn du nach Kalifornien gekommen?»

Gene trat mit ausgestreckter Hand einen Schritt vor. Die andern drehten sich um, denn sie hatten niemanden im Lager kennengelernt, der Timothy Bradshaw hieß. Doch sie erblickten nur Ted in seinen zerrissenen Stiefeln und dem sauberen Baumwollhemd, das Kendra gewaschen hatte. Er trug die Feldflasche.

Ted war nicht sofort stehengeblieben. Er sah aus wie ein Mann, dem einer in den Bauch getreten hat. Es schien Kendra, als habe sein Gesicht eine andere Farbe bekommen. Er sah anders aus – feindselig geradezu; ja, in seiner Miene war nichts mehr zu lesen von seiner Sorglosigkeit, seinem Humor. Stockend setzte er an:

«Verzeihung, aber ich glaube, Sie halten mich ...»

In diesem Augenblick – als wolle er jedes weitere Wort verhindern – sprang Hiram auf die Füße und rief:

«Gene, darf ich Ihnen vorstellen ...»

Doch achteten weder Gene noch Ted auf ihn. Mit einem breiten Grinsen legte Gene eine Hand auf Teds Schulter. «Das ist aber eine wirkliche Überraschung! Sag, ist denn Della bei dir?»

«Ich sage Ihnen doch ...» Teds Lippen waren so trocken, daß er kaum verständliche Worte aussprechen konnte. Gene hatte bereits den Kopf abgewandt und fragte verblüfft:

«Hiram, Pocket, warum habt ihr mir denn nicht gesagt, daß Tim in Shiny Gulch ist? Ich habe doch im selben Büro mit diesem Burschen gearbeitet.»

Ted schien seinen Schock so weit überwunden zu haben, daß er wenigstens wieder klar sprechen konnte:

«Ich weiß nicht, worüber Sie eigentlich reden.»

Seine Stimme klang so rauh wie das Kratzen eines Hornlöffels auf einem Stein. Sein Gesicht war durchfurcht, als wäre er plötzlich älter geworden.

Er umklammerte die Feldflasche so fest, als wolle er sie zerdrücken.

Jetzt standen alle. Kendra erinnerte sich nicht, wie sie auf die Beine gekommen war. Ihr war, als könne sie sich der Vorfälle dieses Tages überhaupt nicht mehr entsinnen. Nur das eine begriff sie: Gene, der aufsprang, um einen alten Freund zu begrüßen: «Timothy Bradshaw, wenn mich nicht alles täuscht! ... Ist Della bei dir?»

Ihre Kehle war rauh, und im Mund hatte sie einen bitteren Geschmack. Sie fühlte, wie ihr Kleid an ihrer Haut scheuerte. Sie spürte sich am ganzen Leibe erhitzt, und dann wieder fror sie trotz der Wärme. Sie wußte nicht, was Genes Worte zu bedeuten hatten. Sie wußte nicht, wer Della war. Aber sie wußte, daß ihre Zauberinsel jählings in Stücke zerbrochen war.

Als Ted sprach, war Genes Grinsen verschwunden. Er nahm seine Hand von Teds Schulter, und sein von der Sonne gebräuntes Gesicht war vor Verlegenheit rot, als er stammelte:

«Na so etwas! Irrst du dich wirklich nicht, Tim?»

Ruhig versetzte Pocket:

«Vielleicht irrst du dich, Gene?»

Spencer schüttelte den Kopf. Er war sichtlich verwirrt. «Aber, zum Donnerwetter! Was ist denn nur los, Tim? Bist du krank? Oder was ist sonst mit dir?»

Mit fremder Stimme antwortete Ted:

«Ich kenne Sie nicht.»

Gene fuhr sich mit der Hand über die Stirn. «Na, hört mal, noch nie in meinem Leben war ich so perplex wie eben. Ich hätte geschworen ... Wenn Sie nicht das genaue Ebenbild von Tim Bradshaw sind ...»

In ihrer Benommenheit hörte Kendra das Rascheln eines Rocksaums. Marny trat einen Schritt näher und nahm Kendras Hand. Kendra spürte es, aber das änderte nichts. Sie starrte auf Ted, als hätte ein Bann sie gelähmt.

Gene quälte sich die Worte ab:

«Tim Bradshaw war ein Bursche ... ich meine, das war daheim in New York, bevor ich auf das Mormonenschiff ging ... Ich kannte ihn gut. Ich habe in seinem Haus gegessen. Seine Frau hieß Della, und sie war eine gute Köchin. Sie machte so schöne Apfeltorte. Sie hat Rosinen in Wein eingeweicht und sie dann in den Teig gegeben ...» Gene blickte hilflos in die Gesichter, die ihn umringten. Hiram fragte in bestimmtem Ton:

«Sie haben gehört, was Ted gesagt hat, Gene?»

Spencer kratzte sich im Nacken. «Ted?» wiederholte er.

«So heißt dieser Mann hier. Ted Parks. Sie haben sich geirrt.»

Gene warf Kendra einen bestürzten Blick zu. Sie hatte ihm gesagt, sie freue sich, daß er nun «Ted» kennenlerne. Kendra hörte sich mit einemmal selber sprechen:

«Er hat sich nicht geirrt, Hiram.»

Sie fühlte, daß Marny ihre Hand fester packte. Auf der andern Seite spürte sie, daß Ning nach ihrer freien Hand griff. Sie bemerkte, wie verschieden beider Hände waren: Marnys waren weich wie Seide, Nings Hand fühlte sich wie Baumrinde an. Nach ihren Worten war es einen Moment still geworden, aber nur einen Moment. Dann rief Gene aus:

«Zum Donnerwetter! Es tut mir ja leid!»

«Verflucht noch mal! Der Teufel soll Sie holen!» stieß Ted hervor. Dann drehte er sich um und ging auf die höchste Erhebung des Landstreifens zu, wo der Fluß von den Gipfeln herabströmte. Er schaute nicht zurück. Er ging weiter und weiter, bis er unter den Bäumen außer Sicht war.

Zum erstenmal, seit Gene aufgesprungen war, um Ted zu begrüßen, sprach jetzt Ning. Er sagte:

«Nun, Jungs, es sieht so aus, als hätte ich unsere Gesellschaft doch nicht ganz so sorgfältig ausgewählt, wie ich geglaubt habe.»

Kendra fühlte sich so hilflos wie ein Stäubchen im Wind. Sie hatte bloß einen klaren Gedanken: fortlaufen und sich irgendwo verstecken und sich daran gewöhnen, daß sie wiederum allein war und allein sein würde, so lange sie lebte. Sie löste sich aus Marnys und Nings Griff und wandte sich ab, doch ehe sie gehen konnte, fühlte sie sich wieder festgehalten. Diesmal war es die mächtige Faust Hirams, und er hatte sie so fest an der Schulter gepackt, daß sie sich nicht zu befreien vermochte.

«Sie werden jetzt nicht fortgehen», sagte er befehlend.

«Doch!» schrie sie. «Lassen Sie mich los!»

«Nein», versetzte Hiram. «Ich habe Ihnen zuvor etwas zu sagen. Warten Sie, Gene. Sie werden sich das auch anhören müssen.» Er winkte Pocket, Ning und Marny heran. Sie traten näher. Hiram sprach:

«Kendra, wir sind Ihre Freunde.»

Die andern nickten. Hiram fuhr fort:

«Ich möchte das klargestellt wissen. Gene, seitdem wir in Shiny Gulch sind, hat Kendra so hart wie jeder von uns gearbeitet, vielleicht sogar noch härter. Sie hat drei Mahlzeiten am Tag gekocht. Sie ist über diese Berge geklettert, um Salbei und Dill zu suchen, mit denen sie unser geschmackloses Fleisch würzen konnte, und die wilden Salate, um uns bei Gesundheit zu halten. In den Goldgräberlagern gibt es viel Skorbut, aber wir haben ihn nicht bekommen. Kendra war so zerschlagen und müde wie wir alle, vielleicht noch zerschlagener und müder, aber nie hat sie auch nur ein Wort darüber verloren. Nicht ein einziges Mal hat sie den Mund aufgemacht, um sich zu beklagen. Sie ist genau das, was Ning einen guten Kameraden nennt.»

Ning sagte nichts. Sie alle hörten stumm zu. Kendra sah, daß Ning die Lippen zu dem ihm eigentümlichen dünnen Lächeln verzog, das zeigte, daß er einverstanden war, obgleich auch er schwieg.

Hiram blickte Kendra an.

«Jetzt werde ich Ihnen etwas sagen, Kendra: Wir haben Sie gern, und wir achten Sie. Was auch immer hinter dieser Sache stecken mag, es ist Ihre und Teds Angelegenheit. Was auch immer Sie tun mögen, wir werden es richtig finden. Das verspreche ich Ihnen.»

Er blickte die übrigen an, einen nach dem andern, und dann wieder Kendra.

«Wir sind die einzigen Menschen, die gehört haben, was Gene gesagt hat, und kein Mensch sonst wird es erfahren. Wir werden den Mund halten. Ehrenwort, Gene?»

«Gewiß», versicherte Gene aufrichtig. «Sie können auf mich zählen, Madam. Ich werde keinerlei Ärger machen.»

Hiram wandte sich Ning zu:

«Ja?»

«Ich war noch nie ein Schwätzer, Hiram.»

«Pocket?»

«In Ordnung.»

Hiram musterte Marny. Mit einem langsam aufblühenden Lächeln antwortete sie nicht ihm, sondern Kendra:

«Neulich abends habe ich Ihnen erzählt, daß ich keine Dame sei, Kendra, aber durchaus wisse, mich wie eine solche zu benehmen. Nun, meine Liebe, damit dürfte alles gesagt sein.»

Kendra wunderte sich, daß sie nicht weinte. Es wäre eine große Erleichterung gewesen, Tränen in den Augen zu spüren. Hiram lächelte auf sie herab, und sofern außer dem Bartgestrüpp und den Schweißfurchen überhaupt etwas von seinem rauhen Gesicht zu erkennen war, so sah es jetzt beinahe sanft aus. Er nahm seine Hand von ihrer Schulter. «Jetzt können Sie gehen.»

«Ich danke euch, ich danke euch allen», stammelte Kendra. «Vielen Dank.» Es erstaunte sie, daß ihre Worte so fest klangen. Sie fügte hinzu: «Bitte, kommt nicht mit mir. Laßt mich allein damit fertig werden.»

«Natürlich», antwortete Hiram.

Sie drehte sich um und ging fort – in der Richtung, die auch Ted eingeschlagen hatte.

Die andern blieben in bedrückendem Schweigen zurück. Endlich erkundigte sich Ning:

«Haben Sie noch ein bißchen Schnaps in Ihrer Kaffeekanne, Marny?»

«Reichlich», erwiderte sie und hielt ihm die Kanne hin. «Trinkt, Jungs, aber bringt mir die Kanne wieder, wenn ihr sie geleert habt.»

Dann wandte auch sie sich ab, um zum Calico-Palast zu gehen. Plötzlich aber hörten die Männer ihre Stimme: Sie fluchte. Sie fluchte wütend. Sie fluchte ausdauernd und unanständig. Erstaunt hoben sie die Köpfe. Marny mußte wohl oder übel die meisten Unflätigkeiten mitangehört haben, die nun einmal im Schwange waren, aber jetzt hörten sie zum erstenmal, daß Marny selbst derart ordinäre Redensarten von sich gab.

Schließlich begriffen die Männer. Während der letzten Minuten waren sie so sehr in ihr Gespräch vertieft gewesen, daß sie das übrige Lager völlig vergessen hatten. Jetzt freilich stießen sie die nämlichen Flüche aus wie Marny: Nahe bei ihnen, durchaus in Hörweite, hatte die ganze Zeit über diese kleine fette Mrs. Posey mit ihren albernen Locken gestanden . . . Eine Sekunde hielt sie ihre Blicke aus. Dann drehte sie sich mit einem blöden und zugleich entzückten Lächeln um und trippelte davon.

Pocket schüttelte den Kopf. «Diese Frau ist ein öffentliches Ärgernis», murmelte er.

«Q.E.D.», sagte Marny. «Das, mein Freund, ist die Abkürzung von *Quod erat demonstrandum*, und das wiederum ist Latein und heißt: Was zu beweisen war.»

22

Als Kendra im Morgenlicht die Augen öffnete und sich allein auf ihrem Bett im Planwagen fand, war sie einen Moment erstaunt. Es war wie am Morgen nach ihrem Sturz in die Schlucht, als sie beim Erwachen Ted auch nicht erblickt hatte, weil er früh herausgeschlüpft war, um an ihrer Statt Feuer anzuzünden und Kaffee zu kochen. Sie erinnerte sich, wie wund und steif sie sich damals gefühlt hatte.

Auch heute tat ihr alles weh. In ihrem Kopf hämmerte ein monotoner Rhythmus, als schlüge jemand mit einem Stock unablässig gegen den Wagen. Als sie jedoch wieder zur Besinnung kam, begriff sie, daß sie diesmal nicht litt, weil ihr Körper verletzt war. Diesmal reichten ihre Wunden tiefer.

Grausam war dieses Erinnern an gestern: der Augenblick, als Gene Spencer aufgetaucht war und Ted erkannt hatte. Die Stunden danach, als sie mit Ted zusammen gewesen war und entdeckt hatte, daß sie in diesen goldenen Wochen ja mit einem Traumliebhaber in einer Traumwelt gelebt hatte. Der Schmerz war immer schlimmer geworden, bis sie aufgeschrien hatte: «Laß mich allein! Hör auf mit deinen Erklärungen! Laß mich doch endlich allein!»

Und dann die Nacht, in der jede Stunde doppelt so lang zu sein schien wie sonst. Und zuletzt die Morgendämmerung, als sie aus schierer Erschöpfung eingeschlafen war...

Kendra fragte sich, wieviel Zeit seit diesen Ereignissen verflossen sein mochte. Die Sonne schien auf die Vorhänge aus chinesischem Grasleinen. Es war unerträglich heiß. Also mußte es schon ziemlich spät sein, denn hier in Shiny Gulch war es des Nachts und am frühen Morgen kühl. Als sie sich aufsetzte und ihren schmerzenden Kopf zwischen ihre Hände nahm, hörte sie die Geräusche des Lagers: Pferde stampften, Männer riefen, Wasser rauschte, Spitzhacken klirrten gegen Steine. Das waren die Geräusche, die sie jeden Tag vernommen hatte, nur klangen sie jetzt anders. Alles war anders, weil sie selber anders geworden war, und sie würde niemals wieder so sein können wie bisher.

Wenn sie sich mit kaltem Wasser wusch, hörte das Dröhnen in ihrem Schädel vielleicht auf, und sie konnte wieder klar denken. Wie sie es jeden Morgen zu tun gewohnt war, steckte sie ihre nackten Füße in die Schuhe, warf sich eine Decke um, las ihre Kleider auf und lief zu den Büschen, wo sie und Marny ihr Badezimmer eingerichtet hatten. Auf dem Weg dorthin sah sie die Männer bei der Arbeit. Sie fragte sich, wo Ted sein mochte.

Das ist mir egal! redete sie sich gleich darauf ein.

Aber während sie es sich noch einzureden suchte, wußte sie bereits, daß es ihr nicht egal war, denn sonst wäre ihr der Gedanke, wo er wohl sein mochte, gar nicht erst gekommen.

Nach dem Bad fühlte sie sich ein wenig frischer. Die vertrauten Hantierungen lockerten ihre Muskeln und klärten ihren Kopf. Jetzt war es leichter, nachzudenken. Und sie mußte nachdenken. Noch konnte sie mit niemandem sprechen.

Sie fand ein Plätzchen, das vom Lager aus nicht eingesehen werden konnte. Der Wind fächelte wohltuend über ihr Gesicht. Rings um sie waren die Gerüche des Laubes, der Wildkräuter, der aufgeworfenen Erde. Sie hörte das Summen der Bienen und das Schilpen der Vögel und das Rascheln eines Eichhörnchens. Sie fuhr mit einem Finger durch den weichen und kiesigen Boden neben ihr. Sie lockerte einen Stein und ließ ihn davonkollern. Ein Moskito stach in ihr Handgelenk, und sie schlug darauf. Dieser Klaps auf die eigene Haut weckte sie aus ihrer Benommenheit. Als ob alle Stunden seit gestern sich in einem Nu zusammendrängten, stürzten sie jetzt auf sie ein.

Mit Ted war sie nicht verheiratet. Sie konnte es gar nicht sein. Und nun – in kalter Ernüchterung – wollte sie es auch nicht mehr sein. Ted hatte in New York eine Frau, die Della hieß, und er hatte sie verlassen, weil sie ihm auf die Nerven gegangen war. Nein, diese Della war in der Zwischenzeit wohl kaum gestorben. Sie gehörte zu diesen unverschämt gesunden Menschen, die nahezu ewig leben. Nein, er konnte sich nicht gut von ihr scheiden lassen. Dazu müßte er sie mit einem Liebhaber überraschen können, und es bestand keine Hoffnung, daß Della sich jemals in eine solche Situation begeben würde. Sie war eines jener Frauenzimmer, die sich einen Mann einfangen und dann fest auf ihrem Hintern sitzen bleiben, bis sie fett werden, derweilen der Gatte die Rechnungen bezahlt. Wenn eine Person wie Della einmal einen Mann in die Finger bekam, dann hockte er für den Rest seines Lebens in der Falle. Er mußte sich mit ihr und ihren beiden rotznäsigen Rangen abfinden.

Wer sorgte eigentlich jetzt für sie? Ted wußte es nicht; es war ihm auch gleichgültig. Die Rangen waren weinerlich und verzogen – wie Della selber, und allein schon der Gedanke an die drei machte ihn krank . . .

«Ted, warum hast du sie geheiratet?»

«Ich habe mir beinahe den Kopf zerbrochen, um darauf eine Antwort zu finden.»

Wie er ihr erzählt hatte, war Ted in einem Anwaltsbüro tätig gewesen, wo auch Gene beschäftigt gewesen war. Ted hatte Gene gern gemocht und ihn manchmal zum Essen eingeladen. In dieser Hinsicht konnte man sich auf Della verlassen: Falls ein hübscher junger Mann kam, der gutes Essen schätzte, stellte sie allemal etwas Leckeres auf den Tisch. Ganz anderes jedenfalls als die aufgewärmten Süppchen, die sie auftrug, wenn bloß ihr Mann da war.

Kein Wunder, daß Gene sich heute noch an diese Apfeltorte erinnerte.

Gene hatte dann eine andere Stellung in Brooklyn gefunden, und Ted war ihm seitdem nicht mehr begegnet. Ted wußte, daß Gene Mormone war, aber er hatte nicht gewußt, daß Gene mit dem Schiff der Mormonen nach Kalifornien gesegelt war. Er hatte an dergleichen nie gedacht.

Nein, Ted konnte nicht nach New York zurück. Nie wieder. Denn wenn er das täte, würde man ihn wegen Unterschlagung einsperren. Natürlich war es nicht seine Art, zu stehlen. Aber er hatte Della so satt gehabt. Seit Monaten war ihm nur ein einziger Gedanke durch den Kopf gegangen: Wie konnte er von ihr loskommen? Wenn er sie einfach sitzenließ, konnte sie ihn vors Gericht schleifen, und das würde sie ohne Zweifel auch tun. Es gab nur einen Ausweg: Er mußte so weit fortgehen, daß sie nicht mehr in der Lage war, ihn aufzugabeln. Das aber kostete Geld. Sehr viel Geld.

Dann, eines Abends, war er noch im Büro und beendete eine Arbeit. Er blieb dort häufig länger und aß in einem Restaurant, weil es kein Vergnügen war, nach Hause zu gehen. Auch ein Kollege machte Überstunden: der Kassierer. Und dieser Mann entfernte sich, um einige Briefe aufzugeben. Ted blieb allein zurück. Der Narr hatte den Safe offen gelassen! Ted sah einen Haufen Geld.

Und das war seine Chance. Nie wieder würde er eine derartige Chance haben. Dieser verdammte Idiot von einem Kassierer! Er hätte sich doch besser auskennen müssen! Die Versuchung war zu groß. Ted nahm das Geld und lief davon.

Er ließ alles hinter sich, ging sogleich zum Hafen und erkundigte sich, welche Schiffe heute abend in See stachen. Er nahm das nach Boston fahrende. Er hatte keine Ahnung, wohin er von dort aus reisen würde, aber es war auch gleichgültig, die Hauptsache hieß: möglichst weit weg. Im Hafen von Boston lag ein Schiff, das nach Honolulu segelte. Ted bezahlte seine Passage und ging an Bord.

Kendra entsann sich nicht mehr, wie lange er gebraucht hatte, um ihr das alles zu erzählen. Ebensowenig wußte sie, wie viele Fragen sie ihm gestellt hatte. Ted war hin- und hergegangen, manchmal hatte er eine Pause gemacht und sich vor sie gestellt, als wolle er eine Verteidigungsrede halten. Sie hatte die Sonne rot hinter den Bäumen sinken sehen. Sie erinnerte sich, gesagt zu haben:

«Und du heißt also gar nicht Ted Parks?»

«Ich heiße Timothy Parker Bradshaw. Ich dachte, wenn ich meinen Namen ändere, hat sie weniger Chancen, mich aufzustöbern.»

Dann entsann sich Kendra des Schocks, den sie empfunden hatte, als sie erfuhr, daß Marny den richtigen Namen Delberts nicht kannte. Wie dumm, wie jung war sie doch damals – vor wenigen Wochen – noch gewesen! Marny kannte Delberts Namen nicht, aber Marny wußte wenigstens, daß sie ihn nicht kannte. Sie war kein Kind, das von einem gutaussehenden Unbekannten geblendet wurde.

Wie dumm ich bin! dachte Kendra.

Dann fragte sie:

«Als du im Frühling zum Fort gezogen bist, als du weggelaufen bist und mich in San Francisco zurückgelassen hast – war Gene Spencer damals schon im Fort?»

«Das weiß ich nicht. Ich war nur einen Tag oder zwei Tage dort, bevor ich hier heraufging, um nach Gold zu schürfen. Ich wußte bis zum heutigen Tage nicht, daß Gene überhaupt in Kalifornien ist.»

«Du hast auch sonst niemanden getroffen, den du kanntest?»

«Nein. Und Gene würde mich auch nicht erkannt haben, wenn du mich nicht gepiesackt hättest, ich solle mir meinen Bart abnehmen lassen. Dann hätte nämlich ich ihn zuerst erkannt und wäre gegangen.»

«Und wolltest du dein ganzes Leben auf diese Weise hinbringen?»

Was für eine sinnlose Frage! Sie hatte kaum ausgesprochen, als sie auch schon wußte, daß er nichts geplant hatte. Erst jetzt begriff sie, daß Ted grundsätzlich niemals etwas plante. Er handelte und dachte erst hinterdrein über seine Handlungsweise nach.

Und nun mußte sie mit alldem fertig werden. Vor allem mußte sie der Tatsache ins Gesicht sehen, daß sie eine Närrin aus sich gemacht hatte. Verzweifelt fragte sie:

«Ted, warum hast du dich mit mir trauen lassen?»

«Großer Gott!» brach es aus ihm hervor. «Du wolltest doch partout mit mir ins Bett gehen! Ich bin auch nicht aus Stein.»

Das wußte sie sehr wohl. Er war nicht aus Stein, sie aber auch nicht. Die Wut brandete wie eine Welle in ihr auf. Und sie begriff noch etwas anderes: Er bemitleidete sich selbst – und das tat er zu ihrer Verwunderung ganz ungeniert. Alles war die Schuld anderer Leute. Er war nur ihr Opfer.

Della war eine dicke faule Langweilerin. Es war ihm nicht in den Sinn gekommen, daß er vielleicht auch kein vollkommener Ehemann sei. Der Kassierer war ein Idiot, weil er den Safe nicht verschlossen hatte. Ted hatte gesagt, dies sei die einzige Gelegenheit gewesen, um die Flucht möglich zu machen. Daß man seine Passage auch als Matrose durch Arbeit bezahlen konnte – wie es Hiram getan –, diese Idee war in seinem Kopf nicht aufgetaucht. Sie hatte ihn dazu bewogen, sich rasieren zu lassen, als Gene Spencer gerade im Lager eintraf. Sie war es, die ihn in die Falle dieser Heirat gelockt hatte, die gar keine war. Er selber war ganz unschuldig. Nicht ein einziges Mal hatte er sich selbst bezichtigt.

Er tat es auch jetzt noch nicht. Ihre Wut mußte wohl in ihrem Gesicht zu lesen sein, denn er fing wieder zu reden an – diesmal nicht, um sich zu verteidigen; diesmal flehte er:

«Kendra, ich habe versucht, dir Vernunft beizubringen. Ich habe dir gesagt, daß ich nichts tauge. Ich habe es wahrhaftig versucht, Kendra! Gott weiß, daß ich es versucht habe.»

Kendra zitierte langsam, was Ted ihr an einem glücklichen und strahlenden Tag gesagt hatte, der nun so lange schon vorbei zu sein schien:

«Das hat schon mit Eva angefangen . . .»

«Ach, hör doch auf!» rief er.

«Ich werde nicht aufhören», versetzte Kendra. Sie fühlte einen kalten Zorn in sich, wie sie ihn noch nie empfunden hatte.

«Ich habe dir erzählt, daß es der größte Irrtum deines Lebens sein würde», rief er. «Ich habe dir alle Einwände genannt . . .»

«Alle», unterbrach sie ihn, «nur den einen nicht, der gewirkt hätte. Nämlich die Wahrheit.»

«Ich habe dich geliebt, Kendra.»

«Nicht genug, um ehrlich zu mir zu sein. Nicht genug, um mir die Tatsachen mitzuteilen. Erst dann hättest du mich fragen dürfen: ‹Willst du mich auch jetzt noch haben?› Das hättest du tun können.»

Wieder hielt Ted in seinem Auf- und Abgehen inne und blieb vor ihr stehen. «Wenn ich das getan hätte, was hättest du dann geantwortet?»

«Eine Minute», entgegnete Kendra, «laß mich nachdenken.»

Es schien ihr, sie müsse sich eindringlicher befragen, als sie es bislang je getan hatte, sie müsse ehrlicher sein vor sich selbst, als sie es jemals gewesen war. Wenn Ted ihr die volle Wahrheit gebeichtet hätte, wäre sie dann mit ihm zur Trauung gegangen und mit ihm in die Goldberge geritten? Hätte sie dies getan – mit dem Wissen, daß er nicht nur eine Frau, sondern auch zwei Kinder hatte sitzenlassen; mit dem Wissen, daß ihre Heirat fast sicher ungesetzlich war, daß jeden Tag jemand aus New York kommen und ihn erkennen konnte . . . hätte sie es dennoch getan?

Nach einer langen Pause sagte sie langsam und deutlich:

«Ja, ich glaube, ich hätte es getan.»

Ted fuhr erstaunt auf. «Warum bist du dann jetzt so zornig auf mich?»

«Weil du mir nicht die Gelegenheit zur Wahl gegeben hast! Du hast mir nicht die Wahrheit gesagt. Du hast keinen . . .» Sie suchte nach dem Ausdruck, mit dem Marny sie aufgezogen hatte, weil sie ihn nicht verwendete. Endlich fand sie ihn: «Du hast keinen Mumm.»

Noch immer verwirrt, schüttelte Ted den Kopf. Kendra sprach weiter:

«Wenn du mir doch nur die Wahrheit gesagt hättest – ach, ich habe dich ja so geliebt, ich habe mich so nach dir gesehnt. Ich glaube, ich hätte dir gestanden: ‹Ja, ich mache es. Es geht keinen Menschen außer mir etwas an. Es ist falsch, und vielleicht runiniere ich mein Leben, aber ich will es nun einmal so.›»

Sie holte tief Atem.

«Aber du hast mir nicht die Wahrheit erzählt. Du hast dich ebenso nach mir gesehnt, wie ich mich nach dir gesehnt habe. Aber du hast mich nicht lieb genug gehabt, um mich freiwillig entscheiden zu lassen. Verstehst du denn nicht?»

Bis zum Ende ihres Lebens sollte Kendra nicht erfahren, ob Ted sie verstanden hatte. Er vermochte nicht zu antworten. Während sie sprach, war ihr Zorn noch gewachsen. Jetzt sprach sie scharf und verächtlich:

«Du bist ein Mensch, der alles nur halb macht. Und das kann ich nicht ausstehen. Eine Jacke mit einem Ärmel, ein Haus ohne Dach, eine Brücke, die mitten im Fluß endet – wer will mit solchen Dingen etwas zu tun haben? Die Dinge taugen nichts, wenn sie nicht ganz getan werden.»

«Was macht dich nur so unbarmherzig?» bat er. «Kendra, ich habe dich doch geliebt! Ich habe versucht, dir beizubringen, daß . . .»

«Du hast es nicht im Ernst versucht. Und was immer du versucht haben magst, jetzt kannst du damit aufhören. Ich bin nicht mit dir verheiratet, und ich bin fertig mit dir. Wenn du glaubst, ich schlafe heute nacht mit dir im Wagen oder sonstwo, dann irrst du dich. Ich brauche das nicht, und ich will es auch nicht.»

«Nein, das brauchst du nicht», entgegnete er mit einem müden Seufzer. «Was verlangst du also von mir?»

«Laß mich allein!» schrie sie. «Hör mit deinen Erklärungen auf! Laß mich doch bloß allein!»

Er drehte sich um und trat in den Schatten der Bäume.

Das war gestern abend geschehen.

Nun mußte sie mit dem heutigen Tag fertig werden. Nun saß sie unter einem Baum, hörte die Vögel und die Eichhörnchen, spürte die Hitze und fragte sich, was sie als nächstes zu tun hatte.

Es blieb ihr nur eines übrig: Sie mußte nach San Francisco zurückkehren und ihrer Mutter und ihrem Stiefvater berichten, was für einen fürchterlichen Bock sie geschossen hatte, und sie mußte darum bitten, daß die beiden sie wieder bei sich aufnahmen.

Mein Gott! dachte sie, wie schrecklich wird das sein! Aber wohin sonst kann ich gehen?

Sieh immer nur einem Problem ins Auge, sagte sie sich. Das erste Problem hieß: Wie kam sie wieder nach San Francisco? Sie mußte noch ein Gespräch mit Ted erdulden, um diese Frage zu klären. Noch ein Gespräch – und dann würden sie einander Lebewohl sagen.

«Ach, Ted», murmelte sie, und ihre Stimme brach in einem Schluchzen ab. Es war das erste Mal, daß sie heute laut sprach. Als sie ihre eigenen Worte vernahm, glaubte sie, es seien zwei Wunden, die sie schmerzten. Die eine war die Wahrheit über Ted, die andere ihre Erinnerung an das Glück, das sie gemeinsam erlebt hatten. Beide Gefühle waren gleich stark, sie wohnten dicht beieinander, sie fochten Kämpfe in ihrem Innern aus. Sie haßte Ted, weil er ihr das angetan hatte – aber sie hatte ihn doch geliebt, und jetzt fand sie heraus, daß die Liebe nicht verging, wenn sie vergehen sollte.

Plötzlich nahm sie wahr, daß die Luft nach Kaffee, Schinken und Roastbeef roch. Es war bereits Mittag, und die Männer kochten ihr Essen. Ihr fiel ein, daß sie ja seit jenem Sonntagsmittagessen nichts mehr zu sich genommen hatte. War das denn wirklich erst gestern gewesen? Am Abend hatte sie nicht essen wollen, aber jetzt war sie hungrig. Sie stand auf und verließ das Gehölz. In der Schlucht arbeiteten noch ein paar Männer, die meisten saßen jedoch an ihren Feuern. Als sie näher kam, hoben einige grüßend die Hand. Kendra winkte zurück. Es tat wohl, zu wissen, daß man Freunde hatte, mochten es auch nur Zufallsfreunde sein.

An ihrer Kochstelle machte sich Hiram zu schaffen. Er hatte Rindfleischstücke auf einen Spieß gesteckt und ihn über das Feuer gelegt. Ab und zu drehte er den Spieß, damit das Fleisch auf allen Seiten schmoren konnte. Daneben dampfte der Kaffeekessel. Als er sie sah, lief Hiram ihr entgegen.

«Wie geht's?» erkundigte er sich herzlich. «Haben Sie etwas gegessen?»

Gott sei Dank, dachte sie, er fängt nicht gleich über Ted zu reden an.

«Nein, ich bin am Verhungern.»

«Das Fleisch ist noch nicht gar, aber der Kaffee ist schon soweit. Kommen Sie, und trinken Sie eine Tasse.»

Kendra setzte sich auf die Erde, und er goß ihr ein. Langsam regten sich ihre Lebensgeister, als sie den Kaffee schlürfte. Nachdem er das Fleisch wieder einmal gewendet hatte, kauerte sich Hiram neben sie. Er strotzte vor Lebenskraft mit seinen Muskeln, seinem dichten Haar und seinem rostfarbenen Bart. Kendra hatte ihn noch nie in einer Wohnung gesehen. Er paßte anscheinend gar nicht in Häuser. Mit seiner Größe und Energie würde er vermutlich jeden Raum geradezu schrumpfen lassen, sobald er ihn betrat.

Am Rand der Schlucht sah sie Ning am Schwingtrog. Pocket schüttete Wasser hinein. Es war schwer für sie, nur zu zweit am Schüttler zu arbeiten. Hiram drehte sich um und schrie ihnen zu, sie sollten nach diesem Ausspülen kommen, denn das Fleisch sei gleich gar. Kendra fragte sich, wo Ted sein mochte. Sie mußte das erfahren. Am besten sofort.

Sie stellte ihre leere Tasse ab, sog die Luft tief ein und begann:

«Hiram, ich muß das irgendwie hinter mich bringen. Wo ist denn Ted?»

Hiram blickte sie scharf an. In seinem Gesicht malte sich Erstaunen, als er antwortete:

«Aber Kendra, Ted ist doch fort.»

«Fort?» wiederholte sie tonlos. Sie hatte nicht geglaubt, daß er sich heimlich in die Büsche schlagen und sie allein in diesem Lager voll fremder Männer ohne jede Vorkehrung für ihre Sicherheit zurücklassen würde. Sie starrte Hiram an. Er hatte seine dichten Brauen verblüfft zusammengezogen. Nach einer Weile fragte er fassungslos:

«Kendra, wollen Sie damit sagen, daß Sie das nicht gewußt haben?»

«Ich habe es nicht gewußt.»

«Wir waren erstaunt, Ning, Pocket und ich», erklärte Hiram. «Wir haben uns gefragt, welche Pläne ihr beiden wohl habt, aber er wollte nicht darüber sprechen, deshalb sind wir nicht weiter in ihn gedrungen.»

«Wann ist er gegangen?»

«Heute früh. Er will sich ein anderes Lager suchen, hat aber nicht gesagt, welches. Er hat sein Reitpferd und zwei Packpferde samt Vorräten mitgenommen. Ein Glück, daß wir genug von allem aus dem Fort haben. Er hat einen Beutel Gold für Sie dagelassen. Ning soll ihn für Sie aufbewahren.» Hiram schien entsetzt zu sein. «Kendra, wie konnten wir ahnen, daß Sie das nicht wußten!»

Kendra sagte nochmals:

«Ich habe es nicht gewußt.»

Ihre Stimme klang hart und spröde. Sie spürte, daß ihre Lippen sich zu einem dünnen Lächeln verzogen. Sicher war es kein schönes Lächeln.

«Sie haben keine Pläne gemacht?» fragte Hiram noch immer ungläubig.

Kendra verneinte. Als müsse er jetzt unbedingt etwas tun, stand Hiram auf und drehte am Fleischspieß.

Weshalb, um alles in der Welt, war sie auch nur eine Minute lang überrascht gewesen? Sie hatten in der Tat keinen Plan gemacht. Aber nun wurde sie wiederum daran gemahnt, daß Ted niemals etwas plante. Er hatte nicht überlegt, was aus Della wurde, wenn er sie verließ. Ebensowenig hatte er überlegt, was aus ihr selber wurde. Wie sie in einem Goldgräberlager ohne Beschützer leben, wie sie zurück nach Sutters Fort und von dort nach San Francisco kommen sollte – er hatte an gar nichts gedacht.

Ted hatte sich nicht im geringsten geändert. Er war wieder einmal davongelaufen.

23

Am Nachmittag mußte Kendra die Erfahrung machen, daß ihr Privatleben nicht ihr allein gehörte. Nachdem sie mit den Männern gegessen hatte, war ihr ein wenig heiterer zumute geworden, und sie hatte gesagt, nun werde sie das Geschirr spülen. Als sie damit fertig war und sich im Schatten ein wenig ausruhte, sah sie Lolo, die ihr schwarzes Haar mit einer Schleife zusammengebunden hatte und deren Kleid trotz der Hitze und des ständigen Tragens noch immer schön bunt war.

Lolo trat auf sie zu. «Bitte, Mrs. Parks, Marny fragt, ob Sie wohl auf ein paar Minuten zu ihr kommen und mit ihr sprechen wollten?»

Kendra dachte: Ich wünschte, sie würde mich nicht Mrs. Parks nennen. Ich bin nicht Mrs. Parks. Ich werde ihr das sagen. Aber warum? Sie tut ja keinem weh damit. Laut antwortete sie:

«Aber gewiß, Lolo. Wo ist Marny?»

«Unten in der Nähe des Zeltes», erwiderte Lolo, «bei dem Baum, wo sie ihren ersten Spieltisch aufgeschlagen hat.»

Marny stand vor einer umgekippten Kiste. Sie übte sich in einem Spiel, das Monte genannt wurde und zu dem man besondere mexikanische Karten verwendete. Mrs. Posey hatte sich zu einem kleinen Schwatz eingefunden.

Kendra blieb stehen. Die beiden hatten sie noch nicht gesehen. Mrs. Posey betrachtete Marny. Marny betrachtete ihre Karten. Die Sonne, die durchs Laub der Bäume fiel, ließ ihr Haar kupferfarben aufleuchten. Kendra hörte, wie Mrs. Posey fragte:

«. . . und wie heißt er nun wirklich? Ich habe den Namen nicht richtig mitbekommen – Bradford, Bradley, Brandon?»

«Er hat mir gesagt, sein Name sei Ted Parks», versetzte Marny ohne aufzuschauen.

Mrs. Posey kicherte. «O nein, Sie wissen Bescheid. Sie waren ja dabei. Sie haben gehört, wie dieser Gene Spencer ihn angesprochen hat.»

«Ich habe nicht gelauscht.»

«Sie haben ihn gehört! Das weiß ich genau. Und dieses Mädel, Kendra ...» Mrs. Posey beugte sich mit vertraulichem Lächeln zu ihr. «Ist sie denn wirklich mit ihm verheiratet?»

Marny nahm eine Karte auf und hielt sie über die andern, als wisse sie noch nicht, wohin sie zu legen sei. «Ich war nicht Trauzeugin», gab sie zurück. «Ich war auch bei Ihnen nicht Trauzeugin. Sind Sie denn eigentlich verheiratet?»

«Aber meine Liebe, was für eine Frage!» gackerte Mrs. Posey. «Jedermann weiß doch, daß ich eine verheiratete Frau bin. Aber kommen Sie jetzt – erzählen Sie's mir. Sind die beiden verheiratet?»

Marny legte die Karte behutsam auf die Kiste. «Wenn Sie daran so interessiert sind, warum fragen Sie dann nicht Kendra?»

Bei jedem Wort war Kendras Zorn gestiegen. Jetzt kam sie heran und trat absichtlich auf einen Zweig, so daß die beiden aufmerksam werden mußten. Jetzt erst hob Marny ihren Blick. Mrs. Posey fuhr schnell herum. Zum erstenmal in ihrem Leben wußte sie nicht, was sie sagen sollte.

Doch das besorgte nun Kendra. Sie war so zornig, daß ihre Worte förmlich heraussprudelten:

«Wenn Sie sich nicht endlich um ihren eigenen Kram kümmern können, Mrs. Posey, dann gehen Sie mir wenigstens aus dem Weg!»

«Das ist eine gute Idee», meinte Marny. «Gehen Sie auch mir aus dem Weg.» Sie mischte die Karten in ihren sommersprossigen Händen und legte sie von neuem auf. «Ich habe zu tun.»

Mrs. Posey reckte sich zu ihrer ganzen Größe empor, die allerdings nicht sehr beeindruckend war. Mit aller ihr zu Gebote stehenden Würde entgegnete sie: «Ich auch. Und zwar ehrliche Arbeit. Anständige Arbeit. Ich betrüge keinen Mann um sein Geld.»

«Ich betrüge nicht», versetzte Marny knapp.

«Ich ziehe keinen in die Gosse», schäumte Mrs. Posey. «Und was Sie angeht –» dies galt Kendra – «ich habe schon immer gewußt, daß Sie eine Schwindlerin sind. Ich habe gewußt, daß Ihre feinen Manieren Talmi sind. Sie haben so getan, als wären Sie etwas Besseres als andere Leute. Ich habe es Ihnen schon einmal gesagt, und ich sage es Ihnen wieder: Es würde mich gar nicht überraschen, wenn ich herausfinden würde, daß Sie auch nicht besser sind als die da! Aber gut», verkündete sie alsdann und sprach in die Luft, «ich bin keine feine Dame, aber ich kenne wenigstens den Namen meines Mannes!»

Ohne ein weiteres Wort drehte sich Kendra um und rannte zum Zelt, stieß die Tür auf und ging hinein. Das Zelt war leer und halb dunkel. Sie stützte ihre Ellbogen auf die Bar, legte ihr Gesicht in die Hände und brach in Tränen aus.

Sie fühlte sich zerrisen und hilflos und krank. Ted hatte sie so glücklich gemacht, aber jetzt hatte er alles zerstört und war verschwunden. Und schon fragte sie sich, wo er sein mochte und ob er auch genug zum Essen mitgenommen hatte und wer für ihn kochte. Sie versuchte, nicht daran zu denken. Aber sie mußte doch daran denken.

Es wäre ja soviel leichter gewesen, wenn ihr nur ein bißchen Stolz geblieben wäre. Sie hätte dann irgendeine Geschichte erfinden können, die Teds Fortgang erklärte: Er wollte Wildbret schießen, er wollte einen Bericht über große Goldfunde am Weber Creek prüfen, er wollte einen neuen Schwingtrog untersuchen, der bei Horseshoe Flat verwendet wurde. Kein Mensch hätte an ihren Worten gezweifelt. Kein Mensch hätte sich Gedanken gemacht.

Aber jetzt ... Kendra schluchzte verzweifelt. Irgendwie hatte diese Mrs. Posey eine oberflächliche Kenntnis der Dinge erhalten, und jetzt würde sie auf jeden, der Ohren hatte, einreden, und was sie bislang noch nicht wußte, konnte sie sich gewiß bald zusammenreimen. Ach, wenn sie doch schon fort wäre! Wieder rund ums Kap Hoorn und Kalifornien für immer hinter sich lassen! Kendra suchte nach ihrem Taschentuch.

«Kendra», sagte Marny.

Sie zuckte zusammen. Marny war hinter die Bar getreten. «Hier», fuhr sie fort und schob Kendra einen Zinnbecher zu. «Das ist ein guter Weißwein, leicht und trocken. Der beruhigt die Nerven.»

Kendra nahm ein Schlückchen. Der Wein war wirklich köstlich. Sie murmelte:

«Vielen Dank. Es tut mir leid ... aber diese Frau ...»

Im Dämmerlicht des Zeltes hörte sie das sanfte Lachen Marnys. «Aber Liebling, wenn Mrs. Posey Ihre Figur hätte, würden Sie ihr viel besser gefallen. Wollen Sie eigentlich gar nicht wissen, weshalb ich Sie gebeten habe, zu mir zu kommen?»

«Ach ja. Das hatte ich ganz vergessen.»

Marny sprach in sachlichem Ton. «Kendra, ich weiß, daß Sie wieder heim zu Ihrer Mutter gehen wollen ...»

«Nein! Das will ich nicht!» brach es aus Kendra. «Ich muß wieder zu ihr, aber ich will es doch nicht!» Und dann platzte sie mit einigen Tatsachen über ihre liebeleere Kindheit und ihre Furcht vor der Rückkehr zu ihrer Mutter heraus, die sie niemals gern bei sich gesehen hatte. Marny erwiderte mit kameradschaftlichem Verständnis:

«Ich habe das bisher nicht gewußt, aber ich weiß, was Sie sagen wollen. Ich würde ganz gewiß auch nicht meine Familie wiedersehen wollen, es sei denn, ich könnte in Glanz und Gloria ankommen.» Sie verstummte kurz. «Schön. Sie haben ja Zeit, sich an den Vorschlag zu gewöhnen, den ich Ihnen machen will. Sie können nicht allein nach San Francisco reisen. Sie können mit uns zusammen reisen, aber wir brechen vorläufig noch nicht auf. Das Geschäft geht zu gut. In der Zwischenzeit können Sie nicht allein in dem Gehölz schlafen. Das ist nicht sicher. Die Schönheit fordert Diebe heraus, wie Shakespeare schon geschrieben hat, und wie immer hatte er recht. Die Schwarzbärte werden Ihren Wagen herunterschaffen, damit Sie ganz in meiner Nähe sind.»

«Wie rücksichtsvoll Sie sind», erwiderte Kendra. «Ich bezahle Sie für ihre Arbeit», fügte sie hastig hinzu. «Ich will nicht, daß jemand etwas umsonst für mich tut.»

Marny lachte. «Seien Sie doch nicht so schnell mit dem Revolver bei der Hand, Kendra! Ich biete Ihnen nichts umsonst. Ich wollte Sie vielmehr um einen Gefallen bitten.»

Kendra suchte sich Halt zu geben. «Ja, was möchten Sie gerne?»

«Also, meine Liebe, ich habe gewisse Probleme. Lolo ist schwanger. Das arme Kind. Ich habe ihr alles mögliche gesagt, was ich wußte, aber vielleicht hat sie mir nicht richtig zugehört; jedenfalls ist die Sache schiefgegangen. Ihr Schwarzbart – es ist der Troy – hat sie sehr gern und will sie heiraten. Bei dieser Hitze ist das Kochen jedoch eine harte Arbeit, und ich möchte sie ihr erleichtern. Ich habe mich gefragt, ob Sie mich nicht an Ihren Mahlzeiten teilnehmen lassen wollen.»

«Natürlich», rief Kendra froh. «Ich habe noch gar keine Zeit gefunden, über das Essen nachzudenken.»

«Ich hab's getan», erklärte Marny. «Heute morgen habe ich mit Ning darüber gesprochen. Wir haben einen Plan ausgeheckt und hoffen, Sie werden zustimmen. Sie kochen wie bisher für Ning, Pocket und Hiram und von nun an auch für mich. Das sind vier Personen. Wir zahlen Ihnen einen Lohn.»

«Einen Lohn? Von meinen besten Freunden?»

«Sie schulden uns nichts. Wir machen ein sauberes Geschäft miteinander. Sie bekommen von jedem von uns pro Woche sechzig Gramm Gold, zusammen also zweihundertvierzieg Gramm. Einverstanden?»

Wieder spürte Kendra, wie ihr Tränen in die Augen kamen. Zweihundertvierzig Gramm Gold in der Woche waren ein besserer Lohn, als die meisten Leute in New York oder Baltimore erhielten, aber nicht deshalb mußte sie weinen. Mit leiser Stimme sagte sie:

«Das wird wunderbar. Ich werde unabhängig sein – und niemandem zur Last fallen.»

«Sie sind keinem eine Last, Kendra», entgegnete Marny ruhig. «Gut, das wäre also geregelt. Lulu und Lolo brauchen demnach nur noch für die Schwarzbärte zu kochen.»

Plötzlich fiel Kendra etwas ein. «Aber was ist denn mit Delbert?»

Marny verließ die Bar und setzte sich auf einen der ehemaligen Schweinefleischbottiche. «Kendra, Sie sind nicht die einzige, die vom Glück an der Nase herumgeführt wurde.»

«Was meinen Sie damit?»

«Mich hat man gleichfalls sitzenlassen, meine Liebe. Wie Strandgut liege ich da. Weggeworfen wie ein alter Schuh.»

Kendra schnappte nach Luft, als sie begriff:

Jener Abend, da sie mit Pocket ins Zelt gekommen war, da sie das Gerede dieses Ellet an der Bar gehört hatte. Die Miene Delberts, der lauschte. Dieser häßliche, gierige Zug im Gesicht, der jenen glich, die sie an ihrem ersten Tag von den Strolchen beim Anlandgehen in San Francisco hatte ertragen müssen. Sie fragte:

«Der große Klumpen?»

«Richtig», antwortete Marny.

«Wann hat er es Ihnen gesagt?»

«Gestern abend.»

Marnys Haltung verblüffte Kendra. Sie schien dies hinzunehmen, wie sie einen Wetterwechsel hingenommen hätte. «Geht er allein fort?» fragte Kendra.

«Nein. Anscheinend hat er von diesem großen Klumpen geträumt, seit er zum erstenmal von ihm hörte, aber er war noch nicht überzeugt, daß es ihn tatsächlich geben werde. Dann hat er in Sutters Fort drei Männer getroffen, die sich für eine Erkundungsreise ausrüsteten. Gewiefte Burschen, meinte er. Sie sind sicher, daß es den großen Klumpen gibt und daß irgend jemand ihn finden wird. Warum sollten nicht sie die Glücklichen sein? Delbert hatte eine Menge Goldstaub bei sich, so daß er seinen Anteil kaufen konnte. Sie waren froh, daß er mit von der Partie ist.»

«Waren diese Männer bei denen, die gestern hier eingetroffen sind?»

«Ja. Und jetzt sind sie dabei, abzuhauen.»

«Aber was werden Sie denn mit alldem da machen?» Kendra hob einen Arm und schwenkte ihn herum.

«Wir werden teilen, und ich mache hier weiter.»

«Wollen die Schwarzbärte mit ihm gehen?»

«Nein, Gott sei Dank nicht. Das sind vorsichtige Yankees. Die glauben an keinen großen Klumpen.»

Kendra schlug ärgerlich mit der Faust auf die Bar. «Wie können Sie bloß so ruhig bleiben! Nach all der Zeit, die Sie und Delbert zusammen waren – machen Sie sich denn gar keine Gedanken?»

«Natürlich mache ich mir Gedanken, Kendra. Wir haben in Honolulu zusammen gearbeitet, wir sind zusammen nach Kalifornien gekommen. Wir waren Partner. Ich habe ihn nie auch nur um einen Penny betrogen. Und jetzt läßt er mich in dieser Wildnis mit dem Betrieb allein – und das, ohne mir vorher Bescheid zu geben. Ich halte ihn für einen vollkommenen Schweinehund.»

«Würden Sie ihm nicht gern das Genick brechen?»

«Aber ja, doch was soll ich mich weiter ärgern?» Marny saß noch immer auf einem Schweinefleischbottich. Jetzt stützte sie ihre Ellbogen auf die Knie und nahm ihr Kinn in ihre schmalen kräftigen Hände. «Ich vermute, er kann eben nicht aus seiner Haut heraus.»

In verwundertem Ton fragte Kendra:

«Marny, waren Sie eigentlich jemals verliebt?»

«O ja, oft», antwortete Marny. «Aber nie wirklich.»

Kendra schwieg. Dazu hatte sie nichts zu sagen.

Delbert und seine neuen Partner ritten also los, um den großen Klumpen zu suchen. Kendra kochte wie bisher, und Marny nahm an ihren Mahlzeiten teil. Mrs. Posey klatschte.

Ted war seit einer Woche fort, als Hester Larch und Sue Gibson zu Kendra kamen, die gerade in Streifen geschnittenes Rindfleisch in Wasser einweichte, ehe sie sich ans Kochen machte. Hester und Sue trugen Körbe mit nassen Kleidern, die sie zum Trocknen aufhängen wollten. Als Kendra aufschaute, sprach Hester sie an:

«Wir wollten Sie nur wissen lassen, wie leid uns das tut.»

«Edith Posey hat es uns erzählt», fügte Sue an. «Schätzchen, wenn wir Ihnen irgendwie behilflich sein können, sagen Sie's uns nur.»

Kendra bemühte sich, gelassen zu sprechen. «Ich danke Ihnen. Aber ich möchte lieber nicht darüber reden.»

«Natürlich nicht», warf Hester ein. Sie lächelte und steckte ein paar Lokken unter ihren Sonnenhut. «Und schenken Sie dem Geschwätz irgendwelcher Leute bloß keine Aufmerksamkeit», fuhr sie freundlich fort. «Wir wissen, daß Sie nichts Falsches gemacht haben.»

Sie meinten es gut. Als Kendra ihnen jedoch beim Aufhängen ihrer Wäsche zusah, zitterte sie vor Wut auf Mrs. Posey.

Am nächsten Sonntag, als Hiram und Pocket ihre Kleidung im Teich säuberten und Kendra im Schatten saß und das Lagertreiben verfolgte, blieb ein junger Mann vor ihr stehen, verbeugte sich schüchtern und sagte dann:

«Guten Morgen, Ma'am.»

Er hatte sich soeben rasieren und die Haare schneiden lassen; in seinem roten Nacken zeigte ein weißer Streifen die Stelle an, die bislang vom Haar verdeckt gewesen war. Sein Hemd war sauber, und seine vom Wasser aufgesprungenen Schuhe waren gebürstet. Seinen Hut hielt er mit beiden Händen fest. Kendra entsann sich dunkel, ihn einmal gesehen zu haben, und da er einen harmlosen Eindruck machte, dankte sie für seinen Gruß. Nachdem er seinen Hut in den Fingern gedreht hatte, setzte der Fremde zu seiner Rede an:

«Ma'am, ich habe von Ihrem – von Ihrem Mann gehört. Nur scheint er ja nicht wirklich Ihr Mann zu sein, und ich habe mir gedacht... Mein Name ist Frank Turner ... und ich habe mir gedacht ...»

«Sie haben *was* gedacht?» fragte Kendra beinahe atemlos.

«Ich habe gedacht, vielleicht könnten Sie und ich ... verstehen Sie mich nicht falsch, Ma'am ... ich will alles ehrlich und gesetzlich haben ... In Sutters Fort gibt es einen Alcalde ... er könnte uns aushängen ...»

Kendras Mund öffnete sich, und er blieb auch eine Weile offen. Einen Heiratsantrag von einem Mann zu bekommen, mit dem sie nie auch nur ein Wort gewechselt hatte – das war derart erstaunlich, daß sie einen Moment glaubte, dieser Frank Turner müsse geradewegs aus Marnys Bar kommen. Als sie jedoch zu ihm aufstarrte, nahm er ihr Schweigen als

Erlaubnis, in seiner Rede fortzufahren, und er war mitnichten betrunken. Er war bloß einsam, und sie wurde fortan als ein rarer Schatz in Kalifornien angesehen: als eine amerikanische Frau, die an keinen Mann gebunden war. Wieder beteuerte er, daß er sie heiraten wolle, gesetzlich und mit allen Rechten. Kendra schüttelte den Kopf.

«Bitte, Ma'am», bat Turner. «Ich bin kein Strolch, kein Vorbestrafter oder sonstwie ein Gauner. Ich bin vor zwei Jahren nach Kalifornien gekommen, und zwar auf der Brigg *Rainbow* aus Salem. Ich habe gearbeitet, um mitgenommen zu werden. Ich habe dann in Monterey gelebt und immer eine ehrliche Arbeit gehabt – Sie können fragen, wen Sie wollen...»

Endlich gelang es Kendra, sich zu äußern. «Nein, nein, ich will nicht verheiratet sein!»

«Und ich hatte auch beim Goldschürfen ziemlich viel Glück, Ma'am. Ich habe schon fast zwölf Kilogramm...»

Kendra stand jetzt auf ihren Füßen. Das alles war ein Schock, und dennoch fühlte sie den beinahe überwältigenden Impuls, in ein Gelächter auszubrechen. Wenn dieser Hut in seinen Händen ein Blumenstrauß gewesen wäre, hätte Frank Turner wie ein Tölpel auf der Bühne ausgesehen, der vor seiner Herzdame schmachtet. Sie gab sich Mühe, vernünftig zu sein. «Sie sind sehr liebenswürdig, Sir. Es ist mir eine Ehre. Ich bin sicher, daß... aber ich kenne Sie ja gar nicht.»

«Wir könnten leicht miteinander bekannt werden, Ma'am.»

«Vielen Dank, nein», entgegnete Kendra.

Sie mußte es mehrere Male sagen, ehe er begriff. Endlich wurde sie ihn los, doch als er enttäuscht davonzockelte, schaute sie ihm mit Besorgnis nach. Es bedurfte keiner großen Prophetie, um sich vorzustellen, daß dies nur der erste von vielen Anträgen gewesen war, die ihrer harrten, wenn ihre Geschichte allgemein bekannt wurde. Diese verdammte Mrs. Posey!

24

Auch Marny blieb nicht von Anträgen verschont. Die Männer waren nur allzu begierig, Delberts Platz im Planwagen einzunehmen, wenn sie es nicht auf den am Faro-Tisch abgesehen hatten. Doch lehnte auch sie ab. Die Geschäfte im Calico-Palast gingen gut, und vorerst schlief Marny ganz gern allein.

Allmählich stellte Kendra fest, daß sie nicht der einzige Mensch in Shiny Gulch war, der Anlaß hatte, diese Mrs. Posey zu verabscheuen. Ihretwegen hatte auch Gene Spencer viel Ärger zu erdulden. Obgleich er ganz unschuldig war, plagten ihn doch Gewissensbisse wegen des Kummers, den er verursacht hatte. Und Mrs. Posey machte die Dinge immer schlimmer. Da Marny sich geweigert hatte, mit ihr über Kendras Verhältnis zu tratschen, quälte sie nun Gene. Er wischte sich den Nacken ab und erwiderte:

«Ich habe schon viel zuviel geredet.»

Und mehr wollte er nicht sagen. Dies enttäuschte Mrs. Posey natürlich sehr, doch war es nicht dazu angetan, ihr den Mund zu verschließen. Im ganzen Lager erzählte sie den Leuten, was sie wußte, und noch weit mehr, was sie nicht wußte. Jetzt wandten sich die Männer an Gene, um Einzelheiten zu erfahren. Einige von ihnen machten Kendra ihre Aufwartung und zugleich einen Heiratsantrag. Andere hingegen dachten mitnichten an eine Heirat. Sie wollten von Gene hören, ob man sie auch ohne Trauung kriegen könne. Was sei denn nun in Wirklichkeit zwischen ihr und ihrem sogenannten Ehemann passiert?

Es dauerte nicht lange, und Gene packte seine Siebensachen zusammen und verließ Shiny Gulch. Er hatte nicht die Absicht, woanders nach Gold zu schürfen; Gene hatte herausgefunden, daß dieses Geschäft nicht nach seinem Geschmack war. Er ritt zurück nach Sutters Fort, um wieder seinen alten Posten bei Smith und Brannan zu übernehmen. Laut und feierlich verkündete er, daß er wünschte, diesen Laden nie verlassen zu haben.

Kendra sah ihn nicht ungern scheiden. Sie mochte ihn zwar, doch wirkte seine Anwesenheit immer noch ein wenig peinlich auf sie.

Während diese heißen trockenen Wochen vergingen, fühlte sich Kendra keineswegs glücklich. Immerhin wurde sie entschädigt. Ihre Freunde schätzten sie, und sie achtete auf sich selbst. Sie bekam einen neuen Wildlederbeutel, den Hiram in der Handelsniederlassung für sie gekauft hatte, und da er von Woche zu Woche schwerer wurde, empfand sie Freude, weil sie niemandem verpflichtet war. Freilich war es gewissermaßen eine freudlose Freude, aber Kendra war gleichzeitig ein wenig stolz.

Tag um Tag dachte sie darüber nach, warum die Erinnerung an Ted ein solches Verlangen nach ihm in ihr wachrief. Sie hatte gesagt, sie sei fertig mit ihm, und das hatte sie auch so gemeint; aber sie konnte nicht vergessen, wie schön es bei ihm gewesen war. Sie verachtete ihn wegen seiner Feigheit, aber immerzu mußte sie denken: Um Himmels willen, wie fehlt er mir doch! Sie nahm ihm übel, daß er sie in einer Traumwelt hatte leben lassen, aber sie konnte nicht vergessen, wie glücklich sie gewesen war, solange dieser Traum gedauert hatte.

Sie erinnerte sich ihrer ersten Begegnung. Wie unverschämt hatte er sie damals angesehen. Sie kannten sich erst zehn Minuten, und schon fühlten sie einander so nahe. War das Liebe auf den ersten Blick gewesen? Ja, bestimmt.

Sie redete sich ein: Liebe auf den ersten Blick muß so schnell vergehen, wie sie gekommen ist. Aber warum tut sie das nicht? Warum schmerzt Liebe so?

Tag um Tag wiederholte sie sich die Worte: Schon der Gedanke an ihn ist mir verhaßt. Aber sogleich meldete sich eine andere Stimme in ihr zu Wort, die sprach: Ich würde alles Gold Kaliforniens hingeben, wenn ich ihn nur wieder bei mir hätte. Nein, ich will ihn nicht wiederhaben. Doch, ich will ihn wiederhaben.

Marny vermochte diesen Konflikt nicht zu verstehen. Sie strahlte die Wärme ihres großmütigen Herzens aus, doch wie so viele Menschen, die niemals wirklich geliebt haben, wußte Marny nichts von diesen ekstatischen und unbegreiflichen Qualen. Sie konnte nicht einsehen, warum Kendra das Gefühl haben sollte, sie sei in zwei Stücke gerissen. Als sie an einem sengend heißen Nachmittag beisammensaßen, versuchte Marny, Kendra zur Vernunft zu bringen.

«Sie sind doch nicht etwa schwanger?»

«Nein, gewiß nicht.»

«Dann brauchen Sie sich doch auch keine Sorgen zu machen», meinte Marny.

«Ich mache mir keine Sorgen. Das ist wie ein – wie ein Kampf in mir.»

«Kendra», sagte Marny geduldig und mit herzlicher Zuneigung, «die Welt ist noch genauso, wie sie gewesen ist, bevor Sie Ted kennengelernt haben. Nichts hat sich geändert. Sie sind nur klüger geworden.»

Kendra blickte über die Schlucht. Es war nun August und sehr heiß. Die Arbeit wurde härter, weil das Gewässer im regenlosen Sommer zu einem Rinnsal geworden war. Ning hatte jeden Nachmittag eine Ruhepause angeordnet. Ning und Hiram lagen schlafend unter einem Baum, und an einer anderen schattigen Stelle schlief auch Pocket. Kendra schaute wieder Marny an, und Marny fuhr fort:

«Wenn Sie Shiny Gulch verlassen, werden Sie sofort zu dem Alcalden gehen, der Ihre Eheschließung für ungültig erklären muß. Sobald Ihr Stiefvater in die Vereinigten Staaten zurückversetzt wird, begleiten Sie ihn. Dort wird kein Mensch etwas von dieser Affäre wissen. Alex und Eva werden – so wie Sie mir die beiden geschildert haben – kein Wörtchen darüber verlauten lassen. Sie werden andere Männer kennenlernen und einen von ihnen heiraten.»

Kendra schüttelte den Kopf. «Ich werde nie wieder den Mut aufbringen, es noch einmal zu probieren.»

Marny lächelte. «Kendra, wissen Sie eigentlich, warum das Spielen ein solch faszinierendes Vergnügen bereitet? Weil man zuweilen verliert. Wenn man immer gewinnen würde, hätte es sehr bald seine Spannung verloren. Es wäre dann nicht aufregender als das Händewaschen. Liebling, riskieren Sie ein neues Spiel. Vielleicht gewinnen Sie diesmal.»

Kendra fuhr sich mit einer Hand durchs Haar. Was Marny sagte, hörte sich vernünftig an. Aber gerade jetzt, dachte Kendra, ist mir nicht nach Vernunft zumute.

Marny ging in das Zelt, um die Tische für den Abend herzurichten. Kendra blieb zurück.

Das einst so grüne Land war nun braun geworden. Das Gras war dürr, die Blumen waren vertrocknet, die Wildpflanzen, mit denen sie ihre Gerichte gewürzt hatte, fast alle verschwunden, und die wenigen, die sie noch finden konnte, schmeckten so bitter, daß sie kaum genießbar waren.

Pocket erwachte. Er gähnte, streckte sich, stand auf und fing an, hin und her zu gehen, als müsse er seine Muskeln lockern. Pocket blieb neben dem Wassereimer am Schwingtrog stehen und trank einen Schluck. Dabei sah er Kendra. Er ging auf sie zu und fragte:

«Haben Sie etwas dagegen, wenn ich mich einen Augenblick zu Ihnen setze, Ma'am?»

Kendra lächelte ihn an. «Ich freue mich, daß Sie kommen.» Pocket ließ sich an ihrer Seite nieder. Er kramte in seinen Taschen, brachte ein Messer zum Vorschein, schnappte sich einen Zweig und begann zu schnitzeln. Rings um sie waren die vertrauten Geräusche. Aus der Schlucht drang ein Schrei herauf: Anscheinend hatte ein Mann einen besonders guten Fund gemacht. Ning und Hiram schliefen immer noch. Nach einer Weile fing Pocket zu reden an:

«Miss Kendra, wenn Sie nicht über Ihren Kummer sprechen wollen, dann achte ich das. Aber wenn Sie das Bedürfnis haben, sich einmal auszusprechen, dann wäre das gut.»

Sie wandte sich halb um. Es war nun fast vier Wochen her, seit Ted sie verlassen hatte, und in diesen vier Wochen hatten weder Pocket noch Hiram oder Ning ein Wort über ihn verloren. Ihr war diese Zurückhaltung lieb gewesen. Aber jetzt mußte Pocket irgendwie geahnt haben, daß sie jemanden brauchte, dem sie sich anvertrauen konnte. Pocket hatte ein so freundliches und schlichtes Gemüt. Mitunter verstanden Menschen wie er das Leben besser als raffinierte Leute wie Marny. Unvermittelt fragte Kendra:

«Pocket, ist es möglich, daß man einen Menschen liebt und ihn gleichzeitig doch nicht liebt?»

«Natürlich ist das möglich, Miss Kendra.»

Er sprach so einfach, als habe ihn ein Kind gefragt, ob es möglich sei, daß an einem Ort Regen falle, während zur nämlichen Stunde an einem andern die Sonne scheine. Kendra fühlte sich erleichtert. Er hatte sogleich bemerkt, was Marny entgangen war, trotz ihrer Versuche, die Dinge zu klären. Kendra griff nach Pockets Handgelenk. Der Ärmel seines Hemdes war zerrissen und schmutzig, das Gelenk war behaart und kräftig. «Woher wissen Sie das, Pocket?»

«Weil ich das selber einmal mitgemacht habe.»

Pocket legte sein Messer weg, schob die Hände zwischen seine Knie und blickte zu den Bergen auf der andern Seite der Schlucht hinüber. Als er wieder sprach, klang seine Stimme wie die eines Vaters, der leise an der Wiege seines schlummernden Kindes redet.

«Ich habe angenommen, daß Sie sich mit diesem Zwiespalt herumschlagen. Deshalb habe ich geglaubt, ich könnte Ihnen vielleicht helfen. Die andern . . . nun, Hiram ist ein feiner Bursche, ich habe nie einen feineren getroffen, aber ihn hat die Liebe niemals richtig erwischt. Und was Ning betrifft, so glaube ich nicht, daß ihm so etwas jemals zustoßen wird. Marny – die hat's bis jetzt auch noch nicht gepackt. Aber Sie haben diese Erfahrung machen müssen – wie ich.»

Er hielt inne und schaute noch immer auf die Berge.

«Wo war das, Pocket?» fragte Kendra. «In Sutters Fort?»

«Nein, Ma'am. Das war in Kentucky. Und aus diesem Grund habe ich mich einem Wagenzug angeschlossen, der nach dem Westen zog. Ich mußte darüber hinwegkommen.»

Er griff nach einem Zweig und brach ihn in Stücke.

«Ich hatte nie daran gedacht, meine Heimat zu verlassen und nicht mehr zurückzukehren. Es ging mir gut. Meine Eltern waren gestorben, aber ich lebte auf der Farm meines Großvaters. Es war wirklich eine hübsche Farm, ein großes weißes Haus, eine Menge Pferde, und das alles sollte einmal mir gehören. Aber dann bin ich diesem Mädchen begegnet.»

Er warf die zerbrochenen Holzstücke fort.

«Ich habe die Mädchen schon gern gehabt, als ich kaum erwachsen war, und ich habe sie auch heute noch gern, aber ich hätte nie geglaubt, daß eine Frau mir einen derartigen Schlag versetzen könnte. Ich habe sie wirklich geliebt. Ein solches Gefühl werde ich wohl nie wieder aufbringen können. Ich war noch glücklicher, als Sie es gewesen sind. Und dann kam ich dahinter. Ich kam dahinter, ehe ich sie geheiratet hatte. Es gab da noch einen Mann. Sie wollte gar nicht mich, sie hätte mich nie gewollt. Sie wollte die Farm, das große weiße Haus, die vielen Pferde, das fruchtbare Ackerland. Ein guter Freund hat mir die Wahrheit gesteckt. Er dachte, ich müsse endlich Bescheid wissen. Ich war außer mir: Besser, du gehst auf Nummer Sicher. Ich ging auf Nummer Sicher. Ich fand sie dort, wo ich sie finden mußte, wie mein Freund mir gesagt hatte. Ich fand sie und diesen andern Mann, und sie lagen beisammen.»

Pocket schwieg. Seine Hände hatten sich zu Fäusten geballt. Er rieb sie zwischen seinen Knien gegeneinander. Seine Augen blickten anders als sonst. Kendra hätte sich niemals einfallen lassen, daß der sanftmütige Pocket auch einmal so aussehen könnte. Während sie lauschte, hielt sie beinahe den Atem an. Pocket sagte:

«Ich habe diesen Mann auf der Stelle erschossen.»

Er schwieg wiederum. Mit starren Augen blickte er noch immer auf die Berge jenseits der Schlucht. Kendra fragte leise:

«Und das Mädchen, Pocket?»

«Ich wollte auch sie erschießen, aber ich konnte es nicht. Ich habe sie zu sehr geliebt.» Er drehte sich um und sah Kendra fest an. «Deshalb verstehe ich Ihre Gefühle. Ich habe sie gehaßt, aber ich habe sie zugleich geliebt.

Und das wollte ich Ihnen einmal erzählen. So etwas schmerzt. Es schmerzt manchmal furchtbar. Aber es schmerzt nicht für alle Zeiten. Nein, Miss Kendra, der Schmerz währt nicht ewig.»

Nervös fragte sie:

«Pocket, warum sind unsere Gefühle so?»

Er lächelte. Als wäre es eine Erleichterung gewesen, über sein eigenes Erlebnis zu sprechen, hatte er seine Ruhe nun wiedergefunden. «Ich habe viel Zeit gebraucht, um das zu begreifen. Wenn man durch die weiten Ebenen reitet, hat man Gelegenheit zum Nachdenken. Ich habe diese Frau gehaßt, wie ich noch keinen Menschen gehaßt habe. Aber ich habe sie auch geliebt. Mit uns reiste ein kluger Mann, ein Priester, der zu einer Missionskirche in Oregon wollte. Er war älter als ich. Er hatte studiert. Ich habe mit ihm gesprochen. Er hat mir das gesagt, was ich jetzt Ihnen sagen möchte.»

Sie wartete ab.

«Schauen Sie mal nach da unten», forderte Pocket sie auf. Er wies auf einen Mann, der Sand und Wasser in einer Pfanne schüttelte. «Lieben Sie diesen Mann, Miss Kendra? Oder hassen Sie ihn?»

«Aber nein. Ich kenne ihn ja überhaupt nicht. Ich kümmere mich weder so noch so um ihn.»

«Das ist das ganze Geheimnis», erklärte Pocket.

Sie runzelte die Stirn. Sie begriff nicht. Pocket streckte seine rauhe schmutzige Hand aus.

«Liebe und Haß, Miss Kendra, schließen einander nicht aus. Das hat mir der Priester erzählt. Sie sind wie die Innen- und Außenseite Ihrer Hand, sie sind die beiden Seiten derselben Sache. Beide bedeuten: Dieser Mensch spielt eine Rolle in meinem Leben.»

Ein Licht ging Kendra auf. «Sie meinen, dieser Mann da unten . . .» Sie brach ab, um nachzudenken.

«Sie lieben ihn nicht», sagte Pocket, «und Sie hassen ihn auch nicht. Sie scheren sich gar nicht um ihn. Das ist der Gegensatz zur Liebe, aber auch der Gegensatz zum Haß: Der Mann ist Ihnen gleichgültig.»

«Und Sie meinen . . . eines Tages wird Ted mir gleichgültig sein?»

«Jawohl, Miss Kendra. Eines Tages werden Sie ihn weder lieben noch hassen. Er wird Ihnen gänzlich gleichgültig sein.»

«Das ist schwer zu glauben, Pocket. Wenn ich Ted in der nächsten Minute sehen würde . . .»

«Sie werden ihn nicht in der nächsten Minute sehen», unterbrach sie Pocket nachdrücklich. «Vielleicht werden Sie ihn niemals wiedersehen. Aber wenn Sie ihn doch einmal wiedersehen, Miss Kendra, dann müssen Sie so tun, als sei er Ihnen gleichgültig – ob er Ihnen nun tatsächlich gleichgültig geworden ist oder nicht.»

«Ich kann nicht gut so tun als ob», gab Kendra zu bedenken.

«In diesem Fall müssen Sie es tun», beharrte Pocket. «Sooft Ihnen der Gedanke an Ted kommt, müssen Sie sich sagen, daß die Sache vorbei ist.»

Sie fragte sich, ob er im Recht sei. Jedenfalls war dies nicht so leicht zu glauben. Doch ob er nun recht hatte oder nicht – Pocket hatte ihr gezeigt, daß sie nicht allein auf der Welt war.

«Pocket . . .» begann sie nach einer Weile.

«Ja, Ma'am?»

«Pocket, Sie haben die Frauen gern, nicht wahr?»

Er lächelte. «Ja, gewiß.»

«Nun, manche Männer würden wohl von den Frauen nichts mehr wissen wollen, wenn ihnen das zugestoßen wäre, was Ihnen zugestoßen ist.»

Er schüttelte den Kopf. «Ich bin kein Dorftrottel.»

«Was wollen Sie damit sagen?»

«Ach, Miss Kendra, ich kenne doch diese Dorftrottel, diese Provinzspießer. Eine Ernte mißrät, und sie behaupten, hier werde nie etwas gedeihen. Wenn irgendein Franzose vorüberkommt und ihnen Werkzeuge verkauft, und diese Werkzeuge fallen auseinander, sobald er mit ihrem Geld weitergeritten ist, dann sagen diese Leute: ‹Da seht ihr's wieder mal, das beweist, daß alle Franzosen Schwindler sind.›» Verachtung klang aus Pockets Stimme. «Sie sehen einen und glauben, sie hätten alle gesehen. Provinzspießer.» Er blickte sie offen an. «Werden nur nicht auch Sie so, Miss Kendra.»

«Ich werde mich bemühen», versprach sie.

Einige Minuten blieb es still zwischen ihnen. Dann hörte sie durch die Hitze Nings Ruf:

«Hallo, Pocket! Wir gehen wieder an den Schüttler.»

«Komme gleich», rief Pocket zurück.

Er stand auf, reichte ihr die Hand und half ihr auf. «Ich danke Ihnen, Pocket», sagte sie leise. «Sie haben mir viel gegeben.»

«Ich bin froh, daß ich Ihnen ein wenig helfen konnte, Ma'am.»

«Auch Marny hat es schon versucht. Sie ist sehr lieb. Aber sie verstand gar nicht recht, wovon ich eigentlich sprach.»

Unter seinem Bartgewirr lachte Pocket in sich hinein. «Miss Marny hat zwar viel gelernt, ich meine Latein und Shakespeare-Verse und solche Sachen. Aber sie muß doch noch eine ganze Menge dazulernen.»

25

Aber der Schmerz ließ nicht nach. Dennoch hatte Pocket versichert, die Wunde werde mit der Zeit heilen. Und anders als so viele Wohlmeinende wußte Pocket, worüber er sprach.

Die Zeit, dachte Kendra, die Zeit. Sie fühlte nach ihrem Puls, der die Zeit hinwegtickte. Tick-tack – wie viele tausend Schläge noch? Wie lange mußte es noch dauern, bis Ted ihr wirklich gleichgültig geworden war?

Zum Glück fand sie nicht viel Muße zum Nachdenken. Das Zubereiten von Mahlzeiten wurde immer schwieriger. Das Fleisch vom Fort war so hart, daß sie es zwischen zwei Steinen zerstampfen mußte, ehe es Wasser in sich aufnahm, gleichgültig, wie lange es kochte. Wenn sie es in Fetzen auseinandergerissen und zusammen mit getrockneten Bohnen gebraten hatte, wurde es zwar genießbar, doch keineswegs schmackhaft. Manchmal konnte sie es durch ein wenig Gemüse anreichern, das sie bei einem Hausierer erstanden hatte: Für ein Quentchen Goldstaub bekam sie sechs Karotten oder zwei rote Zwiebeln, die meist eingeschrumpft und ausgetrocknet waren. Als sie selbst diese Dinge nicht mehr beschaffen konnte, riet Ning ihr, Kleeblätter zu sammeln.

«Ihr habt noch nie Skorbut gehabt», warnte er, «und solange ich diesen Verein hier leite, werdet ihr auch keinen kriegen. Eßt also Klee.»

Jetzt aber, da es seit vier Monaten nicht mehr geregnet hatte, war Klee nur schwer zu finden. Ning meinte, es werde Zeit, die Zelte abzubrechen. Pocket und Hiram schüttelten zunächst die Köpfe. Dieses Land barg so viele Schätze. Einige Männer bauten bereits Hütten, so daß sie während des Winters in den Bergen bleiben und sogleich wieder mit der Arbeit beginnen konnten, wenn der Schnee geschmolzen sein würde. Auch Marny zögerte mit der Abreise. «Ich will den Goldstaub in Säcken mitnehmen. Glaubt ihr wirklich, wir müßten schon so bald gehen?»

«Ja», erwiderte Kendra entschlossen. Sie wollte nicht nur Marny, sondern auch sich selber überzeugen. Sie fürchtete sich zwar davor, Alex und Eva wieder unter die Augen zu treten, aber sie konnte diese Begegnung nicht für ewig hinausschieben. «Ich will keinen Skorbut bekommen», setzte sie hinzu. «Was hat man denn von einem Sack voll Gold, wenn man zu schwach ist, ihn zu schleppen?»

Als Kendra den Männern schließlich Fleisch und Bohnen ohne ein einziges Kleeblatt servieren mußte, weil der Klee völlig vertrocknet war, sagte Hiram versonnen:

«Man hat mir erzählt, daß ein Mensch, der einmal Skorbut gehabt hat, wie ein Ochse Gras frißt, um nur ja kein zweites Mal diese Krankheit zu kriegen.»

«In ein paar Wochen wird es hier nicht mal mehr Gras geben», sagte Ning. Hiram seufzte.

«Und falls ihr es noch nicht bemerkt haben solltet», fuhr Ning fort, «unsere Pferde sind aus Grasmangel schon abgemagert. Wenn sie uns von hier forttragen sollen, brechen wir besser jetzt auf.»

Marny betrachtete die runzeligen alten Bohnen in ihrer Pfanne.

«Schön, Jungs, ein kluger Spieler weiß, wann er aufzuhören hat. Gehen wir also.»

Ning nickte zustimmend. «Das hat mit Geiz nichts zu tun. Wollen wir mal zählen, was wir alles zusammengescharrt haben.»

Später an diesem Tage machten sie sich ans Zählen. Hiram berichtete Kendra, sie hätten einen ganz schönen Batzen eingesäckelt. Zusammen mit dem in Sutters Fort deponierten Gold besaß jeder der Männer etwa dreißig Kilogramm. Sie wußten noch nicht, welchen Wert dies in San Francisco haben würde, denn die erst kürzlich eingetroffenen Leute hatten erzählt, die Preise stiegen und fielen von Woche zu Woche. Auf jeden Fall aber, so meinte Hiram, seien dreißig Kilo Gold die Arbeit eines Sommers wert. Und was Marny anlangte, so vermutete Hiram, daß sie noch mehr kassiert hatte als sie: Delbert hatte im Fort schon allerhand hinterlegt, und seitdem hatte ja Marny im Calico-Palast auch noch ganz schön verdient. Kendra besaß weniger als die andern. Ted hatte ihr einen Beutel zurückgelassen, der indessen nur knapp ein Kilo enthielt, da fast aller Goldstaub, den er gefunden hatte, bereits im Fort deponiert war. Ihre Freunde hatten ihr acht Wochen lang einen Lohn gezahlt, so daß ihr Verdienst nicht einmal zwei Kilo betrug; aber sie besaß ja immer noch den Nugget, den sie bei ihrem Sturz in die Schlucht gefunden hatte. Das war genug. Sie wünschte jetzt nur eines: fort von allem, das sie an Ted erinnerte; zurück in die Staaten; die Zeit vergehen lassen; ihre Wunden heilen.

Sie trafen ihre Anstalten zum Aufbruch, was nicht mehr so einfach war: Anfangs war Gold kaum jemals gestohlen worden, jetzt aber hörte man Geschichten über Banditen, die den Goldgräbern beim Heimweg auflauerten. Ning riet ihnen, so verdrießlich wie möglich dreinzublicken, damit es aussah, als hätten sie kein Glück gehabt. Zugleich aber sollten sie sich Gedanken darüber machen, wo sie ihr Gold am besten versteckten.

«Jeder von uns wird das seine bei sich tragen. Steckt das Gold in eure Satteltaschen oder wohin es euch gefällt, aber macht es so, daß keiner das Gold ahnt.»

Gold nahm nicht viel Platz in Anspruch, es war indessen schwer. Jeder kleine und schwere Gegenstand mußte deshalb Aufmerksamkeit erregen. Kendra und Marny zerbrachen sich die Köpfe, und zum erstenmal seit jenem Tag, da Gene Spencer Ted erkannt hatte, fand Kendra wieder Spaß an etwas.

Marny zeigte ihr, wo sie den Goldstaub versteckt hatte, der an den Spieltischen nicht mehr benötigt wurde. Sie hatte ihn in kleine flache Säckchen getan und diese Säckchen in den Schweinefleischbottichen befestigt, die als Stühle gedient hatten. «Zuerst wollte ich sie in die Brandyfäßchen werfen. Aber dann habe ich mir gesagt, vielleicht will einer den Brandy klauen. Schmierige alte Schweinefleischbottiche jedoch – die wird wohl kaum einer stehlen wollen.»

Jetzt freilich mußten sie ihr Gold in kleineren Behältnissen verbergen. Kendra schickte Hiram zu Ellets Handelsniederlassung hinab, um Mehl einzukaufen. «Es ist mir egal, wie schmutzig es sein mag. Wir werden es ja nicht essen.» Dann erhitzte sie an ihrer Feuerstelle Steine und backte aus

Mehl, Wasser und doppelkohlensaurem Natron Brote. In den ersten Laib machte sie eine Kerbe, steckte ihren Nugget hinein, und das weiche Brot schloß sich schnell über dem Einschnitt.

Hiram kaufte auch von Ellets Salzfleisch, auf dem die Fliegen sich tummelten, und Kendra schlitzte es auf und stopfte Gold hinein. Pocket kam auf die Idee, Gold in einem Kaffeekessel zu verstecken, und zwar unter Schichten von Kaffeesatz. Kein Mensch würde sich über Satz in einem Kaffeekessel wundern, denn viele Leute in den Lagern gossen einfach Wasser auf den alten Satz, nachdem sie frischen Kaffee hineingeschüttet hatten.

Während Kendra Brot backte, zertrennte Marny alte Kleider und nähte eine Anzahl kleiner Beutel, in die sie dann Goldstaub füllte. Einige dieser Beutel wurden in Kendras Brotlaiben untergebracht, andere in Mehlsäkken. Außerdem fertigte Marny Säckchen an, die nur so groß waren wie ihr kleiner Finger, so daß Marny und Kendra sie in ihr Haar einrollen und mit einer Spange befestigen konnten.

«Ihr Mädchen seid ja ganz schön schlau», sagte Ning grinsend. «Aber was fangen wir mit dem Goldstaub an, den wir im Fort abholen werden?»

«Das ist höchst einfach», versetzte Marny. «Wer werden eben schwanger.»

«Wie bitte?» erkundigte sich Ning.

«Ich meine, wenn wir es nicht woanders verstauen können, binden wir uns Säcke voll Gold vor den Bauch, unter die Schürzen.»

Ning brach in Gelächter aus.

«Ich muß schon sagen, Marny, Sie werden aber auch mit allem fertig.»

«Bisher hatte ich ja keine andere Wahl.»

Auf Nings Anweisung steckten sie alle ein paar Gramm Gold in Tabakbeutel. Diese Beutel sollten sie sich um den Hals hängen und unter der Kleidung tragen. «Wenn ihr für irgend etwas zahlen müßt, dann zieht diesen Beutel hervor. Das müßt ihr aber so langsam wie ein Geizkragen tun. Nehmt immer nur eine Prise Goldstaub heraus und guckt beim Abwiegen mißtrauisch zu. Seid maulfaul. Macht einen schäbigen Eindruck.»

Sie versprachen, maulfaul zu sein. Das schäbige Aussehen bot keinerlei Probleme: Anders als schäbig vermochten sie beim besten Willen nicht auszusehen. Die meisten ihrer Kleider waren derart zerlumpt, daß es sich nicht lohnte, die Packpferde mit ihnen zu belasten. Kendra und Marny wählten jeweils ein Kleid aus, das am wenigsten mitgenommen war. Kendra wusch sie, und Marny flickte sie, und danach wurden sie in einem ihrer Ballen untergebracht, damit sie sich vor dem Eintreffen in San Francisco halbwegs manierlich kleiden konnten. Vor allem Kendra wollte nicht wie eine Vogelscheuche aussehen, wenn sie Alex und Eva entgegentreten und ihnen erzählen mußte, daß sie nun wieder bei ihnen bleiben werde.

Da sie nur wenig mit sich führten, verkauften sie ihre Planwagen. Nachdem diese während des ganzen Sommers im Freien gestanden hatten, waren die Wagen auch nicht mehr das, was sie einmal gewesen, doch waren sie immerhin noch gut als Schlafunterkünfte für jene Männer zu gebrauchen, die den Winter über bleiben wollten. Marny verkaufte ihren restlichen Schnaps an Ellet. Nun waren sie zum Aufbruch bereit.

An einem frühen Morgen in der dritten Septemberwoche verließen sie Shiny Gulch. Sie waren zu neunt: Ning, Pocket, Hiram, Marny, Kendra, die beiden Schwarzbärte, Lulu und Lolo. Die Männer hatten Haar und Bart wuchern lassen. Sie trugen immer noch ihre zerrissenen Hemden und Hosen und Schuhe; die Frauen hatten ihre ausgebleichten alten Kleider an und auf den Köpfen die Sonnenhüte, die längst jede Farbe verloren hatten. Ning meinte, ihr Ritt werde nicht lange dauern und auch nicht strapaziös sein.

Sie ritten den Landstreifen hinab, vorbei an Männern, die ihnen zuriefen, sie sollten besser ihren Entschluß ändern und noch eine Weile bleiben. Andere warfen den Frauen Handküsse zu und jammerten über das Ende des Calico-Palastes. Sie kamen an Mrs. Posey vorüber, die eine Pfanne schrubbte. Als sie aufsah, blickte Kendra in eine andere Richtung. Marny indessen streckte ihr so ruhig und bedächtig wie ein freches Kind die Zunge heraus.

Kendra mußte an den Tag denken, da sie nach Shiny Gulch gekommen war: damals war es Mai, und die ganze Landschaft blühte üppig. Wie anders war jetzt alles – das Laub hatte sich braun verfärbt, es wimmelte nun hier von Menschen, die Berge waren von den Goldgräbern aufgerissen worden. Dennoch empfand sie so etwas wie Heimweh. Ein Kapitel ihres Lebens war beendet. Was ihr im nächsten widerfahren würde, konnte sie nicht wissen; eines jedoch wußte sie: Sobald sie wieder um Kap Hoorn nach Osten fuhr, würde sie nicht mehr das Mädchen sein, das sie bei der Herfahrt gewesen war. Sie würde dann älter sein, nicht nur, weil inzwischen die Zeit vergangen war. Aber auch klüger? Sie hoffte es.

Marny warf einen wehmütigen Blick auf ihren alten Calico-Palast, der jetzt fadenscheinig und schmutzig war und dessen Planen im Winde flatterten. Schon rissen Männer das Zelt ein, um sich aus der Leinwand ein Obdach gegen die Winterstürme zu bauen. «Es war eine schöne Zeit hier», sagte Marny. «Aber egal – wenn ich in San Francisco bin, werde ich einen richtigen Palast eröffnen.»

Sie passierten Ellets Handelsniederlassung und eine Schar Abs in grellem Plunder, den sie für Gold erworben hatten. Dann ritten sie die Krümmung des Stromes entlang, wo zwei Einzelgänger stumm ihre Siebe schaukelten. Und endlich ging es durch Staubwolken davon – und Shiny Gulch lag hinter ihnen.

Marny schaute sich um und vergewisserte sich, daß niemand sie hören konnte. Dann trieb sie ihr Pferd an die Seite von Kendra und sagte leise:

«Kendra, auf dieser Reise müssen Sie etwas für mich tun.»

«Natürlich», erwiderte Kendra. «Was wünschen Sie denn?»

Marny zeigte einen grimmigen Humor. «Ich brauche eine Anstandsdame.»

«Wozu, um Himmels willen?»

«Kendra, tun Sie doch nicht so, als wären Sie ein ungeborenes Kälbchen. Ich bin noch immer außer mir wegen Delbert und nicht in der Stimmung, mich mit einem Mann zu beschäftigen. Pocket und Hiram sind großartige Burschen, aber sie sind nun mal Männer. Auch Ning ist ein Mann. Wenn wir unser Bettzeug ausbreiten, dann bleiben Sie bei mir. Bleiben Sie Tag und Nacht bei mir während dieses Ritts. Ich will keinen Ärger haben.»

Kendra blickte zu Pocket und Hiram hinüber, die sich um die Packpferde zu kümmern hatten. Das trockene Unkraut brach unter den Pferdehufen.

«Glauben Sie denn im Ernst, Marny, sie werden uns belästigen?»

«Sie nicht, meine Liebe. Ihnen würden sie höchstens die Heirat antragen, und ich glaube nicht, daß einer von ihnen ans Heiraten denkt. Aber ich bin ein Frauenzimmer.»

«Das sind Sie nicht!» rief Kendra aus. «Sie sind ein anständiger Mensch. Warum nehmen Sie dann ein solch häßliches Wort in den Mund?»

Marny schaute sie spöttisch und ernst zugleich an. «Du liebe Zeit! Ich dachte, gerade dieses Wort sei wirklich kultiviert.»

Kendra mußte über sich selber lachen und versprach, bei ihr zu bleiben. Nach dem Abendessen legte sie ihr Bettzeug neben das von Marny. Die Männer hielten abwechselnd Wache, und sobald einer abgelöst wurde, sank er zu Boden und schlief sofort ein. Diese Müdigkeit, so bemerkte Marny am Morgen, als Kendra Kaffee kochte, sei wohl ein Grund dafür, daß sie beide einen ungestörten Schlaf gehabt hätten.

An diesem Nachmittag erreichten sie Mormon Island, das jetzt ein lärmerfülltes Lager mit etwa zweihundert Männern und einigen Frauen war. Am Tag darauf ritten sie nach Sutters Fort. Auch hier sah es nun anders aus als früher. Sie waren noch ein ganzes Stück entfernt, als sie bereits die dichten Staubwolken wahrnahmen, die wie ein Vorhang die Mauern verhüllten. Sie hörten Schreie, Schüsse, Viehgebrüll, und als sie schließlich durch die Staubwolken ritten, sahen sie sich inmitten eines Tumults, den Männer, Frauen, Maultiere und Fliegenschwärme veranstalteten. Die meisten der Männer und nicht wenige Frauen waren betrunken. Zumindest ließen ihr Singen, ihr Taumeln und ihr Krakeelen darauf schließen, daß sie betrunken waren. Kendra sah, daß Marny nach ihrer Waffe griff, und wünschte, sie hätte selbst eine.

Ning erklärte, sie würden sich nicht in das Fort begeben, sondern direkt zu dem Laden reiten, um Nahrung für sich und Futter für ihre Pferde zu kaufen. Mit Ning an der Spitze bahnten sie sich einen Weg durch das Tohuwabohu. Die Schwarzbärte beschützten wütend ihre hawaiianischen Mädchen, während Pocket und Hiram mit schußbereiten Waffen dicht neben Marny und Kendra ritten.

Sie kamen an sogenannten Handelsniederlassungen vorbei. Es waren unfertige Hütten oder Zelte, manchmal aber auch bloß Theken, die man kurzerhand im Freien aufgestellt hatte. Die Mehrzahl der Händler befaßte sich offenbar lediglich mit dem Verkauf von Schnaps. Die Flaschen lagen zuhauf. Fliegen schwirrten darüber, und Wanzen krochen herum. Männer saßen oder lagen in den verschiedensten Stadien der Trunkenheit auf der Erde. Sie fingen zu grölen an, als sie der Frauen ansichtig wurden. Einige schrien:

«He, ihr Schönen!»

Andere bedienten sich dabei häßlicher Redensarten, die Kendra nie zuvor vernommen und die sie nie wieder zu hören hoffte.

Als sie jedoch am Ende den Laden von Smith und Brannan erreichten, glich der einer Oase der Stille. Das Gebäude war schon immer trutzig gewesen, jetzt aber waren die Fenster zusätzlich mit Holzstangen und Läden gesichert, die man abschließen konnte. Am Eingang stand ein Wächter mit einem Revolver in der Hand. Die Männer, die hier aus und ein gingen, wirkten solide. Einige gaben Frauen das Geleit.

Ning instruierte seine Begleiter. Hiram und die Schwarzbärte, sowie Lulu und Lolo, sollten draußenbleiben, um auf die Pferde und das Gepäck aufzupassen. «Pocket und ich gehen mit den beiden Damen rein und erkundigen uns nach Futter und etwas Kochbarem für Miss Kendra. Und dann werden wir Wache halten, während ihr reingeht und euch die Sächelchen aussucht, die ihr nötig habt.»

Sie stimmten zu. Die Sächelchen waren natürlich ihr deponierter Goldstaub.

Der Wächter am Tor bedeutete ihnen, die Waffen in die Halfter zu stekken, bevor sie eintraten. Sie gehorchten und durften hinein. Der Laden war überfüllt von Kunden und Waren. Hinter der Theke standen sechs gut bewaffnete Angestellte. Einer von ihnen war Gene Spencer. Er eilte ihnen entgegen, um sie zu begrüßen. Während Ning sich laut über die hohen Preise beklagte, zog Gene eine Kiste unter der Theke hervor, in die er Rindfleisch, Schinken, Kürbisse, Kartoffeln, Zwiebeln, Kaffee und einen Sack Getreide für die Pferde legte.

«So, Leute», meinte er, als die Kiste voll war. «Das wird wohl in Ordnung sein. Aber jetzt gehen wir ins Büro. Folgt mir.»

Ein anderer Angestellter trat hinter der Theke hervor und nahm die Kiste, und sie alle schlossen sich Gene an. Das Büro war düster und muffig, denn es hatte lediglich ein Fenster, und obgleich die Läden offenstanden, waren Holzgitter darüber genagelt, durch deren Schlitze nur wenig Licht und Luft hereindringen konnten. Gene schloß die Tür hinter sich. Leise sagte er dann:

«Ich vermute, ihr wollt euren Goldstaub holen?»

«Richtig», entgegnete Ning.

«Gut», sagte Gene. «Das hier ist mein Freund Curtis. Wir rufen ihn

Curt.»

Dieser Curt war ein großer muskulöser Kerl, der – wenn er einmal nicht griesgrämig aussah – das ernste Gebaren eines Mannes an den Tag legte, der eine wichtige Aufgabe zu erledigen hat. Er begab sich in die Nähe einer anderen Tür, die augenscheinlich zu einem Hinterzimmer führte, und holte eine Pistole aus dem Gürtel. Er sprach nichts. Er stand einfach da.

Gene forderte die anderen auf, ihre Waffen abzulegen. Ning und Pocket befolgten die Anweisung, Marny gehorchte ebenfalls. Gene lüftete den Deckel einer Stahlkassette. «Legt sie da hinein.»

Dann wandte sich Gene an Kendra:

«Und wie ist es mit Ihnen, Mrs. ... mhm ...?»

«Nennen Sie mich Kendra», antwortete sie und lächelte dabei so freundlich, wie sie konnte.

«Schön, Kendra», versetzte Gene schnell, als wäre er froh, endlich zu wissen, wie er sie anzureden hatte. «Haben Sie denn keine Waffe?»

«Nein.»

«Dann sollten Sie sich aber eine beschaffen. Das ist ein gefährliches Land.» Er schaute sie alle nacheinander an. «Nebenbei gesagt», fuhr er knapp fort, «haltet eure Hände so, daß man sie sehen kann. Curt kennt sich in allen Tricks aus. Wenn ihr etwas braucht, was ihr in den Taschen tragt, dann laßt es mich wissen, und ich hole es für euch raus. Ist das klar?»

Es war ihnen klar. Sie standen mit herabhängenden Armen vor ihm, während er im Hauptbuch nach der Seite mit ihren Namen forschte. Dann setzte er sich hin und begann ihre Gebühren auszurechnen. Nach ein paar Minuten stand er wieder auf.

«Fertig, Curt.»

In der einen Hand hielt er seine Waffe, mit der andern schloß er die Tür zum Hinterzimmer auf. Dieser Raum war noch kleiner als das Büro und noch dunkler, denn hier gab es gar kein Fenster. Gene steckte eine Kerze an und machte einen Schritt auf die Tür zu. «Ihr bleibt mit Curt hier», befahl er dann. Sie blieben an ihren Plätzen. Gene indessen mußte die Tür offenstehen lassen, damit er atmen konnte, und im Schein der Kerze konnten sie sehen, was er machte.

Im Hinterzimmer standen drei schwere Geldschränke. Gene stellte die Kerze auf den Fußboden, kniete nieder und öffnete einen von ihnen. Darinnen häuften sich alle möglichen Behälter: Säcke, Flaschen, Konservenbüchsen, Marmeladegläser, Nachttöpfe, kurz: alles, was zum Aufbewahren von Goldstaub zu gebrauchen war. Gene nahm einen Nachttopf heraus, schloß den Schrank und richtete sich auf. Mit beiden Händen trug er den Topf in Büro, und Curt schloß hinter ihm wieder die Tür ab.

Gene feixte sie alle an. «Die Damen zuerst?» fragte er.

«Gewiß», antwortete Ning.

«Fangen wir mit Kendra an», schlug Gene vor.

«Ich habe hier nichts deponiert», sagte Kendra.

Immer noch mit dem Topf in seinen Händen, warf Gene ihr einen erstaunten Blick zu. «Doch, natürlich haben Sie etwas deponiert!» rief er aus. Und als er sah, daß sie überrascht nach Atem rang, fragte er: «Wußten Sie das denn nicht?»

Kendra schüttelte den Kopf. Sie starrte Gene, Ning, Pocket und Marny an, doch wußten sie allesamt ebensowenig wie sie selber. Pocket wandte sich Gene zu:

«Als wir den Goldstaub brachten, haben wir Teds ganzen Anteil auf seinen Namen deponiert. War er denn seitdem einmal hier?»

«Sicher. Ich dachte, er hätte es euch erzählt.» Der Topf war schwer, und er setzte ihn nun auf den Tisch. Verlegen strich er über Kendras Schulter. «Tim Bradshaw – ich meine: Ted –, nun, er ist kein schlechter Kerl, Ma'am. Eines Tages kam er hier an; das war kurz nach meiner Rückkehr aus Shiny Gulch. Er sagte, daß er den Goldstaub haben wolle, den Pocket und Hiram auf seinen Namen hinterlegt hatten. Aber er wollte nur die Hälfte davon. Die andere Hälfte sollte ich für Sie aufheben.»

Kendra spürte ein Würgen in der Kehle. Gene erzählte weiter: «Wenn die Unkosten abgezogen sind, werden Sie etwa sechs Kilo haben. Das ist gar nicht so übel, Ma'am.»

Er schwieg, denn Kendra war auf der Bank niedergesunken und weinte hilflos in ihr schmutziges rotes Taschentuch. Ted war kein schlechter Kerl. Was war er aber dann? Sie wußte es nicht. Ihr Herz stellte mehr Fragen, als ihr Verstand je würde beantworten können.

Ted war davongelaufen, weil er ihr nicht mehr ins Gesicht zu sehen wagte. Aber er hatte ihr die Hälfte seines Goldes hinterlassen! Wie konnte sie nun jemals die Ruhe zu erlangen hoffen, von der ihr Pocket gesprochen hatte – jene Gelassenheit, in der das Denken an Ted sie nicht mehr schmerzen würde, weil Ted ihr gleichgültig geworden war? Ach, wieviel einfacher wäre das Leben doch, wenn die Menschen entweder gut oder schlecht wären, anstatt beides zugleich . . .

Sie vernahm Nings Stimme:

«Gene, schütten Sie Kendras Goldstaub in eine dieser Kaffeebüchsen.»

Kendra warf ihren Kopf hoch. «Nein!» schrie sie.

Spencer langte bereits in die Kiste, um eine der Kaffeebüchsen herauszuholen. «Was ist denn?» fragte er nun.

«Ich will es nicht!» platzte sie heraus.

Pocket legte ihr sanft eine Hand auf die Schulter. «Miss Kendra, Sie haben es verdient.»

Sie blickte zu ihm auf und schüttelte wieder den Kopf. Eine Träne rollte über ihre Wange. «Ich will es aber nicht», wiederholte sie.

Noch während sie sprach, hörte sie Marny. Sie redete Pocket an:

«Ich will mit ihr sprechen. Laßt uns einen Augenblick allein. Das ist eine Privatangelegenheit.»

«Kendra, hören Sie mir zu?» Marnys Stimme war leise, aber eindringlich. Sie gemahnte Kendra daran, daß Marny ihre Freundin war. «Mein liebes Kind», fuhr Marny fort, «dieser Goldstaub macht zusammen mit dem, den Sie schon haben, ungefähr neun Kilogramm aus. Das ist ein hübsches kleines Vermögen. Vielleicht wollen Sie es wirklich nicht haben, aber es gibt da einen andern Grund, der Sie doch veranlassen sollte, es zu akzeptieren.»

Kendra schaute wieder auf. Sie begann sich zu interessieren. «So? Welchen Grund denn?»

Marny lächelte. Ihre grünen Augen blickten klug und kühl. «Sie haben den Jungs nicht erzählt, was Sie mir über den Oberst Taine und Ihre Mutter erzählt haben. Wie sehr Sie sich davor scheuen, zu ihnen heimzukehren, weil Sie das Gefühl haben, unwillkommen zu sein.» Marny legte Nachdruck auf ihre Worte. «Kendra, wenn Sie mit neun Kilo Gold ankommen, werden Sie ganz bestimmt höchst willkommen sein.»

Kendra fuhr auf. Marny dozierte weiter:

«Selbst wenn der Goldpreis in der Stadt niedrig sein sollte, so werden doch neun Kilogramm Gold Tausende von Dollars bedeuten. Jedenfalls mehr, als irgendein Oberst im ganzen Jahr kriegt.»

Kendra lief ein Prickeln über die Haut. Es war belebend wie die Abreibung nach einem kalten Bad. Sie wandte sich ihren Freunden zu:

«Ich werde es nehmen. Es tut mir leid, daß ich eine Szene gemacht habe.»

«Sie hatte bloß einen kleinen Schock», erklärte Marny. «Gene, Sie können jetzt den Goldstaub wiegen.»

Spencer schüttete eine Handvoll auf die Waage, fügte noch ein wenig hinzu, nahm ein Quentchen fort, tat wieder ein paar Körner auf die Waage, bis er endlich das richtige Maß hatte. Dann breitete er eine Zeitung auf dem Tisch aus und entleerte darüber eine Büchse mit Kaffeebohnen. Kendras Gold schüttete er nun in die Büchse und füllte den Hohlraum mit Kaffeebohnen. Die geschlossene Büchse präsentierte er schließlich Kendra.

«Vorsichtig», warnte er. «Sie ist schwer.»

Kendra nahm die Büchse in Empfang, und plötzlich begann sie zu ihrer eigenen Überraschung zu lachen. Wie merkwürdig und lächerlich, eine Kaffeebüchse in der Hand zu halten, die ein solches Gewicht hatte! Sie mußte sich neue Verstecke für ihr Gold einfallen lassen. Einiges konnte sie in ihre Feldflasche gießen, ja: das war eine gute Idee: Gold im Trinkwasser ...

«Wollen Sie die Empfangsbestätigung unterschreiben?» bat Gene.

Kendra ergriff die Feder. Zum erstenmal seit ihrer Entdeckung, daß sie gar nicht Mrs. Parks hieß, wurde sie gebeten, mit ihrem Namen zu unterzeichnen. Sie kniff die Lippen zusammen und schrieb: Kendra Logan. Unwillkürlich zog Gene die Brauen zusammen. Er hatte noch nie etwas von einer Kendra Logan gehört. «Ist das Ihr Name, Ma'am?» wollte er wissen.

«Ja, von nun an», erwiderte Kendra. Und unvermittelt war sie stolz auf sich selbst, als habe sie ihren ganzen Mut zusammengerafft und sei über eine schwankende Brücke gegangen. Dann trat sie zur Seite, so daß Marny ihren Platz am Tisch einnehmen konnte. Gene schlug eine Seite im Hauptbuch um.

«Ihr Freund Delbert hat den Goldstaub hergebracht, Marny. Ich nehme an, Sie wissen ...» Er hielt fragend inne.

«Aber ja, ich weiß», gab Marny lächelnd zurück, als sie sich niederließ. «Er hat etwas mehr als dreißig Kilo deponiert, die zur einen Hälfte ihm und zur andern mir gehören. Das heißt, daß ich heute fünfzehn Kilo abzüglich der Unkosten zu bekommen habe.»

Gene wurde rot. Dann wurde er weiß. Dann wurde sein Gesicht fleckig, als habe ihn jemand gekniffen. Die Feder in seiner Hand bebte nervös. Dann keuchte er:

«Zum Donnerwetter, Marny! Ich weiß nicht, was ich sagen soll.»

Pocket stützte seine Hände auf den Tisch und beugte sich vor. In herrischem Ton, der in seltsamem Gegensatz zu seiner üblichen milden Art stand, befahl er:

«Sag es, Gene.»

Gene leckte sich die Lippen und wischte seine Stirn ab. Dann begehrte er auf:

«Was ist denn nur mit mir los? Warum muß immer ich es sein, der schlechte Nachrichten mitteilt?»

Pocket wartete nicht länger, sondern zog das Hauptbuch an sich. Er blickte auf die Seite und dann auf Marny. Ihre Augen sahen ihn fest an. Pocket sagte:

«Marny, Delbert hat Ihnen etwas mehr als sechshundert Gramm hinterlassen.»

Kendra schnappte nach Luft. Ning stieß ein häßliches Wort aus. Gene seufzte kläglich. Curt, der noch immer an der Tür zum Hinterzimmer stand, sagte nichts. Er hatte Wache zu halten und nicht zu reden.

Die Augen Marnys hatten sich zu Schlitzen verengt. Kendra erinnerte sich einer wütenden Katze, die sie einst gesehen und die sich in eine Ecke verkrochen hatte. Die Augen jener Katze hatten sich so verengt wie die von Marny: Es war der nämliche böse grüne Glanz gewesen. Nach einem Moment gefährlicher Stille bemerkte Marny:

«Also hat mir Delbert so gut wie alles gestohlen.»

«Genauso ist es», bestätigte Pocket.

Wiederum wischte sich Gene die Stirn ab. «Zum Donnerwetter, Marny, wie konnte ich denn wissen, daß er Ihnen das Zeug stiehlt? Ich habe gedacht ... er hat mir erzählt ...» Der arme Gene verhaspelte sich unglücklich.

«Was hat Delbert Ihnen erzählt?» fragte Marny mit kalter Stimme.

«Nun ...» fing Gene an und wußte nicht weiter.

«Los!» befahl Pocket.

Spencer ballte seine Hände, als wolle er sich Mut machen. «Nun, als er seinen Goldstaub hierherbrachte, habe ich ihn gewogen und in den Safe eingeschlossen. Aber an dem Tag, bevor wir alle nach Shiny Gulch aufbrachen, kam Delbert wieder an. Er fand es närrisch, soviel Goldstaub hier zu deponieren, weil das Spiel nun einmal ein Geschäft sei, bei dem man stets mit allem rechnen müsse. Euer Unternehmen könne in eine Pechsträhne geraten, wenn ihr nicht Reserven bei der Hand hättet. Deshalb wollte er das meiste wiederhaben, das er mir für den Safe gegeben hatte.»

Marny nickte langsam. «Ich verstehe. Das hat er getan, nachdem er sich entschlossen hatte, mich sitzenzulassen und nach diesem großen Klumpen zu suchen.»

«Er hat alles außer diesen sechshundert Gramm abgehoben», erklärte Gene. «Die seien für Sie, falls der Calico-Palast Bankrott mache.»

Marnys Lippen bewegten sich lautlos. Kendra vermutete, daß zumindest ein Teil dessen, was sie auf dem Herzen hatte, aus wenig schönen Ausdrücken gegenüber Delbert bestand. Sicher waren es Ausdrücke, die sie selber nicht kannte.

«Ich hielt sein Benehmen für ... für rücksichtsvoll, da er Ihnen doch immerhin etwas zurücklassen wollte», lamentierte Gene. «Verdammt noch mal! Anscheinend mache ich in einem fort lauter Schnitzer. Ich muß ein Dummkopf sein.»

Marny legte eine Hand auf seine Fäuste. Mit weicher Stimme beruhigte sie ihn:

«Sie sind nicht dümmer, als ich war, Gene. Denn ich habe ihm vertraut. Wiegen Sie jetzt das Zeug ab, und machen Sie sich keine Sorgen mehr.»

Gene murmelte, als laste die Schuld schwer auf ihm. «Nein, nein, ich bin wirklich ein Dummkopf.» Doch plötzlich strahlte er geradezu vor Rechtschaffenheit. «Ich werde Ihnen etwas sagen, Marny: Zum Ausgleich zahle ich in diesem Fall die Unkosten.»

«Ach, seien Sie doch nicht albern. Sie haben bloß das getan, was von einem Bankier erwartet wird. Ich bin nicht mittellos. Berechnen Sie also Ihre Gebühren.»

Gene strahlte jetzt noch mehr. Er glich nun einem Mann, der sich eine himmlische Belohnung verdient hatte, ohne auf Erden deswegen in Mißlichkeiten zu geraten. «Sie sind ein prächtiges Mädchen, Marny. Wenn ich das nächstemal nach San Francisco komme, werde ich Sie ganz sicher besuchen. Sie werden doch einen Spielsalon aufmachen, nehme ich an?»

«Aber gewiß. Es wird mich freuen, Sie jederzeit zu sehen.» Denn jetzt strahlte auch Marny. Sie strahlte über einen neuen Freund und Kunden. Sie wußte schon jetzt, daß Gene in ihrem Spielsalon wahrscheinlich weit mehr verlieren würde als die geringen Unkosten, welche mit ihrem Goldstaub verbunden waren.

Spencer wog das Gold. Während er sich auf diese Beschäftigung konzentrierte, schenkte Pocket ihr ein bewunderndes Lächeln. «Sie nehmen die Sache nicht schwer», meinte er.

Marny lächelte zurück. «Keine Sorge. Irgendwo in der Welt gibt es einen Halunken, der mir dafür zahlen wird. Verlassen Sie sich darauf, Pocket: Ich werde ihn finden.»

26

Ning blieb in Sutters Fort. Wenn sie bis jetzt noch nicht gelernt hätten, ohne ihn auszukommen, so meinte er, dann verdienten sie Schlamassel. Die andern ritten weiter.

Die letzte Etappe der Reise war ermüdend, aber nicht sehr schwierig. Sie begegneten Leuten, die in die Berge wollten, um Gold zu schürfen: Leuten, die zum Teil von weit her kamen, manche von den Inseln bei Hawaii, und jungen Burschen, die gerade als Freiwillige ausgemustert worden waren. Hin und wieder sahen sie Gestalten herumstreichen, die bestrebt waren, zwischen sich und den gebahnten Weg Büsche und Bäume zu bringen. Die ehemaligen Freiwilligen behaupteten, dies seien Deserteure.

Wegen dieser und ähnlicher Erscheinungen verlief ihr Ritt nicht ohne Gefahr; die Männer schliefen niemals alle zur selben Zeit. Auch Marny wachte mitunter. Wenn Kendra die Mahlzeiten kochte, hielt Marny Wache, so daß die Männer sich ausruhen konnten. «Das Ding da sieht vielleicht wie ein Spielzeug aus», sagte sie und holte ihren Revolver hervor, «aber ich versichere euch, Gentlemen, es ist durchaus kein Spielzeug.»

Pocket lächelte sie respektvoll an. «Ich möchte nicht gern mit Ihnen auf dem Kriegsfuß stehen», gab er zu.

«Ich stehe mit niemandem auf dem Kriegsfuß», erwiderte Marny, «ausgenommen Delbert natürlich.»

Als sie am Abend vor ihrem Einzug in San Francisco ein Lager aufschlugen, war Kendra ängstlich zumute. Am nächsten Morgen zogen sie und Marny die Kleider an, die sie für diesen Tag in Ordnung gebracht hatten. Sie flochten auch ihr Haar, damit der Wind es nicht zerzausen konnte. Vor ihrem zerbrochenen Spiegel fand Kendra, daß sie eigentlich recht gut aussah. Ihr Gesicht war von der Sonne tief gebräunt, wodurch ihre blauen Augen um so besser zur Geltung kamen, und nach diesem monatelangen rauhen Leben im Freien war sie so biegsam und fest wie ein junger Baum. Außerdem besaß sie rund neun Kilogramm Gold.

Nachdem sie den Lagerplatz verlassen hatten, ritt Hiram zu ihr. Sie musterte ihn: Mit seinem rötlichbraunen Haar und Bart, seinen von der Arbeit verharschten Händen, seinem zerrissenen Hemd, seinen fadenscheinigen Hosen und aufgeplatzten Stiefeln glich er ganz und gar nicht diesen geschniegelten jungen Offizieren, die sie früher bei ihren Ausritten begleitet hatten. Doch er gefiel ihr weit besser. Hiram war eine Persönlichkeit. Ein Blick auf ihn, und man erkannte seine Robustheit und überschäumende Lebenskraft. Hiram wollte niemandem imponieren. Das hatte er nicht nötig.

Nach einer Weile sprach er sie an:

«Kendra?»

«Ja?»

«Jetzt habe ich vielleicht zum letztenmal die Gelegenheit, Ihnen zu sagen, wie großartig Sie sich in diesem Sommer gehalten haben. Kendra, Sie haben Mumm bekommen.»

Ihre Kehle wurde trocken, und ihre Augen brannten. «Vielen Dank, Hiram», antwortete sie leise. «Sie waren mir ein wunderbarer Freund.»

«Ich habe Sie gern», versetzte Hiram, «und ich wünsche Ihnen alles Gute.»

«Das wünsche ich auch Ihnen, Hiram. Was werden Sie übrigens jetzt machen?»

«Pocket, Ning und ich werden ein Geschäft gründen. Das Dorf bei Sutters Fort wird immer größer. Während Pocket und ich in der Stadt Werkzeuge und Ausrüstungsgegenstände kaufen, wird Ning eine Werkstatt bauen.»

«Und was wollt ihr herstellen?»

Hiram grinste stolz wie ein Mann, der Ideen hat. «Schüttler», entgegnete er. Und dann setzte er ihr die Sache auseinander. «Sie wissen doch, die Offiziere haben gelächelt, als sie zum erstenmal die Redereien über das Gold hörten. Später haben sie begriffen, daß es doch stimmt mit dem Gold, und da haben sie Briefe in die Heimat geschickt.

Präsident Polk und der Kongreß amtierten in Washington, und weder Flottillenadmiral Jones noch Oberst Mason verfügten über die Autorität, ein Schlachtschiff rund ums Kap Hoorn zu beordern, nur weil ein Brief zu befördern war. Darum wählten sie zwei wendige junge Männer als Kuriere aus, den Oberfähnrich Beale und den Leutnant Loeser. Die ritten getrennt, aber jeder hatte den gleichen Befehl: Sie sollten jede Route einschlagen, gleichviel wie oft sie Umwege zu machen hatten. Die Hauptsache war, daß sie durchkamen. Durchkamen und die Nachrichten überbrachten. Und sobald diese Nachrichten bekannt werden, können Sie sich vorstellen, was dann passiert? Aus allen Ecken und Winkeln werden die Männer nach hier strömen. Sam Brannan hat uns einen Wink gegeben. Direkt am Eingang zu den Placers werden die Leute einen Laden voller Schwingtröge vorfinden.»

Hirams zuversichtliches Lächeln strahlte sie aus seinem rostfarbenen Bart an.

«Ich habe Ihnen ja schon einmal gesagt, daß ich nach Kalifornien gekommen bin, um mein Glück zu machen. Das habe ich ernst gemeint. Ich meine es immer noch ernst.»

«Sie haben doch schon dreißig Kilo Gold!» rief Kendra aus.

«Ich will mehr als dreißig Kilo», entgegnete er ruhig. «Ich will dreihundert. Ich will reich werden, Kendra, reich!»

Nachdenklich blickte sie zu ihm auf. «Sie werden es schaffen, Hiram. Sie gehören zu den Männern, die das erreichen, was sie erstreben.»

Er strahlte sie abermals an.

«Hoffentlich haben Sie recht.»

Pocket und Marny ritten nun herbei, um die Frage zu erörtern, wo sie heute nacht schlafen sollten. Die Leute hatten ihnen berichtet: «San Francisco droht zu bersten, so viele Menschen sind dort.» Pocket schlug vor, eine Parzelle auf einem unbebauten Grundstück zu pachten und ein Zelt aufzuschlagen, falls sie ein Zelt kaufen konnten. Wenn das nicht möglich sei, müßten sie halt auf ihrem Bettzeug unter freiem Himmel nächtigen.

Kendra beschloß, dafür zu sorgen, daß Marny nicht noch einmal auf der Erde schlafen mußte. Marny konnte bei ihr in dem Haus an der Stockton Street übernachten. Alex und Eva wußten ja nur, daß sie eine Freundin aus Shiny Gulch war, und bis sie mehr über sie erfuhren, hatte Marny gewiß schon selber eine Wohnung gefunden.

Der Weg bog ab zu den gelbbraunen Bergen, die noch vom Nebel verhüllt waren. Jetzt konnten sie San Francisco sehen, das wie ein Blätterpilz wuchs – so rasch und auch so häßlich. Beim Näherreiten erkannten sie die Stadt deutlicher: die schroffen Abhänge, über die Hütten und Baracken und Zelte verstreut waren wie Wanzen auf einem Kartoffelhaufen. Und schließlich erblickten sie die verlassenen Schiffe, die in der Bucht vor Anker lagen. Wegen des Nebels und der geschwungenen Küstenlinie vermochten sie nicht zu bestimmen, wie viele es waren, aber Kendra glaubte, es müßten dreißig oder vierzig sein. Die Mannschaften waren in die Goldfelder geeilt, und die großen Handelsschiffe trieben hilflos und verloren im Wasser. Kendra sah zu Hiram auf, und beide schüttelten den Kopf.

Sie ritten über die Sandbänke im Süden der Stadt und endlich zur Kearny Street, wo sich Männer drängten, die allesamt in höchster Eile zu sein schienen. Die meisten trugen Spitzhacken und Schaufeln über der Schulter. Darunter befanden sich Grenzer und Händler, aber auch Goldgräber, die in Lumpen einhergingen; einige von ihnen zählten zweifellos zu den reichsten Leuten der Stadt.

Wagen und Fuhrwerke und Schubkarren rollten knarrend vorbei. Pferde und Maultiere trampelten über den unebenen Weg. Auf leeren Bauplätzen standen Männer und priesen mit donnernden Stimmen die Waren an, die sich neben ihnen auftürmten. Wer auf der Straße war, schien zu brüllen, um sich im Getöse Gehör zu verschaffen. Kendra mußte an ihren ersten Ritt durch diese Straße denken: Damals schien sich in ganz San Francisco aber auch rein gar nichts zu ereignen.

Sie sahen die unfertigen Gebäude, von denen Foxy erzählt hatte. Tatsächlich staken noch Sägen in Brettern, lagen Hämmer herum, rosteten Nägel in nicht zu Ende geführten Fußböden. Ein paar Mann arbeiteten an ein paar Häusern – aber es waren nur wenige. Entlang der Straße sah man Schilder. Es wurden Köche, Kellner, Barkeeper, Holzfäller und Pferdepfleger gesucht. Kendra erinnerte sich jedoch des Gefühls, das sie beim Fund des Nuggets befallen hatte, und so verstand sie, daß nur wenige Leute Lust hatten, einer geregelten Beschäftigung nachzugehen. Wer für festen Lohn arbeitete, wußte, was er bekam. In den Placers hingegen konnte jeden Tag etwas Herrliches passieren.

Schließlich hielten sie auf einer Parzelle neben einem unfertigen Haus an. Hiram und Pocket sagten, sie gingen nun zu Chase & Fenway, um ihren Goldstaub zu deponieren. Sobald sie zurückkämen, könnten die Schwarzbärte ihre Schätze hinbringen. Alsdann, so fügte Hiram hinzu, werde er mit Kendra den Berg hinaufreiten, um sie wohlbehalten bei dem Oberst und seiner Frau abzuliefern. Wollten Kendra und Marny ihren Goldstaub nicht auch ins Depot geben?

«Ich werde mit euch kommen», erklärte Marny.

«Vertrauen Sie uns denn nicht?» fragte Pocket.

Mit einem süßen Lächeln schüttelte Marny den Kopf.

«Aber Sie, Kendra, vertrauen uns doch, nicht wahr?» erkundigte sich Hiram.

«Ja», antwortete sie. «Aber ...» Sie legte eine Hand auf seinen Arm. «Hinterlegen Sie ihn auf den Namen Kendra Logan. Und setzen Sie ihnen auseinander, weshalb. Sagen Sie ihnen auch, daß ich nicht darüber sprechen will.»

«Geht in Ordnung», versicherte Hiram.

Kendra reichte ihm die Satteltasche, in der sie ihr Gold verwahrte, und schaute den dreien nach. Lulu und Lolo und die Schwarzbärte stiegen ab und bereiteten aus Rindfleisch und Zwieback eine Mahlzeit. Lolos Schwarzbart – Troy – kam herbei und lud Kendra ein, ihnen Gesellschaft zu leisten, aber sie lehnte ab. Sie hatte etwas anderes zu tun.

Sie würde allein, ohne Hiram, den Berg hinaufreiten. Sie wollte niemanden bei sich haben, wenn sie vor Alex und Eva hintreten und ihnen über ihre mißglückte Ehe berichten mußte.

Kendra wendete ihr Pferd. Troy wollte sie zum Bleiben bewegen, sie wehrte ihn jedoch ab. Sie ritt die Kearny Street hinab bis zur Ecke der Clay Street, und hier begann sie, den Berg hinaufzureiten. Es fiel ihr ein, daß sie einmal gesagt hatte, dies sei, als wolle man an einem Kirchturm in die Höhe reiten. In der Clay Street sah sie nur wenige neue Schilder, Schuppen und Baracken und auch nur wenige Männer, die vom Golde sprachen. Diese wenigen schauten sie neugierig an, unterbrachen ihr Gespräch jedoch nicht. Die Veranda des City Hotels war voller Gäste. Ein Schild kündigte an, daß am heutigen Nachmittag eine südamerikanische Brigg bei einer Auktion versteigert werde. «Die kommt gerade recht, um Vorräte in die Goldlager zu bringen», schrie ein Mann.

Auf der Plaza sah Kendra noch mehr Schilder, die aufgegebene Schiffe und deren Ladungen entweder gegen bar oder Goldstaub offerierten. Vor den Militärbaracken erblickte sie keine Soldaten. Sie mußte an die vielen Desertionen denken, von denen man ihr erzählt hatte.

Endlich gelangte sie in die Stockton Street. Hier oben war die Luft so feucht und rein, wie Kendra sie noch in der Erinnerung hatte. Ein eigentümliches und überraschendes Gefühl, wieder nach Hause zu kommen, beschlich sie mit einemmal.

Sie ritt an der Zwergeiche vorüber, an die Captain Pollock sein Pferd gebunden, als er sie am Tag nach seiner Ankunft aus Honolulu besucht hatte. Beim Anblick des kleinen viereckigen weißen Hauses wurde sie unruhig. Saßen Alex oder Eva vielleicht auf der Veranda? Sie schaute näher hin, fuhr zusammen und hielt den Atem an.

Auf der Veranda machten sich fremde Männer breit.

Sie ritt näher heran. Ein großer bärtiger Mann kam die Treppe hinab und wollte gerade ein Pferd besteigen, als er Kendra erspähte. Erstaunt riß er seinen Hut vom Kopf und verbeugte sich. Mit derber Höflichkeit erkundigte er sich, ob sie jemanden suche.

«Ja . . . danke sehr», erwiderte Kendra und fragte sich, ob man ihr die Verwirrung wohl ansehen mochte. «Ich suche den Oberst Taine.»

«Oberst?» wiederholte der Mann mit einem Stirnrunzeln.

«Oberst Alexander Taine. Wohnt er denn nicht mehr hier?»

Der Fremde schüttelte langsam den Kopf. «Nicht daß ich wüßte, Ma'am. Ich bin aber gerade erst von Oregon gekommen und daher nicht ganz sicher.» Er drehte sich zu einigen der anderen Männer um, die mittlerweile die Stufen herabgekommen waren. «Kennt einer von euch einen Oberst, der hier irgendwo gewohnt hat?»

Alle schüttelten den Kopf. Einer riet Kendra:

«Vielleicht fragen Sie mal bei Mrs. Beecham nach. Die Leute kommen und gehen, Ma'am. Sie wissen ja, wie es in einer Pension zugeht.»

Kendra fuhr erschreckt auf. «Ist das hier denn jetzt eine Pension?»

«Ja, Ma'am», sagte ein dritter Mann in einem roten Hemd. «Sie wird von Mr. und Mrs. Beecham geführt. Aber hier lebt kein Offizier.»

Alle zeigten sich hilfsbereit oder wollten doch wenigstens wissen, welch ein Rätsel es zu lösen gab. Einer war ins Haus gegangen, um Mrs. Beecham zu holen. Sie war eine barsche, doch nicht unfreundliche Person. «Von einem Oberst Taine habe ich nie im Leben etwas gehört. Ich bin mit meinem Mann in einem Planwagen aus Oregon gekommen. Als wir von daheim aufbrachen, hatten wir noch kein Wort über die Goldfunde vernommen; nachdem wir hier waren, kam uns jedoch der Gedanke, daß eine Pension das Richtige sei. Also haben wir das Haus von Mr. Rigg gekauft . . .»

«Mr. Rigg!» rief Kendra. «Den kenne ich ja. Ich werde zu ihm reiten und mich erkundigen.»

Doch Mrs. Beecham unterbrach sie. «Die Riggs wohnen auch nicht mehr in ihrem Haus. Das ist jetzt ebenfalls eine Pension, die von einer Mrs. Fairfax geleitet wird. Die Riggs haben diese Häuser verkauft und sich einer Gruppe Mormonen angeschlossen, die nach dem Salt Lake aufgebrochen sind. Das ist schon eine ganze Weile her. Ich nehme an, Sie waren fort?»

Kendra kannte die Redensart «Das Herz wird mir schwer». Sie hatte die Bedeutung dieser Worte noch nie erfaßt. Doch jetzt war ihr, als sinke ein schwerer Klumpen in ihrer Brust immer tiefer. «Ja», antwortete sie, «ich war fort.»

Sie betrachtete Evas schmuckes Häuschen. Jählings empfand sie Heimweh nach Evas hellen Vorhängen und Bettvorlegern und nach den fröhlich geblümten Kissen, die sie für die Stühle gestopft hatte. Ach, überlegte Kendra, warum schätzen wir die Dinge denn nicht richtig ein, solange wir sie noch haben?

In diesem Augenblick erschien ein Gentleman auf der Treppe. Als Kendra ihn erblickte, ging ihr sogleich dieses Wort durch den Kopf: Er machte in der Tat den Eindruck eines Gentleman. Und er sah aus wie ein Mann, der in den besten Hotels zu Hause ist, der Geld und Pferde ebenso liebt wie schöne Frauen und von allem eine Menge versteht. Er war nicht auffallend groß, doch kräftig gebaut und trug einen gutgeschnittenen Anzug aus bestem Tuch. Vermutlich war er etwa vierzig Jahre alt. Doch ließ sich sein Alter schwer beurteilen, denn sein Haar war fast weiß, obwohl sein Gesicht noch jugendliche Züge trug. Es war dichtes welliges Haar, das auch an der Stirn noch voll war, und dieses Weiß wirkte besonders überraschend, da seine Brauen und seine Augen dunkel waren. Die von der Sonne verbrannte Haut ließ vermuten, daß er sich noch nicht lange in San Francisco aufhielt.

Es war jedoch nicht anzunehmen, daß er in den Goldminen gewesen und von dort herabgekommen war: Diese wohlgepflegten Hände hatten sicher niemals eine Spitzhacke geschwungen oder mit einer Schaufel hantiert. Als er näher an Kendra herantrat, blitzte es in seinen Augen anerkennend auf. Dieser Blick war jedoch keineswegs unverschämt, sondern lediglich das instinktive Wohlgefallen, das jeder Mann einer charmanten Frau bekundet. Er sprach sie in nüchternem Ton an:

«Guten Morgen, Madam. Mein Name ist Warren Archwood. Vielleicht kann ich Ihnen behilflich sein?»

Seine Höflichkeit wirkte beruhigend. «Vielen Dank», antwortete Kendra und setzte erklärend hinzu: «Mrs. Taine ist meine Mutter.»

«Ich schlage Ihnen vor, sich im Hauptquartier der Armee zu erkundigen. Der Verbleib eines Oberst wird dort sicher bekannt sein.»

«Das Hauptquartier – natürlich!» rief Kendra.

«Ist es immer noch dort, wo es früher war?»

Der Wind trieb eine weiße Locke über Mr. Archwoods Stirn. Er strich sie zurück und entgegnete lächelnd:

«Ich weiß nicht, wo es früher war, aber ich bezweifle, ob es noch am selben Ort untergebracht ist. In San Francisco ist nämlich alles sozusagen im Fließen. Immerhin weiß ich, wo es sich zur Zeit befindet, in einem kleinen Haus der Montgomery Street.» Er zog seine Reithandschuhe aus der Tasche. «Ich reite mit Ihnen hinab.»

«Das ist nicht nötig», protestierte Kendra. «Ich finde es schon allein.»

«Sie sind zu jung», erwiderte Mr. Archwood, «und – verzeihen Sie mir – sehen zu gut aus, um sich hier allein zu bewegen. Mein Pferd steht dort, schon gesattelt. Ich begleite Sie.»

Ohne weitere Worte stieg er auf, und sie ritten davon. Um die Unterhaltung von ihrer Person abzulenken, sagte Kendra:

«Sie scheinen sich hier ja gut auszukennen, Mr. Archwood.»

«Ich bin zur Faulheit gezwungen», erklärte er freundlich, «deshalb habe ich die Stadt so nach und nach durchstreift.» Er berichtete ihr, daß er auf der *Huntress* von New York gekommen sei, die sie in der Bucht sehen könne. Er habe eine Ladung Güter, die zum Teil für Chase & Fenway, zum andern Teil für eine Firma in Honolulu bestimmt sei. Die *Huntress* könne indessen nicht nach Honolulu weitersegeln, da die Mannschaft sich dünnegemacht habe.

«Wir haben New York im April verlassen», fügte Mr. Archwood hinzu. «Wie hätten wir mit dergleichen rechnen können?»

Im April, dachte Kendra. Damals habe ich Ted geheiratet. Wie hätte ich mit dergleichen rechnen können?

Und in der Erinnerung an diese glückliche Zeit fiel ihr ein, was Eva damals gesagt hatte: Wenn sie und Ted des Lebens in Kalifornien überdrüssig seien, könnten sie ja mit diesen von der Regierung finanzierten Dampfschiffen nach Hause fahren. Sie sagte zu Mr. Archwood:

«Vielleicht können Sie auf einem der Passagierdampfer heimfahren. Der Kongreß hat im letzten Jahr die Fahrten entlang beider Küsten genehmigt.»

«Ja, ich weiß», versetzte er. «Sie haben diese Dampfer auf Kiel gelegt, als ich in New York aufbrach. Der erste müßte bald hier ankommen. Aber . . .» Er lächelte spöttisch und blickte auf die verlassenen Schiffe in der Bucht . . . «wird er auch tatsächlich kommen?»

Kendra lächelte gleichfalls. Er war so freundlich und höflich. Mit jeder Minute fühlte sie sich heiterer werden. «Sie haben soviel im Kopf, und doch nehmen Sie sich die Zeit, mir bei der Suche nach meiner Familie zu helfen.»

Während sie noch sprach, wurde ihr bewußt, daß sie soeben Alex und Eva zum erstenmal ihre «Familie» genannt hatte. Mr. Archwood entgegnete unerwartet humorvoll:

«Meine Zwangslage ist nicht ganz so schlimm, wie Sie meinen. Ich bin eigentlich aus reiner Lust am Abenteuer an die pazifische Küste gekommen. Das Geschäftliche hätte ein anderer ebensogut erledigen können.»

Und dann erzählte er ihr, daß seine Frau vor einigen Jahren kinderlos gestorben sei. «In New York bin ich nicht eigentlich einsam», sagte er, «denn ich habe dort viele Freunde, aber allmählich konnte ich dieselben Restaurants, dieselben Theater, dieselben Hotels nicht mehr ausstehen. Ich reise gern, aber die interessantesten Orte zu beiden Seiten des Atlantik habe ich bereits kennengelernt. Darum habe ich mich diesmal entschlossen, mir die andere Erdhälfte vorzunehmen. Ich wollte etwas Überraschendes erleben. Nun, was ich gefunden habe, ist ja tatsächlich überraschender, als ich zu hoffen wagte, aber es macht mir Spaß.»

In der Montgomery Street geleitete er sie zu dem kleinen Haus, von dem er gesprochen hatte. Ein Soldat stand auf der Veranda. Er ähnelte keineswegs den feschen jungen Soldaten, die Kendra im Frühling gesehen hatte; er hätte sich dringend rasieren und die Haare schneiden lassen müssen, und seine Uniform war ziemlich beschmutzt. Mr. Archwood stieg mit ihr die Treppe hinauf. Der Soldat trat ihnen entgegen.

«Diese Dame», sagte Mr. Archwood, «sucht Oberst Taine.»

«Oberst Taine?» wiederholte der Soldat unsicher. Doch dann erhellte sich seine Miene. «Oh, dann sind Sie ja Mrs. Parks?»

Kendra zuckte unter dem Namen zusammen. «Ich bin die Tochter von Mrs. Taine.»

«Gewiß, Madam, wir haben Sie erwartet. Wenn Sie hier warten wollen, werde ich Leutnant Vernon Bescheid geben.»

Trotz all dieser Merkwürdigkeiten hörte sie mit Freuden einen ihr vertrauten Namen. Sie dankte dem Soldaten mit einem Lächeln. Als Vernon heraustrat, sah sie, daß auch er sich verändert hatte. Nicht daß er ungepflegt gewesen wäre, aber seine Schuhe waren ausgetreten, und seine Uniform war abgetragen, und aus seinem Gesicht sprach Müdigkeit. Er wandte sich Kendra und Archwood höflich zu, doch fehlte der Eifer jener Tage, da in San Francisco partout nichts hatte passieren wollen. Heute war er ganz einfach viel zu müde.

«Ich hoffe, daß Sie und Ted einen schönen Sommer in den Minen verbracht haben.»

«Ja, es war recht nett», antwortete sie und wechselte sogleich das Thema. «Können Sie mir sagen, wo ich meine Mutter finden kann?»

«Ach, dann haben Sie ihren Brief gar nicht bekommen?»

Kendra fühlte sich plötzlich beunruhigt. «Einen Brief? Welchen Brief?»

«Sie gab ihn einem Mann, der in die Berge aufgebrochen ist», entgegnete Vernon. «Er sagte, vielleicht gehe er nach Shiny Gulch, aber offenbar hat er das doch nicht getan. Aber machen Sie sich keine Sorgen. Der Brief ist nicht verloren. Mrs. Taine hat sich gesagt, der Mann werde Sie am Ende nicht finden, deshalb hat sie eine Kopie hinterlassen.»

Kendra fröstelte am ganzen Leib. «Aber wo ist sie denn?»

«Oberst Taine ist versetzt worden», antwortete Vernon, «und zwar nach Fort Monroe.» Und als sie verblüfft dreinschaute, erklärte er: «Hampton Roads in Virginia.»

Kendra hörte sich diese Worte nachsprechen. Sie klangen, als kämen sie aus dem Schacht eines Brunnens:

«Hampton Roads in Virginia.»

Vernon hätte ebensogut «Sansibar» sagen können.

27

Plötzlich fielen ihr die Deserteure ein.

«Wie ist meine Familie denn fortgereist?»

«Der Befehl traf zu einem Zeitpunkt ein, als San Francisco noch nicht ganz so verrückt war wie heute», sagte Vernon. «Oberst Taine und seine Frau sind auf einem Schoner nach Monterey gesegelt und von dort aus weitergereist. Ich werde Ihnen den Brief holen.»

Er ging wieder ins Zimmer. Mr. Archwood begann sich mit dem Soldaten zu unterhalten, so daß Kendra Gelegenheit fand, sich zu sammeln. Er hatte erkannt, daß sie einen schweren Schlag verwinden mußte. Sie trat ein paar Schritte zur Seite und flocht die Finger ineinander. Plötzlich bekam sie das unheimliche Gefühl, hier schon einmal gewesen zu sein. Zudem wurde sie von der ihr nur allzu bekannten Angst heimgesucht: ich bin im Wege, und niemand liebt mich, weil ich ein unerwünschtes Kind bin.

Vernon übergab ihr den Brief der Mutter. Er war an Mrs. Ted Parks adressiert. Als sie sich an Bord eines Schiffes begaben, um an die Ostküste des Kontinents zu gelangen, war es weder Alex noch Eva in den Sinn gekommen, daß Kendra vielleicht mit ihnen fahren wolle. Sie hatten geglaubt, sie sei in wohlbehüteter Ehe verheiratet.

Dieser Meinung war auch Vernon noch. Gerade jetzt sagte er, wie gern er bei ihr bleiben und sich die Abenteuer anhören wollte, die sie und Ted in Shiny Gulch erlebt hatten. Doch fand er dazu leider keine Zeit. Die Reihen waren durch die vielen Desertionen derart gelichtet, daß die bei der Fahne gebliebenen Männer mehr Pflichten auf sich zu nehmen hatten, als sie nach menschlichem Ermessen tragen konnten. Er lächelte matt. «Entsinnen Sie sich noch, wie wir darüber lamentiert haben, daß hier nichts los sei?»

Kendra bemühte sich, ihn anzulächeln. Vernon trat wieder in sein Büro.

Sie blieb stehen, wo sie war, und kam sich wie eines jener aufgegebenen Schiffe in der Bucht vor. Doch etwas in ihrem Innern fragte sie:

Was ist denn eigentlich so schlimm an deiner Situation? Du hast doch nie gern mit deiner Mutter und deinem Stiefvater zusammen gelebt. Du hast neun Kilogramm Gold. Du kannst zu Chase & Fenway gehen und sie fragen, ob ein Zimmer zu mieten ist. Und danach erst brauchst du dir Gedanken über deine nächsten Schritte zu machen . . .

Sie erzählte Mr. Archwood, daß sie nun gern zum Laden der Herren Chase und Fenway reiten wolle. Wiederum erklärte er sich zur Begleitung bereit. Wiederum war sie froh, ihn zur Seite zu haben, wenngleich sie ihm gegenüber protestierte. Archwood stellte keinerlei Fragen, sie war ihm dankbar dafür.

«Mr. Archwood, Sie sind so liebenswürdig . . . ich muß Ihnen etwas erklären.»

«Das brauchen Sie durchaus nicht», war die ruhige Antwort. «Ich kann mir schon denken, welche Schwierigkeiten Sie haben.»

«Wieso denn?»

«Ich habe gehört, daß der Soldat Sie Mrs. Parks genannt hat, und ich habe diesen Namen auch auf dem Brief Ihrer Mutter gelesen. Ein Mann, der vor einigen Tagen bei Mrs. Beechams gegessen hat, wußte mir von Ihnen zu erzählen. Er war in Shiny Gulch gewesen und hat von einer Ihrer Freundinnen eine Geschichte gehört . . .»

«Einer Freundin!»

«Aber ja . . . eine Mrs. Cosey, Mosey, Posey . . .»

«Ich hoffe, sie stürzt in die Schlucht und bricht sich ihr feistes Genick!» Zitternd vor Wut erzählte Kendra ihm von dieser heimlichen Lauscherin Mrs. Posey. «Ich heiße Kendra Logan. Und es ist schrecklich, wenn jedermann in der ganzen Stadt seine Nase in meine Privatangelegenheiten steckt!»

Zu ihrer Verwunderung fing Archwood zu lachen an.

«Was gibt's denn da zu lachen?» fuhr sie auf.

«Liebes Kind, ich lache über Ihre Befürchtungen. Kein Mensch befaßt sich mit Ihren Privatangelegenheiten. Die Leute befassen sich mit Gold und mit der Frage, wie die Ladungen gelöscht werden können, und wieder mit Gold und noch einmal mit Gold und wie sie Mannschaften für ihre Schiffe bekommen und abermals mit Gold, Gold und immer von neuem mit Gold. Ich habe zufällig das Gerede dieses Mannes gehört, aber ich hätte nie wieder daran gedacht, wenn ich Ihnen nicht begegnet wäre. Das war ein harmloser Tölpel – Turner hieß er, wenn ich mich recht entsinne.»

Kendra entsann sich sehr wohl dieses Frank Turner aus Shiny Gulch, der ihr einen Heiratsantrag gemacht hatte. Sie fragte sich, wie oft inzwischen ihre Geschichte wohl ausgeschmückt und zurechtgestutzt worden sein mochte.

Sie kamen zum Laden. Ein Dutzend Kunden kaufte Vorräte für die Goldfelder ein. Mr. Chase und Mr. Fenway waren beide anwesend; außerdem gab es einen Angestellten, den Kendra nicht kannte. Als sie mit Mr. Archwood hereinkam, rief Mr. Chase ihnen einen Gruß entgegen. Wenig später trat er zusammen mit seinem Kompagnon zu ihr. «Hiram Boyd ist schon dagewesen», erzählte Mr. Chase, «er hat berichtet, daß . . . nun, Hiram sagte, Sie wollen nicht darüber reden, aber es tut mir sehr leid, daß die Dinge einen solchen Verlauf nahmen.» Mr. Fenway schüttelte den Kopf und seufzte, als habe er nichts Besseres erwartet. «Und jetzt», erkundigte sich Mr. Chase, «was kann ich für Sie tun?»

«Ich hätte gern einen Rat», erwiderte Kendra. «Oder sind Sie zu beschäftigt?»

«Keineswegs», beteuerte Mr. Chase. «Watson!» rief er dem Angestellten zu. «Kümmern Sie sich um den Laden.»

Sie gingen alle vier in das Büro, wo ihnen Mr. Chase Stühle am Schreibtisch anbot. Beim Hinsetzen fuhr er sich mit einem Taschentuch über die Stirn. «Es ist eine wahre Wonne, sich einen Moment ausruhen zu können», meinte er. «Heutzutage hat man alle Hände voll zu tun, um seinen eigenen Kram zu erledigen. Man findet keine Leute. Findet man aber dennoch einmal welche, dann muß man riesige Löhne zahlen, damit die Leute nicht in die Goldfelder laufen. Dieser Angestellte draußen, ein gewisser Ralph Watson, ist zwar ein guter Kerl, aber – na ja, was hilft das Jammern schon? Und was wünschen Sie also zu wissen, Miss Kendra?»

Kendra fragte, wo sie ein Zimmer mieten könne.

Mr. Chase, Mr. Fenway und Mr. Archwood sahen einander an. Mr. Chase scharrte unbehaglich mit den Füßen. Dann, als überkomme ihn eine jähe Eingebung, sagte er: «Archwood, haben Sie denn nicht ein Grundstück gekauft?»

Mit Bedauern setzte Archwood seine Lage auseinander. Wie Hiram sah er einen Sturm aus Kalifornien voraus, sobald die Nachricht von den Goldfunden allerorten bekannt wurde. Und wie Hiram war er gesonnen, das Beste für sich selber dabei herauszuschlagen. Er hatte zwei Grundstücke erworben, deren Wert natürlich steigen mußte. Das eine in der Kearny Street war unbebaut. Das andere hingegen, an der Ecke der Washington Street, hatte bloß ein kleines Holzhaus, doch war es – bevor er es gekauft hatte – von vier Goldgräbern gepachtet worden, die nun darin lebten, um sich zu erholen und ihren Skorbut auszukurieren, ehe sie wieder in die Berge aufbrachen, um noch mehr Gold zu suchen. Diese Männer hausten nun darinnen. Sie hatten die Pacht im voraus gezahlt und weigerten sich auszuziehen. Zur Zeit schlafe Archwood auf einem Feldbett in Mrs. Beechams Pension, und zwar in einem Raum, den er mit drei andern teilen müsse.

Mr. Chase erklärte: «Meine Frau und ich, wir würden uns freuen, Sie aufnehmen zu können, doch ist unser Haus überfüllt. Wir haben drei

Schlafzimmer. In dem einen schlafen wir selbst, in dem zweiten hausen unsere drei Söhne, und im dritten Zimmer haben zwei Freunde Unterschlupf gefunden. Es handelt sich um Geschäftsleute, die Waren aus Valparaiso heraufgebracht haben und die nun nicht wieder heimreisen können, da ihre Schiffe in der Bucht gestrandet sind. Außerdem lebt in meinem Haus eine junge Frau aus Oregon. Deren Mann hat sich auf die Goldsuche begeben, und sie hat uns angefleht, die Hausarbeit erledigen zu dürfen, wenn sie als Entgelt nur bei uns wohnen könne. Sie nächtigt auf einer Matratze in der Wäschekammer. Übrigens sind in dieser Wäschekammer auch noch einige Ihrer Kleider, Miss Kendra. Ihre Mutter hat uns gebeten, einen Koffer für Sie aufzubewahren. Es sind Sachen, die zu schade waren für Shiny Gulch.»

Kendra vermutete, daß er diesen Koffer wohl bald loswerden wollte, um in seinem überfüllten Haus ein bißchen mehr Platz zu bekommen. «Vielen Dank. Ich hole die Kleider, sobald ich weiß, wohin ich sie bringen kann.»

Mr. Chase trocknete wieder einmal seine Stirn. Mr. Fenway schwieg mit düsterer Miene.

Dann erzählte Mr. Chase: «Mr. Fenway hat lange bei einem Ehepaar namens Brunswick zur Miete gewohnt. Dieses Zimmer hat er auch heute noch, doch muß er nun zehnmal soviel dafür zahlen wie im Frühjahr, damit Mrs. Brunswick keine andern Mieter ins Haus nimmt. Natürlich denke ich nicht daran, Sie, Miss Kendra, auf der Straße übernachten zu lassen: Irgendwie wird meine Frau schon eine Art Couch auftreiben ...»

Mr. Chase verstummte hilflos. Er wollte freundlich sein, doch war es deutlich sichtbar, daß er diese Bürden für allzu schwer hielt.

Kendra war müde. Die Mutlosigkeit machte sie fast krank. Am liebsten hätte sie sich umsinken lassen und geweint.

Nun sprach Mr. Fenway.

«Nun, nun, schön, schön», sagte er mit trauriger Stimme. Sein langer spinnenartiger Körper lag gespreizt über dem Stuhl. Seine Miene hätte zu einem Menschen gepaßt, der Augenzeuge eines Schiffsunterganges war. «Miss Kendra», leierte er, «Miss Kendra kann doch einfach hierbleiben.»

Seine Zuhörer schauten überrascht auf. «Wo denn, Fenway?» begehrte Chase zu wissen.

«In Lorens Zimmer», antwortete Mr. Fenway feierlich. «Loren arbeitet für uns», erläuterte er Kendra. «Vielleicht wußten Sie das noch nicht. Er wohnt oben. Jetzt hält er sich in Honolulu auf und kauft Waren für uns ein. Sie können sein Zimmer haben, bis er zurückkommt.»

Kendra stammelte ihren Dank. Mr. Chase rieb sich erfreut die Hände. «Eine herrliche Idee!» rief er aus. «Und auch anständig. Denn es gibt noch einen zweiten Raum dort oben, in dem Watson, der Angestellte, wohnt, und Watson ist ein verheirateter Mann, der seine Frau bei sich hat.»

Die Aussicht, ein Bett für die Nacht zu haben, war so erfreulich, daß

Kendra neue Kräfte spürte. «Ich hätte gern meine Freundin Marny bei mir», sagte sie.

Mr. Chase legte die Stirn in Falten.

«Sie war schon einmal hier. Sie war erst vorhin wieder hier, zusammen mit Pocket und Hiram Boyd.»

Das runde joviale Gesicht des Mr. Chase wurde vor Erregung dunkel. «Aber nein, Miss Kendra! Was würde meine Frau dazu sagen!»

«Wer ist denn Marny?» fragte Mr. Archwood interessiert.

Kendra gab ihm keine Antwort. Statt dessen antwortete sie Mr. Chase. «Ich war in Schwierigkeiten, und Marny ist meine Freundin. Wenn ich ein Unterkommen finde, lasse ich sie nicht auf der nackten Erde schlafen.»

«Miss Kendra, offen gesagt: Wenn meine Frau erfährt, daß ich eine Frau wie diese aufnehme ...» Er hielt inne. Seine dicken Hände fuchtelten hin und her.

Eine Weile blieb es still. Dann wurde das Schweigen durch Mr. Fenways schleppende Stimme unterbrochen:

«Marny kann auch hier wohnen.»

«Aber Fenway ...»

«Marny scheint mir ein angenehmes Mädchen zu sein», brummte Mr. Fenway. «Und wenn Miss Kendra ihr beistehen möchte, dann ist das wohl sehr freundlich von ihr.»

Kendra lauschte ihm mit wachsendem Respekt. Bisher hatte sie ihn für den zurückhaltenderen Teilhaber gehalten, doch nun war er es, der ihr Lorens Zimmer anbot, und er riet Mr. Chase, sich nicht länger Gedanken wegen seiner Frau zu machen. Kendra lächelte Mr. Fenway dankbar an. Mr. Fenway seinerseits lächelte nicht: Dies wäre denn doch gar zuviel Mühe gewesen. Mit Grabesstimme schloß er:

«Nun, das dürfte wohl erledigt sein.»

Mr. Chase seufzte. «Wenn meine Frau jemals dahinterkommt ...»

«Vielleicht stellen Sie dann fest, daß sie mehr Verstand hat als Sie selber», meinte Mr. Fenway. Und langsam, als bereite es ihm große Mühe, stand er auf. «Wir gehen jetzt wohl besser wieder an die Arbeit. Archwood, wenn Sie mitkommen wollen, geben wir Ihnen den Schlüssel für Miss Kendra.»

Sie gingen hinaus, und ein paar Minuten später kam Mr. Archwood mit dem Schlüssel zurück. «Ich habe die Art und Weise bewundert, in der Sie für Ihre Freundin eingetreten sind», sagte er lächelnd.

«Es war nett von Mr. Fenway, daß er Marny hier wohnen läßt. Es hat mich erstaunt, daß Mr. Chase so schnell nachgegeben hat.»

Archwood blickte sie amüsiert an. «Dieses Grundstück hier gehört Mr. Fenway.»

Kendra lachte.

«Darf ich morgen kommen, um nachzusehen, wie es Ihnen geht?» erkundigte sich Archwood.

Gewiß dürfe er das. Er schritt mit Kendra durch den Laden und den Lagerraum zur Hintertür. Als er sich von ihr verabschiedet hatte, fühlte sie sich wiederum heimwehkrank. Sie mußte daran denken, welchen Spaß sie und Ted einst beim Aussuchen der Lebensmittel in diesem Lagerraum gehabt hatten, und sie entsann sich ihrer vielen Gespräche . . .

Schluß damit! befahl sie sich selbst. Schluß damit!

Sie stürzte die Treppe hinauf und schloß droben Lorens Zimmer auf. Beim Eintreten erkannte sie, daß sie und Marny tatsächlich viel Glück hatten: Einen gemütlicheren Raum hätten sie wahrscheinlich in ganz San Francisco nicht finden können. Hier stand ein richtiges Bett mit einer Matratze und Kissen. An der einen Wand erblickte sie einen Waschständer, und schräg gegen die Wand war eine Badewanne aus Metall gelehnt. Es gab einen Kleiderschrank und eine Kommode, einen Tisch mit einem Stuhl sowie ein Regal voller Bücher. Und mit Vergnügen sah sie eine Holzkohlenpfanne, die zwar klein war, auf der sie indessen Wasser heiß machen, Kaffee kochen und Schinken backen konnte.

Mr. Fenway war wirklich sehr liebenswürdig, daß er sie und Marny hier wohnen ließ. Sie hoffte nur, Loren möge nichts dagegen haben, daß sein Zimmer benutzt wurde.

Dann fiel ihr jäh ein, daß dies nicht immer Lorens Zimmer gewesen war. Vor ihm hatte Ted hier gewohnt. Ted hatte in diesem Bett geschlafen und auf diesem Stuhl dort gesessen. Die Tränen brannten in ihren Augen.

Ach Ted, dachte sie verzweifelt, komme ich denn nie von dir los? Warum schmerzt mich die Erinnerung nur so sehr? Warum hält mich denn die Liebe so gefangen? Warum schwindet sie denn nicht endlich?

28

Mit Mühe drängte sie Ted aus ihren Gedanken. Geh an die Arbeit! sprach sie zu sich selber.

Sie machte das Bett und verließ das Haus, um Wasser vom Brunnen hinter dem Laden zu holen. Auf der Treppe hörte sie einen Tumult im Laden. Eine wütende Stimme schrie ihren Namen. Hiram stürmte durch das Geschäft und verlangte zu wissen, wo Kendra sei. Bei ihrem Anblick packte er sie an der Schulter und rief, er habe sie überall in der Stadt gesucht. Was ihr denn einfalle, so ohne weiteres und ohne ihn zu verschwinden? Kendra erzählte ihm, wie Mr. Archwood ihr geholfen hatte. Hiram stellte klar, daß sie eine ungeschickte Närrin sei, die Hilfe eines andern Menschen anzunehmen, da es doch nun einmal ihn gebe.

Schließlich teilte er ihr gnädig mit: «Es freut mich, daß Sie und Marny Schlafquartiere gefunden haben, denn nichts ist schwerer zu finden in dieser wahnsinnigen Stadt als ein Zelt, in dem sich Menschen aufhalten können. Ich werde Marny zum Laden bringen.» Kurz darauf war er mit Marny im Schlepptau wieder da. In besserer Stimmung zündete er beim Brunnen ein Feuer an und begann zu kochen. Kendra hatte bereits gesehen, daß die meisten Leute in San Francisco im Freien kochten. Die Schlafgelegenheiten waren zu kostbar; also wurden auch die Küchen vermietet, solange es noch nicht regnete. Nach dem Essen brachte Hiram die Pferde in eine Mietstallung. Die Frauen schleppten Wasser in das Zimmer und wuschen sich gründlich. Als sie endlich ihre zerschlissenen Nachthemden übergestreift hatten, fanden sie Muße zu einem Gespräch. Kendra lag auf dem Bett und schilderte ihre Suche nach den Eltern und ihr Zusammentreffen mit Mr. Archwood.

Marny saß am Tisch und mischte lässig Karten. Als Kendra ihre Geschichte zu Ende erzählt hatte, stand sie auf, ging zum Fenster, schob den Vorhang zur Seite und blickte auf San Francisco hinab. Aus Zelten und Hütten flackerten Lichter, der Sturm trieb Staubwolken vorbei, und inmitten dieses Staubes schliefen Männer, die nirgendwo Unterschlupf gefunden hatten.

«Kendra», fragte Marny nach einiger Zeit, «sind Sie an diesem Mr. Archwood interessiert?»

«Interessiert? Wie meinen Sie das?»

«Sie wissen schon, was ich meine. Wie sich eine Frau halt für einen Mann interessiert . . .»

Kendra fuhr zusammen. «Natürlich nicht!»

«Schön», sagte Marny, «aber ich bin an ihm interessiert.»

Kendra stieß einen Laut der Überraschung aus. «Aber Sie haben ihn doch noch nie gesehen!»

«Um diese Zeit im vergangenen Jahr hatte ich auch noch nie Gold gesehen», erklärte Marny. «Als ich dann davon erfuhr, habe ich mich dafür interessiert.»

Kendra richtete sich auf.

«Ich dachte, Sie wären nicht in der Stimmung, sich um Männer zu kümmern.»

«Stimmt. Ich war's auch nicht. Aber jetzt bin ich in der geeigneten Stimmung. Mich interessiert dieser Mr. Archwood. Aber Sie haben ihn zuerst kennengelernt. Wollen Sie ihn haben?»

«Um Himmels willen!» rief Kendra aus. «Nein!»

«Sie haben einen guten Eindruck auf ihn gemacht», mahnte Marny. «Falls Sie ihn bloß ein bißchen ermutigen, will er Sie vielleicht heiraten.»

«Ach, hören Sie auf!» entgegnete Kendra kurz.

«Einen Augenblick! In dieser Stadt sind alle wahnsinnig, und das wird noch schlimmer werden. Es kann Monate dauern, ehe eines dieser Schiffe den Hafen verläßt. Sie können jetzt nicht nach den Vereinigten Staaten zurück. Es wäre demnach sehr nützlich, einen Mann zu haben.»

«Ich will keinen Mann.»

«Kendra, denken Sie einmal nach. Ich lasse Ihnen die Wahl. Also wollen Sie Mr. Archwood?»

«Nein.»

«Sind Sie sich ganz sicher?»

«Ja.»

«Gut denn», erklärte Marny. «Ich will ihn haben.»

Sie nahm die Karten vom Tisch, spielte einen Moment mit ihnen und legte sie wieder hin.

«Marny, was haben Sie vor?»

Langsam, als überlege sie jedes Wort, antwortete Marny:

«Nun, meine Liebe, zur Zeit bin ich das, was man eine unbeschäftigte Abenteurerin nennen könnte.» Wieder nahm sie die Karten, betrachtete sie und fuhr dann fort: «Delbert hat mir einen richtigen Schock versetzt, als er mit meinem Goldstaub durchgegangen ist. Man braucht Kapital, um einen neuen Calico-Palast zu gründen, und ich weiß nicht, ob ich genug habe. Es scheint so, als hätte Mr. Archwood das nötige Kleingeld.»

Nachdenklich prüfte sie seine Vorzüge:

«Er hat Geld zum Investieren. Er verfügt über die guten Manieren eines Gentleman. Es ist keine Frau da, die Unruhe stiften könnte. Ihm gehört ein Bauplatz. Und der Bauplatz ist an der Plaza gelegen – geradezu ideal für einen Spielsalon. Er muß hierbleiben, bis diese Matrosen zurückkommen. Deshalb kann er seine Zeit nützlich verbringen. Schließlich ist er ja nach Kalifornien gereist, um Erfahrungen zu sammeln.»

Wieder sagte sich Kendra, daß Marny in der Tat wie eine Katze war. Eine bezaubernde und liebenswerte Katze, gewiß, aber selbst die liebenswerteste Katze hatte ein Gespür für das wärmste Fleckchen in einem Raum, und dorthin schlich sie sogleich. Nachdem sie eine Weile geschwiegen hatte, fächerte Marny die Karten schön und geschickt wie immer auseinander, dann schob sie das Spiel zusammen.

«Kendra, ich glaube, Ihr Freund Mr. Archwood wird sich verlieben.»

Am nächsten Morgen stellten sie beim Erwachen fest, daß die Sonne durch den Nebel brach. Der Tag mußte heiter werden. Während der Kaffee auf der Heizpfanne dampfte, machte Marny einen Vorschlag. «Hat Archwood nicht gesagt, er werde Sie heute besuchen? Warum laden Sie ihn nicht zum Essen ein? Ich besorge Essen und Trinken und helfe auch sonst, wo ich nur kann.»

Kendra war noch nie gebeten worden, einem Frauenzimmer zu einem Manne zu verhelfen. Die Angelegenheit faszinierte sie, zugleich aber wußte sie nicht recht, wie sie ihre Rolle spielen sollte. «Und bei diesem Essen – wollen Sie mich dabei haben?»

«Natürlich. Wir werden Hiram und Pocket einladen und eine Party veranstalten. Wir tragen die Heizpfanne ins Freie und braten Steaks über der

Holzkohle. Brauchen Sie irgendwelche Kleider? Bevor ich nach Shiny Gulch ging, habe ich in einem Lagerhaus einen Schrankkoffer untergestellt.»

Kendra erzählte ihr von dem Koffer, den ihre Mutter in der Obhut von Mrs. Chase zurückgelassen hatte. Marny erklärte, sie werde einen Wagen beschaffen und beide Koffer holen. Zusammen mit ihnen brachte sie Steaks, Kartoffeln und Kürbisse, Brot, Butter und einen vorzüglichen französischen Wein, den sie bei Mr. Fenway besorgt hatte. Ihn hatte sie wissen lassen, daß sie nur das Allerbeste wünsche, gleichgültig, wie teuer es sei. Hiram und Pocket würden sich ebenfalls einfinden. Tatsächlich waren sie bereits da. Daß dieses Essen den Zweck habe, Mr. Archwood zu betören, hatte sie den beiden allerdings nicht mitgeteilt. Die Männer hatten Holz und Moskitonetze mitgebracht; sie errichteten nun eine Art Pavillon, in dem das Essen gekocht und aufgetragen wurde, ohne daß die Fliegen sie störten. Kendra ging mit Marny hinab und fand den Pavillon geradezu luxuriös. Marny fand ihn gleichfalls nett.

Als die Männer fertig waren, gingen sie fort, um sich neue Hemden zu kaufen. Kendra packte nun ihren Koffer aus. Dann kam Serena Watson, die Frau des Angestellten, herauf und meldete ihr die Ankunft des Mr. Archwood im Laden. Kendra stieg hinunter. Marny hatte ihr eingetrichtert, wie sie sich zu verhalten habe.

Sie führte Mr. Archwood in den Lagerraum, wo weniger Betrieb herrschte als im Laden. Sie setzten sich auf Kisten. «Ich danke Ihnen nochmals für Ihre Hilfe», sagte Kendra, «wir haben es gemütlich hier, Marny und ich.» Nach einigen Minuten fragte sie: «Wollen Sie nicht am Nachmittag zu einem Essen vorbeikommen? Dann können Sie auch unsere Freunde kennenlernen, die mit uns in Shiny Gulch gewesen sind.» Mr. Archwood nahm die Einladung freudig an, denn die Mahlzeiten bei Mrs. Beecham seien ziemlich fade.

«Wir essen am Brunnen hinter dem Laden. Diesen Weg, bitte. Ich will es Ihnen zeigen.»

Sie traten zur Hintertür hinaus. Und dort, auf einer Bank am Brunnen, saß sittsam Marny und säumte ein Taschentuch . . .

Marny trug ein Kleid aus schlichtem grauem Musselin. Sie wußte, wie eindrucksvoll ein schlichtes Kleid wirkt, und außerdem wünschte sie, daß Archwood von ihr selbst Notiz nehme und weniger von ihrer Kleidung. Im Sonnenlicht leuchtete ihr Haar auf. Ihre Hände machten sich anmutig mit dem Tüchlein zu schaffen. Kendra stellte ihr Mr. Archwood vor. Marny begrüßte ihn wie eine vollendete Dame. Während sie in ihrer Arbeit fortfuhr, plauderten sie über das willkommene schöne Wetter, und Marny gab ihrer Freude Ausdruck, ihn bewirten zu können.

Nach wenigen Minuten strahlte Mr. Archwood förmlich vor Glück. Den gestrigen Bedenken des Mr. Chase hatte er entnommen, daß es sich wohl lohne, mit Marny bekannt zu werden. Chase und Fenway hatten indessen nicht von ihrer aufregenden Figur gesprochen, auch nicht von ihren grünen Augen und ihrem roten Haar und ihren Sommersprossen. Und sie hatten auch nicht gesagt, daß Marny – falls sie Lust dazu verspürte – ihre lokkenden Reize durchaus mit den Umgangsformen einer jungen Dame aus einem Pensionat in Einklang zu bringen wußte. (In der Tat hatten die Herren Chase und Fenway von diesen Künsten keine Ahnung.) Mr. Archwood empfand das Verlangen, Marny näher kennenzulernen.

Sie aßen um fünf am Nachmittag. Kendra und Marny hatten die Kochplatte in den Pavillon getragen. Sie ließen sich auf ihrem alten Bettzeug nieder, das sie auf der Erde ausgebreitet hatten. Als Servietten diente ungebleichter Musselin, den sie in viereckige Stücke gerissen hatten. Sie aßen aus den Pfannen, die sie im Gebirge benutzt hatten. Ihre Gabeln und Löffel waren aus Horn. Ihre Messer gehörten zu jener Sorte, die von den Goldsuchern verwendet wurden: Sie waren klein und scharf, man konnte mit ihnen ein Steak zerlegen oder Gold aus einer Felsspalte kratzen; ebenso brauchbar waren sie indessen auch, wenn es galt, die Kehle eines Mannes aufzuschlitzen.

Kendra fand, die Szenerie sei von wilder Romantik: Über den Bergen sank die Sonne, der Rauch ihres Feuers schwebte durch die Moskitonetze, Archwood war weltmännisch und elegant, die beiden andern Männer trugen ihre roten Hemden und ihre Kordsamthosen, der Feuerschein glitzerte auf Marnys Haar und auf ihren Händen, wenn sie Wein einschenkte. Kendra selbst hatte eine der gerüschten Schürzen umgebunden, die sie beim Aufwarten getragen, als ihr Stiefvater seine Offizierskameraden zum Essen eingeladen hatte. Hier am Lagerfeuer verlieh sie ihr einen pikanten Reiz.

Archwood saß ebenfalls auf dem Bettzeug und aß aus der Pfanne. Aus einem Zinnbecher schlürfte er Burgunder. Zum erstenmal ahnte er die Aufregung, die das Gold von Kalifornien weckte. Er hatte noch nie ein Placer gesehen. Er wußte nicht, wie man ein Sieb schütteln mußte, damit der Sand die Goldflocken freigab. Er ahnte nicht, was ein Schwingtrog war. Er stellte hundert Fragen, und die andern beantworteten sie gern. Hiram und Pocket berichteten ihm von ihrem Plan, einen Laden bei Sutters Fort zu eröffnen.

Bei der Nennung des Namens Sutter machte Archwood überraschte Augen. Anstatt wie bisher nur Zuhörer zu sein, konnte er diesmal auch etwas zur Unterhaltung beitragen. Als er von den grandiosen Geschichten hörte, die Sutter zu erzählen liebte, fing er zu lachen an. «Wie? Sutter ist seiner freien Ansichten wegen aus der Schweiz vertrieben worden? Er hat in der Leibwache des Königs von Frankreich gedient?»

Und dann berichtete er weiter: «Ich bin auf der *Huntress* zusammen mit einem Sohn Sutters gereist, und diesem jungen Johann ist noch nie dergleichen zu Ohren gekommen. Er hat gesagt, sein Vater habe bei Nacht und Nebel die Schweiz verlassen, weil man ihn sonst in den Schuldturm gesteckt hätte. Er habe eine Frau und vier Kinder sitzenlassen. Vierzehn Jahre lang hatten sie kein Wort von ihm vernommen. Erst im vergangenen Jahr hatte er ihnen geschrieben, nun sei er Großgrundbesitzer in Kalifornien. Der junge Johann war aufgebrochen, um festzustellen, was sein Vater in diesem unbekannten Land wirklich tut.»

Archwoods Zuhörer, die etwas Ähnliches schon lange geahnt hatten, lachten belustigt.

Weder Kendra noch Marny sprachen viel. Beide fanden jedoch Gefallen an der Party. Kendra war glücklich, weil man sie – wie in Shiny Gulch – brauchte. Ohne sie hätte es dieses Essen nicht gegeben. Und auch Marny war glücklich. Während die Männer sich unterhielten, lauschte sie amüsiert und liebenswürdig wie eine Frau, die die Menschen gut leiden mag und froh darüber ist, daß sie bei ihnen gern gesehen ist. Sie brauchte keine großen Worte zu machen. Sie war da, und alle nahmen ihre Gegenwart wahr.

Als das Hauptgericht abserviert worden war, spülte Kendra die Zinnbecher und goß Kaffee ein. Marny brachte weitere Becher zum Vorschein und schenkte Brandy aus. Archwood und Hiram ließen es sich schmecken, Pocket lehnte wie immer ab. Der Brandy war ebenso gut, wie es der Burgunder zuvor gewesen.

Eine Zeitlang saßen sie noch beim Feuer. Als die Sonne untergegangen war und die Dunkelheit hereinfiel, meinte Archwood, nun müsse er gehen. Vor dem Pavillon nahm er Kendra beiseite. Nachdem er ihr für das beste Essen gedankt hatte, das ihm nach seiner Abreise aus New York aufgetragen worden sei, bot er noch einmal seine Dienste für die kommende Zeit an. Er sprach aufrichtig. Sie zweifelte nicht daran, daß er sie gern hatte. Doch bemerkte sie mit Vergnügen, daß er das Wort an Marny richtete, als er sich erkundigte, ob er gelegentlich wieder einmal einen Besuch machen dürfe.

Sobald er außer Sicht war, erklärte Marny:

«Sie haben gekocht. Also sind wir jetzt an der Reihe. Gehen Sie nach oben. Wir werden alles forträumen, die Jungs und ich.»

Pocket holte bereits Wasser vom Brunnen. Hiram warf neues Holz ins Feuer. Kendra überließ sie dankbar ihrer Arbeit. Sie räumten alles fort. Dann führten Marny und Hiram sich den restlichen Brandy zu Gemüte.

29

Archwood machte seinen Besuch, und zwar schon am nächsten Tag. Er setzte sich mit Marny auf die Bank am Brunnen, und sie erzählte ihm von ihren Plänen, ein Spielkasino zu eröffnen.

In langen Gesprächen erörterten sie während der kommenden Tage das

Thema. Marny wartete mit einwandfreien Vorschlägen auf. Während sie ihn wissen ließ, daß diese Vorschläge ihre eigene dramatische Persönlichkeit zum Inhalt hatten, bot sie ihm gleichzeitig die Chance, Geld zu verdienen. Archwood schätzte es, Geld zu verdienen; bisher aber hatten sich seine Interessen auf den Handel beschränkt. Spielkasinos hatte er lediglich als Spieler besucht. Bis jetzt war ihm nie der Gedanke gekommen, sich selber mit Geschäften dieser Art zu befassen.

Marnys Angebot versprach indessen jenes Abenteuer, das er gesucht hatte. Und Marny allein schon wäre ein Abenteuer gewesen – auch ohne Spielsaal. Archwood nahm sich jedoch Zeit.

«Beantworten Sie mir eine Frage», bat er, «und sagen Sie die Wahrheit. Gewöhnlich merke ich nämlich, wenn die Leute lügen. Arbeiten Sie ehrlich?»

Marny blickte ihn fest an. «Ja», erwiderte sie.

«Und warum?»

«Aus verschiedenen Gründen. Einmal habe ich es nicht gern, totgeschossen zu werden. Zweitens macht das Betrügen keinen Spaß. Doch vor allem betrüge ich deshalb nicht, weil ich das gar nicht nötig habe.»

Archwood lächelte weise. «Nun, weiter. Sie wollten noch etwas anderes sagen. Weshalb haben Sie es nicht nötig?»

«Weil ich dank meines Verstandes gewinne. Ich habe einen Sinn für Karten. Das ist eine Begabung. Entweder hat man sie, oder man hat sie nicht. Und ich kann auch behalten, welche Karten schon aufgetaucht sind. Natürlich nicht alle Karten, denn so schlau ist niemand. Aber schlau bin ich nun einmal.»

Er lachte bewundernd. «Sie gefallen mir. Ich meine, weil Sie das gesagt haben. Mit Leuten, die sich selber herabsetzen, kann ich nichts anfangen.»

«Ich habe eine ganz sichere Hand», verkündete Marny. «Sehen Sie mal.

Sie zeigte ihm eine ihrer Hände. Zwischen Daumen und Zeigefinger, wo die meisten Menschen weiches Fleisch haben, besaß Marny einen Muskel, der an eine Stahlfeder erinnerte: das Resultat jahrelangen Kartenspiels.

«Tatsächlich, Sie sind auf der Höhe», meinte Archwood.

«Allerdings. Manche Sachen kann ich freilich nicht gut. Ich kann nicht kochen. Ich kann nicht Klavier spielen. Ich kann auch nicht einen Ton richtig singen. Wenn ich aber Karten spiele, unterläuft mir so leicht kein Fehler.»

Archwood war überzeugt davon. Nach zwei Wochen ebneten Arbeiter einen Teil seines Grundstücks in der Kearny Street ein. Marny berichtete Kendra, daß sie in diesem Winkel ein kleines Zelt errichten wollten. Auf diese Weise konnte sie rasch wieder ins Geschäft kommen, bis sich Gelegenheit bot, ein größeres Lokal zu finden. Dies würde nicht mehr lange dauern, erklärte sie, denn nun stellten sich häufiger als bisher Arbeiter ein. Bei den hochgelegenen Placers hatten die Regenfälle begonnen. Immer öfter kamen Männer in die Stadt, und nicht alle brachten Säcke voller Gold mit. Selbst anfangs, da in den Bergen das Gold überall zu liegen schien, hatten einige Leute kein Glück gehabt. Andere hatten munter ihren Goldstaub in Alkohol umgesetzt. Diese Männer mußten sich jetzt Arbeit suchen, ehe sie wieder daran denken konnten, Vorräte einzukaufen und zum zweitenmal ihr Glück zu versuchen.

Die Schwarzbärte hausten mit Lulu und Lolo an der Rückfront von Archwoods Bauplatz in einer Unterkunft, die sie aus Segeltuch und Kisten zurechtgebastelt hatten. Hiram und Pocket schliefen immer noch auf ihrem Bettzeug unter freiem Himmel. Marny und Kendra versuchten sich in ihrem Zimmer über dem Laden, so gut es eben ging, einzurichten.

Chase und Fenway waren derart tief in ihre Geschäfte verstrickt, daß sie die Frauen offenbar zuweilen ganz vergaßen. Traf Mr. Chase die beiden aber doch einmal, dann gab er sich recht leutselig. (Offensichtlich hatte seine Frau nichts gegen Marny einzuwenden; vielleicht aber wußte sie gar nicht, daß Marny überhaupt dort oben lebte.) Mr. Fenway hingegen verlor seine traurige Miene nie. Wenn er an den Frauen vorbeiging, gelang es ihm immerhin doch, ein bedrücktes «Guten Morgen» von sich zu geben. Ralph Watson und seine Frau Serena stellten sich als liebenswürdige Leute heraus.

Die Watsons waren im Sommer mit einem Wagenzug aus Missouri gekommen. Als er von den Goldfunden gehört hatte, dachte Watson sofort daran, auch in die Berge zu ziehen. Doch hatte er dem Versuch widerstanden: Chase und Fenway boten ihm einen ungewöhnlich hohen Lohn; außerdem bat seine Frau ihn dringend, bei ihr zu bleiben. Serena war eine kräftige Frau, aber sie hatte viel gelitten. In einem Planwagen hatte sie ein Kind zur Welt gebracht, das jedoch nicht kräftig genug gewesen war, die Strapazen der Einöde zu überstehen. Von Abenteuern hatte Serena die Nase voll. Zur Freude von Marny und Kendra verdiente sie sich gern ein wenig Goldstaub, indem sie für ihre Nachbarinnen wusch und nähte.

Archwood fand ein Zelt, das zwar klein, aber fest war: Also ward der neue Calico-Palast geboren. Er brachte es zudem fertig, genügend Holz zu beschaffen, mit dem man den Boden belegen konnte. Ferner gab er eine Bar in Auftrag sowie Kartentische. Binnen kurzem konnte der Betrieb eröffnet werden.

Freilich waren sie nicht so glücklich, wie sie hätten sein können. Zu beider Verzweiflung weigerten sich die Goldsucher, die Archwoods Haus in der Washington Street gepachtet hatten, immer noch, auszuziehen, obwohl Archwood ihnen eine Entschädigung angeboten hatte. Kein Mensch wußte eine Wohnung für sie, denn es gab einfach keine. Jede Hütte in der Stadt war überbelegt. Das City Hotel, das eigentlich bloß vierzig Personen Raum bieten sollte, wurde von hundertsechzig bewohnt. Die Leute schliefen in zwei Schichten: die einen des Nachts, die andern bei Tage. Die Betten wurden niemals gelüftet. Kein Wunder, daß die Wanzen es sich gemütlich gemacht hatten.

Da Loren bald erwartet wurde, sagte Marny, Kendra könne bei ihr und Archwood wohnen, sobald die Goldsucher das Haus verließen. Kendra bedankte sich vielmals und versprach, täglich für alle zu kochen, was Marny wiederum erfreulich fand, Kendra erklärte sich auch bereit, Gebäck beizusteuern, das an einer Kaffeetafel im Calico-Palast verkauft werden könne.

Marny war skeptisch. «Kaffee und Kuchen erinnern mich stets an Damenkränzchen in kirchlichen Gemeindehäusern», sagte sie. Kendra meinte: «Ich gebe zu bedenken, daß Männer auch gern etwas essen. Gold können sie schließlich nicht essen. Aber sie können Gold für Essen ausgeben, und das werden sie auch tun, vorausgesetzt, das Essen ist gut. Und mein Gebäck ist bestimmt gut.»

Archwoods zwei Grundstücke berührten einander an der Rückfront. Also konnte Kendra mehrmals am Tage das Gebäck heiß vom Ofen herüberbringen. Es wurde gekauft, bevor es kalt war. Nun fing Marny doch an, sich für die Sache zu interessieren. Lolo würde bald ihr Baby bekommen; Lulu dagegen stand nichts dergleichen bevor, demnach konnte sie das Gebäck an den Mann bringen. Nahe beim Eingang des Zeltes ließ sich ein Tisch aufstellen. Die Wohlgerüche des Gebäcks waren dazu angetan, Passanten herbeizulocken. Ein anständiger Mensch, dem keineswegs der Sinn nach einem Spielchen stand, käme vielleicht zu einem Imbiß herein. Und wenn dieser anständige Mensch einmal im Zelt war, würde er wohl auch einen Blick auf die Spieler werfen, was ja nichts Schlimmes war. Und dann würde er schließlich einen Dollar oder auch zwei setzen, aus purem Vergnügen natürlich ...

«Keine schlechte Idee», meinte Marny. Ihre Augen leuchteten sanft wie die einer schnurrenden Katze.

Endlich verschwanden die Goldsucher doch aus Archwoods Haus und fuhren mit einem Boot wieder ins Goldland zurück. Marny hatte ein paar nützliche, wenn auch nicht ansehnliche Möbel gekauft. Zusammen mit Archwood zog sie nun ein. Archwood delektierte sich an Kendras Gerichten, doch kümmerte er sich sonst nicht weiter um sie. Er hatte viel zu tun, denn alles war neu und interessant für ihn. Obendrein hatte er Marny, die gleichfalls neu und interessant für ihn war. Er war davon bezaubert, daß sie nicht nur die Schlafzimmerkünste gut beherrschte, sondern auch im Salon eine gute Atmosphäre zu schaffen wußte. Bezaubert war er übrigens auch von ihrer Begabung, Geld zu verdienen.

Marny eröffnete ihren Spielsaal an einem Novemberabend im Jahre 1848. Das Zelt war nicht groß, aber hübsch; der Fußboden bestand aus Sumpfzypressenholz; draußen hing ein Schild mit der roten Aufschrift «Calico-Palast». Wer durch die Kearny Street ging, mußte Marny mit den Karten sehen. Vor ihr lag ein kleines Vermögen: Goldklumpen, nordamerikanische Dollars, englische Sovereigns, Gold- und Silbermünzen aus Mexiko, China und Peru. Da Münzen nur per Schiff nach Kalifornien gelangten, gab es davon nie genug in San Francisco. Die Leute handelten also mit jeder Währung, die sie bekommen konnten.

Ebenfalls in der Nähe des Eingangs saß Lulu an einem Tisch, auf dem Kendras Gebäck feilgeboten wurde. Neben ihr dampften Kaffee- und Teekessel auf einem Kohlenkocher. Weiter im Hintergrund machten sich die Schwarzbärte nützlich: Der eine hielt die Bank, während der andere den Aufpasser spielte. Zwei Tische konnten die Gäste stundenweise mieten. Die Bar wurde von einem Menschen namens Chad behütet, einem kräftigen Mann mit dickem Hals, krausem schwarzem Haar und rosafarbenem freundlichem Gesicht. Chad war der Bar des City Hotels abspenstig gemacht worden durch das Versprechen, er könne im Zelt schlafen. Zwei junge Mexikaner schlenderten umher und strichen über ihre Gitarren. Archwood hatte sie entdeckt und Marny versichert, sie spielten gut. «Ich nehme dich beim Wort», war Marnys Antwort gewesen. Für sie war Musik eine Art Geräusch. Nicht daß sie etwas dagegen gehabt hätte, solange dieses Geräusch Spieler anlockte.

Jeder, der im Zelt beschäftigt war, trug eine Waffe. Die Männer hatten sich mit großen mörderisch aussehenden Pistolen versehen. Doch kam es nur selten zu Reibereien. Die Schwarzbärte waren zuverlässige Aufpasser, und Chad half gern, die Ruhe wiederherzustellen, denn er liebte ein ruhiges Leben. Archwood kam oft zu einem Besuch, um nach dem Rechten zu sehen, aber er blieb nie lange. Das Spiel lag ihm nun einmal nicht. Er kannte sich in den Rechnungsbüchern aus, und in dieser Hinsicht hatte er nichts zu klagen. Jedes Boot, das flußabwärts kam, brachte Männer aus den Goldminen. Sie verjubelten ihr Gold in einem verrückten Karneval.

Eine Woche nach Einweihung des Zeltes verabschiedeten sich Hiram und Pocket. In Kendras Küche tranken sie Kaffee und berichteten, daß sie morgen aufbrechen würden, um die Arbeit in der Werkstätte beim Fort zu beginnen. Sie wollten Bäume fällen, Schwingtröge herstellen und dabei reich werden. Marny wünschte ihnen alles Gute und gab jedem einen Kuß, damit die Männer sie nicht vergäßen. Dann kehrte sie zu ihrem Spieltisch zurück. Kendra ging mit den beiden vors Haus, wo sie ihre Pferde angebunden hatten.

Hiram hatte bereits die Hand am Zügel. Plötzlich schaute er stirnrunzelnd auf sie herab. «Ist bei Ihnen alles in der Reihe, Kendra?» fragte er.

«Ja», beteuerte sie, und da er noch immer zweifelnd dreinsah, fügte sie hinzu:

«Ich fühle mich wirklich wohl, Hiram.»

«Sie haben eine Waffe?»

«Ja.»

«Wo?»

«Unter meiner Schürze.»

«Lassen Sie mich sehen.»

Sie nahm die Pistole aus dem Halfter und reichte sie ihm. Es war ein kleiner Colt, den Archwood einem Mann abgekauft hatte, dem beim Spielen die Münzen ausgegangen waren. Hiram untersuchte ihn, nickte zustimmend und gab ihn zurück. «Eine brauchbare kleine Waffe. Wissen Sie denn auch, wie Sie damit umzugehen haben?»

«Ich bin noch beim Lernen. Sie jagt mir ein bißchen Angst ein, aber ich werde mich daran gewöhnen.»

«Probieren Sie so lange, bis Sie mit ihr vertraut sind», befahl Hiram ernst. Dann schüttelte er seinen zottigen Kopf. «Das alles hier gefällt mir nicht. Sie leben in der Nähe eines Spielhauses, das auch eine Kneipe ist. Aber...» Er zuckte die Schultern. Kendra hatte sonst niemandem, zu dem sie hätte gehen können, und Hiram wußte das. «Ich hab's ja schon einmal gesagt, Kendra: Sie haben Mumm.»

Pocket, der bei seinem Pferd stand, meinte so gelassen wie immer: «In dieser Gegend müssen die Leute auch Mumm haben.»

Die Männer schwangen sich in die Sättel. Hirams Stirn lag jedoch immer noch in Falten. Er legte seine große Hand auf Kendras Schulter und sagte:

«Sie sind ganz sicher, daß Sie gern hierbleiben, Kendra?»

Sie lächelte zu ihm auf. «Ganz sicher, Hiram. Ich bin hier auch in guter Obhut. Sie lassen mich nie allein im Haus. Ich habe zu tun. Ich bin unabhängig. Ich bin glücklich.»

Endlich lächelte auch Hiram. Er drückte ihre Schulter. Die beiden ritten davon. An der Ecke der Kearny Street winkten sie ihr Lebewohl zu, und Kendra winkte zurück.

Als sie die Männer verschwinden sah, fühlte Kendra mit einemmal Schauer auf der Haut. Sie hatte gesagt, daß alles in Ordnung sei bei ihr. Sie hatte behauptet, daß sie glücklich sei.

Es war die größte Lüge, die sie jemals ausgesprochen hatte.

30

Kendra war durchaus nicht in Ordnung. Sie hatte Angst, sie war einsam, sie fühlte sich fast krank, weil sie nicht wußte, was aus ihr werden sollte. Hiram hatte gemeint, sie habe Mumm. Nun, sie spürte nichts von Mumm, sie war wie gelähmt. Sie konnte nur so tun, als wäre alles in Ordnung. Sie redete sich das selber und andern Leuten ein. Mehr vermochte sie nicht zu tun.

Kendra lag es allerdings nicht, sich und andern etwas vorzumachen. Es gelang auch jetzt nur, weil sie so viel zu erledigen hatte, daß ihr kaum Zeit zum Nachdenken blieb. Sie kochte die Mahlzeiten, und zwischen den

Mahlzeiten stellte sie das Gebäck her. Doch hatte sie nicht nur zu kochen und zu backen, sie mußte sich außerdem darum kümmern, Eßbares aufzutreiben.

Mehl, Zucker und Fleisch gab es zwar zu kaufen; frische Nahrungsmittel waren indessen rare Artikel. Die Boote, von denen die Lebensmittel von den Ranches geliefert wurden, lagen nun Tage oder Wochen in der Bucht, ehe sich Matrosen meldeten. Viele Goldsucher hatten ihre Schätze längst verpraßt, die meisten schleppten freilich noch immer schwere Goldbeutel mit sich und wollten feiern, anstatt zu arbeiten. Wenn Kendra aus dem Fenster schaute und ein Boot kommen sah, rief sie sogleich einen der Schwarzbärte. Fand er Milch oder Eier an Bord, so mußte er sie zu jedem Preis kaufen. Manchmal fand er etwas, manchmal aber auch nicht.

Immerhin versuchte sie aus dem wenigen, was sie in die Hände bekam, das Beste zu machen, und ungeachtet der phantastischen Preise, die Marny forderte, kauften die Männer ihr Gebäck. Kendra arbeitete nahezu ununterbrochen, aber sie wollte es gar nicht anders haben. Die Arbeit hinderte sie am Grübeln. Die Arbeit wirkte wie eine Droge.

Doch wie alle Drogen konnte auch diese die Wahrheit nicht stets verdrängen. Kendra wußte, daß die Arbeit sie vom Nachdenken abhielt, und sie wußte nur allzu gut, woran sie denken wollte: an ihre Einsamkeit, an ihre Angst.

Diese Angst war eine andere als jene, die sie am Kap Hoorn empfunden hatte. Damals war die Angst eine Wirklichkeit gewesen, eine Gewißheit – bis Loren mit seiner Zuversicht sie beruhigt hatte. Das war die körperliche Furcht gewesen, die jeden Menschen im Augenblick der Gefahr befällt. Jetzt aber kam sie sich wie ein verirrtes Kind vor, das unter Fremden in einem sinnlosen Durcheinander lebt.

Nie hatte sie sich so einsam gefühlt. Kendra kannte die Einsamkeit zwar, doch in Shiny Gulch, als sie noch an Ted glaubte, hatte sie herausgefunden, was es hieß, nicht einsam zu sein, und diese Erkenntnis machte ihre jetzige Einsamkeit kaum erträglich. Marny war daran nicht schuld. Marny war so freundlich wie stets, aber Marny konnte sich bei ihrem Spiel entspannen. Hinzu kam, daß Archwood ihr einen Rückhalt bot. «Er wird nicht ewig bleiben», flüsterte sie Kendra zu, «doch wie schon diese klugen alten Römer sagten: Man muß die Zeit nützen, *Carpe Diem.*»

Marnys Gefühlswelt war niemals bis ins Innere aufgewühlt worden. Sie hätte Kendras Sehnsucht und Angst ebensowenig verstanden, wie sie im Sommer Kendras Schmerz über den Verlust Teds verstanden hatte.

Pocket würde meine Gefühle sicher verstehen, sagte sich Kendra. Und Hiram? Das weiß ich nicht. Aber Pocket und Hiram waren zum Fort aufgebrochen. Sie hatte keinen Menschen, dem sie sich anvertrauen konnte.

Archwood plante eine Reise nach Honolulu, was nun kein unerfüllbarer Traum mehr war. Männer, die im letzten Sommer aus Hawaii gekommen waren, waren jetzt bereit, auf Schiffen anzuheuern, die sie wieder nach

Hause bringen würden. Ferner gab es Deserteure, die Gold gefunden hatten und nicht den Wunsch verspürten, geschnappt zu werden. Die Kapitäne waren so eifrig bestrebt, ihre Schiffe endlich flottzukriegen, daß sie fast jeden Mann nahmen, ohne Fragen zu stellen. Archwood buchte eine Kabine auf der *Rhone.*

Mit seiner Reise verfolgte er zwei verschiedene Zwecke. Der Calico-Palast war nicht das einzige Spielzelt in der Stadt, doch hatte Marny es zum verlockendsten gemacht, und es war jeden Abend überfüllt. Archwood wollte möglichst rasch ein Haus bauen, das groß genug war, alle Leute aufzunehmen, die ein Spielchen zu riskieren wünschten. Das Problem bestand jedoch darin, Baumaterialien zu bekommen. In Bodega im Norden der Bucht gab es eine Sägemühle, und diese Sägemühle besaß Holz im Überfluß; es gab indessen nicht Matrosen im Überfluß, die bereit gewesen wären, dieses Holz herbeizuschaffen. Neuankömmlinge aus Hawaii hatten Archwood versichert, Honolulu schwimme noch nicht in Gold. Dort also würde er genügend Backsteine und Holz finden. Und während in San Francisco der Goldpreis mit jedem Tag auf- und niederschnellte, hatte das Gold in Honolulu noch seinen normalen Münzwert. Deswegen hatte sich Archwood entschlossen, so bald wie möglich nach Honolulu zu fahren und den Goldstaub mitzunehmen. Er würde kaufen, was er brauchte, und statt des Goldes richtiges Geld mitbringen.

Er erbot sich, auch den Goldstaub der Mädchen einzutauschen, was Kendra lieb war. Marny gab ihm ihren Anteil an den Einnahmen des Calico-Palastes und behielt lediglich die Münzen, die sie zum Spielen benötigte. Es wunderte Kendra, daß Marny mit einemmal so vertrauensselig geworden war. Als sie in der Küche saßen und Schokolade tranken, sprach sie das auch aus. Mittlerweile war es kalt geworden und feucht. Die Küche war der einzige warme Raum des Hauses, denn Brennholz war ebenso rar wie alles, was von Menschenhand befördert wurde.

Marny warf ihr einen klugen Blick zu. «Liebling, er wird zurückkommen. Er hat seine Grundstücke noch nicht verkauft, weil die Preise klettern. Er wird sie auch nicht verkaufen, solange er nicht nach New York zurückkehrt. Und er wird erst dann zurückkehren, wenn er sich langweilt. Und langweilen tut er sich vorläufig noch nicht. Sehen Sie sich das mal an!»

Sie stellte ihre Tasse auf den Tisch. Dann langte sie in ihren Ausschnitt und zog ein kleines Bündel heraus, das in ein Taschentuch gewickelt war. Kendra holte eine goldene Kette hervor. An dieser Kette hingen unter Kapseln, die Eicheln ähnelten, fünf dicke Goldklümpchen, die so rein und weich waren, daß Kendra glaubte, sie könne sie mit ihrem Fingernagel ritzen.

«Das ist das Allerneueste», stellte Marny fest. «Ein Halsband aus Nuggets. Er hat es für mich bei dem Juwelier Buckelew machen lassen.»

«Ach, ist das schön!» rief Kendra. «Schöner als alles, was ich früher gesehen habe. Aber es ist ... wie Kalifornien.»

«Richtig», stimmte Marny zu. «Ich bin stolz darauf.» Sie nahm die Kette wieder an sich und stand auf. «Wissen Sie, Kendra, eigentlich wollte ich nie wieder nach Philadelphia zurück. Aber vielleicht mache ich es eines Tages doch. Nur um meine Trophäen zu zeigen.» Liebevoll streichelte sie die Nuggets. «Allmählich kann ich die Indianer verstehen, die mit den Skalpen ihrer Feinde heimkehren.»

Kendra fiel ein, daß sie selber einmal auch so gedacht hatte. Auch sie hatte zu ihren Tanten und Onkeln heimkehren wollen, und zwar mit einem schönen Mantel, einem Muff und Opalschmuck. Und mit Ted natürlich. Jetzt war es ihr gleichgültig, ob sie je wieder in die Heimat zurückkehrte oder nicht.

Sie sagte sich: Wenn ich nur so sein könnte wie Marny. Aber ich kann's nun mal nicht. Ich will auch kein Halsband aus Nuggets. Ich will einen Menschen, der mich liebt ...

Um sich nichts anmerken zu lassen, stand sie auf und schob ein neues Scheit in den Ofen. Marny meinte:

«Das Gebäck riecht so gut. Wenn es schon fertig wäre, würde ich gern etwas davon essen.»

«In zwanzig Minuten ist es fertig», erwiderte Kendra. «Ich bringe die Kuchen dann hinüber.»

Marny legte ihren Schal um und ging wieder ins Zelt. Ein paar Minuten darauf kam Lolo herein, um das Feuer zu beaufsichtigen. Sie arbeitete an einem Kleidchen für ihr Baby, und Kendra ließ sie allein, ging in einen zur Straße gelegenen Raum und schaute auf die Bucht.

Dunkel ragten die hohen Masten der verlassenen Schiffe in den Himmel. Sie fragte sich, wie viele von ihnen wohl je wieder in See stechen würden. Es kamen aber immer neue an: manche aus Häfen, wo die Leute noch nichts vom kalifornischen Gold wußten; andere wurden von Kapitänen befehligt, die sich in der Hoffnung wiegten, ihnen werde es ganz bestimmt nicht passieren, daß die Mannschaften davonliefen. Kendra konnte einen Schoner namens *Hope* ausmachen, der gestern aus Honolulu eingetroffen war. Die Passagiere wollten allesamt nach Gold schürfen. Kein Zweifel, daß auch die Besatzung sich bereits von Bord geschlichen hatte.

Das Gebäck war jetzt fertig, und Kendra ging in die Küche zurück. Sie legte die Kuchen auf ein großes Tablett, das sie mit einem Tuch bedeckte, und machte sich auf den Weg zum Zelt. Sie mußte bei jedem Schritt achtgeben, denn der Boden war nicht eben. Vor ihr erhob sich das helle Zelt: ein strahlendes Eiland inmitten der Düsternis. Schon hörte sie die Gitarren. Diese jungen Mexikaner spielten gut, ob Marny das nun wahrhaben wollte oder nicht.

Der rückwärtige Eingang war eine Klapptür hinter der Bar. Als sie näher kam, fiel ihr ein Geräusch auf. Jemand trat gegen einen Stein. Kendra schaute sich um. Mit hängenden Schultern, die Hände in den Taschen seines schmutzigen Rockes vergraben, kam dieser Schmarotzer aus Shiny Gulch auf sie zugetorkelt: Stub Crawford.

Erschreckt eilte Kendra zu der Klapptür. Doch schon stand Crawford vor ihr.

«Na, wie geht's denn?» fragte er in seinem schleppenden und grämlichen Tonfall.

«Lassen Sie mich vorbei!» rief Kendra scharf und streckte das Tablett wie einen Schutzschild vor.

Crawford schnüffelte nach den verhüllten Leckerbissen. «Sie haben, scheint's, allemal was Gutes zu essen», wimmerte er. «Na, geben Sie mir was davon ab?»

«Nein!» sagte Kendra.

Sie zitterte. Ihren kleinen Colt führte sie zwar bei sich, doch erkannte sie jetzt voller Angst, daß sie ihn ja nicht bei der Hand hatte. Nie hatte sie im Ernst damit gerechnet, die Waffe einmal gegen einen Menschen richten zu müssen; sie trug den Colt bloß, weil ihr Freunde sagten, dies müsse eben sein. Die Waffe war unter ihrer Schürze versteckt. Um sie benutzen zu können, mußte sie das Tablett fallen lassen, am Halfter herumfummeln, und bis sie die Pistole endlich zwischen den Fingern hielt, würde sie von diesem Kerl längst zu Boden geschlagen worden sein, wie er es schon einmal getan hatte. Sie umklammerte das Tablett und verlangte nochmals:

«Lassen Sie mich vorbei!»

Dann trat sie einen Schritt zur Seite. Crawford tat das nämliche, so daß er ihr den Zutritt zum Zelt verwehren konnte. Sein nasser Mund war von Gier verzogen.

«Chad! Chad!» schrie Kendra. Aber im Zelt herrschte lautes Getöse, und Chad hörte sie nicht.

«Was haben Sie unter dem Tuch da?» fragte Crawford ausgehungert.

Sie roch seinen Atem, der nach Schnaps stank, und die Ausdünstungen seiner verschwitzten Kleider und seiner seit langem nicht mehr gewaschenen Haut. Crawford hingegen roch lediglich ihr Gebäck.

«Riecht gut», meinte er, «und Sie werden mir jetzt was geben. Sie werden mir das ganze Zeug geben.»

Mit seinen schmutzigen Händen griff er nach ihren Armen, so daß sie sich nicht mehr rühren konnte. «Daß Sie aber gar nicht mal ein bißchen nett zu mir sein können», greinte er. «Wie ich Sie das letzte Mal gesehen habe, da mußten Sie doch diese Bullen auf mich hetzen. Nein, das war ganz und gar nicht nett von Ihnen. Ich war ein armer hungriger Mann, und Sie haben mir diese Rowdies auf den Hals gejagt mit ihren Pistolen. Aber heute . . .»

Kendra gab sich einen Ruck und befreite sich aus seinem Griff. Das Tablett fiel auf die Erde, und das Gebäck kugelte in den Dreck. Sofort aber schnappte Crawford wieder nach ihr.

«Jetzt hören Sie aber auf. Wie können Sie nur diese guten Sachen vor den Augen eines armen hungrigen Mannes wegschmeißen! Ich werde sie mir aber doch nehmen. Und ich werde mir noch mehr nehmen. Ich werde mir ein süßes kleines Küßchen nehmen ...»

Kendra blickte sich entsetzt um. Auf der Straße gingen ein paar Männer, die in das Zelt wollten, aber sie schauten nicht in ihre Richtung. Sie versuchte sich frei zu machen und zu schreien. Sie brachte jedoch bloß ein Gurgeln heraus. Die Männer konnten sie nicht hören und betraten das Zelt. Crawford hielt sie fest und genoß seinen Triumph, indem er immer wieder von «einem süßen kleinen Küßchen oder vielleicht auch mehr» plapperte.

Jetzt sah Kendra einen andern Mann, der durch die Kearny Street spazierte und anscheinend auch den Calico-Palast zum Ziel hatte. Er schritt mit erhobenem Kopf und hochgereckten Schultern wie ein Mann, der nichts zu verbergen hat. Als er in den Lichtkreis des Zeltes kam, erblickte Kendra seine braunen Augen und seine roten Wangen – eine Welle der Dankbarkeit durchflutete sie. Wieder schrie sie auf, und dieses Mal hallte ihre Stimme freudig:

«Loren! Loren! Helfen Sie mir!»

Ein gellender Aufschrei folgte ihren Worten. Stub Crawford stürzte zu Boden, und Loren, dessen Fäuste geballt und dessen Gesichtszüge vor Wut entstellt waren, rief:

«Kendra, mein liebes Mädchen, was ist denn passiert?»

Sie lehnte sich gegen ihn, schwach vor Furcht, Erleichterung und Freude, und sie schluchzte an seiner Schulter, während er seine Arme um sie schlang. Crawford lag mit angeschlagenem Schädel auf der Erde und kreischte, daß die Leute immerfort gemein zu ihm seien.

In diesem Moment wurde die Klapptür des Zeltes geöffnet. Chads kraushaariger Kopf tauchte auf, und mit lauter Stimme erkundigte er sich:

«Was, zum Teufel, ist hier los?»

Kendra sah auf. Sie antwortete nicht. Sie vermochte es noch nicht. Loren indessen setzte ihm in wenigen bündigen Worten die Lage auseinander. Mit den Händen auf den Hüften teilte Chad dem wimmernden Crawford mit, was er von ihm hielt.

«Und das viele schöne Gebäck», schimpfte er dann. «Dabei verlangen die Burschen drin dauernd danach.»

Schon war Chad auf den Knien, las die kleinen Kuchen auf, staubte sie mit seiner Schürze ab und legte sie nebeneinander wieder auf das Tablett. Man konnte sie immer noch verkaufen – was machte schließlich ein bißchen Staub aus? Kendra mußte plötzlich lachen. Es war ein ziemlich hysterisches Gelächter, doch beruhigte es ihre Nerven. Chad erhob sich und trug die geretteten Kuchen feierlich ins Zelt hinein.

«Sagen Sie mir, wo Sie wohnen», bat Loren nun. «Ich bringe Sie nach Hause.»

Sie gingen über das Grundstück zur Küchentür. Lorens Arm lag immer noch um Kendras Schultern. Seine Gegenwart machte sie sicher. So sicher hatte sie sich niemals mehr gefühlt, seit Ted sie verlassen hatte.

«Loren, wieso sind Sie gerade in dem Moment gekommen, als ich Sie gebraucht habe?»

«Ich bin gestern aus Honolulu eingetroffen. Bis heute mittag wußte ich nicht, was aus Ihnen geworden ist. Als mir Mr. Chase Bescheid gab, bin ich sofort losgezogen, um nach Ihnen zu sehen. Gott sei Dank, daß ich noch zur rechten Zeit erschienen bin. Und jetzt», fuhr er entschlossen fort, «werde ich Sie aus dieser Misere herausholen. Vielleicht wissen Sie es nicht: Seit wir auf der *Cynthia* zusammen waren, habe ich Sie geliebt. Ich war bloß ein viel zu großer Narr, sonst hätte ich es Ihnen gestanden. So aber habe ich Sie verloren. Ein zweites Mal werde ich Sie nicht verlieren.»

31

Zwei Wochen später heiratete Kendra. Und damit veränderte sich ihre Welt.

Loren gab ihr die Liebe und Sicherheit, nach denen sie sich gesehnt hatte. Er verhalf ihr zu einem angenehmen Dasein, das in dem rauhen San Francisco nahezu ohne Beispiel war. Sie heiratete Loren im Dezember 1848, und noch vor dem Neujahrstag wußte sie, daß sie den zweiten großen Fehler ihres Lebens gemacht hatte.

Wieder und wieder fragte sie sich nach dem Grund. Zuweilen glaubte sie die Dinge zu verstehen: Sie war einsam und furchtsam gewesen, und Loren war wie ein Held zu ihrer Rettung erschienen. Doch wann immer sie grübelte, fragte sie gleichzeitig voller Verzweiflung: Warum, warum nur war ich eine solche Närrin? Warum habe ich mich nicht besser gekannt?

Denn falls es einer Bestätigung überhaupt noch bedurft hätte, so zeigte ihr die Heirat mit Loren von neuem, daß der einzige Mann, den sie sich wünschte, Ted war.

Loren liebte sie. Er hatte sie sogleich geliebt, war jedoch vor einer Romanze an Bord zurückgescheut. «Wenn man seine erste Seereise macht», erzählte Loren, «warnen einen die älteren Matrosen: Wenn du sechs oder acht Wochen nur unter Männern das eintönige Leben auf einem Handelsschiff geführt hast, so findest du alle Frauen schön, und ein wirklich reizvolles Mädchen gleicht gar Helena. Wie verliebt man sich auch fühlt, nie darf man sich auf einer Reise mit einem Mädchen einlassen. Man muß abwarten, um herauszubekommen, was an der Sache tatsächlich dran ist. Meist ist nämlich gar nichts dran.» Loren hatte selbst erlebt, daß die erfahrenen Seeleute recht hatten. Mehr als einmal hatte er sich in eine hübsche Passagierin vernarrt und dann im Hafen festgestellt, daß er sich bloß deshalb in sie vernarrt hatte, weil sie eben das einzige weibliche Wesen an Bord gewesen war. Nach einer Woche hatte er den Flirt vergessen.

Also hatte er auch Kendra in San Francisco zurückgelassen und war mit Captain Pollock wieder in See gestochen. Er hatte warten wollen, ob sie bei seiner Rückkehr immer noch so charmant sei, wie er geglaubt. Doch war dann der Ärger mit Marny gekommen, und er hatte die *Cynthia* nicht mehr betreten. Er mußte sich eine neue Existenz schaffen. Er ging nach Monterey zu einem Kaufmann, und in seiner Abwesenheit heiratete Kendra dann Ted Parks.

«Danach habe ich natürlich versucht, Sie aus meinem Gedächtnis zu tilgen. Aber glauben Sie mir, Kendra: Ich war sehr enttäuscht.»

Er lächelte sie zärtlich an.

«Aber jetzt ist Ihre Heirat ja nichtig, und jetzt bin ich da.»

Alles verlief glatt. Loren ging zum Alkalden, der Kendras Eheschließung annullierte. Mr. Chase zeigte sich so befriedigt, daß er den Vorschlag machte, die Heirat in seinem eigenen Haus zu feiern. Mrs. Chase servierte Wein und Waffeln. Mr. Fenway schaute so trübselig in die Gegend, wie er dies immer zu tun pflegte: Offenbar war er der Meinung, die Leute sollten doch endlich mit dergleichen aufhören.

Einige Tage vor der Trauung schenkte Marny ihrer Freundin einen bestickten Seidenschal aus China. «Ich werde an der Zeremonie nicht teilnehmen», erklärte sie dabei. «Wenn Mr. Chase mich nicht einmal in seinem Laden haben wollte, dann wird er mich noch weniger in seinem Salon dulden. Aber ich denke an Sie und wünsche Ihnen alles Gute.»

Sie sprach ernst, wenngleich sie – wie Kendra später entdeckte – daran zweifelte, daß diese Heirat das richtige sei. Marny verstand nicht, wieso Kendra noch immer Ted liebte, aber Kendra liebte ihn nun einmal, und Marny wußte das. Freilich war sie nicht um ihre Meinung gefragt worden, und also äußerte sie sich auch nicht weiter.

In Wahrheit verhielt es sich so, daß Marny einfach nicht glaubte, ihre Meinung spiele eine Rolle. Marny zählte nicht zu jenen Leuten, die sich für berechtigt halten, andern ihren Rat in allen nur möglichen Angelegenheiten unter der Sonne aufzudrängen. Hätte sie Kendra bei einem Spiel mit aussichtslosen Karten erwischt, dann hätte sie ihren Senf dazugegeben. In Karten kannte sie sich hinlänglich aus. Über die Ehe wußte sie indessen nichts, und da sie klug genug war, dies einzusehen, hielt sie ihren Mund.

Nach der Feier begaben sich Kendra und Loren in ihr eigenes Heim, das sich Loren mit viel Glück und Verstand gesichert hatte. Ein Kaufmann, dem ein Haus in der Washington Street gehörte, wollte nach Kanton reisen. Seit drei Monaten wartete er auf ein Schiff. Schließlich gab der Kapitän der *Rhone* bekannt, er habe nun genug Leute, um unter Segel zu gehen. Der Kaufmann buchte eine Passage und verkaufte sein Haus an einen Grundstücksmakler. Dieser neue Besitzer überließ den Bau zunächst einem Agenten, der die Wohnungen vermieten sollte; er selber beschied sich, bis die Preise stiegen.

Das Haus war schlicht, aber massiv. Die Miete entsprach etwa der, die man in den Vereinigten Staaten für eine Villa zahlen mußte. Loren verdiente jedoch gut, und er hatte in Honolulu seinen Goldstaub in Münzen eingewechselt, die rar waren. Loren besuchte den Agenten und zeigte ihm Goldmünzen, mit denen er die Miete für ein halbes Jahr im voraus entrichten konnte. Für Kendras Annehmlichkeiten hatte Loren alle Vorsorge getroffen. «Ich muß häufig Geschäftsreisen machen», sagte er, «deshalb ist es nicht ratsam, wenn du allein lebst. Ich habe Watson, den Angestellten von Chase & Fenway, gefragt, ob er nicht mit seiner Frau Serena in die zwei Räume im ersten Stock ziehen will. Die beiden waren hoch erfreut. Serena wird die Hausarbeit besorgen, so daß du dich nicht mit aller Plackerei herumzuschlagen brauchst, und in meiner Abwesenheit ist ein Mann im Haus.»

Kendra fühlte sich nicht unglücklich. Loren war so freundlich, so fröhlich, so vernünftig, daß man gut mit ihm auskam. Obendrein liebte er sie. Doch wenn sie sich auch Mühe gab, ihn ihrerseits zu lieben, es wollte ihr nicht gelingen. Sie wußte, daß Liebe sich nicht kommandieren läßt. Weder schwindet sie, wenn sie eigentlich hätte schwinden sollen, noch ist sie herbeizuzwingen, wenn sie eigentlich hätte empfunden werden müssen.

Einige Tage vor Weihnachten fragte Loren, ob sie nicht an einem Ball im Comet Hause teilnehmen wollten.

Diese Worte trafen Kendra wie ein Messerstich. Ein Tanz in jenem Salon, wo sie sich in Ted verliebt hatte – nein, das konnte sie nicht, das konnte sie wirklich nicht über sich bringen. «In der Küche muß etwas angebrannt sein», rief sie und rannte aus dem Zimmer. Als sie ihre Stimme wieder unter Kontrolle hatte, kehrte sie zurück und sagte zu Loren:

«Anstatt auszugehen, könnten wir doch lieber etwas Überraschendes machen. Warum geben wir nicht ein gutes altmodisches Weihnachtsessen für ein paar Freunde? Würde dir das nicht gefallen?»

Loren strahlte über diesen Einfall. «Ja, das gefällt mir sehr! Aber macht dir das nicht zuviel Arbeit?»

«Ach, Loren, nimm doch nicht soviel Rücksicht auf mich. Du weißt doch, daß ich immer gern koche, und außerdem kann mir ja Serena helfen.»

Er lachte in der Vorfreude. «Einen Truthahn wird's wohl in ganz San Francisco nicht geben, aber wie wäre es mit einem Schinken?»

«Schön», sagte Kendra.

Das Festessen war großartig. Die Gäste waren Mr. Chase nebst Gattin, Mr. Fenway sowie die beiden Offiziere Morse und Vernon. Die Leutnants entschuldigten sich, weil sie so gefräßig seien; dies sei jedoch ihre erste gute Mahlzeit seit Monaten. Mr. Chase und Frau versicherten, Kendra sei in der Tat eine ausgezeichnete Köchin. Sogar Mr. Fenway murmelte einige

Lobesworte. Loren, der zum erstenmal Gastgeber in seinem eigenen Heim war, wußte sich vor Vergnügen kaum zu fassen.

Am Neujahrstag war es kalt und wolkig, der Regen fiel in Schauern. Wiederum hatten Loren und Kendra Gäste, denn in San Francisco lebten nun noch mehr einsame Männer als früher. Firmen aus andern Hafenstädten der pazifischen Küste hatten Vertreter in das Goldland geschickt, die hier Zweigstellen errichten sollten. Manche dieser Fremden hatten Frauen, die meisten jedoch nicht. Allesamt litten sie unter Heimweh, allesamt verabscheuten sie den Schmutz und die Rauheit, allesamt verlangte es sie nach einem zivilisierten Dasein. Am ersten Tag des Jahres 1849 machte sich eine Schar dieser einsamen jungen Leute auf den Weg, um ein wenig Zivilisation in das Leben der Stadt zu bringen. Sie kleideten sich in Gesellschaftsanzüge, streiften Glacéhandschuhe über, zogen Lackschuhe an und brachen zu einem Rundgang durch das verregnete San Francisco auf.

Kendra war von Loren auf den Besuch vorbereitet worden. Sie saß mit Kuchen und Wein am Kamin. Die jungen Männer brachten ihr Geschenke: Bücher und Süßigkeiten, Walnüsse und getrocknete Früchte. Dann machten sie blumige Komplimente, wünschten ihr ein glückliches neues Jahr, verbeugten sich und zogen weiter. Ihre schmutzigen Fußspuren hinterließen sie auf dem Teppich. Dieser Dreck machte Kendra nicht viel aus, denn derlei hielt sie – wie ihre Arbeit für den Calico-Palast – vom allzu vielen Nachdenken ab.

Eine Woche danach reiste Loren im Auftrag seiner Arbeitgeber nach Oregon. Mrs. Chase versprach, sich um Kendra zu kümmern. Sie lud Kendra sowie Ralph und Serena Watson zu einem Hauskonzert ein. Mrs. Chase war eine gutmütige Seele. Zwar war sie nicht allzu gebildet, immerhin jedoch las sie gern spannende Geschichten, kannte sich in Gesellschaftsspielen aus und hörte mit Vorliebe Musik, für die sie ein natürliches Empfinden hatte. Unter den kürzlich eingetroffenen Geschäftsleuten befanden sich einige geschickte Amateure.

Der Abend war mild. Mr. Chase und Frau wohnten in Kendras Nähe. Als sie zu dritt aufbrachen, ging die Sonne unter, und Watson meinte, der Mond werde bei ihrem Heimweg scheinen. Der Salon war erfüllt vom Glanz der Kerzen und vom Feuer des Kamins. Mr. Chase eilte herbei, um ihnen die Mäntel abzunehmen, und lud sie ein, sich mit Schokolade oder Wein aufzuwärmen.

Außer Mr. Fenway war ein halbes Dutzend fremder Kaufleute zugegen. Zwei dieser Herren waren verheiratet und hatten ihre Frauen mitgebracht. Dann gab es noch ein etwa achtzehnjähriges Mädchen, die Tochter des einen Ehepaars. Sie hieß Ada Lansing und wurde von einem der Junggesellen eskortiert, der vor Stolz auf diese Gunst geradezu strahlte. Da Kendra als einzige verheiratete Frau ohne Mann gekommen war, wurde sie von den Junggesellen umschwärmt. Einer rückte den Stuhl für sie ans Feuer, ein zweiter beschaffte eine Fußbank, ein dritter versah sie mit einem Kissen. Alle Welt war ihr gefällig.

Mrs. Chase war es bisher nicht gelungen, ihren Herzenswunsch zu erfüllen, nämlich ein Klavier zu kaufen; sie kamen aber auch so ganz gut zurecht. Die vier Ledigen spielten Gitarre und sangen im Quartett. Sie hatten sich zu ihrem Privatvergnügen zusammengetan. Da sie begabt waren, konnten sie sich durchaus hören lassen. Nach mehreren Liedern gönnten sie sich eine Verschnaufpause, und nun spielte einer der Verheirateten, ein Mr. Dean, auf seiner Geige. Mit Klavierbegleitung hätte sein Vortrag wohl noch besser geklungen. Immerhin war auch er talentiert und verdiente den Beifall, der ihm gezollt wurde. Dann erfreute diese junge Dame Ada Lansing das Auditorium: Sie sang, assistiert von einem der Gitarrenspieler.

Ada Lansing konnte nicht singen, und ihr Lied, das sich in schrillen Tönen mit dem Mondlicht und dem Tau der Nacht befaßte, war der Beachtung überhaupt nicht wert. Aber sie war jung und hübsch; also lauschten die Herren mit verzückten Blicken. Alle lauschten. Nur Mr. Fenway nicht. Kendra, die neben ihm saß, bemerkte, wie er sich vor Qual krümmte. Ein wenig später, als Ada wonnevoll tirilierte, knurrte Mr. Fenway aus einem Mundwinkel:

«Jetzt singt sie schon zum drittenmal viel zu tief! So schön ist sie wiederum auch nicht!»

Kendra biß auf ihr Taschentuch. Zum Glück war das Gewimmere bald zu Ende. Pflichtschuldig applaudierte sie und vermied dabei den Blick ihres Nachbarn.

Nach einer weiteren Gitarreneinlage kündigte Mr. Chase an: «Sie werden nun ein Lied von Mrs. Dean hören.» Kendra schauderte es bei den Aussichten, die sich jetzt wohl eröffneten, und vor den Bemerkungen, die Mr. Fenway diesmal von sich geben würde. Mrs. Dean hatte kein so hübsches Lärvchen wie Ada; aber sie besaß eine schöne Stimme, von der sie auch Gebrauch zu machen verstand. Sie brillierte mit einer Ballade, und jetzt war der Applaus ehrlich. Die Gesellschaft bat um eine Zugabe. Mrs. Dean sang abermals – schlicht und schön.

Kendra konnte nicht singen (und anders als Ada Lansing wußte sie das), aber sie schätzte Musik. Mr. Chase hatte erzählt, bald seien Klaviere zu erwarten. Kendra hoffte, eins zu erhalten. Sie und Loren würden beide daran ihre Freude haben, denn auch er liebte Musik. Überhaupt kam sie allmählich dahinter, daß sie vieles gemeinsam hatten. O ja, sie war eine glückliche Frau; sie mußte dem Himmel danken für Lorens Zärtlichkeit . . . und nicht wie eine Närrin von Flittertand träumen.

Die Gitarrenspieler setzten zu einem neuen Lied an. Kendra wurde starr. Ein Schauer lief über ihre Haut. Ihre Hände wurden feucht. Ihre Lippen preßten sich aufeinander. Die Männer spielten die fröhliche, schwungvolle Melodie von «Die Liebe ist eine Libelle».

Jener Tanz im Comet House . . . Die qualmenden Lampen, die grelle Tapete, die Musik der Militärkapelle . . . Teds Arm, der sie umfing. Sein

Geflüster an ihrem Ohr: «Wie schön Sie doch sind ... Jede Frau ist so schön, wie ein Mann sie sieht ...»

Großer Gott, wenn sie doch aufhören wollten! Wenn sie nur etwas anderes spielen wollten! Warum schmerzt die Liebe so sehr? Warum schwindet sie nicht endlich? ...

Kendra verkrampfte ihre Hände im Schoß. Sie dankte dem Himmel, daß niemand sie beachtete. Alle schauten die Sänger an und hämmerten im Takt mit ihren Füßen auf den Boden.

Endlich gingen die Musikanten zu einem andern Lied über. Kendra hatte keine Ahnung, welche Melodie sie spielten, welche Worte sie sangen. Sie saß regungslos da, holte tief Atem und bemühte sich, das rasende Pochen ihres Herzens zu hemmen. Sie versuchte, ihre ineinander verschlungenen Hände zu entkrampfen, ihre steif gewordenen Knie zu bewegen, ihre verkniffenen Lippen zu öffnen. Und innerlich flehte sie: Singt weiter! Singt doch weiter! Laßt mir noch ein wenig Zeit!

Und die Männer sangen. Kendra wußte nicht, wie lange sie sangen. Sie vernahm den Beifall. Sie klatschte ebenfalls in die Hände. Sie hörte, wie die Leute sich bei den Musikern bedankten, und schließlich begriff sie, daß dieses Hauskonzert zu Ende war. Mr. Chase sprach sie an:

«Und nun, Ma'am, ein Gläschen Sherry? Echten spanischen Sherry, der lange unterwegs war.»

Kendra nahm den Wein. Zu ihrer eigenen Überraschung brachte sie es fertig, zu danken, und einen Augenblick darauf hörte sie sich sagen: «Der Wein schmeckt herrlich, Mr. Chase.»

Mrs. Chase reichte Kekse und Käse, Oliven, Nüsse und Gebäck herum. Kendra aß ein paar Bissen. Sie dachte immerzu: Nichts währt ewig. Es dauert nicht mehr lange, und ich verschwinde von hier. Ich werde dann allein sein. Gott sei Dank, daß ich allein sein werde. Loren darf das niemals erfahren. Bitte, bitte, ich muß das überwinden ... eines Tages ... irgendwie.

Schließlich wurde es Zeit zum Abschiednehmen. Man bedankte sich bei den Gastgebern für den angenehmen Abend. Auch Kendra sprach die üblichen Phrasen. Und schon war sie mit Ralph und Serena auf dem Heimweg. Kendra stieg die Treppe zu ihrer Wohnung hinauf. Im Kamin leuchtete noch ein wenig Glut. Es gab nun reichlich Brennmaterial, denn ein Schiff, das Kohlen geladen hatte, war eingelaufen, und Loren hatte einen Vorrat angelegt, der für den ganzen Winter ausreichen würde. Kendra legte Kohlen auf und sah den kleinen Flammen zu, die über die Glut tanzten. Sie hörte, daß Ralph die Haustür abschloß und dann in sein Schlafzimmer ging.

Sie zog sich aus, war aber noch nicht schläfrig. Nie war sie wacher gewesen als jetzt. Sie zündete eine Kerze an, warf einen Morgenmantel um und setzte sich vor das Feuer. Die Flammen prasselten. Draußen erhob sich ein Sturm. Kendra stützte den Kopf in die Hände und vergaß das Feuer, den Sturm und alle andern Geräusche im Haus und im Freien: Sie vergaß alles über ihren Träumen von Ted und dem Glück, das er ihr für so kurze Zeit geschenkt hatte.

Weshalb kann ich nicht weinen? fragte sie sich.

Das Weinen hätte so vieles leichter gemacht. Sie mußte etwas tun, irgend etwas, nur nicht hier sitzen bleiben und den Erinnerungen nachhängen, während ihr das Herz in der Brust hämmerte und sie mit beiden Händen ihre klopfenden Schläfen hielt. Ihr war, als wäre sie in lauter kleine Stücke zerrissen, und all diese Stücke schmerzten, weil Ted ihr fehlte – weil er ihr so fehlte, wie ihr noch kein Mensch gefehlt hatte. Sie sehnte sich nach ihm, wie sie sich noch nie nach etwas gesehnt hatte.

Ein Pochen an der Tür. Kendra fuhr auf. Es pochte nochmals, und sie hörte Serenas Stimme: «Mrs. Shields?»

Warum muß sie mich denn ausgerechnet jetzt stören? dachte Kendra und trat zur Tür, die sie mit Mühe öffnete. Serena hatte einen Wollumhang übergeworfen. In ihrem rosigen unschuldigen Gesicht erschien ein Lächeln, das um Entschuldigung bat.

«Es tut mir leid, daß ich Sie belästigen muß, Mrs. Shields, aber ich habe mir gedacht, die Sache könnte wichtig sein. Ich habe einen Brief für Sie.»

Kendra hörte mit gekrauster Stirn zu. «Einen Brief?»

Serena streckte ihr ein zusammengefaltetes, mit Wachs versiegeltes Papier entgegen. «Ein Fremder hat an der Haustür geklopft und Ralph das da gegeben. Er sollte es Ihnen bringen.»

Kendra glaubte, Keulenschläge sausten auf ihren Kopf herab. Sie nahm den Brief und bedankte sich. Serena ging wieder die Treppe hinab. Kendra schloß die Tür und kehrte zu ihrem Stuhl am Feuer zurück. Dann löste sie das Siegel und schlug das Papier auseinander. Als sie die Schrift sah, fingen ihre Hände derart zu zittern an, daß der Bogen raschelte. Die Schrift verschwamm vor ihren Augen. Erst nach einigen Sekunden war ihr Blick so fest, daß sie lesen konnte:

«Meine liebe Kendra,

heute abend habe ich dieses Lied wieder gehört. Die Liebe ist eine Libelle. Wenn Du nicht weißt, was es in mir ausgelöst hat – aber natürlich weißt Du das.

Ich bin gestern auf dem Schoner von Sacramento heruntergekommen. Ich wollte das nächste Schiff nach Honolulu nehmen. Ich hatte nicht die Absicht, Dich zu sehen. Ich habe mich nach Dir erkundigt, und man hat mir erzählt, daß Du Loren Shields geheiratet hast. Ein guter Bursche, glaube ich. Ich habe ihn bloß einmal gesehen, aber auf alle Fälle verstehe ich, daß Du fertig bist mit mir.

Deshalb habe ich mir gesagt, ich fahre am besten nach Honolulu und störe Dich nicht.

Aber heute abend wollte ich Mr. Chase sprechen. Vielleicht erinnerst Du

Dich: Bevor wir im vergangenen Jahr nach Shiny Gulch zogen, habe ich meinen ersten Goldstaub bei ihm deponiert. Heute abend bin ich zu ihm gegangen, um zu erfahren, zu welcher Stunde er morgen im Laden ist, so daß ich ihn erreichen kann. Aber sein ganzes Haus war erleuchtet, und draußen waren Pferde angebunden. Er hatte Gäste. Ich konnte wegen der Vorhänge nicht in die Zimmer sehen, aber ich konnte die Musik hören. Jemand hatte ein Fenster aufgemacht. Die Musik war gut. Ich wollte nicht aufdringlich sein, aber es schadete ja keinem, wenn ich ein paar Minuten stehenblieb, um zu lauschen.

Dann habe ich es gehört. Sie haben Gitarre gespielt. Sie haben angefangen, dieses Lied zu singen.

Und ich war wieder mit Dir auf jenem Ball im Comet House, wo wir zu dieser Melodie getanzt und uns verliebt haben.

Ich habe geglaubt, wenn ich Dich nicht wiedersehen könnte, müßte ich wahnsinnig werden. Ich bin zur nächsten Bar gegangen und habe den Leuten gesagt, ich müsse Loren Shields in Geschäften sprechen. Sie sollten mir seine Adresse mitteilen. Sie haben mir geantwortet, ich könne ihn nicht sprechen, weil er sich zur Zeit gar nicht in der Stadt aufhält.

Kendra, eben habe ich geschrieben, daß ich, als ich von Deiner Heirat mit Loren erfuhr, verstanden habe, daß Du fertig bist mit mir.

Bist Du das wirklich, Kendra? Nach allem, was zwischen uns gewesen ist – kannst Du das einfach so wegwerfen?

Ich warte vor dem Haus. Komm runter und öffne die Tür. Komm runter, Kendra.

Ted.»

32

Kendra stand auf. Sie ging zur Wand und wieder zurück. Mit beiden Händen hielt sie den Brief. Das Papier knisterte. Sie schaute auf den Vorhang, der das Fenster verhüllte. Wenn sie die Lampe löschte, würde das Zimmer fast dunkel sein. Nur das Feuer im Kamin würde noch glimmen. Und das war noch nicht einmal so hell wie der Mondschein. Sie könnte den Vorhang zur Seite schieben und Ted drunten stehen sehen. Ted, der auf sie wartete.

Alles würde ja so einfach sein. Sie mußte bloß die Treppe hinabschleichen und die Haustür öffnen. Wenn sie dabei leise war, würden weder Ralph noch Serena sie hören. Keiner könnte Verdacht schöpfen. Ihr Schlafzimmer lag zur Straße hin, das der Watsons nach hinten, und der Sturm, der immer stärker wurde, mußte jedes Geräusch schlucken. Kein Mensch würde etwas erfahren.

Kein Mensch, dachte Kendra. Kein Mensch außer mir.

Sie blickte auf das Bett mit seiner weichen weißen Steppdecke. So war auch der ganze Raum: weich, anständig, ordentlich. Wie Loren und seine Umarmungen. Nichts in diesem Zimmer erinnerte sie an den rumpelnden Planwagen, in dem sie mit Ted ihre Nächte verbracht hatte. Kein Mensch würde es jemals erfahren, dachte Kendra abermals. Kein Mensch außer mir. Aber würde ich darüber hinwegkommen?

Sie schlang ihre Hände ineinander. Noch immer hatte sie Teds Brief in den Fingern, und er raschelte und knirschte nun. Es war ihr, als vernehme sie ihre eigene Stimme, eine zornige, verächtliche Stimme, die unter einem Baum in Shiny Gulch zornige, verächtliche Worte ausgestoßen hatte:

«Du bist ein Mensch, der alles nur halb macht. Und das kann ich nicht ausstehen. Eine Jacke mit nur einem Ärmel, ein Haus ohne Dach, eine Brücke, die mitten im Fluß endet – wer will mit solchen Dingen etwas zu tun haben? Die Dinge taugen nichts, wenn sie nicht ganz getan werden.»

Das zerknüllte Papier fiel auf den Boden. Sie schlug mit der Faust auf den Kaminsims. Die Kerze flackerte.

Habe ich damals so mit Ted gesprochen? Oder nur mit mir selbst?

Wieder begann sie auf und ab zu gehen. Wieder formten sich ihre Gedanken zu Worten:

Kendra, du bist kein Mensch, der die Dinge nur halb macht. Wenn du etwas in die Hand nimmst, dann machst du deine Sache richtig. So bist du schon immer gewesen. Immer – nur nicht bei Ted. Du liebst Ted, aber du haßt ihn auch. Und was ist mit Loren? Du liebst Loren nicht, aber du haßt ihn auch nicht. Aber du hast Achtung vor ihm.

Sie entsann sich dessen, was Loren ihr kurz vor der Heirat erzählt hatte. Von der ersten Stunde an hatte er sie geliebt, doch während er in Monterey war, hatte sie Ted geheiratet. «Danach habe ich natürlich versucht, Sie aus meinem Gedächtnis zu tilgen.»

Ja, sie entsann sich. Er hatte einen Höflichkeitsbesuch gemacht, Ted gratuliert und ihr ein Körbchen mit Erdbeeren gebracht. Dann war er seines Weges gegangen, und er hatte nicht versucht, sie wiederzusehen, bis Mr. Chase ihm vom Fiasko ihrer Ehe berichtete. Nein, Loren war kein Mensch, der die Dinge nur halb machte.

Und du, Kendra, redete sie sich ins Gewissen, du wirst dich nicht ändern.

Sie hob den zerknüllten Brief auf. Ein zweites Mal wollte sie ihn nicht lesen. Las sie ihn doch noch einmal, dann verlor sie am Ende ihren ganzen Mut. Sie riß das Papier in Fetzen und warf die Fetzen ins Feuer. Dann nahm sie die Kerze und stieg die Treppe hinab.

Im Haus war es dunkel und gespenstisch. Draußen tobte der Sturm. Obgleich sie einen Morgenrock aus Baumwolle trug, zitterte Kendra, als sie zur Wohnung der Watsons hastete. Ein Lichtstreifen schimmerte unter der Tür hindurch, und Kendra hörte, daß beide noch wach waren.

Sie klopfte. Nach einem kurzen Augenblick wurde geöffnet. Serena machte ein aufgeregtes Gesicht.

«Aber Mrs. Shields! Ist etwas passiert?»

«Nein, nein, aber ich muß leider Ralph bitten, noch einmal an die Haustür zu gehen. Der Bote, der diesen Brief überbracht hat, erwartet eine Antwort. Es handelt sich um geschäftliche Angelegenheiten, die erst erledigt werden können, wenn mein Mann wieder da ist. Ich weiß nichts davon.»

Aus der Wohnung hörte sie Watsons Stimme. «Kann ich etwas für Sie tun, Mrs. Shields?» Das klang zwar ehrerbietig, aber auch leicht verärgert.

«Ja, bitte», erwiderte Kendra. «Es ist mir sehr unangenehm, Sie belästigen zu müssen, Ralph, doch allmählich wird es kalt, und wenn der arme Mann noch länger warten muß, holt er sich eine Lungenentzündung. Sagen Sie ihm, ich wüßte keine Antwort.»

«Schon gut, Mrs. Shields. Ich werde es ihm bestellen.»

«Ich danke Ihnen auch vielmals.»

Sie drehte sich um und rannte die Treppe hinauf. Die Kerze erlosch, aber sie kümmerte sich nicht darum. Ihre Augen brannten, und ihre Kehle schien wund zu sein. Sie wollte schreien. Um ein Haar hätte sie auch geschrien. Sie warf die Kerze auf den Kamin und biß in ihren Ärmel, um nicht schreien zu müssen.

Im Parterre stapfte Ralph durch den Flur zur Haustür. Nervös lauschte sie, bis sie ihn zurückkommen hörte. Offenbar war Watson froh, daß dieses Hin und Her in der Kälte endlich vorüber war, denn er knallte die Tür mit lautem Schlag zu.

Bisher hatte sich Kendra immer verwundert gefragt, weshalb sie denn eigentlich nicht weinen könne. Plötzlich wußte sie, daß sie es jetzt konnte – in Wahrheit weinte sie schon. Nun, da Ted ihre Antwort kannte, brach sie völlig zusammen und fiel quer über das Bett. Ein Schluchzen schüttelte sie, als habe sie körperliche Schmerzen. Sie weinte, wie sie noch nie zuvor geweint hatte, und sie vermochte ihren Tränen nicht Einhalt zu gebieten. Sie weinte so lange, bis sie erschöpft auf dem feuchten Kissenbezug lag.

Nach einer Weile spürte sie die Kälte. Das Feuer war ausgegangen. Nur noch ein paar Kohlenbröckchen glühten inmitten der Asche. Kendra schlug die Decke zurück und legte sich ins Bett. Die Laken waren eisig. Vor dem Haus hörte sie den Sturm, diesen wilden Sturm von San Francisco, der klagend und stöhnend um die Berge heulte.

Es war dunkel. Der Mond schien nicht mehr. Der Sturm mußte Wolken vom Meer über das Land getrieben haben, denn nun hörte sie Regen niederprasseln. Dieser Regen lullte sie ein. Die Laken wurden warm. Aber es dauerte noch lange, ehe der Schlaf kam.

Als Kendra erwachte, regnete es noch immer. Durch das Fenster drang graues Licht ins Zimmer, das sie an die Kabine der *Cynthia* am Kap Hoorn erinnerte. Sie wußte nicht, wie spät es war. Auf ihrer Kommode stand zwar eine Uhr, sie hatte gestern abend jedoch vergessen, sie aufzuziehen. Die Zeiger wiesen auf Viertel nach drei.

Kendra streckte sich. Die Luft wehte ihr kalt ins Gesicht, aber das Bett war noch warm. Sie hatte nicht lange genug geschlafen, doch fühlte sie sich jetzt immerhin ein wenig besser. Als sie die Decken zurückschlug, überlief ein Frösteln ihre Haut. Sie schob ihre Füße in die Pantoffeln. Vielleicht hatte Serena Kaffee auf dem Herd stehen. Serena war gewiß schon lange auf, um Ralph das Frühstück zu machen, ehe er in den Laden ging. Kendra war froh, daß nicht auch sie hinaus in den Regen mußte.

Sie zog ihren Morgenrock dicht um sich und öffnete die Tür. Auf der Treppe duftete es nach Kaffee und Schinken. Sie hörte auch Fußtritte. Kendra rief: «Serena.»

«Ach, sind Sie endlich aufgestanden, Mrs. Shields! Ich habe mir schon Sorgen um Sie gemacht. Geht es Ihnen gut?»

«Aber ja», versicherte Kendra. «Der Regen hat mich nur nicht schlafen lassen, das ist alles. Wie spät ist es eigentlich?»

«Schon zehn vorbei. Ich hoffe, Ralph ist rechtzeitig zur Arbeit gekommen. Er hat gesagt, wenn der Schlamm heute abend gar zu arg ist, wird er im Laden schlafen.»

«Haben Sie noch ein bißchen Kaffee, Serena?»

Serena nickte, und wenig später brachte sie eine Kanne in Kendras Wohnung. Sie hatte ein wenig Kaffee in die Untertasse verschüttet, aber Kendra war, seit sie das Leben in den Bergen kennengelernt hatte, nicht mehr so anspruchsvoll wie früher. Serena war eine freundliche Seele. «Soll ich Ihnen nicht ein bißchen was zum Frühstücken machen?» erkundigte sie sich.

«Sie könnten sich in meiner Küche aufwärmen.»

Kendra hätte sich sehr gern in der Küche aufgewärmt, doch sie fühlte sich noch nicht imstande, Serenas munteres Geplauder zu ertragen. Während sie den Kaffee schlürfte, starrte sie auf die Asche im Kamin. In der Asche lag auch das, was Teds Brief gewesen war. Kendra stellte ihre Tasse ab und trat zum Fenster, zog den Vorhang zurück und blickte hinaus in die verregnete Straße. Dort unten hatte in der vergangenen Nacht Ted auf sie gewartet.

Und jetzt ist er fort, dachte sie. Ich habe ihn fortgeschickt. Vermutlich werde ich ihn niemals wiedersehen.

Mit einemmal stellte sie fest, daß er ihr gleichgültig geworden war.

Also war es endlich geschehen! Was Pocket widerfahren war, was er ihr prophezeit hatte: jetzt war es passiert: Sie liebte Ted nicht mehr. Sie haßte ihn auch nicht mehr. Er war ihr ganz einfach gleichgültig geworden.

Verblüfft ließ Kendra den Vorhang sinken. Sie ging zum Waschtisch und kühlte ihre brennenden Augen mit dem eisigen Wasser. Was war aus dem sehnsüchtigen Verlangen geworden, das sie stets empfunden hatte?

Sie wußte es nicht. Was auch immer die Ursache sein mochte – der alte Schmerz quälte sie nicht länger. Sie dachte an Ted. Sie erinnerte sich an sein Aussehen, den Klang seiner Stimme. Sie erinnerte sich, wie er ihr alle Illusionen genommen hatte. Sie erinnerte sich an sein Selbstmitleid, als er die Schuld auf alle Welt geschoben hatte, nur nicht auf sich selber. Sie erinnerte sich des Tages, da sie sich in ihn verliebt hatte. Wie lange hatte diese Liebe doch gewährt! Warum nur? Wieder wußte sie keine Antwort. Sie wußte nur eines: Nun liebte sie Ted nicht mehr.

Ebensowenig jedoch wünschte sie ihm etwas Böses. Ted spielte keine Rolle mehr. Sie war frei.

Kendra setzte sich auf ihr Bett. Sie machte sich keine Gedanken. Sie nahm lediglich die Dinge wahr, die sie umgaben: den Duft des Kaffees, ihren warmen Morgenrock, ihre weichen Pantoffeln. Und sie saß in ihrem eigenen Heim, das sie vor dem Regen schützte, während die meisten andern Leute in Baracken und Zelten hausten. Und dann dachte sie an Loren.

Sie fragte sich: Liebe ich ihn jetzt?

Nein, sie liebte ihn immer noch nicht. Aber sie achtete ihn, und sie vertraute ihm.

Nein, sagte sie sich, ich liebe ihn nicht. Aber wahrscheinlich werde ich nie wieder einen Mann lieben können.

Und dabei fehlte ihr die Liebe so sehr. Sie hatte etwas verloren, etwas Großes und Bedeutsames. Doch statt dessen war ein eigentümlicher Friede über sie gekommen.

33

Nun, da sich Kendra in Gedanken nicht länger mit Ted beschäftigte, bemerkte sie überrascht, wieviel in ihrer Umgebung passierte. In diesen ersten Wochen des Jahres 1849 fieberte jeder Mann, jede Frau, jedes Kind in San Francisco vor Erwartung.

Sie konnte das überall erleben. Zu Hause, auf der Straße, in den Handelsniederlassungen sprachen die Leute von nichts anderem als dem Dampfschiff aus New York. Immer wieder debattierten sie darüber und fragten sich, wer wohl an Bord sein mochte. «Wäre es nicht komisch», rief Marny, «wenn der Dampfer jemanden hierherbrächte, den wir kennen?»

Denn nun endlich war das Goldfieber auch auf ihre Landsleute an der atlantischen Küste übergesprungen. Endlich waren richtige Yankees unterwegs, um nach dem kalifornischen Gold zu suchen.

Freilich waren bereits im vergangenen Jahr Hunderte eingetroffen, unter ihnen hatten sich auch Yankees befunden. Aber sie waren nicht direkt aus der Heimat gekommen, sondern aus Hawaii, Oregon oder Mexiko. Einige andere allerdings hatten sich in der Tat aus den Vereinigten Staaten nach Kalifornien durchgeschlagen. Bei ihnen handelte es sich jedoch um Männer, die – wie Archwood – noch nichts von den Goldfunden gehört hatten, als sie daheim aufgebrochen waren. Ein Arbeiter namens Jim Marshall hatte im Januar 1848 bei Sutters Sägewerk das erste Gold entdeckt. Jetzt, im Januar 1849, war noch so gut wie niemand auf geradem Wege aus den Vereinigten Staaten nach Kalifornien gekommen, um nichts anderes zu tun, als nach Gold zu graben.

Nun aber waren sie im Anmarsch. Die beiden Kuriere hatten die Nachricht in der Heimat verbreitet.

Die Offiziere waren mit amtlichen Papieren und Goldproben versehen gewesen. Als erster kam der Oberfähnrich Beale ans Ziel. Er ritt auf Umwegen nach Mexiko hinunter und dann in den Norden, nach Washington, hinauf. In der Hauptstadt traf er im September ein. Er übergab seine Schreiben den Behörden und wies das Gold vor. Man behauptete, dieses Zeug sehe aus wie Fischschuppen; immerhin jedoch schickte man es zur Münze. Die Fachleute hingegen erklärten: «Diese angeblichen Fischschuppen sind zweiundzwanzigkarätiges Gold.»

Gerüchte waren schon früher in die Staaten durchgesickert. Seeleute, die im vergangenen Frühjahr die Westküste verlassen hatten, wußten allerlei sonderbare Geschichten zu erzählen, die in den Hafenstädten umliefen. Und dabei hatte der eigentliche Sturm auf die Goldberge zu jener Zeit noch gar nicht eingesetzt. Zu Hause zuckten die Leute jedoch die Achseln und meinten: «Na ja, was Seeleute so daherreden ...» Soldaten und Matrosen der Kriegsmarine hatten in ihren Briefen einige Burschen erwähnt, die Gold gefunden haben wollten. Einige dieser Briefe waren in Zeitungen abgedruckt worden. Aber wiederum hatten die Bürgersleute nichts anderes zu sagen gewußt als: «Kalifornien klingt ja ganz gut. Sicher ist es dort hübsch.» Kein Mensch aber war in Aufregung geraten.

Selbst nach Beales Ankunft gerieten sie daheim nicht in Aufregung, jedenfalls nicht richtig.

Was er zu berichten wußte, druckte ein Washingtoner Blatt, die *Union*. Wenige Tage später übernahm die *Sun* in Baltimore die Meldung. Irgend jemand brachte ein Exemplar der *Sun* mit nach San Francisco. Eine Woche nach Mrs. Chases Gesellschaft druckte die *Alta California* den Bericht der *Sun* ab.

Am dritten Donnerstag im Januar 1849 las Kendra, was die Zeitung in Baltimore über den Oberfähnrich Beale zu schreiben hatte. Der Journalist mußte entweder verwirrt oder unsicher gewesen sein. Ohne es ausdrücklich zu sagen, schien er seine Leser warnen zu wollen: Nun, wir werden wegen dieser Sache nicht den Kopf verlieren; so oder ähnlich mochte er gedacht haben.

Doch dieser Mann hatte seinen Bericht im September geschrieben, und jetzt war es Januar. Die Passagiere eines Schiffes erzählten, Leutnant Loeser, der zweite Kurier, habe den Hafen Callao in Peru erreicht. Von dort aus sei er nach Washington gereist, und zwar mit einer Schachtel voller Gold und den Briefen, in denen Oberst Mason seinen Besuch in den Goldfeldern geschildert hatte. Kendra sagte zu Marny:

«Was in der *Sun* gestanden hat, muß der Windstoß gewesen sein, der das Feuer entfacht hat.»

Und mit jedem neuen Tag erfuhren sie mehr über dieses Feuer.

Von den Dampfschiffen, die die Ostküste und pazifische Küste verbinden sollten, hatten sie seit langem gehört. Am vierten Donnerstag im Januar kündigte die *Alta* an: Der erste Dampfer habe New York im Oktober verlassen. Das Schiff war drei Wochen nach Beales Eintreffen in See gestochen. In San Francisco rief jeder jedem zu: «Bestimmt werden ein paar Goldjäger an Bord sein!»

In Sturm und Regen warteten sie auf das Dampfschiff. Sie kletterten auf die Berge und lauschten nach Geräuschen über dem nebligen Meer, in der Hoffnung, den Dampfer in die Bucht hineintuckern zu hören. Der Regen rann unentwegt. Eines Tages schneite es sogar. Der Januar verging, und es wurde Februar, aber der Dampfer war noch immer nicht da.

Nacht für Nacht waren die Saloons und Spielzelte überfüllt. Marny erzählte, die Männer spielten jetzt noch leichtsinniger als in Shiny Gulch. Warren Archwood kam mit Backsteinen und Holz aus Honolulu zurück. Es reichte, um ein mehrgeschossiges Haus zu bauen, doch war dies vorläufig noch nicht möglich, da der Boden einem Morast glich. Zunächst ließ er das bauen, was die Leute ein «Segeltuchhaus» nannten: ein hölzernes Balkenwerk, über das schweres Segeltuch genagelt wurde. Dieses «Haus» hatte einen Bretterboden und war in mehrere Einzelräume durch «Wände» aus Segeltuch aufgeteilt, die zu Privatspielen gemietet werden konnten.

Archwood ließ auch ein kleineres Tuchhaus für Lolo und ihren Schwarzbart bauen. Sie hatte in der ersten Februarwoche ihr Baby zur Welt gebracht. Einige Tage zuvor hatte ein Schoner aus den Vereinigten Staaten die Nachricht übermittelt, daß Zachary Taylor zum neuen Präsidenten gewählt worden war. Also tauften sie den Kleinen auf den Namen Zachary und nannten ihn Zack.

Marny freute sich der kommenden Dinge. Ihr Tuchhaus war größer als das Zelt und auch festlicher. Lampen mit Walfischtran hingen an den Balken, und die häßlichen Segeltuchwände hatte sie mit rotem Kattun drapiert. An die beiden Enden der Bar stellte sie chinesische Dschunken in Miniaturformat, in denen Räucherstäbchen brannten. Dort konnten sich die Männer ihre Zigarren anzünden. Zu Kendra sagte sie: «Eigentlich kommt es mir darauf an, daß die Leute keine brennenden Streichhölzer auf den Boden werfen. In dieser baufälligen Stadt muß man ja stets mit einem Großbrand rechnen.» Dann zeigte sie Kendra eine goldene Nadel in Form eines geflochtenen Körbchens, deren Rand mit vielfarbigen Juwelen geschmückt war, so daß man hätte meinen können, es seien winzige Blümchen.

«Ein hübscher Skalp für den Fall, daß ich doch mal wieder nach Philadelphia zurückkehren sollte.»

Wenige Tage danach kam Loren aus Oregon. Kendra schlang ihre Arme um ihn und vergoß Tränen an seiner Schulter. Loren war gerührt. Doch da er ein glücklicher Mann war, der noch niemals hinter die Dinge geschaut hatte, konnte er sein Erstaunen nicht verbergen.

«Aber mein liebes Mädchen! Du hast dir doch hoffentlich keine Sorgen um mich gemacht? Meine Reise war ganz ungefährlich. Die *Malek* ist eines der besten Schiffe im Küstenhandel. Hast du das denn nicht gewußt?»

Doch, das hatte sie gewußt. Sie hatte auch keine Sorgen um Loren gehabt – nicht deswegen hatte sie diese schreckliche Nacht schluchzend verbracht. Aber das konnte sie ihm nicht sagen. Ebensowenig konnte sie ihm sagen, daß die Tränen, die sie jetzt vergoß, Tränen der Dankbarkeit waren. Sie war ihm dankbar für seine schlichte und beständige Güte. Sie mußte froh darüber sein, wenn sie ihn deshalb auch nicht zu lieben vermochte.

In der zweiten Februarhälfte hörten die Regenfälle auf. Die Sonne traute sich wieder hervor, und der Schlamm trocknete. Oft machte Kendra nun zusammen mit Serena Ausflüge in die Stadt, um sich Vorräte anzulegen, falls eine neue Sintflut einsetzen sollte.

Mr. Fenway wußte traurige Geschichten über Schiffe zu erzählen, die aus dem Goldland zurückkamen. Sie hatten halbtote Männer an Bord, die an Skorbut und Fieber litten. Barfuß, verfroren, mit blutunterlaufenen Augen und zitternden Händen lagen diese armen Kerle an Deck und baten die ein bißchen Kräftigeren, ihnen doch beim Tragen ihres Gepäcks behilflich zu sein.

«Was für ein Gepäck?» fragte Kendra.

«Gold», erwiderte Mr. Fenway. «Sie können es nicht essen, sie können sich damit nicht vor dem Schnee schützen. Und jetzt sind sie so krank, daß sie es nicht einmal selber schleppen können.»

Kendra dankte dem Himmel, daß sie und ihre Freunde Nings Rat beherzigt und die Berge rechtzeitig verlassen hatten. Mr. Fenway, dem die Sorgen anderer Leute allemal ein gewisses Vergnügen machten, meinte, daß er selbst sich sein Leben behaglicher eingerichtet habe:

«Hier ist alles, was die Leute brauchen.» Mr. Fenway ergriff eine Flasche mit Zitronensaft. «Wir beziehen dieses Zeug jetzt in Fässern durch englische Schiffe. Wir füllen es in leere Ginflaschen ab. Der Verkauf bringt uns ganz schön etwas ein.»

Aus seinen Worten sprach düstere Befriedigung. Doch mittlerweile war Kendra dahintergekommen, daß Mr. Fenway seinen Weg zur Zufriedenheit gefunden hatte – wie sie selber, wie viele andere Leute auch.

34

Am nächsten Morgen waren die Berge von Wolken verhüllt. Als Kendra und Loren ihr Frühstück beendet hatten, war es jedoch aufgeklart. Ralph und Loren gingen zum Laden. Während Serena die Küche aufräumte, brachte Kendra das Schlafzimmer in Ordnung. Sie steckte gerade ein Kissen in einen frischen Bezug, da hörte sie schnelle Schritte auf der Treppe. Bevor sie sich noch umdrehen konnte, stürzte Loren ins Zimmer. Sein Haar war zerwühlt, seine Wangen waren noch röter als sonst. Die Neuigkeit nahm ihm fast den Atem:

«Kendra! Der Dampfer!»

Sie ließ das Kissen fallen. «In der Bucht?» rief sie.

«Noch nicht. Aber man hat ihn gesichtet. Komm rasch! Wir müssen uns das ansehen. Bring das Fernglas mit.»

Ralph hatte bereits Kendras Reitpferd vors Haus geführt. Schon wimmelte es auf der Straße von Menschen zu Fuß und im Sattel. Alle Welt schrie durcheinander. Lachend stürmten Loren und Kendra davon, um eine Stelle zu finden, von der sie glaubten, den Dampfer am besten beobachten zu können, wenn er durch die enge Passage zwischen den beiden Halbinseln fuhr. Mitten im Radau schrie Loren:

«Wir reiten den Berg hoch. Dann kommen wir zur rechten Zeit ans Ufer, bevor der Dampfer Anker wirft.»

Es war nicht einfach, querfeldein zu reiten, denn jeder versuchte, dem andern den Weg abzuschneiden. Aber Loren und Kendra schafften es doch. Ralph und Serena hielten sich dicht hinter ihnen. Sie ritten höher, bis die letzten Zelte und Häuser in ihrem Rücken lagen, und erreichten einen Kamm, der eine gute Fernsicht auf das Meer bot. Kendra war überrascht, wie viele Leute auf dieselbe Idee wie sie selber gekommen waren. Überall hier oben hielt man Ausschau. Mit dem Fernglas begann Loren das Meer abzusuchen.

Der Sturm brauste ungehindert um die Bergspitze. Doch ebendieser Sturm hatte auch den Himmel reingefegt. Loren wollte ihr etwas sagen. Jedermann redete indessen auf den andern ein, so daß er seine Worte einige Male wiederholen mußte, ehe sie verstand: «Da ist er – der Dampfer.» Er reichte ihr nun das Glas.

Eifrig führte Kendra es an die Augen. Zunächst vermochte sie bloß die Berge in der Ferne auszumachen und die schaumgekrönten Wellen. Dann aber wandte sie sich hin und her und erblickte schließlich den Dampfer. Es gab ihr einen Schock.

Bevor sie von daheim aufgebrochen war, hatte Kendra viele Dampfschiffe auf Flüssen gesehen. Das waren jedoch hübsche kleine Fahrzeuge gewesen, die stets einen frischen Anstrich trugen und deren Messing jeden Morgen poliert wurde. Dieser Dampfer da unten war das Häßlichste, was ihr jemals vor Augen gekommen war.

Dieser Dampfer war ein plumpes Schiff mit einem großen Schaufelrad und einem Schornstein, der Rauchwolken ausspie. Drei Masten ragten gleich riesigen Zahnstochern in die Höhe; sicher wurden an ihnen Segel gesetzt, wenn die Maschinen versagten. Und dieser Dampfer war nicht nur häilich, es herrschte auf ihm ein fürchterliches Durcheinander. Das Schiff war verdreckt, zerkratzt, verwittert. Das salzige Meer und die glühende Sonne hatten es übel zugerichtet. Anscheinend hatte sich seit New York keine Hand gerührt, um den Dampfer zu säubern. Und wann hatte er New York verlassen? Im Oktober. Vor einundzwanzig Wochen also.

Doch dann erinnerte sich Kendra mit Gewissensbissen daran, daß dies ja das erste Dampfschiff überhaupt war, das die atlantische Küste Amerikas hinabgefahren und sich seinen Weg in pazifischen Gewässern nach Kalifornien hinaufgebahnt hatte. Kein Wunder, daß die Matrosen keine Zeit gefunden hatten, sich um das schöne Aussehen ihres Schiffes zu kümmern. Sie hatten alle Hände voll zu tun gehabt, um ans Ziel zu kommen.

Aber jetzt war der Dampfer da. Und er führte eine erstaunliche Zahl von Passagieren mit sich. Kendra sah Männer und Frauen auf Deck zusammengedrängt – es waren wohl mehr, als in den Kajüten Platz fanden. Loren kannte sich in Schiffen aus. Sie gab ihm das Glas zurück, legte die Hände um den Mund und schrie ihm beim Heulen des Sturmes zu:

«Wie viele Passagiere kann das Schiff aufnehmen?»

Nachdem er den Dampfer eine Weile betrachtet hatte, schrie er zurück:

«Etwa hundert.»

«Es müssen aber mindestens dreihundert an Deck sein», rief Kendra.

«Dreihundert? Sagen wir ruhig: fünfhundert.»

«Aber wo haben die denn alle geschlafen?» wollte Kendra wissen.

Darauf wußte auch Loren keine Antwort. Die Leute irrten auf dem Dampfer umher. Offenbar war ihre Ungeduld, San Francisco kennenzulernen, ebenso groß wie die Neugier der Bewohner von San Francisco, diese Passagiere in Augenschein zu nehmen. Loren winkte Ralph und Serena herbei und schlug vor, ans Ufer zu reiten. Sie hielten dort an, wo Kendra vor einem Jahr zum erstenmal ihren Fuß auf kalifornischen Boden gesetzt hatte.

Bei dieser Erinnerung schrak Kendra zusammen. Die *Cynthia* hatte sie im Februar 1848 nach San Francisco gebracht. Jetzt schrieb man Februar 1849. Was hatte sich in diesem einen Jahr nicht alles zugetragen! Vor einem Jahr hatte sie weder Ted noch Marny gekannt. Sie hätte sich nicht träumen lassen, daß die Bäche Kaliforniens über goldhaltigen Sand strömten. Sie hätte sich auch nicht träumen lassen, daß sie eines Tages Loren Shields heiraten würde.

Vor einem Jahr war dies hier ein Dorf mit neunhundert Einwohnern gewesen. Heute dagegen – sie wußte nicht, wie viele Menschen jetzt in der Stadt lebten; niemand hatte Zeit, sie zu zählen; Tausende mußten es jedoch ganz sicher sein. Vor einem Jahr hatten herzlich wenig Leute auf der Welt je etwas von einem Ort namens San Francisco gewußt. Heute wußten nur herzlich wenig Leute auf der Welt nichts davon.

Tiefer am Hang erspähte sie Marny und Archwood zu Pferde. Marny hatte sie bereits erkannt und winkte. Kendra und Loren winkten gleichfalls. Nach einigen Schwierigkeiten fanden sie zusammen und hielten nun gemeinsam Ausschau. Marnys rotes Haar wehte keck unter dem Rand ihres Hutes hervor. Ihre grünen Augen waren groß und strahlend. Vor Aufregung konnte sie kaum noch schnaufen. Archwood hingegen zeigte sich interessiert, doch keineswegs erregt. Er lächelte mit seiner üblichen weltläufigen Eleganz. Archwood wahrte stets eine gewisse Distanz. Er genoß das Abenteuer, das hier auf ihn wartete, wirklich. Zu Hause war er indessen immer noch in New York.

Marny, die auch ein Fernglas bei sich hatte, beäugte den Dampfer und pfiff plötzlich leise.

«Das ist ein Haufen Leute!» rief sie aus. «Loren, Kendra, glaubt ihr beiden nicht auch, daß irgend jemand an Bord sein muß, den wir kennen?»

Archwood schaute sie amüsiert und nachsichtig an. «Marny wird diesen Gedanken einfach nicht los. Ich habe ihr gesagt, daß ein paar Millionen Menschen gern mit diesem Dampfer gefahren wären. Warum sollten ausgerechnet wir einen davon kennen?» Er zuckte mit den Schultern.

«Das ist mir egal», erklärte Marny. «Trotzdem ist es möglich, daß wir jemanden kennen.»

Archwood lächelte. Ihm gefiel das alles. Daß Marny alles, was sich in ihrer Umgebung abspielte, mit Humor aufnahm, war einer der Gründe, derentwegen er sie so entzückend fand.

Kendra freute sich, daß der Dampfer an einem sonnigen Tag anlegte. Das Wasser der Bucht war so hell, daß es ihre Augen fast blendete. Die verlassenen Schiffe sahen nicht ganz so trostlos aus wie an regnerischen Tagen. Fünf Kriegsschiffe befanden sich außer dem Flaggschiff in der Bai. In dem Moment, als der Kommodore die Nachricht vom Eintreffen des Dampfers erhalten, hatte er seine Vorbereitungen zum Willkommensgruß getroffen.

Gewiß waren nicht wenige Matrosen desertiert, die Mehrzahl freilich hatte ihren Posten nicht verlassen. Diese Seeleute hatten nun ihre Fahrzeuge mit allen Fahnen und Wimpeln geschmückt, die sie hatten auftreiben können.

Der Dampfer schob sich zwischen den beiden zackigen Landstreifen in die Bucht. Die Zuschauer schrien: «Hoch!» Auf Bergen und Dächern, an Fenstern und am Ufer drängten sich die Leute und brachen in Willkommensgrüße aus. Sie winkten mit Fähnchen und Taschentüchern und Zeitungen. Der Dampfer kam näher. Rauchend und qualmend erreichte er das erste der wartenden Kriegsschiffe. Die Matrosen brüllten, die Kanonen feuerten eine Breitseite ab. Der Dampfer brummte und glitt an allen Schiffen vorbei. Wieder donnerten die Geschütze, der Rauch stieg in dicken schwarzen Wolken auf, die der Sturm zur Küste hin trieb. Loren würgte es in der Kehle, Archwood begann zu husten, Kendra kämpfte mit den Tränen.

Und dennoch war es wundervoll. Darin waren sich alle einig. Sie krächzten und wischten sich die Augen aus und versicherten einander mit rauhen Stimmen: «Heute ist ein großer Tag. Auch nicht für eine Hand voller Gold möchten wir ihn missen!»

Die ersten Goldgräber des Jahres 1849 waren da.

35

Der Rauch verwehte, und nun sahen sie den Dampfer in der Nähe des Flaggschiffs vor Anker. Boote nahmen Offiziere und deren Frauen auf. Die übrigen Passagiere warteten. Sie drückten das wenige Gepäck an sich, das sie in dem überfüllten Schiff hatten mitnehmen können. Blieben sie geduldig, dann wurden sie von der Mannschaft an Land gerudert. Doch schon fuhren Männer hinüber, um zahlungskräftige Leute an die Küste zu befördern.

Es war nun fast Mittag geworden. Marny war nicht die einzige, die hoffte, daß der Dampfer einen Bekannten an Bord haben möge. Hausierer drängten sich durch die Menge und verkauften getrocknete Früchte, Walnüsse und Süßigkeiten. Andere boten Wein und Gin an.

Auch Kendra und ihre Gefährten hätten sich gern ein wenig erfrischt, doch was hier feilgeboten wurde, erregte nicht ihren Appetit. Kendra lud Marny und Archwood in ihre Wohnung ein: «Ich habe kaltes Fleisch und Käse.» Aber weder sie selbst noch die anderen wollten wirklich fort, denn nun kamen die ersten Boote, die ersten Passagiere gingen an Land. Bei ihrem Anblick murmelten die Zuschauer vor Schreck und Mitgefühl.

Kendra hatte nie zuvor Leute gesehen, die erschöpfter, schmuddeliger, verwirrter und elender gewesen waren. Ob Mann oder Frau, alle schienen seit Wochen weder Wäsche noch Kleidung gewechselt zu haben. Wie auch immer ihre Verhältnisse gewesen sein mochten: Jetzt waren sie allesamt ungewaschen, ungekämmt, ermattet und zerzaust.

Loren wandte sich Kendra zu. «Sie müssen eine fürchterliche Zeit hinter sich haben.»

«Ich verstehe nicht, wieso der Kapitän so viele Passagiere an Bord genommen hat», meinte Archwood mit einem Blick in die verhärmten Gesichter.

Loren konnte sich das ebensowenig erklären.

«Es kommen ja immer noch welche!» rief Marny erstaunt. «Boot um Boot! Wo mögen die nur alle gesteckt haben? Sie sehen am übelsten von allen aus . . .» Sie brach mit einem schrillen Schrei ab. «Seht ihr's! Ach,

Norman!» Und verzückt schrie sie immer wieder: «Norman! Norman Lamont!»

In dem allgemeinen Lärmen konnte kein Mensch sie verstehen. Marny packte Archwood am Arm, und zwar mit solcher Kraft, daß sie ihn beinahe vom Pferd gerissen hätte.

«Warren Archwood! Hab ich's dir nicht gesagt? Lach ja nicht noch einmal über mich! Ich hab's dir ja gesagt. Ich hab's dir ja gesagt ...»

«Was ist denn?» fragte Archwood; doch sie antwortete nicht, warf die Zügel ihres Pferdes in seine Hand und stürzte davon.

«Wartet auf mich!» rief sie. «Ich war ja noch nie in meinem Leben so glücklich! Aber ich hab's ja gleich gesagt.» Und wiederum schrie sie laut: «Norman!»

Und dann rannte sie mit geschürztem Rock den Abhang hinab. Sie kämpfte sich mit einer derartigen Energie durch das Gedränge, daß sie im Nu dort anlangte, wohin sie hatte kommen wollen. Sie hatte ihren Sonnenhut vom Kopf gerissen, und nun leuchtete ihr roter Schopf. Sie schwang den Hut in der Luft und versuchte, die Aufmerksamkeit eines Menschen in der Tiefe zu erwecken. Durch ihr Fernglas konnte Kendra alle Vorgänge verfolgen.

Als Marny mit ihrem Sonnenhut zu winken anfing, war sie in das Blickfeld eines Mannes geraten, der sich an Land arbeitete. Jäh blieb er stehen, als habe ihn der Schlag gerührt. Sein Kinn fiel herab, seine Augen weiteten sich. Einen Moment starrte er sie ungläubig an. Dann erhellte ein plötzliches Lächeln seine Züge. Und als Marny immer näher kam, begann er, verblüfft zu lachen.

Der Fremde war ein hagerer Geselle mit schwarzen Augen, einer scharfen Nase und schwarzem Haar, das allmählich grau wurde. Er trug einen schwarzen Schnurrbart und einen kleinen Spitzbart, beides war recht ungepflegt. Einen Hut hatte er nicht, und sein Anzug war derart zerknüllt, als habe er darin geschlafen. Mit einer Hand schleppte er einen offenbar schweren Koffer, mit der andern half er einem Mädchen auf die Straße. Auch das Mädchen trug eine Reisetasche. Doch sowie er Marny erblickte, ließ der Mann die junge Person los und winkte stürmisch, offenbar war er ebenso froh, Marny zu sehen, wie Marny froh war, ihn zu sehen.

Das Mädchen an seiner Seite war schlank und, wie alle andern Frauen, so beschmutzt, daß sich kaum beurteilen ließ, ob sie hübsch war oder nicht. Der Mann sagte ihr offenbar einige erklärende Worte. Das Mädchen nickte müde, und beide begannen, den Abhang zu ersteigen. Marny schaffte sich mit ihren Ellbogen Platz, und als die drei sich schließlich trafen, fielen Marny und der Mann einander in die Arme.

Kendra setzte ihr Glas ab und wandte sich Archwood zu. Auch er hatte seinen Feldstecher vor den Augen und beobachtete diesen herzlichen Empfang mit Überraschung und Mißbehagen. Archwood war nicht der Mann, der in der Öffentlichkeit eine Szene machte, aber seine Miene hatte sich vor Zorn verdüstert. Wer dieser Fremde auch war, Archwood freute sich nicht über die Art, wie Marny ihn begrüßte.

«Mr. Archwood.»

Kendra legte eine Hand auf seinen Arm.

«Darf ich Ihnen etwas erklären?»

Denn mit einemmal kam ihr eine Erinnerung. Vor wenigen Minuten noch hatte sie den Gürtel gesehen, in dem Marny ihren kleinen Colt trug. Auf dem Weg nach Shiny Gulch hatte sie Kendra erzählt, daß diese Waffe das Geschenk eines Mannes sei, der einen Spielsalon in New York betrieben hatte. Ein Franzose aus New Orleans, ein gewisser Norman Lamont, der wieder zurück nach dort gegangen war, weil er seine Heimatstadt für die beste Spielhölle des ganzen Landes hielt. Und dann hatte Marny hinzugefügt:

«Zwischen mir und Norman hat es nie etwas gegeben. Er hatte immer ein Mädchen an der Hand. Aber ich habe ihn bewundert. Er besaß echtes Talent.»

Jetzt, da Loren und Archwood sie verwirrt anschauten, erklärte Kendra:

«Ich glaube, ich weiß, wer Marnys Freund ist. Ein großartiger Spieler nämlich. Marny hat mir von ihm erzählt.»

«Möglich», versetzte Archwood. Kendra bemerkte erfreut, daß er wieder in seinem leicht amüsierten Ton sprach. Er griff wieder nach seinem Glas und richtete es auf Marny. Zusammen mit Norman und seinem Mädchen kam Marny den Berg hinaufgeklettert. Sie hatte dem Mädchen die Tasche abgenommen und hob jetzt die freie Hand, um Kendra, Loren und Archwood zuzuwinken. Kendra und Loren taten es ihr nach. Archwood wartete vorerst einmal ab, um sich Marnys Geschichte anzuhören.

Er brauchte nicht lange zu warten. Marny hetzte außer Atem heran. Sie ließ die Tasche fallen und griff nach Archwoods Arm.

«Warren, unser Glück ist gemacht! Das hier ist Norman Lamont, der raffinierteste Spieler, der jemals eine Karte in die Hand genommen hat!»

Sie redete mit einem solch harmlosen Überschwang, daß es nun auch Archwood klarwurde: Dieser Lamont war kein Rivale. Also streckte Archwood ihm die Rechte entgegen.

«Wie geht's? Mein Name ist Warren Archwood.»

Norman lächelte. Während Kendra ihn beobachtete, fiel ihr das auf ihn zutreffende Wort ein. Es hieß: scharf. Normans Blick auf seine neuen Bekannten – und vermutlich auf jeden neuen Bekannten – glich einer Taxierung. Er schien sich zu fragen: Was bringt dieser Mensch mir ein? Doch dann lächelte er, und die gute Laune sah ihm dabei aus den Augen.

Scharf, überlegte Kendra. Vielleicht allzu scharf. Aber ich merke, daß Marny ihn gern hat. Also habe auch ich ihn gern.

Norman wandte sich an Archwood:

«Marny hat mir von dem Spielzelt berichtet. Das hört sich ja recht interessant an.»

Er hatte einen leichten französischen Akzent. Allerdings war es nicht der Akzent eines Menschen, der erst kürzlich Englisch gelernt hat; Kendra vermutete, daß er mit beiden Sprachen groß geworden war. Marny hatte sich mittlerweile des Mädchens angenommen. Sie erzählte ihnen nun, dies sei Normans Freundin Rosabel (ob sie seine Frau war, sagte sie nicht; das hatten sie auch gar nicht erwartet). «Rosabel kann Klavier spielen», erklärte sie. Marny war Rosabel zuvor noch nicht begegnet.

Rosabel war brünett und hatte eine wohlgeformte Nase und ein schönes Kinn; ihre Augenbrauen waren so dicht und seidig, daß sie schwarzen Samtstreifen ähnelten. Ihr Gesicht war staubig. Genauso staubig waren auch ihr Kleid und ihr zerfetztes Kopftuch. Immerhin sah Kendra nun, daß Rosabel eine hübsche Person war. Obendrein schien sie nicht dumm zu sein.

Sie wird sogar schlau sein, dachte Kendra. Wenn sie nämlich dumm wäre, hätte Norman sie nicht bei sich.

Rosabel lächelte sie alle an und sagte:

«Es freut mich, Sie kennenzulernen. Ganz gewiß wird es sich lohnen.»

Sie hatte keinen französischen Akzent, ihre Sprache verriet kein typisches Merkmal. Sie benahm sich freundlich. Ein munteres Selbstvertrauen schien ihr eigen zu sein. Kein Zweifel, daß ihre Schulausbildung nicht allzu umfassend gewesen war. Aber sie hatte sich selber allerhand beigebracht, und sie wußte daraus den besten Nutzen zu ziehen.

Norman und Rosabel unterhielten sich mit Archwood. Loren sprach leise mit Kendra. Sie hatte Marny und Archwood zum Mittagessen eingeladen. War genug vorhanden, daß es für alle reichte? Nun, Kendra war genauso begierig wie ihr Mann, den Erzählungen der Fremden zu lauschen, so lud sie beide zum Essen ein. Sie nahmen begeistert an. Marny erklärte: «Heute können die Schwarzbärte einmal den Calico-Palast ohne mich aufmachen. Wir kommen allesamt zum Mittagessen, sobald Norman und Rosabel sich bei mir gewaschen haben.»

Als sie erschienen, steckten die Neuankömmlinge in geborgten Kleidern. Archwoods Jacke war zu groß für Norman, und Marnys Kleid war zu lang für Rosabel. «Das stört uns nicht», sagten sie, «wir sind glücklich, daß wir endlich in San Francisco sind, und zwar lebend. Während unserer Reise haben wir manchmal daran gezweifelt, ob wir es schaffen werden.» Sie waren glücklich, wieder an einem Tisch Platz nehmen zu können, mit Messer und Gabel zu essen und Servietten zu haben. Und wie Kendra geahnt hatte, gerieten sie geradezu in Ekstase, weil sie essen konnten, soviel sie wollten.

«Wir wollen uns erst nach Tisch unterhalten», riet Loren. Eine unnötige Empfehlung; die Gäste hatten gar nicht daran gedacht, lange Reden zu halten. Statt dessen schlugen sie sich die Bäuche voll. Schließlich aber hatten sie doch genug, und Loren schaffte Brandy herbei, während Kendra Kaffee eingoß. Alle gingen in den Salon. Rosabel sah das Sofa und warf sich mit einem Seufzer darauf. Norman setzte sich auf den Fußboden und lehnte seinen Rücken gegen die Wand. Da nur vier Stühle um das Sofa standen, ließen sich auch Loren und Ralph auf dem Boden nieder. Kendra, Serena und Marny setzten sich auf die Stühle. Archwood, den es durchaus nicht danach gelüstete, auf der Erde zu hocken, nahm dankbar den letzten in Empfang.

36

«Schön», sagte Norman, «es war also folgendermaßen: Diese Leute, denen man die Dampfschifflinie zu verdanken hat, sind schlaue Burschen. Ihr Plan war in der Tat ausgezeichnet. Jetzt, da Kalifornien zu den Vereinigten Staaten gehört, haben sie sich gesagt, daß eine Menge Amerikaner hierherreisen will: entweder um hier zu leben oder um sich die Gegend bloß mal so anzusehen. Und solche Leute wollen natürlich möglichst schnell vorankommen. Sie scheuen die weite Fahrt mit Planwagen über die Prärien oder die lange Schiffsreise um Kap Hoorn. Schneller geht es durch den Isthmus von Panama.»

Seine Zuhörer nickten, Norman fuhr fort:

«Diese Männer in New York haben also eine Dampferlinie gegründet. Und zwar sollten ihre Dampfer nach Chagres fahren.»

«Chagres!» rief Rosabel entsetzt.

«Chagres?» fragte Marny. «Wo liegt denn das?»

«Ich habe auch noch nie davon gehört», gab Archwood zu. «Aber vielleicht kennt Loren es. Schließlich war er Seemann.»

Loren stimmte zu, ermunterte jedoch Norman durch eine Handbewegung zum Weitererzählen.

«Ich hatte den Namen auch noch niemals gehört, aber . . .»

Er schüttelte sich, als liefe ihm ein Schauer über den Rücken. «Aber jetzt weiß ich genug. Chagres ist eine Hafenstadt an der atlantischen Küste. Ein Dampfer sollte in New York auslaufen, in New Orleans weitere Passagiere an Bord nehmen und dann nach Chagres fahren. Dort sollten die Leute aussteigen, und der Dampfer hatte wieder zurück nach New York zu fahren.»

«Und dann?» fragte Loren.

«Nun, zur selben Zeit wurden andere Dampfer gebaut, die an der pazifischen Küste verkehren sollten. Sie werden von New York um Kap Hoorn nach San Francisco fahren. Sobald sie einmal dort sind, sollen sie zwischen diesem Ort hier und Panama hin und her pendeln.» Norman blickte Loren an. «Ich nehme an, Sie kennen Panama. Es ist auf der pazifischen Seite am Isthmus gelegen.»

Loren nickte. Norman trank einen Schluck Brandy und berichtete weiter:

«Die Leute, die nach Kalifornien wollten, hatten den Isthmus zwischen Chagres und Panama City zu überqueren. Dort sollten sie auf einem der nach San Francisco fahrenden Dampfer gehen.»

«Aber wie konnten sie denn diesen Isthmus überqueren?» erkundigte sich Marny.

Rosabel gab auf ihrem Sofa einen bibbernden Ton von sich. «Der Plan sah den Bau einer Eisenbahnlinie vor. Doch solange die nicht fertig war, mußten die Reisenden selber sehen, wie sie von der einen Seite auf die andere kamen. Immerhin hieß es, das seien ja bloß ungefähr fünfzig Meilen, und die könnte man ohne besondere Schwierigkeiten bewältigen.» Norman hob die Schultern wie ein Südländer. «Tatsache ist, daß ich all das in den Zeitungen gelesen habe, aber ich achtete nicht weiter darauf. Ich dachte überhaupt nicht an Kalifornien. Ich hatte ein hübsches Geschäft in New Orleans: einen Spielsalon mit guten Kartengebern, und Rosabel machte die Musik ...»

Marny warf dem Mädchen einen Blick zu. Offensichtlich ging ihr der Gedanke durch den Kopf, wie sie Rosabels Talent im Calico-Palast nutzbringend einsetzen könne. Norman erzählte weiter:

«Der erste Dampfer für den Pazifik, der heute angekommen ist, hat New York im Herbst verlassen. Oberfähnrich Beales Bericht über die Goldfunde hat kein großes Aufsehen erregt. Auf unserer *California* gab es Platz für hundert Passagiere. Falls jemand in New York ein Ticket zur Reise ins Goldland wünschte, so hätte er sogleich bedient werden können. Aber kein Mensch wollte ein Ticket.

Mr. Forbes, der Kapitän des Dampfers, hatte inzwischen Weisung erhalten, in Panama City anzulegen und einige Amerikaner an Bord zu nehmen, die nach San Francisco wollten. Diese Leute waren nicht wild auf Gold. Es handelte sich bei ihnen um Offiziere nebst Frauen, Regierungsbeamte, Direktoren der Schiffahrtslinie, die das Neuland zu erkunden gedachten, und um vier Geistliche, die Kirchenbauten planten. Außerdem gab es noch zwei oder drei junge Kaufleute, die in den wachsenden Pazifikhandel einzusteigen wünschten. Einer von ihnen hatte seine Frau bei sich. Diesen Reiseweg hatte er nur deshalb gewählt, weil sie dann angenehme Gesellschaft vorfand. Da sie keine Lust verspürten, die lange Reise rund um Südamerika zu machen, hatten diese mehr als zwanzig Personen den Entschluß gefaßt, mit dem ersten Dampfer der Atlantischen Linie zu fahren und den Isthmus dann zu Fuß zu kreuzen.

Captain Forbes stach in See. Er rechnete nicht damit, daß diese Reise sehr leicht sein werde. Noch nie war ein Dampfschiff an Kap Hoorn vorbeigetuckert. Er wußte, bei dieser Fahrt mußte er sein Können als Seemann und Kapitän unter Beweis stellen. Dennoch hoffte er, trotz Stürmen, hohem Seegang und aufsässigen Matrosen seine Aufgabe meistern zu können. Der arme Mann hatte keine Ahnung, was ihn erwartete.»

Gespannt hörten alle zu, und Norman fuhr fort:

«Forbes brach am 6. Oktober 1848 auf. Acht Wochen später, am 1. Dezember, verließ der Dampfer *Falcon* New York, der zuerst New Orleans und dann Chagres anlaufen sollte. Auf diesem Schiff befanden sich die Damen und Herren, die den Isthmus überqueren und Captain Forbes in Panama City treffen wollten.

Die Fahrt nach New Orleans soll recht angenehm gewesen sein. Die *Falcon* war ein funkelnagelneues Schiff mit allem Luxus, und die Passagiere harrten ungeduldig der kommenden Ereignisse. General Persifer Smith, der das Kommando der Truppen in Kalifornien übernehmen sollte, hatte einige Jahre in der Nähe von New Orleans verbracht und dort geheiratet. Der General und seine Gattin versprachen, für ihre Reisegefährten bei Stadtrundfahrten Fremdenführer zu spielen.»

Als Norman so weit gekommen war, zuckten seine Lippen. «Aber in der Zwischenzeit ...» begann er und blickte auf Rosabel.

«In New Orleans haben sich vielleicht Sachen zugetragen!» meinte Rosabel und stützte sich auf die Ellbogen. Sie und Norman schauten sich an. Beide lachten plötzlich. Norman erzählte:

«Ich glaube, ihr kennt alle diesen Kurier Leutnant Loeser. Nun, dieser Bursche kam nach Washington mit Briefen von Oberst Mason und einem Kistchen Gold.»

Sie bejahten. Kendra warf ein:

«Ich habe zum letztenmal etwas von Loeser gehört, als ich den Bericht in der *Alta* gelesen habe; darin stand, daß Loeser bis nach Callao in Peru gekommen sei.»

Norman ergänzte: «Der Leutnant ist über New Orleans gereist, wo ihn der Reporter einer Tageszeitung nach den neuesten Meldungen aus Kalifornien befragte. Loeser zeigte dem Mann sein Kistchen, das er dem Präsidenten Polk aushändigen wollte. Es enthielt mehr als sechs Kilogramm Gold.

‹Betrachten Sie sich das›, hat Loeser zu dem Zeitungsmann gesagt. ‹Fassen Sie es an. Und schreiben Sie darüber in Ihrem Blatt. Tagtäglich kommen Leute von den Placers zurück und schleppen so viel Gold, daß sie's kaum tragen können. Ich habe sie mit eigenen Augen gesehen.›

Die Zeitung druckte dieses Interview.

New Orleans fing Feuer. Mit einem Schlag sprachen die Leute auf Straßen, in Tavernen, Banken und Spielsalons von nichts anderem als vom kalifornischen Gold. Jedermann in der Stadt wollte in die Placers.

Loeser fuhr per Schiff nach Washington, in seinem Rücken jedoch wurde das Feuer zu einer Brunst. Einige Tage nach seiner Abreise veröffentlichte die Zeitung *Picayune* in New Orleans einen Artikel mit der

Schlagzeile: ‹Auf nach Kalifornien!› In diesem Artikel standen Einzelheiten über die Dampfer, die zwischen New York und Chagres verkehrten; ein jeder von ihnen mußte in New Orleans Station machen. Zu dieser Zeit war die ganze Stadt wie verrückt.»

«Ja», rief Rosabel, «und in den Läden waren die Verkäufer so durcheinander, daß ihre Hände zitterten, wenn sie ein Stück Stoff maßen. Wenn man ins Theater ging, flüsterten so viele Leute über das Gold, daß man die Schauspieler kaum verstehen konnte. Ein Mann hat mir gesagt, in Kalifornien trügen die Mädchen Halsketten aus Nuggets ...»

«Das stimmt», meinte Marny lächelnd.

Archwood verlangte zu wissen, weshalb die Leute in New Orleans außer sich geraten seien, da man doch in Washington und in Baltimore so wenig Interesse an den Tag gelegt habe.

Diese Frage konnte auch Norman nicht beantworten. «Vielleicht hat Beales Bericht die Bürger erst gewissermaßen auf die Sache vorbereiten müssen. Vielleicht ist das Rätsel dadurch zu erklären, daß Loesers Angaben sich auf den Bericht des Obersten Mason stützen konnten; der hatte ja mit eigenen Augen die Placers gesehen. Vielleicht aber liegt es ganz einfach an den beiden Kurieren selber. Näheres kann ich auch nicht sagen. Jedenfalls ist von allen Städten der Vereinigten Staaten zuerst New Orleans vom Goldfieber erfaßt worden, und zwar richtig.»

Auf dem Wege nach New Orleans war nun die *Falcon*, deren Kajüten zur Hälfte leer standen. Die Schiffahrtslinie unterhielt in New Orleans ein Büro, und wer sich dort erkundigte, bekam klare Auskünfte. Wer nach den Goldfeldern wollte, konnte sich ein Ticket kaufen. Dieses Ticket berechtigte zur Passage von New Orleans nach Chagres und von Panama City nach San Francisco. Wie man von der einen Seite des Isthmus auf die andere kam, das sei die Privatangelegenheit der Leute, so berichteten die Angestellten. Und diese letzte Bemerkung entging den meisten Fragestellern. Sie hörten bloß diese lapidare Feststellung: Wer ein Ticket für die *Falcon* kauft, der kommt nach San Francisco.

Und die *Falcon* mußte jeden Augenblick einlaufen.

Die Passagiere, die bereits auf dem Dampfer waren, hatten Monate hindurch Zeit gehabt, ihre Angelegenheiten zu ordnen und ihre Reisevorbereitungen zu treffen. Wer indessen in New Orleans an Bord gehen wollte, dem blieben lediglich ein paar Tage.

Lediglich ein paar Tage – und es handelte sich hier keineswegs um eine kurze und bequeme Reise. Von New Orleans bis nach dem Isthmus waren etwa zweitausend Meilen zurückzulegen; die Strecke vom Isthmus bis nach San Francisco betrug noch einmal knapp viertausend Meilen. Und jede einzelne Meile kostete Geld. Eine Menge Geld.

Norman hatte gesagt, jedermann in der Stadt habe nach Kalifornien aufbrechen wollen. Doch gab es in New Orleans oder anderswo nur wenige Leute, die ihr ganzes bisheriges Leben kurzerhand aufgeben konnten.

Wohlhabende Männer vermochten ihre Geschäfte nicht in einer Woche oder in zweien abzuwickeln. Pflichtgetreue Väter konnten ihre Familien nicht plötzlich im Stich lassen und bis ans Ende der Welt reisen. Mittellose Leute waren nicht imstande, die Reisekosten aufzubringen. Und Väter, die sich gern ihrer Verantwortung entzogen hätten, besaßen nur selten das nötige Bargeld.

Es waren also nur wenige Männer zu einer derartigen Spritztour in der Lage gewesen und natürlich noch weitaus weniger Frauen. Welche Frau besaß denn ein gefülltes Portemonnaie? Sie zog die Sicherheit ungewissen Chancen vor. Und sie nahm auch Verpflichtungen, die Kinder und betagte Eltern bedeuteten, in der Regel viel ernster.

Die einzigen Leute also, die an Bord der *Falcon* klettern konnten, waren solche, die weder Bindungen hatten, noch sich um andere Menschen scherten. Sie gehörten zu jener Sorte, die das Vergangene von sich wirft und der Zukunft entgegenlacht. Allerdings mußten es Leute sein, die Geld auf der Hand hatten.

Gab es derartige Leute? Ja, natürlich gab es sie: Berufsspieler und die allerleichtsinnigsten ihrer Freundinnen. Leute wie Norman und Rosabel.

37

Die *Falcon* dampfte gemütlich in den Hafen von New Orleans. Und hier warteten mit Koffern und Fahrscheinen in der Hand hundertsechzig Menschen auf die Fahrt ins Goldland.

Es war eine gemischte Gesellschaft: junge Männer aus reichen Familien, denen man die Passage gekauft hatte, um sie loszuwerden; hoffnungsvolle Leute, die ständig Wunschträume haben und es auch fertigbringen, sich das nötige Geld für ihre Phantastereien zu borgen; sogar einige angesehene Bürger, die nach Abenteuern suchten und die daheim nichts festhielt. Doch die meisten – etwa zwei Drittel – waren Spieler aus New Orleans und von den Mississippi Riverboats samt ihren Mädchen. Und natürlich auch, erzählte Norman, Frauen . . .

Er räusperte sich und schaute Kendra an, als werde ihm ihre Gegenwart erst jetzt bewußt. «Entschuldigen Sie, Mrs. Shields», sagte er rasch.

Kendra lächelte ihm zu. «Sprechen Sie weiter, Norman.»

Marny wandte sich an ihn. «Kendra hat in einem Goldgräberlager gelebt. Das hast nicht mal du mitgemacht. Du kannst also offen sprechen.»

Loren lachte. Also lachte auch Norman und nahm kein Blatt vor den Mund. Als er in New Orleans gewesen war, hatte dieser Leutnant Loeser von der Überzahl der Männer in Kalifornien berichtet. Folglich befanden sich unter den Personen, die Tickets für die *Falcon* kauften, eine Anzahl der unternehmungslustigsten Frauenzimmer aus den öffentlichen Häusern. Eine besonders gewitzte Madame namens Blossom hatte mit Bedacht die vier reizvollsten Mädchen ihres Etablissements ausgewählt und mit auf die Reise genommen.

«Sie waren wirklich hübsch», beteuerte Norman. «Und ganz und gar nicht dumm. Zwar nicht ganz so gewieft wie Blossom, aber sie wußten durchaus, wohin der Hase läuft.»

All diese Leute besaßen also Fahrscheine von New Orleans bis Chagres und dann bis San Francisco. Und sie waren auch entschlossen, ans Ziel zu kommen. Der Kapitän der *Falcon* warnte sie: Das Schiff hatte nur Kojen für fünfzig Personen, die bereits zur Hälfte belegt waren. Eine Überfüllung würde Unannehmlichkeiten mit sich bringen. Machte ihnen das etwas aus? Mitnichten. Schön, sagte der Kapitän. Eine Kajüte, die für eine Person gedacht war, konnte allemal auch zwei aufnehmen, und falls welche mit einer Hängematte oder den Schiffsplanken vorliebnehmen wollten ... Auch damit waren sie einverstanden. Gut denn. Die Reise nach dem Isthmus würde neun oder zehn Tage dauern. Er, der Kapitän, würde sie hinbringen.

Und so verließ der kleine Dampfer *Falcon*, vollgestopft mit fast zweihundert Menschen, New Orleans.

Marny stand auf, nahm das Kissen vom Stuhl, warf es auf den Fußboden und setzte sich darauf.

«Mir bleibt die Luft weg», behauptete sie. «Vier Geistliche, ein General, diese feinen Damen ... Mein Gott! Erzähl weiter.»

Norman und Rosabel fingen gleichzeitig zu reden an.

«Es war schrecklich», sagte Norman.

«Es war komisch», sagte Rosabel.

Norman fuhr in seinem Bericht fort:

«Der Kapitän konnte die bisherigen Passagiere nicht aus ihren Kajüten jagen. Also mußte er uns irgendwo anders unterbringen. Das heißt: Diese alten Passagiere hatten es weit gemütlicher als wir. Unglücklich fühlten sie sich aber dennoch. Das Essen war grauenhaft: Salzfleisch und Zwieback. Das Schiff war derart übervölkert, daß wir uns kaum bewegen konnten. Aber das war nicht das Schlimmste. Das Schlimmste war, daß diese anderen Leute so furchtbar ordentliche Menschen waren. Wir aber ...» Er hob die Schultern und blickte wiederum Rosabel an, als suche er nach den richtigen Worten.

Rosabel zog ihre schwarzen Samtbrauen in die Höhe und spreizte ihre Hände. «Meine Lieben, der General hatte drei Diener bei sich, die ihn rasieren, seine Stiefel putzen und ihm aufwarten mußten. Und die Frau des Generals hatte ihr Mädchen bei sich, so eine Art Zofe, wie sie wirklich elegante Damen haben; man sieht solche Geschöpfe auf der Bühne. Diese

Offiziersdamen waren überhaupt gewöhnt, daß man sie respektierte. In Garnisonstädten treten alle Leute zur Seite, wenn sie daherkommen. Sie haben uns ganz bestimmt nicht gerade geliebt. Sie haben in einem Haufen beisammen gehockt und gestickt und so getan, als sähen sie uns gar nicht.»

Kendra kicherte in ihr Taschentuch. Sie mußte daran denken, wie man ihr befohlen hatte, diese weißen Häuser am Berghang von Valparaiso nicht wahrzunehmen. Sie mußte an Eva denken, die auf der *Cynthia* genäht und in San Francisco die Frau Gemahlin des Herrn Oberst gespielt hatte. Sie versuchte, sich ihre Mutter unter diesen buntscheckigen Reisenden auf der *Falcon* vorzustellen: Sie hätte gewiß ihre hübschen Näharbeiten fortgesetzt und die andern Leute einfach nicht zur Kenntnis genommen.

«Und diese Geistlichen!» rief Rosabel. «Es waren junge Männer, und sie haben gar nicht übel ausgesehen, aber sie waren nun mal fromm. Sie wollten unseren Lebenswandel bessern. Sie konnten es nicht fassen, daß wir uns wohl fühlten, so wie wir waren. Wir haben auf den Planken gehockt und Karten gespielt – um Geld natürlich, denn sonst macht's ja keinen Spaß –, und das haben sie für verrucht gehalten. Und wir haben auch sonntags gespielt, was ihnen noch weniger gefiel. Ich hatte mein Banjo bei mir, und wir haben Lieder gesungen. Diese Art von Liedern gefiel ihnen nicht. Was wir auch getan haben, sie hatten etwas daran auszusetzen.»

Kendras Blick traf sich mit dem von Marny. Beide bissen sich auf die Lippen. Beide hatten den Verdacht, daß Rosabel aus Respekt vor ihnen die Hauptsache verschwieg: Die Geistlichen nahmen wohl weniger Anstoß am Singen und Spielen, sondern an der Tatsache, daß Blossom und ihr Mädchenflor sogleich energisch ins Geschäft eingestiegen waren.

«Wir waren zusammengepreßt wie das Vieh, und wir ärgerten uns in einem fort, und es war so heiß wie im Bauch einer Kuh. Aber dann kamen wir nach Chagres.» Rosabel seufzte tief auf. «Und jetzt schien uns alles, was auf der *Falcon* passiert war, die reine Seligkeit gewesen zu sein.»

Die *Falcon* lud ihre Passagiere in Chagres aus. Der Kapitän, der sein Versprechen gehalten hatte, nahm Kurs auf die Heimat und überließ sie ihrem Schicksal.

Chagres, das sieben Breitengrade über dem Äquator gelegen ist, war ein sumpfiges Dorf an einem Fluß. Es war immer heiß, und es regnete auch beinahe immer. Die paar hundert Leute, die dort lebten, waren Abkömmlinge von Indianern, Negern, Spaniern und Matrosen aus vieler Herren Ländern, deren Schiffe irgendwann einmal vor Chagres Anker geworfen hatte. Sie hausten in Hütten aus Schilfrohr, die auf Pfählen errichtet waren. Die *Falcon* traf in der letzten Dezemberwoche in Chagres ein, aber wie üblich war es so heiß, daß die Eingeborenen kaum etwas auf dem Leibe trugen; manche waren splitternackt.

«Die armen Damen», meinte Norman. «Sie waren entsetzt.»

«Ich war auch entsetzt», sagte Rosabel, «denn ich habe noch nie so häßliche Menschen gesehen.»

Sie schnitt eine Grimasse und erzählte dann weiter:

«Dieses Nest ist schauerlich. Dort gibt es alle Sorten Ungeziefer, von denen man jemals gehört oder die man jemals in einem Albtraum erblickt hat. Jeden Nachmittag regnet es, dann kommt die Sonne heraus, und alle Leute fangen zu dampfen an. Einen solchen Gestank wie dort habe ich noch nie erlebt. Wir fanden keine Unterkunft, wir konnten nichts tun, wir hockten auf unserem Gepäck mit einer Pistole in der Hand, damit uns keiner etwas klaute. In ein paar kleinen Marktbuden gab es Dinge zu kaufen, die von den Schiffen mitgebracht wurden, und wir haben uns Schirme besorgt, aber die taugten nichts.»

«Was habt ihr denn gegessen?» erkundigte sich Kendra.

«Das Zeug aus diesen Marktbuden. Meist Zwieback und Rindfleisch. Es schmeckte grauenhaft.»

Kendra lächelte mitfühlend und dachte an das viele Rindfleisch, das sie in Shiny Gulch gegessen hatte. Norman nahm den Faden auf:

«Wir konnten niemanden finden, der Englisch sprach, aber ein paar von uns aus New Orleans kamen mit ihren Spanischkenntnissen einigermaßen zurecht, und sie fragten, wie man den Isthmus überquere. Die Eingeborenen sagten: ‹Ihr müßt mit Booten auf dem Chagresfluß fahren, soweit es eben geht, und dann den Rest des Weges auf Maultieren zurücklegen.› Die Leute dort haben bloß Boote, die sie Bongos nennen. Sie fällen einen hohen Baum, höhlen ihn aus und bringen eine Art Baldachin aus Palmwedeln an, denn die Sonne würde selbst die Eingeborenen umbringen, wenn sie ihre Köpfe nicht im Schatten halten.»

Er schwieg, und Rosabel ergriff wieder das Wort:

«Zehn oder zwölf Leute drängten sich mit ihrem Gepäck in diese Bongos. Wir mußten eine Menge wegwerfen, weil der Platz sonst nicht ausgereicht hätte. Sitze gibt es in den Booten keine. Wir mußten uns also auf unsere Koffer und Taschen hocken. Jedes Bongo wird von drei oder vier Männern gestakt. Und diese Männer, meine Lieben ...»

Sie holte tief Atem.

«Sie sind groß, sie sind gemein, sie schreien und keifen und prügeln einander dauernd. Und sie sind völlig nackt. Auf dieser Fahrt hatten sie aber auch nicht einen Fetzen auf dem Leib.»

«Sie hatten Hüte auf», berichtigte Norman.

«Entschuldigung», sagte Rosabel und kuschelte sich in die Kissen, als hätten ihre Erinnerungen sie müde gemacht.

Norman erzählte an ihrer Statt:

«Also gut. Wir wurden in einer Reihe Bongos von diesen nackten Wilden den Fluß hinaufgestakt. In einer Stunde legten sie etwa eine Meile zurück. Sobald wir zu einem schattigen Fleck kamen, ruhten sie sich aus. Nichts konnte sie zum Weiterfahren bewegen. Wir boten ihnen den doppelten Lohn an, zusätzliches Essen – sie dachten gar nicht daran, sich zu beeilen. Die Bäume hingen übers Wasser. Manchmal war das Gewirr von Weinreben so dicht, daß wir nicht durchkamen. Diese Burschen mußten den Weg freihacken. Zu diesem Zweck hatten sie lange Messer bei sich.»

«Wir waren vor Angst halb tot», erinnerte sich Rosabel. «Diese Kerle mit ihren Messern, die den lieben langen Tag brüllten und heulten ... Sie konnten einfach nicht bei der Stange bleiben. Ein Bongo stieß gegen ein anderes, und das wiederum stieß gegen ein drittes, und so ging es die ganze Reihe der Boote weiter. Die Kerle droschen sich gegenseitig auf die Schädel, und wir mußten uns festklammern, sonst wären wir ins Wasser geplumpst. Die Eingeborenen stakten nicht mehr, und wir mußten still dasitzen, während sie kreischten und ihre Messer schwangen. Jeder von ihnen schrie, jemand habe sein Bongo gerammt, und zwar mit Absicht, und sie bedrohten sich mit Mord. Es hätte uns ja nicht weiter gestört, wenn sie sich tatsächlich umgebracht hätten, aber wir hatten Angst, sie könnten auch uns umbringen. Wir hatten Geld und Proviant, und überhaupt sahen die Burschen ganz danach aus, als töteten sie die Leute aus reinem Spaß. Wir haben niemals alle zur selben Zeit geschlafen.»

«Wo habt ihr denn geschlafen?» fragte Kendra.

«Zusammengekauert in den Bongos oder auf der Erde an Lagerfeuern», sagte Norman. «Wir konnten nicht viel kochen, weil der Regen alles durchnäßte. Meist knabberten wir an Zwieback und nagten an Fleisch. Aber wir versuchten stets, das Feuer über Nacht brennen zu lassen, um die Moskitos und Tiere fernzuhalten. Manchmal freilich konnten wir gar kein Feuer machen.»

«Eines Nachts brieten diese Wilden einen Affen», warf Rosabel ein. «Das hat mich krank gemacht. Es war, als hätten sie ein Baby in Stücke gerissen. Aber dann fing es wieder zu regnen an, und ihr Feuer ging aus.»

«Wie habt ihr euch eigentlich gegen den Regen geschützt?»

«Wir krochen unter die Regenschirme oder unter Büschel und dampften, als würden wir gekocht.»

«Drei Tage und drei Nächte fuhren wir auf diesem Fluß», ergänzte Norman, «und jede Minute war entsetzlich. So lange brauchten wir, um dreißig Meilen voranzukommen. Schließlich erreichten wir eine Ortschaft, die Cruces heißt. Dort hört der Fluß auf.»

«Cruces war noch schrecklicher als Chagres», erklärte Rosabel.

«Richtig. Noch heißer, noch dreckiger. Und kein Mensch in Cruces wußte etwas. Chagres hat immerhin einen Hafen, und die Leute haben ein bißchen was zu tun. In Cruces aber rühren sie sich nicht einmal von der Stelle. Sie sitzen einfach da und schwitzen. Sie sind dort, weil sie dort geboren wurden und es zu anstrengend ist, woanders hinzugehen.»

Norman pfiff langsam und leise durch die Zähne.

«An diesem Ort also sollten wir Maultiere finden, die uns nach Panama City brachten. Wir zählten fast zweihundert Köpfe, aber so viele Maultiere gab es gar nicht. Auch nicht genügend Esel und Pferde. Einige Leute, die Tiere besaßen, wollten sie nicht verkaufen. Nicht für alles Geld dieser Welt. Kein Wunder, denn was sollten sie sich in einem derartigen Kaff mit Geld kaufen? Aber wir mußten weiter, und zwar schnell. Dieses Dorf ist eine wahre Pesthöhle, verseucht von Malaria, gelbem Fieber, Pocken und allem möglichen. Ein paar von uns waren bereits krank. Die Eingeborenen fuhren mit ihren Bongos nach Chagres zurück – das ist leicht, denn die Strömung treibt sie ja –, und einige von uns sagten, sie gingen mit ihnen nach Chagres und von dort aus direkt nach Hause. Sie wollten keinen Schritt weiter tun, wenn sie auch niemals ein Goldstäubchen zu sehen bekämen.»

Kendra mußte lächeln. Sie verstand nichts von Normans Spieltalenten, aber sie erkannte den Zug an ihm, der Marny veranlaßte, diesen Mann zu bewundern. Weder er noch Rosabel waren Menschen, die halbe Arbeit leisteten. Ihnen war es gar nicht eingefallen, in Cruces die Flinte ins Korn zu werfen. Sie wollten nach Kalifornien, und sie würden auch hingelangen.

«Diese Leute waren also zur Heimkehr entschlossen. Sie wollten uns ihre Tickets verkaufen, die für die Dampferfahrt von Panama nach San Francisco galten. Die meisten von unserer Gesellschaft hatten kein Interesse daran. Sie meinten, mit ihren eigenen Tickets hätten sie alles, was sie brauchten; wozu noch weitere kaufen? Aber ...»

Norman hielt inne und richtete den Blick seiner schwarzen Augen auf Rosabel. Sie lachte und erzählte weiter:

«Aber Norman hat gesagt, es könne in Panama City Leute geben, die nach San Francisco reisen wollten und froh sein würden, wenn sie ein Tikket bekämen. Also kauften wir die Tickets. Natürlich war das ein Spiel ...»

«Norman Lamont ist der raffinierteste Spieler, den ich je gekannt habe», versicherte Marny. «Das habe ich immer gesagt.»

Norman nahm ihr Kompliment mit einem kameradschaftlichen Lächeln entgegen. Offensichtlich hatte er eine ähnliche Meinung über sie.

«Wir haben einen Tag in Cruces verbracht und so viele Maultiere und Esel wie möglich gekauft. Wir konnten es nicht wagen, länger dort zu bleiben, weil wir genau wußten, daß wir uns sonst den Tod holen würden. In Chagres hatten wir schon viel Gepäck zurücklassen müssen; jetzt mußten wir noch mehr wegschmeißen, weil wir es nicht transportieren konnten. Rosabel und ich, wir beschafften uns ein Maultier und einen Esel; diese beiden Viecher hatten uns samt unserem restlichen Kram zu schleppen. Aber wir waren heilfroh. Einige Männer kauften sich gemeinsam einen Esel und ritten abwechselnd auf ihm. Andere legten den ganzen Weg zu Fuß zurück. In der Nacht, die wir noch in Cruces abwarten mußten, lagen wir auf der feuchten Erde und schlugen nach den Moskitos. Manche der

Frauen weinten unaufhörlich, und ein paar Männer hörten mit dem Fluchen gar nicht mehr auf. Madame Blossom scharte ihre Mädchen um sich. Sie kauerten wie ein Haufen Unglück da. Am Morgen brachen wir auf.»

Mit trübem Blick goß sich Norman Brandy ins Glas.

«Von Cruces bis nach Panama City ist es bloß zwanzig Meilen weit, aber diese zwanzig Meilen führten über Berge. Und die Insekten schwirrten. Es war heiß. Es regnete. Es war eine einzige Qual. Vor dreihundert Jahren haben die Spanier durch diese Gegend Schätze zu ihren Schiffen geschleppt und dabei eine Art Trampelpfad angelegt. Natürlich ist dieser Weg längst überwuchert, und Gesteinsbrocken sind von den Bergen herabgestürzt. Und wie steil das ist!»

Norman gestattete sich wieder einen Pfiff.

«Wir sind über Berge aus nacktem Fels gekraxelt», berichtete Rosabel. «Sie waren so steil, daß sie beinahe lotrecht in die Luft stiegen. In die allersteilsten Stellen haben diese alten Spanier Kerben gehauen, die wie Stufen sind, so daß die Maultiere weitertrotten konnten, ohne rücklings in die Tiefe zu sausen. Diese Stufen sind aber so schmal, daß immer nur ein Tier Platz findet. Manchmal fiel ein Bündel von einem der Maultiere, und damit verloren die Leute ihre Kleider, zuweilen auch ihr Geld. Gold- und Silbermünzen klimperten in die Felsspalten hinab. Und dann waren wir endlich oben auf dem Berg und mußten auf der anderen Seite wieder runter. Jetzt wurde es noch steiler. Ein paar von uns stürzten über die Köpfe ihrer Maultiere und verletzten sich. Wir mußten Wäschestücke zerreißen, um sie zu verbinden. Blossom verstand sich darauf. Sie brachte es mir und den andern Mädchen bei. Ein Mann kam so böse zu Fall, daß er sich alle Knochen im Leibe brach. Er schrie und schrie, und am Ende schoß er sich tot.»

Rosabel lachte plötzlich auf.

«Meine Lieben, ich wünschte, ihr hättet die Redensarten dieser Männer hören können. Ich kannte zwar schon eine Menge Ausdrücke, die nicht gerade salonfähig sind, aber ich hatte noch nie so viele auf einmal gehört. Die Offiziere und die Zivilisten, Blossom und ihre Mädchen – sie alle fluchten auf Teufel komm raus. Die Damen weinten und schluchzten und beteten, und sie flehten die Geistlichen an, doch für ihr Seelenheil den himmlischen Segen zu erbitten. Die Geistlichen taten es. Sie beteten für uns alle, selbst für diejenigen, die am Sonntag Karten gespielt hatten.» Rosabel seufzte wehmütig.

«Diese fünfzig Meilen quer über den Isthmus kosteten uns eine Woche. Sieben Tage. Und sieben Tage haben eine Masse Minuten, und jede Minute dachte ich: jetzt mußt du sterben. Aber endlich kamen wir doch nach Panama City.»

«Und als ihr dort wart», fragte Marny, «hattet ihr dann die Schwierigkeiten hinter euch?»

Norman und Rosabel brachen in ein lautes Gelächter aus. Wie Norman zuvor langte nun auch Rosabel zur Flasche.

«Panama City hat zweitausend Einwohner, und es gibt dort vierzig Millionen Wanzen», erklärte Rosabel. «Es ist heiß und feucht und stickig, und als wir dort eintrafen, herrschte gerade die Cholera.»

«Habt ihr jemals einen Menschen an der Cholera sterben sehen?» erkundigte sich Norman. «Nun, ich hoffe, daß ich diese Erfahrungen nie wieder zu machen brauche.»

Er setzte ihnen auseinander, daß die Leute in Panamy City zivilisierter seien als die in Chagres; im allgemeinen seien es sogar ganz nette Menschen. Aber wie so viele Leute, die in tropischem Klima leben, dösten sie die meiste Zeit im Schatten und rührten sich nur von der Stelle, wenn der Schatten wanderte. Sie wußten absolut nicht, was sie mit einer Bande von Yankees anfangen sollten, die gleich einem Bündel Feuerwerkskörper in ihre Stadt hineinplatzten.

Die Passagiere der *Falcon* strömten in der Frühe eines Januartages 1849 nach Panama City. Sie verlangten Essen, Obdach und einen Dampfer. Essen? Gut, in der Stadt gab es einen Markt. Obdach? Dergleichen war nicht vorhanden, denn Panama City besaß kein Hotel. Und von einem Dampfer wußte kein Mensch etwas.

Die Mehrzahl der Amerikaner mußte demnach im Freien nächtigen. Nur einigen sehr Hartnäckigen – wie Norman und Rosabel – gelang es, eine Unterkunft zu finden.

«Der ganze Isthmus ist verpestet», erklärte Norman. «Ein paar unserer Freunde sind gestorben. Die Eingeborenen schleiften ihre Leichen fort und warfen sie ins Meer. Wir konnten bloß an eines denken und über eines sprechen: Wie kommen wir am schnellsten weiter? Im Hafen lagen außer Fischerkähnen und Ruderbooten keine Fahrzeuge. Wir hatten keine andere Wahl, als auf den Dampfer zu warten. Und wir hofften, noch so lange zu leben, bis er eintraf. Die Stadt ist von einer alten Mauer umgeben, die einst von den Spaniern gebaut wurde. Ein Teil ist eingefallen, ein Teil steht noch. Wo diese Mauer am Strand entlangführt, fanden wir einige große Kanonen, richtige Kanonen. Von morgens bis abends hockten unsere Leute auf diesen Kanonen und hielten Ausschau nach dem Dampfer. Die ersten Tage waren noch einigermaßen passabel. Sehr bald wurde es weit schlimmer.»

«Wieso denn das?» fragte Marny.

«Es kamen immer neue Leute an», erwiderte Norman.

«Wir waren noch keine Woche in Panama City, da kamen sie in hellen Scharen. Fast jeden Tag tauchten welche auf», setzte Rosabel hinzu. Dann war die Reihe wieder an Norman:

«Sie erzählten uns, in den Vereinigten Staaten seien die Menschen verrückt wegen dem Gold. Der Präsident hatte Loesers Goldproben dem Kongreß vorgelegt, und die Zeitungen im ganzen Land hatten Oberst Masons

Bericht gedruckt. Jedermann wollte nach Kalifornien. Aber das geschah mitten im Winter, und sie konnten mit Planwagen erst dann über die Prärien ziehen, wenn der Schnee geschmolzen war. Falls sie sogleich nach Kalifornien wollten, mußten sie per Schiff reisen. Als der zweite Dampfer der Atlantischen Linie New York verließ, hatte er eine ähnliche Menschenladung an Bord wie damals die *Falcon* in New Orleans.»

Norman nippte an seinem Glas.

«Natürlich wußten die Leute nicht, auf was sie sich da eingelassen hatten. Wir haben es ja auch nicht gewußt. Dieser Dampfer legte in Chagres an, als wir gerade in den Bongos davongefahren waren. Der Kapitän lud die ganze Bagage aus und dampfte zurück, um weitere Goldjäger zu holen. Doch mittlerweile waren auch in Boston, Norfolk, Charleston, New Orleans und anderen Häfen Schiffe voller Goldsucher ausgefahren. Immer neue Menschenmengen landeten in Chagres. Und sie alle mußten den Isthmus kreuzen. So wie's bei unserer Gesellschaft passiert war, gaben auch bei denen manche in Cruces auf. Immerhin kam aber doch ein schöner Haufen nach Panama City. Als wir zwei Wochen dort waren, gab es in der Stadt schon mehr zugereiste Amerikaner als Einwohner. Die Familie, bei der wir hausten, forderte das Doppelte und dann das Dreifache an Miete, weil die Neuankömmlinge praktisch jeden Preis zahlten, um ein Dach über dem Kopf zu haben. Und wir alle warteten auf diesen einzigen Dampfer, auf die *California*.»

Norman fuhr mit der Hand über sein schwarzes Haar. Er schaute ganz verdutzt drein, als könnte er noch jetzt nicht recht glauben, was er mit eigenen Augen gesehen hatte.

«Und in der Zwischenzeit hatte dieser Dampfer . . . Rosabel, gib mir mal die Flasche.»

Dieser Dampfer also hatte eine gute Fahrt hinter sich. Etwa zur nämlichen Zeit, da Norman und Rosabel in das Bongo kletterten, ankerte Captain Forbes in dem peruanischen Hafen Callao. Hier sollten Lebensmittel und Wasser an Bord genommen werden. Zu seinem Erstaunen sah der Kapitän jedoch fünfzig Peruaner anmarschieren, die ihm mitteilten, daß sie nach San Francisco zu reisen wünschten. Forbes konnte das gar nicht verstehen. Ein Passagier oder auch zwei hätten ihn nicht überrascht, fünfzig dagegen waren in der Tat verblüffend. Weshalb, um alles in der Welt, wollten diese Männer partout in dieses kleine Dorf da oben in Kalifornien?

Und nun waren es die Peruaner, die ganz verdattert dastanden. Ob er denn nicht Bescheid wisse? fragten sie ihn. «Haben Sie denn noch nichts davon gehört, daß in ganz Kalifornien die Leute herumrennen und Goldklumpen aufheben, so wie Kinder Muscheln am Strand sammeln?»

Nein, Captain Forbes hatte dergleichen Dinge noch nicht gehört. Es gab keine Vorschrift, die ihm die Mitnahme von ausländischen Passagieren untersagte, falls er genügend Raum für sie hatte. Freilich mußte er stets amerikanischen Bürgern den Vorrang geben. Die Kajüten der *California* waren leer. Captain Forbes hatte bisher nur Vorkehrungen für die etwa zwanzig Personen getroffen, die in Panama City zu ihm stoßen sollten; sein Schiff vermochte aber hundert Passagiere zu befördern. Als die *California* wieder in See stach, war die Hälfte dieser hundert Kojen mit den Peruanern belegt.

Am 18. Januar hörten Norman, Rosabel und ihre erschöpften Freunde Schreie der Männer, die an den Kanonen herumlungerten. Der Dampfer! Ach, dieser großartige Dampfer mit seinem roten Schaufelrad und der amerikanischen Flagge! Endlich war er da!

Und jetzt erlitt Captain Forbes den wohl schwersten Schock seines Seemannslebens. Statt eines verschlafenen Dorfes fand er einen Ort des Schreckens. Statt zwanzig Damen und Herren sowie einiger fescher Zofen und Bedienten sah er sich von Tausenden umringt. Und diese Massen waren außer sich. Sie flehten ihn um eine Passage nach San Francisco an. Captain Forbes wurde vom Mob, der auf ihn eindrang, fast erdrückt.

Er sah hilflose Männer und Frauen auf der Erde liegen. Im tiefsten Dreck starben sie vor Hunger und an Tropenkrankheiten. Niemand konnte ihm sagen, wie viele bereits gestorben waren und wie viele dahinsiechten.

«Der arme Mann», meinte Rosabel versonnen. «Er wußte nicht, was er tun sollte. Sicher hat er sich gedacht: Wäre ich doch lieber daheim geblieben.»

Ihre Zuhörer schlossen sich dieser Meinung an. «Aber was hat er dann getan?» fragte Kendra.

Sie erfuhren, daß der Kapitän das Problem so gut wie möglich gelöst hatte. Nach zwei Tagen äußerster Bestürzung (was ihm niemand zum Vorwurf machen durfte) gab er seinen Entschluß bekannt. Die Beamten der Schiffahrtsgesellschaft stimmten zu, und General Smith versprach, das Militär werde ihn notfalls unterstützen.

Forbes erklärte: «Aus Gründen der Menschlichkeit muß ich so viele dieser unglücklichen Menschen an Bord nehmen, wie mein Schiff überhaupt zu transportieren vermag. Alle kann ich beim besten Willen nicht befördern. Ich werde die Leute in der zeitlichen Reihenfolge auf den Dampfer lassen. Das heißt: Wer zuerst sein Ticket gekauft hat, kommt auch zuerst an Bord. Zunächst werden jene ausgewählt, die einen Fahrschein für die Dampferreise nach San Francisco haben.»

Die Peruaner mußten demnach das Schiff verlassen. Sie wehrten sich natürlich, und zwar so heftig, daß die Matrosen sie einzeln packen und in Booten an Land schaffen mußten. Jetzt nahm Captain Forbes das Militär, die Offiziere der Dampferlinie und die Regierungsbeamten an Bord. Als nächste folgten Männer und Frauen mit Tickets für San Francisco. Sie wurden nach dem Datum ihrer Fahrscheine auf das Schiff gelassen, bis der Dampfer keine Passagiere mehr aufzunehmen vermochte. Nach den Amtspersonen durften also die vier Geistlichen und die Kaufleute passieren, die ihre Tickets bereits in New York gekauft hatten. Und gleich hinter ihnen bestieg die lustige Bande aus New York die *California.*

Die Menge brach in Wutgeheul aus.

Unter den Leuten, die mit späteren Dampfern als der *Falcon* zum Isthmus gekommen oder auf Schiffen gereist waren, die der Dampfergesellschaft nicht gehörten, gab es Nichtsnutze und mehr als eine Abenteurerin. Allerdings befanden sich auch Männer mit guten Verbindungen und selbst einige ehrbare Ehepaare in dieser Schar. Daß sie hier zurückbleiben sollten, während der Kapitän sein Schiff mit Spielern und Bardamen, mit Blossom und ihren Kokotten bestückte – das ging diesen Leuten nun doch zu weit. Das war verrucht. Das verletzte die Moral der Männer und die Tugend der Frauen. Mehr noch: Es war eine Bedrohung des amerikanischen Familienlebens. Und falls sie jemals wieder nach Hause zurückkämen, dann würden sie diesen Skandal vor Gericht bringen.

Captain Forbes preßte die Lippen aufeinander und schüttelte den Kopf. Die Beamten der Dampferlinie stärkten ihm den Rücken. Sie waren für jene Leute verantwortlich, die Tickets ihrer Gesellschaft besaßen. Nicht verantwortlich waren sie indessen für Menschen, die auf anderem Wege zum Isthmus gereist waren, wobei sie gehofft hatten, der Herrgott werde ihnen schon weiterhelfen.

«Ah!» stieß Marny hervor. «Ich fange an, die Sache zu verstehen.» Sie sprach leise und geradezu ehrfürchtig. «Jetzt begreife ich erst, wie schlau Norman war.»

Sie betrachtete ihn mit leuchtenden Augen. Er gab ihr Lächeln zurück. Zufrieden mit sich selbst, akzeptierte er ihre Bewunderung. Sie erschien ihm nicht mehr als recht und billig.

«Ganz recht», bestätigte Rosabel lachend. «Denn jetzt war an diesem Isthmus weder ein Diamantenhalsband noch ein Sack voll Geld eine Kostbarkeit. Das wertvollste war ein Ticket nach San Francisco. Die Leute waren bereit, jeden Preis zu zahlen. Wirklich: jeden. Und Norman hatte sich rechtzeitig einen Vorrat an Tickets beschafft.»

«Hattet ihr denn keine Angst, jemand würde euch umbringen, um einen Fahrschein in die Hand zu bekommen?» warf Archwood ein.

«Aber natürlich», versicherte Norman. «Jeder, der ein Ticket oder mehrere besaß, fürchtete einen Mordanschlag. Deswegen taten wir uns zusammen.»

Einige andere Spieler waren seinem Beispiel gefolgt und hatten Tickets gekauft. Norman und ein paar alte Freunde aus New Orleans bildeten eine Art Club. Aus Sicherheitsgründen kamen vier in Normans und Rosabels Zimmer; andere richteten sich im Hof des Hauses ein. Sie waren allesamt bewaffnet, und zwei wachten, während die übrigen schliefen. Die Familie, der das Haus gehörte, konnte nichts gegen sie unternehmen. Zu jener Zeit waren die Panamesen nicht mehr verstört: Jetzt waren sie nahezu abgestumpft. Nie hätten sie gedacht, daß es auf der Welt solche Gestalten gibt, wie sie nun Panama überfluteten: Menschen, die derart gewalttätig waren, einen so fürchterlichen Lärm veranstalteten und fest entschlossen waren, ihren Willen durchzusetzen. Die Panamesen sehnten sich nach den guten alten Zeiten zurück und seufzten tief auf, wenn die Yankees sagten: «Diese guten alten Zeiten sind ein für allemal vorüber.»

Der Spielclub machte phantastische Geschäfte. Die Männer legten ihr Geld zusammen und kauften jedes verfügbare Ticket. Oft zahlten sie dafür den zwei- oder dreifachen Preis. Einige dieser Tickets verlosten sie, andere verkauften sie für ungeheuerliche Summen. Es gab Leute, die mit ihrem letzten Geld ein Ticket erstanden und mit jeder Unbequemlichkeit vorliebnahmen, durften sie nur an Bord.

Und endlich, am 1. Februar 1849, dampfte die *California* an der Reede vor Panama davon. Sie war mit so vielen Menschen beladen, daß kaum einer auf seinen Füßen stehen konnte. Zurück blieben sechstausend Leute, die auch nach San Francisco wollten.

Die Fahrt dauerte vier Wochen. Nur selten wohl hat ein Schiff eine so schauderhafte Fahrt unternommen. Das Essen war knapp, das Wasser rationiert: Es wurde in Tassen ausgeteilt. Die Passagiere waren zusammengepfercht wie Bienen in ihrem Korb. Sie fühlten sich so erbärmlich, daß jeder jeden haßte. Sie knurrten und krakeelten den ganzen Tag.

«Wir konnten uns nicht rühren, ohne gegen einen andern zu stoßen», erzählte Rosabel. «Und wenn wir zu schlafen versuchten, stolperten welche über uns. Ich dachte, wenn ich mich bloß einmal aus diesem Menschenknäuel befreien und ein bißchen herumlaufen könnte . . .»

«Hat das Schiff denn nirgendwo angelegt, um frisches Wasser an Bord zu nehmen?» erkundigte sich Marny.

«Doch», antwortete Rosabel. «In Mazatlan und dann wieder in Monterey. Die Offiziere gingen an Land, aber die meisten von uns hatten Angst. Wir fürchteten, man würde uns auf der Straße zusammenschlagen und unsere Tickets klauen. Deshalb blieben wir an Bord und nahmen alle Strapazen auf uns.»

«Aber jetzt seid ihr ja da», rief Marny, «und ihr könnt sofort zu mir in den Calico-Palast kommen.»

Normans kluge schwarze Augen suchten die begierigen grünen Augen Marnys, und er begann zu lachen. Mit einem Blick auf die andern sagte er dann:

«Sie hat sich kein bißchen verändert. Wenn sie etwas tun will, dann will sie es augenblicklich tun. Was hast du früher immer gesagt, Marny? *Vivimus . . .*»

Auch Marny lachte nun. Sie stand auf und griff nach ihrem Hut. «*Dum vivimus vivamus*», zitierte sie. «Was in schlichtem amerikanischem Englisch bedeutet: Wir leben nicht ewig. Also laßt uns an die Arbeit gehen.»

39

Norman ging an die Arbeit. Er war ein unternehmungslustiger Mann, und außerdem gab es nichts, was er sonst hätte anstellen können.

Nachdem er sich ein wenig umgesehen hatte, erklärte Norman offen: «Diese Stadt gefällt mir nicht, und von Marnys Calico-Palast halte ich nicht viel.» Er hatte sein Leben bisher in Städten unter zivilisierten Menschen verbracht. Er war an Spielsäle mit Spiegeln, Teppichen, Lüstern und Bildern schöner Frauen gewöhnt. Zwar hatte er gewußt, daß San Francisco erst in seinen Anfängen steckte, doch war ihm nicht bekannt, daß diese sogenannte Stadt ein Mischmasch zugiger Zelte, schäbiger Baracken und dünner Tuchhäuser war, die obendrein auf kahlen, vom Wind gepeitschten Berghängen standen. Wie viele andere, die 1849 nach San Francisco kamen, war er beim Anblick dieser sagenhaften Stadt des Goldes zunächst tief bestürzt.

Aber er war nun einmal hier, und Norman gab nicht so leicht auf. Anders als Archwood suchte er keine Abenteuer. Er suchte Gold Und in dieser zerlumpten Stadt gab es mehr Gold als in jeder andern Stadt der Welt.

Er teilte Marny mit, daß er in ihrem Calico-Palast mitarbeiten werde. «Ich bin hierhergekommen, um wenigstens ein Jahr zu bleiben. Und ich werde nicht nach Hause fahren, ohne mein Glück versucht zu haben.»

Marny schnellte einen ihrer laubgrünen Blicke auf ihn ab. «Mein lieber Norman, vielleicht wird es lange dauern, ehe du wieder zurückkehren kannst – selbst wenn du es willst.»

Sie führte ihn zum Fenster und deutete auf die leeren Schiffe, die in der Bucht schaukelten.

«Glaubst du, die Mannschaft der *California* ist edler gesinnt als die anderer Schiffe?» Der Dampfer war erst seit zwei Tagen im Hafen, aber sie sagte das mit absoluter Gewißheit. «Ich bin eine kühle Spielerin, Norman. Es gehört deshalb für mich kein besonderer Mut dazu, mit dir um hundert Dollar zu wetten: Schon jetzt wird auch nicht ein einziger Mann mehr auf der *California* sein.»

Diese Wette verlor Marny. Es gab noch einen Mann an Bord. Aber bloß einen einzigen. Er war Maschinist, und Captain Forbes hatte ihn durch Zahlung eines geradezu enorm hohen Lohns bewogen, sich auch weiterhin um die Maschinen zu kümmern. Die gesamte übrige Mannschaft war indessen längst zu den Goldfeldern aufgebrochen.

Norman nahm Marnys hundert Dollar in Empfang. Humorvoll fand er sich auch mit dem Calico-Palast ab. Er versprach, sein Bestes tun zu wollen. Und Marny wußte, daß Normans Bestes in der Tat sehr gut war.

Binnen kurzem waren Norman und Rosabel im Calico-Palast ebenso bekannt wie Marny selbst. Norman hielt die Bank, und Rosabel sorgte für Musik. Zunächst spielte sie Gitarre. Als jedoch ein englisches Schiff Klaviere lieferte, kaufte der Calico-Palast eines der ersten für Rosabel. Sie spielte übrigens recht gut. Rosabel mochte eine verwahrloste Person sein, aber sie war eine kluge Person, und außerdem besaß sie musikalisches Talent.

Auch Loren kaufte eines dieser Klaviere. Kendra freute sich sehr darüber und nahm das Geschenk ohne jenes unbestimmte Schuldgefühl an, das sie bisher stets bei Lorens Großzügigkeit empfunden hatte. Denn nun konnte auch sie ihm etwas verheißen. Sie erwartete nämlich ein Kind.

Loren war so entzückt, wie Kendra ihn selten gesehen hatte. Er war in einer glücklichen Familie aufgewachsen und vermißte demnach manches. San Francisco mit seinen vielen Menschen war für ihn ein einsamer Ort. «Was für eine Freude, endlich eine eigene Familie zu haben!» rief er aus. Und war Kendra denn auch ganz gesund? In der Stadt lebte ein guter Arzt, der jahrelang in Valparaiso praktiziert hatte. Kendra versicherte ihrem Mann, daß sie sich durchaus wohl fühle, aber er meinte, schließlich könne es ja nicht schaden, diesen Dr. Rollins einmal aufzusuchen.

Dr. Rollins war ein Mann in den Vierzigern und schien vernünftig und tüchtig zu sein. Er sagte, Kendra sei in Ordnung. Sie hörte das gern, nicht nur ihretwegen, sondern auch deshalb, weil sie in den kommenden Monaten niemandem zur Last fallen wollte; überdies wünschte sie, daß kein Schatten Lorens Freude trüben sollte.

Seit sie das Kind erwartete, fühlte sie sich so entspannt wie bisher noch nie in ihrer Ehe. Ihr Verlangen nach Ted war erloschen. Zurückgeblieben war jedoch eine Leere in ihr. Was sie für Loren empfand – Bewunderung, Zuneigung, Achtung –, vermochte diese Leere nicht auszufüllen. Diese Gefühle waren etwas anderes als Liebe. Sie kannte den Unterschied.

Der Arzt riet ihr, jeden Tag eine Tasse Zitronensaft zu trinken, wenn sie kein frisches Gemüse habe. In einem Winkel der *California* waren Pakete mit Sämereien gefunden worden, die man jetzt kaufen konnte. Kendra erkundigte sich bei Chase & Fenway danach. Mr. Fenway empfahl ihr mit düsterer Miene, vom Anbau eines Gartens mitten in der Stadt Abstand zu nehmen: Sobald die grünen Schößlinge sich aus der Erde wagten, würden sie auch schon von irgendwelchen Leuten herausgerissen. Gut, sagte Kendra, dann wolle sie eben Rettich und Karotten in Blumenkästen vor dem Fenster ziehen.

«Eine gute Idee», meinte Mr. Fenway. «Aber Sie sollten außer Gemüse auch Blumen züchten, damit es so aussieht, als versuchte eine törichte Frau ein bißchen Schönheit um sich zu verbreiten.» Und Mr. Fenway blickte sie auf eine geradezu überraschend heitere Weise an.

Zwei Tage danach stellte Loren ihr einen stämmigen Mann mit scharfgeschnittenen Zügen vor. Mr. Dwight Carson war Bauunternehmer, der bisher in Honolulu gelebt hatte, jetzt aber in San Francisco einen Kai baute. Er wollte, sofern er die nötigen Arbeiter auftreiben konnte, einige

Geschäftshäuser errichten, aber Loren hatte ihn dazu bewogen, sich einmal die Fenster in der ersten Etage anzusehen und einen Zimmermann ausfindig zu machen, der die Blumenkästen anfertigen könne. Kendra wußte, daß der Preis unerhört hoch sein würde, wenn auch Loren dies gewiß verschwieg.

Dwight Carson war ein freundlicher Mann. Er verstand etwas von seinem Handwerk, er war praktisch veranlagt, und er lieferte Kendra festgefügte Blumenkästen, die geräumiger waren, als sie für möglich gehalten hatte. Wenn er viel Geld dafür verlangte, so konnte sie ihm das nicht übelnehmen: Jedermann versuchte das Geld zu scheffeln.

Carson erzählte ihr von dem Gebäude, das er als neuen Calico-Palast aus der Erde stampfen wollte. Hätte er genug Zimmerleute, dann könnte er schon morgen anfangen. Doch selbst wenn er Leute fand, die eine feste Stellung suchten, und ihnen den gewünschten Lohn zahlte, konnte es passieren, daß ein Mensch mit einem ganz besonders großen Nugget in die Stadt kam, und dann ließen seine Arbeiter ihr Werkzeug liegen und liefen davon, in der Hoffnung, einen ähnlich dicken Goldklumpen auszugraben.

Am 1. April traf der Dampfer *Oregon* vom Isthmus kommend ein. Da man die Mannschaft fest am Zügel hielt, konnte er bereits zwölf Tage später wieder auslaufen. Der Kapitän, ein Mr. Pearson, war vor den kalifornischen Zuständen gewarnt worden, und er hatte geschworen, daß ihm kein Mißgeschick widerfahren werde. Er warf Anker unter den Kanonen des Kriegsschiffes *Ohio* und ließ die ungebärdigsten seiner Leute in Ketten legen. Und in Ketten blieben sie, bis alle Mann sich bereit erklärten, den Dampfer wieder nach dem Isthmus zurückzubringen – allerdings für eine Heuer, die zehnmal höher war. Als das Schiff aus der Bucht dampfte, hatte es ungefähr dreihundert Kilogramm Gold und neunzehn Passagiere an Bord.

Die Abfahrt des Dampfers hatte Kendra Gelegenheit gegeben, ihrer Mutter einen Brief zu schicken. Sie schrieb, ihre Ehe mit Ted habe sie enttäuscht und sei deshalb aufgelöst worden. Nun sei sie mit Loren Shields verheiratet. Auf Einzelheiten verzichtete sie, auch von dem Baby war nicht die Rede. Das konnte sie sich für den nächsten Brief aufheben. *Ein* Schock auf einmal genügte schließlich. Außerdem wußte sie nicht, ob die Vorstellung, mit siebenunddreißig Großmutter zu werden, Eva beglücken würde.

Es wurde Frühling. Das Wetter besserte sich. Als sie ihre Blumenkästen herrichtete, sah Kendra den Berghang hinab auf die im Wasser schaukelnden Schiffe. Fast jeden Tag kamen neue hinzu. Am 1. Mai konnte die *California* endlich die Anker lichten. Erst nach zwei langen Monaten war Captain Forbes in der Lage, mit seinem Dampfer zum Isthmus zurückzufahren. Auch er mußte seine Leute unmäßig entlohnen. Die *California* nahm beinahe sechshundert Kilo Gold für die Münze in den Vereinigten Staaten mit. Unter den Passagieren befanden sich auch die Leutnants Morse und Vernon, die daheim Kommandos erhalten hatten. Beide verabschiedeten sich von Kendra. Wie sie sagten, bedauerten sie ihren Weggang, andererseits verhehlten sie nicht ihre Freude, diese elende Schinderei in San Francisco hinter sich lassen zu können. Die Frau des Generals Persifer Smith fuhr gleichfalls nach Hause. Ihre schicke Zofe war mit einem Mann, den sie nach zweitägiger Bekanntschaft geheiratet hatte, in die Goldfelder durchgebrannt. Mrs. Smith wünschte keine weiteren Prüfungen dieser Art.

Nicht mehr alle verlassenen Schiffe trieben in der Bucht: Männer wie Dwight Carson kauften die besten. Mit Hilfe der wenigen greifbaren Arbeiter wurden sie an Land gezogen. Alsbald waren aus den Seglern Wohnungen, Lagerhäuser, Restaurants und Saloons geworden. Carson und andere wurden wohlhabend.

Die Zimmerleute bekamen jeden Abend ihren Lohn in Goldstaub ausgezahlt. Ob sie am nächsten Morgen wieder zur Arbeit erschienen, hing davon ab, wieviel sie nachts beim Spiel gewonnen oder verloren hatten. Sobald es dunkel wurde, gingen in den Straßen rund um die Plaza tausend Lichter an, und es war, als bebte die Erde, so lautstark tobte man sich aus. Das Licht durchdrang die Tuchwände von Marnys Calico-Palast und anderer Spielhäuser – zuweilen schien die ganze Straße zu brennen. Fast in jedem Saloon gab es eine Kapelle. Die Musikanten spielten, was ihnen gerade einfiel, und sie spielten es so geräuschvoll wie möglich. Die Plaza dröhnte vom Geschmetter eines Dutzends verschiedener Melodien. Offenbar gefiel das den Männern, denn Nacht für Nacht kamen sie mit Beuteln voller Gold zu den Kartentischen.

Rosabel, die auf ihrem Klavier gute Musik machen wollte, wurde in diesem dissonanten Gedudel beinahe wahnsinnig. Marny, die mit ihren Karten beschäftigt war, fühlte sich überhaupt nicht gestört. Immer wieder versuchten Männer, mit ihr ins Gespräch zu kommen. Dies störte indessen die Spieler. Wenn Marny das Geschwätz auch hörte, so achtete sie doch nur selten darauf. Zuweilen sagte sie einige Worte, freilich in knappem Ton, der kaum ermutigen konnte. Stand ein Miesmacher neben ihr, der über Kalifornien, über das Wetter und über seine eigene Unzufriedenheit jammerte, so tat Marny, als sähe sie ihn nicht. Diese Miesmacher kannte sie zur Genüge. Das waren Kerle, die ins Land gekommen waren, um Goldbrocken so mühelos aufzuheben, wie andere Leute Blumen pflücken. Sobald sie dahinterkamen, daß die Goldgräberei mit Arbeit verbunden war, führten sie sich wie Betrogene auf und brüllten dies allen ins Gesicht.

Einmal wollte ein solcher Miesmacher durchaus keine Ruhe geben. Die Spieler brummten, er solle sich zum Teufel scheren. Der Miesmacher lamentierte jedoch weiter: «San Francisco ist ein riesiger Schwindel. Hier gibt es nur Dreck und Kälte und Fliegen. Und in diesem Schlamassel sitze ich nun fest, weil die Schiffe nicht regelmäßig segeln. Am liebsten wäre ich tot. Hört ihr, was ich sage? Dieses Nest ist ein Schwindel, und ihr alle seid Schwindler, Lügner, Räuber und Lumpen!»

Marny gab mit der Hand einem der Schwarzbärte ein Zeichen. Als er neben ihr stand, wies sie auf den Miesmacher, der noch immer neben ihr randalierte.

«Dieser Gast ist nicht willkommen», erklärte sie und blickte dann wieder die Spieler an. «Machen Sie Ihr Spiel, Gentlemen.»

Die Männer lachten zustimmend. Der Miesmacher sah sich im nächsten Augenblick auf der Straße.

So einfach war es indessen nicht immer. Ein andermal pflanzte sich ein rüder Bursche an Marnys Tisch auf und gab obszöne Äußerungen von sich, die er anscheinend für geistreich hielt. Man bedeutete ihm, er möge gefälligst sein Maul halten. Der Kerl fand seine Bemerkungen aber so klug, daß er diesen Rat nicht befolgte. Eine Weile schenkte Marny ihm keine Beachtung. Endlich jedoch zwickte der Mann sie. Die Karte, die sie mit der Bildseite nach unten in der Hand hielt, fiel auf den Tisch und zeigte nun die Farbe, das Spiel war verpatzt. Marny geriet in Wut.

Die Spieler hatten noch nie erlebt, daß Marny eine Karte als Waffe benutzte. Jetzt erlebten sie es. Ihre grünen Augen starrten in das Gesicht des Mannes. Mit einer blitzschnellen Bewegung zog sie ihm eine Karte so scharf über die Wange, daß Blut aus einer Schnittwunde schoß. Es war, als hätte sie mit einem Messer zugestoßen. Schreiend schlug der Mann seine Hände vors Gesicht.

Kendra kamen derartige Geschichten zu Ohren. Ab und zu traf sie Marny im Laden der Herren Chase und Fenway; öfter aber besuchte Marny sie und erzählte von den Vorfällen in der Stadt.

Beim Zuhören empfand Kendra manchmal ein wenig Neid. Ihr eigenes Dasein war nun so wohlbehütet. So sollte es ja eigentlich auch sein: Eine Frau, die ein Kind erwartete, hatte im lauten Treiben der Plaza nichts zu suchen. Loren gab ihr genau das, was sie seiner Meinung nach brauchte: Sicherheit, Behagen, Schutz. Loren hatte Marny gern, aber das Tamtam der Kearny Street interessierte ihn nicht. Daß Kendra vielleicht anders empfinden könne, wäre ihm nie in den Sinn gekommen.

Dennoch war Kendra glücklicher, als sie es je seit dem Sommer in Shiny Gulch gewesen, und sie freute sich auf das Baby.

«Mir wäre es nie auch nur im Traum eingefallen, daß ich ein Kind schon so lieben könnte, ehe ich es überhaupt gesehen habe», sagte sie zu Marny.

Marny schaute sich in Kendras Salon um. Die Schiffe hatten Möbel und Vorhänge, Teppiche, Silberzeug und Glaswaren nach San Francisco geliefert, und Kendra war nun mit allem Notwendigen ausgestattet. «Ihr Baby wird sein Leben im Luxus beginnen», sagte Marny. «Ich glaube nicht, daß es in der ganzen Stadt eine zweite Frau gibt, die ein so schönes Leben hat wie Sie. Wenn wir jemals zu unserem neuen Calico-Palast kommen sollten ...» Sie zuckte mit den Schultern.

«Bestehen denn Aussichten, bald mit dem Bau anzufangen?»

«Das bezweifle ich. Carson tut, was er kann, aber ...» Und sie zuckte abermals die Schultern.

Aus der Küche hörten sie Gelächter. Dort unterhielt sich Serena mit Marnys Begleitern, Troy Schwarzbart, Lolo und dem kleinen Zack. Die Schwarzbärte leisteten Marny gern Gesellschaft, wenn sie Kendra besuchen wollte, denn sie wußten, daß sie jedesmal in der Küche gut bewirtet wurden. Troy und Lolo waren von einem der Geistlichen, die mit der *California* fuhren, getraut worden. Serena sah sie mit Vergnügen bei sich.

Marny sagte: «Ich muß jetzt gehen und die Kartentische für den Abend vorbereiten.» Beim Essen berichtete Loren: «Auf einem Schiff aus dem Goldland sind Chases und Fenways ehemalige Packjungen Bert, Al und Foxy eingetroffen. Es geht ihnen wie so vielen, die aus den Bergen heimkehren: Sie haben Gold, aber auch Skorbut. Am Vormittag ist Foxy in den Laden getaumelt und wollte um jeden Preis Zitronensaft haben. Seine beiden Kameraden sind noch schlimmer daran als er, sagte er. Ich und Ralph Watson haben Flaschen mit Zitronensaft in die Unterkunft gebracht. Die drei kampieren dort für viel Geld in Schmutz und Elend. Eine verwanzte Penne ist diese Unterkunft. Von einem Haus darf man gar nicht sprechen. Eine Segeltuchplane ist über vier Wände gespannt, die so schlecht gebaut sind, daß der Mond hindurchscheint. Sie schlafen auf Brettern. Die Hälfte der Bewohner ist betrunken, die andern stöhnen vor Schmerzen, weil sie entweder an Skorbut oder an sonstigen Krankheiten leiden, die sie sich in den Goldbergen geholt haben.»

Kendra fröstelte. «Und was hast du getan?»

«Wir haben ihnen Zitronensaft gegeben und ihr Gold im Safe deponiert. Wenn sie ein paar Tage bekömmliche Nahrung kriegen, werden sie wieder in der Reihe sein.»

«Haben sie jetzt genug von den Goldgruben?»

«Ganz bestimmt», entgegnete Loren. «Alle drei beteuern, daß sie nie mehr einen Placer sehen wollen. Am liebsten würden sie wieder im Laden arbeiten, und das können sie auch, denn wir brauchen Leute.»

«Wo sollen sie aber wohnen? Du kannst sie doch nicht in diesem Verschlag lassen.»

«Natürlich nicht. Wir werden drei Feldbetten in einem der Räume über dem Laden aufschlagen. Das ist zwar nicht besonders bequem, aber jedenfalls besser als ihre jetzige Unterkunft.»

Kendra hatte ein etwas schlechtes Gewissen. Sie erzählte ihrem Mann von den Kartoffeln und den getrockneten Erbsen, die sie Foxy damals in Shiny Gulch abgekauft hatte. «Ich hätte ihn doch vor dem Skorbut warnen sollen.»

In Lorens Augen beging Kendra indessen nie einen Fehler. «Mein liebes

Mädchen», versicherte er mit Nachdruck, «du weißt sehr gut, daß er schon zuvor vom Skorbut gehört hatte. Wenn du ihm diese Sachen nicht abgekauft hättest, wären sie ihm von irgendeinem andern abgenommen worden.»

«Egal», erwiderte Kendra. «Ich werde diesen Jungen helfen, wieder auf die Beine zu kommen. Dr. Rollins meint, Trockenfrüchte seien gut gegen den Skorbut, und wir haben eine Menge davon. Ich werde ein paar Obsttorten machen und sie ihnen durch Ralph bringen lassen.»

«Fühlst du dich aber auch kräftig genug für diese zusätzliche Arbeit?» fragte er besorgt.

«O gewiß. Mir geht's gut. Und der Doktor sagt, ich könne gar nichts Besseres tun, als mich auf Trab halten.»

«Dann backe die Torten.» Er lächelte sie zärtlich über den Tisch hinweg an. «Du bist wirklich eine mitfühlende Frau.»

Zum tausendstenmal fragte sich Kendra: Warum kann ich ihn nicht lieben? Er ist der beste Mann, den ich je gekannt habe, und er liebt mich mehr, als mich je ein Mensch geliebt hat. Ich habe ihn ja gern, aber ich liebe ihn nicht. Ich kann es einfach nicht...

Loren hatte recht gehabt: Die Packjungen waren abgehärtet, und nachdem sie einige Tage gut gegessen hatten, waren sie wieder imstande zu arbeiten. Als Kendra eines Morgens mit Loren den Laden betrat, kam Foxy auf sie zu.

«Hören Sie mal, Mrs. Shields, das war aber wahnsinnig nett von Ihnen, daß Sie uns dieses gute Essen geschickt haben. Ich glaube, wir haben nie gewußt, wie wichtig gutes Essen ist.»

«Seid ihr alle drei jetzt auch wieder in Ordnung?»

«Sicher, Madam. Aber das eine will ich Ihnen sagen: Kein Mensch bringt mich noch einmal in die Minen. Das war ja die härteste Arbeit, die ich mir jemals aufgebuckelt habe. Dieses ewige Graben, und der Winter – das war vielleicht eine Kälte! Es hat so viel geschneit, daß die Pässe gesperrt waren und wir nicht runter nach Sacramento gehen konnten; und wir mußten in so einem Anbau schlafen und hatten nichts Richtiges zum Beißen... Nein, Ma'am, ich hab meine Lektion bekommen. Und dieser Skorbut! Wenn Sie Skorbut kriegen, dann tun Ihnen die Gelenke weh und schwellen an, und Ihr Zahnfleisch ist eine einzige Wunde. Glauben Sie: Das alles ist das Gold nicht wert. Na, wir haben's überstanden, aber nicht alle haben's überstanden. Ach, da fällt mir ja ein... Können Sie sich noch an diesen Delbert entsinnen? Dieser Bursche, der bei Marny war?»

Kendra schrak zusammen. Aber es war unwahrscheinlich, daß Foxy über Delberts Diebstahl Bescheid wußte. Er konnte lediglich wissen, daß Delbert mit seinen Kumpanen ausgezogen war, um den Großen Klumpen zu finden. «Was ist denn mit ihm, Foxy?»

Foxy stützte seine Ellbogen auf die Theke. Sein häßliches Karnickelgesicht war ernst. Dennoch sah er aus wie einer, der darauf brennt, eine Neuigkeit zu erzählen. «Delbert ist tot, Mrs. Shields. Ich glaube, ich muß das Marny sagen. Ich werde abends mal in den Calico-Palast gehen und ihr die Geschichte beibringen.»

Kendra empfand keine Trauer um Delbert. Sie fragte sich jedoch, was Marny empfinden werde. «Was ist ihm denn passiert?» erkundigte sie sich.

Foxy setzte eine bedeutsame Miene auf. «Nun, Ma'am, es war eine Art Jux. Ich meine keinen Jux, über den man lacht», fügte er rasch hinzu, als wolle er sich entschuldigen. «Ich will sagen: Es war sonderbar, irgendwie . . .» Foxy kramte in seinem beschränkten Wortschatz. «Also, Sie wissen, daß Delbert und ein paar andere den Großen Klumpen entdecken wollten?»

Kendra fühlte, wie eine plötzliche Spannung sie ergriff. «Sprich doch weiter, Foxy.»

«Delbert und seine Partner bekamen einen gewaltigen Krach. Ich weiß nicht, weshalb. Jedenfalls haben sie sich alle wie die Verrückten aufgeführt. Sie standen an einem Bach, und einer der Männer gab Delbert einen Stoß, so daß er ins Wasser plumpste. Es war kein breiter und tiefer Bach. Das Wasser reichte ihm nicht mal bis über den Kopf. Aber er schien nicht wieder in die Höhe zu kommen. Eine Anzahl Männer sprang hinein, um ihm zu helfen, denn keiner hatte ihn ja umbringen wollen. Aber Delbert lag im Wasser, und als sie ihn schließlich rausziehen konnten, war es zu spät. Und dann fanden sie heraus, wehalb er nicht hatte aufstehen können. Er trug ein ledernes Hemd mit vielen Taschen unter seinem Anzug. Und, Mrs. Shields, diese Taschen waren vollgestopft mit Gold. So viel Gold haben Sie noch gar nicht gesehen. Es waren Kilo. Und dieses Gold zog ihn nach unten. Nachdem er ins Wasser gestürzt war, konnte er aus eigener Kraft nicht wieder in die Höhe. Verstehen Sie?»

«Ja», erwiderte Kendra leise. «Ich verstehe.» Wieviel Gold hatte Delbert damals Marny gestohlen? Sie konnte sich an die genaue Summe nicht mehr erinnern. Immerhin war es genug gewesen. «Was haben die Männer mit seinem Gold gemacht, Foxy?»

«Na, sie haben es unter sich aufgeteilt. Das sei fast so gut wie der Große Klumpen, haben sie gesagt. Ich muß das Marny erzählen. Ich hoffe, es wird sie nicht zu sehr aufregen.»

«Ich glaube nicht, daß es sie aufregen wird», beruhigte ihn Kendra. Sie merkte, daß sie lächelte, und fragte sich, ob Foxy sie wohl für eine hartherzige Frau halten mochte, da sie bei der Nachricht vom Tod eines Mannes lächeln konnte. Dann fragte sie sich von neuem, wie Marny die Mitteilung aufnehmen werde.

Zwei Tage später erfuhr sie es. Loren hatte im Laden davon reden hören.

Foxy war in den Calico-Palast gekommen. Mit den Ellbogen hatte er sich zu Marnys Tisch durchgekämpft, wo er neben einigen andern Männern stehenblieb, um das Spiel zu verfolgen. Foxy wußte nicht, daß Marny die Gabe besaß, sich derart auf die Karten zu konzentrieren, daß sie alles über ihnen vergaß. Nachdem er eine Weile zugeschaut hatte, rief er:

«Guten Abend, Marny.»

Sie blickte nicht auf. Einer der Männer warnte ihn, er solle sie nicht belästigen. Aber Foxy wurde unruhig. Er stampfte mit dem Fuß auf. Sie sollte endlich Notiz von ihm nehmen. Es war immerhin eine wichtige Neuigkeit, die er ihr zu überbringen hatte. Doch Marny nahm keine Notiz von ihm. Hastig sagte er:

«Marny, ich muß Ihnen etwas erzählen.»

Marny wandte sich nicht um. «Ich bitte um Ihre Einsätze, Gentlemen», sagte sie statt dessen. Münzen rollten über den Tisch. Die Augen der Zuschauer traten fast aus den Höhlen, als sie das viele Gold und Silber sahen. Foxy beharrte:

«Es ist wichtig, Marny.»

Troy Schwarzbart trat zu ihm. «Laß sie in Ruhe», herrschte er ihn an. «Stör das Spiel nicht.»

«Aber ich muß ihr doch etwas mitteilen!» entgegnete Foxy heftig. «Marny!» rief er laut. «Marny! Ihr Freund, dieser Delbert, wissen Sie noch?»

Marny sah nicht auf. Sie spielte.

«Laß sie in Ruhe», wiederholte der Schwarzbart.

«Marny!» schrie Foxy. «Delbert ist tot!»

«Ihre Karten, Gentlemen?» bat Marny.

«Verstehen Sie mich denn nicht?» brüllte Foxy. «Delbert ist tot!»

Einer der Spieler zischte verärgert: «Sei endlich still, Bursche! Heb dir deine Geschichte für später auf.»

Marny zahlte die Gewinner aus, kassierte die Münzen der Verlierer und fing wieder zu spielen an. Foxy ließ nicht locker.

«Haben Sie denn gar kein Interesse daran, Marny? Ich sage Ihnen doch, daß Delbert tot ist.»

Ihre Augen waren noch immer auf die Karten gerichtet. Jetzt endlich aber antwortete sie wenigstens. Sie sagte:

«Möge er in Frieden ruhen, dieser Hurensohn. Darf ich um Ihre Einsätze bitten, Gentlemen?»

Foxy spürte die Faust des Schwarzbarts auf seiner Schulter. Eine Minute danach stand er im Freien.

40

Am 4. Juni kam der dritte Dampfer der Linie, die *Panama,* in die Bucht. Sie brachte amerikanische Zeitungen und amerikanische Dollars. Es waren goldene und silberne Münzen. In Kalifornien traute man dem Papiergeld nicht mehr. Mit dem Schiff kamen auch dreihundert Goldsucher ins Land. Sie hatten sich mit Unterkünften begnügen müssen, die eigentlich nur für achtzig Personen gedacht waren. Wie sie berichteten, warteten Tausende an der Meerenge von Panama, um gleichfalls ins Goldland transportiert zu werden.

Am nächsten Tag erklomm Marny zusammen mit dem Schwarzbart Duke und Lulu den Berg. Duke hatte seine hawaiische Circe noch nicht geheiratet. Serena war indessen der Meinung, dies sei längst geschehen, und sie führte die Besucher in ihre Küche, um ihnen Kuchen und Kaffee vorzusetzen. Kendra ging mit Marny in den Salon. Marny verkündete, nachdem sie ein bißchen geschwatzt hatten:

«Ich habe Schwierigkeiten mit meinem Freund, Kendra.»

«Meinen Sie Norman Lamont?»

«Nein, nein, meine Liebe. Ich spreche von Warren Archwood. Er bekommt allmählich Heimweh.»

«Sie wollen mir doch nicht etwa sagen, daß er Sie satt hat?»

«Mich nicht, aber alles andere sonst. Das Abenteuer, dem zuliebe er herkam, hat er nun erlebt. Jetzt merkt er, daß diese Stadt ein dreckiges Nest ist. Er sehnt sich nach New York.»

Marny stand auf und ging zu dem hohen Spiegel gegenüber dem Fenster. Darin waren die Dächer zu sehen, die sich gleich Treppen den Hang hinabzogen bis zur Bucht. Marny interessierte sich nicht für die Dächer, sie betrachtete ihr eigenes Spiegelbild und stellte dann fest:

«Nach einem Winter in dieser verregneten Stadt sind meine Sommersprossen verblaßt. Kendra, Warren möchte, daß ich mit ihm heimreise.»

Der Gedanke, ohne Marny auskommen zu müssen, war Kendra schrecklich. Doch hatte sie nicht das Recht, gegen ein solches Vorhaben zu protestieren. Also fragte sie nur:

«Will er Sie heiraten?»

Marny begann zu lachen. «Natürlich nicht. Er will mich wie eine Trophäe mitnehmen. Wie einen Skalp will er mich an seinen Gürtel hängen. Er möchte, daß ich in einem der großartigen Spielhäuser New Yorks arbeite, wo mich die andern Männer sehen können. Ich wäre dann der Schatz, den er in Kalifornien erbeutet hat. Schaut sie euch an! würde er sagen. Jeder von euch wäre froh, diese Person zu haben, aber ich war's, der sie errungen hat. Und so weiter.»

Auch Kendra lachte. Es gefiel ihr, daß Marny sich nichts vormachte. «Und werden Sie mit ihm reisen?»

«Nein», erklärte Marny. Sie schob vor dem Spiegel eine Locke zurecht und setzte sich danach wieder auf den Stuhl.

«Ich hätte Sie auch sehr vermißt», gestand Kendra.

«Dauernd fragt er mich: Vermißt du denn New York nicht? New York mit seinen Restaurants, Hotels, Theatern, eleganten Läden? Willst du denn nicht ein luxuriöses Leben führen? Möchtest du nicht gern in einer Kutsche den Broadway hinabrollen?»

«Und Sie vermissen das wirklich nicht?» erkundigte sich Kendra eindringlich.

«Natürlich vermisse ich das. Würden Sie denn nicht auch lieber in einer sauberen Stadt leben, wo die Menschen Manieren haben? Würden Sie nicht lieber frisches Fleisch essen, statt Rettich in Blumenkästen zu ziehen?»

«Doch», gab Kendra zu. «Aber ich vermisse keinen Menschen in den Vereinigten Staaten. Dort gibt es niemanden, der meine Rückkehr wünscht.»

«Richtig», bemerkte Marny. «Mir geht's genauso. Meine Brüder und Schwestern und Tanten und Onkel und Kusinen – sie alle sind rückständige Spießer. Sie sollen jenseits der Rocky Mountains bleiben. Ich bleibe auf dieser Seite.»

Kendra dachte an den Grundbesitz, den Archwood in San Francisco erworben hatte. Sein Wert mußte noch steigen. Nun, mittlerweile war er bereits gestiegen. Er konnte ihn jetzt verkaufen und würde dreimal soviel dafür bekommen. Sie sagte das.

«Ja, er wird verkaufen», meinte Marny. «Wenn Norman und ich nur das Grundstück kaufen könnten, auf dem der Calico-Palast steht. Aber wir brauchen unser Geld, damit die Bank immer flüssig ist für die Spiele. Aber schließlich dürfen wir uns nicht beklagen. Unsere Geschäfte gehen gut.»

Nach einem kurzen Schweigen trat Marny wieder vor den Spiegel. Sie musterte sich und sagte dann versonnen:

«Warren wird mir fehlen.» Sie berührte die mit Juwelen verzierte Nadel an ihrem Kleid. «Immerhin bleiben mir ja viele Dinge, die mich an ihn erinnern.» Wieder blickte sie in den Spiegel. Sie sah hinter ihrer Gestalt die Dächer, und darüber ragten die Mastspitzen der Schiffe herauf. «Der Nebel lichtet sich», sagte sie. «und der Himmel ist schon klar. Kendra, ich glaube, wenn wir nach oben gehen, können wir die ganze Bucht überblicken.»

«Ja, gehen wir hinauf», stimmte Kendra zu. «Wir nehmen Lorens Fernglas mit.»

Im Schlafzimmer öffnete Kendra das Fenster. Die Bucht und die jenseitigen Berge waren deutlich zu erkennen. In der Strömung wiegten sich die aufgegebenen Segler. Obwohl man so viele Schiffe auf den Strand gesetzt hatte, um sie zu bewohnen, schaukelten noch immer eine ganze Anzahl im Wasser, sie stießen bei starkem Wind oft gegeneinander. Ein Kapitän, der sein Schiff sicher vor Anker bringen wollte, mußte sehr geschickt vorgehen, um eine Havarie zu vermeiden. Kendra blickte auf die Rümpfe dort unten und fragte:

«Wie will Archwood denn überhaupt von hier wegkommen?»

«Die Dampfergesellschaft hat die Löhne heraufgesetzt. Deshalb zweifelt Warren nicht daran, daß die Dampfer bald regelmäßig einen Pendelverkehr zwischen San Francisco und der Meerenge von Panama betreiben werden. Wenn ein Seemann weiß, daß er in ein paar Wochen wieder hier sein wird, läßt er sich auch für eine kurze Reise anheuern. Wenn es ihm an Bord nicht mehr gefällt, geht er eben in die Goldfelder. Das ist etwas anderes als eine Fahrt in die Vereinigten Staaten.»

«Macht es ihm nichts aus, den Isthmus zu überqueren?»

«Er sagt, das ist nicht mehr so gefährlich wie am Anfang. Jetzt wird ja auch schon Post auf diesem Weg befördert und sogar Gold. Die Leute werden von bewaffneten Wachen beschützt.»

«Marny!» rief Kendra plötzlich aus.

«Ja, was ist?»

Kendra schaute immer noch auf die Bucht hinab. Mit ihrer freien Hand griff sie nach Marnys Arm.

«Einen Moment, gleich gebe ich Ihnen das Glas, aber erst will ich sicher sein ...»

Soeben fuhr ein Schiff in die Bucht. Es war ein großes stolzes Schiff. Der Wind schwellte die Segel. Die Galionsfigur war eine weiße Göttin mit einem Halbmond. Kendra reichte Marny das Fernglas. Auch Marny hielt den Atem an. Dann stieß sie hervor:

«Aber Kendra! Ist das nicht die *Cynthia*?»

«Doch. Sie kommt aus China zurück.»

«Dann haben wir also unseren Freund Pollock wieder unter uns», murmelte Marny.

Gleich darauf lachte sie kurz. «Was will er denn wohl diesmal?»

«Er wird Wasser und Proviant an Bord nehmen», meinte Kendra. «Vielleicht hat er auch Handelsware geladen. Er hat ja gesagt, daß er noch einmal nach San Francisco kommen wolle. Aber ich kann ihn nicht verstehen. Er muß doch längst gehört haben, was mit Schiffen passiert, die unseren Hafen anlaufen. Was mag ihn nur veranlaßt haben, dennoch hier anzulegen?»

«Sein Starrsinn», versetzte Marny schroff. «Er wollte nach San Francisco kommen, also kommt er auch nach San Francisco. Andern Schiffen mag Unheil zustoßen, seinem natürlich nicht.»

Kendra wußte nicht, was sie sagen sollte. Vielleicht hatte Marny recht, wenn sie über Pollocks Wahnvorstellungen lachte. Vielleicht gelang es Pollock tatsächlich, sein Schiff wieder aus dem Hafen herauszumanövrieren und New York zu erreichen. Vielleicht hatte er nach einjährigem Aufenthalt in Asien Marny ganz vergessen.

Dennoch wurde Kendra von einer bösen Vorahnung befallen.

Aber die *Cynthia* hatte wirklich Glück. Zwar liefen drei Matrosen sogleich davon. Zwei von ihnen, Yankees, hatte Pollock in Kanton angeheuert. Sie gehörten zu der immer größer werdenden Schar jener, die – kaum an Land – prahlerisch behaupteten, nur deswegen als Matrose auf ein Schiff gegangen zu sein, um freie Überfahrt nach San Francisco zu finden. Sie hätten sich in Kalifornien auf alle Fälle dünnegemacht. Der dritte Deserteur freilich zählte zur regulären Mannschaft. Alle andern jedoch kamen wieder aufs Schiff zurück, obwohl sie Löhnung und Landurlaub erhalten hatten.

Captain Pollock konnte diese Anhänglichkeit leicht erklären: Die *Cynthia* war eben besser als die meisten Schiffe in der Bucht, ja, mehr noch: besser als die meisten Schiffe überhaupt. Schon vor seiner Kapitänszeit war Pollock ein geschätzter Offizier gewesen: Er hatte seinen Leuten stets ein anständigeres Essen und gemütlichere Quartiere gegeben als die Mehrzahl der Kapitäne. Seine Mannschaft war auch immer größer als üblich, so daß die Leute nicht überfordert wurden. Das hatte zur Folge, daß er unter vielen Bewerbern seine Auswahl treffen konnte. Seine Matrosen zählten zu den brauchbarsten. Es überraschte Pollock daher keineswegs, daß sie bei ihm aushielten.

Kendra erfuhr dies durch ihren Mann. Loren erzählte ihr beim Abendessen: «Pollock hat es mir offenbar verziehen, daß ich damals in Honolulu Marny an Bord habe gehen lassen. Kurz nach seiner Ankunft ist Pollock bei Chase & Fenway erschienen. Als er mich sah, begrüßte er mich herzlich. Keine Spur von Groll. Schließlich ist ja auch schon ein gutes Jahr verstrichen, seit er uns verlassen hat. Da alles gutgegangen ist, nimmt er wohl an, die *Cynthia* hat diese Affäre mit Marny vergessen. Und also ist sie vermutlich auch seinem eigenen Gedächtnis entfallen.»

Kendra hoffte, es möge so sein. «Hast du ihm gesagt, daß wir geheiratet haben?»

«Natürlich. Er hat gesagt, das hört er gern. Alles in allem macht er einen zufriedenen Eindruck. Er scheint auch voller Energie zu stecken.»

«Was hat er denn bei Chase & Fenway getan?» wollte Kendra wissen.

Loren erinnerte sie daran, daß Pollock nicht nur ein guter Seemann sei, sondern auch ein listiger Geschäftsmann. «Er hat mit den Ladenbesitzern über seine Fracht reden wollen. Das meiste sollte zwar in New York verkauft werden. Bevor er jedoch Kanton verließ, hatte Pollock von der Wohnungsnot in San Francisco gehört. Sogleich war ihm der Gedanke gekommen, daraus einen Vorteil zu ziehen: Er hat einige tausend Backsteine mitgebracht, außerdem aber auch eine Anzahl Fertighäuser aus Holz, die in wenigen Stunden zusammengefügt werden können. Am wichtigsten ist aber, daß er als Passagiere fünf erfahrene chinesische Zimmerleute an Bord hat.»

«Zimmerleute!» rief Kendra. «Das müssen wir Dwight Carson sagen. Und zwar schnell, damit sie ihm kein anderer vor der Nase wegschnappt.

Mit ihnen kann er den Calico-Palast bauen.»

Loren lächelte sie an. «Ich habe es ihm bereits erzählt.»

«Ach, Loren, Marny wünscht sich so sehr ein richtiges Haus.»

«Das weiß ich doch.»

Kendra mußte an die Hütten denken, in denen Foxy und seine Freunde gehaust hatten. «Vielleicht hättest du Carson aber doch besser geraten, zunächst einmal eine Herberge zu bauen statt des Calico-Palastes. – Nein. Marny hat sich als Freundin erwiesen, als ich eine gebraucht habe, und das werde ich ihr nie vergessen.»

«Auch ich werde es ihr nicht vergessen», versicherte Loren zärtlich. «Deshalb habe ich ja Carson gebeten, zuallererst ein Haus für Marny zu errichten.»

Kendra überlegte sich, daß Carson auch dann den Calico-Palast gebaut hätte, wenn er von Loren zum Bau einer Herberge gedrängt worden wäre. Kein Mensch würde ihm soviel zahlen wie Marny und Norman. Das Glücksspiel und seine reichhaltige Bar brachten mehr ein als eine Herberge. Schon im letzten Sommer hatte Marny erklärt, daß die Leute allemal mehr Geld ausgeben für Dinge, die sie nicht unbedingt brauchen, als für solche, die sie eigentlich haben müßten.

Sie selbst traf Captain Pollock am nächsten Tag im Laden. Als er sie an der Theke stehen sah, kam er sofort auf sie zu. Er sagte nichts weiter Bemerkenswertes, er gab sich ungezwungen. Loren hatte also recht: Dieses erfolgreiche Jahr mußte ihn besänftigt haben.

Wie Archwood vorausgesehen hatte, fand der Kapitän der *Panama* genügend Matrosen. Nachdem er zwei Tage lang im Hafen gelegen hatte, stach der Dampfer mit neunhundert Kilogramm Gold und einigen Passagieren, die nach Hause wollten, wieder in See. Unter ihnen befand sich Archwood. Er bedauerte, daß Marny ihn nicht begleitete, aber er bedauerte es nicht so sehr, daß er noch länger in diesem häßlichen – wenngleich goldenen – Hexenkessel von San Francisco geblieben wäre. Die beiden schieden als Freunde, doch brach ihnen dabei nicht das Herz. Er beteuerte, er werde ihr schreiben, aber Marny sagte zu Kendra: «Ich rechne keineswegs damit, noch einmal etwas von ihm zu hören. Er hat sein kalifornisches Abenteuer hinter sich. Dieses Kapitel seines Lebens ist abgeschlossen.»

Marny hatte zunächst angenommen, er werde ihr fehlen. Sie war jedoch viel zu beschäftigt, um weiterhin ihre Gedanken an ihn zu verschwenden. Carson hatte mit dem Bau des neuen Calico-Palastes begonnen. Zusammen mit Norman durchstreifte Marny alle Warenhäuser der Stadt, um die passenden Einrichtungsgegenstände aufzutreiben, damit das Haus so prächtig wurde wie die Spielsäle in New Orleans und New York. Marny meinte übrigens, eigentlich sei es ihr ganz recht, daß Archwood nicht mehr da war. Männer brauchte man zum Vergnügen. Nun hatte sie tagsüber eine derartige Menge zu erledigen, daß sie ihre Nächte allein verbringen konnte, ohne unzufrieden zu werden. Kendra fragte sich, wie lange sie diese Enthaltsamkeit wohl ertragen würde. Vorerst schien Marny allerdings ganz glücklich.

Nicht lange nach Archwoods Abfahrt mußte sich Loren wieder auf eine Geschäftsreise begeben. Er teilte Kendra mit, daß Ralph und Serena ein Auge auf sie haben würden. Sie möge vor allem nicht allein auf die Straße gehen, denn was für Typen tauchten jetzt auf! Strandguträuber von Südseeinseln, Verbrecher aus den Strafkolonien in Australien, kurz gesagt: Schurken aller Art, die noch nie eine ehrliche Arbeit getan hatten und auch gar nicht daran dachten, dergleichen jemals zu tun.

Kendra versprach, vorsichtig zu sein. Das Wetter war schlecht. Einige Tage ging sie nicht aus, weder allein noch in Begleitung. Von Captain Pollock hörte sie nichts mehr. Ralph, der täglich seine Arbeit im Laden erledigte, hatte kein besonderes Interesse an Pollock oder an der *Cynthia*; er wußte überhaupt nicht, daß Kendra den Kapitän und sein Schiff kannte. Loren war schon eine Woche fort, als sie endlich erfuhr, daß nun auch die Mannschaft der *Cynthia* desertiert war.

Marny überbrachte ihr diese Nachricht. Anfangs hatte sie die *Cynthia* gar nicht erwähnt, denn sie hielt Pollock längst für einen Dummkopf, und somit war auch ihr Interesse an ihm und seinem Schiff erloschen. Was sie interessierte, war allein der Calico-Palast.

«Ich werde Loren niemals dankbar genug sein können, weil er uns diese chinesischen Zimmerleute verschafft hat. Dwight meint, sie sind beständig und vernünftig und kennen sich in ihrer Arbeit wirklich aus. Natürlich ist die Sprache ein Problem, aber sie lernen jetzt Englisch.»

Kendra hatte eine Kanne mit Kaffee geholt. Beim Eingießen sah ihr Marny lächelnd zu.

«Das Baby macht dich ja noch schöner», sagte sie und ließ mit einemmal das trennende «Sie» fallen. «Du siehst geradezu blühend aus.»

Dann berichtete sie Kendra von einem Mann aus Sydney, der in der vergangenen Nacht an die Bar getreten war und einen speziellen Cocktail hatte haben wollen. Er war bemüht gewesen, sich Chad verständlich zu machen, aber Chad stammte aus Boston, und die beiden konnten einander trotz aller Anstrengungen nicht verstehen. Schließlich hatte sich ein Engländer, der sowohl in Australien als auch in den Vereinigten Staaten gelebt hatte, ehe er nach Kalifornien gekommen war, als Dolmetscher angeboten. Jetzt endlich hatte Chad kapiert und den Drink gemixt. Der Mann aus Sydney war nicht knauserig mit einem Trinkgeld gewesen und hatte auch den Engländer zu einem Glas eingeladen.

«Es stimmt nicht, was die Leute sagen: daß die Männer aus Sydney allesamt Galgenvögel sind», erklärte Marny. «Ich habe ein paar kennengelernt, die sehr nett sind. Aber ich muß schon zugeben: Bevor ich in diesen Goldrausch geriet, hätte ich nie geglaubt, daß es so viele Ausdrucksformen der englischen Sprache gibt. Manche von diesen Matrosen . . . Ach, von wegen Matrosen: Da habe ich eine Neuigkeit.»

«Erzähl! Seit Loren abgereist ist, weiß ich nichts außer dem, was die *Alta* druckt.»

«Was ich sagen will, druckt die *Alta* nicht. Dergleichen ist denen viel zu alltäglich. In der Bucht liegt wieder mal ein Schiff ohne Mannschaft fest.»

«Doch nicht etwa die *Cynthia*?» rief Kendra aus.

«Gerade die *Cynthia*. Sie ist von Mann und Maus verlassen.»

«Aber wie konnte denn das geschehen? Ich dachte ... wir alle dachten doch ...»

Marny nickte. «Ja. Ich habe das auch immer wieder gehört: ‹Pollocks Leute sind anders als die andern. Sie bleiben ihrem Schiff treu. So etwas kann der *Cynthia* einfach nicht passieren.›»

«Und jetzt ist es doch passiert? Wie kam das denn?»

«Nun, meine Liebe, Pollock hatte also angeblich die anständigsten Seeleute der Welt. Sie waren viel zu anständig, um ihren Kapitän sitzenzulassen. Sie bekamen Landurlaub. Dabei stellten sie fest, daß Männer, die in die Goldfelder gingen, Stiefel und Kleider und Werkzeug und Schinken und Maismehl brauchen. Sie kamen dahinter, daß die Preise in Kalifornien hoch sind. Die Männer haben über die Angelegenheit diskutiert, und dann kamen sie zu dem Schluß, daß es sich lohne, ein paar Tage zu opfern, um sich eine bessere Ausrüstung zu beschaffen.» Marny lächelte. «Pollock hatte erfahren, daß es schwierig sei, Arbeiter zu finden. Deshalb versprach er ihnen einen Extralohn, falls sie die Backsteine und die Fertighäuser ausladen wollten. Dazu erklärten sie sich denn auch bereit. Als sie diesen Extralohn in der Tasche hatten, gingen sie wieder an Land. Und weg waren sie.»

«Aber was macht denn Pollock jetzt?» fragte Kendra.

Marny hob die Schultern. «Was kann er schon machen?»

«Du hast ihn nicht gesehen?»

«Nein. In Honolulu hat er mich oft besucht, doch seit er in San Francisco ist, hat er sich noch nicht unter meine Augen getraut. Das ist auch gut so. Ich hoffe, er geht mir aus dem Weg.»

Kendra stand unruhig auf. Sie ging zum Fenster und blickte hinaus. Was mochte Captain Pollock nun anstellen?»

41

Erst nach einer Woche sahen Kendra und Marny sich wieder. Chase & Fenway hatten eine Schiffsladung Gemüse aus Honolulu erhalten. Loren hielt sich noch immer in Oregon auf, Kendra begleitete eines Morgens Ralph zu seinem Arbeitsplatz.

Es war noch nicht neun, aber rund um die Plaza herrschte schon reges Leben. Wagen rumpelten durch den Staub, Fahrer schrien sich gegenseitig an, Versteigerer brüllten, Männer gingen eilig ihren Geschäften nach, Fliegen umschwirrten die Abfälle. Kendra hielt zwar ihr Taschentuch vor die Nase, dennoch nahm sie die üblen Gerüche wahr.

In der Kearny Street reihten sich Zelte, Tuchhäuser und einige richtige Gebäude aneinander. Das imposanteste war das neue Hotel Parker House, das nun endlich fertig war, nachdem es aus Mangel an Arbeitern ein Jahr lang nicht hatte fertiggebaut werden können. Das Parker House – ein weiß angestrichener Bau mit Pfefferkuchen-Verzierungen – hatte zwei Stockwerke und ein Dachgeschoß. Mehrere Spieler hatten dort Kartentische gepachtet. Auch Norman zählte zu ihnen. Die chinesischen Zimmerleute hatten den alte Calico-Palast abgerissen, um einen neuen zu bauen. Mittlerweile wollte Norman nicht müßig herumsitzen.

In der Nähe des Parker-Hotels sah Kendra die Zimmerleute am Bauplatz des neuen Calico-Palastes. Sie gingen mit der Selbstsicherheit von Leuten ans Werk, die ihre Sache verstanden: wunderliche Figuren in blauen Baumwollanzügen, die Regenschirme auf dem Kopf zu tragen schienen. Es waren indessen große Strohhüte. Ihre Zöpfe baumelten wie die Schwänze von Schweinen fast bis zu den Knien herab. Dwight Carson überwachte sie bei der Arbeit.

Draußen in der Buch erspähte Kendra die armseligen Schiffe, darunter jetzt auch die *Cynthia*. Pollock tat ihr leid. Gewiß, er hatte sich wirklich närrisch benommen. Wie konnte er nur nach San Francisco kommen und allen Ernstes glauben, was andern Kapitänen widerfahren war, werde ihm nicht widerfahren! Nun, jeder benahm sich einmal wie ein Narr. Schließlich war die *Cynthia* ja noch nicht verloren. Ein so schönes Schiff konnte jederzeit als Hotel oder Lagerhaus verkauft werden. Pollock würde einen guten Preis erzielen und sich dann quer über die Landenge von Panama nach Hause begeben. Er hatte alles getan, was zu tun war – diese Erkenntnis mußte ihm ein Trost sein.

Im Laden bediente Mr. Chase zwei Goldgräber, die mit vollen Taschen, aber in Lumpen zur Stadt gekommen waren. Sie brauchten jetzt Stiefel und Anzüge. Am Ofen saßen zwei Jammerlappen und klagten einander ihren Kummer. Mr. Fenway machte Eintragungen ins Kassenbuch, wobei er die Stirn krauste, als stünde ihm der Bankrott bevor. In Wahrheit wurde er von Tag zu Tag reicher.

Ralph Watson ging in den Lagerraum. Als Kendra ihre Einkäufe gemacht hatte, zog Mr. Fenway einen Stuhl herbei und reichte ihr die New Yorker *Tribune*, die sieben Wochen alt war. Kendra erblickte sich plötzlich selbst in einem Spiegel, der hinter der Theke an der Wand hing. Das Preisschild klebte noch am Rahmen. Marny hatte sich nicht geirrt: Die Schwangerschaft ließ sie geradezu aufblühen. Ihre Haut leuchtete, ihre blauen Augen waren hell und klar. Lächelnd schlug sie die Zeitung auf.

Ein Geräusch an der Tür ließ sie den Kopf wenden. Pocket und Hiram waren aus Sacramento heruntergekommen. Kendra sprang auf. Die beiden liefen ihr entgegen.

Pocket und Hiram waren hager, gebräunt und muskulös. Sie hatten sich rasieren und die Haare schneiden lassen. Wie die meisten Goldgräber hatten sie sich aus Anlaß ihres Besuchs neue Anzüge gekauft. Beide sahen gut aus, freilich wirkten sie nicht wie Städter. Hirams dickes rostfarbenes Haar blieb nie lange gebändigt. Pockets neue Anzüge waren alsbald wieder ausgebeult, weil er alles mögliche in die Taschen stopfte.

In bester Laune begannen sie zu erzählen. Beide versicherten Kendra, wie schön sie sei. Loren müsse sich als glücklichen Mann betrachten. Sie beglückwünschten sie zu ihrer Heirat. Sie selber kamen in Geschäften. Die Herstellung der Schütteltröge machte sich bezahlt. Sie wollten ihren Goldstaub mit dem nächsten Dampfer zur Münze in Philadelphia schicken.

Inzwischen war das Gold auch in Honolulu so billig geworden wie in San Francisco. Deshalb konnte man es nicht länger nach dort schicken, um es gegen Bargeld einzutauschen; man mußte sich nun an die Münze wenden. Dies war umständlich und kostspielig, lohnte sich jedoch, denn Geld war ein so rarer Artikel in San Francisco, daß es zehn Prozent Zinsen im Monat erbrachte.

«Wir sind gestern in die Stadt gekommen», erzählte Hiram. «Unseren Goldstaub haben wir hier deponiert, um uns dann eine Schlafstelle zu suchen.»

«Und wo habt ihr geschlafen?» fragte Kendra.

«Im Parker House», erwiderte Hiram. Er brummte vor sich hin. «Sofern man das überhaupt schlafen nennen kann.»

Pocket lachte. Hiram legte seine großen Hände auf die Theke und schwang sich dann hinauf. Pocket zog eine Kiste heran und setzte sich ebenfalls. Hiram fuhr lebhaft fort:

«Haben Sie schon mal jemanden von diesem Hotel erzählen hören, Kendra? Die Schlafzimmer dort sind Kabuffs.»

«Hiram hat kaum Platz darin gefunden», bemerkte Pocket.

«Und diese Kabuffs haben zwei Kojen übereinander. Und die Wände bestehen aus Tuch. Wenn Sie eine Kerze anzünden, kann Ihr Nachbar an Ihrem Schatten erkennen, was Sie gerade tun. Wenn Sie mit Ihrem Schlafgenossen reden wollen, müssen Sie flüstern.»

«Hiram kann nicht flüstern», murmelte Pocket.

«Die meisten Männer können das nicht», meinte Kendra lachend.

Hiram konnte es ganz gewiß nicht, er gab sich nicht einmal Mühe. Er dröhnte vielmehr:

«Diese Spieler haben fast das ganze zweite Stockwerk besetzt, und das Spiel geht die ganze Nacht weiter, und dieser Krach . . . Wenn ich jemals einen dieser Kerle erwische . . .»

«Hier kommt gerade einer», sagte Kendra schnell, denn durch die Tür traten Marny, Norman und Rosabel ein.

Hiram sprang von der Theke herab, und Pocket verließ seine Kiste. Marny umarmte beide zugleich. Sie stellte Norman und Rosabel den Männern vor und erklärte, wie es kam, daß Norman gegenwärtig zu den Spielern im Parker House gehöre. Gestern abend habe er jedoch keinen Lärm veranstaltet, sondern beizeiten Schluß gemacht.

Norman hörte mit einem schwachen Lächeln zu. Sein Geschäft war das Spiel. Wenn er seinen Kartentisch gestern abend früh verlassen hatte, dann war dies nur geschehen, weil er heute früh wichtige Einkäufe erledigen wollte, nicht aber, weil er Rücksichten auf andere Leute nahm. Er bewunderte Marnys Talent, aber er hielt ihre Sorge um die Mitmenschen für überflüssig. Dergleichen hielt er für Energieverschwendung.

Die Jammerlappen am Ofen hatten mit ihrem Lamento aufgehört und lauschten nun. Die beiden Goldgräber kamen neu eingekleidet aus einem Nebengemach. Da Mr. Chase nicht zugegen und Foxy im Lagerraum beschäftigt war, schlich Mr. Fenway herbei, um Norman zu bedienen. Lamont erklärte, er und Marny wünschten die Möbel zu besichtigen, die Chase & Fenway in der letzten Ausgabe der *Alta* inseriert hatte. Sie befanden sich doch wohl in ihrem Lager?

«Richtig», antwortete Mr. Fenway. «Ich werde mit den beiden zum Lager gehen, allerdings müssen sie warten, bis Mr. Chase zurück ist. Er sieht sich einige Waren an, die gerade von der *Cynthia* gelöscht wurden. Wir können nicht gleichzeitig den Laden verlassen.»

«Gut», meinte Norman. «Ich habe auch noch eine andere Besorgung zu machen. Marny und Rosabel können so lange hier warten.»

Mr. Fenway sah Rosabel an. «Vielleicht hat Miss Rosabel Lust, eine schöne neue Gitarre auszuprobieren, die wir bekommen haben.»

Rosabel beteuerte, das würde sie in der Tat sehr gern tun. Norman ging davon, und Mr. Fenway holte die Gitarre. Während er und Rosabel sie begutachteten, ließen sich Marny, Kendra, Pocket und Hiram zu einem Plausch nieder. Die Goldgräber und die Miesmacher hockten sich an den Ofen.

Marny berichtete: «Norman will sich ein Roulette ansehen, das eine Firma in der *Alta* angezeigt hat. Falls es etwas taugt, wird er es gleich kaufen, um anderen Interessenten zuvorzukommen.»

Pocket und Hiram erzählten von Sacramanto. «Die Stadt besteht bloß aus Zelten», sagte Pocket. «Die Bevölkerung wechselt in einem fort. Männer gehen in die Goldgruben, andere ziehen ab. Und alle sind sie halb verrückt vor Aufregung, entweder voll Hoffnung oder voll Verzweiflung. Die Berge geben Reichtümer her, trotzdem betteln täglich Männer um eine Mahlzeit.

Überhaupt ist nun in den Goldfeldern alles ganz anders geworden. Im letzten Jahr haben Leute aus Kalifornien, die einander kannten, in den Lagern gelebt; im allgemeinen waren das anständige Leute. Jetzt aber strömen Menschen aus allen Gegenden herbei. Manche sind in Ordnung, andere dagegen Gesindel aus den Hinterhöfen der ganzen Welt. Nur noch mutige Männer können es wagen, ihre Frauen mitzunehmen. Im vergangenen Sommer konnte man arbeiten, wo es einem beliebt; heute muß man seinen Claim notfalls verteidigen.»

«Wißt ihr noch, wie wir unseren Goldstaub einfach liegenließen, während wir schafften, und niemand sich darum scherte?» fragte Hiram. «Auch das ist vorbei.»

Er hielt inne, denn Musik erklang. Rosabel saß auf der Theke und klimperte glückselig auf ihrer neuen Gitarre. Die Goldgräber und die Miesmacher drehten eifrig ihre Stühle um. Rosabel fing zu singen an.

«Ich habe gewußt, daß sie das Ding kaufen würde», sagte Marny. «Na schön. Wir sind ja schließlich hierhergekommen, um Geld auszugeben.»

Die Worte «Geld ausgeben» hatten Mr. Fenways Ohr erreicht. Gemächlich trottete er zu ihr und verkündete, daß er ein schönes Gemälde vorrätig habe – war Marny daran vielleicht interessiert?

Marny war nicht uninteressiert. Mr. Fenway wies Bert und Foxy an, das Gemälde herbeizuschaffen. Rosabel beendete ihr Lied. Die Männer am Ofen spendeten ihr stürmisch Applaus. Sie begann daraufhin mit einem anderen. Bert und Foxy lehnten das Gemälde gegen die Wand.

Das Bild zeigte die Sägemühle in den Bergen, wo Jim Marshall den ersten Goldfund im Wasser gemacht hatte. Marny betrachtete es versonnen, trat ein paar Schritte zurück und wandte sich dann zur Seite, um es nochmals zu studieren. Mr. Fenway berichtete: «Der Künstler ist ein gewisser Bruno Gregg, der mit Ölfarben und Leinwand Kap Hoorn umsegelt hat; er stammt aus New York. Sein Gemälde ist doch gut, oder etwa nicht?»

Marny fand es hübsch. Lieber wäre es ihr allerdings gewesen, wenn Mr. Gregg eine schöne Frau mit nicht allzu vielen Kleidern auf dem Leib gemalt hätte. Mr. Fenway seufzte. Kendra meinte:

«Ich glaube, das Bild hier wird Männer interessieren. Es stellt immerhin den Ort dar, wo das erste Gold entdeckt wurde. Schließlich ist das geradezu ein historischer Ort.»

Marny dachte einen Moment nach. Dann erklärte sie: «Das ist gar keine schlechte Idee. Was haltet ihr von dem Bild, Pocket und Hiram?» Sie schlossen sich Kendras Meinung an. Hiram fügte hinzu: «Vielleicht kann dieser Bruno Gregg auch Frauen malen.» Pocket raunte Kendra ins Ohr:

«Ich möchte Ihnen gern etwas sagen, Ma'am.»

Sie ging mit ihm zu dem Stuhl, auf dem sie vorhin gesessen hatte. Pocket stützte seinen Ellbogen neben ihr auf die Theke. Am andern Ende der Theke spielte und sang Rosabel ihren entzückten Zuhörern zu Gefallen. Pocket sagte leise:

«Ich wollte Ihnen bloß sagen, Kendra, wie froh ich bin, daß Sie einen anständigen Mann gefunden haben und glücklich sind.»

Wie nett er doch ist, dachte Kendra. «Vielen Dank, Pocket.»

«Und – entschuldigen Sie, wenn ich mich in Privatdinge einmische – was ist mit Ted? Ist es so gekommen, wie ich vorausgesagt habe?»

«Ja, Pocket. Ganz genauso. Die Sache ist überstanden. Er ist mir gleichgültig geworden.»

Pocket lächelte ein zärtliches sanftes Lächeln. «Das macht mich sehr glücklich, Kendra. Es freut mich, daß Sie nun einen Menschen haben, den Sie lieben können.»

Kendra sagte ihm nicht, daß sie ihren Mann keineswegs liebte. Sie hätte ihn an die Geschichte mit seinem Mädchen erinnern können: Hätte er danach wieder eine Frau lieben können? Vielleicht würde er nie wieder dazu imstande sein. Vielleicht würde er bestenfalls jene freundliche Zuneigung empfinden können, die sie gegenüber Loren fühlte. Nun, zweifellos war dies besser als das Frühere.

Einige Minuten lauschten sie Rosabels Gesang. Das Mädchen sah reizend aus. Ihre schwarzen Locken hüpften, während sie die Saiten schlug. Rosabel machte das Spielen und Singen Spaß. Vor allem machte es ihr Spaß, wenn Männer sie dabei bewunderten. Gegenwärtig hatte sie sechs Bewunderer: Bert und Foxy, die beiden Goldgräber in ihren neuen Anzügen, die beiden Miesmacher, die nun fröhlich dreinblickten und ihre Klagen vergessen zu haben schienen. Im Hintergrund diskutierten Marny, Hiram und Mr. Fenway über Gemälde für den Calico-Palast.

Die Ladentür wurde geöffnet, und Kendra beobachtete Mr. Chase, der die Tür für einen anscheinend wichtigen Kunden aufgesperrt hielt. Pocket meinte bedauernd:

«Nun kommt Mr. Chase. Mr. Fenway wird jetzt mit Marny und Rosabel in das Lagerhaus gehen.»

Kendra sah zu ihm auf. «Warum gehen Sie und Hiram nicht mit?»

«Glauben Sie denn, Marny hätte nichts dagegen?»

«Sie wird eure Ansichten gewiß gern hören.»

Beim Sprechen merkte Kendra, daß irgend etwas bevorstand. Rosabels Musik war jäh verstummt. Es sprach auch niemand mehr. Die Männer, die bisher Rosabel zugesehen hatten, wandten ihre Gesichter ab. Marny, Hiram und Mr. Fenway hatten sich umgedreht. Und jetzt erkannte auch Kendra den wichtigen Kunden, den Mr. Chase hereinführte. Es war Captain Pollock.

Captain Pollock sah jedoch nicht Kendra. Er sah niemanden im Laden außer Marny.

Er starrte sie an. Regungslos stand er da – ein Bild der Wut, des Zorns, des atemlosen Hasses.

Marny war erschrocken. Trotz Kendras Warnungen begriff sie erst jetzt das ganze Ausmaß seines Zorns. Einen Augenblick lang standen sich die beiden schweigend gegenüber. Damals, bei der Umschiffung von Kap Hoorn, hatte Pollock auch nur einen Augenblick lang Kendra für ihre jungfräuliche Anwesenheit gedankt. Dieser Augenblick jetzt aber war ganz anders. Im Laden befanden sich vierzehn Personen. Keiner bewegte sich von der Stelle. Später sagten die meisten: «Verdammt, dieser Kerl war verrückt. Er hätte sie am liebsten umgebracht. Ich sage Ihnen: Es war grausig.»

Die meisten der Anwesenden wußten, daß Marny an Bord der *Cynthia* in San Francisco eingetroffen war. Sie wußten jedoch nichts von ihrem Abenteuer mit Pollock. Ebensowenig war ihnen bekannt, daß er Marny jede Schlechtigkeit zutraute. Kendra indessen, die in alles eingeweiht war, zuckte bei seinem Anblick zusammen, als sehe sie den Leibhaftigen.

Als erster rührte sich Hiram. Er trat auf Marny zu. Sein Schritt war nicht schwer, doch er hörte sich an, als habe Hiram unter seinem Absatz krachend etwas zertreten. Fast im selben Augenblick erwachten auch die andern aus ihrer Erstarrung. Mr. Chase fragte scharf:

«Was ist los, Captain?»

Pocket rief laut:

«Wer ist dieser Mann, Kendra? Was hat er gegen Marny?»

Foxy, Bert und die Fremden erkundigten sich allesamt nach der Ursache dieser Aufregung. Rosabel, die noch immer auf der Theke kauerte, drückte ihre neue Gitarre an sich, als fürchte sie, jemand werde über sie herfallen.

Pollock machte einen Schritt auf Marny zu. Plötzlich donnerte er los:

«Schamloses Geschöpf!»

Im Nu hatte Marny ihre kleine Pistole herausgerissen. «Hände weg!» befahl sie.

Doch weder ihre Pistole noch ihre Aufforderung wären nötig gewesen. Hirams gewaltige Pranken hatten sich bereits des Kapitäns bemächtigt. Pollock war kein Schwächling, aber Hiram hatte ein Jahr härtester körperlicher Arbeit hinter sich. Er hielt Pollock fest in seinem Griff. Der Kapitän schrie:

«Kennen Sie diese Frau?»

Hiram, der sich noch immer nicht denken konnte, weshalb Pollock etwas gegen Marny haben sollte, antwortete:

«Jawohl, ich kenne sie. Lassen Sie sie in Ruhe.»

Mr. Chase fragte mit einem Blick auf Marny mit ihrer Pistole und auf Rosabel mit ihrer Gitarre:

«Was wird hier eigentlich gespielt, Fenway? Sind wir im Varieté?»

Mit einemmal sahen sie alle Mr. Fenway.

Er schritt auf Pollock zu – langsam, schleppend, aber stetig. In seiner Rechten hielt er einen erstaunlich großen Revolver. Ohne jemanden eines Blickes zu würdigen, erklärte er in ruhigem Ton:

«Eines dulden wir hier nicht. Und das ist Ärger.»

Hiram, der angesichts dieses Riesenrevolvers seine eigenen Bemühungen für überflüssig hielt, ließ Pollock los. Mr. Fenway kam einen Schritt näher. Nun sah er geradezu drohend aus.

«Hören Sie», leierte er, «vielleicht wäre es besser, wenn Sie von hier verschwänden.»

Pollock warf sich ihm entgegen. «Wollen Sie mich etwa hinausschmeißen?»

«Genau das», bestätigte Mr. Fenway träge. «Es sei denn, Sie benehmen sich anständig. Ich weiß, daß Sie ein bedeutender Mann sind. Aber kein Mann ist so bedeutend, daß er in meinem Geschäft Unruhe stiften darf.»

«Und wissen Sie denn wenigstens, wer diese Frau ist?»

«Sicher. Ich kenne sie. Sie hat keinerlei Staub aufgewirbelt. Das blieb Ihnen vorbehalten.»

Pollock brüllte:

«Sie macht mein Schiff zuschanden!»

Wie die Verkörperung der Rache stand er da und blickte sich um, als wolle er sich vergewissern, daß auch ein jeder ihn höre. Sie hörten ihn. Pollock deutete auf Marny.

«Schaut sie euch an!» schrie er. «Seht ihr dieses Weib? Sie hat das Unheil über mein Schiff gebracht. Das Unheil und den Tod. Draußen in der Bucht liegt meine schöne *Cynthia* im Sterben. Wegen diesem Weib muß sie sterben. Jawohl, meine *Cynthia* stirbt. Und dieses Weib ist schuld daran. Meine schöne, unbefleckte *Cynthia* . . .»

Er warf sich in einen Stuhl und stützte seinen Kopf in beide Hände. Untröstlich und verzweifelt hockte er da. Jetzt verstand Kendra ihn besser als je zuvor. Dieser Mann war dazu verurteilt, den langsamen Zerfall jenes Wesens zu erleben, das er liebte. Noch nie in ihrem Leben hatte Kendra einen Menschen gesehen, der so mitleiderregend wirkte. Impulsiv ging sie zu ihm und legte eine Hand auf seine Schulter.

«Captain Pollock, kann ich mit Ihnen sprechen?»

Er hob den Kopf nicht. Statt dessen murmelte er:

«Was wollen Sie?»

«Ich möchte Ihnen sagen, daß die *Cynthia* noch nicht verloren ist. Sie ist ein schönes Schiff. Sie kann wieder in Dienst gestellt werden.»

Hiram nickte ihr aufmunternd zu. Pollock jedoch, der immer noch den Fußboden anstarrte, schüttelte den Kopf. Hiram trat neben Kendra. Er war mit Pollock um das Kap gesegelt, und die Matrosen hatten ihm erzählt, wie sehr der Kapitän sein Schiff liebe. In ernstem Ton bekräftigte er Kendras Meinung:

«Captain Pollock, wir wissen, wie schwer es für Sie ist, Ihr verlassenes Schiff zu sehen. Aber das ist auch andern Schiffen passiert, und deren Kapitäne haben es in ihren Bericht geschrieben. Das können Sie doch auch tun.»

Pollock schüttelte von neuem den Kopf, blickte diesmal aber auf. Es war ihm nicht anzumerken, ob er Hiram wiedererkannte. Wahrscheinlich wußte er nicht, wer dieser Mann da war. Schließlich war Hiram nur ein gewöhnlicher Matrose gewesen, und ihre Reise lag auch schon lange zurück. In seinem Gram erkannte Pollock auch Kendra nicht. Er erwiderte:

«Ich danke Ihnen, Sir, und auch Ihnen, Madam, für Ihre Freundlichkeit. Ich weiß, Sie meinen es gut. Aber ich denke gar nicht daran, aus meinem Schiff einen Saloon, ein Bordell, eine Glücksspielhöhle machen zu lassen.» Er schüttelte sich vor Abscheu. «Nein!» Wie ein Mann, der jede Hoffnung verloren hatte, blickte er auf. «Nein!» wiederholte er dann.

Und jetzt endlich nahm er von Kendra Notiz. Traurig fuhr er fort:

«Sie müssen sich natürlich gegen mich stellen. Sie haben ja Loren Shields geheiratet. Hat er Ihnen gesagt, daß er diese Frau an Bord der *Cynthia* gebracht hat? Daß er mein Schiff besudelt hat?»

Pollock war offenbar nicht zu beruhigen. Kendras Blick traf sich mit dem von Hiram. Beide wußten nicht, was sie noch weiter hier ausrichten sollten.

Wie ein alter Mann stand der Kapitän auf. Hiram reichte ihm die Hand. Pollock sagte zu den Herren Chase und Fenway gewandt:

«Entschuldigen Sie mich. Es tut mir leid, daß ich Sie gestört habe. Ich werde es nicht wieder tun.»

«Kommen Sie ins Büro», antwortete Mr. Chase, der bestrebt war, diese rätselhafte Szene zu beenden. «Wir haben eine Menge geschäftlicher Angelegenheiten ...»

«Später», unterbrach ihn Captain Pollock. «Ich komme später wieder.»

Die letzten Worte sprach er mit einem Blick auf Marny. Er schien damit ausdrücken zu wollen: «Ich bin nicht gesonnen, unter demselben Dach mit dir zu verweilen.» Marny steckte ihre Pistole ein und sagte mit beherrschter Stimme:

«Schon gut, Captain Pollock. Ich bin gerade dabei, mit Mr. Fenway fortzugehen.»

Jetzt gab Pollock nach. Er folgte Mr. Chase in dessen Büro. Foxy drängte sich an Marnys Seite.

«Sagen Sie mal», wollte er wissen, «was hat denn dieser Mann bloß gegen Sie?»

«Er kann rothaarige Frauen nicht ausstehen», gab Marny zur Antwort. «Er meint, sie bringen ihm Unglück.»

Die andern gingen auseinander. Pocket gab Rosabel die Hand und half ihr von der Theke herunter. Marny schaute in den Spiegel und meinte:

«Ich bin fertig, wenn Sie soweit sind, Mr. Fenway.»

Kendra fragte sie, was sie von alledem halte.

«Du hast recht gehabt», entgegnete Marny. «Er hält sein Schiff tatsächlich für ein Lebewesen. Und er liebt diese *Cynthia*.»

«Ich hatte gehofft, wenn wir ihn an die andern aufgegebenen Schiffe erinnern ... aber es war sinnlos.»

Marny sagte knapp:

«Er ist verrückt, Kendra. Aber er ist auch gefährlich.»

42

An diesem Tag hatte Kendra Mitleid für Captain Pollock empfunden. Als der Sommer verging, wurde jedoch aus ihrem Mitleid allmählich Erbitterung.

Die Männer von der *Cynthia* waren natürlich deshalb desertiert, weil sie in die Goldgruben ziehen wollten. Ein geheimnisvolles Herzeleid des Schiffes war ihnen selbstverständlich völlig einerlei. Kendra änderte ihre Einstellung vor allem deswegen, weil sie keine Geduld mit Leuten aufbrachte, die schmollten, weil sie ihren Willen nicht durchsetzen konnten. Sie verstand Pollocks Kummer, der seine Reise nicht beenden konnte, obgleich sie sich sagte, bei einiger Vernunft hätte er San Francisco links liegenlassen sollen. Da das Schiff nun aber nicht weitersegeln konnte, hätte er sich doch wenigstens nach einem anderen Verwendungszweck umsehen müssen.

An Gelegenheiten fehlte es nämlich keineswegs. Immer mehr Gesindel ergoß sich durch das Golden Gate; immer häufiger waren Verbrecher darunter. Die ehrbaren Bürger verlangten nach einem Gefängnis für solches Pack. Es gab nur ein kleines Haus, das noch aus ruhigen Zeiten stammte und so baufällig war, daß Ausbrechen ein Kinderspiel war. Einige der angesehenen Bürger hatten vorgeschlagen, die Stadt möge eines der verlassenen Schiffe kaufen, es in sicherer Entfernung verankern und die Verurteilten ihre Strafzeit dort absitzen lassen. Mr. Chase fragte Captain Pollock, ob er die *Cynthia* zu diesem Zweck verkaufen wolle.

Was? Aus der *Cynthia* ein Gefängnis machen? Pollock war derart empört, daß Mr. Chase später berichtete: «Ich habe gedacht, er wird mich niederschlagen.» Carson erkundigte sich, ob er das Schiff zu einem Laden umbauen könne. Auch das lehnte Pollock entrüstet ab.

Mr. Fenway ließ sich etwas anderes einfallen. Die im Küstendienst verkehrenden Schiffe unternahmen gewinnbringende Fahrten, sie transportierten Nahrungsmittel und Holz. Für diese kurzen Reisen fanden sich auch Matrosen. Mr. Fenway gab Pollock also den Rat, in den Küstenhandel einzusteigen. Pollock fiel dergleichen gar nicht ein. Er werde sein Schiff entweder in den Heimathafen steuern oder nirgendwohin.

Als Loren aus Oregon zurückkehrte, meinte er: «Pollock könnte die Heimreise zumindest beginnen, wenn es ihm Ernst ist. Einige der entschlossensten Kapitäne haben das schon vorexerziert. Fast jede Woche meldet die *Alta* die Abfahrt eines Schiffes nach Mazatlan oder Callao oder einem andern pazifischen Hafen. Gewiß, sie segeln mit unzureichender Mannschaft; freilich haben sie oft Leute an Bord, die Kapitäne normalerweise nie an Deck lassen würden. Ich meine ja auch nicht, daß Pollock das Kap Hoorn mit unfähigen Leuten umrunden soll. Wenn er aber halbwegs brauchbare Matrosen anheuert und in See sticht, hat er immerhin die Möglichkeit, in anderen Häfen bessere Leute aufzutreiben.»

Dieser Rat, die *Cynthia* mit «Abschaum» zu bemannen, machte Pollock indessen noch wütender.

Pollock wollte einfach nicht hören. Früher war er freundlich zu Loren und Kendra gewesen. Von dieser Freundlichkeit war nun nichts mehr zu spüren. Loren war der «Feind», der Marny auf sein Schiff geschmuggelt hatte. Und was Kendra anlangte, so war es bereits schlimm genug, daß sie Loren geheiratet hatte. Als er gar noch von ihrer Freundschaft mit Marny erfuhr, führte sich Pollock so auf, als habe sie sein Vertrauen mißbraucht.

Die *Cynthia* blieb also dort, wo sie war: in der Bucht inmitten vieler verlorener Schiffe, Tag für Tag schritt Pollock am Ufer entlang und wurde Zeuge ihres langsamen Verrottens. Er fügte sich bewußt selber diesen Schmerz zu, gleichzeitig aber fühlte er eine Art Triumph: Wenn das Leben ihm nicht gab, was er wünschte, dann sollte das Leben auch von ihm nichts bekommen. Er, Captain Enos Pollock, schloß keine Kompromisse. Er war ein Mann von eisernem Willen. Er würde tun, was er sich vorgenommen hatte. Und wenn ihm das nicht gelang, würde er gar nichts tun.

Für Kendra war dies alles sinnlos. Auch Marny, Hiram und Pocket vermochten in diesem Verhalten keinerlei Sinn zu erkennen. Im Laufe des Sommers kamen Hiram und Pocket mehrmals in die Stadt. Bei jedem Besuch sahen sie nach, ob die *Cynthia* noch da war. Sie war noch da.

«Pollock ist ein Narr», erklärte Hiram freimütig, als er mit Pocket in Kendras Salon saß. «Wißt ihr, was man Charakterstärke nennt, ist zu einem großen Teil nichts anderes als Dickköpfigkeit.»

Kendra stimmte ihm zu.

«Und was hat er bloß gegen Marny?» fragte Hiram.

Kendra faltete das Taschentuch, das in ihrem Schoß lag. «Auf der Fahrt von Honolulu nach hier hatten Marny und Captain Pollock einen Streit. Ich weiß, weswegen sie stritten, denn sie hat mir davon erzählt. Vielleicht erzählt sie es eines Tages auch euch.»

«Und bis dahin geht uns die Sache wohl nichts an?» fragte Pocket.

Kendra hatte den Verdacht, daß die beiden die Wahrheit ahnten. Nach einer Weile bemerkte Pocket:

«Der arme Captain. Er tut mir leid.»

«Mir hat er auch leid getan», erwiderte Kendra. «Aber jetzt tut er mir nicht mehr leid. Hiram hat ganz recht: Er ist ein Narr.»

«Sicher ist er das», gab Pocket sanft zu. «Deshalb tut er mir ja auch leid.»

Andere Leute fragten sich vergeblich, weshalb Pollock das Unglück seines Schiffes ausgerechnet Marny auflud. Sein Wutanfall im Laden war mit Behagen von den Anwesenden weitererzählt worden. Eine Erklärung wußte freilich niemand. Auch die Herren Chase und Fenway waren sehr verwundert. Als sie Pollock fragten, erhielten sie lediglich diese Antwort: «Diese Frau bringt Unheil. Sie hat mein Schiff ruiniert. Und jetzt geht es zugrunde.» Darauf wußten die Herren Chase und Fenway nichts zu sagen. Wenn sich Männer bei Marny nach der Ursache von Pollocks Zorn erkundigten, gab sie ihnen die nämliche Antwort, die sie bereits Foxy erteilt hatte: «Er meint, rothaarige Frauen bringen ihm Unglück.»

Manche Fragesteller glaubten ihr. Schließlich war diese Erklärung so vernünftig wie jede andere auch.

Kendra und Marny hatten indessen nicht nur an Captain Pollock und seine *Cynthia* zu denken.

Die bevorstehende Niederkunft beschäftigte naturgemäß Kendra vor allem andern. Sie fühlte sich gesund, und Lorens Freude umgab sie wie ein wärmender Mantel. Sie kaufte eine Krippe sowie Tücher und Decken, die sie unbeholfen säumte, während Serena mit geschickten Händen Babykleidchen so geschwind zurechtschneiderte, daß Kendra sie beneidete. Serena ihrerseits beneidete Kendra um das zu erwartende Baby. Sie sehnte sich wieder nach einem Kind. Kendra versprach: «Wenn mein Baby aus diesen Kleidchen da herausgewachsen ist, werde ich sie Ihnen geben.»

Serena protestierte:

«O nein! Sie müssen sie ja für das nächste aufheben.»

Marny hatte mit ihrem Calico-Palast zu tun. Nachdem sie das Mobiliar beschafft hatte, engagierte sie gemeinsam mit Norman Kartengeber, Croupiers, Musiker und Barkeeper. Der Kunstmaler Bruno Gregg hatte sich als wahrer Meister im Proträtieren von Frauen erwiesen, und zwar pflegte er sie nun in allen denkbaren verführerischen Posen zu konterfeien. Der Bau war nahezu vollendet, und Marny wußte sich vor freudiger Ungeduld kaum zu fassen. Ihre Freunde fragten, ob sie den Namen ändern werde, da die Mauern doch jetzt aus Backsteinen waren und nicht mehr aus Kattun. Marny schüttelte den Kopf. Wie die meisten Spieler war sie ein wenig abergläubisch. Im Calico-Palast hatte sie sich glücklich gefühlt, also fiel es ihr gar nicht ein, das Schicksal herauszufordern, indem sie ihrem neuen Haus einen andern Namen gab.

Doch obgleich beide alle Hände voll zu tun hatten, waren Kendra und Marny sich doch darin einig, daß die Stadt des Goldes kein angenehmer Aufenthaltsort sei.

Mit jedem Tag wurde San Francisco wohlhabender, aber auch schmutziger und überfüllter. Mit Ausnahme einiger weniger, die auf dem Landweg aus Oregon oder Mexiko gekommen waren, hatten fast alle Zuwanderer des Jahres 1849 die Reise per Schiff zurückgelegt. Jetzt aber trafen die ersten der Planwagen ein, die im Frühling die Vereinigten Staaten verlassen hatten. Manche dieser Neulinge begaben sich sofort in die Minen, doch nicht alle besaßen so viel Geld, um die kalifornischen Preise zahlen zu können; sie waren nicht einmal imstande, sich Spitzhacken, Schaufeln und Salzfleisch zu kaufen. Also kamen sie zunächst einmal in die Stadt, wo sie jedoch kein Obdach fanden. Wütend schrieben sie nach Hause, sie müßten im Kot schlafen, wo sie beinahe erstickten.

Dies entsprach der Wahrheit, obwohl man lange nach einem Ort hätte suchen müssen, in dem Unterkünfte so schnell gebaut wurden wie in San Francisco. Die Berghänge waren mit Zelten übersät: Es gab kleine und große, widerstandsfähige und leichte, die vom Sturm jeden Augenblick in Fetzen gerissen werden konnten. Captain Pollock hatte einige Fertighäuser mit sich geführt; andere Kapitäne brachten sie nun in Massen nach San Francisco. Mit einem halben Dutzend Arbeiter konnte Dwight Carson sie binnen eines Tages errichten, und die Bewohner – meist sechs oder sieben pro Raum – zogen am Tage darauf schon ein. Bequem hatten sie es allerdings nicht, immerhin schützte sie jedoch ein Dach vor dem Staub. Im Sommer dieses Jahres 1849 wurden die Leute vom Staub fast begraben.

Er war dunkel und widerlich, dieser Staub, und er lag so hoch, daß man glaubte, durch Federn zu waten. Kendra fuhr eines Tages mit der Hand durch diesen Staub. Er fühlte sich samten an, wie Mehl. Manchmal dachte Kendra wehmütig an ihre Heimat in der Ferne, wo es zu jeder Jahreszeit regnete. Hier in Kalifornien fiel zuweilen im Sommer ein jäher Schauer (freilich nicht oft); richtigen Regen jedoch, so sagte Mr. Fenway bekümmert, dürfe man frühestens im November erwarten, vielleicht aber auch erst im Dezember.

Ein Tag verging wie der andere.

Nachts kam der Nebel vom Meer. Wenn sie am Morgen erwachte, umhüllte er die Stadt wie ein klebriges Pflaster. Zuweilen war er so dick, daß Kendra nicht einmal die Häuser gegenüber sah; mitunter entdeckte sie vor lauter Nebel nicht einmal einen Schimmer Sonnenlicht. Wenn sie ausgehen mußte, tat sie dies vor Mittag, und nach ihrer Heimkehr verschlossen sie und Serena alle Türen und Fenster und Schubladen. Serena wollte gar die Schlüssellöcher verstopfen.

Am frühen Nachmittag setzte der Sturm ein. Dieser Sturm fegte den Nebel fort. Barmherzigerweise, so meinte Serena, fegte er auch die üblen Gerüche davon. Doch der Sturm wühlte den Staub zu Wolken auf, die über den Schornsteinen wogten. Jeden Morgen rieben Kendra und Serena die Möbel blank. Wenn es dunkel wurde, konnten sie auf jeden Stuhl und auf jeden Tisch mit den Fingerspitzen Bilder malen.

Im vergangenen Jahr war die Stadt während der regenlosen Monate staubig gewesen, aber im vergangenen Jahr hatte weniger Verkehr geherrscht, und weniger Menschen hatten den Staub aufgerührt. In diesem Jahr aber machten die Leute die Dinge noch weit schlimmer, als sie ohnehin schon waren.

Die Bewohner dieser Stadt San Francisco zählten zu den ungeduldigsten Menschen auf Erden. Sie waren hergekommen, um reich zu werden, und sie wollten keine Zeit verlieren. Sie behaupteten, es gebe hier zu viele Berge und zu wenig flaches Land. Ferner behaupteten sie, das Wasser am Strand sei viel zu seicht. Also möge man doch gefälligst die Bergkuppen abtragen und sie in die Bucht schmeißen. Und zwar sofort. Gewiß würden dadurch ein paar Tonnen Staub zusätzlich die Luft verpesten, doch darauf kam es ja wohl nicht an.

Mit Mauleseln schleppten sie Bagger auf die Höhen. Tag für Tag rissen diese Bagger tiefere Löcher in die Hänge, und nachmittags trieb der Sturm dann Staubwolken durch die Gegend. Ging man ins Freie, dann flog einem der Staub in die Augen, drang in Nase und Kehle; der Staub würgte einen im Hals, und jedermann liefen Tränen über die Wangen. Der Staub legte sich wie Spinnweben ins Haar. Er drang durch die Kleider und kitzelte die Haut.

Die Männer trugen die Bergkuppen ab und hatten bald eine Lagune aufgefüllt. Als nächstes verlängerten sie das Land ein Stück ins Meer hinaus. So entstanden Grundstücke, wo bisher Wasser gewesen war. Carson hatte einige dieser «Wasserparzellen», wie man sie nannte, gekauft. Marny versicherte Kendra, es werde nicht mehr lange dauern, bis Carson «wirklich reich» sei. «Irgendein raffiniertes Luder heiratet ihn dann und braucht für den Rest des Lebens nichts anderes mehr zu tun, als sein Geld zu verpulvern.»

Morgens, wenn der Staub noch nicht durch die Luft flog, fand Marny Muße, den Berg zu erklimmen und Kendra über die Vorgänge an der Plaza zu informieren. Überall in der Kearny Street, aber auch in den Querstraßen beiderseits der Plaza, wurden in atemberaubender Geschwindigkeit Häuser errichtet: Restaurants, Hotels, Spielsalons und – wie Marny sich ausdrückte – «öffentliche Häuser». Eines dieser neuen Gebäude in der Washington Street werde von Normans und Rosabels Freundin Blossom bewohnt.

«Sie hat nun noch mehr Blüten in ihrem Blumengarten», berichtete Marny. «Die meisten stammen aus New Orleans. Ich habe gehört, ihre Geschäfte gehen phantastisch gut.»

Kendra fand dies durchaus nicht überraschend. Der Hafenmeister führte sorgsam Buch über alle Passagiere, die in San Francisco an Land gingen. Seine Zahlen wurden einmal im Monat von der *Alta* veröffentlicht. Das Verhältnis blieb stets dasselbe: Auf eine Frau kamen siebenunddreißig Männer. Es schien, als sorge ein geheimnisvoller Unbekannter dafür, daß die Zahlen konstant blieben.

Marny kam gern herauf – nicht nur, um ihre Freundin Kendra zu besuchen. Sie gab offen zu, daß es ein Vergnügen sei, eine Stunde oder zwei in dieser komfortablen Umgebung zu verbringen. Kendra besaß alles, was man mit Goldstaub kaufen konnte.

Da Brennholz knapp, Holzkohle aus China jedoch im Überfluß vorhanden war, hatte Loren in allen Räumen Kohlenpfannen aufgestellt, um seine Frau vor den kalten Nebeln zu schützen. Er brachte ihr Bücher und Notenblätter aus der Buchhandlung, die kürzlich im City-Hotel eröffnet worden war, und Zeitungen, die Dampfer mitgebracht hatten. Im Spätsommer leistete er sich – in Gemeinschaft mit den übrigen Bewohnern der Washington Street – die beiden luxuriösesten Errungenschaften des Jahres: Sie ließen einen Bürgersteig aus Planken legen, der von der Kearny Street den Berg hinaufführte. Außerdem kauften sie einen Sprengwagen, der die Straße jeden Morgen besprühte, ehe der Wind den Staub aufwirbelte.

Marny erzählte Kendra, daß Blossom einen großzügigen Beitrag zu diesen städtischen Verbesserungen gezahlt habe. «Der Weg führt an ihrem Lokal vorbei», erklärte Marny. «Das ist natürlich sehr gut für ihr Geschäft. Teuer, aber es wird sich lohnen.»

Kendra wußte, daß diese Arbeiten viel Geld gekostet hatten, wenngleich Loren ihr nicht sagen wollte, wie groß sein Anteil gewesen war. «Kümmere dich nicht darum», wehrte er ab. «Ich bin schon in der Lage, für meine Familie zu sorgen.»

Wie immer sprach er dieses Wort voller Stolz aus. Er beugte sich über Kendra und küßte sie auf die Stirn.

Ganz plötzlich hatte Kendra das Empfinden, sie sei gefangen. Dieser Kuß bedeutete doch: «Du bist mein liebster Schatz.» Und seine Hand auf ihrer Schulter sollte doch wohl sagen: «Ich werde dich nie wieder von mir lassen.»

Als Loren fort war, ging sie lange Zeit im Zimmer auf und ab und befragte sich selbst: Warum empfinde ich nur so? Habe ich nicht alles bekommen, was ich mir wünschen kann?

Doch, sagte sie, sie hatte alles. Sie war sehr gesund. Der Doktor meinte, er habe noch keine Frau gesehen, deren Schwangerschaft so unkompliziert gewesen sei. Ihr Kind würde schön und kräftig sein. Ihm würde sie die ganze Liebe schenken können, die ihr selber kein Mensch geschenkt, als sie ein Kind war, und nach der sie sich so gesehnt hatte.

Sie besaß ein Heim, das jede Frau bewunderte, die es betrat, und auch jeder Mann. Sie hatte echte Freunde. Sie hatte einen Ehemann, der sie anbetete und der einer der geachtetsten Bürger der Stadt war. Was also konnte sie sich noch wünschen?

Ich sollte mich schämen, dachte Kendra streng. Ich schäme mich meiner selbst. Die Hälfte aller Frauen würde mich beneiden. Und die andere Hälfte? Ach, Schluß damit! Mrs. Chase sagt, jede Frau, die ein Baby erwartet, kriegt zuweilen sonderliche Launen. Am besten wird man diese Grillen los, wenn man sich mit etwas beschäftigt. Es stürmt wieder. Ich werde nachschauen, ob Serena auch alle Fenster geschlossen hat.

Auch jetzt noch schlossen sie – trotz des Bürgersteigs und des Sprengwagens – das Haus nachmittags vor dem Staub ab. Serena hatte die Fenster zugemacht, aber das eine im Salon war schwer zu handhaben, und Serena war es nicht gelungen, es ganz zu schließen. Kendra sah einen Lichtstreifen in den Raum sickern. Während sie den Rahmen fest schloß, fühlte sie ihre Nerven prickeln. Warum mußte sie beim Anblick dieses Streifens an Licht denken, das durch die Gitterstäbe eines Käfigs drang?

43

Der neue Calico-Palast wurde am 1. September 1849, einem Samstag eröffnet. Der Abend verlief grandios, geräuschvoll und nahm ein verheerendes Ende. Hunderte von Männern drängten sich durch die Räume. Alle waren sie in freudiger, allerdings nicht sanftmütiger Stimmung. Sie zerschlugen die Spiegel, sie schnitzelten an den Kartentischen herum, sie zerschmetterten die Hälfte aller Gläser an der Bar. Die Spuren ihres Wirkens blieben jedoch in Form einer Schicht Goldstaub zurück, die so dick war, daß Marny sie mit der Staubschicht im Freien verglich.

Am Morgen, als sie sich die Verwüstungen ansahen, waren Marny und Norman nicht allzu verärgert. Am schlimmsten sah es in dem großen Ausschank im Parterre aus. Diesen Raum hatten sie vorsorglich mit Möbeln eingerichtet, um die es nicht schade war. Besseres Mobiliar stand bereits in Reserve. Am Abend hingen neue Spiegel an den Wänden, die zerschrammten Tische waren durch andere ersetzt, an der Bar gab es neue Gläser und Becher – und die Getränke kosteten nun doppelt soviel.

Kein Mensch machte sich etwas daraus. Wie üblich kamen die Männer mit ihrem Goldstaub an. Gab es denn einen angenehmeren Ort zum Verpulvern? Der Calico-Palast war das prächtigste Gebäude in ganz San Francisco. Besonders gut gebaut war es zwar nicht, denn Carson verfügte weder über genug Arbeiter noch über genug Zeit, doch hier war es hell, warm und fröhlich, und etwas anderes verlangten die Männer gar nicht.

Der Calico-Palast war dreistöckig: Die Spielräume befanden sich in den unteren Etagen, die Wohnungen im Dachgeschoß. Alle lebten zusammen: Marny, Norman, Rosabel, Duke und Lulu, Troy und Lolo und ihr Baby Zack. Keiner hatte viel Platz oder große Bequemlichkeit; immerhin jedoch waren sie besser dran als die meisten andern Leute, und darüber freuten sie sich.

Der Ausschank zur Straße hin enthielt Tische, an denen Monte, Faro und Vingt-et-un gespielt wurde sowie Roulette. An der einen Wand war eine Estrade, auf der eine Kapelle Töne von sich gab, die man rund um die Plaza für Musik hielt. Im Hintergrund präsidierte Chad nebst einigen Helfern über der Bar. Zehn Leuchter baumelten an den Deckenbalken, Wandspiegel gaben das Licht in einem endlosen Funkeln wieder. Zwischen diesen Spiegeln hingen Bilder schöner Frauen in verschiedenen Stadien der Entblößung. Keine von ihnen war völlig nackt. Marny und Norman waren übereingekommen, wenigstens ein bißchen Stoff werde die Kunden stärker reizen. Marny meinte: «Dann haben die Leute den Eindruck, beim nächsten Schritt sei noch etwas zu erwarten.»

Außerdem gab es zwei Landschaftsbilder, beide von der Hand des Mr. Bruno Gregg. Das eine zeigte die Sägemühle, auf dem zweiten waren Männer beim Goldwaschen an einem Gebirgsfluß zu sehen. Wie Kendra prophezeit hatte, fanden diese Gemälde viel Interesse. Wer noch nicht im Goldland war, wurde beim Betrachten dieser Bilder neugierig. Die Männer aber, die schon droben gewesen waren, demonstrierten nun mit Vergnügen ihre überlegenen Kenntnisse, indem sie Einzelheiten erklärten.

Jedermann konnte den Ausschank betreten und sich darin aufhalten, solange er kein Ärgernis erregte. Er konnte spielen, wie es ihm gefiel. An der Bar konnte er einen Drink zu sich nehmen oder Zigarren kaufen. Dieser Raum wirkte geradezu verlockend: Er war die Zuflucht aller, die Nebeln und Stürmen entkommen wollten, aber auch das Ziel der Männer, die einmal aus ihren Zelten und Pennen auszubrechen wünschten. Abend für Abend war der Ausschank überfüllt.

Mehr als diesen Saal bekamen die meisten Besucher des Calico-Palastes nicht zu Gesicht. Um an den Festlichkeiten in den oberen Etagen teilnehmen zu können, mußte ein Mann viel Goldstaub besitzen – und bereit sein, sich von seinem Besitz zu trennen. Marny nannte diese Räumlichkeiten «Himmelssalons» und erklärte: «Nur die alleraristokratischsten Sünder kommen hier rein.»

Der Hauptsalon war etwa halb so groß wie der Ausschank. Die übrigen kleinen Zimmer wurden für Privatspiele vermietet. Im Hauptsalon war – wie im Ausschank – eine Bar; ferner gab es Spiegel, Kartentische und Frauenporträts. Die Bar hier oben war jedoch gepflegter, die Barkeeper hatten bessere Manieren, und die Getränke kosteten mehr. Es ging in diesem Raum ruhiger zu, und die Einsätze waren im allgemeinen höher. Hier fand ein Gast auch endlich Gelegenheit, Frauen aus Fleisch und Blut zu begegnen: Marny an ihrem Spieltisch, Rosabel an ihrem Klavier, Lulu oder Lolo hinter der Bar.

Im Ausschank ließen sich die Frauen nicht blicken. Sie waren einfach zu wertvoll, als daß man sie dort gewissermaßen verschwendete. Die *Alta* hatte gemeldet, im August hätten achtundsiebzig Frauen und fast viertausend Männer das Golden Gate passiert. Demnach sei es also ganz logisch, so behauptete Norman, daß Männer, die eine Frau sehen wollten, dafür berappen mußten (vor allem dann, wenn es sich um hübsche Frauen handelte).

Und sie berappten gern. «Manche stellen sich einfach mit ihrem Drink an die Bar und starren uns an», erzählte Marny ihrer Freundin Kendra. «Sie spielen nicht, sie unterhalten sich nicht. Sie starren uns an, bis sie so viele Drinks in sich haben, daß sie uns doppelt sehen. Wahrscheinlich glauben sie dann, sie hätten für ihr Geld das Doppelte zu sehen bekommen.»

«Wird denn keiner handgreiflich?» erkundigte sich Kendra.

«O doch, aber wir haben immer einen Wächter parat, und wer seine Finger nicht bei sich behalten kann, muß bald erfahren, daß die Tätschelei bei uns nicht geduldet wird. Im allgemeinen aber benehmen sich die Leute sehr respektvoll. Viele fragen, ob wir sie nicht heiraten wollen. Ein paar wiederholen diese Frage bei jedem Besuch. Die armen Kerle, sie fühlen sich so verloren ohne Frauen. Sie tun mir wirklich leid. Aber sie tun mir natürlich nicht so leid, daß ich bereit wäre, einen von ihnen zu heiraten. Unser Laden blüht. Und, meine Liebe, wir haben die beste Kundschaft. Dwight Carson kommt oft und alle reichen Geschäftsleute. Auch Mr. Chase war schon zweimal da. Was sagst du dazu, daß sogar Mr. Fenway zu unseren Kunden zählt?»

Kendra war in der Tat überrascht.

«Mr. Fenway liebt Musik», erklärte Marny. «Wenn Rosabel spielt, trägt er seinen Stuhl zum Klavier, um ihren Vortrag richtig genießen zu können. Wenn er der Musik lauscht, macht er ein heiteres Gesicht, was bei ihm doch wirklich ungewöhnlich ist.»

«Spielt er denn niemals?»

«Manchmal Roulette. Trinken tut er nicht viel. Einige unserer Stammkunden trinken überhaupt nicht viel.»

Marny schätzte diese soliden Bürger von der Art des Mr. Fenway. Sie gaben ihrem Saloon «Stil», wie sie sich ausdrückte. «Eines Abends», erzählte sie, «hat Norman den Barkeeper angewiesen, ihn gratis zu bedienen. Mr. Fenway hat diese Vergünstigung aber abgelehnt. Als Mann mit Selbstachtung ziehe er es vor, zu zahlen, hat er gesagt. Der Barkeeper hat eingeschenkt, und Mr. Fenway hat feierlich seine Rechnung mit den Worten ‹Ich danke Ihnen, Steward› beglichen.»

In San Francisco wurden nämlich Barkeeper, Kellner und Portiers stets mit «Steward» tituliert. Sie zogen diese Bezeichnung vor. Wer das Glück hatte, überhaupt einen dienstbaren Geist aufzutreiben, behandelte ihn auch mit Respekt. Außerdem war es durchaus möglich, daß dieser Dienstmann in der Heimat Rechtsanwalt oder Architekt gewesen war. San Francisco beherbergte viele gebildete Leute. Kalifornien lag fern der zivilisierten Welt. Sowohl die Reise über Land als auch der Seeweg waren teuer. Ein Bankier konnte das erforderliche Geld natürlich eher aufbringen als ein Kanalarbeiter. Einmal im Lande, gingen die an harte Arbeit gewöhnten Männer sogleich in die Goldfelder. Gebildete aber kehrten bald mit Wunden und Blasen in die Stadt zurück, um auf weniger schmerzhafte Weise zu Geld zu kommen. Sie kutschierten Maultiergespanne oder mixten Cocktails und besaßen bald mehr Geld, als sie je daheim an ihrem Schreibtisch verdient hätten. Buchläden machten gute Geschäfte. Die Hälfte der im Calico-Palast arbeitenden Männer hatte Hochschulbildung.

Unter den Leuten, die sich bei Marny bewarben, waren auch zwei oder drei Gentlemen aus Philadelphia gewesen, die sie sogleich als die mißratene Tochter des Professors erkannt hatten. Kendra gab zu bedenken:

«Vermutlich werden sie erzählen, woher du stammst. Macht dir das denn nichts aus?»

Mit einem breiten Lächeln blickte Marny sie an. «Meinst du, ich sollte mir deswegen Sorgen machen?»

«Nein», erwiderte Kendra. «Du hast das Recht, dein Leben so zu gestalten, wie es dir paßt, genau wie andere Leute.»

«Danke schön», entgegnete Marny. «Ich habe nichts anderes von dir erwartet.» Sie hob die Schultern. «Ich glaube auch nicht, daß sich jemand deswegen graue Haare wachsen läßt.»

Loren bestätigte dies. «Männer, die von Marnys Herkunft erfahren», meinte er, «interessieren sich vielleicht zehn Minuten dafür. Marny ist eine geschickte und ehrliche Kartenspielerin, ein sehr amüsanter Rotschopf: Das allein interessiert sie wirklich.»

Marny war also zufrieden, Rosabel war es weniger. Marny berichtete Kendra: «Rosabel ist in Norman verliebt und möchte ihn heiraten. Norman aber, der Rosabel ganz gern hat, denkt nicht daran, sich an sie oder sonst jemanden zu binden. Ich habe ihr das wieder und wieder auseinandergesetzt, aber sie hofft noch immer.» Marny selber bekam nach wie vor Heiratsanträge, die sie allesamt abwies. Nie hatte Kendra aus ihrem Munde gehört, daß sie überhaupt an einer Ehe interessiert sei.

Interessiert war Marny allein an den Geschehnissen rund um die Plaza. Diese Plaza war schmutzig, dort wurde gelärmt, es roch nach allen möglichen unangenehmen Dingen. Dennoch war diese Plaza einer der aufregendsten Orte der Welt, und Marny war froh, da zu sein.

Die besten Unterhaltungsstätten waren die in der Kearny Street. Dort stand der Calico-Palast, und nebenan hatte ein anderes Kasino seine Pforten geöffnet, das Denison's Exchange. Außerdem gab es das Parker House, das ungeachtet seiner Tuchwände und seines nächtlichen Spektakels dreißigtausend Kilogramm Goldstaub im Monat erwirtschaftete. Dann folgte das El Dorado, das zwar nur über Talmiglanz verfügte und gleichfalls sehr laut war, im ganzen aber ordentlich geführt wurde. In der Kearny Street waren auch die besten Restaurants der Stadt zu finden.

Wo die Kearny Street auf die Washington Street stieß, erhob sich ein Spielkasino namens Verandah. Nicht weit davon entfernt blühte Blossoms Damenflor. Dann gab es Spielhäuser, die weniger respektabel waren als die in der Kearny Street: das Aguila del Oro, das St. Charles und das Bella Union, das rüpelhafteste von allen. Wenn ein Mann einen flotten Abend (vielleicht gar eine Orgie) erleben wollte, brauchte er sich bloß ein Billett zu einem «großen Maskenball» im Bella Union zu kaufen. Dabei konnte er die verrücktesten Drinks schlürfen und die verrücktesten Mädchen sehen, die aus New York oder New Orleans gekommen waren. Am nächsten Morgen hatte der Zecher freilich einen derartigen Brummschädel, daß er kaum noch beschreiben konne, was eigentlich passiert war; doch wer einmal an solchen «Festen» teilgenommen hatte, pflegte dieses Treiben als «außergewöhnlich» zu bezeichnen.

Ging man indessen am Bella Union vorbei, dann stellte man bald fest, daß die Washington Street ruhiger und gesitteter wurde. Diese Verwandlung begann etwa bei einem Gebäude, das den Namen Washington Hall trug. Es hatte im Parterre zwar auch einen Saloon. In der ersten Etage jedoch war von nüchternen Bürgern ein Raum zu nüchternen Zwecken gepachtet worden: Dort wurden Hilfsfonds für Kranke geschaffen; dort wurde über die geplante Verfassung debattiert, die Kalifornien hoffentlich zu einem Staat der Union machen würde.

Alsdann kam man zum Bürohaus der *Alta California*, einem der massivsten Bauten in San Francisco. Daneben reihten sich Läden an, in denen man Stoffe, Bücher und Musikinstrumente kaufen konnte. Ging man nun hügelan in Richtung Stockton Street, so gelangte man zu den kleinen weißen Häusern, wo Kendra und ihr Mann, das Ehepaar Chase und andere Leute wohnten, die sich kaum um die Exzesse an der Plaza scherten.

Die Plaza allein war schon ein wüstes Durcheinander. Überall lagen Backsteine, Nutzholz und Güter sowie Wände von Fertighäusern, die nur darauf warteten, daß Arbeiter sie zusammenfügten. Auf der Plaza wurde in einem fort geschrien. An Wochentagen boten Versteigerer ihre Waren an, an Sonntagen bestieg ein Prediger ein Faß und gemahnte seine Zuhörer laut an ihre Sünden.

Anfang Oktober erzählte Loren seiner Frau, daß der Stadtrat die Brigg *Euphemia* als Gefängnis gekauft habe, da Pollock sich noch immer weigere, die *Cynthia* herzugeben. Kendra entsann sich der Brigg noch gut. Sie war eines der beiden Schiffe gewesen, die sie am Tag ihrer Ankunft in der Bucht erblickt hatte. Noch keine zwei Jahre waren seitdem vergangen, doch ihr schien, es sei eine lange, lange Zeit verstrichen. In San Francisco ging alles so rasch, daß die Zeit gar nicht als Zeit wahrgenommen wurde – ebensowenig wie man den Goldstaub für Geld hielt.

Und die *Cynthia* lag immer noch sinnlos vor Anker. Pollock marschierte immer noch am Kai auf und ab und beobachtete sie. Das Schiff ging zugrunde, und er war krank vor Kummer, aber er vermochte sie nicht auf dem einzigen Weg zu retten, auf dem er sie gerettet haben wollte.

In den letzten Tagen hatte sich Kendra ein wenig schlapp gefühlt. Zunächst war sie der Meinung gewesen, dies hänge damit zusammen, daß das Baby schwerer wurde. Dann aber bemerkte sie, daß auch andere Leute sich schlapp fühlten. Sie gaben dem Wetter die Schuld. Noch nie sei das Wetter im Oktober so gewesen wie in diesem Jahr.

Nachmittags stürmte es nicht mehr. Schon seit Tagen lag dicker Nebel über der Stadt. Selbst im Freien war die Luft stickig wie die in einem seit langem verschlossenen Zimmer. Am Morgen nach dem Tag, an dem Loren ihr von der *Euphemia* berichtet hatte, waberte der Nebel so niedrig ums

Haus, daß Kendra beim Erwachen meinte, sie komme sich wie in einer Schale voller Milch vor.

Loren rief Serena und bat sie, eine Tasse Kaffee heraufzubringen, damit sich Kendra vor dem Aufstehen ein wenig erwärmen könne. Als er und Ralph zur Arbeit gingen, hatte Kendra es sich auf dem Sofa im Salon bequem gemacht. Neben ihr lagen ein paar Bücher. Serena kam herein und erklärte: «Ich wollte heute früh eigentlich waschen, aber hat das einen Sinn? Bei diesem Wetter werden die Kleider doch gar nicht trocken.» Während sie noch sprach, hörten beide ein Plätschern.

«Regnet es etwa, Serena?»

Es regnete tatsächlich. Und zwar kam kein Guß herab, sondern ein Gewittersturm, der wütend um die Häuser tobte. Kendra war erstaunt. Ein Sturm um diese Jahreszeit war für San Francisco ungewöhnlich. Als sie zu den Fenstern eilte, um sie zu schließen, sah sie, daß der Staub bereits zu einem dicken Brei geworden war.

Drei Stunden lang prasselte der Regen nieder. Bei Lorens und Ralphs Heimkehr hatte er gerade aufgehört, doch ballten sich schon wieder Wolken zusammen. Die beiden Männer trugen hohe Gummistiefel. «Der Morast in der Montgomery Street ist bereits knöcheltief», sagte Loren, «und die Plaza gleicht einem dunklen Tümpel. Tonnen von Lebensmitteln, die vor den Häusern abgestellt sind, weil kein Mensch mit einem so frühen Regen gerechnet hatte, sind ungenießbar geworden. Die Geschäftsleute sind nicht nur verblüfft, sie sind wütend und finden, daß die Natur ihnen einen bösen Streich gespielt hat. Regen in der ersten Oktoberhälfte, das gehört sich einfach nicht.»

Ob es sich nun gehörte oder nicht: Am nächsten Morgen begann es von neuem zu regnen, und diesmal regnete es den ganzen Tag. Die Leute, die in Zelten kampierten, waren übel dran. Manch einem, der ein Dach über dem Kopf hatte, ging es nicht viel besser, denn das Wasser drang durch alle Ritzen.

Der Regen hatte Kendra den Blick auf die Bucht versperrt, doch Loren sagte, am Vormittag sei der Dampfer *California* aus Panama eingelaufen. Er hatte dreihundertneununddreißig Passagiere an Bord. «Die meisten sahen sich kurz um und wünschten, sie wären wieder daheim.»

Tagelang unterhielten sich die Leute über diesen unvernünftigen Regen. Mr. Chase und Frau, die seit fünf Jahren in San Francisco lebten, erklärten, daß sie so etwas noch nie erlebt hätten. Mr. Fenway, der schon seit acht Jahren hier ansässig war und zu den ältesten Yankees zählte, behauptete, ein solcher Regen sei ungesund, und er prophezeite düster einen fürchterlichen Winter, der nicht wenigen die Schwindsucht an den Hals bringen werde. Die eingeborenen Kalifornier schließlich bestanden darauf, daß allein die Yankees an diesem miserablen Klima Schuld trügen; sie hätten es aus ihrer Heimat eingeschleppt.

An allen Bars rund um die Plaza verkündeten Männer, zuerst seien sie vom Staub beinahe erwürgt worden; dann seien sie im Kot steckengeblieben; jetzt aber hätten sie die Schnauze voll und führen wieder nach Hause.

Die Dampfergesellschaft war gut organisiert. Einmal im Monat verließ ein Schiff den Hafen und dampfte zum Isthmus. Sobald die Passagiere die Landenge überquert hatten, wurden sie von einem andern Dampfer aufgenommen und zu ihren Heimathäfen an der atlantischen Küste befördert.

Bis jetzt waren die Dampfer stets voller Leute gewesen, die nach Kalifornien wollten. Auf den Rückfahrten waren nur wenige Passagiere an Bord. Nun aber verkaufte das Büro der Gesellschaft zum erstenmal so viele Rückfahrkarten, daß die Matrosen erzählten, alle Kojen der *California* seien belegt und manche Leute schliefen sogar auf Taurollen.

Und dann begann die Sonne plötzlich wieder zu scheinen.

Der Schlamm trocknete. Die Luft war mild. Der Sturm hatte sich zu einer leichten Brise besänftigt. Da es immer noch feucht war, stieg auch kein Staub auf. Bei diesem herrlichen Wetter wollte jedermann ins Freie. Die Frauen gingen einkaufen; die Männer pflanzten sich in den Straßen auf, um sie zu mustern. Jungen rannten herum und boten Walnüsse aus Chile an, eigentümliche Süßigkeiten aus Hongkong und eine aufregend neue Köstlichkeit aus Honolulu: Orangen.

Im Bella Union fand wieder einmal ein großer Maskenball statt. In der Nähe der Plaza wurde ein Zelt aufgeschlagen, an dem ein Schild mit den Worten «Rowe's Olympic Circus» hing. Mr. Rowe hatte einen richtigen Zirkus aus den Vereinigten Staaten nach Kalifornien gezaubert: einen Zirkus mit Clowns, Akrobaten, dressierten Pferden und sogar zwei wohlgeformten weiblichen Artisten. Diese Damen enttäuschten ihre Bewunderer allerdings insofern, als sie verheiratet waren: Die Drahtseiltänzerin war die Gattin ihres Partners, und die Dame, die auf ungesatteltem Pferd ritt, hatte Mr. Rowe zum Gemahl. Immerhin handelte es sich um sehenswerte Frauenzimmer, und die Männer stürmten eiligst hin.

In der Stadt verschwanden allmählich Zelte und Schuppen, und dreistöckige Häuser nahmen ihren Platz ein. Chase & Fenway bauten neben ihrem bisherigen Laden einen neuen. Den alten wollten sie niederreißen und statt dessen ein Lagerhaus errichten lassen.

«Er wird mir fehlen», bekannte Kendra, mußte freilich über sich selbst lachen. Es war in San Francisco einfach lächerlich, auch nur einen Gedanken an das vergangene Jahr zu vergeuden. Mit dem Hier und Heute hatte jedermann vollauf zu tun. Die Sonne strahlte vom blauen Himmel, in der Stadt schien allerorten das Gold zu klimpern, und Männer, die sich ein Rückreisebillet gekauft hatten, überlegten es sich nun anders.

Marny schlürfte bei Kendra eine Tasse Schokolade und erzählte: «Ein paar wollen zwar immer noch heim, aber weitaus die meisten verfluchen jetzt ihre Voreiligkeit. Sie wollen ihr Ticket zurückgeben. Die Dampfergesellschaft läßt sich auf dergleichen auch ein, aber das ist eine langwierige

Sache. Deshalb bieten die Leute ihre Tickets in der Stadt zum Verkauf an.»

«Kauft sie denn jemand?» fragte Kendra.

«Gewiß», antwortete Marny. Ihre grünen Augen blitzten schalkhaft. «Ich.»

Kendra fing zu lachen an. Marny stellte ihre Tasse ab und sah durchs Fenster in den hellen Tag hinaus. «Kendra, ich bin eine Spielernatur. Vielleicht bekommen wir in diesem Winter nicht viel Regen. Aber auch mit wenig Regen kann diese Stadt ziemlich unangenehm sein. Ich setze auf die Chance, daß sie unangenehm genug wird, um die Preise der Dampfertikkets in die Höhe zu treiben.»

«Du bist eine raffinierte Geschäftsfrau», meinte Kendra, die an den Morast dachte, der nach einem nur zweitägigen Regen die Berghänge hinabquoll.

Marny lächelte. «Dann hältst du mich also nicht für schlecht?»

«Nein, gewiß nicht», beteuerte Kendra.

«Andere Leute wären aber sicher dieser Meinung.»

«Ich gehöre nicht zu den ‹andern Leuten›», antwortete Kendra. «Ich bin ich! Wenn jemand ein Ticket kauft, weil er hofft, daß der Preis steigt, so halte ich das ebensowenig für schlecht wie den Kauf eines Grundstücks, das man ja auch erst verkauft, wenn sein Wert größer geworden ist.»

Marny griff wieder nach ihrer Tasse und nippte an der Schokolade. «Siehst du, deswegen habe ich dich so gern, Kendra: Du machst dir deine eigenen Gedanken und triffst deine eigenen Entscheidungen.»

«Zu diesem Zweck habe ich ja meinen Kopf», entgegnete Kendra lachend.

Doch während sie noch lachte, wußte sie auch schon, daß sie Loren nichts von diesen Geschäften sagen würde. Loren könnte derlei nicht billigen. Dieser Vorfall erinnerte sie wieder einmal daran, daß sie dem Calico-Palast innerlich näherstand als dem sittsamen kleinen Haus, in dem sie lebte. Sie hatte sich einfangen lassen. Sie hatte sich zu einem Menschen machen lassen, der nichts Halbes und nichts Ganzes mehr war. Diese Vorstellung gefiel ihr keineswegs. Aber sie wußte nicht, wie sie sich befreien sollte.

44

Um die Mittagsstunde des 1. November dampfte die *California* durch das Golden Gate und nahm Kurs auf die Landenge von Panama. Wie üblich waren die meisten Kojen leer. Der Tag war schön. Sonnenstrahlen gleißten auf dem Schiff. An diesem Nachmittag ging Marny zu Chase & Fenway und verschloß die Rückfahrkarten in dem kleinen Safe, der ihre Münzen barg. Marny zahlte nie mit Münzen, es sei denn, der Artikel war rar und notwendig, so daß der Verkäufer mit Recht auf Münzen bestand und Goldstaub ablehnte. Auch heute fügte sie ihrem Privatschatz wiederum Münzen bei.

Bis kurz nach Mitternacht teilte sie Karten aus. Alsdann stieg sie die Treppen hinauf zu ihrem Zimmerchen im dritten Stock und legte sich ins Bett. Anders als das Bella Union und die übrigen Unterhaltungsstätten an der Plaza blieb der Calico-Palast nicht die ganze Nacht geöffnet. Marny und Norman hatten die Beobachtung gemacht, daß in diesen Häusern der Krawall stets in den frühen Morgenstunden begann, wenn das Personal müde und die Kundschaft betrunken war. Sie schlossen beizeiten.

Längst hatte sich Marny an den Radau der Plaza gewöhnt und schlief ziemlich gut. An diesem Morgen wurde sie jedoch von einem Lärm geweckt, der anders war als der vertraute. Sie richtete sich halb auf und hörte das Heulen des Windes und das Krachen der Schiffe, die von der aufgewühlten See gegeneinandergeworfen wurden. Als sie zum Fenster hinausblickte, erkannte sie, daß die schönen Tage nun endgültig zu Ende waren. Die Wolken trieben schwer dahin, und während des Tages wurden sie immer dunkler. Schließlich mußten die Schwarzbärte in den Spielräumen die Leuchter anzünden, damit die Leute ihre Karten sehen konnten. Am Spätnachmittag brach der Sturm los.

Es regnete die ganze Nacht. Es regnete den ganzen nächsten Tag. Es regnete auch am zweiten und am dritten und am vierten Tag. Zwei Wochen lang regnete es nahezu unablässig. Nur hin und wieder hörte es für eine halbe Stunde auf, und dann blickten die Leute hoffnungsvoll zum Himmel auf und fragten: «Meinen Sie nicht auch, daß es jetzt aufklaren wird?» Sie fanden jedoch kaum Zeit, eine lecke Stelle abzudichten, da regnete es schon wieder.

Der Morast wälzte sich in Sturzfluten die Berghänge hinab. Diese Ströme rissen tiefe Löcher, in denen bald das Wasser stand. Die ganze Stadt schwankte in einem riesigen Schlammsee. Die besten der Bürgersteige waren auf festem Unterbau angelegt worden, und die konnte man noch benutzen, sofern man schwere Stiefel trug und sich mit Bedacht vorwärts bewegte. Einfach war dieses Laufen allerdings nicht, denn die Steige waren so schmal, daß zwei Personen kaum aneinander vorbeikamen, ohne sich in den Matsch zu stoßen.

Die Fuhrwerke blieben stecken. Die Maultiere mühten sich ab und gerieten doch immer tiefer in den Schlamm. Zuweilen brach eines zusammen und erstickte. Die Besitzer versuchten die Kadaver fortzuzerren, aber der Gestank verriet bald, daß sie ihre Anstrengungen aufgegeben hatten. Die Wagen versanken bis zu den Rädern im Morast; waren selbst die Räder nicht mehr zu sehen, dann kümmerte sich niemand länger um sie.

Chase und Fenway inserierten Gummimäntel, Gummihüte und Gummistiefel; außerdem hatten sie Gummizelte zum Darinwohnen zu offerieren sowie Gummilaken für die Betten jener Leute, die in Hütten mit undichten Dächern lebten. Diese Dinge wurden zwar dringend benötigt, aber nur wenige waren imstande, den Laden zu erreichen. Die Montgomery Street war ein schwarzes gefährliches Meer aus Schlamm geworden. Der Regen sorgte dafür, daß es mit jeder Stunde tiefer wurde.

Mr. Fenway kam auf eine Idee.

«Werfen wir doch diesen Plunder aus New York hinein», schlug er vor. «Dann wird die Straße bald wieder passierbar sein.»

Sogleich machte er sich mit Mr. Chase und seinen Helfern an die Arbeit. Binnen kurzem folgten andere Geschäftsleute ihrem Beispiel: Sie schleiften Ballen und Fässer mit Waren vor die Häuser und versenkten sie im Morast, so daß ihre Kunden sie aufsuchen konnten.

Sie hatten alle eine Menge Zeug, mit dem sie nichts anfangen konnten. In den vergangenen Monaten hatten viele der einlaufenden Schiffe Ladungen kostspieligen Schunds gelöscht. Die meisten Kapitäne in den Vereinigten Staaten wußten von San Francisco lediglich, daß es eine Stadt voller Gold sei, und sie hatten sich auch gar keine Mühe gegeben, brauchbare Gegenstände aufzukaufen. Statt dessen brachten sie mit Silber beschlagene Maultiergeschirre, weiße Rüschenhemden und Lackschuhe zum Tanzen – und das sollte für Männer von Nutzen sein, die Overalls und lange Stiefel zum Goldgraben brauchten! In einer Stadt, wo die meisten Leute in Pennen nächtigten, und zwar in Gesellschaft von Wanzen und Ratten, tauchten Mahagonibetten und Nachttische mit Marmorplatten auf. Babybettchen und Schaukelstühle und Salonöfen landeten in einem Ort, der kaum ein Dutzend Familien zu seinen Bürgern rechnen konnte. Tonnenweise wurden Hüte und Bänder und seidener Tinnef für Frauen ausgeladen, die es gar nicht gab. Die Herren Chase und Fenway und ihre Kollegen zerrten diesen Kram aus ihren Lagern ins Freie und ließen ihn im Morast untergehen.

Männer, die keine Ladenbesitzer waren, erschienen alsbald und kauften derartigen Ramsch zu billigen Preisen, um damit ihre Straßen aufzufüllen.

Im Calico-Palast ging es auch weiterhin hoch her. Kunden wie Mr. Fenway kämpften sich lieber durch Schlamm und Dreck ihren Weg, als daß sie die Abende in ihren elenden Unterkünften verbracht hätten.

Auch Marnys Schlafzimmer war feucht und kalt. Ihre Kleider schienen überhaupt nicht mehr trocken werden zu wollen, und ihre Mahlzeiten (die vom nächsten Restaurant geliefert wurden) waren durchweicht, wenn sie bei ihr anlangten. Doch sie fühlte die innere Wärme, die nur ein Spieler kennt, der den richtigen Einsatz gewagt hat. Wenn sie nicht an ihrem Kartentisch zu tun hatte, saß sie in ihrem kümmerlichen Zimmerchen, schlürfte aufgewärmten Kaffee und lauschte dem Regen: Bums, bums, Taramtamtam, platsch, platsch, klapp, klapp – Regen, Regen, Regen. Und während sie lauschte, wußte sie, daß jeder Regentag ihre Dampfertickets wertvoller machte.

Kendra hatte es so behaglich, wie man es bei einem so fürchterlichen Wetter nur haben konnte. In ihrem Dach gab es keine Löcher, und sie verfügten über einen ansehnlichen Vorrat an Brennholz. Kurz vor dem Sturm hatte Loren die überzähligen Holzteile eines Hauses gekauft, das kürzlich von Carson gebaut worden war.

Während der Sintflut traf ein Dampfer ein. Loren schickte Ralph zur Posthalterei. Er kam mit einer ganzen Tasche voller Briefe zurück. Endlich hatte Eva Kendras Brief vom Frühjahr beantwortet.

Kendra legte sich aufs Sofa und las das Schreiben. Im Kamin prasselte das Feuer. Aufs Dach prasselte der Regen. Eva hatte aus Hampton Roads, Virginia, geschrieben, wo ihr Mann nun in Garnison war. Es war einer dieser taktvollen pflichtgetreuen Briefe, die sie Kendra auch schon in deren Schulzeit geschickt hatte. Daß die Ehe mit Ted so übel ausgegangen war, fand sie bedauerlich. «Da Du so wenig Einzelheiten mitgeteilt hast, weiß ich kaum etwas darüber zu sagen, aber ich bin sicher, Du hast richtig gehandelt.» Und sie hoffte, Kendra werde nun bei Loren glücklicher sein. «Ich entsinne mich seiner noch gut von unserer Reise auf der *Cynthia*. Ein junger Mann mit ausgezeichnetem Charakter und dem Benehmen eines Gentleman.» Dann setzte sie einige Details über ihr Leben in Hampton Roads hinzu, das ihr anscheinend behagte.

Langsam legte Kendra die Blätter auf das Kissen neben sich. Sie vernahm das Trommeln des Regens. Danach blickte sie noch einmal auf den Brief ihrer Mutter. Ein freundlicher, beinahe unpersönlicher Brief. Als hätte sie einer Kusine geschrieben, die ihr vor Jahren zum letztenmal begegnet war und die sie erst in Jahren wieder zu sehen erwartete. Vielleicht auch nie mehr.

Wie immer, dachte Kendra. Wie immer ist sie froh, mich los zu sein. Ich bin passend versorgt. «Und wie geht es Ihrer Tochter, Mrs. Taine?»

«Sie ist in Kalifornien verheiratet. O ja, es gefällt ihr dort sehr gut.»

Ich werde ihr schreiben, sobald ich mein Baby bekommen habe. Dann werde ich wenigstens einen Grund zum Schreiben haben. Ich nehme an, wir werden uns jedes Jahr zweimal einen Brief schicken, keinem von uns wird es leid tun, daß wir so weit voneinander getrennt sind. Wir haben nichts Gemeinsames. Wir hatten es nie und werden es nie haben.

Kendra spürte, wie sich das Baby in ihr bewegte. Sie schaute an sich herab. Es konnte nicht mehr lange dauern.

«Du sollst es gut haben», versprach sie. «Du sollst niemals erfahren, wie das ist, wenn kein Mensch etwas von einem wissen will.»

Nach zwei verregneten Wochen blickten die Leute sich verdutzt um. Der Regen hatte lange und tiefe Furchen in die Berghänge gegraben. Der untere Teil der Stadt stand inmitten eines Sumpfes, der wie schwarzer Sirup aussah. Im Schlamm trieben Lumpen und Schuhe, Knochen und Flaschen und Konservenbüchsen, Kartoffelschalen und Gemüsebehälter und alle nur denkbaren Abfälle. Dieser Kehricht verfaulte nun.

Sie mußten sich mit den Verhältnissen abfinden. Sie hatten durch den Morast zu waten, denn es gab ja nur wenige Bürgersteige. Sie mußten sich auch mit dem Gestank abfinden. Nie zuvor waren sie den rauhen Winden so dankbar gewesen wie jetzt.

Man konnte nur hoffen, daß es nicht wieder zu regnen begann, ehe das Chaos einigermaßen gebändigt war. Oder – wie ein paar hundert angewiderter Bürger erklärten – ehe sie diesen elenden Ort für immer hinter sich gelassen hatten.

Der Dampfer *Panama* traf Anstalten zur Abfahrt. Die Bürger, die nicht länger in der Stadt bleiben wollten, eilten zum Büro der Gesellschaft und buchten ihre Passagen zur Heimreise. Die Tickets waren rasch ausverkauft, doch ebenso schnell verbreitete sich die Nachricht: «Im Calico-Palast können Sie noch eine Fahrkarte kriegen. Fragen Sie bloß einen der Barkeeper. Er wird Ihnen sagen: ‹Ich will es versuchen.› Und nach einer Weile wird er Ihnen mitteilen, daß es allerdings ein bißchen teuer zu stehen kommt.»

Wer jedoch abhauen wollte, zahlte gern. Der Aufschlag spielte keine Rolle, wenn man nur endlich aus diesem Schlamm herauskam. Scharen von Passagieren schwärmten auf die *Panama*. Zwei Tage nach dem Ende des Regens dampfte das Schiff in Richtung Isthmus davon. Die Hälfte der vielen Passagiere hatte ihr Ticket bei Marny gekauft.

Doch im Nu war der Himmel über San Francisco wieder hell. Die Berge jenseits der Bucht wurden grün. Gelb blühten die wilden Senfblumen. Von neuem fingen die Leute zu bauen an. Sie zimmerten Bürgersteige zurecht, sie legten Fußgängerbrücken über die aufgerissenen Hänge, sie errichteten Werkstätten und Unterstände aller Art. Chase und Fenway zogen in ihren jetzt fertiggestellten Laden um. Dwight Carson riß den alten Bau nieder und begann mit der Errichtung ihres künftigen Lagerhauses. Nun waren Arbeiter häufiger zu bekommen als im Sommer, denn die Berge waren mit Schnee bedeckt, und man konnte nicht mehr nach Gold graben.

Kendra ging nicht auf die breiigen Straßen hinaus, aber sie machte sich auf ihrer Veranda Bewegung. In der Tiefe konnte sie die stürmische Aktivität der Leute verfolgen. Sie sah, wie Männer lachten, schrien, debattierten, strauchelten und fluchten, bevor sie wieder fest auf den Beinen standen. Sie konnte auch die Plaza überschauen und ihre buntscheckigen Kneipen. In Seitenstraßen bemerkte sie chinesische Restaurants, wo Männer in Pantoffeln gutes Essen zu erstaunlich niedrigen Preisen servierten, aber auch chinesische Spielhäuser, wo sich die Gäste bei Unterhaltungsspielen ergötzten, die den Weißen unbekannt waren. In anderen Straßen sah sie Saloons und billige Bordells und Imbißecken. Dort nahmen Leute im Stehen etwas zu sich, wobei sie die Fliegen verscheuchen mußten.

Oft stolzierten an Kendras Veranda Männer vorüber, die gerade aus den

Minen kamen. Einen Goldgräber konnte man allemal sogleich erkennen: Er hatte einen Bart und langes Haar, sein Hemd war entweder aus rotem oder kariertem Flanell, er trug dicke Reithosen und Stiefel, an denen roter Lehm klebte. (Natürlich hatte er eine Pistole oder auch zwei im Gürtel stekken). Fast alle diese Männer waren sehr jung. Im November, als die Bürger für die Verfassung stimmten, konnten Hunderte dieser Schwadroneure aus den Goldlagern ihre Stimme nicht abgeben, weil sie noch gar nicht stimmberechtigt waren.

Sie waren zwar jung, aber sie sahen nicht fröhlich aus. Kendra empfand bei ihrem Anblick zuweilen nicht nur Mitgefühl, sondern Schmerz. Der Tod hielt grausige Ernte unter den Goldsuchern. Sie mußten sich an allzuviel gewöhnen: an die Arbeit, an das fremde Klima, an die Ungewißheit, überhaupt Gold zu finden, an das erbärmliche Essen und an den Schnaps; kurzum: Einfach alles war völlig neu für sie und zehrte an ihrer Nervenkraft. Sie waren zu plötzlich in diese Lage geraten. Ihnen fehlte die allmähliche Abhärtung, die Kendra und ihre Freunde durchgemacht hatten.

Kein Wunder also, daß viele von ihnen kaum noch stehen konnten. Sie legten sich hin und starben. Die Zahl derer, die entmutigt aufgaben und sich erschossen, war erschreckend hoch. Den Männern, die Kendra prahlerisch vorbeikommen sah, war durchaus nicht immer nach Prahlerei zumute: Viele, die hier bramarbasierten, wollten bloß nicht eingestehen, daß sie wünschten, die Heimat nie verlassen zu haben.

Diese Männer wollten nun in San Francisco bleiben. Jetzt, da die Planwagen eintrafen, wurden auch entsetzliche Geschichten bekannt: von kekken jungen Burschen, die mit ihren Wagen aufgebrochen waren, auf die sie «Kalifornien oder den Untergang!» geschrieben hatten. Sie waren der Ansicht gewesen, ein Revolver und ein bißchen Draufgängertum genügten, um ans Ziel zu gelangen. Sie hatten allen Ernstes geglaubt, ein Yankee könne mit seiner rechten Hand sechs Indianer verdreschen. Von den Einöden und Bergen, die vor ihnen lagen, hatten sie ebensowenig etwas gewußt, waren auch zu dünkelhaft gewesen, sich danach zu erkundigen. Die Leute meinten, jetzt sei es einfach, vom Missouri nach Kalifornien zu ziehen: Man brauche nur längs der Gräber zu fahren.

Aber Tausende erreichten San Francisco dennoch, und viele von ihnen brachten es zu Geld. Wie die Stadt nun wuchs! Von ihrer Veranda konnte Kendra die neuen Gebäude ausmachen, die gleich Pilzen aus dem Schlamm stiegen. Und immerzu legten Schiffe in der Bucht an. Als die *Panama* in See gestochen war, hatte sie dreihundertsiebzehn Fahrzeuge zurückgelassen. Aber es kamen ständig neue hinzu. Sie kamen aus aller Welt und schafften immer mehr Menschen und immer mehr Waren heran. Auf den Kais türmten sich die Güter. Der nächste Regen würde sie durchnässen.

Am Erntedanktag war die Stadt noch immer schlammig, doch schien jetzt wenigstens die Sonne, die Büsche blühten, und die Leute feierten.

Geistliche hielten Dankgottesdienste ab. Der Kapitän einer Bark aus Boston gab führenden Geschäftsleuten ein Essen. Der Priester auf der Plaza brüllte seine Zuhörer an, sie sollten endlich bußfertig werden, wozu sie jedoch immer noch nicht bereit waren, der Calico-Palast und seine Konkurrenz waren den ganzen Tag überfüllt.

Marny sandte einen Barkeeper zum Restaurant. Er brachte ihr Truthahn mit Salbeisoße, frisch und heiß, wie ein Feiertagsessen sein sollte. Marny war zwar nicht von einem solchen Luxus umgeben, wie ihn Loren seiner Frau verschaffte; sie verstand es jedoch ziemlich gut, auf sich selber achtzugeben. Sie schlief in einem eisernen Feldbett, das nicht sehr hübsch war. In San Francisco immer sauber zu sein stellte ein zuweilen hoffnungsloses Unterfangen dar. Ein eisernes Feldbett aber war für Wanzen von geringem Interesse. Anders als die meisten Leute schlief Marny zwischen Laken. Diese Laken waren freilich niemals eingesäumt, und sie wurden auch niemals gewaschen. Sie kaufte Ballen weißen Musselin, riß Streifen in der passenden Länge ab und breitete sie auf ihrem Feldbett aus. Waren sie verbraucht, dann wickelte Marny diese Streifen zusammen und warf sie zum Fenster hinaus, um dann neue vom Ballen abzureißen. Wie die Goldgräber warf sie auch viele ihrer Kleider kurzerhand weg. Das war bequemer und billiger, als jemanden ausfindig zu machen, der sie gewaschen hätte.

Sie fühlte sich wohl. Sie liebte die rauhe Fröhlichkeit des Calico-Palastes. Sie liebte die Leute, die mit ihr arbeiteten. Die Schwarzbärte und die Mädchen aus Hawaii, Chad und die andern Barkeeper – sie alle waren ihre Freunde und Freundinnen. Sie liebte auch Rosabel mit ihrer gutmütigen Schlauheit und Norman mit seiner kühlen Tüchtigkeit. Norman besaß nur wenige konventionelle Tugenden: Er war weder freundlich noch großzügig oder selbstlos. Doch war er ein zuverlässiger und tatkräftiger Mann. Bei Norman wußte man stets, woran man war. Marny mochte ihn gern. Und sie liebte all diese schönen Goldmünzen, die sie in ihrem Safe bei Chase & Fenway sammelte. Marny hatte eine hohe Meinung vom Geld. Es gab ihr die Freiheit, nach Belieben handeln zu können, und es erlaubte ihr den geheimen Triumph, sich zu bewähren. Marny zuckte mit den Achseln, wenn sie an ihre Brüder und Schwestern, an ihre Tanten und Kusinen dachte. Trotz deren Geschwätz über den guten Ruf und die anständigen Manieren wußte sie sehr wohl, daß man sie in Philadelphia mit Hochachtung aufnehmen würde (ginge sie jemals wieder dorthin), denn eine reiche Sünderin flößte solchen Leuten unweigerlich mehr Respekt ein als eine arme.

Es wurde Zeit, wieder den Kartentisch aufzusuchen. An der Bar blieb sie stehen und schaute sich um. Alles lief wie geschmiert. Norman war zum Essen fortgegangen, ein anderer Franzose aus New Orleans vertrat ihn so lange als Coupier am Roulette. Rosabel spielte Klavier. Mr. Fenway, der nicht sehr anmutig rittlings auf einem Stuhle saß, lauschte so ernst, als vernehme er einen Grabgesang und nicht einen Walzer. Nahe beim Klavier befand sich der Farotisch, wo die Spieler mit reglosen Mienen stumm brüteten. Zwei junge Mexikaner vergnügten sich beim Monte, und ein Yankee, der mit dem Akzent von Harvard sprach, hatte Marnys Vingt-et-un-Tisch übernommen.

Marny hörte das Klimpern der Münzen und das Klirren von Glas. Gelegentlich ertönte auch ein Glockenzeichen, das einen Barkepper herbeirufen sollte, damit der Spieler nicht aufzustehen brauchte. Vor der Bar machte sich ein etwa sechzehnjähriger Bursche mit Besen und Müllschaufel zu schaffen, und zwar säuberte er den Teppich. Solche Jungen mußten pro Tag fünfzehn Gramm Goldstaub entrichten; dann durften sie hier arbeiten. Sie fegten Zigarrenasche, Abfälle und allerlei Krimskrams in Säcke. Abends durchsiebten sie dann ihre Beute. Erfolgreiche Spieler, trübäugige Trinker, Männer, die einen guten Sommer in den Minen hinter sich hatten – sie alle gingen mit ihrem Goldstaub nicht besonders vorsichtig um. Wenn sie ihre Börsen herauszogen, um die Zechen zu begleichen, scherten sie sich wenig um die Körner, die dabei auf den Teppich fielen. Wenn einer dieser Jungen abends seine Abfälle untersuchte, fand er meist genug Gold, um noch ein paarmal die verlangten fünfzehn Gramm zu blechen. San Francisco war eine schmutzige Stadt, aber nirgendwo waren die Teppiche so sauber wie in den Spielhäusern an der Plaza.

Die Eingangstür wurde geöffnet, und Marny hörte den Steward «Guten Abend, Sir» sagen. Sie blickte zur Tür und zuckte zusammen, denn Loren war eingetreten. Der Wind hatte seine Wangen gerötet, seine braunen Augen leuchteten, und als er seinen Hut abnahm, lächelte er so glücklich und impulsiv, wie ein Mann nur lächelt, wenn er sich dessen gar nicht bewußt ist. Loren war noch nie im Calico-Palast gewesen. Neugierig sah er sich um, wie ein Junge aus der Stadt, der zum erstenmal auf einen Bauernhof kommt.

Marny eilte ihm entgegen und umfaßte seine Rechte mit beiden Händen. «Loren! Kommen Sie näher. Ich bin froh, daß Sie da sind. Sie bringen eine frohe Nachricht, ich sehe es Ihnen an.» Sie zog ihn zur Bar.

Loren nickte liebenswürdig und eifrig. «Es ist ein Junge!» stieß er hervor.

«Und Kendra?»

«Sie ist in Ordnung. Wäre ich denn sonst so glücklich? Sie hat fest geschlafen, als ich fortging. Mrs. Chase ist jetzt bei ihr. Sie wird so lange bleiben, bis ich wieder zurückkomme.»

«Ach, Loren, ich freue mich ja so für Sie!» rief Marny aus. Dann wandte sie sich dem nächsten Barkeeper zu. «Gießen Sie Mr. Shields ein, was immer er wünscht. Er ist mein Gast. Wie wär's mit Champagner, Loren? Schön, ich trinke auch ein Glas.»

Der Barkeeper grinste und schenkte ein. Als sie die Gläser hoben, sagte Marny:

«Ich vermute, er wird Loren Shields junior heißen?»

Loren kicherte. «Ich bin noch nicht ganz sicher, aber ich hoffe es.»

Die Männer an der Bar lauschten mit einer gewissen Wehmut. Nur wenige Männer in San Francisco besaßen eine Familie. Falls sie eine hatten, lebten sie zwei- oder dreitausend Meilen voneinander entfernt. Sie gratulierten Loren. Jeder wollte ihn zu einem Drink einladen. Er lehnte jedoch ab. «Es ist wohl besser, wenn ich nüchtern nach Hause komme», meinte er. «Ich bin nur auf einen Sprung herübergeeilt, um Marny Bescheid zu sagen.»

«Wann darf ich Kendra sehen?»

Loren wußte es nicht recht. «Es hängt wohl davon ab, wie Kendra sich fühlt. Sie behaupten, der Kleine sähe aus wie ich.»

Das konnte nun Marny freilich nicht verstehen. Soweit ihr bekannt war, ähnelte ein Baby dem andern. Sie waren kleine, sich windende Fleischklümpchen. Wenn jedoch Loren der Ansicht war, das Baby habe Ähnlichkeit mit ihm, so war sie zu der Bemerkung bereit, dies sei ja großartig.

«Und er ist am Erntedanktag auf die Welt gekommen!» fügte Loren hinzu.

«Herrlich!» beteuerte Marny.

Das fand auch Loren.

Marny hätte ganz gern noch eine Weile an der Bar mit ihm geplaudert. Die Glückseligkeit, die Loren ausstrahlte, wirkte geradezu ansteckend. Sie bemerkte jedoch, daß der Mann aus Harvard allmählich ungeduldig wurde. Er konnte nicht ahnen, welche Neuigkeit Loren überbracht hatte, aber er war ganz sicher der Meinung, sie könne nicht so wichtig sein, daß er deshalb auf sein Festessen verzichten sollte. Die Truthähne waren lebend aus Honolulu geliefert worden; der Vorrat war begrenzt.

Loren sagte: «Nun muß ich wieder zu Kendra und zu meinem Sohn.» Er trat zum Klavier, wartete, bis Rosabel ihr Stück zu Ende gespielt hatte, und teilte alsdann die große Neuigkeit auch Mr. Fenway mit.

45

Marny ging, bevor sie Kendra besuchte, in Chase und Fenways neuen Laden, um ein Geschenk zu kaufen. Es war feuchtkalt und düster, regnete aber nicht. Sie wickelte sich in ihren Kaschmirschal und eilte über den hölzernen Bürgersteig. Troy hielt die Hand am Griff seiner Pistole und funkelte jeden an, der etwa auf den Gedanken kommen sollte, sie anzusprechen.

Die Montgomery Street war eine barbarische Mischung aus Schmutz und Pracht. Die Ratten wühlten in den Abfällen. Es stank ganz fürchterlich. In den erleuchteten Schaufenstern der Geschäfte lagen jedoch Hüte und Spitzen aus New York, Seide aus China, Weine und Parfums sowie feierliche Roben und Abendanzüge aus Frankreich.

Während Marny noch diese Luxusgegenstände bewunderte, öffnete der Schwarzbart die Ladentür. Als sie bei Chase & Fenway eintraten und sich umsahen, wuchs ihre Überraschung. Dieses neue Geschäft erinnerte in nichts an den alten Laden. Hier gab es einen mit Teppichen belegten Mittelgang, mit Glas verdeckte Auslagen und Vitrinen, die wahre Prachtstücke enthielten. Ein adretter junger Verkäufer kam ihnen entgegen. Er verbeugte sich gewandt. Offenbar war er in einem großen Warenhaus der Vereinigten Staaten ausgebildet worden.

«Guten Morgen, Madam, guten Morgen, Sir», grüßte er. «Kann ich Ihnen dienlich sein?»

Marny hatte nicht die Absicht, allzu verschwenderisch mit ihrem Geld umzugehen. Aber Kendra war ihre Freundin, und das wollte sie ihr zeigen. Also wählte sie ein hyazinthenblaues chinesisches Satinkleid mit vielfarbener Seidenstickerei.

«Es hält warm, ist nützlich und obendrein ein Kunstwerk», meinte sie und strich befriedigt darüber. Marny spürte gern Seide unter ihren Fingern.

Immer noch eskortiert von Troy, stieg sie den Berg hinauf. Serena berichtete: «Es geht Mrs. Shields gut. Dr. Rollins ist soeben da. Nicht daß sie jetzt noch einen Arzt nötig hat, aber sie kennen ja Mr. Shields: Er gibt sich erst zufrieden, wenn Dr. Rollins täglich kommt und versichert, Kendra sei gesund. – Auch Mrs. Chase ist anwesend, eine nette Dame, so freundlich und liebenswürdig. Und hier auf dem Herd steht Kaffee, und im Speiseschrank ist ein Kuchen verwahrt. Natürlich kann ich nicht so hervorragend kochen und backen wie Mrs. Shields; wenn Sie aber ein Stück Kuchen kosten wollen, so sind Sie herzlich eingeladen.»

Troy folgte ihr erfreut in die Küche. Marny, das Kleid in der Hand, ging die Treppe hoch. Vor Kendras Tür wartete Mrs. Chase auf das Erscheinen des Arztes.

Mrs. Chase, die keineswegs so hochmütig war, wie ihr Mann glaubte, lächelte Marny an und sagte: «Kendra wird sich gewiß freuen, Sie zu sehen.» Einen Augenblick danach kam Dr. Rollins heraus. Er war eine gute Seele, der viel für seine Mitmenschen übrig hatte. Einige Male war er auch schon im Calico-Palast gewesen. Jetzt rief er:

«Nun, Marny, wie geht's, wie steht's?»

«Danke, gut. Und Kendra? Hat sie wirklich keinerlei Beschwerden?»

«Beschwerden?» wiederholte Dr. Rollins in spöttischem Ton. «Nie im Leben habe ich eine leichtere Entbindung erlebt. Ich brauchte eigentlich gar nichts zu tun. Das war so, als wenn man eine Erdnuß knackt.» Und er eilte hinab zu Serenas Kuchen und Kaffee, während Mrs. Chase ihm mit Belustigung, aber auch mit Verzweiflung nachblickte. Dann drückte sie Marnys Arm und fragte:

«Finden Sie nicht, daß Männer manchmal ganz abscheulich sind?»

Eine solche Frage kam bei Marny an die falsche Adresse, denn sie hatte noch nie ein Kind gehabt und gedachte auch in Zukunft keines zu bekommen, wenn es nach ihr ging. Außerdem fand sie Männer keineswegs abscheulich.

Kendra lag auf einem Stapel Kissen. Sicher gab es in San Francisco kein zweites Schlafzimmer, das so gemütlich gewesen wäre. Nahe ihrem Bett stand die Krippe. Das Baby schlief unter einer weißen Decke. Im Kamin prasselte das Feuer. Auf dem Nachttisch lagen die *Alta* und deren Konkurrenzblatt, die *Pacific News*, ferner ein paar neue Bücher, eine Bürste, ein Kamm und ein Handspiegel sowie eine Klingel, um notfalls Serena rufen zu können, Kendras Augen waren munter, ihre Wagen rosig. Sie sah wirklich gut aus

Marny sagte ihr das auch und reichte ihr das Kleid. Kendra stockte der Atem vor Freude.

«Schau dir doch mein Kind an. Ist es nicht schön?»

Marny beugte sich über die Krippe und bestätigte gehorsam, daß das Baby schön sei, wenngleich sie der Meinung war, das kleine Gesicht ähnele einem Stück gebrauchter Seife. Sie nahm eines der Händchen von der Dekke.

«Babies sind ja wirklich sehr klein!» wunderte sie sich.

Kendra lächelte. «Nun, er hat ganz schön schwer gewogen», erwiderte sie, und Marny unterließ es, ihr die Worte des Arztes zu wiederholen, wonach ihre Niederkunft mit dem Knacken einer Erdnuß zu vergleichen sei. Kendra fuhr fort:

«Aber das spielt jetzt keine Rolle mehr, das ist vorbei. Ach, Marny, ich bin ja so glücklich über ihn!»

Marny ließ sich in einem Stuhl neben dem Bett nieder. Kendra nahm ihre Hand und sagte mit weicher Stimme:

«Ich habe nie geahnt, wieviel ein Baby bedeutet. Ich habe gewußt, daß ich das Kind lieben werde, aber ich habe nicht gewußt, wie sehr ich es lieben werde. Das ist alles so wunderbar und überraschend.»

Marny freute sich mit ihr. Diesmal meinte sie es ernst. Noch niemals waren sie dem Eingeständnis so nahe, daß Kendras Heirat auch ihre langweiligen Seiten hatte. Marny wußte dies, und sie zweifelte nicht daran, daß Kendra sich gleichfalls darüber im klaren war. Sicher empfand Kendra Dankbarkeit, weil Marny es nicht aussprach.

Eine Woche später, als Marny gerade ein Spiel beendet hatte und aufstand, sah sie Hiram und Pocket an der Bar stehen. Da sie die beiden in Sacramento wähnte, war sie erstaunt. Noch erstaunter freilich war sie über das Äußere der Männer. Sie waren nicht nur beide glatt rasiert, sie trugen auch gute schwarze Anzüge, weiße Rüschenhemden, Glacéhandschuhe und Stiefel, wie die Städter, und sie trugen hohe Biberhüte. Die unvermeidlichen Tücher waren aus weißem Leinen und quollen aus Pockets Taschen.

Als Marny sich ihnen näherte, begannen beide über ihre verblüfften Blicke zu lachen.

Hiram hob sein Glas. «Auch einen?» fragte er.

Marny erklärte: «Ein Gläschen Champagner kann nicht schaden.» Dann führte sie die Männer in einen der Privaträume, der zur Zeit nicht benutzt wurde.

«Jetzt erzählt mir einmal alles», bat sie, als alle Platz genommen hatten. «Wann seid ihr in die Stadt gekommen? Und wo wohnt ihr? Was macht ihr hier? Und wo habt ihr diese eleganten Sachen bekommen? Und, um Himmels willen, wozu habt ihr sie euch gekauft?»

Immer noch lachend, fingen sie zu erzählen an. «Wir haben aus mehreren Gründen Sacramento verlassen. Der Morast in San Francisco ist zwar schon schlimm genug, der in Sacramento jedoch weit schlimmer.»

«Das kann doch wohl kaum möglich sein», wandte Marny ein.

«Es ist in der Tat so», versicherten sie. Hiram setzte es ihr auseinander:

«Ihr habt eine Menge Regen gehabt, aber bei uns hat es noch viel heftiger geregnet.»

Pocket bekräftigte es. «Nicht nur der Schlamm in Sacramento ist schrecklich; an den Bergpässen sind die Verhältnisse derart übel, daß ein doppeltes Maultiergespann zwölf oder fünfzehn Tage braucht, um eine Wagenladung Proviant von Sacramento zum nächsten Goldfeld zu schaffen.» Tausende von Männern verbrachten den Winter in den Minen, und Pocket, der sich stets um andere Leute sorgte, hoffte sehr, daß die Handelsniederlassungen ausreichende Lebensmittelvorräte besaßen.

Die beiden hatten sich ein Zimmer in dem neuen Hotel St. Francis gemietet. Es hatte erst vor einer Woche geöffnet und war die teuerste Unterkunft der Stadt. Man hatte zwanzig Fertighäuser gekauft und zusammengefügt, so daß ein vierstöckiger Bau entstanden war. Die Zimmer waren nicht durch Segeltuchplanen, sondern durch Holzwände voneinander getrennt. Freilich war dieses Holz fast so dünn wie Papier. Immerhin jedoch gab es in ihrem Zimmer einen Waschtisch, Seife sowie Haken für Handtuch und Spiegel.

«Diesen Kram muß man natürlich mitbringen», erläuterte Hiram, «und wer schlau ist, bringt auch seine eigenen Decken mit. Aber es ist die beste Unterkunft, die ich hier kenne.»

Sie erzählten, was sie seit ihrer Ankunft gestern unternommen hatten. «Zunächst sind wir zu Chase & Fenway gegangen, um unseren Goldstaub abzuheben. Schmutzig und unordentlich, wie wir waren, haben wir uns inmitten der hübschen Dinge dort nicht wohl gefühlt. Von Mr. Chase sind wir allerdings herzlich empfangen worden, und auch Loren ist herbeigeeilt, um uns von seinem Sohn zu berichten. Wir haben uns dann von Kopf bis Fuß neu eingekleidet. Loren hat uns das St.-Francis-Hotel empfohlen und ein Badehaus in der Kearny Street.»

«Das ist gar nicht übel», meinte Hiram. «Den ganzen Tag über wird geheizt, das Wasser fließt in Strömen. Wir haben den Dreck von Sacramento abgewaschen. Schließlich waren wir wie aus dem Ei gepellt, wie die feinen Gentlemen.»

«Gentlemen seid ihr ja auch», beteuerte Marny. «Ich mag euch gut leiden. Wie lange werdet ihr denn in der Stadt bleiben?»

Pocket lachte. «Wir werden die Arbeit von Gentlemen tun.» Hiram wurde ernst. «Schwingtröge sind jetzt überholt, Marny. Natürlich hat mancher zuweilen noch eine Glückssträhne, aber mit einfachen Instrumenten ist immer weniger Gold zu finden. Nun reden sie von Brechmaschinen, Schleusen, Staudämmen.»

«Was soll denn das?» fragte Marny.

«Ich weiß auch nicht genug darüber, um es genau erklären zu können. Jedenfalls geht man an den Placers jetzt mit wissenschaflichen Mitteln zu Werk. Mit andern Worten: Die Sache macht keinen Spaß mehr. Ning, Pocket und ich sind der Meinung, wir gehen am besten mit der Zeit.»

Sie nickte zustimmend. «Ich beglückwünsche euch, Jungs. Wie ich schon immer gesagt habe, ist der schlaueste Spieler derjenige, der im rechten Augenblick aufhört. Was fängt Ning jetzt an?»

«Ning hat sich in Sacramento Grundbesitz gekauft. Auf einer Parzelle hat er ein wetterfestes Zelt errichtet. Darin haust er unter Umständen, die er luxuriös nennt. Wir haben ihn dazu bewegen wollen, auch nach San Francisco zu gehen, was er allerdings abgelehnt hat. Die Stadt werde für seinen Geschmack zu groß, hat er gesagt.»

Marny nickte wiederum. «Er hat recht. Er soll nur tun, wozu er Lust hat. Aber was ist das für eine Gentlemenarbeit, von der ihr gesprochen habt?»

Hiram hatte sich an einem kürzlich gegründeten Bankhaus beteiligt. Pocket vertraute Marny mit seinem bescheidenen Lächeln an, daß er Teilnehmer des Mr. Gilmore geworden sei, der in der Washington Street eine Buchhandlung besaß. Marny hatte schon davon gehört. Man konnte sich dort für eine monatliche Gebühr einschreiben. Mr. Gilmore führte die Lokalzeitungen und bezog auch dank der Dampfergesellschaft alle amerikanischen und ausländischen Zeitungen und Zeitschriften. Außerdem nahm er die Post seiner Kunden in Empfang. In seinem Laden standen Tische mit Federn und Tinte, wo die Leute Briefe nach Hause schreiben konnten. Da nur wenige längere Zeit an einem Ort blieben, hatte Mr. Gilmore seine Buchhandlung als eine Art Umschlagplatz eingerichtet: Briefe, die als Adresse «irgendwo in Kalifornien» angaben, wurden von ihm aufbewahrt. Die Buchhandlung glich einem Club, in dem sich Männer trafen und Bekanntschaften schlossen. Sowohl Mr. Chase als auch Mr. Fenway, desgleichen Loren und Dwight Carson gehörten zu den Mitgliedern.

«Ich glaube, die Arbeit dort wird mir gefallen», meinte Pocket. «Ich habe gern Menschen um mich.»

Marny lächelte ihm verständnisvoll zu. Pocket mochte die Menschen wirklich gern. Vermutlich würde er im Laufe dieses Winters tausend Geschichten von Männern erfahren, die nach Kalifornien aus allen möglichen Gründen gekommen waren:

Die einen führten eine unglückliche Ehe, die andern wurden von ihrem Vater zu streng unter der Fuchtel gehalten, wieder andern setzten Sheriffs mit Haftbefehlen nach, diese litten unter irgendeinem Kummer, jene waren vom Leben enttäuscht, und schließlich fehlten auch die Tollköpfe nicht, die einfach losgezogen waren, um etwas zu erleben. «Fremde werden mir ihr Herz ausschütten, und ich werde ihnen zuhören. Hinterher werden sie sich wohler fühlen.»

«Ich glaube, das ist geradezu eine ideale Aufgabe», entgegnete Marny. Nachdem sie einen Augenblick nachgedacht hatte, schloß sie: «Seid willkommen in San Francisco, Jungs! Ning hat recht. Eine große Stadt sind wir zwar noch nicht, aber wir befinden uns auf dem richtigen Weg.»

46

Auch die Schwarzbärte wollten Kendra sehen, und da es am nächsten Morgen nicht regnete, begleitete Marny sie den Hang hinauf. Sie kamen an der Buchhandlung vorbei, wo Pocket nun Teilhaber war, und blieben einen Augenblick stehen. Arbeiter brachten gerade ein neues Schild über der Tür an: «Gilmore und Brent.» Der zweite Name befremdete Marny ein wenig. Sie wußte, daß Pocket eigentlich Sylvester Brent hieß, aber sie hatte ihn in Worten und Gedanken stets Pocket genannt. «Das klingt so gar nicht nach Ihnen, Pocket.»

«Aber so heiße ich doch», versetzte er. «Unter diesem Namen läuft auch mein Konto bei Hirams Bank. Alle Welt nennt mich Pocket; sie wollen aber keine Schecks von mir annehmen, auf denen ich mit Pocket unterschreibe.»

Sie lachten und gingen weiter. Kendra, die längst das Kindbett verlassen hatte, war froh über den Besuch. Sie wurde noch froher, als Hiram und Pocket ihr erzählten, daß sie in der Stadt blieben. Sie lud alle drei zum Weihnachtsessen ein. Hiram und Pocket pfiffen, Marny schüttelte indessen zu Kendras Überraschung den Kopf.

«Aber warum willst du denn nicht kommen?» rief sie aus. «Ihr solltet wissen, daß unsereiner immer dann am meisten zu tun hat, wenn andere Leute feiern. An Feiertagen machen wir im Calico-Palast die besten Geschäfte.»

«Aber wollen Sie denn überhaupt nicht Weihnachten feiern?» protestierte Pocket.

Marny verneinte gelassen. «Im letzten Jahr hab ich's ja auch nicht getan.»

Kendra hatte mit einemmal ein schlechtes Gewissen. Sie mußte an das Weihnachtsessen denken, das sie vor einem Jahr Mr. Chase und Frau, Mr. Fenway und den Leutnants gegeben hatte. An Marny hatte sie gar nicht gedacht. Dieses Essen hatte sie ja auch bloß deshalb vorgeschlagen, um nicht zu dem Ball im Comet House gehen zu müssen, wo sie einst mit Ted getanzt hatte. Vieles war seitdem geschehen.

«Gut also», entschied sie. «Wir veranstalten eben kein Weihnachtsessen am Weihnachtstag. Statt dessen feiern wir an einem Tag, wenn Marny bei uns sein kann. Wie wär's damit?»

Alle waren einverstanden. Dieses Jahr fiel Weihnachten auf einen Dienstag. Sie würden am Sonntag, dem 23. Dezember, ihr Festmahl halten, denn an diesem Tag war der Laden geschlossen, und Loren hatte frei. Marny erklärte, sie werde ebenfalls einmal dem Spiel fernbleiben. «Hoffentlich regnet es nicht», meinte sie.

Diese Hoffnung hegten auch die andern. Kendra wollte das Essen auf zwei Uhr richten, so daß sie vor Anbruch der Dunkelheit heimgehen konnten. In San Francisco gab es nämlich keine Straßenbeleuchtung. Nur die Plaza war erhellt. Wer sich in der Nacht aus dem Haus wagte, mußte eine Laterne bei sich tragen, aber selbst dann waren die Straßen gefährlich, denn allerorten lauerten Sumpflöcher, Ratten und Räuber.

Sie winkten einander zum Abschied fröhlich zu und versprachen, morgen oder übermorgen wiederzukommen. Dieses Versprechen konnten sie jedoch nicht halten, denn am Abend begann es wiederum zu regnen.

Es regnete acht Tage lang. Der Sturm tobte wild um die Berge. Er brachte Häuser zum Einsturz und riß die Zelte aus ihren Verankerungen. In der Bucht schmetterten hohe Wogen die hilflosen Schiffe gegeneinander. Der Schlamm ergoß sich in solchen Strömen die Hänge hinab, daß Kendra am Zustandekommen ihrer Weihnachtsfeier zweifelte.

In der Woche vor dem Fest ließen die Regengüsse jedoch nach. Es war noch immer grau und kalt. Aber ungeachtet des Schlamms, des Nebels und der Rattenschwärme war jedermann in guter Laune. Die Kapellen an der Plaza schmetterten Melodien, die sie für Weihnachtsmusik hielten. Auf den festeren Straßen boten Jungen Immergrün von den Bäumen jenseits der Bucht feil. Die Ladenbesitzer dekorierten ihre Schaufenster mit allerhand glitzerndem Tand.

Am Samstag erschien Hiram mit einem Arm voll Immergrün und einer Rolle rotem Band bei Kendra. Er wollte das Haus schmücken. Gemeinsam hängten sie Zweige an den Fenstern auf und vergaßen auch nicht, die Krippe mit ein bißchen Grün zu schmücken. «Pocket», so berichtete Hiram, «ist zur Plaza gegangen, wo Grundstücke versteigert werden. Pocket hat eine Schwäche für Versteigerungen.»

«Pocket hat eine Schwäche für alles», meinte Kendra. «Er hat einfach alles und jeden gern. Ich glaube, Pocket ist einer der glücklichsten Menschen überhaupt.»

«Er verdient es auch», erklärte Hiram. «Pocket läßt sich nicht unterkriegen. Denken Sie doch bloß an die Geschichte mit diesem Mädchen in Kentucky.»

Kendra blickte auf. «Ich wußte nicht, daß er Ihnen davon erzählt hat.»

«Doch, er hat's getan. Pocket besitzt eine Eigenschaft, die der Mensch am allernötigsten braucht in dieser Welt: nämlich Mumm. Da haben Sie aber eine nette rote Schleife an die Tannenzweige gebunden. Geben Sie mir das Ding, und ich werde es an der Tür festmachen.»

Während er hinausging, schaute Kendra ihm nach. Auch Hiram hatte Mumm. Er war mit einem Paar kräftiger Hände nach Kalifornien gekommen – und das war so ungefähr alles gewesen. Zu jener Zeit hatte noch kein Mensch etwas vom Gold in den Bergen geahnt. Sie wünschte, er hätte ihr ein wenig mehr von sich erzählt. Sie wußte nur, daß er der Sohn eines Pfarrers war, der seine Kinder zwar in eine anständige Schule schicken konnte, aber außerstande war, ihnen Geld in die Hand zu drücken. Doch trotz seiner Zurückhaltung hatte sie das Gefühl, ihn gut zu kennen. Seine robuste Ritterlichkeit gefiel ihr.

Aus Honolulu waren keine Truthähne mehr geliefert worden, statt dessen konnte man Steaks kaufen. Am Sonntagmorgen ging Loren in die Kirche. Kendra dürfe noch nicht ins Freie, meinte er, da sie das Kind zu stillen hatte und eine Erkältung üble Folgen haben könnte. Sie brutzelte also dicke Steaks, dazu gab es Kartoffeln und Weißrüben, Orangen aus Hawaii und einen Rosinenpudding; als Krönung des Mahls würde sie die besten Liköre und Schnäpse servieren, die in der Stadt aufzutreiben waren.

Dieses Weihnachtsfest wurde das fröhlichste, das sie alle seit Jahren erlebt hatten. Pocket, Hiram und Marny kamen mit Brennholzbündeln an, die mit einer blauen Schnur umwickelt waren. «Ein Geschenk für den Kleinen, damit er's schön warm hat.» Auf der Straße stand ein Maultiergespann. Der Wagen war mit noch mehr Brennholz beladen. Überdies lagen Pakete darauf.

Angesichts des vielen Holzes kamen Kendra vor Dankbarkeit fast die Tränen. Brennholz war nicht nur das teuerste Geschenk, sondern auch das willkommenste, da der Kleine viel Wärme brauchte. Loren, der genauso begeistert war sie seine Frau, brachte dem Kutscher ein großes Glas Whisky. Dann half er beim Abladen und Verstauen des Holzes. Kendra und Marny trugen derweilen die Pakete hinein und stapelten sie in einer Ecke des Salons. Sie sollten erst nach dem Essen ausgepackt werden. Die Männer kamen erhitzt von der Arbeit herein. Loren fragte, ob sie etwas zu trinken haben wollten.

«Gewiß», antwortete Hiram.

«Ich nicht», sagte Pocket ablehnend.

«Ja, Gott sei Dank, ich kann heute sogar ein bißchen blau werden, weil ich ja nicht zu spielen brauche», sagte Marny.

Sie tranken und nahmen dann das festliche Mahl zu sich. Danach tranken sie Kaffee und Schnäpse im Salon. Kendra zeigte ihnen das Baby. Sie war überzeugt, es lächle beim Anblick der guten Freunde, die soviel für sein Wohlbehagen getan hatten. Nachdem sie das Kind wieder nach oben gebracht hatte, wurden die Weihnachtspäckchen geöffnet. Zum Vorschein kamen Wollschals für Loren und Ralph, Handschuhe und Pantoffeln für Kendra und Serena, Delikatessen für alle aus China und ein Buch mit Weihnachtsliedern.

«Ach, Marny, ach, ihr Freunde – das hättet ihr doch nicht alles zu schenken brauchen», rief Kendra.

«Doch», sagte Pocket entschieden. «Sehen Sie sich doch bloß einmal an, was Sie alles für uns getan haben. Wir leben in dieser miserablen Stadt, die voller Schlamm und Ratten und fremder Leute ist, und Sie haben uns eine Weihnachtsfeier wie daheim bereitet. Es ist lange her, seit ich von zu Hause fort bin. Wir alle waren lange nicht in der Heimat.»

«Halt den Mund», unterbrach ihn Hiram, «sonst kriege ich noch einen Kloß in den Hals.»

«Mir steckt er schon im Hals», sagte Kendra.

«Schon gut», meinte Marny. «Wir wollen vernünftig bleiben. Kendra, ich helfe dir beim Aufräumen.»

Pocket fiel ihr mit Nachdruck ins Wort. «Nein, Ma'am, das werden Sie nicht machen. Sie arbeiten das ganze Jahr. Heute haben Sie endlich mal einen freien Tag. Loren, Hiram, Ralph und ich, wir werden uns um diesen Kram da kümmern.»

Kendra lachte.

«Großartig. Dann fangt gleich an.»

Hiram stärkte sich mit einem weiteren Glas, dann gingen die Männer in die Küche. Eingehüllt in Wärme und Luxus, lehnte sich Kendra in ihrem Stuhl zurück.

«Marny, ist das nicht spaßig?»

«Ich finde es schön.»

«Und das viele Holz! Marny, ich kann dir gar nicht sagen, wie dankbar ich dafür bin.»

Marny goß sich Brandy in den Kaffee. «Sei nicht allzu dankbar, meine Liebe, das ist nicht nötig. Ich bin sicher, Pocket und Hiram können sich diese Ausgabe leisten, und ich kann's auch.» Sie blinzelte Kendra über den Tisch hinweg an. «Ich habe ein hübsches Geschäft mit diesen Dampfertikkets gemacht. Ein- oder zweimal bin ich natürlich reingefallen. Schließlich sticht nicht jede Karte. Aber im großen und ganzen hat sich die Sache gelohnt. Um ehrlich zu sein: Ich habe eine Menge Geld verdient.»

Beide lachten. Einen Augenblick später wurde Kendra wieder nüchtern. «Marny?» fragte sie.

«Ja?»

«Sag Loren nicht, wieviel du für das Holz bezahlen mußtest. Er ist froh, daß er es hat. Aber wenn er wüßte, was du dafür ausgegeben hast, wäre ihm das unangenehm.»

«Ich verstehe», antwortete Marny und wechselte das Thema: «Guck mal nach draußen, Kendra. Die Sonne scheint ja!»

Sie traten zum Fenster. Der Sturm hatte die Wolken zerrissen. Der Himmel war nun strahlend blau.

«Wie schön», murmelte Kendra. «Wie lange ist's her, daß ich die Sonne zuletzt gesehen habe.»

«Kalt und sonnig. Ein Weihnachtswetter, wie es sein soll. Hoffentlich bleibt es eine Weile so.»

Serena kam herein und berichtete: «Die Männer haben mich aus der Küche vertrieben. Gestern war ich mit meinem Mann im Zirkus. Der Clown ist lustig, und die Akrobaten sind wunderbar, aber auch die Drahtseilkünstler sind hervorragend, und dann diese Mrs. Rowe, die auf dem ungesattelten Pferd reitet und sich schließlich auf die Fußspitzen stellt . . . oh, es ist phantastisch.» Sie sprach noch immer vom Zirkus, als die Männer sich wieder zu ihnen gesellten.

«Wir haben alles gespült», verkündete Pocket stolz, «und es ist nicht ein einziger Teller dabei zu Bruch gegangen. Aber jetzt wollen wir singen.» Er nahm das Buch mit den Liedern zur Hand. «Spielen Sie, Kendra?»

Sie ging zum Klavier, und Hiram meinte versonnen:

«Ich weiß gar nicht mehr, wann ich zum letztenmal ein Weihnachtslied gesungen habe.»

Kendra schlug die Tasten an. Hiram hatte einen schönen tiefen Bariton, und er sang gern, wobei er sein Glas im Rhythmus der Musik schwang. Alle sangen sie, nur Marny nicht. Da sie außerstande war, auch nur einen richtigen Ton von sich zu geben, rollte sie sich auf dem Sofa zusammen und schlürfte Brandy. Sie war auch so vollauf zufrieden.

Als die Sonne schließlich hinter den Bergen versunken war und die Stadt düster zu werden begann, brachen sie auf. Es sei ein schöner Tag gewesen, beteuerten sie alle, und Kendra versicherte, daß sie sehr glücklich sei. Hiram, Pocket und Marny gingen zusammen den Berg hinunter. Kendra und Loren, die ihnen von der Veranda aus nachschauten, hörten Hiram ein altes Trinklied anstimmen.

«Ich glaube, Hiram hat einen sitzen», sagte Loren amüsiert.

«Solange er dabei lustig ist, schadet's doch niemandem», antwortete Kendra.

Gegen vier Uhr morgens erwachte sie durch das Schreien des Kindes. Loren schlief weiter. Kendra schlüpfte aus dem Bett, stillte den Kleinen und steckte ihn dann wieder in seine warme Krippe. Wie still es nun im Hause war. Der Sturm, der meist in den Winternächten brauste, war abgeklungen. Kendra sah die Sterne am Himmel blinken. Es war kalt und klar. Sie huschte ins Bett und schlief wieder ein.

Seit der Geburt des Kindes war Kendra in den Nächten sehr empfindlich für Geräusche. Obgleich sie in tiefem Schlaf lag, schreckte ein Laut sie plötzlich auf. Sie stützte sich auf dem Ellbogen hoch und starrte im Finstern zu der Krippe hinüber. Doch das Baby verhielt sich still. Allmählich wurden ihre Sinne klarer: Sie vernahm Schreie von Menschen, Läuten von Glocken, Rufe der Furcht und der Angst. Etwas ging da vor sich, etwas Schlimmes – und just in dem Moment, da sie begriff, wachte auch Loren auf. «Was ist los?» fragte er.

Im nächsten Augenblick hörten sie Geräusche auf der Treppe. Ralph stellte verstört irgendwelche Fragen, Serena schrie beunruhigt auf. Das Kind erwachte. Loren sprang aus dem Bett.

«Bleib, wo du bist», rief er und lief zum Fenster, von dem aus Stadt und Bucht zu überblicken waren.

Kendra richtete sich auf. Loren stammelte unverständliche Worte, dann drehte er sich auf dem Absatz um. In einem so entsetzten Ton hatte sie ihn noch nie sprechen hören.

«Gott steh uns bei, Kendra. Die Stadt brennt!»

Kendra eilte ans Fenster. Die Flammen züngelten an den Hängen gegen den Himmel. In ihrem furchtbaren Schein sah sie viele, viele Menschen auf der Straße. Manche waren angezogen, andere hatten sich nur irgendeinen Fetzen übergeworfen; barfüßige Leute zitterten in Nachthemden. Nochmals blickte sie den Berg hinab. Überall war Tumult. Plötzlich schrie sie auf:

«Es ist auf der Plaza – es ist in der Kearny Street – es ist der Calico-Palast!»

«Es ist der Calico-Palast, aber noch eine Menge anderer Häuser. Ich kann nicht erkennen, ob der Brand schon die Montgomery Street erreicht hat. Jeden Augenblick kann auch bei Chase und Fenway alles in Rauch aufgehen. Du bleibst hier. Zieh dich an, und halte dich warm. Wickle das Baby gut ein, damit du davonlaufen kannst, falls es notwendig werden sollte. Ich gehe in die Stadt hinunter, um zu helfen, wo es etwas zu helfen gibt.»

Kendra hörte ihn kaum. Sie dachte daran, wie groß ihre Freude und die Freude Marnys gewesen war, weil die Wolken sich endlich verzogen hatten und es also heute Nacht nicht regnen würde.

47

Marny war nicht so früh wie Kendra ins Bett gegangen. Das entsprach nicht ihren Gewohnheiten. Sie wollte sich einen müßigen Abend gönnen.

An einem Seiteneingang des Calico-Palastes verabschiedete sie sich von Pocket und Hiram. Dann betrat sie den dunklen engen Flur, wo die Treppe zu den Wohnungen im dritten Stock hinaufführte. Zuvor aber öffnete sie eine Tür, durch die man in den Ausschank kam. Der Raum war voller Männer. Sie sprachen mit lauten Stimmen. Die Kapelle spielte. Flaschen klirrten. Münzen klingelten. Die Stimmung war gut, alles schien in Ordnung zu sein. Im Bella Union hatte es neulich einen Mord gegeben. Um vier Uhr in der Frühe war dort natürlich jedermann mehr oder weniger betrunken. An der Bar waren zwei Männer in Streit geraten. Der eine hatte schließlich ein Messer gezogen und seinen Widersacher niedergestochen. Die Zeitungen hatten allerlei unschöne Dinge an den Tag gebracht. Dergleichen schadete dem Geschäft. «Das kommt dabei heraus, wenn man eine Bar bis in die Morgenstunden offenhält», hatte sie Norman auseinandergesetzt. Nun, bei ihnen war bislang noch kein Mord passiert.

Sie schloß die Tür leise und ging die Treppe hinauf. Aus Lolos Zimmer hörte sie das Baby, den kleinen Zack, dessen Töne Lolo auf mysteriöse Weise zu verstehen schien. Die Geräusche von unten störten Zack offenbar nicht. Er war jetzt beinahe ein Jahr alt. Was Stille war, kannte er anscheinend überhaupt nicht.

Marnys Zimmer war kalt, doch als sie eine Kerze anzündete, wirkte es behaglich, und sie hörte auch keine Ratten herumscharren. Sie zog sich aus, streifte einen Morgenmantel über, steckte ihre Füße in weiche Pantoffeln und setzte sich vor den Spiegel, um ihr Haar zu bürsten. Das tat sie gern, wobei sie die roten Lichter verfolgte, die im Spiegel aufblitzten.

Nach einer Weile begann sie zu gähnen. Noch immer war ihre übliche Schlafenszeit nicht gekommen, aber sie erinnerte sich daran, daß sie ja früh aufgestanden war wegen der Geschenke. Vielleicht war es auch Lorens Schnaps, der sie nun schläfrig machte. Gleichviel – ein guter Schlaf hatte noch keinem Menschen geschadet. Sie vergewisserte sich, daß der Riegel ihrer Tür verschlossen war, und legte dann ihre kleine Pistole auf den Tisch neben dem Feldbett.

Diese Pistole hatte Marny stets in Reichweite. Abgesehen davon, daß sie eine verführische Frau war, mußten im Calico-Palast immer viele Münzen vorhanden sein. Dieses Geld – ein Vermögen – wurde in zwei Safes im dritten Stockwerk aufbewahrt. Die Safes waren sicher, Norman und die Schwarzbärte waren zudem erstklassige Aufpasser. Trotz all dieser Vorsichtsmaßnahmen blieb der Calico-Palast dennoch ein gefährlicher Ort.

Marny blies die Kerze aus, zog die Decken über sich und kuschelte sich in die Wärme. Das Feldbett war schmal. Im Eindösen fragte sie sich, ob sie eigentlich Lust auf einen neuen Liebhaber empfinde. Nein, dachte sie, wenn ich Lust darauf hätte, dann würde ich mich das gar nicht fragen. Sie schlief ein.

Als sie das Prasseln der Flammen hörte, war ihr erster Gedanke: Drunten ist etwas los. Hoffentlich war jetzt nicht auch bei ihnen ein Mord begangen worden. Doch fast unmittelbar darauf vernahm sie das Schrillen der Feuerglocken. Es roch nach Rauch. Sie hörte vor ihrer Tür rasche Schritte. Jemand schrie: «Feuer!»

Marny sprang aus dem Bett. Mit einem Fußtritt schleuderte sie ihre hübschen Pantoffeln zur Seite und zog – ohne sich erst lange mit Strümpfen aufzuhalten – die Schuhe an, die sie bei Kendras Essen getragen hatte. Es waren keine derben Schuhe, aber sie hatte keine Zeit, sich nach andern umzusehen. Dann warf sie sich ihr weiches Wollkleid über und griff nach ihrer Pistole. Wie die Flammen prasselten! Wie die Menschen schrien und brüllten! Die ganze Stadt schien zu brennen. Marny riß eine Schublade auf, nahm ihr Halsband aus Nuggets heraus und schob es gleichfalls in eine Tasche ihres Kleides. Der größte Teil ihres Schmuckes befand sich in den Safes von Chase & Fenway – wenn nur der Laden nicht auch brannte! Sie steckte einige Kämme ins Haar, damit es ihr nicht über die Augen fiel. Die Nacht war kalt. Mit einer Hand nahm sie den Kaschmirschal vom Haken, mit der andern schob sie den Türriegel zurück.

Mittlerweile war sie hellwach geworden. Sie besaß einen Schrank voller Kleider, aber Kleider waren nicht wichtig. Nicht einmal Goldstaub war nun sehr wichtig. Aber die Münzen! Münzen aus Philadelphia. Münzen waren wertvoller, sie brachten ja pro Monat zehn Prozent Zinsen ein. Im Flur waren die beiden Safes, und zwar zwei, weil Norman gesagt hatte: «Falls jemand den einen aufbricht, haben wir bloß die Hälfte verloren.»

Norman, der Schuhe und Hosen trug, kniete vor dem einen Safe. Neben ihm, auf dem Fußboden, brannte eine Kerze. Rosabel stand in einem Morgenmantel dabei. Selbst in diesem Moment fühlte Marny so etwas wie dankbare Bewunderung, weil Rosabel nicht weinte und schrie. Ihr Mund war vor Angst ganz schmal geworden, aber ihre Hände, die die Säckchen voller Münzen entgegennahmen, zitterten nicht. Marny hörte Schritte auf der Treppe und das Schreien des kleinen Zack, als Lolo mit ihm herabgestürmt kam, ohne sich darum zu kümmern, ob sie etwas retten konnte oder nicht.

Marny bemerkte, daß Normans Oberarme weich waren. In der Tat: Er war nicht etwa dick, aber sein Oberkörper wurde allmählich schlaff. Er war anders als Pocket und Hiram, die von der harten Arbeit muskulös geblieben waren. Was für ein närrisches Zeug! sagte sie sich gleich danach. Ausgerechnet jetzt an derartige Dinge zu denken! Doch sie bemerkte gleichzeitig auch alle sonstigen Vorgänge, als hätte die Furcht ihre Sinne geschärft.

Norman warf ihr einen Lederbeutel voller Münzen zu. «Kannst du das tragen?»

«Natürlich», versetzte sie und fragte sich gleich: Aber wie? Ein Lederbeutel würde ihr schon in der nächsten Minute entrissen werden. Also wickelte sie ihren Schal darum und klemmte das Bündel unter den Arm. Schreckensschreie waren jetzt überall zu vernehmen. Norman sagte scharf:

«Los! Raus jetzt!»

Er hatte recht. Es hatte keinen Sinn, noch mehr zu bergen. Marny flüchtete mit ihrem unhandlichen Bündel.

Sie rannte die Treppe hinab. Die Wand war bereits heiß. Das Feuer fraß sich näher heran. Die Treppe schien kein Ende nehmen zu wollen. Endlich gelangte sie unten an und drängte zur Tür des Ausschanks. Die Luft auf der Straße war rauchig und glühend – dennoch glaubte sie im ersten Augenblick, Kühle umfange sie. Die Flammen schlugen rings um sie hoch. So weit sie sehen konnte, sah sie Menschenmengen. Der Brand tobte. Ringsum war Geschrei. Sie hörte sich selber rufen: «Mein Gott, laß es doch regnen!»

Tausend Menschen schickten dasselbe Gebet zum Himmel. Es regnete jedoch nicht in dieser Nacht. Gnadenlos war der Regen auf sie herabgeprasselt, als sie ihn nicht brauchten; jetzt aber, da er ein Segen gewesen wäre, blieb er aus.

Marny boxte sich durch den Mob. Der Schlamm der Straße blieb an ihren Schuhen haften, als wolle er sie festhalten. Sie stampfte durch den Schlamm und durch das Menschengewimmel auf der Plaza. Die Nacht sei kalt, hatte sie geglaubt; vielleicht mochte es anderswo kalt sein, aber hier am Feuer war es entsetzlich heiß. Der Schweiß lief ihr über die Haut. Sie rannte weiter. Sie stöhnte und unterdrückte ein wütendes Schluchzen bei dem Gedanken daran, was sie alles verlor.

Nicht daran denken! redete sie sich ein. Vergiß, was du hinter dir läßt! Gib auf das acht, was du retten konntest. Dieser Sack voll Geld ...

Dieser Sack in ihrem Schal wurde immer schwerer, obgleich sie gar nicht beurteilen konnte, wie schwer er denn nun tatsächlich sein mochte. Gib acht auf ihn! sagte sie sich immer wieder. Und gib auf dich selber acht! Geh vom Feuer weg!

Im Donnern der Flammen hörte sie die Schreie Tausender. Es waren wirklich Tausende von Menschen. Woher, um alles in der Welt, kamen sie denn? Sie waren angezogen oder halb angezogen, sie schrien, sie rannten ohne Sinn und Verstand durcheinander. Marny umklammerte ihr Bündel und schaffte sich mit den Ellbogen Platz.

Eine Männerstimme rief ihren Namen. Eine rauhe Hand packte ihr Haar. Marny rief:

«Ich habe eine Pistole! Finger weg, sonst knallt es!»

Der Mann wich zurück. Marny hastete weiter. Eine Minute danach legte ein anderer eine Hand auf ihr Bündel und fragte knurrend:

«Was ist denn in dem Bündel, Marny?»

Marny bellte zurück:

«Kleider. Lassen Sie mich vorbei!»

Auch ihn stieß sie von sich, und er belästigte sie nicht weiter. Auf der Plaza hatten die Männer Respekt vor ihr. Sie wußten, daß sie kein hilfloses Vögelchen war.

Inzwischen waren ihre Schuhe vom Schlamm so schwer geworden, daß ihre Schritte immer mühseliger wurden. Ihre Beine schmerzten. Hinter sich hörte sie ein Krachen. Eine Mauer stürzte ein. Sie wandte sich nicht um.

Nur fort! Nur fort! Diese Worte trieben sie an. Plötzlich wurde der Himmel ganz hell. Eine Flamme mußte aus dem Bau züngeln, wo es soeben gekracht hatte. In ihrem Licht erblickte sie über den Köpfen der herumlaufenden Männer eine Art Tribüne. Dort pflegte auf Kisten und Fässern der Versteigerer zu stehen. Sie stürzte darauf zu. Der Widerschein der Flamme verblaßte. Jetzt lag die Tribüne im Dunkel. Doch schon wieder erleuchtete ein Feuerstoß die Plaza. Sie schaute gar nicht hin. Sie mußte diese Tribüne erreichen, koste es, was es wolle. Ihre Kräfte ließen nach. Sie mußte sich ausruhen und Atem holen.

Eine Leiter führte in die Höhe. Marny zog einen Fuß aus dem Schlamm und stellte ihn auf die erste Sprosse. Dann zog sie den andern nach. Stöhnend kletterte sie hinauf. Auf der Tribüne schien es gar keinen Platz zum Stehen oder Sitzen zu geben. Natürlich konnte sie ein Faß hinabstoßen, aber das würde jemandem auf den Kopf fallen, und sie wünschte nichts weniger, als Aufmerksamkeit zu erregen. Es gelang ihr, ein paar Fässer näher zusammenzuschieben, so daß ein bißchen Platz für sie frei wurde. Dort ließ sie ihr Bündel fallen und fiel fast selber darauf. Fürs erste war sie den Blicken entzogen und wenigstens so sicher, wie sie inmitten der rasenden Menge und in der Nähe des Brandes überhaupt sicher sein konnte.

Es tat ihr in der Brust weh und in der Seite. Mehrere Minuten saß sie still da, bewegte sich kaum und versuchte, gleichmäßig zu atmen, damit ihr wild pochendes Herz sich beruhige. Nach einer Weile nahm sie die Schweißtropfen wahr, die ihr über das Gesicht strömten. Ein Taschentuch hatte sie natürlich nicht. Sie hob einen Arm und wischte sich die Stirn mit dem Ärmel ab. Dabei sah sie auf.

In ihrem Versteck hinter den Fässern konnte sie nicht erkennen, was unmittelbar vor ihr passierte; in der Ferne vermochte sie indessen die Flammen zu sehen und den Funkenflug und die Rauchwolken. Sie hörte das Dröhnen und Krachen des Feuers und das Geschrei aus vielen Kehlen. Marny spürte die sengende Hitze. Nach einiger Zeit ging es ihr ein wenig besser. Tief atmete sie die rauchige Luft ein, stieß sich hoch und starrte über die Fässer auf die Kearny Street.

Die ganze Straße war ein einziges Flammenmeer. Sie konnte die brennenden Häuser unterscheiden. Denison's Exchange war ein Hexenkessel. Die Frontseite war verschwunden (das mochte der Krach gewesen sein, den sie gehört hatte), und nun verschlang das Feuer den Rest. Später erfuhr Marny, daß der Brand dort entstanden war. Es gab ein Dutzend Geschichten über die Ursache; was in Wirklichkeit sich zugetragen hatte, sollte kein Mensch je herausfinden.

Wenn die Leute doch nicht immer ihre Streichhölzer wegwerfen wollten! dachte Marny. Aber sie können's nun mal nicht lassen.

Denisons Lokal hatte zwischen einem Restaurant und dem Parker House gestanden. Aus beiden schlugen die Flammen. Das Parker House – ein Holzgebäude – brannte wie Zunder. Erschreckte Menschen rannten auf die Straße – in Nachthemden, in Unterwäsche, in Decken. Gegenüber dem Parker House stand das El Dorado, ein vierstöckiger Bau. Die Außenmauern waren aus Backsteinen. Marny konnte sehen, daß im Innern das Feuer wütete. Flammen leckten aus den Fenstern, Rauch schlängelte sich hinter ihnen drein. Und vom El Dorado aus griff der Brand nach Osten, auf die Montgomery Street und auf die Hafengegend über.

Funken sprühten wie Sterne von der Washington Street nach den Spielkasinos Verandah und Bella Union, nach Blossoms Etablissement und anderen Häusern, die hügelaufwärts standen. Trotz des Schlammes brannten auch schon die Holzeinfassungen der Bürgersteige. Männer hatten Eimerketten gebildet, um noch nicht brennende Gebäude naß zu halten. Andere warfen nasse Decken auf die Dächer. Überall sah man, wie Habseligkeiten aus den Fenstern geschleudert wurden und Leute vollbepackt davonrannten. Weiter entfernt – in Gegenden, die das Feuer noch nicht erreicht hatte – rissen Männer ganze Häuser ein, hieben mit Äxten gegen die Mauer oder benutzten Balken als Rammen. Sie strengten sich aufs äußerste an, um Lücken freizulegen, die das Feuer nicht überspringen konnte.

Marny sah das alles, ohne eigentlich richtig hinzusehen. Was sie wirklich sah – mit ihren Gedanken, ihrem Herzen, ihrem ganzen Selbst –, das war der Calico-Palast.

Der Calico-Palast stand zwischen einem Gasthaus und einem andern Spielhaus. Der Calico-Palast fiel in sich zusammen. Seine Außenmauern waren – wie die des El Dorado – aus Backstein, im Innern jedoch gab es lediglich Holzwände, und die waren dünn. Sie brannten mit einem Krachen, als führen ständig Donnerschläge herunter. Hilflos schaute Marny zu.

Sie sah das Feuer. Sie sah den Rauch. Sie sah noch mehr: Sie sah die Gemälde, die Teppiche, die Spiegel, die Stühle, die Tische, die Lüster. Sie hörte das Toben des Brandes. Zugleich aber war ihr, als höre sie auch das Klimpern der Münzen auf diesen Tischen und das Klingeln der kleinen Glocken, mit denen die Barkeeper herbeigerufen wurden. Es fiel ihr die glänzend polierte Bar ein und das Aroma der guten Liköre. Sie dachte an alles, und sie erinnerte sich der langen Stunden und Tage und Monate, die sie an ihrem Spieltisch verbracht hatte, um sich diese Pracht leisten zu können. Denn Kartenspiel war Arbeit. Marny hatte ihren Beruf selbst gewählt, und sie wollte nichts anderes; es war Arbeit. Sie hatte gute Arbeit geleistet – der Calico-Palast war der sichtbare Beweis dafür. Und nun ging das alles in Rauch auf.

Es gab in San Francisco natürlich keine Feuerversicherung. Welcher Narr hätte sich denn auch in einer Stadt aus Segeltuch und Teerpappe und dünnen Brettern zu einer Versicherung bereit gefunden?

Ein Teil ihres Wesens schwand dahin. Sie stand da und beobachtete dieses Sterben. Marny war nicht gesonnen, sich in eine Ecke zu verkriechen und über das Leben zu jammern, das nicht lebenswert sei. Doch gerade jetzt verstand sie, daß manche Leute sich so verhielten.

Die Außenfront des Calico-Palastes stürzte auf die Straße. Nach allen Seiten flogen Backsteine. Nach allen Seiten flohen die Menschen davon. Nun konnte Marny die Verheerungen im Innern sehen. Nein, sie konnte den Anblick nicht ertragen. Sie wandte den Blick ab.

48

Marny drehte sich um, die Flammen waren nun auch wieder auf das Dach des Spielclubs Verandah übergesprungen. Die Männer schütteten eimerweise Schlamm ins Feuer. Und dann hörte Marny eine Detonation in der Montgomery Street. Ziegelsteine und Holzbrocken sausten durch die Luft. Verzweifelt mühten sich die Leute ab, den Flammensturm zu meistern.

Tausende wogten über den Platz. Die einen bekämpften den Brand, die andern schleppten ihre Habseligkeiten aus den Häusern. Es gab auch welche, die einfach dastanden und zuschauten, und solche, die versuchten, ihren Mitmenschen die eben geretteten Dinge zu entwenden. Auf einer zweiten Plattform ganz in ihrer Nähe entdeckte Marny den Priester der Plaza. Er brüllte der Masse zu: «Euer sündiges Treiben hat das Unheil heraufbeschworen. Dies ist die Strafe des Herrn für diese verdammte Stadt, dies Babylon der pazifischen Küste. Hättet ihr beizeiten bereut . . .» Marny fragte sich, ob ihm denn der Gedanke gar nicht komme, daß die Sünder vielleicht eher auf ihn hören würden, wenn er sich an der Hilfsaktion beteiligte, anstatt sie für das Feuer verantwortlich zu machen.

Doch jetzt hörte sie jemanden ihren Namen rufen. Zunächst konnte sie in der hin- und hertreibenden Masse und im ungewissen Licht den Rufer nicht ausmachen. Dann aber kam ihr Hiram zu Gesicht, der sich durch den Mob drängte.

«Marny!» schrie er, als er sie endlich erreicht hatte.

«Fröhliche Weihnachten», entgegnete sie.

Hiram warf zornig seinen Kopf in den Nacken. «Hören Sie mit den dummen Witzen auf, Sie Närrin! Kommen Sie runter!» Er faßte mit beiden Händen nach ihr. «Wissen Sie denn nicht, daß Sie sich mit Ihrem Rotschopf zur Zielscheibe für alle Schurken dieser Stadt machen?»

Daran hatte Marny nun wirklich nicht gedacht. «Sie haben recht, Hiram. Ich bin momentan nicht ganz auf dem Damm.»

Er blickte auf die traurigen Überreste des Calico-Palastes. «Armes Mädel. Das ist kein Wunder.»

Marny sah ihn an. «Wenn ich mich übrigens wirklich hätte verstecken wollen, Hiram, dann hätte mich kein Mensch gefunden, auch Sie nicht. Ich hätte ja ruhig bis morgen früh da oben bleiben können. So dumm bin ich wiederum auch nicht.»

Er lächelte ihr zu. «Sie nehmen es ziemlich leicht hin, Marny.»

«Keineswegs», sagte Marny. «Wir haben erst im September aufgemacht, und jetzt, an Weihnachten, ist der ganze Zauber schon flötengegangen. Ich fühle mich krank. Aber ich bin froh, daß Sie mich erwischt haben. Ich habe da etwas ...» Mit der Spitze ihres schmutzigen Schuhs trat sie gegen das Bündel. «Ich habe da etwas, das man in Sicherheit bringen sollte.»

«Gut», erwiderte Hiram, «ich werde Ihnen helfen. Versuchen wir, uns nach Chase und Fenways Laden durchzuschlagen!»

«Also steht das Geschäft noch?» erkundigte sie sich voller Hoffnung.

«Ich weiß es nicht. Das wollen wir ja gerade herausfinden.»

Hiram wies auf die Leiter. Dort stand Pocket mit seinem liebenswürdigen Lächeln wie ein junger Mann, der ein Mädchen in eine Gesellschaft begleitet und nur den einen Wunsch hat, alles richtig zu machen. Marny warf ihm eine Kußhand zu. Hiram packte das Bündel. Das Gewicht verriet ihm den Inhalt, und er grinste. «Haben Sie Ihre Pistole bei sich?»

«Ja.»

«Lassen Sie sie nicht aus der Hand. Auf jetzt!»

Marny seufzte erleichtert. Sie wußte nicht mehr, wie lange es her war, seit das Feuer sie geweckt hatte; sie wußte jedoch, daß die vergangenen Stunden zu den schwersten ihres Lebens zählten. Allmählich fühlte sie sich am Ende ihrer Kräfte. Sie wollte ihr Geld an einem sicheren Ort wissen. Die drei brachen auf.

Hiram und Pocket waren vollständig angekleidet. Offenbar hatten sie sich nicht – wie sie selber – in Minutenschnelle anziehen müssen. «Ist im St. Francis Hotel nichts passiert?» fragte Marny.

«Nein», sagte Pocket, «das Hotel brennt nicht, auch die andern Bauten in der Clay Street sind unbeschädigt. Ob wir selber Verluste erlitten haben, das wissen wir nicht. Unser Gold ist zusammen mit dem Bargeld im Laden im Safe untergebracht. Auf dem Weg dorthin haben wir Sie auf der Plattform gesehen.»

«Da haben wir natürlich haltgemacht», erklärte Hiram.

«Ich liebe euch», bemerkte Marny.

Sonst sagte sie nichts. Die Männer hatten sie bei den Armen genommen und führten sie zur Clay Street. Sie kamen nur langsam voran. Als sie endlich in der Straße eintrafen, stellten sie fest, daß hier weniger Leute auf den Beinen waren. Jetzt konnten sie auch schneller gehen als in der Montgomery Street.

Marny raffte ihr hinderliches Kleid zusammen und watete über die sumpfige Fahrbahn. Das Hotel Delmonico brannte noch nicht, konnte indessen jeden Augenblick in Gefahr geraten. Während eine Reihe von Leuten sich abplagte, das Haus zu schützen, schlugen andere die Tür ein und rannten bald darauf mit Diebesgut davon: mit Stühlen, Lampen, Schnaps.

Was ihnen in die Hände gefallen war, ließen sie mitgehen.

«Was für ein Vergnügen wäre es doch, diese Kerle abzuknallen», murmelte Marny.

«Freilich», stimmte Pocket zu, «aber tun Sie's bitte nicht. Wir haben schon genug Sorgen.»

Ob wohl auch jemand Zeit gefunden hatte, im Calico-Palast zu plündern, ehe er eingestürzt war? Während die beiden Männer Marny weiterschleppten, schien es ihr, als dämmere bereits der Morgen herauf. Zwischen Flammen und Rauchsäulen war sie dessen aber nicht sicher. Dann fiel ihr ein, wie glücklich sie gestern bei Kendra und ihrem Kleinen gewesen waren. Brannte es etwa auch auf dem Berghang? Jedenfalls hatte Kendra sich wohl rechtzeitig in Sicherheit bringen können. Allerdings mußte das Baby dabei in Gefahr gewesen sein: Ein so kleines Kind, das plötzlich aus seinem warmen Bettchen genommen und in die kalte Nachtluft getragen wird . . . Sie dachte darüber nach, als sie Pocket rufen hörte:

«Na, so was – Loren!»

Im Schein der Brände sahen sie Loren, aus Richtung Montgomery Street kommend, den Berg hinabsteigen. Er trug ein Kind, ein kleines Kind, das vor Angst schrie und sich aus seinen Händen zu befreien suchte. Hinter Loren rannte Lolo, die vor Furcht schluchzte. Jetzt erkannte Marny, daß Loren den kleinen Zack schleppte.

Pocket und Hiram riefen so lange, bis Loren sie sah und auf sie zukam. Lolo streckte unter Tränen ihre Hände aus. Zack tastete freudig danach.

«Es fehlt ihm nichts», begütigte Loren sie und reichte ihr das Kind. «Er hat bloß Angst wie wir alle.»

Lolo schluchzte immer noch, diesmal vor Dankbarkeit, und nahm ihr Kind entgegen. Loren tätschelte ihre Schulter. «Sie sind immer noch zu nahe am Feuer. Sie bringen ihn besser noch ein Stück weiter.»

Zack war jedoch schwer, und Lolo konnte kaum noch schnaufen. Loren deutete auf eine Kiste. «Setzen Sie sich dort hin, und ruhen Sie sich aus. Aber geben Sie acht auf den Nagel.»

Lolo kauerte sich auf die Kiste. Pocket redete ihr zu: «Bringen Sie den Kleinen auf die Veranda des City Hotels. Ich bin mit Hiram gerade vorübergehastet. Viele Leute, auch Frauen, haben dort Zuflucht gesucht.» Lolo nickte und versprach, ihr Kind hinzubringen, sobald sie es wieder tragen konnte.

Loren berichtete: «Die beiden Schwarzbärte bekämpfen den Brand. Troy hat Lolo gesagt, sie soll an der Ecke auf ihn warten. Doch als das Feuer sich immer weiter ausdehnte, hat sie Angst bekommen und ist mit Zack in die Montgomery Street gelaufen. Auch dort wimmelte es von Menschen. Die eine Hälfte plünderte, die andere kämpfte gegen die Flammen und mußte sich gleichzeitig gegen die Räuber wehren. Der kleine Zack ist immer unruhiger geworden, und Lolo hat sich blindlings einen Weg gebahnt. Schließlich ist sie in die Nähe von Chase & Fenway gekommen.

Dort aber ist ein Plünderer gegen sie gerannt. Lolo und Zack und der Plünderer mit seiner Beute sind zu Boden gestürzt. Im Laden habe ich dann das Geschrei gehört und bin zu Hilfe geeilt. Der Räuber hat vor Zorn geflucht. Er hatte kein Interesse an Lolo und ihrem Kind, er wollte bloß das geplünderte Zeug wiederhaben. Dabei hat er Lolo nochmals niedergestoßen.»

Loren hatte dem Kerl dann seinen Revolver über den Schädel geschlagen, das Kind aufgehoben und es – als er Lolos Beschwörungen begriffen hatte – zu der Stelle zurückgetragen, wo Troy die beiden erwartete.

«Wie sieht's bei Chase und Fenway aus?» wollte Hiram wissen.

«Alles in Ordnung», meldete Loren, und die andern atmeten erleichtert auf. «So weit hat der Brand nicht übergegriffen. Aber die Plünderer machen uns zu schaffen. Ich muß sofort wieder zurück und den beiden beistehen.»

«Wir kommen mit», erklärte Pocket.

«Und was ist mit Kendra?» fragte Marny.

«Da!» schrie Hiram. «Seht euch das an! Das El Dorado!»

Neben dem El Dorado war das hölzerne Parker House zusammengestürzt. Das große Backsteingebäude des El Dorado stand noch. Jetzt aber stiegen Rauchsäulen und Flammenzungen aus allen Fenstern der vier Etagen. Und nun entdeckten sie auch, was Hiram bereits gesehen hatte: die Feuersbrunst, die aus einem hinter dem El Dorado stehenden Haus lohte. Die Flammen schlugen bis über den Kamin. Im nächsten Moment schlossen sie sich wie eine gigantische glühende Faust über dem El Dorado. Die Menge harrte auf der Plaza wie versteinert aus. Diese Schreckensszene lähmte jedermann. Die Backsteinwände fingen kein Feuer. Doch innerhalb des Hauses mußte eine schreckliche Hitze kochen. Und dann explodierte das El Dorado vor ihren Augen.

Die Zuschauer schrien und heulten, als brennende Fetzen zwischen ihnen niederfielen. Instinktiv bedeckte Marny ihre Augen mit einem Arm. Im selben Augenblick hörte sie neben sich ein Geräusch. Loren brach zu ihren Füßen zusammen – dicht bei der Kiste, auf der Lolo saß und ihren Zack an die Brust preßte. Marny ging in die Knie. Aber Loren hatte das Bewußtsein nicht verloren. Er legte eine Hand auf die Stirn. Der Schock hatte ihn mitgenommen. Pocket rief:

«Nicht bewegen, Loren! Sind Sie verletzt?»

«Ich glaube, nicht», antwortete Loren überrascht. «Etwas hat mich getroffen, ein Stück Ziegel, nehme ich an. Helft mir in die Höhe.»

«Noch nicht», wehrte Hiram ab. «Hier – wir machen Ihnen eine Art Kissen.» Er stellte Marnys Bündel ab und hob Lorens Kopf, so daß er auf den Schal zu liegen kam. Aus einer Stirnwunde rann Blut. Die Haut und das Fleisch waren versengt, denn der Ziegelsplitter hatte ihn wie eine glühende Kohle berührt.

Pocket zog eines seiner vielen Tücher aus einer Tasche und legte es auf die Wunde. Doch jetzt sah Marny erschreckt, daß diese Stirnverletzung nicht die einzige Wunde Lorens war. Er war gegen die Kiste gefallen, auf der Lolo kauerte, und im Sturz hatte der hervorstehende Nagel an der Seite eine klaffende Wunde aufgerissen. Rasch wurde der Blutfleck in seinem Hemd größer.

«Hiram!» schrie sie auf. «Das ist viel schlimmer. Können wir das Blut nicht stillen?»

«Wir können es wenigstens versuchen. Verdammt, Loren! Bleiben Sie doch liegen!» Loren wollte wieder aufstehen. Hiram zog sein Hemd aus, um einen Verband anzulegen. Loren murmelte eine Entschuldigung, weil er ihnen so viele Umstände mache. Als sie ihn so gut wie möglich bandagiert hatten, meine Hiram:

«Nun müssen wir sehen, ob wir ihn zu Chase und Fenway schaffen können.»

«Ich kann gehen», behauptete Loren. Er setzte sich auf und wurde beinahe wütend. Dann bedankte er sich für ihre Hilfe und beharrte darauf, daß seine Verletzungen gar nicht so schwer seien. «Schließlich bin ich doch kein kleines Kind. Ich kann gehen», wiederholte er.

Pocket lächelte kläglich. «Es sieht ganz so aus, als müßten Sie das auch. Ich glaube, selbst Hiram könnte einen erwachsenen Mann nicht durch diesen Schlamm tragen.»

Der Bürgersteig war schmal und unsicher. Hiram und Pocket halfen Loren auf die Füße. Obgleich er behauptet hatte, er bedürfe keiner Unterstützung, sahen sie sogleich, daß er allein nicht vom Fleck kommen würde. Sie nahmen ihn zwischen sich und ergriffen seine Ellbogen. Marny ergriff ihr nun von Schlamm und Blut besudeltes Bündel und trottete hinter ihnen drein.

Mit Hirams und Pockets Hilfe gelang es Loren, sich dahinzuschleppen. Freilich waren seine Schritte langsam, und ein jeder bereitete ihm Qualen. Er stolperte. Er unterdrückte das Stöhnen. Er tat, was er konnte. Dennoch mußten die beiden ihn binnen kurzem mit sich ziehen. Es war ein langer, langer Weg. Sie konnten sich indessen keine Rast gönnen. Sie mußten Loren in den Laden bringen.

Als der Tag begann, war der Himmel über der Bucht klar. Marny erblickte die Masten der gestrandeten Schiffe, die sich scharf im Dämmerlicht abzeichneten. Was mochte Captain Pollock jetzt tun? Sie hatte schon lange nicht mehr an ihn gedacht. Angenehmere Dinge hatten sie inzwischen beschäftigt. Sie trottete weiter.

Loren war nicht der einzige Mensch, der Chase und Fenway aufsuchen mußte. Auch Marny mußte zu den Kaufleuten gehen. Ob. Mr. Chase damit einverstanden war oder nicht, sie mußte eine Zeitlang bei ihm Unterschlupf suchen – wenigstens so lange, bis sie Kleider bekam. Wie oft hatte sie schon gesagt: «Ich habe nichts zum Anziehen.» Heute war diese Redensart kein Backfischlamento, es war reine Wahrheit. Ihr Kleid war zerrissen und verdreckt; an manchen Stellen war es verbrannt. Unter dem

Kleid trug sie nichts als ein dünnes Nachthemd. Sie spürte, daß ihre leichten Schuhe aufgeplatzt waren. Und dann besaß sie noch den schmutzigen Schal samt dem Säckchen voller Geld. Das war alles. Ihre gesamte Garderobe lag unter der Asche des Calico-Palastes. Sie hatte kein Kleid, keine Unterwäsche, keine Strümpfe.

Als sie in die Montgomery Street einbogen, sahen sie noch schlimmere Verwüstungen. Das Feuer war den Abhang hinunter fast bis zum Meer gefegt. Nahe der Ecke Washington Street und Montgomery Street hatte man eine Anzahl Gebäude niedergelegt. Kurz bevor die Flammen auch die Montgomery Street erreichen konnten, hatten die Männer den Brand gelöscht. Die Fahrbahn lag voller Trümmerreste. Überall wachten Posten, die Hand am Revolver. Verdächtige Gestalten streiften durch das Gelände, um vielleicht doch noch etwas Wertvolles zu finden. Eine dritte Gruppe lief – wie die Leute auf der Plaza – sinnlos herum und versperrte den Weg.

Marny hörte, daß Hiram zu Pocket sagte: «Ich glaube, Loren kann nicht weitergehen. Wenn wir unsere Hände ineinanderschlingen ...»

«Versucht es», warf sie ein. «Ich werde Loren an den Füßen packen.»

Wiederum murmelte Loren, wie leid es ihm tue, ihnen derart lästig zu fallen. Er lehnte sich gegen Marny. Hiram und Pocket faßten sich an den Handgelenken. Marny half nach, und dann kauerte Loren sich auf beider Fäuste. Er schlang seine Arme um ihre Schultern.

«Nehmen Sie Ihre Pistole, Marny», sagte Hiram. «Und machen Sie notfalls auch von ihr Gebrauch.»

«Nur keine Sorge.» Marny sagte ihnen nicht, daß sie auf Lorens Hemd frische Blutspuren gesehen hatte. Hiram und Pocket gaben sich alle Mühe. Warum sollte sie die beiden noch mehr beunruhigen?

Sie stampften durch den Schlamm. Jeden Augenblick waren sie in Gefahr, von Kerlen niedergestoßen zu werden, die mit ihrem Diebesgut davonstürmten. Marny hielt ihr Bündel unter dem linken Arm, mit der Rechten umklammerte sie ihre Pistole. Das Bündel schien eine Tonne zu wiegen. Ihr Arm schmerzte, ihre Beine waren jetzt beinahe taub. Immer nur einen Schritt, sagte sie sich, und zog ihre Füße aus dem Schlamm. Auch die längste Reise geht einmal zu Ende. Immer nur einen Schritt ...

Überall lagen die Reste der vernichteten Häuser umher. Endlich gelangten sie zum Laden. Die Fenster waren erhellt, der Bürgersteig sauber. Marny war, als habe sie niemals ein willkommeneres Bild erblickt. Mr. Chase und Mr. Fenway hielten am Haupteingang Wache. An einem Fenster des Obergeschosses erspähte Marny Foxys Gesicht mit den vorstehenden Zähnen. Er lauerte Dieben auf.

Besorgt eilten die Kaufleute dem kleinen Trupp entgegen. Loren war nicht nur ihr bester Angestellter, sondern auch ein Mann, den sie schätzten, und sie erkannten ohne Worte, daß er schwer verletzt sein mußte. Mit ungewohnter Hast öffnete Mr. Fenway die Tür. Sie halfen Loren hinein und brachten ihn ins Lager, während Mr. Chase nach Ralph Watson rief, der bislang eine Seitentür bewacht hatte, und ihn anwies, eine Matratze für Loren zu holen.

Im Laden stützte sich Marny auf eine Theke. Das Bündel ließ sie zu Boden gleiten. Sie war so erschöpft, daß sie beinahe auch zu Boden geglitten wäre. Ralph meinte, man solle einen der Packjungen zu einem Arzt schicken und Mrs. Shields benachrichtigen.

«Ein Jammer das alles», klagte Ralph, «ein Jammer für Mrs. Shields, daß ihr Mann verletzt wurde, wo ihr Kind doch kaum einen Monat alt ist.»

Vielleicht sollte ich hingehen und es ihr sagen, überlegte Marny. Aber ich kann es nicht. Ich kann einfach nicht den Berg hinauftrotten.

«Nun, Marny», sprach eine traurige Stimme neben ihr.

Marny sah auf. Mr. Fenway trug ein Nachthemd und eine Hose. Das Hemd hatte er hinten in die Hose gesteckt. Er schaute so trübsinnig aus, als habe er seinen ganzen Besitz verloren.

«Das ist ein bedauerlicher Vorfall», murmelte er. «Sehr bedauerlich.»

«Ja», antwortete Marny. Wenigstens einmal ist nun so viel Unheil geschehen, daß selbst dieser alte Trauerkloß zufrieden sein muß, dachte sie.

«Ich vermute, daß auch Ihr Haus zum Teufel ist?» erkundigte sich Mr. Fenway düster.

«Alles ist zum Teufel», gab Marny Auskunft.

Sie war derart müde, daß sogar diese wenigen Worte ihr schwerfielen.

Mr. Fenway musterte sie sorgenvoll.

«Sie sehen ja ganz erledigt aus», stellte er dann fest.

«Ich bin auch erledigt.»

«Sie sollten besser mit mir kommen», leierte Mr. Fenway.

«Ja», erwiderte Marny. Sie wußte nicht, wohin er sie bringen würde, und in ihrem gegenwärtigen Zustand war ihr das auch völlig gleichgültig. Als sie sich niederbeugte, um ihr Bündel aufzuheben, griff Mr. Fenway danach.

«Schwer», bemerkte er. «Goldstaub?»

«Münzen.»

«Die verstauen wir besser im Safe», empfahl Mr. Fenway monoton. «Sie können nie wissen, was in solchen Zeiten wie heutzutage alles passiert. Diese Menschen ...» Er zuckte die Achseln.

Sie folgte ihm und wartete, während er die Tür zu dem Raum aufschloß, in dem sich die privaten Safes befanden. Sie schlug ihren Schal auseinander, nahm den Lederbeutel heraus und stopfte ihn in das Fach. Das Geräusch des zuschnappenden Schlosses gab ihr ein Gefühl der Erleichterung, ja, der Ruhe. Dann griff sie wieder nach ihrem Schal und wunderte sich, weil er nun so leicht war. Mr. Fenway sagte bedrückt noch einmal:

«Sie sollten besser mit mir kommen.»

Er führte sie durch den Lagerraum. Loren lag auf einer Matratze. Mr. Chase half Hiram und Pocket beim Auswaschen und Verbinden seiner Wunden.

Also kümmert man sich um Loren, dachte Marny. Man brauchte sie nicht mehr, und sie konnte sich endlich irgendwo ausruhen.

In diesem Teil des neuen Hauses war sie noch nie gewesen, doch selbst in ihrer Ermattung fiel ihr auf, wieviel geräumiger hier alles war als in dem alten Laden. In feierlicher Stille geleitete Mr. Fenway sie hinauf. Oben angelangt, blieb er vor einer Tür stehen. Wiederum holte er seine Schlüssel heraus, nahm einen aus dem Bund, öffnete die Tür und reichte ihr dann den Schlüssel.

«Hier halte ich mich auf, wenn das Wetter zu schlecht ist, um nach Hause zu gehen. Ein schlechtes Klima, in dem wir leben. Durchaus nicht gesund. Immer diese Nebel und diese Feuchtigkeit. Sie bleiben besser ein paar Tage hier, bis Sie wieder einigermaßen bei sich sind.»

Marny wurde es heiß: Sie hatte einen Platz zum Schlafen, einen Platz bei anständigen Menschen. «Mr. Fenway», sagte sie, «jetzt geben Sie mir schon zum zweitenmal Unterkunft, und beide Male war ich so übel dran. Wenn ich mich ein wenig ausgeruht habe und wieder klar denken kann, werde ich Ihnen sagen, wie dankbar ich Ihnen bin.»

«Schlechte Zeiten heutzutage», wiederholte Mr. Fenway. «Schlechte Zeiten. Unten an der Treppe ist eine Tür, und draußen finden Sie den Brunnen. Holen Sie sich nur soviel Wasser, wie Sie brauchen.» Er nahm einen andern Schlüssel von seinem Bund. «Mit dem können Sie die Hintertür aufschließen. Aber schließen Sie auch jedesmal wieder zu, und schieben Sie den Riegel vor. Heutzutage kann man niemandem über den Weg trauen.» Er seufzte schwer. «Nun, ich gehe jetzt besser wieder auf meinen Posten, damit nicht ein paar dieser Schurken aus Sydney hier eindringen.»

Marny bedankte sich noch einmal. Mr. Fenway machte sich nicht die Mühe einer Antwort. Mit einem vergrämten Blick drehte er sich um und watschelte die Treppe hinunter. Marny ging in das Zimmer und verschloß die Tür.

Es war ein kleines Schlafzimmer mit Tisch, Waschbecken und Spiegel. Im düsteren Licht dieses Dezembermorgens sah alles nett und sauber aus. Marny trat zum Fenster und schaute hinaus.

Das Feuer wütete nicht mehr so wie vor einer Stunde, aber es brannte immer noch. Rauchwolken hingen über der Kearny Street, hin und wieder glühte es feurig auf. Eine dieser Rauchwolken senkte sich allmählich auf die Stelle nieder, wo bis gestern der Calico-Palast gestanden hatte.

Marny setzte sich aufs Bett. Sie betrachtete ihre Hände, die rußgeschwärzt waren. Im Spiegel sah sie ihr schwarzes Gesicht, ihr von Asche bedecktes Haar. Sie fühlte sich abscheulich verdreckt, aber so müde und so zerschlagen, daß sie nicht die Kraft aufbrachte, sich zu waschen.

Plötzlich konnte sie ihre Miene nicht länger mehr beherrschen. Niemand beobachtete sie. Niemand scherte sich darum, was sie tat. Marny fiel über das Bett, drückte ihr Gesicht in Mr. Fenways Laken und wimmerte wie ein krankes Kind.

49

Marny weinte, und das Weinen löste ihre innere Verkrampfung. Als die Tränen versiegt waren, trocknete sie ihre Augen mit dem Ärmel des Kleides und fühlte sich ein wenig wohler. Sie stand auf und trat vor den Spiegel.

«Ich sehe schrecklich aus», sagte sie laut.

Sie sah in der Tat schrecklich aus. Die Tränen hatten Spuren in ihrem verschmutzten Gesicht hinterlassen. Die Kämme, mit denen sie ihr Haar befestigt hatte, waren längst herabgefallen. Sie strich ihre wirren roten Strähnen zurück, doch fielen sie ihr sogleich wieder in die Stirn. Jetzt war sie schon eher imstande, sich zu waschen. Es würde allerdings eine fürchterliche Arbeit sein.

Zunächst goß sie Wasser in das Becken. Dann zog sie Kleid und Nachthemd aus. Um sich einen Waschlappen zu verschaffen, riß sie ein Stück aus dem Nachthemd. Ein Handtuch hing an einem Nagel, und die Seife fand sie in einer Konservenbüchse, wo Mr. Fenway sie vor den Ratten versteckt hatte. Nun begann sie ihr Gesicht zu schrubben.

Es war indessen gar nicht leicht, Ruß nur mit Wasser und Seife zu entfernen. Sie brauchte Petroleum. Im Laden wurde Petroleum verkauft, aber Marny fragte sich, ob sie den Mut aufbringen könne, das dreckige Kleid noch einmal überzustreifen, um mit strubbeligem Haar und schmutzigen nackten Füßen hinabzugehen und Petroleum zu kaufen. Doch da hörte sie ein Pochen an der Tür.

«Ich bin's, Pocket.»

Mit einem Freudenschrei zog Marny das Kleid an und öffnete die Tür. In der einen Hand trug Pocket einen Teller, in der andern einen Zinnbecher, und unter den Arm hatte er eine Flasche Rotwein geklemmt. Mit seinem freundlichen Klein-Jungen-Lächeln meinte er:

«Ich habe mir gedacht, Sie hätten vielleicht eine Erfrischung nötig, Ma'am.»

Er machte keine Bemerkung über ihr Aussehen. Falls er erriet, daß sie geweint hatte, so ließ er es sich nicht anmerken. Erst jetzt merkte Marny, daß sie hungrig war. Ihr Essen bei Kendra – das war gestern gewesen – schien sehr lange Zeit zurückzuliegen.

«Noch nie habe ich mich so über einen Menschen gefreut wie jetzt», sagte sie, und es war ihr ernst damit. «Was bringen Sie mir denn Gutes?»

Pocket stellte den Teller auf den kleinen Tisch neben dem Bett und holte einen Hornlöffel aus einer seiner Taschen.

«Bloß kalte Bohnen», entschuldigte er sich. «Etwas Besseres konnte ich nicht auftreiben. Es ist so viel gestohlen worden, daß die Leute kaum etwas zum Essen finden.» Er schenkte Wein in den Becher und reichte ihn ihr. «Hier, trinken Sie das. Es wird Sie wieder auf die Beine bringen.»

Marny dankte ihm von Herzen. Es überraschte sie, daß Pocket, der selbst niemals trank, stets bestrebt war, andere Menschen mit Trinkbarem zu versorgen. «Wie geht es Loren?» fragte sie.

«Er ist in guten Händen. Der Blutverlust hat ihn natürlich geschwächt, und die Wunden schmerzen. Foxy hat Dr. Rollins aufgespürt, und der Doktor ist nun da und verbindet ihn fachgerecht. Hiram hat sich auf die Suche nach einem Karren und einem Pferd gemacht, um Loren nach Hause zu schaffen, und der Doktor wird ihm Opium geben, damit er das Rattern nicht zu sehr spürt.»

«Und Ihre eigene Arbeit? Was ist mit Ihrer Buchhandlung?»

«Die kann warten», erwiderte Pocket. «Das Haus ist nicht beschädigt worden, und Mr. Gilmore kann sich um die Dinge kümmern. Aber sagen Sie jetzt: Was brauchen Sie?»

«Pocket», fing sie eindringlich an, «ich brauche einfach alles: Schuhe, Strümpfe, Kamm, Bürste, Haarnadeln, Zahnbürste und dann irgendwas zum Anziehen. Auch Seife, Handtücher, Olivenöl . . .»

«Gut, Ma'am. Also alles, was man zum Leben braucht.»

«Richtig», entgegnete Marny. «Kaufen Sie die Sachen unten auf meine Rechnung. Dann würde ich auch gern an Kendra schreiben.»

Pocket ging in den Laden hinab. Marny aß die Bohnen und fühlte sich nach jedem Bissen gestärkter. Bald kam Pocket mit seinen Einkäufen zurück. Er schleppte an: ein warmes, dunkelblaues Kleid, zwei Paar schwarze Baumwollstrümpfe und ein halbes Dutzend Paar Schuhe zur Auswahl. Jetzt wollte er wieder hinuntergehen, um Hiram zu erwarten. Sobald er mit einem Wagen eintreffe, werde er, Pocket, noch einmal Marny aufsuchen und den Brief für Kendra abholen.

Dankbar steckte Marny ihr verwirrtes Haar fest. Wo mochte Norman sein? Und was war aus Rosabel geworden? Wieviel Geld hatten sie gerettet? Irgendwo mußten sie einen neuen Calico-Palast bauen. Dieser Gedanke allein schon war belebend.

Sie schrieb Kendra, daß Loren bei der Rettung eines Kindes verletzt worden sei. Wenn er sich nicht um den kleinen Zack bemüht hätte, wäre er gar nicht in die Kearny Street gelangt und also auch nicht in die Nähe des El Dorado gekommen, als dieser Bau explodierte. Nachdem sie den Brief Pokket übergeben hatte, machte sich Marny ans Waschen.

Nach einer Weile erschien ein anderer Besucher, nämlich Ralph Watson. Er brachte Kendras Antwort und ein Bündel Kleidungsstücke. Kendra hatte sie mit Bedacht ausgewählt: schlichte dunkle Kleider und Unterwäsche. Marny setzte sich, um den Brief zu lesen.

«Liebe Marny,

Loren schläft noch unter der Wirkung des Opiums, das ihm der Doktor gegeben hat. So finde ich Zeit, Dir zu schreiben. Vielen Dank für Deinen Brief. Ich bin froh – und gar nicht überrascht –, daß sich Loren um den kleinen Zack bemüht hat. Jedermann hätte das von ihm erwartet.

Wir haben alles nur Mögliche getan, damit Loren es bequem hat und wieder gesund wird. Hiram und Pocket haben ihn die Treppe hinaufgetragen und ins Bett gelegt. Die Babykrippe haben wir unten in das Eßzimmer gestellt. Das ist in der Nähe von Ralphs und Serenas Schlafzimmer. Sie kann die Sachen des Kleinen auf dem Tisch ausbreiten und auf ihn achtgeben, während ich oben bei Loren bin. Dr. Rollins meint, Loren wird ein paar Tage im Bett bleiben müssen, bis er sich von seinem Blutverlust erholt hat, aber mit Ruhe und Pflege wird er wieder in Ordnung kommen.

Ich weiß, daß Du wegen des Calico-Palastes ganz gebrochen sein mußt. Um die Wahrheit zu sagen: Es geht mir genauso. Ich wollte ihn besuchen. Jetzt, da der Kleine da ist und ich wieder in der Reihe bin, wollte ich dieser Tage einmal dorthin gehen und mir Spiegel, Leuchter, Bilder und alles andere ansehen. Nun, das macht nichts. Ich bin sicher, daß Du und Norman ihn wiederaufbauen werdet. Wenn der neue Calico-Palast öffnet, werde ich dabeisein. Mrs. Chase wird das zwar mißbilligen, und Mr. Chase wird schockiert sein, aber Loren wird gewiß nichts dagegen haben. Er versucht gar nicht, mich herumzukommandieren.

Serena sagt, daß Loren erwacht ist. In Eile

Kendra»

Marny überlegte sich: Kendra, Pocket, Mr. Fenway – sie alle waren gute Menschen. Wie gern halfen sie in der Not. Nun, dazu war nicht jeder bereit. Gewiß nicht die Kerle, die sie in der vergangenen Nacht gesehen hatte: Lumpen, die mit dem geraubten Gut anderer Menschen davongelaufen waren. Aber dennoch gab es viele gute Menschen.

Den Rest des Tages verwandte sie darauf, sich so herzurichten, daß sie wieder einigermaßen ansehnlich wurde. Nachdem sie ihren neuen Morgenrock angezogen hatte, ging sie hinab, holte Wasser, erhitzte es auf dem Ofen im Lagerraum, schleppte es eimerweise hinauf und dann eimerweise verschmutzt wieder ins Parterre, wo sie es in den Morast hinter dem Laden ausschüttete. Die Herren Chase und Fenway hatten mehrmals im Lager zu tun, nahmen aber kaum Notiz von ihr. Sie mußten Geld verdienen.

Jeder nicht abgebrannte Laden der Stadt machte heute große Geschäfte. Hunderte von Menschen besaßen – wie Marny – keine Kleider mehr. In geborgtem Zeug drängten sie sich in die Läden. Die Eigentümer von Herbergen – so ehrbare Herrschaften wie die vom St. Francis Hotel, aber auch die Besitzer der schmuddeligsten Pennen – baten um Feldbetten, Matratzen, Decken, um die Leute unterzubringen, die beim Brand alles verloren hatten außer ihrem Geld. Sie zahlten jeden Preis, um nicht im Schlamm nächtigen zu müssen. Die Restaurants brauchten Lebensmittel für ihre ausgehungerten Kunden sowie Teller, Messer und Löffel. Den ganzen Tag über waren die Angestellten auf dem Trab. Am Nachmittag ließ sich Marny von einem der Jungen eine Dose Keks und eine Büchse Sardinen bringen. Das war ihre zweite Mahlzeit an diesem Tag.

So geschäftig die Angestellten auch waren, reden wollten sie doch. Stück um Stück erfuhr Marny die Neuigkeiten. Viele Menschen waren in der Nacht verletzt worden. Manche hatten sich bei Stürzen weh getan, andere litten an Brandwunden, einige waren beim Niederreißen von Häusern durch Beilhiebe in Mitleidenschaft gezogen worden, nicht wenigen hatte – wie Loren – die Explosion übel mitgespielt. Sie hörte neue Berichte über Plünderungen und trostlose Geschichten über Männer, die ruhig dabeigestanden hatten. Hilfe hatten sie nur leisten wollen, wenn man sie dafür bezahlte.

Das letzte brennende Gebäude stürzte gegen Mittag ein. Am Spätnachmittag war das Feuer fast überall erloschen, obgleich hier und dort noch Flämmchen unter der Asche glommen. Die Besitzer der zerstörten Bauten gossen Wasser auf diese letzten Flammen, um so rasch wie möglich mit dem Neubau anfangen zu können. Foxy hatte Norman gesehen. «In die Ruinen des Calico-Palastes hat er Wasser geschüttet», berichtete Foxy. «Zusammen mit Rosabel, den Schwarzbärten, den beiden Mädchen aus Hawaii und dem kleinen Jungen haust er in zwei Zimmern des St. Francis. Das Hotel hat seinen Nutzen aus der Katastrophe gezogen. Die Preise sind jetzt doppelt so hoch. Aber was läßt sich dagegen tun? Ich habe Norman gesagt, wo Sie sind. Er wird Sie morgen besuchen. Sie müßten über einen neuen Calico-Palast sprechen.»

Marny erklärte: «Ich werde mir das Trümmergrundstück gern selber einmal ansehen.» Aber Foxy rief erschreckt: «Das dürfen Sie nicht. Sie können sich ja gar nicht vorstellen, was für ein verrücktes Gesindel sich auf der Plaza herumtreibt. Alle Plünderer haben sich dort versammelt, um festzustellen, ob es nicht noch etwas zum Klauen gibt. Und die Hälfte dieser Kerle ist besoffen. Eine Dame unter solchem Pack? Nein. Sie dürfen sich wirklich nicht auf der Straße blicken lassen, es sei denn, ein energischer Mann beschützt Sie.»

Am Morgen erkannte Marny, wie klug Foxys Rat gewesen war. Da sie vorerst in Mr. Fenways Zimmer bleiben mußte, hatte sie beschlossen, sich die Zeit mit der Anfertigung von Kleidern zu vertreiben. Heute war Weihnachten; da man aber soviel Geld machen konnte, hatten nur wenige Läden geschlossen, Chase und Fenway arbeiteten wie an Werktagen. Marny begab sich in die Verkaufsräume, um Stoff und Nähmaterial zu besorgen.

Sofort war sie umringt. Diese Männer gehörten zwar nicht zum Gesindel, sondern sie waren Kunden, und viele erkannte sie auch als Gäste ihres Saloons. Normalerweise benahmen sie sich anständig. Aber sie waren Männer, und sie wollten sie – eine Frau – wieder unter sich haben. Sie faßten sie an, sie versuchten, sie zu umarmen, sie griffen ihr ins Haar. Einer dieser Kavaliere brachte eine Schere zum Vorschein und schnippelte ihr eine Locke ab, die er in die Höhe hielt: «Ich werde sie in ein goldenes Etui legen und sie auf dem Herzen tragen.» Tausend Fragen schwirrten auf Marny los. Wann fing der Calico-Palast wieder an? Spielte sie mittlerweile woanders? Vielleicht konnte sie auf der Stelle hier ein Spielchen mit ihnen machen? Sie würden einen Tisch herbeischaffen oder eine umgedrehte Kiste. Hatte sie keine Lust?

Dieser Wirrwarr dauerte nur ein paar Minuten; hätte er länger angehalten, dann wäre Marnys Kleid (vielmehr das von Kendra) in Fetzen gerissen worden. Schon platzten beide Ärmel an den Schultern auf, auch ein Knopf sprang ab. Bevor sie jedoch weiteres Malheur anrichten konnten, warf Mr. Chase seine stämmige Figur zwischen die Männer und befahl ihnen laut, sich zu trollen. Hier werde es keinen Auflauf geben. Er hatte eine Pistole in der Hand.

Als sie zurückwichen, ordnete Marny ihr wirres Haar und gab sich Mühe, alle anzulächeln. «Laßt mich jetzt in Frieden. Es wird einen neuen Calico-Palast geben. Das verspreche ich euch.»

Jetzt sah sie auch Mr. Fenway, der sich gleichfalls bewaffnet hatte. Mit seiner andern Hand packte er Marny am Ellbogen.

«Ihr solltet euch schämen», murmelte er. «Eine hilflose Frau zu stoßen und zu schubsen. Kommen Sie jetzt mit, Marny.»

Die Männer lamentierten: «Wir haben Marny ja gar nichts zuleide getan, wir haben sie bloß berührt, wir wollten ja nur ein paar Fragen stellen.»

Mr. Fenway gab Marny das Geleit in den Lagerraum. Mr. Chase warf ihr über dem Lauf seiner Pistole einen bösen Blick nach. Sie konnte sich seine Gedanken vorstellen: ‹Wo immer sie auch auftaucht, macht sie Schwierigkeiten. Und jetzt ist sie gar noch auf Mr. Fenways Einladung hier, so daß ich sie schlecht auf die Straße setzen kann. Doch je früher sie das Feld räumt, um so glücklicher werde ich sein. Nun gut, sie weiß nicht, wohin sie gehen soll, und ich muß mich halt mit ihr abfinden.› Marny beschloß, sich still zu verhalten, ihm aus dem Weg zu gehen und den Laden nicht wieder zu betreten.

Was sie denn habe kaufen wollen, fragte Mr. Fenway. Alsdann wies er Foxy an, ihr das Nötigste zu beschaffen: Stoff, Schere, Nadeln und Garn sowie ein Metermaß. Marny erkundigte sich, wo Foxy esse. Meist in einem Lokal weiter unten in der Straße, antwortete Foxy. Sie fragte, ob er ihr Mahlzeiten mitbringen wolle, solange sie hier wohne.

«Sicher», meinte Foxy, «das werde ich tun.»

«Ich mache euch eine Menge Scherereien», sagte Marny.

Foxy widersprach. «Ach was, ich bin Ihnen gern gefällig, und ich will auch keinen Extralohn.» Aber Marny drückte ihm dennoch Geld in die Hand. Sie war der Ansicht, daß es mit der Gefälligkeit allein nicht getan war. Die Leute wurden noch gefälliger, wenn man sie dafür bezahlte.

Während Foxy die Sachen aus dem Laden holte, schob Marny einige leere Kisten zusammen, an denen sie nähen konnte. Sie hatte gerade mit ihrer Arbeit begonnen, als Norman erschien. Er trug einen umwickelten Gegenstand bei sich. Nachdem er den Lappen weggenommen hatte, zeigte er ihr einen unförmigen Goldklumpen, der etwa drei Kilogramm wiegen mochte.

«Das ist aus den Münzen geworden, die wir nicht mehr rechtzeitig in Sicherheit bringen konnten. Alles ist geschmolzen. Und das waren Goldmünzen!» Norman knurrte vor Wut.

Gestern hatte er diesen Klumpen in den Ruinen des Calico-Palastes ausgegraben. Zusammen mit den Schwarzbärten hatte er das Grundstück den ganzen Tag bewacht. Er zweifelte nicht daran, daß sich noch mehr gescmolzenes Gold dort befand, denn die zurückgelassenen Münzen hätten einen viel größeren Klumpen ergeben müssen. Doch die Plünderer lungerten in den Trümmerstätten herum, und er konnte seine Augen nicht überall haben.

Als Marny den Klumpen in die Hände nahm, empfand sie bitter den Verlust. Dies hier war Gold, man konnte damit Waren kaufen; für die Spieltische benötigten sie aber richtiges Geld. Sie sagte, sie werde den Klumpen in ihrem Safe verwahren, und um nicht weiter daran denken zu müssen, ging sie zu einem andern Thema über:

«Was ist mit Rosabel?»

«Mürrisch wie eine nasse Katze», erwiderte Norman lachend. «Sie hat ihre Kleider eingebüßt und fürs erste den Mädchen in Blossoms Liebesnest ein paar Sachen abgekauft. Die haben vielleicht Preise gefordert!» Er zog seine Brauen zusammen. «Marny, jeder, der beim Brand nichts verloren hat, wird durch dieses Feuer reich. Wir müssen von neuem anfangen, und zwar bald, sehr bald, Marny.»

«Du kannst doch irgendwo einen Spieltisch aufstellen. Aber im St. Francis Hotel wollen sie kein Glücksspiel dulden, wie ich gehört habe.»

Norman knurrte wieder. «Nein, dort lassen sie mich nicht spielen. Dieses St. Francis ist ja respektabel.» Er dehnte das Wort verächtlich. «Ich kann aber in dem neuen Hotel, Gresham geheißen, in der Pacific Street einen Tisch mieten, aber ich halte es für besser, meine ganze Energie für den Bau eines neuen Calico-Palastes zu verwenden.» Er hatte – wie Marny – Münzen in den Safes von Chase & Fenway, und damit mußten sie beginnen. Norman war bereits bei dem Makler Norrington gewesen, um ihn wissen zu lassen, daß er zahlungsfähig sei; am Fälligkeitstag würde der

Mann also seine Miete bekommen. Doch nun zu dem neuen Gebäude.

Norman sprach ohne Pause. «Da die großen Spielhäuser an der Plaza – das El Dorado, das Parker House, Denison's, der Calico-Palast – allesamt beim Teufel sind, blüht natürlich das Geschäft in den kleineren. Das Dach des Kasinos Verandah hat fünfmal Feuer gefangen, jedesmal aber haben sie es löschen können. Jetzt ist es schon wieder geöffnet. Genauso ist es beim Bella Union, dem Aguila del Oro und allen anderen. Sie schnappen uns die dicken Fische weg. Wir müssen sofort mit dem Neubau anfangen.»

Der beste Baumeister in der Stadt war Dwight Carson, deshalb wollte Norman ihn beauftragen. Ärgerlich war nur, daß alle Welt ihn auch beauftragen wollte. Norman hatte in Carsons Büro in der Montgomery Street ein Dutzend Männer angetroffen, die den nämlichen Wunsch hatten wie er. Carson zog die Offerten in Betracht, nahm sich jedoch soviel Zeit wie ein Mädchen, das die Wahl unter zahlreichen Freiern trifft. «Wo ist der Geldsack, den du fortgeschleppt hast, Marny?»

«Hier, in meinem Safe.» Marny wußte so gut wie Norman, daß weder Goldstaub noch geschmolzenes Gold ein großer Anreiz für Carson sein würden. Ein derart gefragter Mann konnte Münzen verlangen.

«Wenigstens haben wir Bargeld auf der Hand», meinte Norman. «Solange wir es verhindern können, werden wir nichts borgen.»

Marny stimmte ihm zu. «Zehn Prozent Zinsen pro Monat!» rief sie aus.

«Zehn?» Norman lachte laut. «Seit dem Feuer bekommen die Bankiers zwölfeinhalb. Dieser Freund von dir, Hiram Boyd, und sein Partner, ein gewisser Eustis, haben ihr Bürohaus in der Montgomery Street kaum halb fertig. Aber sie arbeiten bereits in einem Raum, und ich habe gehört, daß Leute um Darlehen bitten. Ich weiß nicht, weshalb sie für zwölfeinhalb Prozent verleihen. Ich würde fünfzehn fordern. Aber sag mir mal: Hast du in letzter Zeit noch mehr Dampfertickets gekauft?»

«Ja, das habe ich. Sie sind auch in meinem Safe hier.»

Norman blickte zur Decke auf und schickte seinen Dank gen Himmel. Er hatte befürchtet, sie habe keine mehr gekauft oder die gekauften im Calico-Palast zurückgelassen, wo sie samt allem andern verbrannt wären. «Ach, Marny, du benutzt deinen Kopf aber wirklich zum Denken. Die meisten Leute lassen bloß Haare darauf wachsen.»

Marny hob belustigt eine Schulter. «Was willst du mit den Tickets machen?»

«Der Dampfer *Oregon* wird am 1. Januar nach Panama fahren. Das Büro wird geradezu gestürmt. Die hiesigen Zustände machen die Menschen allmählich krank: Regen, Schlamm, Ratten und jetzt der Brand. Sie wollen auf Maultieren die Landenge überqueren und nach Hause. Die Dampfergesellschaft ist jedoch ausverkauft. Wir können drei- oder viermal soviel für die Tickets bekommen, wie du gezahlt hast. Vielleicht gelingt es uns doch, Dwight Carson zu gewinnen. Wenn du ihn sehen solltest, dann sag ihm nur nicht, wie nötig wir ihn brauchen.»

Marny setzte ein schlaues Lächeln auf. «Dwight benutzt seinen Kopf keineswegs bloß zum Haarewachsen, mein Lieber. Er weiß genau, wie nötig wir ihn brauchen.»

Norman ließ sich von Mr. Fenway den Raum aufschließen, der die Safes enthielt. Auf dem Boden sitzend zählte er seine Münzen und danach die von Marny, rechnete den wahrscheinlichen Wert der Dampfertickets hinzu und gab die Münzen zurück. «Wir sind in keiner schlechten Lage», sagte er zu Marny, als sie wieder in das Lager gingen. «Ich glaube, wir können alle andern ausstechen.» Und pfeifend stürzte er davon, um Dwight Carson über ihre finanziellen Verhältnisse zu informieren.

Marny lachte leise und machte sich wieder an ihre Näharbeit. Sie wäre jede Wette eingegangen, daß Norman gestern – gleich ihr – Tränen vergossen hatte. Aber heute würde er dies nicht zugeben, sie übrigens auch nicht. Sie waren in Kampfstimmung. Ähnlich erging es allen andern Leuten, die sich mit dem Neubau ihrer zerstörten Häuser beeilten. Diese von Nebeln, Ratten und Wanzen heimgesuchte Stadt besaß doch ein gewisses Etwas. Marny freute sich, hier zu sein.

Der Tag nach Weihnachten brach düster und rauh an, im Laden war es jedoch warm, und im Laden gaben sich die Kunden einander die Klinke in die Hand. Die Jungen hetzten umher und lamentierten, weil Loren ausgerechnet jetzt zu Hause bleiben mußte, da sie ihn am dringendsten gebraucht hätten. Ralph berichtete: «Es geht ihm gut, und er wird bald wieder arbeiten können.» Aber dieser Trost half ihnen ja heute nicht viel. Marny saß am Fenster, nähte und wartete auf Neuigkeiten. Soeben unterhielt Norman sich wohl mit Carson.

Dieser Norman, dachte Marny, er ist tatsächlich ein gewiefter Bursche. Er hat nicht mehr Grundsätze als ein Kater, aber er ist durchtrieben. Ich wundere mich, daß Rosabel ihn heiraten will. Die Liebe ist etwas Eigentümliches und Wunderbares. Zumindest ist sie eigentümlich.

Mitten in ihre Träumereien hinein knallte Norman. Er schob die Angestellten und Packjungen beiseite und stürmte auf Marny zu. Er war stets adrett gekleidet, seit dem Brand jedoch hatte er keine Zeit gefunden, sich um sein Aussehen zu kümmern. Sein Hemd war zerknittert, seine Krawatte hing schief, sein Spitzbart war ungepflegt, aber sein Gesicht strahlte vor Freude, und er war so atemlos, daß er zunächst keine Worte fand.

«Marny!» stieß er endlich hervor. «Ich kann bloß eine Minute bleiben. Ich wollte dir nur Bescheid sagen: Wir haben ihn bekommen!»

«Oh, herrlich!» rief sie und ließ ihr Nähzeug sinken. «Wie hast du denn das gedreht?»

Vielleicht zum erstenmal in seinem Leben machte Norman eine verdatterte Miene. «Ich weiß es nicht», antwortete er. «Ich bin gestern noch einmal in sein Büro gegangen, nachdem ich mit dir gesprochen hatte . . .»

«Wann beginnt er?»

«Das will ich dir doch gerade erzählen! Ich bin noch einmal in sein Büro gegangen – und er hatte schon angefangen!» Marny schnappte nach Luft. Norman sprach hastig weiter: «Er hatte bereits ein Fuhrwerk zur Stelle, das die Asche fortschaffte, und arbeitete an der Einebnung. Und was noch viel sonderbarer anmutet: Der Preis ist ihm egal. Er hat gesagt, über das Geld könne man später sprechen.» Normans Augen waren vor Staunen immer größer geworden.

Marny seufzte glücklich. Doch Normans Rede war noch nicht zu Ende.

«Er läßt jetzt das Grundstück säubern. Er hat sich nach dir erkundigt und will dich besuchen, sobald er alles organisiert hat. Aber jetzt will ich sehen, daß ich Bruno Gregg zu fassen kriege. Ich schicke ihn zu dir, damit ihr über neue Bilder sprechen könnt. Ach ja, hier ist die *Alta* von heute. Aber nun muß ich verschwinden.»

Norman fegte aus dem Zimmer, wobei er gegen zwei Packjungen prallte. Marny blickte lächelnd hinaus in den Nebel und in die Düsternis. Sie wußte nicht, weshalb Dwight so zugänglich war, und im Moment interessierte sie sich auch gar nicht so sehr dafür. Daß der neue Calico-Palast gebaut wurde, reichte vorerst.

Dann las sie in der *Alta*. Ladenbesitzer kündigten die Versteigerung von Waren an, die sie in Sicherheit gebracht hatten, bevor ihre Häuser eingestürzt waren. Manche Leute baten um die Rückgabe von Papieren, die in gestohlenen Safes gelegen hatten; der neue Besitzer sollte eine Belohnung erhalten, ohne daß Fragen gestellt würden. Einige ehrliche Männer gaben bekannt, daß sie Dinge aufgelesen hätten, die anderen gehörten; diese Fundstücke könnten von ihren Eigentümern abgeholt werden. Nach den schmachvollen Szenen, deren Augenzeugin sie in der Nacht gewesen war, empfand Marny solche Mitteilungen als wohltuend: Sie bewiesen, daß es hier auch anständige Menschen gab.

Bruno Gregg trat ein und weckte sie aus ihren nachdenklichen Betrachtungen. Einen Zeichenblock in der Hand, öffnete er die Tür des Lagerraums und blieb unschlüssig auf der Schwelle stehen, als sei er nicht sicher, ob er dieses geschäftige Treiben stören dürfe. Marny lud ihn ein, sich neben ihr am Fenster niederzulassen. Sie achtete nicht auf den Trubel, sondern begann eifrig, die Inneneinrichtung des neuen Calico-Palastes zu entwerfen.

An diesem Tag und fast während des ganzen folgenden Tages plauderten Marny und Bruno über Gemälde. Außer denen, die sie an die Wände hängen wollte, wünschte Marny auch eines dieser neuartigen Transparenzbilder. Ein Transparenzbild war ein Gemälde auf Leinwand, das in ein Fenster gestellt wurde. Hinter dem Bild mußte jedoch ein Licht brennen, so daß die Passanten einen Vorgeschmack der Genüsse bekamen, die im Innern des Hauses auf sie warteten. «Auf einem Transparenzbild», sagte

Marny, «könnten beispielsweise Münzen zu sehen sein, die in Stapeln auf einem Tisch liegen. Vielleicht kann ich auch konterfeit werden, umringt von glücklichen Spielern (natürlich haben sie alle gewonnen). Auch eine Bar könnte ich mir denken, wo diese glücklichen Gewinner feiern und Lulu oder Lolo die Gläser füllen. Und vielleicht könnten Sie Rosabel an ihrem Klavier malen und rings um sie zufriedene Männer, die ihrem Spiel lauschen?»

Bruno Gregg verstand. Während sie sich unterhielten, fertigte er auch schon Skizzen an. Am Nachmittag kam er mit Entwürfen für Transparenzbilder, die alle Fensterscheiben schmücken sollten. Außerdem brachte er ein Kartenspiel mit, und nachdem Marny für einige Skizzen Modell gesessen hatte (was die Packjungen aufs äußerste interessierte), erklärte Bruno, mit der Arbeit an den Gemälden werde er am nächsten Morgen beginnen. Und er werde sie rechtzeitig vollenden. Marny brauche sich deswegen keine Sorgen zu machen.

Am Tag darauf empfing Marny den Besuch von Dwight Carson.

Er kam nicht in den Raum gestürzt wie Norman, er schaute sich auch nicht überrascht um wie Gregg. Er war eine viel zu bedeutende Persönlichkeit, um das eine oder das andere zu tun. Dwight Carson wurde von Mr. Chase in den Lagerraum eskortiert. Die Verbeugung, mit der Mr. Chase den Baumeister vorstellte, und seine förmlichen Worte: «Mr. Carson möchte Sie sprechen, Ma'am», versetzten Marny einen Schock.

Höflich gab sie ihm die Hand. «Wie geht es Ihnen, Mr. Carson?» Dwight, der den Hinweis sogleich verstand, entgegnete: «Es ist mir ein Vergnügen.» Mit dem Namen sprach er sie nicht an. Diese Begegnung war zu wichtig, als daß er sie hätte Marny nennen können. Übrigens war es weder ihm noch Mr. Chase jemals eingefallen, sich nach ihrem Familiennamen zu erkundigen. Doch sobald Mr. Chase sich zurückgezogen hatte, griff Marny nach beiden Händen Carsons. «Ach, ich bin ja so froh, Sie zu sehen! Vielen Dank, vielen Dank. Norman erzählt, Sie wollen einen neuen Calico-Palast für uns bauen.»

Dwight Carson behielt ihre Hände in den seinen, lächelte auf sie herab und blickte offen in ihre lebhaften grünen Augen. «Für Sie», verbesserte er mit klarer Stimme.

50

Marny machte große Augen. Natürlich, dachte sie, wie dumm von mir, daß ich das nicht früher begriffen habe.

Dwight zog einen Stuhl herbei und setzte sich mit dem Rücken zum Raum. Er sprach leise, aber jedes Wort war deutlich zu verstehen.

«Was geht mich Norman an? Er ist nicht besser als jeder andere Spieler an der Plaza.»

Marny hätte ihm sagen können, daß Norman durchaus besser war als alle andern Spieler an der Plaza (sie selbst ausgenommen) und daß dies allein der Grund dafür war, daß sie ihn als ihren Partner gewählt hatte. Aber Dwight ließ eine Rede vom Stapel, die er sich offenbar zurechtgelegt hatte, und zwar seit langem. Außerdem interessierte Marny sich dafür. Also hörte sie ihm zu.

«Aber Sie ... ich meine es ernst. Nur selten begegnet ein Mann einem so tadellosen Mädchen, wie Sie eines sind. Ein Mädchen, das auf sich achtet, das ehrlich spielt und allezeit bei guter Laune ist. Und daß ich jetzt mit ansehen muß, was Ihnen widerfahren ist ... Ein Mann, der ein Herz hat, muß mit Ihnen leiden.»

Marny wußte, wie man auf derlei Gerede zu antworten hatte. Sanft und seidenweich erwiderte sie:

«Ach, Dwight, Sie haben ja soviel Verständnis ...»

«Ich halte viel von Ihnen, Marny», versicherte Dwight ehrlich. «Ich bewundere Sie. Es gibt nicht viele Leute, die so sind wie Sie. Und jetzt ... nun, jede andere Frau an der Plaza würde sich hysterisch benehmen, nachdem sie soviel in ihr Haus gesteckt hat und es jetzt vernichtet sieht. Sie sind ganz anders. Ich möchte Ihnen helfen. Sie wissen ja gar nicht, was für eine hohe Meinung ich von Ihnen habe, Marny.»

Nein, überlegte Marny, das wußte ich nicht. Aber ich bin ein Mädchen von rascher Auffassungsgabe.

Dwight sprach weiter. Sein Mitgefühl war echt, und echt war auch seine Achtung. Er benahm sich so ernst, daß Marny einen Moment fürchtete, er werde um ihre Hand anhalten. Sie wollte weder Dwight noch irgendeinen andern Mann heiraten: Eine Heirat war etwas Dauerhaftes, das sie abschreckte. Doch als er weitererzählte, gewann sie den Eindruck, daß er ebensowenig ans Heiraten dachte wie sie selber. Allerdings interessierte er sich sehr für sie.

Wenngleich beide in Honolulu gewohnt hatten, waren sie einander nie ins Gehege gekommen. Früher hatte Dwight in New York gelebt. Als er in Honolulu eintraf, war Marny gerade abgereist; er hatte sich dann noch einige Monate in Hawaii aufgehalten, ehe ihn das Goldfieber nach San Francisco trieb. Im Calico-Palast war er oft gewesen. Heute jedoch unterhielten sich die beiden zum erstenmal richtig. Sie lauschte ihm mit wachsender Aufmerksamkeit. Die meisten Männer, die ihr einen Antrag machten, ähnelten sich in ermüdender Weise. Sie wollten eine Frau. Dwight indessen wollte sie nicht bloß deswegen, weil sie eine gut aussehende Frau mit einem gewissen Prestige war. Er hat mich um meinetwegen gern, dachte sie versonnen. Sie kannte den Unterschied.

Hin und wieder ermutigte sie ihn durch einige Worte; gleichzeitig taxierte sie ihn. Dwight war ein rauher Bursche, nicht gerade hübsch, aber er wirkte temperamentvoll, und sein schnelles Mienenspiel verriet einen wachen Verstand. Er hatte hellbraunes Haar und stahlblaue Augen, die alles wahrnahmen, was sich in seiner Nähe abspielte. Er sah gesund aus.

Ein angenehmer Mensch, sagte sich Marny, einer, der einem nicht auf die Nerven fallen wird. Er wird sich um mich kümmern, und gerade jetzt brauche ich jemanden, der sich um mich kümmert. Vor dem Brand hatte ich keine Lust auf Männer. Jetzt aber habe ich einen nötig. Immerhin war das ein schwerer Schlag. Ich könnte ein bißchen Zärtlichkeit vertragen ...

«Marny, ich glaube, daß ich noch nie soviel über ein Mädchen nachgedacht habe wie über Sie.»

Doch, sagte sich Marny wiederum, ich muß mich in eine zärtliche Umarmung kuscheln können. Und außerdem muß ich einen neuen Calico-Palast haben. Wenn ich jetzt «Ja» sage, dann werde ich bestimmt den Calico-Palast bekommen. Er hat schon mit der Arbeit begonnen, aber das ist wohl nur eine Geste, mit der er zeigen will, daß er's ernst meint. Jedermann auf der Plaza ruft jetzt nach ihm. Er könnte mit sechs Gebäuden auf einmal anfangen. Mich könnte er dann wegen «unvermeidbarer Verzögerungen» vertrösten. Wenn ich aber «Ja» sage, wird er den Calico-Palast vollenden, bevor er auch nur einen Backstein für andere Leute in die Hand nimmt.

Plötzlich merkte sie, daß Dwight erwartungsvoll schwieg.

«Dwight, Sie sind ja so nett, so galant. Daß Sie gerade jetzt mich besuchen, da Sie doch der am meisten umworbene Mann in der ganzen Stadt sind ...»

Carson lächelte dankbar. Marny hatte nicht die Absicht, sogleich nachzugeben. Zunächst wollte sie sichergehen, daß er ihre Gunst auch verdiente. Sie fuhr fort:

«Ich weiß, wieviel Sie zu tun haben, und ich frage mich deshalb, ob Sie die Zeit finden, einmal mit mir auszugehen.»

Sein Gesicht wurde hell. «Aber Marny, für Sie tue ich doch alles!» Er nahm eine ihrer Hände. «Wohin möchten Sie denn gern?»

«Ich will mir die Plaza einmal ansehen. Aber man hat mir gesagt, dort herrsche eine solche Unordnung, daß ich mich allein kaum hintrauen dürfe.»

Dwight bestätigte das nachdrücklich. «Natürlich dürfen Sie nicht allein hingehen. Unter keinen Umständen dürfen Sie das. Ich werde Sie begleiten. Ich werde Sie beschützen.»

Und dabei kann er allen Leuten seine Eroberung vor Augen führen, dachte Marny amüsiert. Na ja, ein Mann, der eine Trophäe errungen hat, darf sich wohl das Recht nehmen, damit großzutun. Laut sagte sie:

«Ich danke Ihnen vielmals, Dwight. Das ist sehr nett von Ihnen. Ich hole nur rasch meinen Hut und meinen Schal.»

Fürsorglich erkundigte er sich, ob sie auch Stiefel habe. Marny bejahte, sie hatte welche im Laden gekauft. Gewiß, sie werde sie anziehen. Als sie vor dem Spiegel in Mr. Fenways Zimmer stand, schien ihr, sie sähe recht gut aus in Anbetracht des Erlebten. Dann streifte sie Handschuhe über, lächelte ihrem Spiegelbild zu und ging wieder hinab.

Mit einem stolzen Lächeln nahm Dwight ihren Arm und führte sie durch das Geschäft. Jetzt drängten sich keine Kunden mehr um sie; da Marny Dwight an ihrer Seite hatte, ließen sie besser die Finger von ihr. Draußen blickte sich Marny bestürzt um. Sie wußte, daß die Eigentümer der verbrannten Häuser Neubauten errichteten; sie hätte sich jedoch nicht träumen lassen, mit welcher Eile sie dies taten. Kendra und Loren hatten ihr Festtagsessen am vergangenen Sonntag gegeben; das Feuer war in der Nacht zum Montag ausgebrochen; heute war Freitag, und Marny ging zum erstenmal wieder durch die Straßen. Sie erinnerte sich der Verwüstung, die sie an jenem frühen Morgen erlebt hatte, als sie durch den Schlamm gewatet war; was sie nun zu Gesicht bekam, erfüllte sie beinahe mit Ehrfurcht:

Schutt, Asche, Trümmer – fast alles war schon beseitigt; Fuhrwerke transportierten die letzten Reste ab. Marny sah die Gerüste von sechs Fertighäusern bereits auf den vom Brand verheerten Grundstücken stehen. Arbeiter bauten Türen und Fenster ein. Auf noch leeren Parzellen nahmen Männer Maß, stellten Berechnungen an, entwarfen Pläne.

Als sie die Ecke der Kearny Street erreichten, fiel Marnys Blick auf das Spielhaus Verandah, das zwar versengt, aber nicht verbrannt war; gegenüber wurde an einem neuen El Dorado gearbeitet. Daneben luden Männer Backsteine ab, die für den Neubau des Parker House bestimmt waren. Da es aus Holz gewesen war, hatte das Lokal buchstäblich wie ein Bündel Reisig gebrannt; offenbar sollte das neue Gebäude massiver werden. Wo Denison's Exchange gestanden hatte, erhob sich nun ein zweistöckiger Bau, der zur Hälfte fertig war. «Wie um alles in der Welt, können sie denn so rasch arbeiten?» fragte Marny verwundert.

Mit einem geringschätzigen Lächeln antwortete Dwight:

«Sie bauen mit Teerpappe und Zahnstochern. Die Eigentümer von Denison's Exchange haben mit einem Bauunternehmer einen Vertrag geschlossen, als die Asche noch glomm. Dieser Mann hat versprochen, das neue Haus binnen sechzehn Tagen fertigzustellen. Hält er seinen Vertrag, dann soll er etwa sechzig Kilogramm Goldstaub erhalten. Für jeden Tag, den er länger braucht, verringert sich der Lohn. Macht er aber so weiter wie bisher, dann wird es mich nicht überraschen, wenn er statt in sechzehn Tagen schon in zehn fertig ist. Und dann können sie ihren Laden wieder öffnen. Das heißt: falls kein Windstoß den Bau umlegt.»

Oder, dachte Marny, falls keine weggeworfene Zigarre ein neues Feuer verursacht.

Das alles mochte zwar dramatisch sein, Marny war aber nicht hierhergekommen, um sich Denison's, das Parker House oder das El Dorado zu betrachten. Sie wollte sehen, was am Calico-Palast vor sich ging. Carson warnte sie: «Der Bürgersteig der Kearny Street ist verglüht, und da es nicht geregnet hat, ist der Schlamm auch nicht fest geworden. Bitte, bleiben Sie zunächst einmal stehen, bis ich den Weg geprüft habe.»

Also blieb sie, wo sie war. Dwights Stiefel versanken bis zu den Knien im Morast. An manchen Stellen reichte der Schlamm gar bis zur Taille.

«Nun, Miss Randolph», sprach eine Männerstimme sie an.

Marny schaute verblüfft auf. Kaum jemand hatte sie jemals so genannt. Neben ihr stand Captain Pollock. Wie immer wirkte er kräftig und gesund, und er war auch gut gekleidet. Seine dunkelblaue Marineuniform war sauber. Er hatte seine Mütze nicht abgenommen, was sie ein wenig merkwürdig fand. Die meisten Männer in San Francisco entblößten vor einer Frau den Kopf und verbeugten sich. Pollock starrte sie an – weniger wütend als vielmehr triumphierend.

«Jetzt hat es also auch Sie erwischt», sagte er.

Marny seufzte. Sie wäre gern vom Bürgersteig auf den Fahrdamm getreten und zu Dwight gegangen, beschloß jedoch, lieber eine Minute in Gegenwart des Kapitäns auszuharren, als in ein tiefes Schlammloch zu fallen. «Ach, lassen Sie mich», versetzte sie und fügte dann hinzu: «Sie dummer Narr!»

«Ich werde Sie nicht aufhalten», bemerkte Captain Pollock. «Ich wollte lediglich andeuten, daß jetzt vielleicht auch Sie eine Ahnung von den Gefühlen bekommen, die mich beim Anblick meiner verrotteten *Cynthia* befallen.»

«Aber ich gebe nicht auf», entgegnete Marny. «Ich werde das Haus wiederaufbauen. Sie aber geben auf. Sie könnten sehr wohl nach New York zurückfahren.» Plötzlich kam ihr ein schadenfroher Einfall. «Falls Sie nach Hause wollen, so kann ich Ihnen eine Fahrkarte verkaufen – für die *Oregon* nämlich, die in der nächsten Woche abfährt.»

Pollock stierte sie voller Haß an. Dann lächelte er verächtlich. «Wie immer verstehen Sie es, Fußangeln zu legen.»

In diesem Augenblick tauchte Dwight Carson wieder auf. Er nahm Marnys Arm. Zu Pollock gewandt sagte er:

«Vorsicht, Captain. Kommen Sie nicht in mein Fahrwasser.»

Es gab Marny einen leichten Ruck. Dwight war sich seiner Sache ja ziemlich sicher, da er bereits von seinem «Fahrwasser» sprach. Und dabei hatte sie noch nicht einmal den Plan zum neuen Calico-Palast gesehen. Sie hatte ihm auch noch keinerlei Zusagen gemacht; sie war auch nicht gesonnen, ihm irgendwelche Rechte einzuräumen. Nein, er sollte erst sein Können beweisen.

Pollock verneigte sich höflich und knapp vor Carson. «Ich bitte um Verzeihung, Sir.» Und damit spazierte er in Richtung des Hafens davon.

«Ich hätte Sie nicht allein lassen dürfen», meinte Dwight bedauernd. «Hat dieser Mann etwas Ungehöriges zu Ihnen gesagt?»

«Nein. Er ist bloß nicht ganz richtig im Kopf. Haben Sie das denn noch nicht gehört? Er glaubt, ich bringe seinem Schiff Unglück.»

«Doch, das habe ich gehört. Er fürchtet sich vor Rothaarigen.» Dwight schaute zärtlich auf die kupferfarbenen Locken, die unter Marnys Hut hervorlugten. «Solch einen Unsinn muß man sich nur einmal vorstellen!»

Dann blickte er zur Bucht, wo die Masten der Schiffe im Nebel kaum auszumachen waren.

«Ich bezweifle, daß er dieses Schiff jetzt noch aus dem Hafen bekäme, auch nicht mit einer erstklassigen Mannschaft. Seit dem letzten Frühjahr liegt der Kasten nun hier. Kein Mensch hat sich um ihn gekümmert. Er muß in allen Fugen krachen. Na, ihm kann's ja egal sein, denn er hat sein Auskommen.»

«Wieso denn?» fragte Marny neugierig.

«Er hat eine Ziegelei gekauft und ist Teilhaber einer Holzfirma. Vielleicht macht er seine Sache nicht so gut wie auf seinem Schiff, auf alle Fälle aber braucht er nicht Hunger zu leiden.»

«Ach, sprechen wir nicht mehr darüber, Dwight. Zeigen Sie mir lieber, was Sie mit dem Calico-Palast vorhaben.»

Der Weg war nicht leicht zurückzulegen, was Marny jedoch nichts ausmachte, denn alsbald sah sie, was sie hatte sehen wollen: Carsons Zimmerleute bauten in der Tat schon an ihrem neuen Spielkasino. Vor Freude schnappte sie nach Luft. Die Fundamente waren bereits gelegt, und zwar Fundamente aus Backsteinen und Mörtel; die Mauern wuchsen in die Höhe.

«Ach, Dwight!» rief sie glücklich aus.

Er lächelte sie an. «Gefällt es Ihnen?»

«Ob es mir gefällt?» Sie seufzte, jetzt fast hingerissen. «Daß Sie schon soviel getan haben! Aber Sie verwenden weder Teerpappe noch Zahnstocher.»

«Ganz gewiß nicht», beteuerte er. «Das neue Gebäude wird solider sein als das alte. Ich lasse die Wände dicker machen und auch zwei Treppen bauen.»

Marny ging näher heran. Sie erzählte ihm von den Transparenzbildern, und er erzählte ihr von den eisernen Gittern, die er vor den Türen und Fenstern anbringen wollte, um das Haus einbruchssicher zu machen. Sie plauderten so lange, bis das Zwielicht sie ins Halbdunkel tauchte und viele Leute mit Laternen in der Hand durch die Straßen gingen. Während sie zur Montgomery Street zurückschlenderten, fragte Marny: «Wo wohnen Sie eigentlich, Dwight? Ihnen hat der Brand keinen Schaden zugefügt?»

«Nein, ich hatte viel Glück, ich habe gar nichts eingebüßt. Ich wohnte in einem Zimmer über meinem Büro. Kürzlich aber bin ich in das neue Hotel in der Pazific Street umgezogen, ins Gresham.»

«Finden Sie es dort gemütlich?»

«O ja. Ich habe zwei Zimmer ganz für mich allein.»

«Zwei Zimmer!» sagte sie verblüfft. Die meisten Leute in San Francisco

– ob reich oder nicht – mußten mit zwei oder drei andern in einem Schlafzimmer kampieren.

Dwight nickte stolz. «Die Mauern sind fest. Und ich habe Platz und Ruhe.»

Platz und Ruhe waren etwas so Seltenes, daß es Marny ganz eigentümlich zumute wurde. «Wie haben Sie denn das geschafft?» wollte sie wissen. «Zwei Räume für Sie allein!»

«Ich habe das Hotel gebaut», erwiderte Dwight lachend. «Im Kontrakt habe ich mir diese Zimmer ausbedungen.»

Marny dachte an die Beschreibung, die ihr Hiram und Pocket von ihrer Unterkunft im St. Francis Hotel gegeben hatten. Sie dachte an ihr eigenes zugiges Kämmerchen über dem alten Calico-Palast und an ihr derzeitiges Obdach im Zimmer des Mr. Fenway. «Das hört sich ja herrlich an», meinte sie ehrlich.

«Das Gresham ist besser als das St. Francis», behauptete Dwight. «Es ist nicht so hochgestochen. Und außerdem gibt es da ein gutes Restaurant.»

Marny erklärte noch einmal, das sei herrlich.

Sie verabschiedete ihn jedoch an der Tür des Lagerraums. Morgen – vielleicht –, dachte sie. Morgen – wahrscheinlich. Sie mochte ihn sehr gut leiden. Sie gab ihr Wort, morgen wieder mit ihm auszugehen und den Fortgang der Bauarbeiten zu beaufsichtigen. Aber das war auch das einzige Versprechen. Sie wollte nichts überstürzen.

In dieser Nacht schlief sie gut, und als sie erwachte, war sie in froher Laune. Weiße Nebel wogten um das Haus, und das Wasser in ihrem Henkelkrug war bitterkalt. Im Lagerraum konnte sie sich jedoch bald aufwärmen. Die Packjungen zündeten, als sie hereinkam, das Feuer im Ofen an und stellten auch wie immer einen Topf mit Kaffee darauf. Marny ging mit einer Dose getrockneter Birnen hinunter.

Nur zwei Angestellte, deren Namen sie nicht kannte, waren schon da; geräuschvoll öffneten sie einige Kisten. Der Kaffee zischte auf dem Ofen. Nachdem Marny gefrühstückt hatte, setzte sie sich mit ihrem Nähzeug ans Fenster, um nicht im Wege zu sein, falls Mr. Chase kommen sollte. Bei dem Gedanken, wie glücklich er sein würde, wenn sie ihn endlich von ihrer lästigen Gegenwart befreite, mußte sie in sich hineinlachen.

Die Tür wurde aufgemacht. Foxy kam auf sie zu. «Guten Morgen, Marny.»

Sie lächelte. Foxy trat von einem Bein aufs andere. Sein langes Gesicht mit den großen Zähnen hatte einen ernsten Ausdruck.

«Hören Sie mal, Marny», redete er sie schließlich an.

«Was ist los, Foxy?»

«Ich muß Ihnen was erzählen.»

Marny gab einen geduldigen Seufzer von sich. Foxys Aussehen ließ vermuten, daß seine Nachricht nichts Gutes sein werde. Sie hatte schon oft beobachtet, daß Leute, die Neuigkeiten zu überbringen hatten, besonderen Genuß daran fanden, wenn die Neuigkeit möglichst unselig war. Sie mußte an Foxys Behagen denken, als er ihr vom Tod Delberts berichtet hatte – eine Nachricht, die sie selber kaum berührt hatte.

«Also, was ist los?» fragte sie.

«Es geht um Ihren Freund – um unseren Freund», begann Foxy. «Um Loren Shields.»

Aufgeregt schob Marny ihre Näherei zur Seite. «Was ist mit Loren?»

Foxy sprach mit düsterer Wichtigkeit:

«Es geht ihm gar nicht gut.»

«Wieso denn, Foxy? Ralph Watson hat doch gesagt, er sei soweit ganz in Ordnung.»

«Ja, das haben sie alle geglaubt», versetzte Foxy. Loren tat ihm leid, zugleich aber freute er sich darüber, daß er als erster diese bedeutsame Nachricht überbringen konnte. «Loren geht's jetzt schlecht.»

Gestern hatte Marny Dwight bitten wollen, er möge mit ihr zu Kendra gehen, damit sie sich nach Lorens Befinden erkundigen könne. Sie hatten jedoch in der Kearny Street so lange über den Calico-Palast gesprochen, daß es darüber dunkel geworden war und sie den Besuch auf heute verschoben hatte.

«Was meinst du mit ‹schlechtgehen›, Foxy?»

«Heute früh ist Ralph gekommen und hat erklärt, er könne nicht arbeiten, da er Mrs. Shields behilflich sein müsse. Gegen vier Uhr in der Nacht ist Loren durch einen stechenden Schmerz in der Seite wach geworden. Kendra hat sogleich Dr. Rollins benachrichtigen lassen. Sie hat große Angst.» Große Angst hatte indessen auch ihn, Ralph Watson, beschlichen, als er mit dem Arzt zurückkam und Loren sah. Er war vom Schmerz entstellt, und der kalte Schweiß lief ihm übers Gesicht. Er gab sich Mühe, nicht zu schreien, aber es gelang ihm dennoch nicht, das Schreien zu unterdrücken. Ralph hatte nun Mr. Chase Bescheid gegeben, und dessen Frau war sofort hinübergegangen, um Kendra beizustehen. Mr. Chase war bis jetzt noch nicht im Laden erschienen.

«Loren geht's schlecht», wiederholte Foxy.

In diesem Moment trat Mr. Fenway ein. «Eine häßliche Geschichte, das mit Loren», meinte er traurig. «Der beste Mann, den wir jemals hatten. Ehrlich und zuverlässig. Ein Mann von gesundem Menschenverstand.» Heute paßte seine trübe Miene endlich einmal zum Anlaß. «Eine häßliche Geschichte. Nun, Foxy, ich glaube, du und ich, wir machen uns am besten an die Arbeit.»

Loren mußte sehr krank sein, wenn nicht einmal Ralph arbeitete, denn er nahm es mit seinen Pflichten sehr ernst. Aus einem geringfügigen Grund wäre er niemals ferngeblieben. Lorens Zustand schien gefährlich zu sein. Dieser Nagel mußte tiefer in sein Fleisch eingedrungen sein, als sie angenommen hatten. Vielleicht war es ein rostiger Nagel gewesen. War

Loren am Ende todkrank?

Ach, natürlich nicht! Er war ein so junger, gesunder Mann. Selbstverständlich würde er sich wieder erholen.

Doch gesetzt den Fall, er würde sich nicht wieder erholen?

Marny hatte nie an Dinge glauben können, die sie im Innern für unglaubwürdig hielt. Sie wußte: Wenn Loren sterben sollte, dann würde das für Kendra keine Tragödie bedeuten. Kendra hatte ihn geheiratet, als sie erschüttert, ängstlich und einsam gewesen war. Damals hatte Lorens Güte ihr eine Zuflucht geboten. Sie führten keine unglückliche Ehe. Wenn sie beide bis ins hohe Alter zusammen lebten, würde Kendras Ehe so wie die der meisten Leute gewesen sein, vielleicht sogar glücklicher als die der meisten andern. Doch während Loren seine Frau innig liebte, lagen die Dinge bei ihr anders: Kendra hatte ihren Mann sehr gern, aber sie liebte ihn nicht. Falls Loren starb, würde er ihr fehlen. Seine Güte ließ sich nicht so leicht vergessen. Aber sie würde darüber hinwegkommen.

Um ihre Ungeduld zu bezähmen, nahm Marny ihre Näharbeiten wieder zur Hand und wartete derweilen auf Dwight. Kurz vor Mittag traf er ein, herzlich und glücklich, mit vom Nebel geröteten Wangen. Er zog seine Handschuhe aus und begrüßte Marny.

«Wollen wir gehen? Sie werden überrascht sein, wieviel die Leute heute morgen schon geschafft haben.»

Marny erklärte ihr Einverständnis, fragte jedoch, ob er etwas dagegen einzuwenden habe, wenn sie zuerst Kendra besuchten, damit sie sich nach Loren erkundigen könne. Sie wolle bloß ein paar Minuten dort bleiben, dann könnten sie zur Plaza gehen.

«Gewiß, gewiß», versicherte Dwight, «ganz wie Sie wollen. Loren tut mir so leid. Ich habe von seiner Verletzung gehört, aber ich wußte nicht, daß es ihm jetzt schlechtgeht. Ich hoffe, daß Foxy übertrieben hat.»

Die beiden gingen den Berg hoch. Vor Kendras Haus griff Marny ängstlich nach Dwights Handgelenk. Der Nebel war kalt, hier oben aber war ihr, als sei sie in einen noch kälteren Schatten getreten. Das Haus sah wie abgeschlossen aus: düster, unzugänglich. Die Jalousien an der Vorderfront waren heruntergelassen. So wirkten Stätten des Unheils.

Marny dachte daran, wie sie dieses Haus noch vor kurzem gesehen hatte. Damals hatten die Scheite im Kamin und die Kerzen strahlendes Licht verbreitet. Sie dachte an das Weihnachtsessen. Sie dachte an Kendras Klavierspiel und Hirams frohen Gesang ... Und das war erst vor einer Woche gewesen! Plötzlich wünschte sie, allein ins Haus zu treten.

«Dwight, je weniger Leute bei einem Kranken sind, um so weniger Geräusch stört ihn. Können Sie nicht woanders auf mich warten? Vielleicht gehen Sie in die Buchhandlung und lesen die Zeitungen, die der Dampfer gestern mitgebracht hat, ja?»

Carson wollte sie in jeder Weise zufriedenstellen. Außerdem war er ja auch kein enger Freund Lorens. Er war nur mitgekommen, weil Marny seine Begleitung gewünscht hatte. «Aber natürlich», erwiderte er. «Ich lese gern die Zeitungen. Und ich hole Sie dann wieder ab – wann etwa?»

«In einer halben Stunde.»

«Vielen Dank.» Marny lächelte ihn an, ging die Treppe hinauf und klopfte. Nach einer Weile klopfte sie ein zweites Mal. Die Stimme von Mrs. Chase rief von innen:

«Wer ist da, bitte?»

«Ich bin's, Marny.»

«Ach so», antwortete Mrs. Chase und öffnete die Tür. «Treten Sie ein. Kendra ist nicht imstande, jemanden zu sehen, aber mit Ihnen ist es etwas anderes. Ich glaube, sie wird Sie gern sehen wollen.»

Marny ging hinein und schloß die Tür hinter sich. Die beiden Frauen standen in dem düsteren ergen Flur. Vor ihnen führte die Treppe zu dem Raum hinauf, in dem Loren lag. Die Türen im Parterre waren, mit Ausnahme der zum Salon, alle geschlossen. Selbst im Halbdunkel konnte Marny sehen, daß Mrs. Chases freundliches Gesicht von Kummer und Mitleid gezeichnet war. Mit leiser Stimme fragte Marny:

«Ich wollte mich nach Loren erkundigen, Mrs. Chase.»

Mrs. Chase schüttelte trübe den Kopf. «Der Doktor tut, was er kann.» Auch sie sprach leise. «Aber es scheint, daß der Nagel etwas in seinem Innern zerstört hat. Ich weiß auch nicht genug, um Näheres sagen zu können.»

«Dann stimmt es also, daß Loren – daß Loren sehr krank ist?»

Mrs. Chase nickte. Sie preßte ihre Lippen zusammen, als wolle sie ein Schluchzen zurückhalten. Dieses tiefe Mitgefühl überraschte Marny. Sie hatte gewußt, daß Mrs. Chase und seine Frau Loren schätzten; aber sie hatte nicht gewußt, daß Mrs. Chase sich so um ihn sorgte.

«Und wie geht es Kendra?»

«Sie benimmt sich tapfer», erwiderte Mrs. Chase. «Tapferer als alle, die ich früher ... Aber es ist zuviel für sie, Marny, viel zuviel. Sie ist jetzt schon ganz erledigt. Ein Schlag folgt auf den andern.»

Marny fuhr zusammen.

«Was meinen Sie damit? Ist denn außer Lorens Krankheit noch etwas passiert?»

Mrs. Chase starrte sie lange an. Ihr Kinn zitterte, als versuche sie zu sprechen und es gelänge ihr nicht. Dann nickte sie wieder stumm.

Marny legte ihre Hand fest um den molligen Ellbogen der Mrs. Chase.

«Was ist denn? Warum sehen Sie mich so an? Mrs. Chase, was ist geschehen?»

Jetzt zitterte sie, während sie auf eine Antwort wartete. Mrs. Chase befeuchtete ihre Lippen. Tränen traten in ihre Augen. Endlich brachte sie ein paar Worte heraus:

«Marny, ich glaube, ich muß es Ihnen sagen ...»

Sie griff nach Marnys Händen und klammerte sich an ihnen fest. Nun, da sie reden konnte, ergoß sich ihr Wortschwall wie eine Sturzflut:

«Wir haben es nicht gewußt. Niemand hat es gewußt, bis wir heute morgen hier ankamen. Kendra hatte Ralph und Serena gesagt, sie sollten es niemandem mitteilen. Sie hatte Angst, jemand könne es Loren erzählen, und das wollte sie unter allen Umständen verhindern. Sie wußte selbst noch nicht, wie krank er war. Keiner wußte es. Aber er war krank und litt Schmerzen, und sie hat gemeint, warum soll man es ihm noch schwerer machen? Sie hat auch Ralph gesagt, er solle im Laden nichts erzählen, weil die Packjungen so gern klatschen. Sie hat es nicht einmal meinem Mann gesagt. Er war zwei- oder dreimal hier, um mit Loren zu sprechen, und Loren schien es ganz gut zu gehen. Natürlich war er ganz schwach, aber immerhin . . . Also, er wußte es nicht, und mein Mann wußte es auch nicht. Aber heute haben wir es erfahren. Mein Mann ist runter ins Geschäft gegangen, weil er sich hier nicht mehr nützlich machen konnte, aber ehe er ging, mußte er Kendra versprechen, kein Wort zu verraten. Doch jetzt kommen Sie und wollen Kendra besuchen, und Kendra hat Sie so gern, daß Sie's Ihnen erzählen wird, denn sie weiß ja, daß Sie's Loren nicht weitersagen werden . . .»

Marny bebte vor Ungeduld.

«Mrs. Chase, worüber reden Sie denn eigentlich? Sprechen Sie es doch endlich aus!»

«Ich will's Ihnen doch die ganze Zeit sagen, aber es ist so schwer», murmelte Mrs. Chase. Wieder mußte sie weinen. Mühsam sagte sie dann:

«Es ist das Baby, Marny.»

«Um Gottes willen», flehte Marny, «reden Sie doch endlich! Was ist mit dem Baby?»

Mrs. Chase riß sich zusammen.

«Der Kleine hat sich in dieser Nacht eine Erkältung geholt. Man hat es erst am Tag gemerkt, nachdem sie Loren nach Hause gefahren hatten. Es schien bloß so eine kleine Erkältung zu sein, aber es ist schlimmer geworden. Jetzt kann er kaum noch richtig atmen. Er glüht vor Fieber. Der Doktor hat alles getan, was in seinen Kräften stand, aber nun ist er am Ende mit seinem Latein.»

«Und Loren weiß nicht einmal, daß das Kind krank ist?» flüsterte Marny.

Mrs. Chase schüttelte den Kopf. «Sie haben die Krippe nach unten gebracht. Kendra hat Loren nichts erzählt. Sie hat geglaubt, der Kleine wäre in ein paar Tagen wieder in der Reihe. Loren hatte seine Verletzung, und deshalb wollte sie ihm keine weiteren Schmerzen zufügen. Wenn Loren nach dem Kind fragt, redet sie sich damit heraus, daß der Arzt gemeint habe, es sei bei diesem feuchten Wetter besser, das Kind nicht aus seiner warmen Krippe zu nehmen und über die zugige Treppe nach unten zu tragen. Das hat Loren richtig gefunden. Aber mit jedem Tag ist es schlimmer geworden mit dem Kind, und jeden Tag muß Kendra lächeln und Loren sagen, daß es ihm gutgehe. Es geht dem Kind aber gar nicht gut. Ich habe es heute morgen gesehen.»

Mrs. Chases Stimme brach. Über ihre rosigen Wangen rollten die Tränen. «Marny, dieses Kind ist schwer krank. Und Kendra weiß das auch. Erst einen Monat alt, und sie sind so schwach und hilflos, die Kleinen. Marny, ich weiß nicht, wie es um Loren steht, aber dieses Kind . . . Marny, ich glaube, es wird sterben.»

51

Zitternd lehnte sich Marny an das Treppengeländer. Sie mußte an Lorens Freude denken, als er in den Calico-Palast gekommen war, um ihr von der Geburt seines Sohnes zu berichten. Sie mußte an ihren ersten Besuch danach bei Kendra denken. Und an Kendras Worte: «Ich bin ja so glücklich über ihn! Ich hätte nie geahnt, wieviel ein Baby bedeutet.»

«Gott steh ihr bei!» murmelte Marny. «Kendras Kind!»

Mrs. Chase nickte und trocknete ihre Tränen. «Jetzt werde ich Kendra sagen, daß Sie hier sind.»

«Wenn Kendra mich nicht sehen möchte, richten Sie ihr aus, wie sehr ich mit ihr fühle.»

«Ich nehme an, sie wird mit Ihnen sprechen wollen. Sie ist jetzt bei dem Baby. Warten Sie hier.»

Mrs. Chase ging ins Eßzimmer. Marny fiel ein, wie ausgelassen sie an diesem Tisch gewesen waren. Und wie anders war nun heute alles! Auf diesem Tisch lagen neben der Krippe die Sachen des Kleinen, und in der Krippe selbst verhauchte der Kleine sein bißchen Leben.

Wenn ich nur irgend etwas tun könnte, dachte Marny. Irgend etwas, um zu helfen. Aber sie konnte nichts tun. Sie hatte nie eine Krippe geschaukelt. Nie im Leben hatte sie ein Kind gewickelt.

Kendra kam aus dem Eßzimmer und schloß die Tür leise. Auch in der Düsternis des Flurs war zu erkennen, daß sie in der vergangenen Woche dünner geworden war. Marny ging auf sie zu, legte ihre Arme um ihre Schultern und küßte sie. «Liebes tapferes Mädchen», sagte sie zärtlich.

«Ich bin froh, daß du gekommen bist», sagte Kendra und trat einen Schritt zurück. «Aber bitte, zeig mir kein Mitgefühl. Das kann ich nicht ertragen.»

Mit einer Geste bat sie Marny, in den Salon zu treten. Marny folgte ihr. Die Luft im Zimmer war verbraucht und kühl. Trotz des Halbdunkels sah Marny, daß Kendras Gesicht weiß und starr war. Ihr Kind lag im Sterben, und sie mußte damit fertig werden.

«Kendra, gibt es nicht irgend etwas, was ich für dich tun kann?»

Zu Marnys Überraschung nickte Kendra. «Ja. Sei meine beste Freundin.»

«Aber ja, Liebes. Ich bin doch deine beste Freundin. Sag mir, was ich für dich machen kann.»

«Ich glaube ... ich möchte ... hör mir zu.» Kendra hatte Marny so fest an den Händen gefaßt, daß ihr Griff fast schmerzte. Marny spürte, daß jeder Muskel ihres Körpers gespannt war.

«Marny, ich kann das von niemandem sonst verlangen. Aber von dir kann ich's verlangen, weil du es schon weißt.»

Ihre von dunklen Ringen beschatteten Augen starrten Marny in einer verzweifelten Bitte um Verständnis an. Marny wartete.

«Marny, du weißt es ... du hast nie darüber gesprochen, aber du weißt es ... Ich habe Loren niemals etwas gegeben. Er war immer derjenige, der geschenkt hat ... Mich hat er beschenkt. Ich habe bloß das angenommen, was er mir gegeben hat. Und jetzt habe ich ihn zum erstenmal beschenkt. Er liebt das Kind so sehr.»

Sie sprach fest, aber ihr Mut mußte sie eine schreckliche Überwindung kosten.

«Ich glaube nicht, daß Loren wieder gesund wird. Auch der Arzt glaubt es nicht. Wenn wir uns irren, wenn er doch wieder gesund wird, dann muß er es erfahren. Aber wenn er nicht wieder gesund wird, dann ... dann werde ich wenigstens ihm das erspart haben, was ich mitmachen muß. Wenn das die letzten Tage seines Lebens sind, kann ich ihm wenigstens Frieden geben. Willst du mir dabei helfen?»

Marny holte tief Atem. «Ich werde alles tun, Kendra. Aber was meinst du?»

«Bleibe hier. Ich meine nicht, daß du irgend etwas tun sollst. Serena, Ralph, Mrs. Chase und der Arzt, sie alle tun das Notwendige. Aber du – wenn du willst –, bleib doch einfach hier.» Sie lockerte ihren Griff und wies auf das Sofa. «Setz dich dahin. Sei niemandem im Weg. Aber bleib da. Willst du das für mich tun?»

«Ja, Kendra. Ich werde so lange bleiben, wie du willst.»

«Vielen Dank.» Kendra schaute sich im Zimmer um, als nähme sie die Gegenstände nicht wahr. «Wenn auf dem Herd noch Kaffee ist, werde ich Serena sagen, daß sie ihn dir bringt.»

Sie ging hinaus. Marny öffnete das Fenster. Ein Wind kam auf. Der Nebel trieb davon. Naß schlug ihr die Luft ins Gesicht.

Nach einer Weile stand Serena auf der Türschwelle. In schroffem Ton sagte sie:

«Es ist kein Kaffee mehr da, aber Mrs. Shields hat mich gebeten, einen Topf für sie aufzusetzen.» Sonst war sie immer so freundlich, heute dagegen geradezu barsch. «Er wird bald fertig sein.»

«Ich danke Ihnen, Serena», erwiderte Marny. «Mrs. Shields ist eine tapfere ...»

«Bitte nicht. Ich kann darüber nicht reden.» Serena ging so plötzlich, wie sie gekommen, wieder fort. Marny fiel ein, daß Serena wissen mußte, was Kendra zu erdulden hatte. Serena hatte ihr eigenes Kind sterben sehen. Kein Wunder, daß sie so schroff war.

Jemand pochte an die Haustür. Natürlich – Dwight Carson, den sie völlig vergessen hatte. Serena hatte bereits aufgemacht. Bei ihm waren Hiram und Pocket. Hiram erklärte:

«Nach dem Mittagessen bin ich in die Buchhandlung gegangen und habe eine New Yorker Zeitung gelesen. Da kam Dwight herein. Ich habe den beiden erzählt, daß es mit Loren schlimmer geworden ist, und nun wollen sie sehen, wie es ihm geht. Dürfen sie für einen Moment hereinkommen?»

Marny berichtete ihnen, Loren sei am Morgen mit diesem Stechen in der Seite erwacht. Von dem Kind erzählte sie natürlich nichts, allerdings sagte sie den Männern, daß Kendra sie gebeten habe, im Haus zu bleiben. «Ich kann also nicht mit zum Calico-Palast kommen», beschied sie Dwight.

Carson sah, daß sie sich Sorgen machte. Er gab sogleich nach, und zwar so liebenswürdig und mitfühlend, daß er ihr noch sympathischer wurde. «Dann werde ich mich also an die Arbeit begeben», erklärte er. «Alles wird mit rechten Dingen zugehen. Sie können sich ganz auf mich verlassen.» Marny blickte ihm ins Gesicht und sagte ernst:

«Ich verlasse mich auch auf Sie, Dwight. Ich würde gern mit Ihnen kommen, aber solange meine Freundin mich braucht, muß ich hierbleiben. Ich danke Ihnen für Ihr Verständnis.»

Dwight lächelte zurück. Marny fragte sich, ob wohl Hiram und Pocket diese geheime Botschaft begriffen haben mochten. Pocket erkundigte sich nun weiter nach Loren. «Und was ist mit Kendra?»

«Können wir denn nichts unternehmen?» fragte Hiram.

«Loren ist sehr krank. Es scheint, der Nagel hat ein inneres Organ aufgerissen. Wahrscheinlich war der Nagel rostig. Ich fürchte, er war es. Ich bin genau wie ihr gekommen, um zu erfahren, ob ich von Nutzen sein kann. Kendra hat mich zum Bleiben aufgefordert. Mr. Chase ist auch wieder in sein Geschäft gegangen, weil er hier doch nichts ausrichten kann. Ich glaube, ihr solltet es auch so machen. Ich werde Kendra sagen, daß ihr hier wart, und das wird sie freuen. Doch jetzt wird sie euch wohl kaum sehen wollen.»

«O nein», hörten sie plötzlich Kendra sagen. Ihr Gesicht war wie versteinert. Sie hatte die Finger ineinandergeschlungen. Sie sprach, als könne sie kaum atmen:

«Hiram und Pocket . . .» Ihre Lippen bebten, als sie sich ein Lächeln abquälte. «Ihr wißt nicht, was das heißt, wenn meine besten Freunde bei mir sind. Bitte, geht nicht fort.»

Pocket und Hiram versicherten ihr gleichzeitig, daß sie bei ihr bleiben wollten. Kendra holte tief Luft.

«Ihr wißt noch nicht . . . Marny, sag du es ihnen. Ich kann es nicht.»

«Was wissen wir nicht?» rief Hiram.

Kendra löste ihre Hände voneinander und deutete auf das Zimmer, wo das Baby lag. «Marny wird es euch erzählen.»

Sie ließ sie allein. Marny sagte ihnen alles. Sie sagte ihnen, daß das Kind sterben werde und Loren nichts davon wisse und Kendra ihm in einem fort beteuere, es sei gesund. Die beiden Männer blickten sich an.

«Aber was können wir denn unternehmen?» fuhr Hiram von neuem auf.

Pocket entgegnete sanft:

«Manchmal können die Menschen gar nichts unternehmen.»

Hiram stand ungläubig da. Er vermochte offensichtlich nicht einzusehen, daß es Situationen gab, in denen seine Energie nichts half.

«Man muß etwas unternehmen können!» wiederholte er beinahe wütend.

Pocket stand auf, trat zu ihm und sagte entschlossen:

«Hier können wir gar nichts tun, Hiram. Wir können bloß im Haus bleiben, wie Kendra es wünscht. Vielleicht tun wir dadurch schon etwas. Setz dich also in diesen Stuhl, und sei so leise wie möglich.»

Hiram griff nach dem Stuhl. Zu dritt saßen sie schweigend da.

Nach einiger Zeit kam Mrs. Chase mit einem Tablett herein, auf dem Tassen und eine Kaffeekanne standen.

«Wie geht es dem Kleinen?» erkundigte sich Pocket.

«Er ist noch am Leben. Aber es wird nicht mehr lange dauern.»

«Und Loren?» fragte Hiram.

«Bewußtlos.» Mrs. Chase schluckte. «Der Doktor hat seine Wunde wieder untersucht. Ich habe ihm beim Verbinden geholfen. Furchtbar.» Sie schauderte zusammen. «Alles vereitert, und blaue Linien nach allen Seiten. Dr. Rollins wird die Nacht hierbleiben. Er will Loren ein Schlafmittel geben. Aber jetzt muß ich wieder gehen. Es ist gut, daß ihr da seid.»

Sie verschwand. Marny goß Kaffee ein. Sie warteten. Im Salon war es kalt. Das eindringende Licht wurde durch den grauen Nebel verdüstert. Was sich im Raum befand, schien irgendwie nicht in Ordnung zu sein. Kendra zählte nicht zu den Hausfrauen, die darauf bestehen, daß jede Kleinigkeit immerzu am nämlichen Platz liegt oder steht. Doch war ihr Heim stets gepflegt gewesen. Nun aber wirkte dieses Zimmer wie längst vergessen.

Marny setzte ihre leere Tasse ab. «Und ich dachte, ich hätte Grund zum Weinen», murmelte sie, «weil ich meinen Calico-Palast verloren habe.»

«Kendra weint ja gar nicht», berichtigte Hiram.

«Sie wagt es nicht», meinte Pocket. «Noch nicht. Sie wird erst später weinen.»

«Wenn sie nur so lange aushalten kann», sagte Marny.

«Sie wird es aushalten», versicherte Hiram.

«Werdet ihr Männer morgen wiederkommen?»

Beide bejahten. Pocket erklärte: «In der Buchhandlung wird man sich auch ohne mich zurechtfinden, falls nicht, muß man sie eben schließen.»

Hiram sagte:

«Wenn mein Partner Eustis sich nicht ein paar Tage lang allein um die Bank kümmern kann, dann machen wir halt Bankrott, ich schere mich den Teufel darum.»

Wiederum wurde es still zwischen ihnen. Von draußen hörten sie Pferdegetrappel, Kutschergebrüll und Begrüßungsworte. Die Geräusche der Straße ließen das Schweigen im Zimmer noch bedrückender erscheinen.

Mrs. Chase kam, begleitet von Ralph und Serena. «Meinen Sie, daß Sie etwas mit uns essen können?» fragte Mrs. Chase. «Wir haben Brot und kaltes Rindfleisch in der Küche. Ich habe auch Kakao gekocht.»

Hiram und Pocket erklärten, sie hätten gegessen und seien noch nicht wieder hungrig. Marny, die seit ihrem Frühstück aus Kaffee und getrockneten Birnen nichts mehr zu sich genommen hatte, verspürte gleichfalls keinen Appetit.

«Das Essen fällt einem schwer», sagte Serena.

«Es wäre aber doch besser, du würdest es versuchen», meinte Ralph besorgt. «Man muß nun mal essen. Von Kaffee allein kann man nicht leben.»

Natürlich hatte er recht, dachte Marny, doch war sie ebensowenig wie Serena an Brot und Rindfleisch interessiert.

Sie vernahmen Schritte im Flur. Dr. Rollins trat ein. Seine Miene war niedergeschlagen. Es war das Gesicht eines Arztes, der versucht hat, ein vielversprechendes Leben zu erhalten, und der dabei gescheitert ist. Alle wandten sich ihm zu, und alle wußten, was er ihnen sagen würde, bevor er noch den Mund öffnete.

«Das Kind hat ausgelitten», verkündete er schlicht.

Marny atmete stumm ein. Serena würgte an einem Schluchzen. Mrs. Chase betupfte mit ihrem Taschentuch die Augen. Pocket sagte:

«Sie haben getan, was in Ihrer Macht stand, Doktor. Das wissen wir.»

«Das hat er gewiß getan», fügte Ralph hinzu. «Wir haben es ja gesehen.»

Auch Hiram schnaufte schwer. Dann blickte er sie alle an. «Und wer wird es jetzt Kendra mitteilen?»

Keiner antwortete.

Sie brauchten es ihr nicht mitzuteilen. Als hätte auch sie die Fußtritte des Arztes beim Verlassen ihres Kindes gehört, war Kendra von Lorens Zimmer im oberen Stock herabgekommen. Sie stand unter der Tür und starrte sie an. Einen Augenblick lang fand keiner den Mut zum Sprechen. Dann räusperte sich der Doktor.

«Mrs. Shields . . .» begann er.

«Ja», sagte Kendra. Von neuem schaute sie alle der Reihe nach an. Eintönig fuhr sie dann fort: «Ich glaube, ich weiß, was Sie mir berichten wollen. Mein Kind . . . Ist es zu Ende?»

«Ja, Mrs. Shields», erwiderte Dr. Rollins.

Marny legte einen Arm um sie. Kendra glitt aus ihrer Umarmung. «Bitte», flüsterte sie, «bitte, ich möchte ein paar Minuten allein sein.»

«Natürlich», entgegnete Marny.

Eine Sekunde stand Kendra regungslos da. Sie hatte ihre Hände so fest verkrampft, daß die Knöchel weiß wurden. «Wartet hier auf mich. Hier in diesem Zimmer. Ja?»

«Jawohl, hier», versprach Hiram.

Kendra verließ sie. Sie hörten ihre Schritte auf dem Flur. Sie hörten, wie sie die Tür des Zimmers öffnete, in dem ihr Kind in seiner Krippe lag, unter dem Tuch, das Dr. Rollins über sein Gesichtchen gezogen hatte. Sie hörten, wie sich die Tür schloß. Sie warteten. Mrs. Chase wischte sich die Augen.

«Welch ein Jammer», wisperte Pocket.

«Einen größeren Schmerz gibt es auf der ganzen Welt nicht», murmelte Serena. «Kein Mensch kann euch sagen, wie das schmerzt.» Sie drehte sich um und legte ihr Gesicht an die Schulter ihres Mannes. Er schlang seine Arme um sie. Beide waren in trübe Erinnerungen versunken.

Hiram starrte auf seine großen kräftigen Hände, als sei er schuld an deren Hilflosigkeit.

Endlich kam Kendra zurück. «Marny, kann ich mit dir sprechen?» fragte sie mit starrem weißem Gesicht.

Marny trat zu ihr. Kendra bat die andern zu warten. Dann führte sie Marny hinaus in den Flur. Sie blieben an der Haustür stehen, über die Kendra und Hiram einen Weihnachtskranz gehängt hatten. Kendra faßte Marny bei den Händen.

«Ich muß noch etwas hinter mich bringen. Ich möchte, daß du mit mir nach oben kommst. Wenn ich's geschafft habe, dann kannst du den andern davon erzählen.»

«Ja, Kendra.»

Sie stiegen zusammen die Treppe hinauf. Loren lag hager und mit fiebrig glänzenden Augen im Bett. Nachdem sie Marny auf der Türschwelle zurückgelassen hatte, trat Kendra zu ihm. «Loren», sagte sie, «hier ist Marny. Sie wollte dich bloß einen Augenblick sehen.»

Es gelang Loren, seinen Kopf ein wenig zur Seite zu wenden und Marny schwach anzulächeln. Sie lächelte zurück und sah, daß der Schmerz in seiner Wunde seinen Körper durchzuckte. Kendra kniete beim Bett nieder. Marny konnte ihr Gesicht nicht sehen. Mit dünner Stimme fragte Loren:

«Wie geht's dem Kleinen?»

Kendra sprach mühsam, aber klar:

«Es geht ihm gut, Loren.»

«Ein prächtiges Baby. Nicht wahr, Marny?» flüsterte Loren.

«Ein schönes Baby», antwortete Marny. Sie glaubte, ihre Worte klirrten wie Ketten. Sie hatte die Fäuste geballt. Loren jedoch war so schwach, daß ihm nichts auffiel. Mit furchtbarer Anstrengung sagte Kendra:

«Der Junge fühlt sich wohl. Dr. Rollins hat mir geraten, ihn noch nicht heraufzubringen. Auf der Treppe ist es so windig.»

«Gut», murmelte Loren so leise, daß Marny ihn kaum verstehen konnte. «Halte ihn warm. Und vielen Dank dafür, daß Sie gekommen sind, Marny.»

Mit einer Handbewegung hinter ihrem Rücken gab Kendra der Freundin ein Zeichen, jetzt zu gehen. Marny sagte:

«Ich wollte Sie bloß für einen Moment sprechen, Loren. Nun gehe ich wieder runter.»

Loren murmelte einen fast unhörbaren Abschiedsgruß. Marny war sicher, daß dies das letzte Wort war, das sie aus Lorens Mund vernahm. Sie drehte sich um und ließ Kendra mit ihm allein.

Marny ging wieder in den Salon und berichtete den andern, was vorgefallen war. Serena schluchzte. Mrs. Chase weinte still. Hiram sagte:

«Mein Gott, welch ein Mut!»

Marny erklärte:

«Falls einer von euch Loren wissen läßt, daß sie ihn belogen hat, werde ich ihn abknallen.»

«Das brauchen Sie nicht zu tun», versetzte Pocket. «Das Abknallen besorge ich.»

Serena trocknete ihre Augen und gab sich Haltung. «Könnte es helfen, wenn ich hinaufginge?»

Marny wußte keine Antwort, aber Pocket erwiderte ohne Zögern:

«Nein, Ma'am, damit muß sie allein fertig werden. Wenn sie nach uns verlangt, weiß sie, wo wir sind.»

Wiederum verharrten sie wartend. Praktisch, wie sie nun einmal war, ging Mrs. Chase in die Küche und brachte den Kakao, den sie gekocht hatte. Sie füllte eine Tasse und reichte sie Marny. «Trinken Sie das. Es ist nahrhaft.» Dann goß sie eine zweite Tasse voll. «Für Sie, Serena. Sie müssen trinken. Sagen Sie mir nicht, Sie hätten keine Lust. Einer hier muß schließlich einen klaren Kopf bewahren.» Beide Frauen gehorchten.

Nach einigen Minuten kam Kendra ins Zimmer. Zunächst sprach sie nichts. Mrs. Chase brachte auch ihr eine Tasse Kakao, aber sie schien davon keine Kenntnis zu nehmen.

«Hat euch Marny erzählt, was ich zu Loren gesagt habe?»

«Ja», entgegnete Pocket. «Wir verstehen Sie, und wir glauben, daß Sie richtig gehandelt haben.»

Immer noch bemerkte Kendra die eifrige Mrs. Chase nicht, die mit ihrer Tasse neben ihr stand. Es war beklemmend still im Raum. Keiner sagte etwas. Keiner rührte sich vom Fleck.

Plötzlich fing Kendra zu wimmern an. Unbewußt legte sie die Hände auf ihre Brüste. Ein schmerzhafter Krampf zuckte über ihre Stirn. Ihre Brüste, die voller Milch waren, die das Baby nicht mehr brauchte, begannen ihr weh zu tun.

«Ich weiß, was da zu machen ist», sagte Serena schnell. «Kommen Sie mit.» Sie riß die Tür auf, und in diesem Augenblick erklärte der Arzt:

«Gleich werde ich bei Ihnen sein, meine Damen.»

Kendra, Serena und Mrs. Chase gingen hinaus. Ralph blieb verlegen an seinem Platz stehen. Dr. Rollins wandte sich an Marny, Pocket und Hiram:

«Ihr geht jetzt am besten fort. Es wird bald dunkel, und ihr habt keine Laternen bei euch. Ich werde Mrs. Shields ein Mittel geben, damit sie einschläft. Sie braucht unbedingt jetzt Ruhe. Die nächsten Tage werden schwer für sie sein. Vielleicht tut es ihr gut, wenn ihr morgen wiederkommt.»

«Sagen Sie ihr, daß wir sie morgen besuchen werden», antwortete Hiram.

Sie gingen von dannen. Nie im Leben hatten sie sich derart hilflos gefühlt.

Sie kamen am nächsten und am übernächsten Tag wieder. Auch die Herren Chase und Fenway fanden sich ein. Es war nun Neujahr geworden. Dann kamen der Pfarrer der Baptistenkirche und ein Mann vom Green-Oak-Friedhof. Während Dr. Rollins bei Loren saß, sprach der Pfarrer ein Gebet über dem Leichnam des Kindes und versuchte, Kendra zu trösten. Danach nahm der Mann vom Friedhof den Kleinen mit.

In dieser Nacht stürzten Regenschauer herab. Am Morgen darauf fegte ein starker Wind den Himmel rein. Die Straßen jedoch waren matschig. Als Hiram und Pocket fröstelnd den Laden betraten, empfahlen sie Marny, heute nicht den Berg hinanzusteigen. Vor ihrem Kommen hatte Marny Patiencen gelegt. Nun sammelte sie die Karten ein und erwiderte:

«Selbstverständlich werde ich mit euch gehen. Norman ist schon bei mir gewesen, und wenn Norman durch die Straßen spazieren kann, dann bin auch ich dazu imstande. Übrigens, Norman ist bei bester Laune. Um acht Uhr am Morgen ist die *Oregon* zum Isthmus abgedampft, und zwar mit zweitausend Kilogramm Gold und hundertachtzig Passagieren. Das Schiff ist derartig voll gewesen, daß die Fahrgäste jeden Winkel mit Beschlag belegt haben. Norman hat das nicht weiter interessiert. Ihn interessierte es, daß viele dieser Passagiere ihre Tickets zu weit überhöhten Preisen aus meinem und seinem Vorrat gekauft haben.»

Sie machten sich auf den Weg. Obgleich Marny vorsichtig war, tappte sie doch einige Male bis zu den Knien in den Schlamm. Mrs. Chase kam ihnen an der Tür entgegen. Sie berichtete, es sei vorüber. Loren war kurz vor Anbruch der Morgendämmerung gestorben, als der Sturm noch getobt hatte.

«Und Kendra?» fragten sie alle gleichzeitig.

Mrs. Chase sagte: «Die Natur hat ihr Recht geltend gemacht. Kendra ist die ganze Nacht über wach gewesen. Als Loren starb, haben Mr. Watson und seine Frau geschlafen, doch am Morgen ist Ralph zu ihnen geeilt und hat ihnen die Nachricht überbracht. Beide sind sogleich herübergekommen. Ralph und Mr. Chase haben Kendras Feldbett im Salon aufgeschlagen. Und hier ist Kendra buchstäblich umgefallen. In knapp einer Minute hat ein tiefer, fast ohnmächtiger Schlaf ihr Bewußtsein ausgelöscht.»

«Und hat sie ihr Ziel erreicht?» erkundigte sich Marny. «Hat Loren nichts über den Tod des Kindes erfahren?»

«Nein.»

«Gott sei gedankt», sagte Pocket, und Hiram schloß mit einem «Amen».

Marny fühlte sich erleichtert. Sie wußte, daß sie Schmerz über den Verlust eines so guten Menschen wie Loren empfinden müsse, aber im Moment war sie froh darüber, daß Kendras Leiden beendet war.

Mrs. Chase erzählte ihnen, ihr Mann sei zum Pastor gegangen, um die Vereinbarungen wegen des Begräbnisses zu treffen. «Sobald der Termin feststeht, könnten Sie vielleicht eine Notiz im Lesesaal der Buchhandlung an die Wand heften», meinte sie zu Pocket gewandt.

Pocket versprach es.

«Sagen Sie Kendra später, daß Sie mir nur durch Ralph Nachricht zu geben braucht, wenn ich etwas für sie erledigen soll», bat Marny.

Sie kehrten in die Stadt zurück. Auf der Plaza sprach Marny plötzlich auf die anderen ein:

«Jungs, ich weiß, ihr habt eine Menge zu tun, um die verlorene Zeit wettzumachen. Aber wollt ihr nicht noch ein paar Schritte mitkommen, so daß ich sehe, wie weit wir mit dem neuen Calico-Palast sind?»

Zum letztenmal war Marny hier am Samstagmorgen gewesen. Heute war Donnerstag. Wieviel war in diesen Tagen gearbeitet worden! Die ehrgeizigen chinesischen Zimmerleute scherten sich nicht um den Neujahrstag, sie arbeiteten unermüdlich weiter. Schließlich handelte es sich nicht um ihren Neujahrstag, und die Gebräuche der Yankees waren für sie weniger wichtig als die Löhne der Yankees.

Marny seufzte freudig auf. Als der alte Calico-Palast in Flammen aufgegangen war, hatte sie das Gefühl gehabt, ein Teil ihres eigenen Wesens sterbe mit ihm. Nun aber, angesichts des wachsenden neuen Calico-Palastes, hatte sie das Gefühl, als werde etwas Neues in ihr geboren.

Sie erspähte Dwight Carson. Als er bei ihnen angelangt war, sagten sie ihm, daß Loren tot sei. Dwight empfand aufrichtiges Mitleid. «Welch ein Elend», so meinte er. «Ein Mann, wie man ihn selten findet, der alles besaß, was das Leben bieten konnte. Selbstverständlich werde ich an der Beerdigung teilnehmen.»

«Es war sehr anständig von euch, Marny herzubringen», sagte er dann zu Hiram und Pocket. «Ich nehme an, sie wird alles sehen wollen, nicht wahr, Marny? Ich werde sie herumführen. Ihr braucht nicht zu warten. Ich weiß, ihr müßt euch um eure eigenen Geschäfte kümmern.»

Hiram und Pocket verstanden den Wink und gingen ihres Weges.

Dwight legte seine Hand auf Marnys Ellbogen. «Nehmen Sie sich vor dem Matsch in acht.»

Carsons Begeisterung heiterte Marny nach den schmerzlichen Tagen auf. Als er ihr alles erklärt hatte, war es bereits nach zwei Uhr, und Dwight hatte fürchterlichen Hunger. «Delmonicos Lokal, das vom Feuer verschont geblieben ist, hat hervorragendes Essen zu bieten – wollen Sie mich nicht begleiten?» Auch Marny war hungrig, aber sie zögerte. Eine Frau war in einem Lokal doch wohl nicht am rechten Ort. Würde man sie denn überhaupt in Ruhe essen lassen? Und was noch mehr zählte: Ihr Rock war zerrissen, naß und schmutzig; so konnte sie sich doch nicht sehen lassen ...

Dwight zerstreute ihre Bedenken. «Ich werde schon dafür sorgen, daß Sie in Ruhe essen können. Und was das Kleid angeht, so werden Sie ja an einem Tisch sitzen, und also wird niemand die Schlammspritzer überhaupt bemerken. Von der Taille an aufwärts sind Sie so adrett wie stets und erfreulich anzuschauen.»

Ihr Auftritt erregte trotzdem Unruhe. Die zwanzig oder dreißig Männer hießen sie lautstark willkommen. Da aber Dwight mit einer Miene stolzer Herausforderung neben Marny saß, wagte keiner, sie auch nur anzustoßen. Nach dem Essen begleitete er sie zum Laden. Als sie dort ankamen, zweifelten beide nicht mehr daran, daß Marny bald den Luxus der beiden Zimmer im Gresham Hotel teilen würde.

Sie öffnete die Tür zum Lagerraum mit dem Schlüssel, den ihr Mr. Fenway gegeben hatte, und Carson ging wieder zur Baustelle. Nachdem sie die Tür hinter sich geschlossen hatte, zog Marny ihre Stiefel aus, damit sie keine Schmutzspuren auf dem Boden hinterließ. Beim Aufstehen hörte sie, wie eine andere Tür ins Schloß fiel. Mr. Chase kam aus dem Zimmer, das die Safes enthielt.

«Ich habe die Papiere von Loren geholt», murmelte er. «Ich brauche die Adresse seines Bruders in den Staaten. Jemand muß ja seine Familie benachrichtigen.»

Mr. Chase sprach in verdrießlichem Ton. Loren war ihm ein Freund gewesen, und ein Brief dieser Art bedeutete ihm alles andere als ein Vergnügen. Es überraschte Marny, daß er sich die Mühe machte, ihr zu erklären, weshalb er hier war. Bislang hatte er nur dann mit ihr gesprochen, wenn es hätte sein müssen.

Zu ihrer weiteren Überraschung trat er auf sie zu. Linkisch blieb er vor ihr stehen und räusperte sich, als wolle er etwas sagen, wisse aber nicht, wie er es anstellen solle. Dann fiel ein Blick auf ihre Stiefel. Sie gaben ihm ein Stichwort.

«Sie sind aber sehr reinlich. Sie haben ja sofort die Stiefel ausgezogen, als Sie reinkamen. Immer wieder haben Fenway und ich Ärger mit den Leuten. Der ganze Laden wäre voll Schlamm, wenn wir nicht aufpassen.»

Marny lächelte ihn an. «Ich kann einen schmutzigen Fußboden ebensowenig leiden wie Sie, Mr. Chase.»

Wieder räusperte er sich. «Sie haben auch Ihre guten Seiten, Marny», platzte er heraus. Er schien über seine eigene Bemerkung verblüfft zu sein. «Sie haben Ihre Fehler, das muß ich schon sagen, aber Sie haben auch Ihre guten Seiten.»

Marny war so bestürzt, daß sie sich kaum rühren konnte. In seiner Vorstellungswelt – das wußte sie – gab es zwei Arten von Frauen: die Keuschen und die Unkeuschen. Die Unkeuschen waren schlechte Frauen, und etwas Schlimmeres war gar nicht auszudenken. Marny war eine berufsmäßige Kartenspielerin, die aus ihren Liebesaffären kein Geheimnis machte. Daß er nun mit einemmal bereit war, ihr auch gute Seiten zuzugestehen – dergleichen hätte sie niemals für möglich gehalten.

«Ich danke Ihnen, Mr. Chase», war alles, was sie herausbrachte.

Wie er so dastand, stämmig und schüchtern, erinnerte er sie an einen kleinen Buben, der gerade eine Missetat beichtet. Mr. Chase fuhr fort:

«Meine Frau hat mir erzählt, wie Sie Kendra beigestanden haben. Nun, das war sehr freundlich von Ihnen.»

Meine Güte! dachte Marny. Das muß ihn aber wirklich Überwindung kosten.

Es war ein solches Entgegenkommen, daß sie sich ihrerseits zu revanchieren wünschte. Plötzlich hatte sie eine Idee. Sie streckte die Hand aus.

«Mr. Chase, ich hatte noch keine Gelegenheit, mich Ihnen erkenntlich zu zeigen. Sie und Ihre Frau waren so nett zu mir. Vielleicht kann ich Ihnen jetzt einmal behilflich sein. Würden Sie mir die Adresse von Lorens Bruder geben? Ich könnte ihm ja diesen Brief schreiben.»

Dankbar fing Mr. Chase zu schnaufen an. Nicht nur dieser Brief war eine schwierige Angelegenheit, das Briefeschreiben überhaupt ging ihm nie gut von der Hand.

«Wollen Sie das wirklich tun, Marny? Sie schreiben ihm alles über den Unfall? Vergessen Sie nicht, wie sehr jedermann hier Loren geachtet hat und wie sehr wir betroffen sind.»

«Ich werde mein Bestes tun, Mr. Chase.»

Mit der einen Hand strich Mr. Chase über sein Kinn, mit der andern gab er ihr die Papiere. «Marny, ich muß das noch einmal sagen: Sie haben Ihre Fehler, aber Sie haben ein Herz aus Gold.»

Und damit drehte er sich um und ging davon. An der Tür sagte er noch über die Schulter:

«Na also, auf Wiedersehen, Marny. Ich werde Sie später aufsuchen. Und ich wiederhole: Sie haben ein Herz aus Gold.»

Die Ecke, in der Marny stand, war düster. Sie hoffte, daß Mr. Chase ihren Mund nicht gesehen hatte. Ihre Lippen zitterten nämlich, denn sie kämpfte mit einem Lachreiz.

Wußte Mr. Chase tatsächlich nicht, daß er eine der abgedroschensten Phrasen von sich gegeben hatte? Die schlechte Frau mit einem Herzen aus Gold ... Welche sentimentale Gans mochte diese Redensart als erste ausgesprochen haben? In Athen vielleicht oder in Ägypten? Wahrscheinlich war diese Äußerung schon vor der Zeitwende im Schatten der Pyramiden ausgesprochen worden. Und das sollte Mr. Chase nicht bekannt sein? Offenbar wirklich nicht ...

Nach der Überlastung der letzten Tage bedurfte Marny einer Entspannung. Als sie hörte, daß Mr. Chase von draußen abschloß, brach sie in ein hysterisches Gelächter aus, und sie lachte so lange, bis sie nicht mehr konnte.

52

An die nächsten Wochen erinnerte sich Kendra später nicht mehr genau. Sie wußte, daß sie im Haus herumgegangen war, daß sie sich gewaschen, angekleidet und frisiert hatte. Auch die Speisen, die ihr vorgesetzt wurden, hatte sie zu essen versucht. Doch nahm sie dies alles kaum wahr. Sie wußte nur um ihren Schmerz.

Sie war nicht allein. Ralph und Serena sorgten sich um sie. Ihre übrigen Freunde kamen so oft, wie es ihnen möglich war. Freilich war das nicht sehr oft möglich, denn der Sturm brachte Sturzfluten und Schlammseen mit; zuweilen waren die Straßen unpassierbar. Pocket fand sich häufiger ein als die andern, da er nun im Gebäude der Buchhandlung wohnte, und das lag nur wenige Schritte entfernt. Er war sanft und freundlich und verschaffte ihr die Zeitungen. Kendra vermochte sich jedoch nicht zum Lesen aufzuraffen.

Wenn man sich auf die Straße wagen konnte, geleitete Dwight jedesmal Marny den Berg hinauf und wartete in der Buchhandlung, während Marny ihre Freundin besuchte. Sie erzählte, daß sie die Todesnachricht an Lorens Bruder, Clifford Shields, geschickt habe, der in Boston lebte. Jetzt erbot sie sich, auch an Eva zu schreiben. Kendra gab ihr die Adresse. Sie selber war dazu noch nicht imstande.

Eines Tages berichtete ihr Serena, Ralph habe gesagt, daß Marny nicht mehr in Mr. Fenways Zimmer wohne. Sie sei ins Gresham Hotel umgezogen, und zwar zu Mr. Dwight Carson. Serena bedauerte diesen Schritt.

«Ich hatte wirklich geglaubt, sie will jetzt ein anständiges Leben führen.»

«Marny war sehr nett zu mir», murmelte Kendra. Mehr sagte sie nicht. Sie war nicht fähig, viel Interesse für Marnys Handlungsweise aufzubringen – auch nicht für die anderer Leute. Marny hatte es richtig vorausgesagt, Kendra hatte alle Kräfte aufgebraucht. Nun war sie schlaff und leer.

Es interessierte sie auch nicht weiter, als Marny ihr erzählte, der neue Calico-Palast habe seine Pforten geöffnet. Vielleicht würde sie eines Tages einmal hingehen. Vorerst jedoch war sie noch viel zu stumpf, um einen klaren Gedanken fassen zu können.

Sie erhielt vierzig Briefe. Auf dem Tisch im Salon lagen sie gestapelt. Sie waren noch nicht geöffnet. Schließlich meinte Marny:

«Warum machst du sie denn nicht auf, Kendra? Ist es nicht ein Trost, daß dir so viele Menschen geschrieben haben?»

Kendra öffnete die Briefe und erlitt einen Schock.

Zehn der Schreiben waren die üblichen: Bekannte sprachen ihr Mitgefühl aus. Dann las sie einen Brief von Reginald Norrington, dem Agenten, der Loren das Haus vermietet hatte. Auch ein unbeholfen gekritzeltes Briefchen fand sich: «Liebe Madam, Sie tun mir ja so leid. Ich muß immer noch daran denken, was für ein gutes Essen Sie uns gemacht haben, als wir hier angekommen sind. In Liebe Ihre Rosabel.»

Die meisten der Briefe waren jedoch keineswegs Beileidsbekundungen. Sie waren Heiratsanträge. Einige Schreiben stammten von Lümmeln jener Art, die ihr nach ihrer Trennung von Ted Anträge gemacht hatten. Die übrigen kamen von Männern mit offensichtlich guter Erziehung, sie baten in aller Form und respektvoll um die Erlaubnis zu einem Besuch, damit sie ihre Bitte persönlich vortragen könnten.

Kendra wußte, daß in San Francisco keine Witwe lange Zeit Witwe blieb, weil die Zahl der Männer bei weitem überwog. Sie hätte sich freilich nicht einfallen lassen, daß kultivierte und weltgewandte Männer eine Frau zu heiraten wünschten, die sie weder gesehen noch gesprochen hatten. Auch Marny war erstaunt. Nicht einmal sie hatte gewußt, daß die Männer in Kalifornien derart verzweifelt waren.

Später sagte sich Kendra, daß es gerade diese absurden und irgendwie rührenden Angebote gewesen waren, die ihr geholfen hatten, ihrer Verzweiflung zu entrinnen. Während sie einen Brief nach dem andern las, dachte sie immer wieder: Mein Gott, wie einsam diese Menschen sind!

Auch sie war einsam. Sie war einsamer denn je zuvor. Aber diese Männer versuchten wenigstens, etwas gegen ihre Einsamkeit zu tun, überlegte sie. Und das mußte auch sie tun. Sie konnte nicht ewig hier herumsitzen mit ihrem Gram. Sie mußte wieder am Leben teilhaben. Sie mußte sich selbst einen Ruck geben. Kein anderer vermochte dies an ihrer Stelle.

Sie vermummte sich und spazierte im Regen auf der Veranda hin und her. Wenn die Sonne schien, ging sie aus. Als Marny sie wieder einmal besuchte, bat Kendra:

«Erzähl mir doch, was in der Stadt los ist.»

«Sehr gut», antwortete Marny. «Du wachst also wieder auf.»

«Ja, ich wache auf.»

Marny betrachtete sie von Kopf bis Fuß. Sie saßen im Salon und tranken heißen Tee, während der Kessel über dem Feuer dampfte und der Nebel an den Fenstern vorüberzog. «Du wachst tatsächlich auf, Kendra», wiederholte Marny nach einer Weile. «Du bekommst auch wieder Farbe. Du bist nämlich weiß wie eine Kerze gewesen. Und deine Stimme – sie klingt jetzt auch wieder anders, fast so wie früher.»

Kendra war verwirrt. «Meine Stimme? Ich habe nicht gewußt, daß sie anders war.»

«Doch. Du wirst wieder natürlich, meine Liebe, und das freut mich. Nun, was ist also los? Sehr viel ist los.»

Zunächst sprach sie natürlich vom Calico-Palast. Er hatte als letztes das Spielkasino wiedereröffnet. Sechs Wochen war daran gebaut worden, eine für San Francisco ungewöhnlich lange Zeit. Aber er war groß, erzählte Marny: vier Etagen mit den schönsten Bildern und den phantastischsten Bars der Stadt. Nicht daß der Bau besonders massiv wäre – derlei konnte man ja in sechs Wochen nicht erwarten. Das Dach war jedoch wasserdicht, und dies allein schon war Luxus genug.

Marny und Norman hatten keine Zeit verschwendet. Sobald der Neubau gesichert war, hatte Norman in dem öffentlichen Spielsaal des Gresham Hotels einen Tisch gemietet und jeden Abend die Bank gehalten. Sie selber, Marny, hatte gleichfalls in diesem Hotel gespielt, und zwar mit einer auserlesenen Schar von Gentlemen, die Stammkunden ihres Saloons waren. Einer der Schwarzbärte hatte sie bewacht und den Pöbel ferngehalten. Jetzt aber waren sie alle wieder im Calico-Palast, und das Geschäft ging großartig. Marny holte tief Atem wie eine satte Katze. Kendra, der plötzlich einfiel, was Serena ihr gesagt hatte, lächelte ein wenig und fragte:

«Du hast eine Affäre, Marny?»

«Aber ja, meine Liebe. Hast du denn etwas dagegen?»

«Das geht doch mich nichts an.»

«Natürlich nicht, aber ich bin dennoch froh, daß du das gesagt hast. Sieh mal.» Marny langte in ihr Kleid und zog ein kleines Bündel hervor, das in ein Taschentuch gewickelt war. Kendra schaute hinein. In dem Tuch lag eine Goldkette mit einem Anhänger aus zwei rosafarbenen Perlen und einer schwarzen.

«Wie schön!» hauchte Kendra.

Marny lächelte. «Perlen, die bei La Paz von Tauchern gefischt wurden. Die Kette ist aus kalifornischem Gold. Dwight hat sie für mich machen lassen. Ich trage sie jeden Abend.»

«Um Gottes willen, Marny! Das fordert ja zum Diebstahl geradezu heraus.»

«Das schon. Aber wir haben ja Eisengitter, und ich lege die Kette immer in den Safe, wenn wir den Laden schließen. Dwight will, daß ich sie trage.»

Sie nahm das kostbare Päckchen wieder an sich. «Dwight ist ein feiner Bursche, Kendra. Und der neue Calico-Palast – wir sind richtig stolz auf ihn!»

«Also seid ihr alle glücklich?»

«Nicht alle. Rosabel spricht nicht mehr mit Norman. Sie haben eine Kabbelei gehabt.»

«Weswegen denn?»

«Ach, was weiß ich! Vermutlich die alte Geschichte: Sie will geheiratet werden, und er will nichts davon wissen. Ich hoffe, die beiden vertragen sich bald wieder, egal, wie. Jedenfalls möchte ich nicht, daß Rosabel ins El Dorado oder ins Verandah geht. Sie bringt uns viel Geschäft.» Marny schaute auf die Uhr. «Ich muß meine Stiefel anziehen. Dwight wird jede Minute hier sein.»

Kendra kam ein Gedanke. «Ich möchte gern einmal all diese neuen Häuser an der Plaza sehen. Kann ich mit euch gehen?»

«Ja, natürlich!» entgegnete Marny begeistert. «Es wird dir guttun, ins Freie zu kommen und dich umzusehen. Dwight wird dich wieder nach Hause bringen. Holen wir unsere Stiefel.»

Es überraschte Kendra, wie ermunternd der Anblick der Plaza auf sie wirkte. Erst zwei Monate waren seit dem Feuer vergangen, aber ein Fremder hätte nur schwerlich gemerkt, daß es hier überhaupt gebrannt hatte. Alle vom Feuer zerstörten Gebäude waren wiederaufgebaut worden. Viele dieser Bauten schienen freilich nur aus Teerpappe und Zahnstochern zu bestehen (wie Dwight sich ausgedrückt hatte). Viele konnte man nicht einmal als Häuser bezeichnen: Segeltuchplanen waren über Holzrahmen gespannt. Doch allerorten blühte das Geschäft.

Über die Bürgersteige eilten viele Menschen. Auf den Fahrbahnen rumpelten Fuhrwerke, die Kutscher krakeelten. Inmitten der Plaza brüllten die Versteigerer. Kendra betrat den Calico-Palast nicht, aber sie sah ihn sich von außen genau an. Die Fenster leuchteten im Nebel auf, die Transparenzbilder lockten Passanten zu verheißungsvollen Freuden.

Ja, auf der Plaza regte sich wieder das Leben. Sie war voller Schmutz und Ratten, voller Energie und Gold; sie war grell, laut und prächtig – alles zu gleicher Zeit. Kendra fühlte sich durch soviel Lebenskraft gestärkt. Sie beneidete diese Menschen der Plaza. Sie machten sich und andern nichts vor. Sie wußten, was sie wollten, und sie wußten es sich zu beschaffen. Kendra wünschte, auch so selbstsicher sein zu können wie sie.

Später jedoch hatte Kendra den Eindruck, sie habe damals schon genau gewußt, was sie wollte. Wie seltsam und dennoch logisch war es, daß man im Leben das bekam, was man wollte, so sagte sie sich, aber wieviel mußte man dafür zahlen!

Sie hatte nicht das gewollt, was Loren ihr gegeben hatte. Sie hatte zur Plaza gewollt und zum Calico-Palast. Und jetzt, drei Monate nach dem Tod Lorens und ihres Kindes, stand sie hier im Lärm der Kearny Street vor dem Calico-Palast. Und sie hatte einen schrecklichen Preis dafür bezahlt.

Kendra bemühte sich, mit ihrem Kummer nicht andern Leuten zur Last zu fallen. Sie konnten ihr doch nicht helfen. Helfen konnte ihr bloß die Zeit, und selbst der gnädige Ablauf der Zeit würde nicht imstande sein, ihre Wunden je ganz zu heilen. Niemand vermochte ihr einen Trost wie jenen zu geben, den Pocket einst in Shiny Gulch für sie bereit hatte: daß sie nach einiger Zeit sich keine Gedanken mehr machen werde. Denn diesmal war ihre Wunde von anderer Art. Bis ans Ende ihrer Tage würde es Augenblicke geben, da ihre Wunde schmerzen mußte. Eines Tages würde sie sich sagen: Wenn mein Junge noch lebte, dann wäre er jetzt fünf Jahre alt; dann wäre er zehn Jahre alt; dann wäre er zwanzig Jahre alt ... Wie hätte er dann ausgesehen? Was würde er tun?

Das wird nie anders werden. Das war der Preis, den sie hatte bezahlen müssen, um zur Plaza zu kommen ... Mr. Chase und seine Frau hatten ihr ein Heim angeboten, aber sie hatte abgelehnt. Kendra ließ sie in dem Glauben, sie sei zu stolz und ziehe es vor, selbst für ihren Lebensunterhalt zu sorgen. Da die beiden den Calico-Palast mißbilligten, bewunderten sie Kendra ob ihres «Mutes»; sie glaubten, der Zwang nötige sie zur Arbeit. Doch war dies keineswegs der eigentliche Grund für Kendras Verhalten.

Loren hatte nicht viel Geld hinterlassen. Alles, was er verdient hatte, war von ihm ausgegeben worden, um seiner Frau das Leben so schön wie nur möglich zu machen. Nie war ihm der Einfall gekommen, für die Zukunft vorzusorgen. Er war jung und kräftig; nie hatte ihn eine ernste Erkrankung heimgesucht. Er hatte auch gut verdient und mit einer Erhöhung seines Gehalts rechnen können. Er hatte Kendra geliebt, und sein größtes Vergnügen war es gewesen, ihr all das zu schenken, was sie seiner Meinung nach wünschte. Loren hatte keine Schulden gemacht, aber auch nicht gespart.

Kendra erfuhr dies, als ein Junge ihr einen Brief des Agenten Norrington brachte. Darin hieß es, daß die Miete fällig sei. Mr. Norringtons Schreiben war in unterwürfigem Ton abgefaßt. Er habe sie bisher nicht belästigen wollen, weil er ihre Trauer achte. Doch jetzt schreibe man März. Mr. Shields sei vor drei Monaten verstorben. Wenn ihm selbst das Haus gehörte, hätte er sich nicht an sie gewandt. Sie müsse jedoch einsehen, daß er die Interessen seines Klienten zu berücksichtigen habe, und dieser Klient sei Eigentümer des Hauses, in dem Kendra wohne. Also schuldete sie die Miete, und es beschämte sie, daran nicht gedacht zu haben. Eine Mahnung von zwei Zeilen hätte allerdings genügt. An dem Tag, als sie diesen Brief erhielt, ging sie mit Ralph den Berg hinab. Zunächst suchte sie den Laden auf. Mr. Chase öffnete Lorens Safe und stieß einen Schreckensruf aus, als er sah, wie wenig darin war. Er empfahl Kendra, zum Bankhaus Eustis & Boyd zu gehen. Vielleicht hatte Loren sein Geld dort deponiert.

Dies hatte er jedoch nicht getan. Mit verschwenderischer Hand hatte Loren sein Geld verpulvert: für das teure Haus und die schönen Möbel, für den hölzernen Bürgersteig, für den Sprengwagen im Sommer und das Brennholz im Winter, für Ralphs und Serenas Lohn, damit sie seine Frau behüteten und ihr die Arbeit abnahmen. Es war kaum etwas übriggeblieben.

Mr. Chase und Hiram drängten Kendra, ihre Hilfe anzunehmen. Hiram wollte ihr ein unbefristetes Darlehen gewähren, und zwar zinslos. Kendra schlug das Anerbieten aus. Sie sagte nicht, daß die Entdeckung des heutigen Tages ihr ein gewisses Gefühl der Erleichterung verschafft hatte. Das hübsche kleine weiße Haus war ihr stets wie eine Art Gefängnis erschienen. Nun konnte sie sich von diesem Gefühl befreien. Sie dachte an das Gebäck, welches sie einst zubereitet hatte, als der Calico-Palast noch ein Zelt im Morast gewesen war. Sie konnte auch jetzt wieder Gebäck zubereiten – und eben dies war es, was sie tun wollte.

Sie schickte Ralph in Mr. Norringtons Büro. Zusammen mit der Miete bis Monatsende überbrachte er einen Zettel, auf den sie geschrieben hatte, daß sie sich das Haus nicht mehr leisten könne. Als sie Ralph und Serena von ihrem Beschluß erzählte, fanden beide, sie handle richtig. Serena erwartete nun endlich das lang ersehnte Baby und hätte also sowieso nicht mehr für Kendra arbeiten können. Das junge Paar würde gewiß woanders eine Wohnung finden.

Am nächsten Tag erhielt Kendra einen zweiten Brief von Mr. Norrington. Er war noch länger als der erste, und er war mit noch mehr Entschuldigungen gespickt. Mr. Norrington hatte dem Hauseigentümer Bericht erstattet, und dieser Herr war empört darüber, daß Mr. Norrington sie überhaupt belästigt hatte. Falls sie die Miete nicht zahlen könne, möge sie so lange im Haus wohnen, wie es ihr beliebe – kostenlos. Der Hausbesitzer betrachte es als eine Ehre, einer so reizenden Frau ein Heim zur Verfügung stellen zu dürfen.

Nachdem sie diesen Brief gelesen hatte, rümpfte Kendra die Nase und schnaubte, als sei ein schlechter Geruch ins Zimmer gedrungen. Ein ganzes Haus für sie allein in dem von Menschen wimmelnden San Francisco . . . dieser Mann hätte ihr ebensogut einen Goldklumpen in Kürbisgröße schenken können. Sie hatte die Erfahrung gemacht, daß man in dieser Welt nichts umsonst bekommt. Dieses Angebot war nicht wie jene, die sie nach Lorens Tod erhalten hatte. Damals hatten die Männer ihr wenigstens die Heirat angetragen. Dieser Mensch jedoch bot ihr das unentgeltliche Wohnen an – als Lohn für ihre Gunst.

Sie dachte an Marny: an deren Nuggethalsband und Goldkette mit den drei Perlen. Marny hatte ihre Affären, und Kendra scherte sich nicht darum. Sie scherte sich wirklich nicht darum. Marnys Affären gingen sie nichts an. Sie selber aber . . . Nein. Selbst wenn sie nicht in den Calico-Palast hätte zurückkehren wollen, unter derartigen Bedingungen wäre sie keineswegs in ihrem Haus geblieben. Vielleicht war sie nicht konsequent, vielleicht war sie töricht. Aber so war sie nun einmal.

Kendra sandte Ralph mit einer Botschaft zu Marny. Sie lautete: «Willst du mich wieder aufnehmen?»

Ralph brachte sogleich die Antwort: «Ja. Ja. Ja. Eil dich. Marny.»

Kendra schrieb Mr. Norrington einige kühle Zeilen: Sie lehnte die Freigebigkeit des Hausbesitzers ab. Fast alle ihre Möbel ließ sie zu Chase & Fenway schaffen; die beiden sollten diese Sachen ohne Rücksicht auf die Höhe des Erlöses verkaufen. Sodann kaufte sie sich ein eisernes Feldbett und Dosen zur Aufbewahrung von Seife und Kerzen, damit die Ratten sie nicht fressen konnten. Ihre schöne Kücheneinrichtung dagegen behielt sie. Nachdem diese Sachen in den Calico-Palast gebracht worden waren, nahm Kendra ihre persönlichen Dinge an sich und zog in das Spielkasino um.

In der obersten Etage räumten die Schwarzbärte einige Kästen mit Schnaps aus einem kleinen Gemach. Dies würde nun ihr Schlafzimmer sein. Hinter Marnys Salon, neben dem mit Brennholz gefüllten Lagerraum, richteten sie ihr die Küche ein. Marny und Norman hießen sie herzlich willkommen. Kendra versprach ihnen, nicht nur Kuchen für die Kundschaft zu backen, sondern auch Essen für sie beide und für Dwight Carson, falls er kam. Lulu und Lolo kochten für sich und die Schwarzbärte in einer eigenen Küche im ersten Stock. Dwight behielt noch immer seine beiden Zimmer im Gresham Hotel. Den größten Teil seiner freien Zeit verbrachte er jedoch im Calico-Palast, weil Marny hier unentbehrlich war.

Kendra war nun zwar nicht mehr von jenem Komfort umgeben, den sie in der Washington Street besessen hatte; sie fühlte sich jedoch frei, sie konnte sie selber sein. Wie verschüchtert war sie damals gewesen, als sie zum erstenmal Kuchen für Marnys Gäste buk! Sie dachte an die Einsamkeit und die Angst, die sie zu ihrer verfehlten Ehe veranlaßt hatten. Seit jener Zeit hatte sie eine Menge dazugelernt. Zwar wußte sie heute ebensowenig wie damals, was vor ihr lag; aber sie wußte, daß sie der Zukunft mit Gelassenheit entgegensehen konnte.

Immer noch flatterten ihr Heiratsanträge ins Haus. Die Männer schrieben ihr, wie viele Parzellen ihnen gehörten, wieviel Gold sie zusammengescharrt hatten. Manche schickten ihr Geschenke, um zu beweisen, daß sie in der Lage seien, für sie zu sorgen. Kendra zerriß die Briefe und ließ die Geschenke zurückgehen. Sie hatte kein Interesse an einer neuen Ehe. Das Haus, in dem sie gelebt hatte, war rasch gegen eine hohe Miete an zwei Familien vergeben worden, welche die Räume unter sich aufteilten und glücklich über soviel Platz waren. Kendra, die nun zwischen ihrer Küche und ihrem Schlafzimmer hauste, beneidete ihre Nachfolger nicht. Sie war zufrieden mit dem, was sie hatte.

In Marnys Spielsalon ging sie nur selten. Bald aber gehörte sie zum Calico-Palast, und das freute sie. Sie freute sich auch über die frohe Stimmung; sie freute sich, im Mittelpunkt der Ereignisse zu sein. In San Francisco wurden jetzt drei Zeitungen herausgegeben, und Kendra las sie alle. Oft aber erfuhr sie Neuigkeiten früher als die Redaktionen. Sie bekam sie von den Barkeepern, den Croupiers, den Spielern, von Marny, Norman und Dwight.

Es gab eine Menge Neuigkeiten. Jetzt, im Frühling 1850, war San Francisco eine große Stadt, die auch das Gehabe einer solchen hatte. Kendra und Marny fanden es phantastisch, daß diese geschäftige Metropole aus jenem verschlafenen Dorf entstanden war, das sie vor zwei Jahren verlassen hatte, um nach Shiny Gulch aufzubrechen.

Aus allen Ecken der Erde strömten die Menschen herbei. Fahrplanmäßige Flußdampfer beförderten die Leute von San Francisco nach den Goldlagern. Die Bürger der Stadt hatten so viele Hügelkuppen abgetragen und in die Bucht geschüttet, daß von jener kleinen mondförmigen Bai nichts mehr zu sehen war, die Kendra bei ihrer Ankunft vorgefunden hatte. Schiffe, die man an Land gesetzt hatte, um Geschäftsräume daraus zu machen, waren nun auf groteske Weise von Häusern umgeben. Doch weiter draußen ankerten noch immer zahlreiche Schiffe, deren Kapitäne hatten aufgeben müssen.

Zwar wußte niemand, wie viele Leute eigentlich in San Francisco lebten, jedermann aber konnte sehen, daß die Stadt nun wirklich groß geworden war. Wer einen Brief verschicken wollte, brauchte nicht mehr zur Posthalterei zu gehen; er konnte sein Schreiben kurzerhand in den nächsten Briefkasten an der Straßenecke werfen. Wer Frischmilch haben wollte, konnte sie an den Wagen kaufen, die täglich ihre Runde machten. Auf den Märkten gab es Fleisch in Fülle, das jeden Morgen von den Flußschiffen geliefert wurde. Die Saloonbesitzer wetteiferten miteinander, um die erlesensten Leckerbissen zu servieren. Die Stadt besaß jetzt auch ein richtiges Theater, in dem jeden Abend gespielt wurde. Wem der Sinn nach leichten Genüssen stand, der besuchte die sogenannten «Künstlertheater». Dort konnte er sich an Mädchen sattsehen, die «lebende Bilder» darstellten. Eine von ihnen posierte als «Eva im Paradies».

In den Geschäften stapelten sich Luxusartikel aus aller Welt. Wer literarische Interessen hatte, konnte sich Bücher in vielen Sprachen kaufen. Wer musikalischen Neigungen frönte, fand ein Klavier, eine Geige oder eine Flöte; bei französischen und deutschen Lehrern konnte man Stunden nehmen; täglich inserierten sie in den Zeitungen. Wer genug Goldstaub hatte, war in der Lage, sich so elegant zu kleiden wie die Leute in Paris oder New York. Aus Frankreich wurden Uhren und Juwelen, Weine und Parfums eingeführt. Die Badehäuser waren stark besucht. Ein großer Teil der Bewohner von San Francisco war aus Gegenden gekommen, wo man sich täglich wusch; diese Leute nahmen jetzt diese Gewohnheit wieder auf, obwohl sie wußten, daß man hier nicht lange sauber blieb.

Wenngleich San Francisco nun also eine große Stadt war, so glich es dennoch nicht irgendeiner andern großen Stadt der Welt. Tagsüber sogar sah und roch man die unzähligen Ratten, welche sich um die zahllosen Abfallhaufen stritten. Wer des Nachts durch die Straßen ging, spürte die Ratten um seine Knöchel huschen. Manchmal trat man auf eine Ratte und hörte sie kreischen. Und diese Straßen waren dunkel. Wer nach Anbruch der Dunkelheit außer Haus gehen mußte und keine Laterne bei sich hatte, der nahm einen «Straßenlotsen» in Dienst. Diese Jungen warteten vor den Saloons und Spielhäusern auf Kundschaft. Gegen Entrichtung einer Gebühr begleiteten sie die Leute mit ihren Lichtern heim.

Wenn man Geld borgen wollte, mußte man noch immer zehn bis fünfzehn Prozent Zinsen im Monat zahlen. In den Zeitungen las man neben Annoncen für Champagner und prachtvolle Kleider auch Inserate, in denen Colts angeboten wurden. Nur wenige Männer wagten sich ohne Waffe auf die Straße. San Francisco war eine große Stadt: schmutzig, gefährlich, aufregend und reich, sehr reich.

Am 4. Mai 1850 loderten in der Kearny Street wiederum die Flammen. Die ganze Herrlichkeit rund um die Plaza versank abermals in Schutt und Asche. Mit ihr auch der Calico-Palast.

53

Dieser Brand war noch verheerender als der am Weihnachtsabend, weil diesmal viel mehr zum Zerstören da war. Eine Stunde vor Tag schrillten die Sturmglocken über die Plaza. Kendra schreckte jäh aus dem Schlaf auf und sah das Feuer vor ihrem Fenster; sie sprang mit einem Schrei aus dem Bett. Angstbebend streifte sie das chinesische Satinkleid über, das ihr Marny geschenkt hatte, schnappte nach ihren Schuhen und öffnete die Tür.

Vor den Safes standen Marny, Norman und Rosabel. Dwight, der die Nacht bei Marny verbracht hatte, wollte retten, was nur immer zu retten war. Als Kendra hinzutrat, reichte Marny ihm gerade einen Beutel mit Münzen. Zwischen ihren Fingern baumelte die Kette mit den drei Perlen. Im selben Augenblick warf Norman einen Beutel in Kendras Hände. «Wikkeln Sie das ein», sagte er in knappem Ton. Dann fragte er sie allesamt: «Habt ihr eure Pistolen? Dann raus hier!»

Sie stürzten davon. Als Norman die Vordertür aufschloß, bot Dwight den drei Frauen an, in seinen Zimmern im Gresham Hotel Schutz zu suchen. Mit den Pistolen und dem Gold bahnten sie sich den Weg durch das rasende Feuer. Die schlecht gebauten Häuser brachen zusammen. Der

Calico-Palast, das massivste Gebäude an der Plaza war, stürzte mit lautem Krachen ein.

Kleider und Haare der Frauen wurden vom Funkenflug versengt. Mit jedem weiteren Schritt wuchs ihre Furcht, auch das Hotel könne in Flammen stehen. Zum Glück blieb ihnen dies erspart. Als sie die beiden Räume erreicht hatten, riet Dwight den Frauen, sich einzuschließen und ihre Waffen bereitzuhalten. Er selber ging zurück, um beim Löschen zu helfen.

Dwights Zimmer waren für die hiesigen Verhältnisse ziemlich groß. Das eine war ein Schlafgemach, im andern standen eine Couch, ein Bücherschrank, ein Stuhl und ein Zeichentisch. Sie wußten, daß sie in einem sicheren Hafen untergekommen waren. Sie wußten aber auch, wieviel sie verloren hatten. Marny hatte ihren Beutel mit Gold fallen lassen und starrte nun auf ihn herab. In ihrem rußgeschwärzten Gesicht stand die Verzweiflung geschrieben. Kendra trat zu ihr und legte eine Hand auf ihre Schulter. Marny wandte sich mit einem freudlosen Lächeln ab. «Vielleicht hätte ich doch zu Hause bleiben und einen Professor heiraten sollen», meinte sie. «Wenn ich an all diese Aufregungen denke . . .»

Kendra streichelte verständnisvoll ihre Schulter. Wie schwer dieser neuerliche Schlag sie auch treffen mochte, eines stand dennoch bereits fest: Marny würde wieder einen Calico-Palast bauen lassen.

Gegen elf Uhr am Vormittag war der Brand gelöscht, wenngleich man vom Fenster aus Rauchwolken über den Ruinen wabern sah und auch noch kleine Feuer da und dort. Um die Mittagszeit brachte ihnen Dwight kaltes fettes Fleisch und kalte gebratene Kartoffeln. Etwas anderes hatte er nicht auftreiben können. Allerdings war es ihm gelungen, guten Wein zu ergattern. Die Frauen hatten seit gestern nichts mehr gegessen, sie spülten die Speisen mit dem Wein hinunter, während Dwight von den Zerstörungen erzählte.

Das Feuer hatte die Viertel der wohlhabendsten Leute vernichtet. Alle Spielhäuser an der Plaza waren verbrannt. Auch Blossoms Bordell und ihr üppigstes Konkurrenzunternehmen hatten daran glauben müssen. Banken, Hotels, Läden und Warenhäuser sowie Güter im Wert von Millionen waren verwüstet. Der Brand hatte knapp vor Chase & Fenway gelöscht werden können, das Gebäude der *Alta California* jedoch war ebenso verloren wie Hirams Bank. Pockets Buchhandlung war gerade noch davongekommen. Die Zahl der Toten und Verletzten habe man noch nicht feststellen können, berichtete Dwight.

Kendra ging ans Fenster. Beim Anblick des Rauchs und der Trümmer fühlte sie sich krank. Noch kränker fühlte sie sich aber, als Marny ihr weitere Einzelheiten erzählte, nachdem Dwight gegangen war. Rosabel, die mehr Wein getrunken hatte, als zum Hinunterspülen des Essens unbedingt nötig gewesen wäre, rollte sich auf der Couch zusammen und schlief ein. Marny und Kendra setzten sich an den Tisch.

«Ja», meinte Marny, «diese Feuersbrunst ist viel schlimmer als die erste.

Der Brand am Weihnachten ist ein tragischer Unfall gewesen. Dieses Feuer jedoch ist keineswegs auf einen Unfall zurückzuführen: Jemand hat absichtlich den Brand gelegt. Irgendein Kerl, der beim letzten Plündern Glück gehabt hat und nun Appetit auf mehr hatte. Oder vielleicht auch einer, der beim ersten Brand nichts Nennenswertes hatte plündern können und sich größeren Erfolg versprach, wenn er selber die Stadt in Flammen setzte. Es steht außer Frage: In dieser Stunde läuft ein Mann durch San Francisco und freut sich hämisch über das Grauen, das er angerichtet hat. Vielleicht sind es auch zwei oder drei Kerle, vielleicht hat der erste Schmiere gestanden, und der zweite Zunder aufgehäuft und der dritte das Streichholz angesteckt.»

«Ach, hör doch auf!» rief Kendra. «Ich kann das nicht glauben.»

Sie erhob sich. Sie selber hatte zwar durch die Katastrophe wenig verloren, weil sie wenig zum Verlieren besessen hatte. Aber sie dachte an Marnys Calico-Palast, an Hirams Bank, an all die andern Häuser, die nun in Asche lagen; sie dachte an den Tod und an die Qualen, die das Feuer über die Menschen gebracht hatte.

«Ein solcher Schmerz ist schon bitter genug, wenn man weiß, daß niemand Schuld daran trägt. Daß aber ein Mensch so gefühllos sein sollte, dieses Unglück herbeizuführen . . .» Sie hätte am liebsten geschrien, daß so etwas einfach nicht möglich sein dürfe.

«Ich kann es nicht glauben», sagte sie nochmals. «Marny, so infam können Menschen doch nicht sein.»

«O doch», gab Marny zurück. «Es ist bereits früher versucht worden. Hast du das denn nicht gewußt?»

Marny war überrascht. «Die ganze Geschichte hat doch in den Zeitungen gestanden.» Der Vorfall hatte sich jedoch kurz nach dem ersten Brand zugetragen, als Kendra zu benommen war, um Zeitungen zu lesen oder eine Nachricht zu behalten, die ihr erzählt worden war. Wütend berichtete Marny, was damals geschehen war.

Etwa um vier Uhr an einem Januarmorgen hatte der Wächter vom Zollhaus seine Runde gemacht und plötzlich Rauch aus einem nahen, noch unfertigen Haus steigen sehen. Auf seinen Alarm hin waren Männer aus der Nachbarschaft herbeigeeilt und hatten ihm beim Löschen geholfen. Allen war klar gewesen, daß es sich um eine vorsätzliche Brandstiftung handelte. Über die Fußböden des Rohbaus waren Späne und Splitter verstreut, die Zimmerleute hatten sie am Tag zuvor zurückgelassen. Dieses Holz hatte der Brandstifter aufgeschichtet und angezündet. Danach war er weggelaufen.

Glücklicherweise hatte jedoch ein Nieselregen eingesetzt. Die Tropfen hatten das Feuer zwar nicht ersticken können, doch war nun Rauch entstanden, und diesen Rauch hatte der Wächter noch rechtzeitig bemerkt. Der Schaden war nicht der Rede wert. An der Tatsache war indessen nicht zu rütteln: Irgendein Schurke hatte die Verheerungen des Brandes am

Weihnachtsfest wiederholen wollen.

«Und in der vergangenen Nacht ist es nun passiert», meinte Marny, «diesmal hat der Brandstifter einen geeigneteren Ort gewählt, nämlich jenes Gebäude, das sich großspurig United States Exchange nannte und das binnen elf Tagen errichtet worden ist, damit Mr. Denison sogleich wieder Geschäfte machen konnte. Nach Feierabend hörten zwei Farospieler ein Geräusch und schnupperten Rauch. Als sie sich umsahen, fanden sie einen Stapel brennbares Zeug – darunter in Öl getauchte Lappen – an einem offenen Fenster. Sie riefen um Hilfe, aber das Feuer hat nicht gelöscht werden können. In dieser Nacht fiel kein Nieselregen. Da das Haus nur hauchdünne Wände hatte und die Räume durch Baumwolldekken voneinander getrennt waren, loderte der Laden wie Brennholz auf. Nach einer Minute brannten auch die Nebenhäuser.»

Marny ging zum Fenster, um auf die Ruinen herabzusehen. «Wenn ich wüßte, wer das angestellt hat, ich würde ihn umbringen.»

Kendra zuckte die Achseln.

«Was hättest du davon?»

«Wenigstens könnte er den Calico-Palast dann nicht wieder in Brand setzen.»

«In diesem Fall würde sich ein anderer finden», sagte Kendra mit einem Zynismus, den sie noch nie an sich erlebt hatte. «Wenn *einer* zu solchen Schandtaten bereit ist, warum sollten dann nicht auch andere dazu fähig sein?»

«Na ja, aber ein schöner Schuß würde meine Stimmung heben», versetzte Marny. «Und das allein wäre doch schon Grund genug.»

Während der nächsten Wochen wohnten sie im Gresham Hotel. Marny hatte sich in Dwights Zimmer eingerichtet, in dem andern schliefen Rosabel auf der Couch und Kendra auf einer Matratze. Am Tage nach dem Brand kamen Hiram und Pocket. Hiram beriet mit Dwight über den Bau einer neuen Bank. Er sowohl als auch Pocket boten den Frauen ihre Dienste an. Hiram, der in einem Zimmer über den Bankräumen gewohnt hatte, hauste nun bei Pocket in dessen Buchhandlung. Wenngleich er sein Bankhaus verloren hatte, war Hiram guter Dinge. Er und sein Partner Eustis hatten die Safes in Sicherheit bringen können. Jetzt brauchten sie bloß eins: ein Dach über dem Kopf für ihre Geschäfte. «Ist es zuviel verlangt, wenn wir uns ein feuersicheres Haus wünschen?» fragte Hiram.

«Nein», entgegnete Dwight entschlossen. «Es gibt feuersichere Häuser, und ich werde welche bauen. Allerdings nicht in elf Tagen.»

Hiram grinste. «Das verlangt auch keiner von Ihnen.»

Pocket und Hiram ließen sich Listen geben, auf denen alles Notwendige vermerkt war, was die Frauen brauchten, und gingen zu Chase & Fenway. Bald kamen sie beladen zurück. Später fand sich auch Mr. Fenway ein. Er erzählte Rosabel:

«Wir haben gerade drei schöne Klaviere erhalten. Falls Sie einmal zu uns kommen wollten, um sie auszuprobieren, werde ich mich glücklich schätzen.»

Rosabel antwortete: «Ich werde gern kommen, muß aber zunächst einmal das Kleid fertignähen, damit ich ausgehen kann. Sorgen Sie doch bitte dafür, daß die Klaviere mittlerweile nicht von andern Leuten verstimmt werden.» Mr. Fenway gab ihr sein feierliches Versprechen.

Kendra bat ihn, eine Nachricht für Serena Watson mitzunehmen. Sie wollte wissen, ob Serena bereit sei, ein paar Kleider zu machen. Am andern Morgen erschien Serena und fing vergnügt mit ihrer Arbeit an. Ein bißchen Geld nebenher konnte man immer brauchen: Serena war ja nun glücklich schwanger.

Fast schüchtern erkundigte sich Dwight bei Kendra: «Wären Sie bereit, für uns alle vier zu kochen? Ihre Mahlzeiten haben mir nämlich den Appetit an den Gerichten verdorben, die man in den Restaurants vorgesetzt bekommt. Gern werde ich zahlen, was Sie fordern.»

«Seien Sie doch nicht albern», rief Kendra. «Natürlich werde ich kochen, wenn Sie eine Kücheneinrichtung beschaffen. Und was den Lohn angeht – gewähren Sie mir denn nicht schon Obdach?»

Marny nahm sie hinterher zur Seite. «Laß dir doch ein bißchen Goldstaub geben, Kendra. Sonst fühlt er sich nicht wohl in seiner Haut. Dwight ist einer von den Stolzen. Und gerade jetzt schämt er sich.»

«Weswegen denn?»

«Weil seine Bauten niedergebrannt sind. Nun will er einige feuersichere Gebäude errichten, selbst wenn ihn das kaputtmacht. Sobald sie stehen, steckt er vielleicht selber die Stadt in Brand, nur um festzustellen, daß sie tatsächlich feuerfest sind.»

Also nahm Kendra fünfzehn Gramm Goldstaub pro Tag entgegen, das war der normale Lohn einer Kellnerin. Dwight wollte ihr mehr geben, weil das Kochen mehr Geschick erfordere als das Einschenken von Getränken. Er steuerte jedoch die Lebensmittel bei, und Kendra erklärte:

«Einen höheren Lohn werde ich nicht annehmen, ich habe ja bei Ihnen Kost und Logis.»

Dwight lachte und bot Rosabel eine Art Löhnung, falls sie als Kendras Helferin fungieren wolle. Rosabel verstand vom Kochen nicht viel, war aber bereit, einiges zu erlernen. Beide kamen gut zurecht.

Als Küche errichtete Dwight hinter dem Hotel einen kleinen Bau aus einem eisernen Gerüst. Solche Gerüste, die man zu einem Haus zusammenfügen konnte, wurden aus den Vereinigten Staaten geliefert. Die Enden waren genutet, so daß die Einzelteile leicht miteinander verbunden werden konnten. Zwei Männer konnten ein derartiges Haus an einem Tag bauen. Es war ein Loch für das Ofenrohr vorhanden und Öffnungen für Fenster.

Jeden Morgen gingen Kendra und Rosabel nun mit ihren Körben und

Pistolen einkaufen. Oft kehrten sie bei Chase & Fenway ein. Während Kendra die Lebensmittel auswählte, spielte Rosabel auf den neuen Klavieren, was Mr. Fenway nicht weniger ergötzte als sie selbst.

Kurz nach der Brandkatastrophe empfing Kendra zwei Briefe. Der eine stammte von Eva, der andere von Lorens Bruder Clifford Shields. Beide schrieben, sie möchten ihr gern ein neues Heim geben.

Evas Brief klang dankbar und zärtlich. «Ich weiß, daß Du an gebrochenem Herzen leidest, mein liebes Kind. Aber Du bist jung, und das Leben liegt noch immer vor Dir. Wenn Du zu uns kommen kannst, wirst Du willkommen sein. Deine Freundin Miss Randolph hat Deine finanzielle Lage nicht erwähnt. Wenn es jedoch in dieser Hinsicht Probleme gibt, wird Alex gerne für Deine Ausgaben aufkommen.»

Der Brief von Clifford Shields verriet aufrichtige Zuneigung. Er schrieb, Loren habe ihm von seiner glücklichen Ehe erzählt. Er, Clifford, sei Kendra dankbar dafür, daß sie seinen Bruder so glücklich gemacht habe. «Ich werde Sie stets als meine Schwester betrachten», schrieb Clifford. «Wenn Sie nach Boston kommen, werden meine Frau und ich glücklich sein, Sie bei uns aufzunehmen.»

Beim Lesen dieser Briefe schüttelte Kendra den Kopf. Vielen Dank, dachte sie, aber nein. Ich werde von der Freundlichkeit anderer Leute keinen Gebrauch machen. Hier bei Marny bin ich unabhängig. Hier hat man mich gern.

Sie lehnte die Angebote so liebenswürdig ab, wie es ihr nur möglich war, und setzte dann die Arbeit fort, an der sie hing.

Auch Marny war nicht müßig. Sie und Norman spielten an gemieteten Tischen in Hotels, wie sie es schon nach dem ersten Brand getan hatten. Norman hatte sich ein Zimmer im Gresham genommen und Rosabel eingeladen, wieder bei ihm zu schlafen. Sie hatte ihm jedoch die kalte Schulter gezeigt. «Ich darf doch bei Ihnen wohnen?» hatte sie Kendra gefragt. «Ich kann diesen Norman nicht mehr ausstehen.»

«Selbstverständlich können Sie bei mir wohnen», erwiderte Kendra. Mehr sagte sie nicht.

Im stillen dachte sie: Du armes dummes Ding, kannst du denn nicht endlich begreifen, daß Norman dich niemals heiraten wird?

In ihrer Freizeit sprachen Marny und Norman mit Bruno Gregg über Bilder und kauften Einrichtungsgegenstände für den neuen Calico-Palast. Manchmal begleitete Kendra die beiden zu Auktionen. Sie betrachtete sich gern Spiegel, Wandbehänge und schöne Möbel; auch das Geschwätz der Versteigerer machte ihr Spaß; nicht weniger unterhaltsam war es, Blossom und ihre Konkurrentinnen zu beobachten, die sich gegenseitig überboten, um ihre Saloons mit allerlei Tand zu verschönern.

Dwight verbrachte viele Stunden über den Entwürfen des neuen Gebäudes. Er hatte seinen Zeichentisch in sein Schlafzimmer geschoben, damit er Kendra und Rosabel nicht störte. Zwei kleine Häuser, beides Banken, hatten dem Feuer getrotzt, obwohl sie inmitten des Brandherdes standen.

«Das beweist doch, daß man Häuser feuersicher bauen kann!» erklärte er in leidenschaftlichem Ton.

Marny ruhte sich gerade ein wenig vom Kartenspiel aus. Kendra und Rosabel richteten das Mittagessen. Dwight saß am Zeichentisch. Im Sonnenschein sah Marny auf den niedergebrannten Distrikt. Die neuen Gebäude schossen wiederum so schnell empor wie früher, und die meisten von ihnen waren nicht dauerhafter gebaut als die niedergebrannten. Wie hatte Kendra gesagt? Irgendein Schurke könne jederzeit abermals Feuer legen. Ein weggeworfener Zigarrenstummel genügte auch schon. Verzweifelt rief Marny:

«Werden diese Menschen in San Francisco denn nie etwas dazulernen?»

«Ich lerne bereits», versetzte Dwight kurz.

Er stieß seinen Stuhl zurück und stand auf. Marny wußte, daß er beim Nachdenken war. Die beiden Banken, die die Katastrophe überlebt hatten, waren kleine Häuser aus Backsteinen, die jedoch durch Eisen verstärkt waren. Viele Leute zweifelten daran, daß ein großes Haus mit einigen Etagen feuerfest errichtet werden könne. Dwight erklärte:

«Die Größe spielt überhaupt keine Rolle.»

«Ich mache mir keine Sorgen», entgegnete Marny. «Du verstehst dein Handwerk, Dwight. Die Meinung von Leuten, die behaupten, du könntest das nicht, beachte ich nicht.»

«Nicht können!» gab er zurück. Unruhig trat er zum Fenster und stellte sich neben sie. «‹Das kannst du nicht!›» wiederholte er zornig. «Genau das hat mein Vater in New York immer gesagt.»

«Aber, mein Lieber», rief Marny amüsiert. «Worüber regst du dich denn auf? Du hast mir nie etwas von deinem Vater erzählt.»

«Du hast mich ja nie danach gefragt.»

Marny behielt ihre Ruhe. «Dwight, ich pflege meine Freunde nicht zu fragen, was sie getan haben, ehe ich sie kennenlernte. Die meisten Leute reden gern über sich selbst. Einige aber tun das nicht. Deshalb frage ich sie auch nicht aus. Aber ich mache mir so allerlei Gedanken.»

«Von diesen Gedanken erzählst du mir aber auch nie etwas», bemerkte er lächelnd.

«Nein, ich wundere mich über die Menschen, die nach hier kamen, ehe der Goldrummel anfing. Über Menschen wie dich. Die andern, die erst ankamen, als das Gold entdeckt worden war, kann man leicht verstehen. Aber alle, die vorher da waren, hatten einen ganz privaten Grund. Jeder von uns ist aus einem ganz persönlichen Anlaß hier heraufgekommen. Weshalb ist Hiram Boyd als Matrose rund ums Kap Hoorn gesegelt? Weshalb hast du New York verlassen, um nach Honolulu zu reisen?» Sie lachte kurz auf. «Du brauchst es mir nicht zu verraten, Dwight.»

«Ich habe es dir ja bereits erzählt: Ärger in der Familie.»

Marny dachte an ihre eigene Familie. «Haben sie dich gepiesackt und herumkommandiert?»

«Nicht gerade das, aber ich war das schwarze Schaf. Wir waren drei Brüder. Ich war derjenige, der es angeblich nie zu etwas bringen würde. Ich wollte keinen guten Rat annehmen. Mein Vater besaß einen Laden. Es war ein gutgehender Laden, den sein Vater gegründet hatte. Er wollte einige Filialen errichten. Er wollte, daß wir drei Brüder mit ihm zusammenarbeiten. Meine Brüder waren begeistert davon. Ich war es nicht. Ich wollte Architekt werden. Ich wollte selber etwas riskieren. Sie konnten nicht begreifen, daß ich mich auf etwas Unsicheres einließ, anstatt in das gute alte Familienunternehmen einzutreten, das alle Sicherheit bot.»

«Manche Leute lieben halt das Wagnis», meinte Marny. «Andere wiederum nicht.»

Er nickte. «Und ich vermute, daß sie nie zueinanderfinden werden. Egal, ich bin an die pazifische Küste gegangen, damit ich machen konnte, was ich wollte.»

«Und keine guten Ratschläge mehr anzuhören brauchtest», fügte sie hinzu.

«Eben. Ich bin nicht etwa davongelaufen. Ich habe mich auch nicht versteckt. Sie wissen, wo ich bin. Mein Vater schreibt mir hin und wieder. Er erkundigt sich dann, ob ich nicht bald genug Abenteuer erlebt habe und warum ich nicht in zivilisierte Gegenden zurückkehren wolle.»

«Glaubst du, daß du je wieder zurückgehst?» fragte Marny.

«Ja, eines Tages, aber jetzt noch nicht.»

Dwight schaute sie liebevoll an. «Zunächst werde ich einen feuerfesten Calico-Palast für dich bauen.»

«Für mich?» fragte sie zögernd.

«Ja, meine liebe Marny, für dich.» Er lächelte selbstsicher. Auch Marny lächelte. Dwight meinte seine Worte ernst. Zumindest glaubte er dies. Er glaubte, er werde den Calico-Palast für sie bauen. Aber es ging dabei nicht um sie. Er baute den Calico-Palast für seinen Vater.

Für seinen Vater, dachte sie, für seinen Vater und für seine Brüder. Er wird erst dann heimkehren, wenn er ein feuerfestes Haus gewissermaßen als Triumph errichtet hat. Vielleicht sogar ein paar feuersichere Häuser. Wenn ihm das in San Francisco gelingt, wird es ihm auch in New York gelingen. Er wird es ihnen zeigen. Und sobald er diesen Triumph ganz sicher in Händen hat, wird er mich sitzenlassen und wieder nach Hause gehen.

Na schön, überlegte sie, das ist in Ordnung. Es ist so lange in Ordnung, als er nicht weiß, daß ich ihn durchschaut habe. Die Männer klagen so oft, daß Frauen sie nicht verstehen. Soll er sich doch auch beklagen. Nie, nie darf er dahinterkommen, daß ich ihn durchschaut habe.

Dwight ließ den Baugrund einebnen und Fundamente aus zugehauenen Steinen legen. Er versprach Norman und den Schwarzbärten, sie könnten den Ausschank eröffnen und in den kleinen Räumen dahinter wohnen, sobald er mit der ersten Etage fertig sei. Wenn er die zweite Etage vollendet habe, könnte Marny einziehen und ihren Spielsalon aufmachen.

Nachdem die Arbeiten am Calico-Palast begonnen hatten, widmete sich Dwight dem Bankhaus Hirams. Anfang Juni war der erste Stock des Spielkasinos so weit gediehen, daß Norman den Ausschank für das Publikum freigeben konnte. Rosabel blieb bei Kendra und half ihr beim Kochen.

«Macht Ihnen diese Arbeit denn Spaß?» wollte Kendra wissen. «Ich meine, macht sie Ihnen soviel Spaß wie das Klavierspielen?»

«Ich tue nichts lieber als Klavier spielen. Aber das Kochen macht mir auch Spaß.» Nach einer Pause sprach sie weiter: «Norman möchte, daß ich wieder in den Calico-Palast komme und Klavier spiele.»

«Ich würde Sie vermissen», antwortete Kendra. «Sie sind mir eine gute Hilfe.»

«Ich verabscheue diesen Ausschank», erklärte Rosabel. «Hinz und Kunz zwicken mich dort. In Marnys Spielsalon haben sie wenigstens Manieren. Ich werde nicht zu Norman in den Ausschank gehen.»

«Das kann ich Ihnen nicht verübeln», meinte Kendra entschieden.

«Außerdem macht mir das Kochenlernen Freude», sagte Rosabel. «Ich würde gern so gut kochen wie Sie, Kendra.»

Kendra rührte in der Soße. «Sie haben schon viel gelernt. Aber es kommt auf die tägliche Praxis an. Ich fürchte, Sie werden nicht mehr genug Zeit finden, wenn Marny ihren Salon eröffnet.»

Rosabel ließ das Schälmesser klirrend auf den Tisch fallen. «Ich werde nicht wieder in Marnys Salon gehen», verkündete sie.

Kendra trat an den Tisch.

«Wenn Sie mir beim Kuchenbacken helfen wollen, werde ich Ihnen gern allerhand beibringen.»

«Ich werde überhaupt nie wieder in den Calico-Palast gehen!» rief Rosabel. Sie schlang ein Bein um ihren Stuhl und blickte Kendra aus ihren großen dunklen Augen an. «Ich habe dieses Leben dort satt. Auf nichts kann man sich verlassen. Kein Ziel hat man vor sich. Kein Mensch schert sich darum, was aus einem wird. Ich will verheiratet sein wie andere Frauen auch.»

Rosabels Stimme klang plötzlich so einsam und hilflos, daß Kendra Mitgefühl für sie empfand. Sie streichelte den Kopf des Mädchens.

«Rosabel», begann sie freundlich, «ich werde jetzt die Wahrheit aussprechen, auch wenn ich Ihnen dadurch weh tue. Sie sollten endlich nicht mehr auf Norman hoffen. Ich glaube nicht, daß er Sie jemals heiraten wird.»

Ein harter Zug verzerrte Rosabels weichen kleinen Mund. «Ich will Norman ja gar nicht heiraten.»

«Oh, das freut mich», antwortete Kendra erleichtert. «Es gibt ja auch so viele andere Männer. Ein so hübsches Mädchen wie Sie hat unbegrenzte Aussichten.»

«Ich will keine unbegrenzten Aussichten», versetzte Rosabel. Sie vergaß ihre ungeschälten Kartoffeln und stand auf.

«Was wollen Sie denn sonst?» fragte Kendra erstaunt.

«Ich will Mr. Fenway heiraten», erwiderte Rosabel. Dann legte sie ihren Kopf an Kendras Schulter und begann leise zu weinen.

54

Rosabel holte einen Brief aus ihrer Kleidertasche.

«Den hat mir Ralph Watson heute gebracht», sagte sie mit einem Zittern in der Stimme. «Er ist von Mr. Fenway. Lesen Sie ihn.»

Der Brief war an Miss Rosabel Fitzgerald gerichtet. Kendra fragte sich, ob das wohl der richtige Name sei; wahrscheinlich war er's nicht. Noch wußte sie nicht, was für eine Entdeckung ihr bevorstand. Das Papier war besonders gut, die Schrift sehr gewissenhaft. Ganz offensichtlich hatte Mr. Fenway zunächst einen Entwurf angefertigt, den er dann mehrfach abgeändert, verbessert und wohlklingender gestaltet hatte, ehe er ihn behutsam ins reine übertrug.

«San Francisco,
12. Juni 1850

Liebe Miss Rosabel,

mit diesem Schreiben empfangen Sie einen ehrerbietigen Heiratsantrag. Wenngleich umschwärmt von Bewunderern, die würdiger sein mögen als ich, werden Sie mir doch – worum ich bitte – die Ehre erweisen, meinen Vorschlag zu überdenken.

Seit einiger Zeit habe ich das Vergnügen, Ihre Schönheit und Ihr Talent zu bewundern, desgleichen Ihr Lächeln, welches die Herzen aller erwärmt, die Sie umgeben. Wie oft haben Sie mich in frohe Stimmung versetzt! Als ich noch ein Kind in New Bedford, Massachusetts, war, pflegte meine Mutter Klavier zu spielen, und sie spielte so schön wie Sie. Sie glich Ihnen auch mit ihrem schwarzen lockigen Haar und ihren großen dunklen Augen. Sie besaß Ihren Frohsinn und Ihr sanftes Wesen. Mein Vater war ein Seemann, und wenn er auf Reisen weilte, verbrachte meine Mutter ihre Zeit am Klavier, und ich saß dann dabei und lauschte, und die Musik machte mich glücklich. Ich dachte, kein Mensch könne so gut auf dem Klavier spielen wie meine Mutter, bis ich Sie zum erstenmal hörte.

Miss Rosabel, ich glaube, daß ich Ihnen jedwede Annehmlichkeit bieten kann. Chase und ich betreiben einen blühenden Handel. Außer dem Laden besitze ich vier Grundstücke, welche mir hohe Mieten einbringen. Überdies habe ich eine ansehnliche Summe Bargeld gespart.

Ich darf mir wohl die Freiheit nehmen, Ihnen, Miss Rosabel, mein Herz, meine Hand und mein Vermögen zu Füßen zu legen.

Mit vorzüglicher Hochachtung Silas Fenway»

Kendra sah auf. Rosabel stand wartend mit leuchtenden Augen und offenen Lippen da. «Ist das denn nicht der schönste Brief, den Sie je gelesen haben?» fragte sie tief beeindruckt.

Kendra spürte ein Würgen im Hals. «Er meint es mit jedem Wort ernst», antwortete sie dann. «Haben Sie ihm schon geschrieben?»

Rosabel schüttelte den Kopf. «Ich . . . ich weiß nicht, ob ich das fertigbringe», gestand sie. «Ich meine, ich fürchte mich ein bißchen davor. Was er schreibt, hört sich so gebildet an. Ich bin nicht so gebildet.»

«Laden Sie ihn doch zu einem Besuch ein. Dann können Sie seinem Antrag zustimmen.»

«O nein!» rief Rosabel. «Er hat mir doch geschrieben. Also muß auch ich ihm schreiben.»

Sie sprach voller Überzeugung, gleichzeitig fürchtete sie sich vor dieser Aufgabe. Kendra verstand, weshalb sie ihr den Brief gezeigt hatte. «Soll ich Ihnen helfen, Rosabel?»

Rosabels Antwort war rührend. «Ach, Kendra! Wollen Sie das wirklich tun?»

«Aber gern. Heute abend nach dem Essen werden wir den Brief schreiben. Dwight kann ihn dann morgen bei Mr. Fenway abgeben.»

«Ach, wie nett Sie sind! Ich möchte ja so gern einen schönen Brief aufsetzen. Aber ich kann's nicht, ich kann's einfach nicht.»

«Niemand kann alles», meinte Kendra. «Ich würde zum Beispiel gern so gut Klavier spielen können wie Sie. Ich kann bloß auf die Tasten drücken. Sie haben wirklich Begabung.»

«Das hat mir auch Silas schon gesagt», gab Rosabel zu. Sie schien glücklich zu sein.

Am Abend entwarf Kendra das Antwortschreiben. Es fiel blumiger aus, als ihr selber lieb war, aber Rosabel bestand auf seltsamen Redensarten, also fügte sich Kendra. Alsdann schrieb Rosabel den Entwurf langsam und unbeholfen ab, und am Morgen steckte ihn Dwight ein. Sie hatten ihm nicht gesagt, was darin stand. Er vermutete, es handle sich um eine Warenbestellung.

Etwa zwei Stunden später erschien Mr. Fenway im Hotel. Kendra und Rosabel bereiteten in der Küche das Mittagessen zu, als sie ein Pochen an der eisernen Tür vernahmen. Rosabel fuhr zusammen. Dann lächelte sie, als wisse sie bereits, wer der Besucher sei. Kendra öffnete die Tür. Auf der Schwelle stand Mr. Fenway, noch sorgfältiger gekleidet als sonst. Er hatte eine schwarze Seidenkrawatte um den Hals geschlungen, und in der Hand hielt er einen hohen Biberhut. Mr. Fenway verneigte sich tief.

«Guten Morgen, Madam. Man hat mir gesagt, hier könne ich Miss Rosabel antreffen.»

Bevor Kendra antworten konnte, rief hinter ihr Rosabel:

«Hier bin ich, Silas!»

Ein Lächeln erhellte das lange schmale Gesicht des Mr. Fenway. Er verneigte sich nun vor Rosabel, trat über die Schwelle und wandte sich Kendra zu. «Ich nehme an, Miss Rosabel hat Ihnen erzählt, daß sie mich zum glücklichsten aller Männer macht.»

«Ja», entgegnete Kendra, «und ich freue mich für Sie beide.»

Mr. Fenway dankte ihr ernst. Er sei gekommen, um sich zu erkundigen, ob Miss Rosabel mit ihm ausgehen wolle. Sie müßten über mancherlei Angelegenheiten sprechen. Rosabel fragte Kendra, ob sie wohl das Mittagessen allein vorbereiten könne. Dann stürzte sie davon, um Hut und Schal zu holen.

Marny hörte sich die Neuigkeit an, als sie gerade Patiencen legte. Vor Staunen blieb ihr der Mund offenstehen. «Mögen uns die Engel und alle guten Heiligen beistehen», murmelte sie.

«Sie möchte ihn tatsächlich heiraten, Marny», sagte Kendra nachdenklich.

Marny überlegte. Dann nickte sie langsam. «Ja, ich verstehe. Sie hat die Nase voll. Sie will nicht mehr länger herumgestoßen werden. Er ist wohlhabend und kann ihr etwas bieten. Aber Mr. Fenway – weshalb will denn er ausgerechnet Rosabel heiraten?»

«Er behauptet, sie erinnere ihn an seine Mutter.»

Marny legte ihre Karten aus der Hand. Mit ihren grünen Augen starrte sie Kendra lange an. Schließlich brach sie in ein Lachen aus. «Kendra, dieser Goldrausch hier ist das Verrückteste, was ich jemals gesehen habe.»

Erst am Nachmittag sahen sie Rosabel wieder. Sie kam in Eile. Sie wollte bloß ein schöneres Kleid anziehen. «Mr. Fenway wird mich zum Abendessen ins Restaurant Delmonico führen», sagte sie. «Dann wollen wir das Olympic Amphitheater in der Kearny Street besuchen und uns das Spanische Ballett und das Opernensemble ansehen.» Mr. Fenway holte sie ab.

Kendra legte sich auf ihre Matratze schlafen. Später wurde sie durch das Geräusch des Schlüssels geweckt. Sie hörte Mr. Fenways Stimme draußen, als er Rosabel eine gute Nacht wünschte. Im Mondlicht sah sie Rosabel hereinkommen.

«Wie war's im Theater?»

«Phantastisch!» seufzte Rosabel. «Das Schönste, was ich je gesehen habe. Und wie herrlich sie gesungen haben! Stört es Sie, wenn ich die Kerze anzünde?»

«Nein.» Als Rosabel das Streichholz strich, konnte Kendra ihr strahlendes Gesicht erkennen.

«Oh, war das schön!» seufzte Rosabel abermals.

Um acht Uhr morgens schrillten die Feuerglocken wieder in der Stadt. Vor Mittag waren das Olympic-Amphitheater und zehn andere Häuserblocks nur noch Ruinen.

Doch diesmal zählten Marny und Norman zu denen, die Glück gehabt hatten: Der Brand war südlich der Plaza entstanden. Der Wind hatte die Flammen in ein Viertel getrieben, das abseits der Plaza lag. Der noch unfertige Calico-Palast war nicht beschädigt worden. Marny hatte nichts eingebüßt. Vier Stunden lang standen sie nahe der Feuerbrunst, während Norman, Chad und die Schwarzbärte den Calico-Palast vor den Plünderern schützten. Sie zitterten bei dem Gedanken, der Wind könne umschlagen. Die Rauchschwaden zogen endlich ganz nach Süden ab. Marny war jetzt völlig erschöpft.

Dwight hatte sich nicht weniger geängstigt. Er hatte sein Wort verpfändet, daß Hirmas Bank und der Calico-Palast feuerfest seien. Feuerfest konnten sie freilich erst dann sein, wenn sie fertig waren. Bis jetzt aber waren die Fenster in den oberen Etagen nur leere Höhlen, in die glühende Funken fliegen und die hölzerne Inneneinrichtung in Brand setzen konnten.

Als sie gemeinsam ins Hotel zurückkehrten, gestand Dwight:

«Ich komme mir vor wie ein Mann, der gerade ein Erdbeben durchgestanden hat.»

Nachdem er Marny ins Hotel begleitet hatte, ging Dwight auf die Suche nach seinen Arbeitern. Marny ging in die Küche, wo Kendra den Kaffeetopf auf den Herd gestellt hatte und die Suppe von gestern aufwärmte. Marny ließ sich auf einen Stuhl fallen und stützte ihre Stirn in die Hände.

«Gib mir doch eine Tasse Kaffee», bat sie. «Gieß aber auch einen Schuß Brandy hinein. Einen ordentlichen Schuß.»

«Willst du denn nicht etwas essen, Marny?»

«Noch nicht. Erst muß ich meine Nerven beruhigen.»

Auch Kendra nahm Platz. Sie saß schweigend da, während Marny ihren Kaffee samt Brandy schlürfte. Nach einigen Minuten meinte Marny:

«Ich frage mich, wie viele Brände ich eigentlich noch erleben muß, bevor ich draufgehe.»

Das fragte sich auch Kendra. «War es ein Unglücksfall oder eine Brandstiftung?»

«Ich weiß es nicht. Was macht das auch für einen Unterschied?» Marny schob ihre leere Tasse über den Tisch. «Gibst du mir noch mal das gleiche?» Dann erkundigte sie sich nach Rosabel.

«Mr. Fenway hat sie abgeholt, als das Feuer ausgebrochen war. Sie ist noch nicht zurückgekommen.»

«Vielleicht sollte ich es so machen wie sie», meinte Marny. «Einen reichen Mann angeln, der mir alle Sorgen abnimmt.»

Sie grübelte über dieser Idee, schüttelte dann aber den Kopf.

«Nein, lieber nicht. Ich bin kein Heimchen am Herde.»

«Hast du noch nie ans Heiraten gedacht?» fragte Kendra.

«O doch. Jede Frau denkt darüber wohl nach.» Marny nippte an ihrem Kaffee. «Ich habe nichts gegen das Heiraten. Das heißt: Wenn es um andere Leute geht. Aber ich glaube nicht, daß es das Richtige für mich wäre. Ich bin eine Spielerin und eine Herumtreiberin, und das gefällt mir so.»

Marny holte ein Kartenspiel aus der Tasche. Das tat sie immer, wenn sie eine Tasse ausgetrunken hatte.

«Ich werde mir selber mal die Karten legen, um festzustellen, ob mir noch andere Katastrophen bevorstehen.»

Kendra hatte schon früher bemerkt, daß sich Marny nie selbst beschummelte, wenn sie Patiencen legte. Selbst dabei blieb sie ehrlich. Als Marny fertig war, rief sie jubelnd aus:

«Schau dir die Könige an! Und die vielen schönen Karokarten, die sich um die Königin drängen. Männer, Geld und nirgendwo ein Zeichen der Gefahr. Willst du mir jetzt vielleicht einen Teller Suppe geben? Vielen Dank für deine Geduld.» Sie strich die Karten zusammen. «Mir wird es gutgehen.»

Das sagte sie auch, als Dwight hereinkam. Er überreichte ihr ein Geschenk: Ohrringe aus kalifornischem Gold. Jeder war mit einer weißen Perle verziert. Sie ergänzten das Halsband mit seinem roten und schwarzen Perlenschmuck. Als sie am Abend an ihrem Spieltisch Platz nahm, trug Marny ihre ganze Pracht zu Schau.

Das Feuer hatte an einem Freitag gewütet. Am Montag arbeiteten schon die Zimmerleute auf der vom Ruß geschwärzten Fläche. Norman begab sich zu Dwight.

«Am 4. Juli», so erklärte er, «wird sich auf der Plaza allerhand tun. Musikkapellen spielen auf, Reden werden gehalten, eine Flaggenhissung findet statt (die Bürger von Oregon hatten der Stadt San Francisco einen riesigen Fahnenmast zum Geschenk gemacht). Eine Reihe mutiger junger Männer – darunter Hiram und Pocket – haben Feuerlöschbrigaden gebildet. Sie bemühen sich, die besten Maschinen, die schnellsten Pferde und die prunkvollsten Uniformen zu finden. Diese freiwilligen Feuerwehrmänner wollen sich der Öffentlichkeit am 4. Juli vorstellen.»

Norman wies Dwight darauf hin, daß demnach viele Menschen unterwegs sein würden, um die Bars und Spielhäuser zu belagern. Er fragte, ob Dwight die zweite Etage des Calico-Palastes nicht bis dahin fertigstellen könne, so daß Marny ihren Spielsalon am 4. Juli eröffnen könnte.

Carson blieb ungerührt. «Entschließen Sie sich», sagte er. «Wenn Sie eine Bude haben wollen, die zu Bruch geht, sobald ein paar Dummköpfe mit Streichhölzern spielen, dann kann ich Ihnen alle vier Etagen bis zum

4. Juli bauen. Wenn Sie dagegen ein Gebäude wünschen, das etwas taugt, dann lassen Sie mich so vorgehen, wie ich es plane.»

«Wenn ich an die Miete denke, die wir diesem Blutsauger Norrington zahlen müssen, egal, ob wir viel verdienen oder überhaupt nichts...» stöhnte Norman.

Dwight ließ sich nicht erweichen. Norman war zwar ungeduldig, sah aber ein, daß der Baumeister recht hatte, und gab nach. Also nahm er fürs erste weiter mit seinem Ausschank vorlieb. Marny spielte im Gresham Hotel. Kendra kochte wie bisher. Zwischen den Mahlzeiten half sie Rosabel beim Einkauf der Möbel für ihre neue Wohnung.

Mr. Fenway, der seiner Sache nun sicher war, traf sorgsam Heiratsvorbereitungen. Nachdem er sich viele Grundstücke angesehen hatte, verkündete er, die günstigste Wohngegend der Stadt sei der Bezirk Happy Valley. Dort fand man Familienanschluß. In letzter Zeit kamen immer häufiger Frauen aus den Staaten, um wieder mit ihren Männern zusammen zu leben, und solche Ehepaare wohnten in Happy Valley. Diesen Damen sei es geglückt, mitten im Goldtaumel ein geruhsames Eiland zu schaffen. In Happy Valley hörte man keine laute Musik, auch schwankten dort um Mitternacht nicht Betrunkene durch die Straßen. Mr. Fenway hatte eine Parzelle erworben und ein weißes Fertighaus errichten lassen. Noch war er vorsichtig: Ein Backsteinhaus werde er später bauen, wenn sich seine junge Frau an die Umgebung gewöhnt habe und sicher sei, daß sie dort ständig wohnen wolle.

Rosabel hatte er gesagt, sie möge nur an Möbeln kaufen, was immer ihr gefalle, und ihm die Rechnung zuschicken. Dergleichen war für Rosabel etwas ganz und gar Neues; sie wurde schüchtern und bat Kendra um Beistand. Kendra wußte nicht, wie Rosabel gelebt hatte, ehe sie auf Norman gestoßen war. Hatte sie ihre Eltern noch gekannt, hatte sie ein Zuhause gehabt? Rosabel sprach nie darüber, und so fragte Kendra nicht.

Doch was auch hinter Rosabel liegen mochte, eines war klar: Sie fühlte sich glücklich in Erwartung dessen, was vor ihr lag. Mr. Fenways Laune war gleichfalls die beste. Wenn Kendra die beiden zusammen sah, konnte sie an seiner aufrichtigen Zuneigung zu dem Mädchen nicht zweifeln. Gewiß hatte Rosabel ihm vieles erzählt, was sie sonst niemandem anvertraut hatte. Und zweifellos wußte Mr. Fenway sehr wohl, was er wünschte und was er bekam. Was andere Leute davon hielten, interessierte ihn nicht.

Die Feiern am 4. Juli begannen am Abend des Vortages. Als die Helden der Feuerlöschbrigade ihre Maschinen auf Hochglanz gebracht, die Pferde gestriegelt, ihre prunkvollen Uniformen angezogen und ein paar Bars besucht hatten, waren sie bereits derart aufgekratzt, daß sie den morgigen Tag nicht mehr abwarten konnten. Sie schwärmten über die Plaza, schossen ihre Pistolen ab, ließen Feuerwerkskörper knallen und spannten schließlich – um Mitternacht – die Pferde an, kletterten auf die Wagen und zogen durch die ganze Stadt.

An Marnys Spieltisch fragten sich die Männer, denen der Radau auf die Nerven ging, ob diese Burschen jemals zu etwas Vernünftigem zu gebrauchen seien. Marny zuckte duldsam die Achseln. Sie würde sich morgen einen Feiertag gönnen. Rosabel und Mr. Fenway wollten an den Feierlichkeiten teilnehmen. Kendra hatte Pocket und Hiram zum Essen eingeladen. Marny hatte die Absicht, bis Mittag zu schlafen.

Doch um fünf Uhr am Morgen des 4. Juli rissen die Alarmglocken sie aus dem Schlaf. Ein Schuft hatte trockene Planken im Hof eines Saloons an der Clay Street in Brand gesteckt. Die Feuerwehrmänner brausten mit einem Lärm heran, der noch schlimmer war als der vor wenigen Stunden. In sehr kurzer Zeit ratterten sie wieder davon. Sie hatten gezeigt, daß sie durchaus ihren Mann zu stehen wußten. Der Brand war gelöscht. Es war kein Schaden entstanden. Die Feierlichkeiten konnten wie geplant beginnen.

Am Abend servierte Kendra Roastbeef, Dwight goß Rotwein ein, und alle fühlten sich bei guter Stimmung. Kendra und Marny lobten die Feuerwehrleute. Marny betonte, man müsse sie vor allem deswegen rühmen, weil die meisten tief in die Flasche geguckt hätten. Sie lachte zwar, war jedoch nicht ganz beruhigt. Gewiß, diesmal war nichts passiert. Strolche gab es indessen überall. Marny fürchtete, es könne bald wieder irgendwo brennen.

Doch Marny grübelte nicht lange über die Zukunft nach, auch beschäftigte sie sich nicht mit der Vergangenheit, denn die Gegenwart nahm sie vollauf in Anspruch. Zwei Wochen nach dem Feiertag wurde nämlich die zweite Etage des Calico-Palastes fertig, und nun hielt sie Einzug in ihren Spielsalon. Dwight bauter weiter. Als besondere Attraktion fügte er dem Haus einen vergitterten Balkon an, von wo aus Marny und ihre Freunde das Treiben auf der Plaza beobachten konnten. Passanten, die von den Transparenzbildern in den Fenstern angelockt wurden, bemerkten nach ihrem Eintritt nicht, daß die roten Samtvorhänge Eisenläden verbargen, die bei Gefahr verschlossen werden konnten. Zwischen den Fenstern sahen sie die Bilder schöner Frauen, gelegentlich auch eine Szene aus den Goldbergen. Die Spielsäle des Calico-Palastes waren die luxuriösesten der Stadt.

Fast nichts erinnerte nun noch an die Brände vom Mai und Juni. Wie Löwenzahn schossen überall neue Häuser empor. Mit Bedauern erwähnten die Geistlichen die Tatsache, daß die schönsten dieser Gebäude Tempel der Sünde waren. Der Prediger auf der Plaza wußte ein Lied davon zu singen. Solange jedoch die Bürger mit ihrem Gold herbeigeströmt kamen, betrübte dies Marny und Norman nicht.

Marny und Kendra hatten sich hinter dem Spielsalon Schlafzimmer eingerichtet. Rosabel, die Norman aus dem Wege gehen wollte, blieb während der wenigen Wochen bis zu ihrer Hochzeit im Gresham Hotel. Die

Trauung wurde Anfang August in der Unabhängigen Gemeindekirche vollzogen. Hiram und Pocket, beide elegant gekleidet, brachten Kendra hin. Norman erschien nicht, Marny und Dwight waren dagegen anwesend.

Mr. Fenway zählte zu den angesehensten Bürgern, also war die Kirche gut besucht. Mr. Chase und Frau hatten sich eingefunden – unschlüssig freilich, aber immerhin benahmen sie sich loyal. Ralph Watson war gleichfalls da. Serena, die bald ihr Kind erwartete, hatte es für unschicklich gehalten, in ihrem derzeitigen Zustand einer Trauung beizuwohnen. Serena war glücklich darüber, daß ein Mädchen wie Rosabel beschlossen hatte, künftig auf dem Pfad der Tugend zu wandeln.

Auch Foxy und die andern Packjungen waren gekommen: frisch gewaschen, rasiert, gekämmt; das war ihnen ungewohnt, so daß sie sich nicht behaglich fühlten. Man gewann den Eindruck, ihre Hände und Füße seien doppelt so groß wie sonst. Im übrigen nahmen Geschäftsfreunde an der Zeremonie teil. Unter ihnen erblickte Kendra zu ihrer Überraschung Captain Pollock. Hiram und Pocket sagten ihr, Chase und Fenway planten eine Erweiterung ihres Unternehmens, und die dazu erforderlichen Ziegelsteine solle Pollock aus seiner Ziegelei liefern. Es sei also nicht bloß ein Akt der Höflichkeit, wenn er sich bei der Trauung sehen ließ, sondern auch von geschäftlichem Interesse für ihn.

Pollock trat mit einer Verbeugung zur Seite, damit Kendra zuerst durch die Tür gehen konnte. Sie dankte ihm mit einem Lächeln, er aber dachte gar nicht daran, zurückzulächeln. Hinter ihr schritten Dwight und Marny. Korrekt wartete Pollock noch einen Moment, um auch Marny den Vortritt zu lassen. Er warf ihr jedoch einen starren Blick zu. Sie trug ihre Perlen. Pollocks Blick wanderte von dem Schmuck noch einmal in ihr Gesicht. Die *Cynthia* verrottete, Marny aber prunkte in dieser Weise. Pollock würde ihr niemals verzeihen.

Die Zeremonie war kurz und schlicht. Hinterher gab es eine kleine Gesellschaft in Delmonicos Restaurant. Rosabel war heiter, und Mr. Fenway legte eine bemerkenswerte Freude an den Tag, als er die Gläser mit Champagner füllte.

Später brachte eine Kutsche das junge Paar zu seinem Heim in Happy Valley. Kendra zweifelte nicht daran, daß sie weder ihn noch sie je wieder im Calico-Palast sehen würde.

55

Da Marny früher als gewöhnlich hatte aufstehen müssen, um an der Trauung teilnehmen zu können, wurde sie gegen Mitternacht schläfrig. Anstatt bis zwei Uhr wie üblich zu spielen, überließ sie schon jetzt ihren Tisch dem

Mann aus Boston. Die Spieler protestierten. Da sie nicht daran gewöhnt sei, so früh ins Bett zu gehen, werde sie doch nicht schlafen können, argumentierten sie. Marny entgegnete, sie werde noch etwas trinken.

An der Bar nahm sie sich eine Flasche und ein Glas und wollte das Kämmerchen aufsuchen, das sie als Schlafraum benutzte, solange die oberen Etagen noch nicht fertig waren. In Kendras Zimmer sah sie Licht brennen und klopfte. Kendra saß auf dem Rand ihres Feldbettes und nähte so ungeschickt wie immer einen Knopf an. «Komm mit mir», lud Marny sie ein. «Wir wollen nachsehen, ob die Tür an der Rückfront verschlossen ist.»

Kendra war froh, ihre Näherei im Stich lassen zu können, und griff nach ihrer Kerze. Gemeinsam gingen sie die Hintertreppe hinab. Die Tür am Fuß der Treppe war verschlossen und verriegelt, wenngleich die eisernen Innentüren noch nicht vorgeschoben waren. In diesem engen Winkel zwischen der Treppe und der Tür war es fast ruhig, denn zu dieser Stunde aßen die Musiker. Mit einem dankbaren Seufzer setzte sich Marny auf eine Stufe und goß sich einen Drink ein.

«Willst du auch einen?» fragte sie Kendra.

«Nein, danke, ich fühle mich ganz wohl.»

«Ich fühle mich auch ganz wohl», erwiderte Marny, «aber ich finde es großartig, daß man aus Weintrauben und Korn solch herrliche Getränke machen kann.»

Ein paar Kisten waren in einer Ecke aufeinandergestapelt. Kendra stellte ihren Kerzenhalter darauf und ließ sich neben Marny auf der Stufe nieder. Eine Weile schlürfte Marny mit Behagen. Kendra wollte gerade eine Bemerkung über die Hochzeit machen, als sie sah, daß Marny zusammenzuckte. «Was ist?» fragte sie.

«Ich habe etwas gehört.»

Auch Kendra lauschte nun. Sie vernahm ebenfalls einen Laut, ein leises Winseln. «Das ist ein Tier», meinte Kendra. «Sehen wir mal nach.»

Sie ging zur Tür, schob den Riegel zurück und schloß auf. Etwas Weißes schnellte an ihr vorbei und verschwand hinter der Treppe. In diesem dunklen Versteck ertönte das Winseln nun von neuem. Marny nahm die Kerze und folgte dem Laut. «Es ist ein Kätzchen, Kendra», rief sie, «ein winziges verängstigtes Kätzchen.»

Beide blickten in die finstere Ecke. Es schien, als fürchte sich das Kätzchen vor dem Lärm und den Lichtern der Plaza. Vielleicht hatte ein Bursche, der von einer Bar geschwankt kam, ihm einen Fußtritt versetzt, so daß es gegen die Tür geflogen war. Die Tür war in die Mauer eingelassen, und in diesem dunklen Winkel hatte es wenigstens Schutz vor der feindlichen Welt gefunden.

Weder Kendra noch Marny hatten bislang ein besonderes Interesse an Katzen gehabt. Aber der Anblick dieses hilflosen Geschöpfes, das hungrig war, während sie satt zu essen hatten, bewegte sie.

«Haben wir irgendwo Milch?» fragte Marny.

Milch gehörte zu den teuersten Dingen in San Francisco, aber Marny war viel zu gerührt, um daran zu denken. Kendra ging in die Küche hinauf. Sie goß ein wenig Milch in eine Schale und stellte sie auf eine Treppenstufe. «Na komm schon», forderte sie das bebende Tierchen auf. Doch zunächst war das Kätzchen immer noch viel zu verängstigt, um sich zu bewegen. Milch bedeutete indessen Nahrung, und das Kätzchen zitterte vor Hunger. Marny und Kendra traten zurück und verhielten sich ruhig. Nach einigen Minuten konnte das Kätzchen nicht länger widerstehen. Langsam schlich es auf die Schale zu. Dann streckte es seine rosa Zunge heraus und leckte an der Milch. Im Nu war die Schale leer.

«Wir können es nicht hierlassen», sagte Kendra. «Wenn die Schwarzbärte morgen früh die Tür aufmachen, wird das Kätzchen zerquetscht. Wir nehmen es mit hinauf.»

«Gut», entgegnete Marny. «Ich lasse von einem der Jungen ein bißchen Sand in eine Kiste füllen.»

Sie bückte sich, um das Kätzchen aufzuheben. Dies war nicht einfach, denn noch immer zitterte das Tierchen vor Angst. Da es jedoch nicht fliehen konnte, gelang es Marny schließlich, das Kätzchen in die Hände zu bekommen. Mitleidig rief sie aus:

«O Kendra, was für ein armes kleines Ding! So was Dünnes hab ich noch nie in den Fingern gehabt.»

Auch Kendra fühlte Erbarmen. Ein Ei, so überlegte sie, wäre wohl das Beste für ihren Findling, doch Eier waren noch teurer als Milch. «Könnten wir ein Ei entbehren, Marny? Ich werde es bezahlen.»

«Das Ei geht auf Rechnung des Hauses.»

Kendra schlug das Ei in eine zweite Schale voll kostbarer Milch. Mit einemmal erkannte sie, daß ihr Mitgefühl nicht allein Erbarmen war. Sie hatte Liebe empfunden. Sie hatte sich nach jemandem gesehnt, den sie lieben konnte. Jetzt hatte sie jemanden. Ein verlassenes Kätzchen, das in Not war. Das Kätzchen brauchte sie, und sie brauchte das Kätzchen. Sie würde es behalten.

Als sie das Tier bei Tageslicht sahen, erschraken sie über dessen mitleiderregende Häßlichkeit. Sein Fell war an manchen Stellen ausgefallen, als hätten die Motten daran geknabbert. In seinem jungen Leben mußte es wenig mehr als Mißhandlungen erfahren haben, denn noch Tage später merkten Kendra und Marny, daß sich das Kätzchen ängstlich vor ihnen verkriechen wollte, selbst dann, wenn sie ihm zu fressen gaben.

Norman zeigte sich nicht begeistert. «Wenn es wenigstens eine große Schiffskatze wäre, die Jagd auf die Ratten machen könnte ...»

«Ich will dieses Kätzchen behalten», erklärte Kendra, «und ich werde es auch behalten. Wenn es hier nicht geduldet wird, dann werde ich in einem anderen Restaurant meine Kuchen backen. Sie werden froh sein, mich zu bekommen.»

Das Kätzchen blieb. Und nach einigen Wochen guter Kost und guter

Behandlung hatte sich die häßliche kleine Streunerin zu einer Schönheit gemausert. Das Fell war jetzt dicht und weiß mit schwarzen Flecken, die an Tinte denken ließ. Die Augen leuchteten grün. Einer der Stammgäste war ein Veterinärarzt namens Dr. Wardlaw. Als er wieder einmal auftauchte, bat Marny ihn, die Katze zu untersuchen. Nach dieser medizinischen Begutachtung teilte Marny ihrer Freundin mit: «Unsere Katze ist ein Mädchen.»

Dann beratschlagten sie wegen eines passenden Namens. Marny schlug Geraldine vor. «Das hat den richtigen Klang. Es erinnert mich an etwas. Geraldine. Geraldine. Doch, das paßt.» Plötzlich fiel es ihr ein: «Kannst du dich noch an das gespenstische Gedicht von Coleridge entsinnen? Geraldine, das schöne verwahrloste Kind, das geheimnisvoll aus dem Dunkel kommt?»

«Nein, ich kann mich nicht entsinnen», antwortete Kendra lachend. «Was passiert in dem Gedicht?»

«Nun, die Dame Christabel öffnet um Mitternacht das Schloßportal, um die schöne Geraldine hereinzulassen, und dann merkt sie erst, daß Geraldine ja eine Hexe ist.»

Kendra drückte das Kätzchen in ihren Schoß. «Glaubst du etwa, dieses unschuldige Flaumbällchen hier sieht wie eine Hexe aus?»

«Die Geraldine in dem Gedicht hat auch nicht wie eine Hexe ausgesehen. Sie war schön. Unser Kätzchen ist ebenfalls schön. Unser Kätzchen ist um Mitternacht geheimnisvoll aus der Finsternis gekommen. Es hat um Hilfe gefleht wie Geraldine. Du hast die Tür aufgemacht.»

«Was wird aus der Geraldine in dem Gedicht?»

«Das weiß kein Mensch», versetzte Marny, «denn Coleridge hat es nie beendet.»

«Und wir wissen auch nicht, was aus unserem Kätzchen wird», meinte Kendra. «Ebensowenig wissen wir, was aus uns selber wird. Gut. Ich finde den Namen auch passend.»

Norman war in miesepetriger Stimmung. Marny kannte die Ursache: Rosabel fehlte ihm. Er vermißte sie, weil sie eine gute Gefährtin gewesen war, und er vermißte sie auch deshalb, weil sie jene Kunden angezogen hatte, die er *bons garçons* nannte, denn sie ließen viel Geld da. Sowohl im Ausschank als auch in Marnys Spielsalon gab es talentierte Musikanten; sie waren jedoch alle Männer. Die *bons garçons* fragten Norman in einem fort, wann er denn endlich wieder ein Mädchen wie Rosabel ans Klavier setzen werde. Ein Mädchen, das Rosabels Talent und auch noch deren Charme besaß, war aber kaum irgendwo aufzutreiben. Normans Hoffnung, einen geeigneten Ersatz zu finden, schwand allmählich. Er wußte, er war selber daran schuld, daß sie ihn verlassen hatte – eine Erkenntnis, die seine Laune kaum zu bessern vermochte.

Hin und wieder erwies er einem Mädchen gewisse Aufmerksamkeiten.

Er führte sie zum Essen aus, oder er besuchte mit ihr das neue Theater, das sich Dramatic Museum nannte. Keines dieser Mädchen befriedigte ihn jedoch so recht; Gefallen fand er hingegen an den Theateraufführungen. Es war ein gut geleitetes Theater, das viel Unterhaltung bot. Zuweilen wurde ein ernstes Stück gegeben, meistens aber sah man Komödien oder Singspiele. Marny ging gern mit Dwight hin.

Anders als Norman war Dwight in diesen Tagen bei bester Laune. Er hatte Hirams Bankhaus beendet, ein zweistöckiges Gebäude mit einem unterirdischen Gewölbe. Der Calico-Palast wuchs stetig in die Höhe, und nun brachte Dwight auch an der Rückfront einen Balkon an. Außerdem baute er zwei kleinere Häuser. Marny berichtete Kendra, überall gehe die Arbeit glatt vonstatten. Dwight freute sich auch darüber, daß die Bauten weniger kosteten, als er erwartet hatte.

Und das hatte seinen Grund. Die Geschäftsleute in Honolulu und in den Hafenstädten der atlantischen Küste wußten von den Feuersbrünsten in San Francisco, von dem überhasteten Wiederaufbau und von den hohen Preisen. Um sich ja kein Geschäft entgehen zu lassen, hatten Hunderte von Unternehmern Steine und Holz geschickt. Nun war der Bedarf gedeckt. Eine Schiffsladung Backsteine, für die Dwight noch vor einem Jahr anderthalb Kilogramm Gold hätte zahlen müssen, war jetzt für dreihundert Gramm zu haben. Manchmal bekam man sie noch billiger.

Die Leute bauten, wohin man auch blickte. Die Männer von der Feuerwehr errichteten an wichtigen Stellen Reservoirs, eines auf der Plaza. Das Füllen dieser Behälter war stets ein Anlaß zum Feiern. An einem Septemberabend pumpten die Feuerwehrmänner mit viel Pomp und Trara bei Fakkellicht das Reservoir auf der Plaza voll. Marny trat auf den Balkon, blieb aber nicht lange. Die fröhliche Zeremonie mit Musik und Geschrei jagte ihr einen Schauer über den Rücken. Jede Erinnerung an die Feuersbrunst verstörte sie. Marny war durchaus keine zaghafte Frau. Aber sie ängstigte sich, weil die Gefahr nun einmal nicht zu leugnen war.

Elf Tage nach Füllung des Wassertanks auf der Plaza weckten die Alarmglocken der Feuerwehr wieder einmal die Stadt. Es war vier Uhr morgens. Kendra griff nach der kleinen Hütte, in der Geraldine lag. Marny, Norman und die Schwarzbärte debattierten vor den größten ihrer Safes.

«Es brennt im Norden», rief Troy. «Vielleicht greift der Brand gar nicht auf die Plaza über. Am besten zieht man sich an und hält sich bereit. Jetzt tobt das Feuer auch im Osten, in der Gegend der Montgomery Street.» Marny drehte mit nervösen Fingern an der Zugschnur ihres Lederbeutels. Kendra tat dasselbe. Dann hörten sie Normans laute und wütende Stimme. Lolo, die Angst um den kleinen Zack hatte, schluchzte verzweifelt. Norman schrie sie an, um sie zum Schweigen zu bringen. Kendra fragte Marny:

«Warum schweigt er denn nicht selber?»

«Er ist ständig miserabler Laune», antwortete Marny prompt, als sei sie froh, von etwas anderem als dem Feuer sprechen zu können. «Er würde es für alles Gold Kaliforniens nicht zugeben, aber Rosabel fehlt ihm immer noch.»

Bei diesem Namen holte Kendra Luft. «Um Himmels willen! Wenn es nur nicht bei Chase und Fenway brennt!»

«Ich hoffe, daß der Kerl, der dieses Feuer gelegt hat, darin geröstet wird», stieß Marny wild hervor.

Ob dieser Wunsch in Erfüllung gegangen war, erfuhren sie nie. Später hörten sie, der Brand sei in einem Haus der Jackson Street ausgebrochen, das Penne und Kneipe zugleich gewesen war. Niemand wußte, ob ein Brandstifter sich dort zu schaffen gemacht hatte oder ob ein Mann mit brennender Zigarre eingeschlafen war. Die Feuerwehren waren sogleich zur Stelle, doch die Penne hatte inmitten lauter Holzschuppen gestanden. Die ganze Gegend brannte schon, als die Löschtrupps eintrafen.

Die Männer kämpften wacker, und sie brachten die Flammen auch unter Kontrolle. Das Feuer erreichte die Plaza nicht. Es raste jedoch über einen anderen Bezirk hinweg und beschädigte das Gebäude der *Alta California*. Die Redaktion der *Pacific News* wurde zerstört. Einige der besten Geschäfte und Warenhäuser fielen in Schutt und Asche. Was Marny und Kendra besonders schmerzlich war: Das Haus, in dem Pockets Buchhandlung untergebracht war, aber auch Pockets Wohnung brannte nieder.

Am Nachmittag kam Pocket mit Dwight in den Calico-Palast. Pocket hatte Carson im Büro aufgesucht, um über den Neubau der Buchhandlung zu reden. Er nahm seinen Verlust nicht allzu schwer. Er und seine Mitarbeiter hatten die Post retten können, die ihnen anvertraut worden war. Der größte Teil seines Bargelds und seines Goldstaubs ruhte sicher in Hirams Bank. Das Feuer hatte bis zur Montgomery Street übergegriffen. Der Laden Chase & Fenway war gerade noch verschont geblieben. Und dies auch nur dank des neuen Flügels, den die beiden bauen wollten. Sie hatten das benachbarte Grundstück gekauft, und just diese leere Parzelle war ihre Rettung gewesen.

Pocket ging fort. Marny begleitete Dwight ins Parterre. Eine halbe Stunde später kam sie wieder in die Küche. Sie setzte sich an den Tisch, holte ihr allzeit bereites Kartenspiel hervor und begann zu mischen.

«Das Leben ist wie ein Kartenspiel. Egal wie das Spiel ausgeht: Was der eine verliert, das gewinnt der andere.»

Kendra bot ihr eine Tasse Kaffee an, aber Marny schüttelte den Kopf. Lächelnd betrachtete sie ihre Karten. «Dwight Carson ist heute der glücklichste Mann in San Francisco», sagte sie sodann, ohne aufzuschauen.

Auch Kendra lächelte. Sie wußte, was Marny sagen würde. Schon sagte sie es:

«Er hat bewiesen, was er kann. Er kann ein Haus bauen, das dem Feuer widersteht. Er hat's geschafft.»

Jetzt blickte sie auf, die Karo-Dame in der Hand.

«Dwight ist kein Schurke. Er würde kein Feuer legen, um sein Können zu demonstrieren. Doch er kann nichts dafür: Er frohlockt nun, weil das Schicksal ihm den Beweis für sein Können geliefert hat. Pockets Buchhandlung, die nicht von Dwight gebaut war, ist verbrannt. Hirams Bank, die Dwight gebaut hat, steht immer noch.»

Pocket und Hiram hatten ihnen von dem Bankhaus erzählt. Der Bau war sorgsam entworfen und sorgsam aus Backstein und Schmiedeeisen konstruiert worden. Das Feuer hatte lediglich ein paar Schmutzflecken an der Vorderfront hinterlassen. Dwight hatte allen Grund, stolz zu sein.

Das bedeutete, daß auch Kendra und Marny Glück gehabt hatten. Das Nugget, das Kendra in Shiny Gulch gefunden hatte, und ihre kleinen Ersparnisse an Goldstaub lagen unberührt in Hirams Gewölbe. Ebenso unberührt wie der Schmuck, den Marny dort hinterlegt hatte und der von Archwood stammte (gewiß hatte Marny nicht die Aufmerksamkeit Carsons darauf gelenkt). Marny studierte soeben die ausgelegten Karten.

«Auch wenn der Calico-Palast fertig ist, können wir natürlich nicht unbedingt sicher sein, daß er jedem Feuer widersteht. Wir können das erst dann wissen, wenn in der Kearny Street wieder einmal ein Brand ausbricht.»

Ich muß sie ein bißchen ermutigen, dachte Kendra. Ich kann ihr nicht versichern, daß der Calico-Palast feuerfest sei, weil er's vielleicht gar nicht ist. Ich kann ihr auch nicht sagen, daß Dwight so lange hierbleibt, bis es sich herausgestellt hat, ob er feuerfest ist oder nicht, denn ich kann mich ja in ihm täuschen. Aber irgendwie muß ich sie aufmuntern.

«Marny», begann sie, «meine Großmutter hatte eine Köchin, die glücklich und klug war. Ich nehme an, sie war glücklich, weil sie eben klug war. Wenn ich ins Haus gerannt kam und mich über irgendwelche Dinge aufregte, die in der kommenden Woche passieren konnten, hat sie immer zu mir gesagt: ‹Kleines Mädchen, man muß so leben, daß man immer auf das Vielleicht gerüstet ist. Und dann darf man nicht mehr daran denken.›»

Ein Lächeln glitt über Marnys Gesicht. «Auf das Vielleicht gerüstet sein», wiederholte sie. «Und dann darf man nicht mehr daran denken. Das klingt sehr vernünftig.» Sie blickte wieder auf ihre Karten. «Ich sehe kein Unheil. Und Dwight baut tatsächlich gut.»

«Das kann man wohl sagen», bestätigte Kendra.

56

Marny versuchte also, sich für das «Vielleicht» zu rüsten. Schon möglich, daß an der Plaza wieder ein Brand ausbrach. Doch nun waren drei Etagen des Calico-Palastes fertig, und das oberste Stockwerk machte mit jedem Tag

Fortschritte. Wenn je ein Gebäude massiv wirkte, dann war es dieses. Oft mußte sie an den Ratschlag von Kendras Großmutter denken. «Man muß immer auf das Vielleicht gerüstet sein. Und dann darf man nicht mehr daran denken.» Der letzte Satz bereitete ihr Schwierigkeiten: Wie konnte sie vergessen, wenn alle acht oder vierzehn Tage Feueralarm gegeben wurde?

Fast immer machten sich die Brandstifter in den Häuserblöcken zwischen der Plaza und dem Hafen zu schaffen, wo die Beute am reichsten sein würde. Stets gelang es den freiwilligen Feuerwehrmännern, eine Katastrophe zu verhüten. Aber jeder Alarm ließ Marny daran denken, daß eines Tages diese Männer nicht zur rechten Zeit eintreffen könnten.

Sie war nicht der einzige Mensch in San Francisco, der außer sich vor Zorn und Angst war. Die Kriminalität nahm zu. Immer mehr Einwanderer kamen in die Stadt. Nicht wenige von ihnen hatten keine andern Absichten, als Hand an alles Greifbare zu legen. Keine Nacht verging, in der nicht Bürger auf unbeleuchteten Straßen niedergeschlagen und beraubt wurden. Die Zeitungen machten sich gar nicht erst die Mühe, alle Morde zu registrieren. Und was das Schlimmste war: Die Behörden taten kaum etwas, um die Verhältnisse zu ändern.

Es gab tausend Gerüchte um die Frage, weshalb nicht endlich etwas geschehe. An Marnys Bar, in Hirams Bank und in Pockets Buchhandlung sprachen die Leute von Bestechung und Korruption. Immer häufiger wurde die Forderung erhoben, man müsse das Recht nun in die eigenen Hände nehmen. Alle fingen mit der frommen Beteuerung an: «Ich halte ja nichts von der Lynchjustiz, aber ...»

Die sichersten Straßen waren die an der Plaza gelegenen, weil aus den Vergnügungsstätten das Licht hell ins Freie fiel. Die am wenigsten gefährdeten Menschen waren nun plötzlich die Frauen ob ihres Seltenheitswertes. Selbst auf schlecht beleuchteten Straßen wurde ein Mann, der eine Frau bei sich hatte, nur selten angefallen.

«Hier steht alles auf dem Kopf», meinte Marny. «Die ordentlichsten Viertel sind die der Spieler und Nutten. Wenn ein Mann durch eine dunkle Gasse gehen muß, bleibt ihm keine andere Wahl, als eine Hure anzuheuern, die ihn beschützt. Hat es denn so was je auf der Welt gegeben?»

Noch immer ergoß sich ein wahrer Goldstrom aus den Minen. Viel davon wurde auf den Dampfern abtransportiert, ein großer Teil landete in der Kearny Street. Das Einkassieren von Geld strengte Marny durchaus nicht an. Und wenn sie sich einmal beunruhigt fühlte, brauchte sie bloß auf den Balkon zu gehen und sich das Schauspiel zu betrachten, das immerzu auf der Plaza geboten wurde.

Die Leute von San Francisco liebten das Feiern. Der Jahrestag einer Schlacht, der Geburtstag eines Helden, eine aufregende Neuigkeit – bei all solchen Anlässen stürmte man mit Musikkapellen zur Plaza. An dem Tag, da ein Dampfer die Nachricht überbrachte, Kalifornien sei jetzt ein Staat der Union, läutete man die Glocken, blies Hörner, veranstaltete eine Parade und knallte derart wild mit Pistolen, daß ein Uneingeweihter glauben mußte, hier tobe ein Krieg.

Die Aufnahme in den nordamerikanischen Staatenbund war von Bedeutung. Bislang hatten sich die Leute wie Menschen im Exil gefühlt. Nun aber war dieses Land Kalifornien ein Teil ihrer Heimat. Sie ärgerten sich über jeden, der nicht einsehen wollte, wie bedeutsam dieses Ereignis war. An Marnys Bar sagte ein harmloser Fremder zu Hiram, das New Union Hotel könne es mit den besten Hotels in den Staaten aufnehmen. Darauf hatten Hiram und drei andere Männer wie auf Kommando gerufen: «Sir, wir sind hier in den Staaten!»

Dwight stellte Pockets Neubau fertig. Die Leseräume befanden sich vorn, in den Hinterstuben wohnten Pocket und sein Partner, Mr. Gilmore. Während Pocket mit seinem kleinen Zimmer ganz zufrieden war, handelte Hiram nun anders. Er war in das neue Union Hotel gezogen, das beste in San Francisco, das im selben Block stand wie der Calico-Palast. Daneben war das Parker House. Dort hatte ein Regisseur aus New York eine ganze Etage gemietet und in ein Theater verwandelt, das sich den Namen der berühmten Sängerin Jenny Lind zulegte. Der Regisseur engagierte erstklassige Schauspieler, und seine Inszenierungen waren in der Tat gut. Mittlerweile lebten in San Francisco viele Menschen aus allen Großstädten der Welt; sie waren nicht so ohne weiteres zufriedenzustellen. Das Dramatic Museum gefiel ihnen, aber dort wurden meist nur Possen und Gesangs- oder Tanzeinlagen aufgeführt. Die Schauspieler im Jenny-Lind-Theater hingegen boten richtige Theaterstücke.

Marny ging oft mit Carson hin. Sie erzählte, die Aufführungen seien nicht nur gut, sondern der Manager sei überdies ein netter Bursche. Er hatte einen originellen Einfall gehabt: Sein Theater besaß zwei Eingänge. Der eine führte durch die Bar, der andere direkt in den Zuschauerraum. Zum erstenmal konnten die Leute nun in San Francisco eine Unterhaltungsstätte aufsuchen, ohne zuvor eine Bar passieren zu müssen.

Sie selber hatte allerdings nicht das geringste gegen einen Barbesuch einzuwenden. Die Damen von Happy Valley jedoch hatten etwas dagegen einzuwenden. Männer mit geschäftlichen Erfolgen ließen in steigender Zahl ihre Frauen nachkommen. Im Jenny-Lind-Theater konnten diese Damen jetzt nicht nur die Bar meiden; sie konnten außerdem ein scharfes Auge darauf haben, daß ihre Männer nicht in Versuchung geführt wurden.

Von den vierhundert Sitzplätzen wurden nur selten mehr als zwanzig oder dreißig von Frauen eingenommen, und nicht alle durften als Matronen gelten, die stolz auf ihre Tugend waren. In den teueren Logen freilich konnte man beinahe jeden Abend die führenden Männer der Stadt mit ihren Ehefrauen sehen.

Während sie taten, als nähmen sie Frauen, die nicht so sittsam waren wie sie selber, gar nicht wahr, beäugten diese Damen Marny mit Interesse. Sie hatten schon von ihr gehört (es war kaum möglich, in San Francisco zu leben und nichts von Marny und ihrem Calico-Palast zu wissen), und ihre grünen Augen und ihr flammend rotes Haar verrieten sogleich, wer sie war. Die Damen tuschelten. Stimmte es, daß sie aus einer ehrbaren Familie der Ostküste stammte? War ihr Vater tatsächlich ein Universitätsprofessor? Oder war er ein Bankier? Marny fühlte sich aufs höchste amüsiert. Sie führte sich äußerst manierlich auf und ließ diese Damen tuscheln, solange es ihnen Spaß machte.

Hiram besuchte Kendra und fragte, ob sie nicht einmal mit ihm ins Theater gehen wolle. Sie saßen in einem der privaten Spielsäle beisammen, der gerade nicht benutzt wurde. Hiram sagte freimütig:

«Mir sind die guten Umgangsformen keineswegs abhanden gekommen. Ich weiß, daß eine Witwe vor Ablauf ihres Trauerjahrs sich in der Öffentlichkeit tunlichst nicht blicken lassen soll. Wir sind hier aber nicht in den Staaten, wo man diese Umgangsformen ernst nimmt. Ich glaube nicht, daß Sie lebend begraben sein wollen.»

Kendra lächelte ihn an. «Nein, das wäre töricht, wenn eine Witwe ewig daheim sitzen bleiben und sich in ihren Kummer vergraben wollte. Das wäre ungefähr so, wie wenn man einem Menschen, der krank gewesen ist und wieder gesund werden will, schlechte Manieren vorwürfe. Ich komme gern mit Ihnen.»

Er langte über den Tisch und drückte ihre Hand. Sie bemerkte, daß Hirams Hand nicht mehr so rauh war wie damals, als er am Schütteltrog in Shiny Gulch gearbeitet hatte. Es war jedoch immer noch eine feste und kräftige Hand, die Vertrauen einflößte. «Ich habe ja gewußt, daß Sie gesunden Menschenverstand haben, Kendra.»

Am nächsten Abend ging sie mit ihm ins Theater. Sie trug ein geblümtes Seidenkleid, das ihr Marny geborgt hatte. Wie üblich waren die meisten Zuschauer Männer, und bewundernde Blicke folgten ihr, als sie Platz nahm. Sie fragte sich, ob unter diesen Männern wohl einige von denen sein mochten, die ihr schriftliche Heiratsanträge gemacht hatten. Übrigens bekam sie noch heute solche Briefe, die sie – halb gelesen – zerriß.

Das Stück gefiel ihnen. Kendra ging nun häufiger ins Theater, entweder mit Hiram oder mit Pocket und Hiram gemeinsam. Zuweilen, wenn sie mit Hiram allein war, sah sie Pocket in Begleitung eines Mädchens. Es waren allemal hübsche Mädchen.

«Pocket hat bei Frauen mehr Glück als jeder andere Mann in dieser Stadt», meinte Hiram lachend. «Selbst hier, wo ein Mädchen schielend und bucklig sein kann und dennoch Anbeter findet, hat Pocket die Wahl.»

Kendra betrachtete Pockets Profil und war nicht überrascht. Er war ein gut aussehender Mann. Und liebenswürdig war er obendrein. Mit einiger Verwunderung fragte sie sich, ob er wohl noch oft an dieses Mädchen in

Kentucky denken mochte. Er hatte ihr erzählt, daß sie ihm längst gleichgültig geworden sei. Kendra konnte das nicht glauben. Doch obgleich eine Wunde verheilt, konnte sie eine Narbe hinterlassen, die nie wieder verschwand.

An einem andern Abend traf sie Mr. Fenway und Rosabel im Theater. Sie saßen mit Hirams Partner, dem stillen kleinen Bankier Eustis, und einer Kendra unbekannten Dame in einer Loge. Hiram teilte ihr mit, dies sei Mrs. Eustis, die erst vor kurzem aus dem Osten gekommen war. Kendra sagte, das freue sie.

«Was freut Sie?» erkundigte sich Hiram.

«Es freut mich, daß sie zusammen mit Rosabel in einer Loge sitzt. Sie wissen doch genau wie ich, was manche Frauen über ein Mädchen wie Rosabel denken.»

Hiram lachte. «Meine hübsche blauäugige Freundin, tun Sie doch nicht so unschuldig. Rosabel ist jetzt eine verheiratete Frau, aber das allein macht es nicht. Sie ist mit einem der reichsten Bürger verheiratet. Und damit sind alle ihre Sünden verziehen.»

«Ich habe Ihnen doch gesagt, daß ich mich freue», wiederholte Kendra. «Genauso hat sie's haben wollen, und ich bin froh, daß es ihr gelungen ist.»

In dem Moment drehte sich Rosabel um und sah Kendra und Hiram. Sie lächelte ihnen zu. Rosabel wirkte verwöhnt und zufrieden. Kendra entging es nicht, daß Mr. Fenway trotz seiner feierlichen Würde ebenfalls recht zufrieden aussah.

Nach dem Stück plauderten sie miteinander. Mrs. Eustis erwies sich als eine nette kleine Frau, die allerhand über die Plagen zu berichten wußte, die sie bei der Überquerung der Landenge von Panama zu erdulden gehabt hatte. Rosabel lauschte stumm, aber Kendra fiel auf, daß ihre Lippen zuckten. Heutzutage wurde die Route von Truppen der amerikanischen Armee bewacht. Amerikanische Raststätten waren längs des Reiseweges anzutreffen. Die Reisenden schliefen vielleicht nicht immer in sehr bequemen Betten, sie brauchten aber nicht zu fürchten, daß man sie im Laufe der Nacht umbringen werde. Rosabel kannte diese Gegend noch aus einer Zeit, da ganz andere Zustände geherrscht hatten. Sie hielt jedoch den Mund und ließ Mrs. Eustis plappern.

Als Mr. Eustis mit seiner Gattin gegangen war, lud Rosabel zu einem Besuch ein. Man schrieb nun November, und an dem verabredeten Tag war es kalt und wolkig. Mr. Fenway holte Kendra und Marny mit einer gut gepolsterten Kutsche ab und legte eine warme Decke über ihre Knie. Die Häuser in Happy Valley hatten ein nettes und freundliches Aussehen. An den Fenstern hingen neue Vorhänge, Farnkräuter wuchsen in Töpfen auf der Veranda, in den Höfen spielten sogar Kinder. Mr. Fenway und seine Frau wohnten noch immer in dem Fertighaus, doch hatte er an der Nachbarschaft nichts auszusetzen und gedachte, demnächst hier ein Backsteinhaus bauen zu lassen.

Sie fanden Rosabel in einem Salon, der hell erleuchtet war von einem großen Holzfeuer. Außer den Möbeln, bei deren Kauf Kendra geholfen hatte, sah sie nun Kissen, Fußbänke, einen Bücherschrank und ein kostbares Klavier aus Rosenholz. Nahe am Feuer stand ein Tisch mit einem silbernen Teeservice. Rosabel schenkte die Tassen voll und reichte Sandwiches. Sie war nicht nervöser als jede andere junge Frau, die noch nicht ganz an Besucher gewöhnt ist. Es war ein schönes Heim, das gut in Ordnung gehalten wurde, und das sagte Kendra auch. Mr. Fenway, der an seinem Tee nippte und an einem Olivensandwich nagte, zitierte feierlich die Heilige Schrift: «Eine vernünftige Frau ist ein Geschenk Gottes.»

Kendra erkundigte sich bei Rosabel, wie sie denn mit ihrem Haushalt zurechtkomme. «Ein Ehepaar, das in einem von Mr. Fenway errichteten Häuschen lebt, geht mir zur Hand», antwortete Rosabel. «Der Mann hackt Holz und kümmert sich um die Pferde, und seine Frau besorgt die Hausarbeit und die Wäsche. Dadurch bleibt mir Zeit für meine Musik. Zweimal in der Woche kommt ein Franzose, der mir Stunden gibt. Ach, das freut mich ja so! Ich habe schon als kleines Mädchen Klavier gespielt, aber jetzt erst merke ich, wieviel ich noch erlernen muß.»

Mr. Fenway lauschte stolz.

Dann unterhielten sie sich über das Theater und die Schauspieler, über die neuen Moden und die Schaufensterauslagen. Mr. Fenway meinte, sie müßten Rosabel auf ihrem Klavier spielen hören. Kendra stellte fest, daß der französische Musiklehrer seine Sache verstand. Rosabel nahm erst seit drei Monaten Unterricht, doch schon zeigte ihr Vortrag merkliche Fortschritte. Auch dies sagte Kendra, und Rosabel lächelte dankbar.

Es wurde Zeit zur Heimkehr. Kendra und Marny bedankten sich bei Rosabel für den angenehmen Nachmittag, und Mr. Fenway kutschierte sie zurück zum Calico-Palast. In ihrem Zimmer fiel Kendra ein, daß Rosabel ja nicht ein einziges Mal nach dem Spielkasino gefragt hatte. Ob sie wohl niemals mehr Heimweh bekam nach dem Leben, das sie aufgegeben hatte?

Marny zog die Stirn kraus. «Ich weiß es nicht», erwiderte sie nach einer Weile. «Ich frage mich das auch. Aber ich will dir etwas anderes sagen, Kendra: Wenn sie uns noch einmal zum Tee bittet, werde ich süß lächeln und ablehnen.»

«Aber weshalb denn nur?»

«So gelangweilt wie heute habe ich mich noch nie nach meiner Abreise aus Philadelphia.» Marny seufzte. «Es tut mir leid. Ich bin doch wohl nicht der häusliche Typ.»

Wenige Tage später erzählte ihnen Dwight stolz, daß sie nun nicht mehr vom Geräusch der Sägen und Hämmer belästigt würden. Der Calico-Palast war vollendet. Hier stand er nun, vier Stockwerke hoch, das schönste Gebäude an der Plaza. Und feuersicher, behauptete Dwight. Das könne er versprechen.

Obgleich er ihnen versicherte, das Haus werde nicht Feuer fangen, so hatte er doch nicht vergessen, daß es im Innern viele Dinge gab, die leicht brennen konnten: Vorhänge, Teppiche, Möbel. Um einen Fluchtweg zu sichern, falls eine weggeworfene Zigarre Unheil anrichten sollte, hatte Dwight an der Rückfront eine schmale eiserne Treppe von der vierten Etage bis zum Boden angebaut. «Das bedeutet, daß ihr allemal herauskommt und am nächsten Tag heil und gesund zurückkehren könnt.»

«Dwight», sagte Marny ernst, «du bist wirklich gut. Du denkst einfach an alles.»

«Ich bemühe mich darum», entgegnete Dwight.

Jetzt gab es in San Francisco sieben Gebäude, die unter der Leitung von Dwight Carson errichtet worden waren. Alle standen in dem wohlhabenden Viertel. Sie hatten nicht nur Mauern aus Backstein und Eisen, sondern jedes war von Dwight mit andersartigen Sicherheitsmaßnahmen ausgestattet worden. Die Dächer waren flach. Dwight hatte Wasserbehälter eingebaut. Die Besitzer konnten also ihre Dächer mit einer dreißig Zentimeter hohen Flutwelle überschwemmen, wodurch sie vor Funkenflug geschützt wurden. Carson musterte sein Werk mit der Miene eines Generals, der seine Streitkräfte so gut in Stellung gebracht hat, daß er sie sogleich in die Schlacht werfen kann.

Marny sah nach ihrem Wassertank und dann nach den Wolken. «Wenn's doch jetzt bloß auch regnen wollte!»

Sie bekam ihren Willen. Acht Tage später riß ein heulender Sturm die Wolken auf. Dwights umsichtig konstruierte Rinnen leiteten das Regenwasser in den Tank. Zehn Tage lang regnete es. Nur gelegentlich schien einmal die Sonne. Norman rieb sich freudig die Hände, und Marny lachte hellauf. Als sich das Wetter endlich wieder besserte, war der Tank randvoll, und Marny rief aus:

«Jetzt haben wir Wasser für ein Dutzend Brände.»

«Nun, nicht ganz soviel», wandte Dwight ein. «Immerhin aber haben wir genug.» Und er lächelte zuversichtlich.

Wie Marny später Kendra erzählte, waren sie jetzt auf ein «Vielleicht» gerüstet. Der Calico-Palast war im übrigen nicht nur massiv, sondern auch sehr komfortabel eingerichtet. Die Wohnungen in der vierten Etage standen an Luxus den Gästezimmern im Union Hotel nicht nach. Die Räume waren groß, hell und schön möbliert. Selbst Geraldine hatte ein Kämmerchen für sich, wo sie sich aufwärmen und trocknen konnte, wenn es ihr auf dem Balkon zu unfreundlich war. Lulu und Lolo besorgten die Haushalte im vierten Stock, unterstützt von der Frau eines Barkeepers.

«Was für ein glanzvoller Unterschied zu früher!» meinte Marny bewundernd. «Wenn ich daran denke, wie ich im vergangenen Jahr hausen mußte . . . Alles ist anders geworden.»

Obwohl sie «alles» sagte, war sie doch nicht ganz aufrichtig. Einiges in ihrem Leben hatte sich nämlich nicht geändert. Jetzt lebte sie im Luxus, aber immer noch trug sie den ganzen Tag über ihre Pistole, und nachts lag diese in ihrer Reichweite. San Francisco war so gefährlich wie eh und je.

Trotz ihrer Zügellosigkeit glich die Stadt jedoch allmählich immer mehr den Städten an der atlantischen Küste. Mit der Zeit setzten sich die Umgangsformen des Ostens durch. Jener Regensturm, der den Tank des Calico-Palastes mit Wasser versorgte, hatte die noch nicht fertiggestellte presbyterianische Kirche umgerissen. Die Damen aus den Oststaaten kündigten einen Basar an, der Spenden zum Neubau einbringen sollte. Nachdem sie einige Wochen lang eleganten Schnickschnack gehäkelt und gestrickt hatten, hielten sie kurz vor Weihnachten diesen Basar im Union Hotel ab.

Hiram, Pocket und Dwight nahmen pflichtschuldig teil. Als die Sache überstanden war, kamen sie mit allerlei Handarbeiten beladen in den Calico-Palast. Durch einen Barkeeper ließen sie Marny und Kendra in einen Privatsalon bitten, wo sie ihre Einkäufe auf dem Tisch ausgebreitet hatten. «Nehmt euch, was ihr wollt», forderte Hiram sie auf, «und gebt den Rest Lulu und Lolo. Wir haben Spitzen, Sofaschoner, Hüllen für Teekannen, Damentaschen, Federwischer und Untersetzer für Lampen . . .»

«Wieso kennen Sie denn all diesen Kram überhaupt?» fragte Dwight verwundert.

«Ich bin schließlich der Sohn eines Geistlichen», erinnerte ihn Hiram. «Von Wohltätigkeitsveranstaltungen in Kirchen ist mir das Zeug bekannt. Bedient euch also.»

Die Frauen nahmen sich einige Taschentücher mit Hohlsäumen. Kendra wählte außerdem ein Nadelkissen, während sich Marny für ein hellgrünes Band mit Seidenblümchen entschied. Dann erzählten die Männer von dem Basar.

«Es war ein großes Ereignis», sagte Hiram. «Alle Welt war da: Mr. Eustis mit seiner Frau, Mr. Chase mit seiner Frau, Mr. Fenway mit seiner Frau . . .»

«Und Mr. Hiram Boyd», warf Pocket ein, «der viel Geld ausgab, um neue Kunden für seine Bank zu gewinnen.»

«Ja, und alle stolperten sie über meine großen Füße.» Hiram stand auf. «Da ich also meinen gesellschaftlichen Verpflichtungen nachgekommen bin, werde ich mich jetzt an Marnys Bar zurückziehen.»

«Und ich gehe wieder an meinen Spieltisch», sagte Marny. «Ich habe das Gefühl, daß nicht wenige Burschen nach dieser erbaulichen Veranstaltung den Drang verspüren, sich wieder wie normale Menschen zu benehmen. Sie werden demnach hierherstürzen.»

Sie hatte recht. Der Calico-Palast machte kurz vor Toresschluß ein fettes Geschäft. Als Marny ihren Tisch verließ, war sie glücklich, aber auch müde. Am Abend danach erklärte sie: «Heute will ich die Karten einmal nicht anrühren, ich möchte statt dessen ausgehen.» Mit Dwight besuchte sie das Dramatic Museum.

Das Publikum in diesem Haus war nicht so erlesen wie das im Jenny-Lind-Theater. Als Dwight und Marny ihre Logen betraten, wurden sie lautstark von einigen ihrer Stammkunden begrüßt. Sie dankte ihnen lächelnd, und Dwight tat es auch. Er war stolz darauf, daß man ihn in Marnys Gesellschaft sah und daß man wußte, er war der einzige Mann in der Stadt, der dieses Vorrecht genoß.

Plötzlich erspähte Marny im Zuschauerraum den Captain Pollock. Er allerdings grüßte sie nicht. Er schien sie überhaupt nicht zu sehen. Einen Augenblick fragte sich Marny, ob er sie eigentlich immer noch so verabscheue. Da begann die Vorstellung. Marny widmete ihre Aufmerksamkeit der Bühne.

Zunächst spielte das Orchester. Danach sollte es, laut Programm, einen einaktigen Schwank geben, dem eine Gesangseinlage von Miss Hortensia Vale folgen würde. Marny hatte noch nie etwas von einer Miss Hortensia Vale gehört, Dwight jedoch kannte sie. Wie er zu berichten wußte, war sie erst neulich aus dem Osten gekommen, und er hatte gehört, sie singe gut. Im Programm stand, sie werde sich selber auf der Gitarre begleiten, und später gebe sie Lieder zur Klaviermusik eines Herrn aus Peru zum besten.

Der Schwank wurde nett gespielt, und Marny fand Gefallen daran. Als der Vorhang sich wieder teilte, erblickte sie Hortensia Vale, die auf einer mit Bändern geschmückten Leiter unter blühenden Papierblumen saß. Auf ihren Knien lag die Gitarre. Sie war kein schönes Mädchen, aber sie bot einen erfreulichen Anblick. Sie hatte flauschiges braunes Haar und lächelte fröhlich. Ihr Kleid enthüllte ihre Figur freigebiger, als man im Jenny-Lind-Theater für sittsam erachtet hätte; sie besaß jedoch eine schöne Figur, das wurde vom Publikum denn auch sogleich anerkannt, lebhafter Applaus bewies es. Hortensia warf Handküsse in die Luft und fing dann mit Grazie an, auf ihrer Gitarre zu spielen.

Marny hatte kein Ohr für Musik, aber sie spürte, daß die Zuschauer mit Vergnügen lauschten. Hortensia sang ein keckes Liedchen, in dem die Rede davon war, daß es die Damen in San Francisco schwer hätten, Damen zu bleiben, weil gar zu viele Männer sie umschwärmten.

Marny mußte lachen. Sie konnte die Stimme des Mädchens nicht beurteilen, aber sie sah, daß diese Hortensia Vale unbestreitbar gewisse Vorzüge hatte. Ob sie wohl auch Klavier spielen konnte? Die Zuhörer gerieten in Begeisterung. Marny beschloß, Norman zu einem Besuch der Schau aufzufordern, um festzustellen, ob ihr Klavierspiel soviel tauge wie ihr Gesang. Mit ihrer Augenzwinkerei könnte sie dem Calico-Palast viel Geld verschaffen. Dwight fragte Marny, als der starke Beifall abgeflaut war:

«Sie ist gut, nicht wahr?»

Marny nickte eifrig und blickte wieder auf die Bühne. Hortensia verneigte sich immer noch. Sie lachte dabei und war augenscheinlich guter Dinge. Die Leute wollten noch mehr hören, und es machte ihr anscheinend Spaß, sie zu unterhalten. Dwight meinte:

«Sie sieht auch gar nicht übel aus. Wir müssen noch mal herkommen ... Marny!»

Schon stieß Marny einen Schreckensschrei aus. Die Feuerwehrglocken gaben Alarm.

Das Publikum sprang auf. Überall im Theater hörte man ängstliche Rufe. Jeder fürchtete, das Feuer könne sein Eigentum vernichten. Jedermann fürchtete aber auch, die Plünderer könnten sich den Tumult zunutze machen. Alle wollten so schnell wie möglich ins Freie. Wo waren die Türen? Kein Mensch schien sich mehr daran erinnern zu können. Sie stießen einander, kämpften mit den Ellbogen. Jeder verlangte vom nächsten, er solle ihm Platz machen. Eine Panik schien unvermeidlich zu sein.

Es gab jedoch keine Panik. Hortensia hatte ihre Gitarre weggelegt und war zum Klavier geeilt. Sie begann zu spielen.

Und zwar spielte sie einen Marsch. Sie hämmerte ihn mit aller Kraft. Sie spielte so laut, daß die Leute trotz ihres Schreiens jeden Takt vernahmen. Das Dramatic Museum war kein großes Theater, und Hortensias Schläge donnerten wie Kommandogebrüll.

Allmählich benahmen sich die Zuhörer ruhiger. Ihre Schritte folgten – ohne daß sie es merkten – dem Rhythmus. Ihr Abgang verlief nicht ganz ordentlich, aber es wurde wenigstens niemand niedergeschlagen oder zu Boden getrampelt.

Marny und Dwight sahen das alles mit Staunen und Bewunderung von ihrer Loge aus mit an. Dwight hatte sich der Tür zugewandt, war jedoch bei dem majestätischen Klang von Hortensias Musik stehengeblieben. Jetzt sagte er mit Hochachtung:

«Habe ich nicht gesagt, daß sie gut ist!»

«Sie ist mehr als gut» versetzte Marny. «Sie hat Köpfchen.»

Jetzt war Marny überzeugt. Die Hortensia mußte Rosabels Platz im Calico-Palast einnehmen. Falls der Calico-Palast morgen noch stand, fiel ihr erschreckt ein.

«Beeil dich, Marny! Siehst du den Rauch dort drüben? Das scheint in der Sacramento Street zu sein. Dort stehen ein paar Häuser von mir. Komm doch, Marny!»

Dwight brachte sie auf Trab. Sie hatte nichts dagegen einzuwenden, denn eine Riesenlast war ihr vom Herzen gefallen: An der Plaza brannte es nicht. In ihrer Freude fand sie es amüsant, daß Dwight sich offenbar weniger Sorge um ihre Sicherheit machte – und um seine eigene – als um seine Gebäude: Hielten sie dem Feuer stand? Während er mit ihr der Brandstelle entgegenhastete, hörte sie ihn ausrufen:

«Der Calico-Palast ist nicht gefährdet.»

Fast außer Atem fragte Marny:

«Sollen wir nicht lieber das Dach überfluten?»

«Das ist nicht nötig. Der Wind bläst in eine andere Richtung.»

Seine Stimme klang ein wenig enttäuscht. Dwight wünschte so sehnlich einen Beweis dafür, daß seine Gebäude jeden Feuersturm aushalten konnten. Und jetzt blies der Wind in die falsche Richtung! Marny hätte am liebsten gelacht, doch gleichzeitig tat er ihr beinahe leid.

57

Zur Freude Marnys und zur geheimen Enttäuschung Dwights geriet der Calico-Palast in dieser Nacht nicht in Gefahr. Doch als der Brand gelöscht war, fühlte Dwight sich geradezu glücklich: Zwei Häuser in dem niedergebrannten Bezirk hatten das Feuer überstanden, und beide waren von ihm gebaut worden.

Einige Tage nach der Katastrophe veröffentlichte eine Zeitung einen Artikel über Dwights Konstruktionsweise. Der Verfasser gab den anderen Architekten den dringenden Rat, Carsons Methoden zu studieren und daraus die notwendigen Schlüsse zu ziehen. Er pries die Wasserbehälter auf den Dächern, und noch mehr pries er Dwights Weigerung, in aller Eile zu bauen.

«Mr. Carson weiß, daß ein Haus nicht wie ein Blätterpilz über Nacht in die Höhe schießen soll. Allzu viele Leute in San Francisco scheinen das nicht zu wissen.»

Dwight kaufte fünfzig Exemplare der Zeitung. Die Hälfte schickte er seinem Vater, seinen Brüdern und seinen Freunden in New Nork. Den Rest behielt er, um sich an dem Bericht zu weiden.

Sein Büro wurde von Männern belagert, die Banken, Läden und Hotels von ihm gebaut haben wollten. Dwight lehnte ab. Er beschäftigte sich mit zwei Gebäuden, die er bereits vor dem Brand begonnen hatte. Ehe sie nicht vollendet waren, wollte er nichts Neues anfangen. Marny indessen äußerte gegenüber Kendra:

«Dwight weist neue Aufträge zurück, weil er die Absicht hat, nach New York zu reisen. Er hat noch nicht darüber gesprochen, aber er schlägt die Zeitung auf und deutet auf den Artikel über ihn. Er sagte: ‹Das wird ihnen zeigen, daß ich etwas kann. Ich habe den Beweis geliefert.›»

Sie saßen in der Küche und tranken Schokolade. Marny streichelte Geraldine, die sich in ihrem Schoß zusammengeringelt hatte.

«Ich glaube, er gibt sich nicht damit zufrieden, daß irgendeiner es seinen Leuten mitteilt. Er will nach Hause und es ihnen selber sagen.»

«Das kann ich ihm nicht übelnehmen», meinte Kendra.

«Ich auch nicht», sagte Marny. «Es macht ja keinen Spaß, Skalpe am Gürtel hängen zu haben und nicht in den Wigwam zurückkehren zu können, um sie den Leuten unter die Nase zu halten. Aber jetzt muß ich wieder runtergehen und den Mann von Harvard ablösen.»

Als sie allein war, fragte sich Kendra, ob Marny Sehnsucht nach Dwight haben werde, wenn er sie verlassen würde. Wahrscheinlich wird sie ihn eine Zeitlang vermissen, sagte sie sich, wie sie Archwood vermißt hat; dann aber wird sie sich wohl einen andern Verehrer nehmen, so wie sie Dwight genommen hat. Marny ist entschlossen, stets oben zu schwimmen. Sie läßt sich von nichts und niemandem tief berühren. Sie will keine die Seele erschütternden Erlebnisse. Bis jetzt ist sie damit ganz gut gefahren.

Da lediglich zwei Häuserblocks zerstört waren, hatte dieser Brand weniger Schaden verursacht als die früheren. Ein Barkeeper Marnys behauptete, der Verlust betrage nur dreitausend Kilogramm Gold. Dieses «nur» wurde von ironischem Gelächter begleitet. Überall sonst hätte man von einem Großbrand gesprochen. In San Francisco sahen die Leute dergleichen mit andern Augen an.

Sie lachten. Aber dieses Lachen klang bitter. Die Täter hatten einen Laden gewählt, der sich neben einem Lagerhaus befand. Beide waren voller Waren. Die Brandstifter hatten sich auf die Lauer gelegt, um soviel wie möglich zu stehlen. Einige waren gefaßt worden. Ihre Beute hatte man sichergestellt. Die Männer an der Bar wußten jedoch, daß es in den Saloons und Pennen noch mehr Gelichter dieser Art gab, das jederzeit bereit war, nochmals mit dem Feuer zu spielen.

Marnys Stammkunden schlugen mit der Faust auf die Bartheken. Wieder und wieder hörte sie ihre Gäste sagen: «Diesen Brandstiftern muß das Handwerk gelegt werden! Wir halten ja nichts von der Lynchjustiz, aber . . .» Es war das alte Lied.

Sie redeten lange und laut, gelyncht wurde indessen niemand. Durch das Unglück hatten nur wenige Männer ihr Vermögen eingebüßt, und die Schwätzer an der Bar waren der Meinung, daß die Sorgen anderer Leute leicht zu ertragen seien.

Sobald die erste Aufregung abgeklungen war, berichtete Marny Freund Norman von Hortensia. Er zeigte sich augenblicklich interessiert. Sofort besuchte er das Dramatic Museum und kam strahlend zurück.

«Dieses Mädel wird die *bon garçons* anlocken», prophezeite er.

Am nächsten Tag schickte er Hortensia einen Brief. Marny half ihm bei der Abfassung.

Kendra erkundigte sich, womit er sie von dort weggelockt habe. Der Leiter des Dramatic Museum werde doch gewiß alles tun, um Hortensia zu halten. Zwar trafen mit den Schiffen jetzt mehr Frauen ein als im vorigen Jahr, aber noch immer kamen bloß fünf oder sechs Frauen auf hundert Männer, und viele von ihnen waren dämliche Schlampen aus Sydney und südamerikanischen Hafenstädten, die von Zuhältern für erbärmliche Bordelle beschafft worden waren. Ein Mädchen wie Hortensia, attraktiv und begabt, war schwer zu finden.

Marny erzählte: «Norman hat ihr eine höhere Gage versprochen. Und da Norman ein schlauer Bursche ist, hat er einen Köder ausgeworfen, der noch stärker lockt als mehr Geld: ein gemütliches Schlafzimmer nämlich.» Ständig wurden neue Herbergen errichtet, sie reichten jedoch nicht aus für die Leute, die über den Isthmus, die Prärien oder ums Kap Hoorn nach San Francisco eilten. Norman hatte herausgefunden, daß Hortensia in einem dieser zweifelhaften «Hotels» lebte. Sie wohnte zusammen mit einer anderen Schauspielerin in einem winzigen Zimmer. In seinem Brief hatte er ihr versprochen, sie werde außer ihrer Gage auch einen eigenen Raum erhalten.

«Er hat geschrieben, daß er ihr ein gemütliches Einzelzimmer geben will», er klärte Marny. «Achte auf das Wort Einzelzimmer. Er will nicht, daß sie einen Mann anschleppt.»

«Hat sie denn einen Mann?» fragte Kendra.

«Ich weiß nicht, aber Norman will kein Risiko eingehen. Ich glaube, er macht sich Hoffnungen.»

Einer der Barjungen überbrachte Hortensia den Brief. Sie antwortete sogleich mit einer festen Handschrift; lediglich zwei Worte waren falsch geschrieben. Sie teilte mit, falls Norman Lamont sie abhole, werde sie den Calico-Palast besuchen und mit ihm über sein Angebot sprechen.

Bevor sie nach der Gage gefragt oder über die Arbeitsstunden geredet hatte, erklärte Hortensia, sie wünsche das versprochene Schlafzimmer zu besichtigen. Mit verwunderten Blicken sah sie sich den regendichten Fensterrahmen und die festen Wände an; überrascht bemerkte sie, daß es hier ja auch keine Ratten gab.

«Aber, Mr. Lamont», rief sie aus, «das ist ja wie in New York ...»

Dann fragte sie hastig:

«Hat die Tür ein Schloß und einen Riegel?»

Norman bejahte zögernd.

Dann gingen sie in sein Büro und sprachen über die Bedingungen. Später brachte Norman sie ins Dramatic Museum zurück

«Was hat sie gesagt?» erkundigte sich Marny eifrig.

«Sie will das Angebot überdenken. Danach gibt sie mir Nachricht. Anscheinend will sie dem Burschen vom Theater die Chance geben, ihr eine höhere Gage zu zahlen als ich.»

Eine Woche lang schacherten der Bursche vom Theater und Norman um Hortensia. Hortensia wartete ab. Jeden Abend trat sie auf, und nach der Schau kam sie mit ihrem Handarbeitskorb in das Büro des Theaterleiters. Während die beiden Männer diskutierten, nähte Hortensia. Selten sagte sie etwas. Sie saß wie eine Katze da, die zwei Katern zuschaut, die sich ihretwegen balgen. Nur einmal trat sie aus ihrer Reserve heraus. Dies war an einem Abend, da wieder ein Wohltätigkeitsbasar stattfand.

Dabei ging es darum, Männern zu helfen, die in den Bergen kein Gold gefunden hatten und nun halbverhungert und krank auf den Flußschiffen nach San Francisco zurückgekehrt waren. Norman und der Mann vom Theater unterhielten sich wie üblich. In einer Ecke des Büros saß stumm wie immer Hortensia bei ihrer Näharbeit. Plötzlich kam ein Flötist namens Buster ins Zimmer gestürzt und berichtete:

«Die Veranstaltung hat einen guten Verlauf genommen, aber dann ist der Besitzer des El Dorado mit seiner Freundin erschienen, die führt eines der elegantesten Bordelle der Stadt. Wieso die frommen Damen dieses Geschöpf überhaupt haben erkennen können, weiß kein Mensch. Erkannt wurde sie jedenfalls. Die Damen schlossen ihre Buden und erklärten ihren Ehemännern: ‹Der Basar ist beendet, und wenn die Leute aus den Goldbergen noch so krank und hungrig sind!› Die Damen waren nicht gesonnen, ihre Handarbeiten in Gegenwart einer solchen Person zu verkaufen.»

Aus der Ecke ertönte fröhliches Lachen. Hortensia hatte sich in ihrem Stuhl zurückgelehnt, ihr Gesicht in der Ellbogenbeuge vergraben und wurde von einem wahren Lachkrampf geschüttelt. Die drei Männer lachten gleichfalls.

«Und was haben die Ehemänner getan?» fragte Norman. «Haben sie dieses Geschöpf zum Fortgehen veranlaßt?»

«Sie haben sie zu gar nichts veranlaßt», antwortete Buster. «Ich nehme an, sie fürchteten, der Mann vom El Dorado werde zu schießen anfangen. Sie unterhielten sich von Mann zu Mann mit ihm. Sie erklärten ihm die Situation. Sie sagten ihm: ‹Wenn Sie die Frau nicht fortbringen, wissen wir nicht, was unsere eigenen Frauen tun werden.›»

«Das weiß ich auch nicht», murmelte Norman.

«Er hat sie also fortgeführt», erzählte Buster. «Und als sie abgezogen war, haben die Damen ihre Buden wieder aufgemacht. Vermutlich bringen sie jetzt immer noch ihre Handarbeiten an den Mann.»

Zwei Tage später kam Hortensia in den Calico-Palast – gerade noch rechtzeitig, um an Weihnachten Klavier zu spielen. Als sie besser miteinander bekannt geworden waren, gestand sie Marny und Kendra, daß sie beim Anblick des behaglichen Schlafzimmers schon bereit gewesen sei, Normans Angebot zu akzeptieren. Norman freilich wußte dies ebensowenig wie der Mann vom Theater. Hortensia hatte sie ruhig tagelang debattieren lassen, um sich möglichst teuer zu verkaufen.

Kendra war amüsiert. Marny hingegen fand das Verhalten des Mädchens bewundernswert. «Genauso hätte ich's auch gemacht. Ich habe dir ja schon erzählt, daß sie Köpfchen hat.»

Hortensia zog also in das behagliche Schlafzimmer ein, und zwar allein. Hortensia hatte keinen Geliebten. Wie sie Marny und Kendra berichtete, war sie von New York fortgegangen, weil sie dort Ärger mit einem Mann gehabt hatte. Im Saloon lachte und flirtete sie viel, ihr Schlafgemach blieb jedoch unter Verschluß. Norman machte sich freilich noch immer Hoffnungen.

«Wenigstens hat sich seine Laune gebessert, seit sie bei uns ist», meinte Marny.

Am Weihnachtsabend kam Hiram in die Küche spaziert. «Haben Sie etwas dagegen, wenn ich ein paar Minuten hierbleibe?»

«Ganz im Gegenteil», erwiderte Kendra.

Trotz der dicken Wände hörten sie den Lärm im Ausschank und in Marnys Salon, wo Hortensia auf dem Klavier herumhämmerte. Auch in den Privaträumen war viel Betrieb. Marny trat ein und wischte mit einem Taschentuch über die Augenbrauen. Sie ließ sich auf einen Stuhl fallen und seufzte dankbar, als Hiram ihr eine Tasse Kaffee zuschob. Von irgendwoher kam eine Lachsalve. Hiram meinte:

«Das Geschäft scheint ja großartig zu gehen.»

«Ja, wir haben einen enormen Betrieb. Und morgen wird's noch toller zugehen, wenn sie Schampus trinken. Ich halte ja nicht viel von Schampus, aber die Jungs glauben, sie fühlten sich wohler, wenn sie ihn hinter die Binde gießen. Vor allem, wenn er schlecht schmeckt und viel Geld kostet.»

Als Marny wieder an ihren Spieltisch gegangen war, sagte Hiram zu Kendra: «Ich bin gekommen, um Ihnen einen Vorschlag zu machen. Haben Sie Lust, morgen abend mit mir im Union Hotel zu essen?»

«Das würde mir gefallen», entgegnete sie und blickte ihm offen in die Augen. «Sie sind so gut zu mir, Hiram.»

«Nein, das bin ich nicht», versetzte er entschieden. «Ich freue mich über Ihre Gesellschaft.»

«Das freut auch mich», antwortete sie leise. «Ich möchte nicht über das vergangene Jahr sprechen. Das war zu schwer. Aber Sie sind mir eine Hilfe gewesen, Hiram.»

«Mehr will ich gar nicht», gab er zurück und stand auf. Er schaute ihr ins Gesicht und umklammerte mit seinen großen Händen die Lehne des Stuhls. «Kendra, ich muß Ihnen etwas sagen», platzte er unvermittelt heraus, hielt aber sogleich inne.

«Ja, Hiram?»

«Ich hab's bisher noch nicht gesagt», fuhr er ruckweise fort, «weil . . . nun, ich habe nicht gewußt, wie ich's ausdrücken sollte. Ich weiß es auch jetzt noch nicht. Ich muß viel über Sie nachdenken. Das wissen Sie bestimmt. Aber gerade weil ich Sie so gern habe, ist es schwer, die richtigen Worte zu finden.»

Kendra öffnete erstaunt den Mund. Nicht etwa, weil Hiram ihr soeben gestanden hatte, daß er sie gern mochte (das wußte sie in der Tat bereits), sondern weil sie Hiram zum erstenmal verschüchtert sah.

«Sie gehören einer besonderen Menschenrasse an, Kendra. Solche Menschen sind selten.» Er trat von einem Fuß auf den den andern. «Ich habe auf der *Cynthia* eine Menge gelernt. Auf diesem Schiff waren ein paar gute alte Seebären. Sie benutzten ein Wort für Leute, die sie am höchsten respektierten. Sie sagten: ‹Er weiß mit dem Wind zu segeln, den Gott geschickt hat.› Und eben das können auch Sie.»

Kendra war bestürzt und widersprach rasch. «Nein, das kann ich nicht, Hiram. Ich versuche es, aber . . .»

«Aber Sie können es!» unterbrach er sie beinahe zornig. «Sie sind einer von diesen Menschen. Sie bilden eine . . . eine Art Club. Es ist der exklusivste Club der Welt. Keiner hat Zutritt, der nicht hineingehört. Und, verdammt noch mal, Sie gehören hinein, Kendra.»

Er schwieg. Kendra gab keine Antwort, weil sie keine wußte. Ihre Kehle war wie zugeschnürt. Hiram holte tief Atem.

Nach einer Weile fuhr er fort:

«Ich kenne mich aus, Kendra. Andere Leute – Leute wie ich – wissen, wer zu diesen Auserwählten zählt, obgleich wir selber nicht zu ihnen gehören.»

Kendra hörte ihm mit wachsender Überraschung zu. Bislang hatte sie geschwiegen. Bei seinen letzten Worten rief sie aus:

«Natürlich gehören Sie zu ihnen, Hiram!»

Er schüttelte seinen ungekämmten Kopf. «Nein», sagte er mit ruhiger Stimme, die um so eigentümlicher wirkte, als er bisher in heftigem Ton gesprochen hatte. «Nein», wiederholte er. Und mit einem wehmütigen Lächeln setzte er hinzu: «Ich bemühe mich um Einlaß in diesen Club, aber es ist mir noch nicht gelungen, hineinzukommen.»

«Wovon reden Sie denn eigentlich?»

«Wenn ich den Mut hätte, es Ihnen zu erzählen, dann wäre ich ja schon Mitglied.» Dann stieß er den Stuhl gegen den Tisch und drehte sich um. «Gute Nacht», sagte er knapp und schlug die Tür hinter sich zu.

Als er Kendra am nächsten Abend abholte, sprach er nicht mehr über den exklusivsten Club der Welt. Er war guter Dinge und plauderte über alltägliche Themen.

Ihr Abendessen im Union Hotel war ausgezeichnet. Im Speisesaal sah Kendra die reichsten Männer der Stadt. Sie erinnerte sich daran, daß Hiram auf ihrem Rückweg von Shiny Gulch erklärt hatte, er habe die Absicht, reich zu werden. Nun, offensichtlich war er auf dem besten Wege dazu. Nicht viele Männer in San Francisco oder anderswo wären imstande gewesen, die Preise im Union Hotel so ohne weiteres zu zahlen.

Nach dem Essen gingen sie in das Jenny-Lind-Theater, wo ein Schauspiel gegeben wurde. Danach brachte Hiram sie zurück in den Calico-Palast, und Kendra dankte ihm für den netten Abend. Nett war er gewesen, aber nicht großartig. Kendra hatte ein unbestimmtes Gefühl der Enttäuschung.

In den folgenden Tagen kam Hiram so häufig wie früher. Er trank und spielte Karten, und einige Male besuchte er mit Kendra ein Restaurant oder das Theater. Er machte indessen keine Anspielung auf seine Bemerkung vom Weihnachtsabend. Es schien, als wolle er, daß sie seine Worte vergesse. Kendra erwähnte dieses Gespräch natürlich auch nicht, hätte ihn aber gern verstanden.

Es gab allerlei, über das sich reden ließ. Das Wetter wurde erstaunlich gut. Jedermann, der sich im letzten Jahr durch den Schlamm geschleppt hatte, war der Meinung gewesen, es werde auch heuer wieder so fürchterlich regnen. In diesem Winter fiel jedoch wenig Regen, statt dessen war es an vielen Tagen sonnig. Pocket und Hiram berichteten, ihre Geschäfte gingen gut. Der Calico-Palast war Nacht für Nacht überfüllt. Hortensia spielte zwar nicht so gut Klavier wie Rosabel, doch spielte sie immerhin so gut, daß es den *bon garçons* gefiel. Jeden Abend drängten sich Zuschauer um sie, und zu Marnys Verblüffung befand sich oft Captain Pollock unter ihnen.

Bislang hatte sich Pollock dem Calico-Palast ferngehalten. Wenigstens war er nie in Marnys Spielsalon aufgetaucht, und falls er den Ausschank im Parterre besucht hatte, so war Marny nichts davon zu Ohren gekommen. Als er nun im Salon erschien, rührte er keine Karten an. Er beschäftigte sich kurze Zeit mit einem anderen Spiel, bestellte dann einen Drink an der Bar und gesellte sich mit dem Glas in der Hand zu den Männern am Klavier. Da Captain Pollock an Land auf Frauenjagd zu gehen pflegte, fragte sich Marny, ob er wohl zu denen zählte, die hofften, Hortensia werde auf ihre Keuschheit verzichten. Wenn dies der Fall war, so hatte er keinen Erfolg. Zu Normans Ärger und dem mancher andern verschloß Hortensia noch immer ihr Schlafzimmer.

Marny kümmerte sich nicht darum, was Pollock tat, aber Norman war immerhin ihr Freund. Mitfühlend, aber ernst empfahl sie ihm:

«Laß sie in Ruhe.»

Norman grunzte.

«Es laufen noch andere Mädchen in der Stadt herum», sagte Marny lächelnd. «Norman, du mußt den rechten Augenblick abwarten.»

Er spitzte die Ohren. «Meinst du?»

«Sie ist gar zu ablehnend den Männern gegenüber», erklärte ihm Marny. «Entsinnst du dich nicht mehr, daß sie uns erzählt hat, sie sei nach hier gekommen, weil sie Ärger mit einem Mann gehabt habe? Im Moment ist sie auf alle Männer schlecht zu sprechen. Das kann nicht ewig dauern. So etwas dauert nie ewig. Aber solange sie in dieser Stimmung ist, läßt du besser die Finger von ihr.»

Wenngleich dieser Rat nicht gerade der war, den er erwartet hatte, sah Norman doch ein, daß Marny recht haben mochte. Wie Marny schon längst erkannt hatte, besaß Norman nur wenige Grundsätze, aber er besaß eine Menge gesunden Menschenverstand. Hortensia war ein Aktivposten des Calico-Palastes. Wenn sie sich hier nicht mehr wohl fühlte, konnte sie morgen gehen. Viele Etablissements hätten sie mit Vergnügen engagiert. Und im übrigen gab es ja tatsächlich noch andere Mädchen in der Stadt.

Es überraschte niemanden – am wenigsten Marny –, daß Dwight Carson nicht lange nach Weihnachten eine Fahrkarte nach New York kaufte. Marny sagte ihm, wie in der Affäre Archwood, herzlich Lebewohl.

«Er ist ein anständiger Kerl, und ich habe ihn gern», setzte sie Kendra auseinander. «Aber ich habe nie damit gerechnet, daß die Sache für immer währt. Ich habe viel Erfahrung darin, Lebewohl zu sagen.»

Wurde Marny es denn niemals leid, stets Lebewohl zu sagen? Dwights Dampfer war kaum am Horizont verschwunden, als Marny auch schon von Bewunderern umringt wurde. Einige stellten sich ihr selbst mit ihrem Antrag vor, andere schrieben Briefe. Wieder andere schworen, sie würden Marny mit unerhörtem Luxus umgeben. Marny wies sie alle ab – liebenswürdig, aber bestimmt. «Ich mag die Männer», gestand sie Kendra, «doch manchmal kann ich sie nicht mehr ausstehen.»

Am Tag nach Dwights Abfahrt ging Marny in das Gewölbe von Hirams Bank und holte ihr Halsband aus Nuggets hervor. «Das ist mein Lieblingsschmuck», erläuterte sie und trug das Band nun jeden Abend. Es war nicht nur ihr Lieblingsschmuck, sondern auch das Zeichen ihrer Unabhängigkeit. Dwight war ein anständiger Kerl gewesen, aber er war gar zu besitzgierig aufgetreten. Sie hatte ihn jedoch wirklich gern gemocht. Nach einigen Tagen beichtete sie Kendra bei einer Tasse Schokolade, daß sie seine Abwesenheit bedaure. Geraldine strich ihr miauend um die Knöchel, und Marny hob sie hoch.

«Ich freue mich, daß wir das Kätzchen haben», meinte sie und streichelte sein Fell. «Allerdings ist es jetzt kein Kätzchen mehr, sondern eine Katze. Hast du schon bemerkt, daß sie gewachsen ist, Kendra?»

Unter Marnys liebevollem Streicheln rekelte sich Geraldine und maunzte vor Wonne.

Kendra rief fast neidisch:

«Und sie braucht so wenig, um glücklich zu sein.»

Marny lächelte und nickte. «Viel zu essen, viel Schmuserei, ein warmes Plätzchen zum Schlafen – ach, es ist so schön, eine Katze zu sein!»

Dann meinte sie, nun müsse sie den Mann aus Harvard wieder ablösen. Sie stellte Geraldine auf den Boden und zog das Nuggethalsband aus ihrer Tasche. Zwischen den Spielen nahm sie den Schmuck immer ab, denn die Nuggets waren schwer, und wenn sie die Kette eine Stunde lang getragen hatte, tat ihr der Hals weh. Danach vergewisserte sie sich, daß der hübsche kleine Colt in ihrem Gürtel steckte. Marny hatte im Salon noch nie geschossen. Einige Male allerdings hatte sie die Waffe gezückt, als Gäste ausfallend geworden waren, und die Störenfriede so lange damit in Schach gehalten, bis Wächter sie ins Freie befördert hatten. Sie trug den Colt stets bei sich. Jedermann sollte wissen, daß sie mit dem Schießeisen umzugehen verstand.

Kendra, die ihre Freundin beobachtet, rief plötzlich:

«Marny, es geht mich zwar nichts an, aber willst du denn niemals ein friedliches Leben führen?»

«Ich weiß es nicht. Ich weiß nicht einmal, ob es ein friedliches Leben überhaupt gibt.»

«Ja, ich auch nicht», gab Kendra zu. «Aber ich hoffe doch, daß so etwas möglich sein muß.»

Sie blickte Geraldine an, die sich in eine warme Ecke gekuschelt hatte und glückselig zu sein schien. «Es stimmt, was du gesagt hast, Marny: Es ist so schön, eine Katze zu sein.»

58

Schon am nächsten Tag mußten Marny und Kendra feststellen, daß es gar nicht so schön war, eine Katze zu sein.

Kurz vor Mittag, als Kendra in Geraldines Verschlag ging, merkte sie, daß ihr Kätzchen sich über Nacht verwandelt hatte. Sonst lief Geraldine ihr immer entgegen. Heute jedoch scherte sie sich nicht um ihr Fressen. Fauchend sauste sie von einer Wand zu andern, wälzte sich auf dem Boden und vollführte die tollsten Sprünge. Erschreckt schloß Kendra die Tür.

Marny saß beim Kaffee am Küchentisch. Schläfrig hörte sie zu, und schläfrig begann sie zu lachen. Plötzlich kam Kendra eine Erleuchtung.

«Meinst du, unser Kätzchen ist jetzt eine Katze geworden?»

«Es scheint so», antwortete Marny. «Ich habe allerdings noch nie eine liebeskranke Katze gesehen, aber ich habe gehört, daß sie sich so benehmen. Na, wir werden mal den Tierarzt fragen.»

Später erschien Dr. Wardlaw, sah sich Geraldine an und lächelte weise.

«Ihr habt recht, Mädchen. Sie ist jetzt erwachsen.»

Er riet ihnen, sie sollten noch eine Zeitlang mit dem Nachwuchs warten. Marny und Kendra starrten einander verdutzt an.

«Wollen wir denn, daß sie Nachwuchs kriegt?» fragte Marny.

«Daran hab ich noch gar nicht gedacht», antwortete Kendra.

«Ihr Hübschen scheint nicht allzuviel von Katzen zu verstehen», meinte Dr. Wardlaw.

«Nein», gestand Marny.

«Wir werden uns die Sache mit dem Nachwuchs mal durch den Kopf gehen lassen», schlug Kendra vor.

«Ja, das tut nur.»

Zwei Tage und zwei Nächte lang führte sich Geraldine geradezu schamlos auf. Liebestolle Kater fanden sich hinter dem Calico-Palast ein. Sie versuchten über die Mauern zu klettern. Sie jaulten bis zum Morgen. Für menschliche Ohren waren die Laute schrecklich, Geraldine indessen schien sie für Liebeslieder zu halten.

Dann fing der frühe kalifornische Frühling an. Die Hügel wurden grün. Wilde Blumen blühten an den Abhängen. In San Francisco jedoch lebte niemand lange in Frieden. Abgesehen von den üblichen Überfällen und Einbrüchen, gab es alle paar Tage Feueralarm, und nicht lange nach dem Valentinstag kam es auf der Plaza zu einem Auflauf.

Die Zusammenrottung geschah nicht etwa wegen einer öffentlichen Hinrichtung, aber es fehlte nicht viel, und es wäre dazu gekommen. Ein Ladenbesitzer, der sich eines Abends allein in seinem Geschäft aufgehalten hatte, war von zwei Schurken niedergeschlagen und beraubt worden. Jetzt hatte man zwei Männer erwischt, die des Verbrechens beschuldigt wurden. Tausende von Bürgern stürmten zur Plaza und verlangten, daß die Gefangenen auf der Stelle gehängt werden sollten. Der Geschäftsmann war bei dem Überfall nicht tödlich verletzt worden, und das Verbrechen war auch nicht schlimmer als hundert andere. Doch aus irgendeinem Grund hatte ausgerechnet diese Tat das Faß zum Überlaufen gebracht. Die beiden Kerle sahen freilich so aus, als verdienten sie nichts Besseres als den Galgen.

Es handelte sich bei diesen Häftlingen um Nichtsnutze, die sich weder ihrer Enthaltsamkeit im Trinken noch ihres fleißigen Arbeitens wegen einen Namen gemacht hatten. Nichts deutete jedoch darauf hin, daß sie es gewesen waren, die den Ladenbesitzer angegriffen hatten. Zwei Tage lang kochte es förmlich auf der Plaza.

Während des Tumults herrschte in den Unterhaltungsstätten eine verzweifelte Fröhlichkeit. Im Calico-Palast hielt Marny die Bank. Norman ging höflich und zuvorkommend durch die Räume. Kendra backte Kuchen. Hortensia spielte Klavier. Die Croupiers und Barkeeper harrten standhaft auf ihren Posten aus. Den Schwarzbärten und ihren Gehilfen gelang es, den Frieden zu bewahren. Sie alle aber bangten vor dem Pöbel, der nach Gesetz und Ordnung brüllte. Und mitten in diesem allgemeinen Aufruhr bekam Geraldine wiederum Liebeskummer.

Marny und Kendra hatten beschlossen, daß Geraldine Nachwuchs bekommen sollte. Dr. Wardlaw hatte versprochen, sie mit einem hübschen Kater bekannt zu machen, der es wert sei, Vater ihrer Jungen zu werden. Da jedoch Tausende auf der Plaza tobten, konnten sie sich nicht ins Freie wagen. Sie hatten Geraldine in ihrem Verschlag eingeschlossen, wo sie nun gleichfalls tobte, wenn auch aus anderem Anlaß.

Auf der Plaza bemühten sich Bürger mit kühlem Kopf, die aufgeregten Gemüter zu besänftigen. Schließlich, um neun Uhr in der zweiten Nacht des Aufruhrs, gewannen sie die Oberhand. Müde und schläfrig zerstreute sich die Menge. Viele gingen in die Bars und in den Calico-Palast. Über ihren Gläsern brummten sie: «Diesmal haben wir noch einmal nachgegeben; wenn die Verbrechen aber nicht aufhören, werden wir dafür sorgen, daß die Täter gehängt werden.»

Nachdem die letzten Kunden aufgebrochen waren, schritt Marny zur

Bar und goß sich einen Drink ein. Sie schlürfte ihn mit Genuß. Kopf, Beine und Rücken taten ihr weh. Der Gedanke, daß die Männer, die den Radau veranstaltet hatten, nun auch ziemlich zerschlagen sein mußten, heiterte sie ein wenig auf. Morgen würde es auf der Plaza wieder friedlich zugehen. Sie konnte also ausschlafen. Sie schenkte sich noch ein Glas ein, zündete die Kerze an und stieg die Treppe hinauf. Als sie den Absatz erreicht hatte, sah sie Norman auf sich zukommen. Auch er trug ein Glas in der Hand.

«Setz dich einen Augenblick», bat er sie leise, als wolle er die Schlafenden nicht stören. «Ich habe dir etwas zu erzählen.»

Sie setzten sich auf die oberste Treppenstufe, und Marny stellte ihre Kerze zwischen sie. Mühsam unterdrückte sie ein Gähnen. «Mach's kurz.»

Norman drehte das Glas in seinen Händen. Sein Gesicht war ernst, als habe er eine bedeutsame Angelegenheit zu erörtern. Noch nie hatte Norman den Versuch gemacht, sich Marny zu nähern. Sie war viel zu schlau, um seine Leidenschaften zu wecken. Norman hielt sich an die These, eine gute Mitarbeiterin sei zu wertvoll, als daß ein Mann mit gesundem Verstand ihr mit amourösen Absichten kommen solle – schließlich war sie imstande, ihn beim Kartenspiel zu schlagen! Gerade die Tatsache, daß er und Marny nie miteinander geschlafen hatten, ermöglichte es ihnen, Freunde zu sein. Mit ihr konnte er so offen sprechen wie mit kaum einem anderen Menschen.

«Marny, ich habe einen Entschluß gefaßt.»

«Welchen, Norman?»

«Ich habe beschlossen, Hortensia zu heiraten.»

Marny verschluckte sich und mußte husten. «Norman, wieviel hast du heute schon getrunken?»

«Das ist mein erster Drink. Ich rede im Ernst, Marny.»

Norman hatte bereits viele Mädchen verschmäht, die ihn gern geheiratet hätten. Immer wieder hatte er Marny versichert, er werde niemals heiraten. Er könne nicht einsehen, weshalb ein Mann sich derart binden solle. Sie vermochte sich vor Staunen kaum zu fassen.

Nach einer Pause sprach Norman weiter:

«Ich wollte dir das sagen, damit wir darüber sprechen können. Hältst du das nicht für eine gute Idee?»

Marny dachte nach. «Norman, wenn du verheiratet bist, wird sich vieles bei dir ändern müssen.»

«Ich weiß.»

«Ich will damit sagen, daß du nichts überstürzen sollst. Überlege dir die Sache genau.»

«Ich habe sie mir überlegt. Und ich will dir etwas sagen, Marny: Es ist Zeit, daß sich vieles ändert. Ich weiß, daß man es mir nicht ansieht, aber ich habe die Vierzig hinter mir. Allmählich wünsche ich Dinge, die ich bisher nicht gewünscht habe. So etwas wie eine feste Bindung. Ein paar Kinder.»

Norman redete wie ein Mann, der seine Worte ernst nimmt. Marny nippte an ihrem Glas und wartete darauf, daß er fortfuhr.

«Ich will dir auch sagen, weshalb ich Hortensia gern habe.» Er lachte kurz. «Sie ist kein Schlappschwanz. Weißt du noch, wie teuer sie sich an uns verkauft hat? Sie ist eine Persönlichkeit. Sie geht einem nicht auf die Nerven. Sie wird das Interesse eines Mannes wachhalten.»

«Hortensia würde aber keine Seitensprünge hinnehmen», mahnte ihn Marny. «Hast du daran schon gedacht?»

«Natürlich», entgegnete er fast entrüstet. «Hortensia ist ein anständiges Mädchen, und ich werde sie gut behandeln. Ich will dir noch etwas gestehen, Marny: Hortensia ist ein reizendes Mädchen. Sie mag früher manchen Seitensprung getan haben, aber jetzt tut sie das nicht mehr. Seit sie hier ist, hält sie ihre Tür verschlossen.» Stolz fügte er hinzu: «Vor jedermann.»

«Das weiß ich», erwiderte Marny leicht amüsiert. «Du hast dich also auch darum gekümmert?»

«Gewiß. Ich lasse mich doch nicht auf eine so wichtige Sache ein, ohne mich genau umzutun. Das solltest du eigentlich längst wissen.»

Er meinte es tatsächlich ernst, und dennoch fragte sich Marny, wie lange dies dauern würde. Immerhin verstand es Hortensia, auf sich selber aufzupassen. Sie hatte ohne viel Geld New York verlassen, um nach Kalifornien zu reisen. Als ihr die Mittel ausgegangen waren, hatte sie ein Engagement angenommen und so viel verdient, daß sie bis New Orleans fahren konnte. Dort hatte sie sich ein Ticket für die Überquerung der Landenge gekauft. Wenn Hortensia wirklich Norman heiraten sollte, dann würde sie es mit ihm aufnehmen können. Und Norman seinerseits war in vieler Hinsicht ein guter Fang. Er hatte Geld und verdiente immer mehr. Und ein Langweiler würde er wohl niemals sein.

«Hältst du das nicht für eine gute Idee?» wollte er nun nochmals wissen.

«Ich habe es mir eben überlegt, Norman, und ich glaube, es ist eine gute Idee.» Sie trank ihr Glas aus und stand auf. Auch Norman erhob sich. Er lächelte über das ganze Gesicht. Mein Gott, dachte Marny, er sieht ja wirklich wie ein strahlender Bräutigam aus.

Norman reichte ihr die Kerze. «Du bist ein braves Mädchen, Marny», meinte er und tätschelte ihr die Wange.

Sie sagten einander gute Nacht und gingen in ihre Schlafzimmer. Nach den Aufregungen der letzten beiden Tage war Marny so müde, daß sie sofort einschlief. Als sie erwachte, fühlte sie sich wohl. Die Sonne schien, und die Luft roch würzig. Marny wusch sich, steckte ihr Haar auf und ging zum Frühstück hinab.

An der Küchentür traf sie Kendra. Marny wollte sie begrüßen, da fiel ihr Kendras besorgte Miene auf. «Was ist los?» rief sie.

«Geraldine», antwortete Kendra. «Geraldine ist fort, Marny. In der vergangenen Nacht ist sie davongelaufen.»

«Ach, Kendra! Du willst doch damit nicht sagen, daß sie auf die Plaza gerannt ist, wo der Pöbel war?»

Kendra nickte.

«Und die meisten dieser Burschen waren betrunken.»

Kendra nickte wiederum. Ihre Blicke trafen sich. Sie brauchten sich nicht zu erzählen, was sie dachten. Diese Männer, die auf der Plaza getobt hatten, konnten Geraldine totgetreten haben, ohne sie überhaupt zu sehen. Selbst wenn die Katze in der Nacht nicht verletzt worden war, lauerten heute überall Gefahren auf sie. Sie konnte von einem Wagenrad zerdrückt werden, Pferdehufe konnten ihre Knochen zerbrechen. Vielleicht lag Geraldine gerade jetzt im Sterben.

«Wann hast du sie zum letztenmal gesehen, Kendra?»

«Spätabends. Komm rein, ich erzähle dir alles.»

Kurz nach dem Dunkelwerden war Kendra mit Futter und Wasser in Geraldines Verschlag gegangen. Die Katze hatte kein Geheimnis daraus gemacht, daß sie durchgehen wollte, um sich einen Liebhaber zu suchen, aber Kendra hatte die Tür hinter sich geschlossen. Heute morgen indessen hatte die Tür offengestanden, und Geraldine war verschwunden.

Tag um Tag hofften sie, das Tier irgendwo im Haus zu finden. Vielleicht hatte Geraldine sich versteckt und konnte dieses Versteck nicht mehr verlassen. Marny und Kendra sahen sich beinahe die Augen aus dem Kopf. Geraldine war nicht zu entdecken. Nachts lauschten sie an der Tür, durch die das Kätzchen damals gekommen war. Doch Nacht für Nacht hörten sie nur das Rauschen des Windes, zuweilen einen Regenschauer und die Schritte eines Nachtschwärmers, der sich nach Hause trollte.

«Sie ist verloren», meinte Marny schließlich.

«Wir können ja jederzeit eine andere Katze aufnehmen», erwiderte Kendra, «aber . . .»

Sie hielt inne, und Marny sprach den Satz zu Ende:

«. . . aber es wäre nicht dieselbe Katze. Es wäre nicht Geraldine.»

Kendra blickte auf die Uhr. Es ging auf Mitternacht zu, und sie war müde. «Vielleicht sollten wir Geraldine vergessen.»

«Ich wünschte, ich könnte das», versetzte Marny. «Verdammte Katzen! Ich will nie wieder eine Katze sehen. Solange ich lebe, werde ich nie wieder eine Katze ins Haus nehmen. Wenn mir einer gesagt hätte . . . Kendra! Was ist das?»

Kendra war zusammengefahren. «Pst! Ich habe etwas gehört.»

Jetzt hörte es auch Marny – das Miauen einer Katze vor der Küchentür. Marny setzte ihre Tasse so heftig ab, daß die Schokolade in die Untertasse spritzte. Kendra riß die Tür auf.

In die Küche kam Geraldine hereinspaziert. Sie kam so ruhig herein und sah die Frauen mit soviel Selbstsicherheit an, als wolle sie nichts anderes sagen als: «Ich habe Hunger, ihr werdet doch bestimmt etwas für mich tun.»

Kendra griff nach ihr. Marny starrte sie an. «Du verdammtes Biest! Ich würde dich am liebsten an der Plaza aufhängen.»

Geraldine war dünner geworden, und ihr Fell war verschmutzt, nirgendwo aber ließ sich eine Verletzung finden. Die große Vordertür schwang ständig auf und zu, wenn Gäste kamen und gingen. Katzen verstanden es stets, an den Beinen der Leute vorbeizuhuschen. Aber wo mochte sie die ganze Zeit über gewesen sein? Und wie war sie den Menschenmassen, den Rädern, den Hufen heil entronnen?

«Das werden wir nie erfahren», meinte Kendra.

«Habe ich dir nicht erzählt, daß Geraldine eine Hexe war? Im Mittelalter gab es Leute, die behaupteten, alle Katzen seien Hexen. Vielleicht hatten sie recht.»

Einige Abende darauf kam Dr. Wardlaw in Marnys Spielsalon, und sie befragte ihn über Geraldine. Er nahm die Katze in die Hände, lächelte und nickte. «Ja, nun hat sie ihre Jungfräulichkeit (wenn man es so ausdrücken darf) verloren. Ende Februar ist sie davongelaufen. Der Nachwuchs wird sich Ende April einstellen.»

An diesem Abend vernahm Marny, als sie nach Hause kam, auf der vierten Etage Schritte. Marny hob ihren Leuchter. Norman lief dort herum. Als er Marny sah, kam er ihr entgegen. Sein Gesicht war verzerrt und blaß. Das Haar hing ihm unordentlich in die Stirn, und sein Kragen hatte sich verschoben.

«Marny!» rief er fast keuchend. «Ich habe schon geglaubt, du kommst überhaupt nicht mehr. Marny, sag mir doch, was los ist!»

«Was los ist?» fragte sie benommen.

Norman packte sie bei der Schulter. «Marny, was ist mit Hortensia los?» Er schnaufte. «Marny, sie hat mir einen Korb gegeben.»

59

Marny hatte beinahe Normans Heiratspläne vergessen. Jetzt fiel ihr ein, daß Hortensia an diesem Abend ausgegangen war. Jeder Angestellte des Calico-Palastes hatte einen freien Tag, und von Hortensia war Marny heute daran erinnert worden, daß sie an der Reihe sei. «Mr. Devore wird Klavier spielen», hatte sie gesagt. «Ich gehe ins Theater.» Von wem sie sich begleiten lassen würde, hatte sie nicht erzählt. Marny war auch gar nicht aufgefallen, daß Norman nicht im Hause war. Nun schien es so, als hätten die beiden den Abend gemeinsam verbracht. Offenbar hatte er sie um ihre Hand gebeten und war zurückgewiesen worden. Norman war schokkiert.

Wieder setzten sie sich auf die Stufe. Fast stammelnd berichtete er, was geschehen war. Er konnte es selber kaum fassen. Nie zuvor hatte er eine Frau gefragt, ob sie ihn heiraten wolle. Nachdem er sich zu diesem bedeutsamen Unterfangen durchgerungen, hatte er beschlossen, daraus ein denkwürdiges Ereignis zu machen.

Er war nicht ungeduldig geworden. Er hatte gewartet, bis eine gute Komödie im Jenny-Lind-Theater aufgeführt wurde. Norman schätzte ernste Stücke ebensowenig wie Hortensia; beide zogen Lustspiele vor. Als er Hortensia gefragt hatte, ob sie mit ihm kommen wolle, war sie mit Freuden dazu bereit gewesen. Wie sie sagte, besaß sie ein neues Kleid, das sie bei dieser Gelegenheit einweihen könne.

Vor dem Theaterbesuch hatten sie im Hotel gegessen. Mit ihrem hübschen Kleid und ihrer lebhaften Art hatte sie die Aufmerksamkeit vieler Männer erregt. Manch einer mochte Norman um diese Begleiterin beneidet haben. Dann waren die beiden ins Theater gegangen, wo er zwei der besten Plätze hatte reservieren lassen.

Und Hortensia hatte ihre helle Freude gehabt. Das könne er beschwören. Schließlich sei er kein unschuldiges Lamm im Umgang mit Frauen. Er wisse durchaus, wenn eine Frau sich wohl fühlte oder bloß diesen Eindruck erwecken wolle. Danach waren sie in den Calico-Palast zurückgekehrt. In einem der luxuriösesten Privaträume hatte er Champagner auffahren lassen. Hortensias Laune sei so prickelnd gewesen wie der Champagner – bis er dann seinen sorgfältig geplanten Heiratsantrag gemacht hatte. In diesem Augenblick jedoch war sie kühl geworden. Sie hatte «nein» gesagt.

Nicht etwa, daß sie sich kokett benommen hätte, daß sie sich wie ein Mädchen aufgeführt hätte, das «ja» sagen will, aber erst dann, wenn es lange bearbeitet wird. Hortensia hatte ihn nicht einmal gebeten, ihr Zeit zum Überlegen zu geben. Klipp und klar hatte sie erklärt, daß sie nicht geahnt habe, er wolle mit ihr ausgehen, um schließlich diesen Antrag zu machen. Norman hatte schon viele Mädchen ins Theater begleitet. Hortensia war der Meinung gewesen, er wolle ihr für diesen Abend Gesellschaft leisten, nicht aber für den Rest des Lebens. Und dann hatte sie ihn gebeten, sie in ihr Zimmer gehen zu lassen. «Was ist denn nur mit ihr los, Marny?»

Marny wußte nicht, was sie antworten sollte, und Norman wartete auch gar nicht erst auf ihre Antwort.

«Ich habe nicht ein unanständiges Wort gesagt, Marny! Ich war in jeder Minute vollkommen korrekt. Ich wollte sie doch heiraten!»

Verglichen mit dem Schlag, der Norman gestern abend getroffen hatte, war Rosabels Absage eine Kleinigkeit gewesen. Daß Rosabel ihn hatte sitzenlassen, war eine Kränkung, aber ihr Verlust hatte seiner Selbstachtung keinen Schaden zugefügt. In Wahrheit hatte er ja Rosabel zurückgewiesen, da er sie partout nicht hatte heiraten wollen.

Aber Hortensia! Das konnte er nicht begreifen. Ein ums andere Mal sagte er:

«Ich wollte sie doch heiraten!»

Marny empfand Mitgefühl, gleichzeitig jedoch war sie versucht, in Lachen auszubrechen. Norman hatte sich selbst nicht ein einziges Mal gefragt, ob Hortensia ihn denn heiraten wolle; für ihn ging es allein darum, daß er Hortensia zu heiraten gedachte. Er hatte seinen Entschluß gefaßt. Also hatte er ihr das größte Zugeständnis seines Lebens gemacht – und sie verschmähte ihn!

«Was ist nur los?» wollte er von neuem wissen. «Ich bin doch nicht alt oder fett. Und ich habe Geld. Nicht etwa Goldstaub, sondern richtiges Geld.»

Das entsprach der Wahrheit. Marny kannte die Einnahmen des Calico-Palastes genau, und sie wußte auch, daß Norman sparsam war. Hortensia besaß außer ihrer Gage nichts. Vom finanziellen Standpunkt betrachtet war Norman eine höchst begehrenswerte Partie.

Natürlich, dachte Marny, ist er viel älter als sie, wenn er auch glaubt, man sähe es ihm nicht an. Und er hat nicht gerade ein beispielhaftes Leben geführt. Doch einen einwandfreien Lebenswandel hat wohl auch Hortensia nicht hinter sich. Und sie sind bisher ganz gut miteinander ausgekommen. Sie hat ihn gern. Einen Mann gern haben oder ihn heiraten, sind allerdings zwei Paar Stiefel . . .

«Norman, möchtest du nicht, daß ich einmal mit Kendra über die Sache rede?»

Er fuhr auf. Es war schon schlimm genug, daß Marny wußte, wie eine Frau ihn hatte abblitzen lassen. Die Vorstellung, andere Leute könnten davon erfahren, erschien ihm unerträglich.

«Kendra weiß über die Ehe mehr als wir beide», wandte Marny ein.

«Was könnte sie mir schon nützen?»

«Vielleicht findet sie heraus, weshalb Hortensia abgelehnt hat. Sie kann sich nach dem Grund erkundigen. Ja, Norman, laß Kendra einmal mit Hortensia sprechen. Die meisten Frauen sind untereinander aufrichtiger, als wenn sie Männer vor sich haben.»

Norman zögerte noch immer, schließlich aber siegte seine Neugier über seinen Stolz. «Gut. Kendra soll in Erfahrung bringen, was mit Hortensia los ist.»

«Ich gebe ihr Bescheid. Und jetzt wollen wir Schluß machen, Norman. Es ist schon beinahe Morgen.»

Als Marny am Nachmittag den Spielsalon betrat, spielte Hortensia bereits am Klavier. Später berichtete sie Kendra von Normans Bitte. Auch Kendra war über Normans Heiratswunsch erstaunt. «Aber meinst du denn, die Angelegenheit geht uns etwas an, Marny?»

«Nein, aber er tut mir leid, Kendra. Er ist so aufgeregt, daß er nicht mehr weiß, was oben und unten ist. Hilf ihm doch, bitte.»

«Was soll ich denn tun?»

«Bleibe heute in deinem Zimmer. Lies ein neues Buch. Du brauchst auch nicht zu kochen. Halte dich bereit. Ich werde Hortensia zu dir schicken.»

Als an die Tür geklopft wurde, legte Kendra ihr Buch weg und öffnete.

«Marny sagt mir, Sie wollten mich sprechen.» Hortensias Miene war ziemlich störrisch. Sie setzte sich auf den Bettrand. «Wissen Sie, Kendra, ich weiß, worüber Sie mit mir reden wollen. Sie können Norman sagen, daß er mich gut behandelt hat und daß ich gern hier arbeite. Wenn er mich aber nicht in Ruhe läßt, packe ich sofort meinen Kram.»

Kendra zog einen Stuhl ans Bett und nahm Platz. «Er hat Sie doch nicht beleidigt, Hortensia», sagte sie sanft. «Er hat Sie bloß gefragt, ob Sie seine Frau werden wollen.»

«Und ich habe nein gesagt. Was ist daran falsch?»

«Nichts. Es verlangt ja niemand von Ihnen, daß Sie ihn heiraten. Aber Sie haben seinen Antrag abgelehnt, ohne ihm einen Grund zu nennen. Das hat ihn wirklich gekränkt. Und zwar tiefer gekränkt, als Sie wissen.»

«Er wird's überleben», meinte Hortensia. Sie sah auf, und mit Humor setzte sie hinzu: «Norman hat kein Herz, das leicht bricht.»

Das stimmte so sehr, daß Kendra keine Antwort einfiel. Hortensia betrachtete ihre Hände, die sie um die Knie geschlungen hatte. Endlich sprach Kendra wieder:

«Hortensia, Sie haben mir gerade erzählt, daß Norman Sie gut behandelt hat. Warum wollen Sie Ihrerseits ihn dann nicht auch gut behandeln? Wollen Sie ihm nicht wenigstens mitteilen, weshalb Sie ihm einen Korb gegeben haben?»

Hortensia betrachtete immer noch ihre Hände. Sie gab keine Antwort.

«Sie brauchen ja nicht mit ihm selber zu sprechen. Ich kann das übernehmen. Erzählen Sie mir, was ich ihm sagen soll. Er möchte doch wissen, warum Sie ihn nicht heiraten wollen.»

Eine Zeitlang sprach Hortensia immer noch nichts. Kendra wartete ab. Schließlich sprudelte Hortensia heraus:

«Ich will überhaupt nicht heiraten. Ich hab's einmal mit der Ehe versucht, und das war eine ganz verfluchte Angelegenheit. Deswegen bin ich ja auch nach Kalifornien gekommen. Um den Mann loszuwerden, den ich in New York geheiratet habe.»

Sie hatte trotzig bleiben wollen, doch bei den letzten Worten war ihre Stimme brüchig geworden. Sie nahm ein Kissen und vergrub ihr Gesicht darin, damit Kendra ihr Schluchzen nicht hören solle.

Kendra setzte sich aufs Bett und legte einen Arm um Hortensias bebende Schultern. Als sie wieder klar sprechen konnte, schaute Hortensia auf. «Leihen Sie mir doch ein Taschentuch. Vielen Dank. Und entschuldigen Sie mich.»

«Sie brauchen sich nicht zu entschuldigen. Wir alle weinen manchmal. Das tut gut.»

Hortensia wischte sich die Augen. Nach einer Pause fragte Kendra:

«Wollen Sie mir Ihre Geschichte erzählen? Sie müssen es nicht», fuhr sie rasch fort. «Wenn Sie schweigen wollen, werde ich nie wieder ein Wort darüber verlieren.»

Hortensia zerknüllte das feuchte Taschentuch und murmelte:

«Ich glaube, es wäre vielleicht gut, wenn ich mich einmal ausspreche. Ich habe ja nichts Schlimmes getan. Ich habe mich eben nur in den falschen Mann verliebt. Damals war ich beim Theater. Jeden Abend kamen Männer an den Bühnenausgang, und manchmal habe ich mich von einem ausführen lassen. Aber dieses Leben hat mir nicht gefallen. Wirklich nicht, Kendra. Ich wollte eine Hausfrau werden. Meine Mutter war eine verheiratete Frau. Gott sei ihrer Seele gnädig. Ich wollte auch so leben wie sie. Und ich wollte auch Kinder haben. Ich habe Kinder nämlich gern. Und so habe ich mich verheiratet. Er hat Geige gespielt und gut ausgesehen, und ich habe mich in ihn verliebt. Ich habe geglaubt, er liebt mich auch.»

Um ein Haar wäre ihr die Stimme abermals gebrochen. Sie schluckte schwer. Dann erzählte sie weiter:

«Wir kamen ganz gut zurecht. Manchmal hatten wir Streit, aber das kommt ja überall vor. Ich habe ein Baby erwartet, und ich war wirklich glücklich darüber. Aber dann, eines Tages, bin ich gestolpert und bös gefallen. Ich hatte eine Fehlgeburt. Fast hätte ich mich zu Tode geblutet. Ich war furchtbar krank. Natürlich kostete das Geld. Die Ärzte mußten bezahlt werden, es gab eine Menge Schwierigkeiten, und eines Tages ging er fort und ließ mich sitzen.»

Kendra fuhr auf. «Sie meinen, er hat Sie in diesem Zustand allein gelassen?»

«Ja. Ich glaube, ich wäre gestorben, wenn nicht der Orchesterleiter gekommen wäre, um sich zu erkundigen, weshalb mein Mann nicht zur Arbeit erschienen sei. Er hat mich halb bewußtlos gefunden. Ich konnte kaum noch sprechen. Er lief davon und gab den Leuten vom Theater Nachricht, und sie kamen mir dann zu Hilfe. Theaterleute helfen sich immer gegenseitig auf. Sie sind gute Menschen. Die Männer haben eine Sammlung für mich veranstaltet, und die Mädchen haben mich gepflegt. Nach einer Weile ist es mir dann wieder besser gegangen.»

«Und deshalb sind Sie nach Kalifornien gereist?»

«Warten Sie einen Moment. Ich bin noch nicht fertig. Es ist mir also wieder besser gegangen, und ich konnte auch wieder arbeiten. Man hat sogar meine Gage erhöht. Ich kann nämlich etwas. Fragen Sie bloß Marny. Aber dann – Sie werden's nicht glauben wollen – ist dieser Lump plötzlich wiederaufgetaucht. Er hat um Verzeihung gebeten. Er liebe mich wirklich, hat er behauptet. Aber ich habe gewußt, daß er nur deswegen kam, weil ich gut verdient habe und er das Recht hatte, bei mir zu leben, weil er ja mein Mann war.»

Kendra dachte an dieses herzlose Mädchen, das Pocket geliebt hatte. Die

Niedertracht dieser Menschen!

«Und was konnte ich schon tun? Ich kam von diesem Schuft nicht los. Ja, wenn ich reich genug gewesen wäre und mir teure Rechtsanwälte hätte nehmen können ... Solche Leute finden immer einen Dreh. Aber wie die Dinge nun einmal lagen, habe ich wie so viele andere Leute meinen Namen gewechselt und bin nach Kalifornien gereist.»

«Und Sie sind immer noch mit ihm verheiratet, Hortensia?»

«Sicher», erwiderte sie müde und lachte kurz auf. «Es ist doch eine gewisse Erleichterung, sich einmal alles vom Herzen zu reden.»

«Warum haben Sie nicht schon früher davon gesprochen?» fragte Kendra. «Sie sagen ja mit Recht, daß Sie nichts Schlimmes getan haben.»

«Ich wollte nicht, daß jemand erfährt, was für ein Dummkopf ich war. Ich habe mich geschämt, weil ich einen derartigen Dreckskerl geheiratet habe. Und dann ... dann ...» Hortensia zögerte.

«Ja?»

«Ach, ich werde Ihnen alles sagen. Nachdem ich meine Arbeit im Calico-Palast aufgenommen hatte, war ich einmal im Laden von Chase und Fenway. Marny war bei mir. Da kam eine Dame herein, die einen Kinderwagen schob. Marny hat uns miteinander bekannt gemacht. Sie heißt Serena Watson. Sie fragte nach Ihnen und erzählte mir, daß sie früher für Sie gearbeitet hat. Sie hat einen hübschen kleinen Jungen.»

Kendra mußte an ihr eigenes Kind denken. Sie beneidete Serena. Ein plötzlicher Schmerz preßte ihr die Kehle zusammen. Hortensia fuhr fort:

«Ich habe das Baby bewundert. Der Kleine hat sein Händchen um meinen Finger gelegt, wie's kleine Kinder so tun. Ich bin ganz traurig gewesen, denn ich habe mir gesagt, wenn ich mein Kind nicht verloren hätte, könnte ich jetzt mit ihm spielen. Später hat mir Marny gesagt, ich soll Ihnen nichts von Mrs. Watsons Baby erzählen. Das würde Sie nämlich traurig stimmen, weil Ihr Kind gestorben sei. Ich konnte das verstehen, weil ich mir sagte, wenn ich schon traurig werde wegen meines ungeborenen Kindes, dann müssen Sie doch noch viel trauriger sein, weil Sie ein Kind hatten, das dann gestorben ist. Deshalb habe ich nichts von meinem Kind gesagt ... Ach, Kendra! Marny hatte recht. Jetzt weinen Sie. Verzeihen Sie mir. Ich hätte den Mund halten sollen. Es tut mir wirklich leid, Kendra.»

Kendra trat zur Kommode, nahm ein Taschentuch heraus und trocknete ihre Tränen.

«Schon gut, Hortensia», entgegnete sie mühsam lächelnd. «So lange ich lebe, werde ich andere Frauen mit Kindern sehen. Ich muß mich daran gewöhnen.» Sie setzte sich wieder neben Hortensia aufs Bett. «Jetzt wissen wir alles voneinander. Das macht uns zu Freundinnen.»

Hortensia nickte. Kendra wollte nicht noch mehr Tränen vergießen. Hastig lenkte sie die Unterhaltung wieder auf Hortensias Angelegenheiten. «Sie können also gar nicht heiraten, weil Sie nicht frei sind?»

«Ja.»

«Gut. Darf ich das Norman mitteilen?»

«Ja, tun Sie das. Ich schäme mich, aber ich möchte seine Gefühle nicht verletzen. Er hat mir nie etwas angetan. Erzählen Sie ihm doch, wie die Verhältnisse sind.»

Kendra versprach es ihr. Im stillen zweifelte sie daran, daß Norman nun resignieren werde. Norman war ein Mann, der nicht so leicht aufgab.

Und darin irrte Kendra sich nicht. Als sie ihm berichtete, Hortensia habe ihn zurückgewiesen, weil sie verheiratet sei, rief er aus:

«Ist das alles?»

Und danach fing er zu lachen an.

Seine Freude hatte zwei Gründe. Erstens einmal war er nun sicher, daß Hortensia ihn nicht unsympathisch fand. Er konnte sich jetzt wieder im Spiegel betrachten: Auf Frauen wirkte sein Charme also nach wie vor. Zweitens gab es – wie er Kendra versicherte – auf der ganzen Erde keine Gegend, wo eine Frau sich so leicht von ihrem Mann scheiden lassen konnte wie in Kalifornien. Hortensia war an einen nichtswürdigen Mann geraten? Dann mußte man ihn eben beseitigen.

Norman bat Kendra, sie möge Hortensia nichts weiter sagen, als daß sie ihn von ihrer Ehe in Kenntnis gesetzt habe. Er werde mit einem Rechtsanwalt sprechen, und dann wollte er selber mit Hortensia über die Scheidung reden.

Am Tag darauf ging Norman zu Pocket, um sich von ihm einen Anwalt empfehlen zu lassen. Pocket schlug einen gewissen Mr. Stone vor. Dieser Herr war jung wie die meisten Männer, die sich auf den Weg nach Kalifornien gemacht hatten; er verfügte jedoch bereits über eine gewisse Würde, und zudem sah er tüchtig aus. Norman, der ein kluger Menschenbeobachter war, faßte auf der Stelle Zutrauen. Mr. Stone lauschte aufmerksam seinem Bericht; hin und wieder nickte er sachlich. Endlich fragte er, ob der Ehemann dieser Dame noch in New York wohne. Norman bejahte. «In diesem Falle», so warnte Mr. Stone, «kann die Scheidung teuer zu stehen kommen.»

Norman erklärte, er werde zahlen, was auch immer zu zahlen sei.

«In Münzen», betonte er.

Der diskrete Mr. Stone gestattete sich ein Lächeln.

«Zunächst muß ein Brief an die letzte bekannte Adresse des Ehemanns geschickt werden, so daß er sich äußern kann», erklärte der Anwalt. «Wenn er nicht antwortet oder nicht aufzutreiben ist, wird der Fall ohne ihn weiterverfolgt. Ein Versuch muß jedoch unternommen werden. Außerdem benötigt die Dame Zeugen, die ihre Angaben bestätigen. Sie braucht beeidete Erklärungen von ihren Freunden in New York. Der Orchesterleiter, der sie halbtot vorgefunden hat, und die Schauspielerinnen, die sie gepflegt haben, müssen aussagen.

Sobald die Dame diese Dokumente in Händen hat, werde ich mich an meine Kollegen in New York wenden. Sie werden sich dann der Sache annehmen. Wie lange das alles dauern wird, kann ich nicht sagen.»

Norman antwortete, er werde die Dame morgen in Mr. Stones Kanzlei bringen. Danach holte er sein Portemonnaie heraus und legte einige Goldmünzen auf den Schreibtisch. «Ihr Honorarvorschuß, Sir.»

Leutselig nahm Mr. Stone das Geld in Empfang.

Norman war von einem Triumphgefühl erfüllt, als er das Büro verließ. Es war ja alles so einfach.

Als er im Calico-Palast anlangte, saß Hortensia an ihrem Klavier. Norman gehörte nicht zu denen, die ihre Pläne durch Übereifer zunichte machen. Er wartete bis zum nächsten Morgen. Ehe der Salon eröffnet wurde, bat er Hortensia um ein paar vertrauliche Worte. Nach einigem Zögern stimmte sie zu.

Norman führte sie in den leeren Salon, wo sie ungestört plaudern konnten. Er nahm ein Notizbuch und einen Bleistift aus der Theke und beugte sich über die Bar. Dann erzählte er Hortensia von der Nachsicht, welche die kalifornischen Richter gegenüber Frauen an den Tag legten, die geschieden werden wollten. Nachdem er von seinem Besuch bei Mr. Stone berichtet hatte, erkundigte er sich nach dem Namen dieses Kerls, den sie geheiratet hatte.

Hortensia verzog den Mund genauso störrisch, wie sie es beim Betreten von Kendras Zimmer getan hatte. Norman nahm dies jedoch nicht wahr.

In knappem Ton entgegnete sie:

«Rupert Williams.»

«Und Ihr Name? Ich meine Ihren Mädchennamen?»

Hortensias Miene veränderte sich nicht. Im selben Ton wie zuvor antwortete sie:

«Elsie Glutch. Mein Bühnenname war Laura Lester.»

Norman stellte noch einige weitere Fragen und notierte sich Hortensias Antworten. «Gut», meinte er und schloß sein Notizbuch. «Wir werden heute nachmittag diesen Stone aufsuchen und ihm alle nötigen Informationen geben. Dann kann er Ihre Scheidung durchsetzen, und unserer Heirat steht nichts mehr im Wege.»

«Aber ich will doch gar nicht heiraten!» sagte Hortensia hartnäckig.

«Was!» schrie Norman. Jetzt war er wieder dort, wo er gewesen war, als er noch nichts über Hortensias Mann gewußt hatte. Sein Spiegelbild schrumpfte abermals zusammen. «Was ist denn nun los, Hortensia? Sie lieben doch nicht etwa einen andern Mann, oder doch? Vielleicht diesen glotzäugigen Kapitän, der dauernd um Sie herumstreicht?»

«Keineswegs», erwiderte Hortensia.

«Haben Sie denn etwas an mir auszusetzen?» fragte Norman bestürzt. «Ich habe diesem Anwalt schon einen Vorschuß in Münzen gegeben. In Goldmünzen! Und jetzt wollen Sie überhaupt nicht geschieden werden!»

«O doch», sagte Hortensia rasch. Zum erstenmal sprach sie vernünftig. «Ich wußte ja nicht, daß man sich in Kalifornien viel leichter scheiden lassen kann als in New York. Ich will von diesem Stinktier im Guten loskommen. Ich werde den Rechtsanwalt, so schnell ich kann, bezahlen. Ich möchte nicht, daß Sie Geld ausgeben.» Und mit Nachdruck schloß sie: «Ich will nicht heiraten!»

Norman zog die Luft ein. «Was habe ich denn nur getan?» flehte er. «Sagen Sie mir doch bloß, warum Sie mich nicht leiden können.»

«Sie haben gar nichts getan», entgegnete sie. Ihre Stimme schwankte. «Ich habe Sie gern.» Hortensia kämpfte um ihre Selbstbeherrschung. Als sie wieder reden konnte, stieß sie hervor: «Verstehen Sie mich denn nicht, Norman? Ich will nie wieder in eine Sache hineinschlittern, aus der ich nicht mehr heraus kann.»

Ein Lächeln lief über Normans verstörtes Gesicht. «Aber das versuche ich Ihnen doch gerade klarzumachen, Hortensia: In Kalifornien können Sie wieder heraus, und zwar jederzeit.»

Hortensia atmete schwer. Sie hatte einen Ellbogen auf die Bar gestützt und starrte ihn an. Norman sprach hastig weiter:

«Ich schwöre bei Gott, daß ich Sie anständig behandeln werde. Aber wenn ich etwas tue, was Ihnen nicht paßt, kann jeder kalifornische Richter unsere Ehe auflösen. Und nicht nur das: Überdies muß ich Ihnen auch noch Geld zahlen.»

Hortensias Augen weiteten sich verwundert. «Steht das in den Gesetzbüchern?»

«Ich glaube nicht, daß sie es mit diesen Worten ausgedrückt haben, aber in San Francisco verfährt man jedenfalls so.»

«Meinen Sie es ehrlich, Norman? Wenn ich mit Ihnen verheiratet bin und es gefällt mir nicht mehr, brauche ich dann wirklich nicht bei Ihnen zu bleiben?»

«Wenn es Ihnen bei mir nicht mehr gefällt, brauchen Sie nicht zu bleiben», versetzte Norman feierlich.

Noch nie in seinem Leben hatte sich Norman so demütig verhalten. Hortensia hatte einen Sieg errungen, der ihr leichtgemacht worden war. Wäre Marny dagewesen, sie hätte Hortensia sagen können, wie groß ihr Sieg in Wirklichkeit war.

60

Hortensia wollte ihre Angelegenheit auf ihre Weise erledigen. Sie konsultierte weder Mr. Stone, noch fragte sie Pocket um Rat. Sie ging zu Hirams Bank, aber sie wandte sich nicht an Hiram, weil er Pockets guter Freund war, sondern an den stillen kleinen Mr. Eustis. Ihn bat sie um die Anschrift eines Rechtsanwalts, der sie in einer Scheidungsfrage beraten könne.

Mr. Eustis schätzte Scheidungen nicht. Freilich schätzte er auch viele andere Dinge nicht, die von den Kunden der Bank an ihn herangetragen wurden. Zwei seiner wohlhabendsten Kontoinhaber waren Norman und Blossom, und er verwaltete ihr Geld, wenngleich er die Art, in der sie es verdienten, auf das strikteste mißbilligte. Also wies er auch Hortensia nicht ab, sondern empfahl ihr, zu einem Mr. Lang zu gehen.

Diesen Mr. Lang suchte Hortensia mehrmals auf. Jedesmal kehrte sie an ihr Klavier zurück, ohne sich zu äußern. Auf Normans Fragen entgegnete sie lediglich:

«Drängen Sie mich nicht. Ich werde Ihnen Bescheid geben.»

Kendra konnte sie verstehen. Marny hingegen hielt es eher mit dem Vorgehen Geraldines. «Wenn Geraldine sich nach Liebe sehnt, macht sie, was sie will und fragt niemanden um Rat. Das ist doch viel einfacher.»

Geraldine, die nun dicker wurde, schnurrte und streckte sich. Sie war mit dem Stand der Dinge offenbar vollauf zufrieden.

Auch Marny war zufrieden. Da der Calico-Palast florierte und sie selber alles tat, damit er florierte, hatte sie beschlossen, sich ein wenig Luxus zu gönnen. Neben ihrem Schlafzimmer befand sich ein kleinerer Raum, in dem sie bislang Glaswaren aufbewahrt hatte. Jetzt aber waren die Läden von San Francisco so reichhaltig ausgestattet wie in den Städten des Ostens, und sie konnte zu jeder Zeit kaufen, was sie nötig hatte. Sie räumte dieses Zimmer aus und ließ eine Tür in die Wand brechen, so daß sie nun zwei Räume hatte.

«Wir werden dieses Zimmer Boudoir nennen», sagte sie zu Kendra. «Du kannst es ebenfalls benutzen, wenn du einmal ausruhen willst. Weißt du eigentlich, was Boudoir bedeutet?»

«Natürlich nicht. Ich bin ja nicht so gebildet wie du. Was heißt es also?»

«Schmollwinkel. Jeder Mensch sollte einen Schmollwinkel haben. Wir alle müssen ein Zimmer haben, in dem wir uns einschließen können, nachdem wir die Tür hinter uns zugeknallt haben.»

Marny richtete ihr Boudoir ein; Norman indessen kochte innerlich. Marny meinte, er müsse auch einen Schmollwinkel haben. Endlich, nach zwei Wochen, verkündete Hortensia ihre Entscheidung.

An einem Spätnachmittag betrat sie die Küche, wo gerade Hiram mit Marny und Kendra Kaffee trank. Frohgemut und gelassen zugleich verkündete sie, sobald die Scheidung ausgesprochen sei, werde sie Norman heiraten.

Sie wünschten ihr viel Glück und begleiteten sie in den Salon, um auch Norman zu gratulieren. Norman strahlte. «Ich bedauere nur», sagte er, «daß noch viel Zeit bis zur Scheidung vergehen wird. Ich bin ein glücklicher Mann! Allerdings wäre ich noch glücklicher, wenn wir schon morgen heiraten könnten.»

Kendra freute sich, obwohl sie nicht recht glauben wollte, daß es in San Francisco genüge, wenn eine Frau einem Richter kurzerhand erklärte, sie wünsche geschieden zu werden. Als sie wieder mit Hiram in der Küche saß, fragte sie ihn, wie sich die Dinge verhielten.

«Ganz so leicht geht es nun doch nicht», antwortete Hiram vergnügt. «Ich bin sicher, daß Hortensias Anwalt ihr das auch gesagt hat. Die Gesetze sind jedoch hier tatsächlich anders als im Osten, und die Gerichte kommen den Frauen entgegen.»

«Ich wäre froh, wenn Hortensia glücklich würde.»

«Mir kommt da eben eine Idee», meinte Hiram. «Vielleicht braucht sie gar nicht auf die Papiere aus New York zu warten.»

«Warum nicht?»

«Ich bin kein Rechtsanwalt, aber ich könnte mir denken, daß ein Zeuge in Person ein Dutzend beeidigte Erklärungen aufwiegt. Und vielleicht kann sie hier einen Zeugen aufspüren.»

Er setzte ihr die Sachlage auseinander. In San Francisco lebten Hunderte von New Yorkern, und immer noch kamen weitere hinzu. Wie oft trafen sich alte Freunde auf der Straße. Kendra mußte an die Begegnung zwischen Ted und Gene Turner denken, und sie bezweifelte nicht, daß auch Hiram daran dachte, aber keiner sprach es aus. Hirman fuhr fort:

«In Kalifornien gibt es eine Menge Schauspieler und Musiker aus New York. Ist es denn nicht möglich oder gar wahrscheinlich, daß einer von ihnen Hortensia kennt? Einer, der vor Gericht aussagen kann, wie sie von ihrem Mann behandelt wurde?»

«Gewiß ist das möglich», stimmte Kendra ihm bei. «Wie aber soll man einen solchen Mann finden?»

«Durch ein Inserat. Wenn Hortensia in Kalifornien Freunde hat, haben sie sie wohl nur deshalb noch nicht aufgesucht, weil sie unter einem andern Namen lebt. Norman kann durch eine Annonce nach Leuten fahnden, die sie unter ihrem richtigen Namen kennen oder unter ihrem Bühnennamen, den sie in New York geführt hat. Vielleicht lohnt sich der Versuch.»

«Ja, wirklich», sagte Kendra begeistert. «Hiram, das sollten Sie sofort Norman mitteilen. Er kann morgen zu den Zeitungsverlagen gehen.»

«Schön. Ich werde ihm raten, auch in die Blätter von Sacramento Anzeigen einzurücken. Dort haben sie nämlich gleichfalls Bühnen.»

Er ging hinaus und bat, man möge ihm Mr. Lamont schicken, dem er eine wichtige Mitteilung zu machen habe. Nach einer Weile kam der Barkeeper und meldete, Norman erwarte Mr. Boyd in einem der Privaträume. Hiram begab sich dorthin. Als er wiederkam, trug er eines der größten Gläser in der Hand, die an der Bar zu haben waren. Es war reichlich gefüllt. Er setzte sich und fing zu lachen an.

«Norman ist der Meinung, meine Idee sei großartig. Er versteht nicht, wieso er nicht selber darauf gekommen sei. Er versteht auch nicht, warum man sich an diese teuren Anwälte wendet, die sein Geld und das von Hortensia kassieren, wenn es doch nur darum geht, auf eine so simple Idee zu kommen. Kendra, er hat ...» Hiram schüttelte sich vor Lachen. «Er hat mir ein Trinkgeld angeboten.»

Auch Kendra lachte. Sie kannte Norman jedoch besser als Hiram. «Er hat nie im Leben etwas getan, für das er nicht bezahlt worden wäre. Deshalb wird er auch niemals begreifen können, daß Menschen jemandem einen Gefallen tun, weil es ihnen Spaß macht.»

«Sie haben wohl recht», antwortete Hiram fröhlich. «Er war geradezu bestürzt, als ich sein Trinkgeld ablehnte. Ich habe ihm gesagt, ich würde auf Kosten des Hauses einen Whisky trinken. Nun, sehen Sie sich mal diesen Humpen an, den er mir gefüllt hat.»

«Wenigstens hat er jetzt das Gefühl, sich revanchiert zu haben. Sie haben schließlich sein Problem gelöst.»

«Vielleicht klappt es.» Hiram drehte das Glas in seinen Händen. Mit plötzlich ernst gewordener Miene faßte er es ins Auge.

«Deshalb sind Sie ein guter Bankier geworden. Sie verstehen es, Probleme zu lösen.»

«Ja», versetzte Hiram, «die von andern Leuten.»

Kendra hoffte, er werde weiterreden, aber er schwieg. Trübsinnig schlürfte er seinen Whisky. Impulsiv ging sie um den Tisch und stellte sich neben ihn. «Hiram, wenn Sie selber ein Problem haben – kann ich Ihnen irgendwie helfen? Möchten Sie sich nicht aussprechen?»

«Aussprechen? Mit Ihnen?» Er stieß seinen Stuhl zurück und stand auf. «Denken wir nicht mehr daran.»

«Gut», entgegnete Kendra rasch, obwohl sie wußte, daß es nicht gut war. «Bleiben Sie doch zum Essen bei uns.»

«Nein, vielen Dank.» Er lächelte sie zerknirscht an. «Es tut mir leid, Kendra. Ich hatte nicht die Absicht, von einem Problem zu sprechen. Manchmal kommen einem die Worte von selber. Ich benehme mich ja wie ein Schuljunge und schäme mich jetzt deswegen.»

Er ging und warf die Tür hinter sich ins Schloß.

Kendra betrachtete das Glas, das noch halb voll war. Verwundert fragte sie sich, was in diesen Tagen wohl in Hiram vorgehen mochte. Sie war mit ihm zum Essen ausgegangen, sie hatten gemeinsam das Theater besucht, sie hatten hier in der Küche beisammengesessen, gelacht, geplaudert, Kuchen genascht und Kaffee getrunken, und immer schien er sich wohl zu fühlen. Doch sobald das Gespräch vertraut zu werden drohte, war dieser eigentümliche Vorhang zwischen ihnen herabgefallen. Warum nur? Aus irgendeinem Grunde verstummte er plötzlich und zog sich in sich selbst zurück. Er wurde schüchtern wie sonst nie.

Allmählich begann es Kendra zu dämmern: Hatte sich Hiram in sie verliebt?

Vielleicht ja. Vielleicht aber wollte er sich nicht in sie verlieben? In diesem Fall mußte er einen Grund haben. Warum sollte er sich sonst vor einer Aussprache mit ihr fürchten? Wenn er mich fragt, überlegte sie, würde ich ihn nehmen? Ja, beantwortete sie ihre Frage, ich würde ihn nehmen.

Sie hatte Hiram seit jenem Tage gemocht, da er aus der Ferne für eine Minute mit ihr geflirtet hatte. Das war auf der *Cynthia* gewesen. Damals hatte sie geglaubt, es müsse lustig sein, diesen großen Seemann mit dem rostfarbenen Bart kennenzulernen. Später, in Shiny Gulch, als sie nichts anderes im Kopf hatte als romantische Gedanken über Ted, war es tatsächlich lustig gewesen, Hiram zu kennen. Und dann, als sie einsam und verlassen war, hatte sich Hiram als Freund erwiesen. Noch später, bei ihrem niederschmetternden Kummer nach dem Brand an Weihnachten, hatte Hiram ihr mit einer Treue zur Seite gestanden, die sie niemals in ihrem Leben würde vergessen können.

Doch von Liebe hatte er nicht ein einziges Mal gesprochen. Nie war er so zutraulich gewesen wie Pocket, der von dem Mädchen erzählt hatte, das er einst geliebt. Und dennoch fühlte sie sich Hiram näher als Pocket – oder einem andern Menschen.

Würde sie gern mit ihm ins Bett gehen?

Ganz sicher.

Kendra hatte in dieser Weise nie mehr an Männer gedacht, seit sie sich innerlich von Ted gelöst hatte. Und ihre Gefühle gegenüber Ted waren nicht mit denen zu vergleichen, die sie nun in Hirams Gegenwart empfand. Damals war sie noch viel zu jung gewesen, viel zu unreif. Jetzt war sie älter und auch klüger. Sie war imstande, einen Mann zu verstehen, der weitaus komplizierter war als Ted. In Shiny Gulch wäre das noch gar nicht möglich gewesen.

Sie dachte an Hiram. Er war ein energischer Mann, und doch plagten ihn Zweifel an sich selbst. Was er auch fürchten mochte, sie würde alles tun, damit er es überwand. Falls er seine Zweifel nicht überwinden konnte, würde sie sich jedenfalls bemühen, ihm das Leben leichter zu machen. Er wiederum würde versuchen, ihr beim Ertragen ihrer eigenen Mängel behilflich zu sein. Hiram hatte ihr gesagt, sie sei kräftig; sie habe Mumm, wie er es nannte. Aber sie wußte nur allzu gut, wie oft sie sich danach gesehnt hatte, an der Schulter eines geliebten Menschen Zuflucht zu suchen, wenn eine Schwäche sie überkam. Hiram konnte ihr diese Zuflucht gewähren. Wie so viele barsch erscheinende Männer war er der Zärtlichkeit fähig.

Ja, sollte er sie fragen, ob sie ihn heiraten wolle, dann würde sie einwilligen.

Freilich hatte er sie bislang noch nicht gefragt. Vielleicht würde er es auch niemals tun. Vielleicht irrte sie sich, und er liebte sie gar nicht.

Dies glaubte sie jedoch nicht. Sie konnte ihn natürlich fragen. Dergleichen taten Frauen häufig. Sie hatte sich selber einmal so verhalten.

Kendra verzog das Gesicht. Dann trat sie vor den Spiegel. Nein, sagte sie sich, das werde ich nicht tun. Ich habe nicht vergessen, was mir ein solcher Schritt damals eingebracht hat. Ted hatte allen Grund, sich von mir fernzuhalten, aber ich wollte ihn nicht seiner Wege gehen lassen. Vielleicht hat auch Hiram seine Gründe. Ich werde so etwas nicht ein zweites Mal machen. Ich will nicht noch einmal wie eine Närrin dastehen. Wenn ich schon Fehler machen muß – und wer macht die nicht? –, dann will ich um Himmels willen Fehler anderer Art auf mich nehmen.

Mit der Faust schlug sie gegen die Stuhllehne. Der Stuhl fiel polternd um. Kendra stellte ihn wieder auf. Dann begann sie Kartoffeln zu schälen. Dabei biß sie die Zähne zusammen.

Norman gab prompt Annoncen in den Zeitungen von San Francisco und Sacramento auf. Hiram half ihm bei der Formulierung. Die Notiz lautete: «Eine gewisse Person ist am Wohlergehen einer Schauspielerin interessiert, die auf den Bühnen New Yorks unter dem Namen Laura Lester bekannt war. Ihr bürgerlicher Name ist Elsie Glutch. Später heiratete sie einen Rupert Williams. Falls ein Leser diese Dame kennt, möge er sich melden. Seine Bemühungen werden nicht umsonst sein.»

Wieder wollte Norman sich erkenntlich zeigen. Hiram wehrte ab. Er erinnerte Norman daran, daß die Anzeige ja nicht unbedingt zu einem Erfolg führen müsse. Als drei Wochen verstrichen waren und niemand geantwortet hatte, sanken Normans Hoffnungen, und Hiram fürchtete, daß er dieses Problem doch wohl nicht gelöst habe.

Über sein eigenes Problem verlor Hiram kein Wort, obgleich er häufig den Calico-Palast besuchte. Kendra wiederum kam auch nicht darauf zu sprechen. Sie war froh, daß sie sich in Gedanken mit Geraldine und den noch ungeborenen Jungen beschäftigen konnte. Eines Tages in der zweiten Aprilhälfte lag Geraldine in ihrer Hütte auf der Seite und schnurrte eine Art Wiegenlied. Sie hatte vier Kätzchen geworfen. Zwei waren schwarz und weiß wie sie selber, die andern beiden schwarz, weiß und gelblich. Kendra kämmte sich eilig und schlüpfte in ein Kleid, um in die Küche hinabzugehen. Marny nahm die Neuigkeit mit Freude auf. «Auch ich habe eine gute Nachricht. Normans Anstrengungen sind endlich belohnt worden.»

«Oh, das freut mich aber», rief Kendra.

Der Brief war aus Sacramento gekommen. Er stammte von einem Freund Hortensias. Der Mann hatte mit Jefferson Quellen unterzeichnet, und Hortensia konnte sich sogleich auf den Namen besinnen. «Jeff Quellen singt komische Lieder, und er ist mit einer Tänzerin namens Daisy verheiratet», hatte sie erklärt.

Mr. Quellen schrieb, er und Daisy seien mit Laura Lester einmal zusammen aufgetreten. Sie sei ein gutes Mädchen, und er hoffe doch, daß sie keine Schwierigkeiten habe. Nicht daß er etwa klatschen wolle, aber Schwierigkeiten habe sie schließlich genug erlebt, ehe sie New York verlassen konnte.

Es war genau der Brief, auf den Norman gewartet hatte. Selig kündigte er Marny an, er werde Mr. und Mrs. Quellen sofort abholen. Und wenn Hiram Boyd das nächste Mal komme, solle er auf Rechnung des Hauses soviel trinken, wie er nur wolle.

61

Marny ging in ihr Schlafzimmer hinauf, um sich ein wenig zurechtzumachen, ehe sie sich wieder an ihren Spieltisch setzte. Kendra las in der Küche bei einer Tasse Kaffee die *Alta*.

Diese Zeitung war so widersprüchlich wie ganz San Francisco: ein Mischmasch des Besten und des Schlechtesten, der stolzen Leistungen und der schamlosen Verbrechen. Kendra erblickte nebeneinander zwei Artikel. Der eine prahlte mit dem Kulturleben der Stadt; hier war die Rede von Konzerten, Theatern, Kirchen und Buchhandlungen, Schneidern und Läden. Der andere Bericht befaßte sich mit neuen Krawallen, neuen Diebstählen, neuen Raubüberfällen und neuen Morden. Sie las, daß gestern drei Dampfer in Richtung Isthmus abgefahren waren (wie stets mit Gold beladen), doch in einem Lager bei Stockton hatten Goldsucher unter freiem Himmel Selbstjustiz geübt: Sie hatten fünf Pferdediebe an einem Baum aufgehängt.

Auf der Suche nach erfreulicheren Meldungen entdeckte Kendra ein Inserat, das fünfhundert Dutzend Fächer aus Seide und Elfenbein anpries.

Pocket und Hiram kamen herein. «Wollen wir nicht ein bißchen auf den vorderen Balkon gehen?» schlug Pocket vor. «Es ist ein schöner sonniger Tag heute.»

Als sie zur Balkontür kamen, hörten sie Schritte. Marny war unterwegs zum Spielsalon, Hiram öffnete die Tür. Plötzlich fluchte er und trat einen noch glimmenden Zigarrenstummel aus. «Daß diese Kerle aber auch nicht vorsichtiger sein können!»

Weder Hiram noch Pocket rauchten. Pocket reagierte anders als der zornige Hiram. Sanftmütig meinte er:

«Dieses Gebäude ist doch feuerfest.»

«Wollen sie das unbedingt ausprobieren?» gab Hiram zurück.

Pocket schaute ernst über die Plaza. In den Straßen tobte der übliche Radau. Der Wind jagte den Staub in Wirbeln empor. Die Sonne ging zwischen roten Wolken unter.

«Wenn es wieder einmal brennt . . » begann Pocket.

«Sie brauchen nicht auf meine Nerven Rücksicht zu nehmen», sagte Marny trocken, als er nicht weitersprach. «Ich habe auch von den Gerüchten gehört.»

«Welche Gerüchte?»

«Kneipengeschwätz», erklärte Hiram.

«Kneipengeschwätz worüber?» beharrte Kendra.

«Ach, ein paar Leute meinen, daß die Lumpen aus Sydney beim Plündern im Mai vergangenen Jahres so viel Spaß hatten, daß sie den Jahrestag feiern wollen», berichtete Marny. «Das heißt also, sie wollen wieder einen Brand legen, um noch mehr zu klauen.»

«Ich habe davon in der Buchhandlung reden hören», sagte Pocket.

Kendra fröstelte. Die größte Feuersbrunst des letzten Jahres hatte am 4. Mai stattgefunden. Damals hatten sich Marny, Rosabel und sie selber in Dwight Carsons Räume im Gresham Hotel gerettet. Seit jener Zeit waren häufig Brände ausgebrochen, die indessen bei weitem nicht an jene Katastrophe heranreichten. Der Großbrand war vorsätzlich gelegt worden. Nun nahte abermals ein 4. Mai. Die Bürger von San Francisco hatten ihre Stadt wiederaufgebaut – größer, solider und schöner. Heute wurden die Hauptstraßen von Backsteingebäuden gesäumt. Beim Anblick dieser vornehmen Bauten rings um die Plaza fragte sich Kendra, ob denn wirklich jemand so infam sein könne, das alles in Schutt und Asche zu legen.

Ja, sie wußte, daß manche Leute in der Tat so infam waren. Sie hatten es schon einmal versucht. Sie konnten es wiederum versuchen.

Kendra dachte an die fünf Männer, die an einem Baum aufgeknüpft worden waren. Dergleichen geschah auch in andern Lagern. Die Leute mußten sich selber vor Dieben und Mördern schützen. Gab es kein anderes Mittel als dieses?

Lolo kam und lud Pocket zu Kaffee und Käsekuchen ein. Marny kehrte an ihren Spieltisch zurück. Hiram und Kendra blieben allein auf dem Balkon.

Beide schauten auf die Plaza hinab. Kutschen und andere Fuhrwerke und Reiter tummelten sich im Staub. Auf den Bürgersteigen drängten sich Männer, die Proviant für den Sommer kaufen wollten, den sie in den Goldbergen zu verbringen gedachten. Hunderte von Menschen waren auf den Beinen. Sie stammten aus nahezu allen Ländern der Erde. Ihre Hautfarbe war weiß oder schwarz oder gelb oder braun; Stimmengewirr erfüllte die Luft.

Die Stadt wuchs so schnell, daß Leute, die nur wenige Wochen fort gewesen waren, bei ihrer Rückkehr mitunter nach dem Weg fragen mußten. Immerzu hasteten die Menschen hin und her; jeder schien es eilig zu haben. Schon machte ein Sprichwort die Runde: In San Francisco müßten sich selbst Faulenzer rasch bewegen, andernfalls werden sie von der Menge zu Boden getreten.

«Sie können sagen, was Sie wollen», murmelte Hiram plötzlich, «es ist eine großartige Stadt.»

«Freilich», erwiderte Kendra. «Entsinnen Sie sich noch, wie es hier ausgesehen hat, als wir nach Shiny Gulch hinaufgeritten sind? Diese Straßen waren Pfade, von Unkraut überwuchert. Nur gelegentlich sah man einen Menschen herumstapfen.»

Sie unterhielten sich über die Verwandlung: damals ein Barackenlager von neunhundert Menschen und nun diese herrliche Stadt. Und das alles war in drei Jahren passiert!

«San Francisco ist jetzt so ganz anders», meinte Kendra.

Hiram blickte sie an. Er lächelte. «Auch Sie sind ganz anders geworden.»

«Ja, Hiram, ich weiß, daß ich mich verändert habe, aber habe ich mich denn wirklich so stark verändert wie die Stadt?»

Hiram nickte.

«Erzählen Sie mir doch, wie Sie das meinen.»

«Vor drei Jahren waren Sie ein höchst attraktives Mädchen. Aber Sie waren damals noch – wie soll ich's sagen? – unfertig. Sie waren wie San Francisco: Sie standen erst am Anfang dessen, was Sie werden sollten. Ich will damit nicht sagen, daß Sie heute schon am Ende Ihrer Entwicklung sind. Auch San Francisco ist noch nicht soweit. Sie zeigen jetzt – ebenso wie die Stadt –, was in Ihnen steckt. Und Sie sind – wiederum gleich der Stadt – aufregender als früher. Ach, verdammt! Jetzt fange ich auch noch an, sentimental zu werden. Es ist besser, ich gehe zu Marny und trinke den Whisky, den Norman mir spendiert.»

Und von neuem war der Vorhang zwischen ihnen gefallen. Ehe er noch sein letztes Wort gesprochen, hatte Hiram bereits die Tür für sie geöffnet. Er schaute in den leeren Raum daneben, dessen Tür ebenfalls nicht geschlossen war. «Da hat jemand ein paar Karten verloren», bemerkte er.

Auf dem Fußboden lagen einige Spielkarten. «Marny hat genug davon», sagte Kendra. Sie sah Hiram an. Er sah sie an. Mit einemmal sagte Hiram:

«Du schöner Liebling», und in der nächsten Sekunde lag sie in seinen Armen. Doch nur einen Moment. Dann vernahmen sie Schritte. Jemand kam näher.

Kendra schlüpfte aus Hirams Umarmung und trat in das leere Zimmer. Am Fenster blieb sie stehen und dachte nur an das eine:

Er liebte sie. Und sie liebte ihn. Das war es: Das war die echte Liebe. Niemals hatte sie ein ähnliches Gefühl gegenüber einem Manne empfunden.

Sie hörte die Tür knallen. Natürlich mußte die Tür knallen. Hiram konnte keinen Raum betreten, ohne daß die Tür knallte. Sie wandte sich vom Fenster ab. Hiram blickte sie an.

«Na also, jetzt hab ich's getan. Jetzt weißt du, daß ich dich liebe. Ich habe dich geliebt seit . . . ich weiß nicht, seit wann.»

«Hast du mich vielleicht schon auf der *Cynthia* geliebt?» rief Kendra aus.

«Natürlich nicht. Damals warst du ein hübsches Mädchen und nichts weiter. Das habe ich dir doch gerade erzählt. Ich habe dich auch noch nicht geliebt, als wir nach Shiny Gulch ritten. Ich weiß nicht, wann es angefangen hat. Ich weiß bloß, daß ich dich jetzt liebe. Bin ich ein Narr?»

«Nein», entgegnete sie rasch. «Du bist kein Narr. Ich liebe dich doch auch.»

«Dann . . .» Er schwieg, als werde seine Zunge von einer merkwürdigen Schüchternheit gelähmt. Er stand unbeweglich mit dem Rücken zur Wand, und er sah auch so aus, als wisse er nun nicht weiter.

Sie blickten sich über dem Spieltisch in die Augen. «Hiram», bat sie, «was versuchst du mir denn zu erzählen?»

Er zog einen Stuhl heran und ließ sich darauffallen. Dann kreuzte er die Arme über dem Tisch. Im Raum wurde es drückend still. Doch endlich schaute er sie wieder an. Er sprach fast zaghaft:

«Kendra, du hast gesagt, daß du mich liebst.»

Sie trat neben ihn und legte eine Hand auf seine Schulter. «Ja, Hiram, ich liebe dich.»

«Bedeutet das . . . für immer? Heirat?» Er lächelte wie ein kleiner Junge.

«Ja», erwiderte sie.

«Bist du ganz sicher?»

«Nie in meinem Leben bin ich mir einer Sache so sicher gewesen.»

«Ich glaube, ich bin der größte Feigling diesseits der Rocky Mountains», stieß er plötzlich rauh hervor.

Sie wartete. Jetzt durfte sie nichts sagen. Wieder fiel das Schweigen auf sie nieder – ein Schweigen, das gar kein Ende zu nehmen schien. Er sah so stark aus, er wirkte so selbstsicher, aber nun fürchtete er sich vor etwas. Schließlich sagte er:

«Setz dich doch. Ich muß dir alles erzählen.»

Sie setzte sich. Wieder blickten sie sich in die Augen.

«Kendra, was weißt du über mich?»

«Ich weiß nicht viel über die Dinge, die du hinter dir gelassen hast. Ich meine: was du getan hast, bevor du an Bord der *Cynthia* gegangen bist. Du hast mir nur erzählt, daß du der Sohn eines Geistlichen bist und im Staat New York zu Hause warst.»

«Das ist nicht viel. Hast du niemals den Wunsch gehabt, mehr zu erfahren?»

«Hiram, es ist tausendmal gesagt worden, daß jeder von uns, der vor dem Goldrausch nach Kalifornien kam, einen Grund hatte, von daheim wegzugehen. Ich weiß nicht, weshalb du nach hier gekommen bist. Aber eines weiß ich: Du bist der beste Mann, dem ich je begegnet bin. Was dich auch immer zum Verlassen der Heimat bewogen haben mag, ich bin sicher, daß es nichts Gemeines oder Unehrenhaftes war.»

Er lauschte eifrig. Kendra lächelte ihm zu.

«Ich bin klüger geworden seit damals, als ich aus Ted Parks einen romantischen Helden gemacht habe. Du gehörst zu einer andern Sorte von Männern. Du handelst nicht gedankenlos und läufst auch nicht kopflos davon. Du bist ein ganzer Kerl.»

Fast atemlos erwiderte er:

«Vielen Dank, Kendra. Ich danke dir, mein Liebes.»

«Kannst du mir jetzt nicht erzählen, was dich bedrückt?»

Hiram zog scharf die Luft ein. Seine Hände, die auf dem Tisch lagen, ballten sich zu Fäusten. «Kendra», brach es endlich aus ihm hervor, «ich weiß nicht, wer ich bin.»

Verwirrt starrte sie ihn an. Als sie wieder Worte fand, fragte sie:

«Worüber redest du denn?»

«Ich meine genau das, was ich gesagt habe», versetzte er mit rauher Stimme fast wütend. Nun, da er einmal angefangen hatte, ergossen sich seine Sätze wie eine Sturzflut. «Ich weiß nicht, wer ich bin. Ich kenne meinen wahren Namen nicht. Ich weiß nicht, woher ich stamme, mit welchem Erbgut ich belastet bin, was für Kinder ich zeugen würde. Verstehst du um Gottes willen denn nicht? Ich weiß nicht, wer ich bin!»

«Nein», rief sie aus, «das verstehe ich nicht.»

Hirams Kinn sank herab. Er stützte seine Stirn in eine Hand und wühlte in den Haaren.

«Na, siehst du», entgegnete er gedämpft. «Ich habe ja gewußt: Falls es mir je gelingen sollte, dir die Geschichte zu erzählen, würde ich's gewiß falsch anstellen. Nun, ich werde es so einfach wie möglich sagen.»

Sie murmelte töricht:

«Aber du hast doch erzählt, daß du der Sohn eines Geistlichen seist...»

Hiram hob den Kopf und unterbrach sie. «Ich bin der Sohn eines Unbekannten. Sie haben mich in einer Mülltonne gefunden.»

Kendra wartete ab.

«Die Kirche stand unter einigen Bäumen abseits der Chaussee, die nach New York City führte. Gelegentlich kamen Frauen der Gemeinde zum Saubermachen. Später gesellten sich ihre Männer zu ihnen, und sie aßen im Gemeindehaus zu Abend. Der Schmutz und die Essensreste wurden in eine Mülltonne geworfen, die draußen stand. Am nächsten Morgen brachte der Hausmeister sie zum Müllabladeplatz. Nun, eines Morgens fand der Mann in diesem Dreck ein gerade geborenes Kind.»

Hiram hielt inne. Während seiner Rede hatte er Kendra nicht angesehen. Er hatte auf seine großen und kräftigen Hände geblickt. So sah er immer auf seine Hände, wenn er sich in einer Situation wußte, wo seine eigene Stärke nichts ausrichten konnte. Es war dann, als wolle er seine Hände tadeln, weil sie nutzlos waren.

Kendra blieb stumm. Sie war sicher, daß er ihr noch mehr zu erzählen hatte und daß er keine Unterbrechung wünschte. Nach einer kurzen Pause berichtete er weiter: «Dieses Kind war ich. Ich habe gewimmert. Also begriff der Hausmeister, daß ich noch lebte. Wenn er ein bißchen später gekommen wäre, hätte er mich wohl tot vorgefunden. Der arme Kerl hat vor Schreck fast den Verstand verloren. Er ist in die Wohnung des Geistlichen gerannt und hat keuchend von seiner Entdeckung berichtet. Der Geistliche und seine Frau – Mr. und Mrs. Boyd – eilten herbei und betrachteten mich. Sie trugen mich in ihr Heim und sorgten für mich.»

Hiram schüttelte den Kopf.

«Sie versuchten dahinterzukommen, wer mich dort hingelegt hatte, aber es gelang ihnen nicht. In einer kleinen Stadt, wo jeder jeden kennt, wußte keiner etwas von der Geschichte. Ich mußte von außerhalb stammen. In der Nacht war jemand über die Chaussee gegangen – mit einem Kind, das niemand haben wollte. Natürlich war nachts niemand in der Kirche. Eine gute Gelegenheit, das Kind wegzuwerfen und sich ungesehen wieder aus dem Staub zu machen.»

Wieder legte Hiram eine Pause ein.

«Die Boyds waren freundliche Leute. Sie behielten mich, gaben mir ihren Namen und zogen mich zusammen mit ihren eigenen Kindern auf. Ich bin dankbar für alles, was sie getan haben. So lange ich lebe, wird es ihnen an nichts fehlen. Sie waren freundlich. Aber Kinder sind nicht immer freundlich. Kinder können schrecklich grausam sein. Sie wissen gar nicht, daß sie grausam sind, wenn sie Käfer fangen und ihnen die Flügel abreißen. Man hatte mich in einer Mülltonne gefunden. Jedermann in der Stadt wußte das. In der Schule verspotteten mich die andern Jungen. ‹Hiram ist ein Stück Dreck! Hiram haben sie im Müll gefunden!›»

Er lächelte bitter.

«Ich habe bald kapiert. Ich wurde größer als die meisten von ihnen. Ich habe sie verprügelt. Das hat ihnen den Mund verschlossen, aber sie haben es nie vergessen, und auch ich habe ihre Schmähworte nicht vergessen. In Kleinstädten vergessen die Leute überhaupt nie etwas. Ich beschloß: Sobald ich erwachsen bin, werde ich bis ans Ende der Welt reisen, wo kein Mensch weiß, daß ich aus der Mülltonne komme. Jetzt bin ich hier. Aber das ändert nichts an den Tatsachen. Ich weiß noch immer nicht, wer ich bin. Hinter mir steht noch immer die Mülltonne.»

Endlich schaute er sie an. Wieder lächelte er schmerzlich und bitter.

«Kendra, es hat mich die größte Überwindung gekostet, dir das zu erzählen. Aber nun ist es heraus. Willst du mich immer noch haben?»

Sie lächelte ihm zu. Ihr Lächeln war nicht bitter, sondern zärtlich. Sie streckte ihre Hände über den Tisch und legte sie auf die seinen. Mit weicher Stimme fragte sie:

«Hiram, ist das alles?»

«Alles?» Mit einem Ruck riß er seine Hände los und ballte sie abermals.

«Alles? Verstehst du denn nicht? Meine Mutter kann eine Straßendirne gewesen sein und mein Vater ein Mörder. Vielleicht bin ich der Sohn eines Idioten oder eines Wahnsinnigen. Ich weiß es einfach nicht. Und du weißt es natürlich auch nicht, Kendra.»

«Aber ich kenne dich!» gab sie zurück. «Du bist kein Idiot und kein Wahnsinniger und kein Mörder. Hiram, weiß denn irgend jemand wirklich alles über seine Vorfahren?»

Während sie sprach, weiteten sich seine Augen. Erstaunt, fast ungläubig, öffnete er die Lippen. Leise fragte er:

«Willst du es denn wirklich riskieren?»

«Ja, Hiram», erwiderte sie ruhig.

Jäh leuchtete sein Gesicht auf. Einen Augenblick lang sagte keiner von ihnen etwas. Sie saßen da und blickten sich über dem Spieltisch an und waren glücklich. Dann fragte Kendra:

«Hiram, warum ist es dir denn bloß so schwergefallen, mir das zu erzählen?»

«Weil ... ich habe befürchtet ... wenn du erfahren würdest, daß ... Nun, ich hatte Angst, du würdest nein sagen. Ich hätte alles ertragen können, nur das nicht. Es wäre mir unerträglich gewesen, noch einmal weggeworfen zu werden. Oder vielleicht hätte ich es doch ertragen – ich meine, wenn nicht gerade du es wärest. Von dir hätte ich es nicht ertragen.»

Fest legte er seine Hände auf die ihren.

«Jetzt weißt du alles, und ich bin froh darüber. Du weißt, was für ein zitternder Feigling ich bin, aber du liebst mich dennoch. Kendra, meinst du aufrichtig, daß die Herkunft nicht so bedeutsam ist?»

«Sie ist es nicht, Hiram. Ich glaube, du hältst das für viel zu wichtig.»

«Wieso?»

«Es gibt Tausende, die Kinder adoptiert haben. Diese Kinder wachsen wohlbehütet und glücklich heran.»

«Aber diese Kinder waren erwünscht.» Er stand auf. «Kendra, vielleicht habe ich das alles bloß deshalb so ernst genommen, weil ich in meinem ganzen Leben niemanden gekannt habe, dem ich etwas bedeutet hätte. Meine Eltern, wer sie auch waren, wollten nichts von mir wissen, denn sonst hätten sie mich ja nicht weggeworfen. Auch meine Pflegeeltern wollten mich im Grunde nicht. Ich war ihnen eine zusätzliche Last neben ihren eigenen Kindern. Sie haben das niemals ausgesprochen. Sie waren stets gut zu mir. Aus Pflichtgefühl haben sie sich meiner angenommen. Sie waren wirklich sehr freundlich. Du kannst das nicht so richtig verstehen, denn du hattest ja echte Eltern. Du warst willkommen, du wurdest geliebt ...»

Jetzt stand auch Kendra auf, und zwar so rasch, daß ihr Stuhl umkippte. Hiram starrte sie verblüfft an. Zum erstenmal fiel ihr ein, daß Hiram ja gar nichts über ihre Kindheit wußte. Er wußte nicht, daß ihre Eltern davongelaufen waren. Er wußte nicht, daß man sie jahrelang in Pensionaten versteckt gehalten hatte, weil sie unerwünscht gewesen war. Sie hatte ihm ja noch niemals von ihrer Einsamkeit erzählt. Sie war eigentlich auch das Kind von niemandem.

Allerdings kannte sie ihre Eltern; dies hatte sie ihm voraus. Ihre Eltern hatten sie nicht in eine Mülltonne geworfen. Aber ihre Mutter hatte die erste Gelegenheit ergriffen, um sie loszuwerden. Eva hatte sie an ihre Großmutter weitergereicht und sie – soweit dies möglich war – einfach nicht beachtet. Und die Großmutter wiederum hatte sich ihr Enkelkind nach Möglichkeit vom Halse geschafft.

Hiram konnte dies alles nicht wissen. Er konnte ja nicht ahnen, wie sehr sie ihn verstand. Sie hatte Hiram immer für einen starken und selbstsicheren Mann gehalten. Nun erst wurde ihr klar, daß kein Mensch stark und selbstsicher ist. Jeder braucht die Hilfe des Nächsten. Stumm stand Hiram da. Ihr Schweigen und ihr Erstaunen hatten ihm einen Schock versetzt. Wieder schritt Kendra um den Tisch und streckte ihm ihre Hände entgegen. Er nahm sie und blickte ihr liebevoll ins Gesicht.

«Also willst du mich doch haben, Kendra?»

Sie nickte. Da legte er seine Arme um sie, und plötzlich fing sie zu weinen an. Seine Hände streichelten sie, als wäre sie ein Kind, das man beruhigen muß. Nach einer Weile sah sie zu ihm auf. Tränen liefen über ihre Wangen.

«Hiram, du brauchst mich. Aber ich brauche dich ebensosehr. Du und ich – ach, Hiram, ich habe dir ja soviel zu erzählen.»

62

Sie speisten im Union-Hotel. Die andern konnten sehen, was Lulu und Lolo ihnen vorsetzten. Bevor sie gingen, ließ sich Hiram ein Spielzimmer für den Rest des Abends reservieren. Als sie zurückkamen, setzten sie sich dort nieder und sprachen stundenlang. Jeder Satz reizte sie zum Lachen oder zum Weinen. Manchmal lachten und weinten sie zugleich. Kendra hatte noch an keinem Abend soviel gelacht, aber auch nicht soviel geweint.

Endlich hörten sie Marny durch den Flur gehen und traten ihr entgegen. Marny küßte beide und wünschte ihnen alle Freude dieser Welt.

«Sind Sie denn nicht überrascht?» erkundigte sich Hiram.

Marny lachte.

«Natürlich nicht. Jedermann konnte sehen, daß Sie in Kendra verliebt sind. Aber ich habe geglaubt, Sie bringen die richtigen Worte niemals über die Lippen.»

«Ich bin wohl ein schüchterner Liebhaber», erwiderte Hiram bescheiden.

Sie lachte wieder und klopfte ihm auf die Wange. «Ich habe die Beobachtung gemacht, daß große und robuste Männer wie Sie oft schüchtern sind, wenn es sich um zärtliche Dinge handelt. Sie brauchen sich also nicht zu entschuldigen.»

«Das tue ich ja auch gar nicht», protestierte Hiram.

Als Marny am nächsten Morgen herunterkam, sagte ihr Kendra, daß Pocket und Hiram bereits Briefe durch Boten hatten abgeben lassen. Pocket schrieb, daß er sich sehr über die Nachricht freue. Hiram teilte ihr mit, daß er sie am Abend zum Essen und Theaterbesuch abholen werde. Und ob sie nicht dieses blaue Seidenkleid mit den Volants an den Ärmeln anziehen wolle? Das gefalle ihm nämlich am besten.

Marny lächelte über ihre Kaffeetasse. «Er ist wirklich in dich verliebt, Kendra. Ich wünsche dir viel Glück. Und diesmal, meine Liebe, wirst du's wohl auch finden.»

An diesem Abend mußte Marny ein wenig verlockendes Gericht aus Rindfleisch und Kartoffeln vertilgen, das Lulu zubereitet hatte. Nach dem Essen ging sie in ihr Zimmer hinauf, um eine Weile zu verschnaufen. Vom Fenster aus konnte sie über die Dächer hügelabwärts bis zur Bucht blicken. Noch immer gab es in San Francisco keine Straßenbeleuchtung, doch hier – zwischen der Plaza und dem Hafen – war es nie ganz dunkel, und da heute Samstag war, brannten noch mehr Lichter als sonst. Fünfhundert Schiffe lagen vor Anker. Marny sah Küstenboote, Hochseeschiffe aus aller Welt und kleine Flußdampfer, die zwischen San Francisco und den Goldfeldern hin und her tuckerten. Weit draußen sah sie die verlassenen Segler, die allmählich verrotteten.

Sie schloß die Fenster und zog die Vorhänge zu. Dann ging sie wieder nach unten. Sie hörte Gelächter, Musik und all die fröhlichen Laute, die zu einem Samstagabend an der Plaza gehörten. Im Ausschank herrschte ein fürchterlicher Lärm. Die Leute schienen jedoch bei bester Stimmung zu sein. In diesem Raum waren nur zwei weibliche Bankhalter beschäftigt, Französinnen, die in Kalifornien ihr Glück machen wollten. Sie rauchten kleine schwarze Zigarren und zeigten den Spielern ihr verführerisches Lächeln.

An der Bar ging es hoch her. Auf der Estrade spielte die Kapelle. In ihrer Nähe summten vier Männer die Melodie mit. Längs der Bar stießen Gäste mit ihren Gläsern an und tauschten Zurufe aus. Ein betrunkener Patriot stolzierte auf und ab, wobei er eine Fahne schwang und verkündete, er schlage jedem Ausländer die Knochen kaputt, der einem waschechten Amerikaner das Recht abspreche, in seinem Land zu tun, was ihm beliebte.

«Alles in Ordnung, Marny?» fragte eine Stimme neben ihr. Troy war aufgetaucht.

«Ja, bis jetzt. Nur dieser Kerl mit der Fahne da – meinst du nicht, wir schmeißen ihn besser raus, bevor er uns den Krieg erklärt?»

«Wir werden ein Auge auf ihn haben», versprach Troy.

Marny stieg in ihren Spielsalon hinauf. Ein ganzer Chor von Männerstimmen bereitete ihr einen herzlichen Empfang. Marny lächelte ihnen zu und winkte. Sie bemerkte, daß auch Pollock anwesend war, wie meist in der Nähe von Hortensia. Er hatte Marny nicht gegrüßt.

Der Abend verlief erfreulich. Marnys Tisch wurde umlagert. Niemand verursachte Ärger. An allen Tischen spielte man mit hohen Einsätzen. Die Karten waren ihr heute besonders gnädig gesonnen. Sie fühlte sich sehr zufrieden. Um zehn Uhr überließ sie ihren Tisch dem Mann aus Harvard. In der Küche stand ein Topf mit Schokolade auf dem Herd. Marny schenkte sich eine Tasse ein und nahm sie mit hinauf in ihr Zimmer.

Sie zündete die Walfischtranlampe an, entledigte sich des schweren Nuggethalsbandes, steckte es in die Tasche, und nippte an der Schokolade. Anscheinend war sie von Lulu oder Lolo gekocht worden. Marny schmeckte stets, ob Kendra sie gemacht hatte oder nicht. Beim Trinken dachte sie darüber nach, daß Kendra ihr fehlen würde.

Nicht etwa, daß sie Kendra ihr Glück mißgönnte. Kendra hatte genug Schweres hinter sich und es mutig erduldet. Sie verdiente es, jetzt glücklich zu sein.

Aber ich, dachte Marny, als sie ihre leere Tasse abstellte, ich wünsche mir, daß Lulu und Lolo endlich so gut kochen können wie Kendra.

Geraldine war inzwischen ins Zimmer spaziert. Jetzt sprang sie auf den Tisch und kuschelte sich zu ihren Jungen in der kleinen Hütte. Marny beugte sich über sie. Dabei spürte sie das Gewicht ihrer Pistole im Gürtel. Sie hätte die Waffe auch ablegen sollen. Nun wünschte sie den Kätzchen eine gute Nacht und wollte weggehen.

«Halt!» befahl eine Stimme.

Unter der Tür stand Captain Pollock. Er hielt eine Pistole in der Hand, und diese Pistole war auf Marny gerichtet.

Fast instinktiv griff sie an ihren Gürtel. Doch sofort bellte Pollock: «Halt!»

Marny verhielt sich still.

«Strecken Sie die Hände aus!» kommandierte Pollock.

Marny gehorchte.

«Keine Bewegung! Schreien Sie nicht!»

Marny bewegte sich nicht, und sie schrie auch nicht. Sie war wie benommen. Sie empfand nichts als blankes Entsetzen.

Die beiden standen einander gegenüber. Marny spreizte die Arme, als trüge sie ein unsichtbares Tablett. Pollock rührte sich nicht. Seine Pistole zeigte noch immer auf sie.

Nachdem sie den ersten Schrecken überwunden hatte, konnte Marny wieder klar denken. Sie nahm jede Kleinigkeit wahr, und zwar mit einer Schärfe, die sie selten zuvor an sich erlebt hatte. Sie sah das Licht der Lampe, das durch die Tür zum Boudoir hinter ihr in den Raum fiel. Sie sah das

Licht der kleineren Lampe vor Pollock, das seine Züge deutlich erkennen ließ. Sie sah sein ordentlich gekämmtes braunes Haar und seinen Bart. Sie sah seinen guten Anzug und seine sauberen Stiefel. Sie sah vor allem seine feste Hand mit der Pistole. Diese Pistole war ein Armeecolt. Marny hatte Waffen von solchem Kaliber schon oft gesehen, denn sie wurden in San Francisco bevorzugt. Mit dieser Pistole konnte er sie in einer Sekunde ins Jenseits befördern.

Sie hörte die Geräusche des Calico-Palastes: die Musik, die Stimmen, die Schritte, das Öffnen und Schließen von Türen, den gedämpften Lärm der Plaza und der umliegenden Straßen. Diese Geräusche schienen sie wie ein Wall zu umgeben. In der Stille, die von diesem Wall eingeschlossen war, befanden sich bloß sie und Pollock.

Marny hatte stets geglaubt, sie werde gut bewacht. Pollock war indessen ein kluger und verschlagener Mensch. Kein Zweifel, er mußte schon früher hier oben in der vierten Etage gewesen sein, vielleicht mehr als einmal. Er hatte den Spielsalon wohl verlassen, als wolle er aufbrechen, und Mittel und Wege gefunden, den Wächtern zu entgehen. Dann war er die Treppe hinaufgeschlichen. Pollock hatte etwas vor. Und er hatte sich freie Bahn geschaffen.

Und sie hatte angenommen – alle hatten sie angenommen –, er komme nur deshalb in den Calico-Palast, um Hortensias Musik zu lauschen! Natürlich – genau dies wollte er sie glauben machen.

Was wollte er jetzt? Sie war allein mit ihm, und er hatte eine Pistole bei sich. Er starrte sie an, und sie sah den Haß in seinen Augen.

Seine Augen waren weit geöffnet, so weit, daß sie das Weiße darin erblickte und die blaue Iris. Mit wachsendem Schrecken begriff Marny, daß Pollock nicht bei Sinnen war.

«Sie sind ein hübsches Frauenzimmer», sprach er wütend. «Jetzt werden Sie mir das zahlen, was Sie mir genommen haben.»

Marny wußte, daß es sinnlos war, darauf etwas zu antworten. Pollock fuhr zornig fort:

«Sie haben mir alles Gute genommen, das ich jemals besaß. Sie haben mein Schiff ruiniert. Sie haben meine Zukunft vernichtet. Seit Sie sich auf der *Cynthia* eingenistet haben, hatte ich nur noch Unglück.»

«Glauben Sie denn im Ernst, ich könnte hexen?» rief sie.

Er tat, als habe er sie nicht gehört. Wahrscheinlich hatte er ihren Einwurf tatsächlich nicht verstanden.

«Ich habe mich bemüht, den Fluch loszuwerden, den Sie über mich gebracht haben. Ich habe ein Geschäft begonnen, ein ehrbares Geschäft. Kein Geschäft wie Ihres. Sie zerstören das Leben der Männer. Ich habe mit Backsteinen und Holz gehandelt. Ich wollte mithelfen, diese Stadt aufzubauen.»

Während er sprach, überlegte sie: Pollock hatte denselben Fehler gemacht wie so viele andere auch. Er handelte mit Waren, die nicht mehr benötigt wurden. Da die Unternehmer im Osten der Vereinigten Staaten den Markt überschwemmten, waren die Preise für Steine und Holz erschreckend gesunken. Pollock saß auf Gütern, die kein Mensch haben wollte. Vermutlich war er bankrott oder stand kurz vor dem finanziellen Ruin.

Auch dafür gab er ihr die Schuld, so wie sie schuld am Schicksal der *Cynthia* sein sollte.

Mit wildem Haß sagte er ihr diese Dinge ins Gesicht hinein. Seine gegenwärtigen Schwierigkeiten hatte allein sie verschuldet. Sie war der böse Dämon seines Lebens. Er glaubte jedes Wort, das er hervorstieß. Was er wollte, Pollock würde es sich nehmen, oder er würde sie umbringen. Vielleicht beides.

An ihrer Seite, unter ihrem Ellbogen, hörte Marny leises Winseln. Geraldine schien zu ahnen, daß dieser Mann kein Freund von Marny war. Geraldine schien Marny sagen zu wollen: «Ich kann diesen Mann auch nicht leiden. Schick ihn doch fort.»

Pollock vernahm das Winseln. «Was ist das?» knurrte er.

«Eine Katze.» (Was für eine alberne Unterhaltung, dachte sie. Wir reden von Katzen, und er will mich umbringen!)

«Katzen!» wiederholte Pollock. Er spie das Wort geradezu aus. «Das ist die richtige Gesellschaft für Ihresgleichen. Sie sehen selber wie eine Katze aus.»

Der Lärm drang von den unteren Stockwerken herauf. Wenn sie doch bloß ihren kleinen Colt zücken könnte! Im nächsten Moment würde sie dann auch schon feuern. Wenn nur jemand eintreten würde! Hortensia, Lolo oder Norman. Norman, dem die Goldmünzen ausgegangen waren und der neue holen mußte.

Goldmünzen. Gold. Natürlich: Pollock wollte Gold. Wenn er ihr befahl, die Safes zu öffnen, hatte sie keine andere Wahl. Und gerade dies sagte er ihr nun auch:

«Sie werden mir Gold geben. Ich werde diesen Sündenpfuhl verlassen und das mitnehmen, was mir von Rechts wegen gehört. Es wird nicht mehr sein als soviel, wie ich heute besäße, wenn Sie nicht mein Schiff und meine Hoffnungen zerstört hätten. Sie Weibsteufel!» brüllte er.

Ein solcher Haß war tödlich. Marny erkannte, daß er ungestört davongehen konnte, nachdem er sie umgebracht hatte. Er konnte die Safes ausrauben und sie dann niederschießen und über die eiserne Treppe an der Rückfront das Weite suchen, während die Wächter aus den Spielsälen die Haupttreppe hinaufgestürzt kamen.

Marnys Herz hämmerte gegen ihre Rippen. Ihre Haut war feucht. Sie wußte nicht, wie lange sie noch ruhig atmen konnte. Geraldine in ihrer kleinen Hütte wurde ärgerlich.

Pollock sprach:

«Sie werden jetzt tun, was ich Ihnen sage.» Das klang wie ein Kommando.

«Ja», keuchte Marny, starr vor Angst. (Wenn ich ganz fügsam bin, dachte sie, kann ich ihn vielleicht so lange hinhalten, bis jemand in den Flur kommt. Irgend jemand muß doch schließlich aus irgendeinem Grund kommen ... Wenn ich bloß so lange am Leben bleibe.)

«Sie werden mir Ihr Gold geben. Goldnuggets, Goldstaub, Goldmünzen. Zunächst will ich Ihr Nuggethalsband.»

Das Halsband steckte in ihrer Tasche. Pollock konnte das nicht wissen.

«Ich trage es doch gar nicht.»

«Sie tragen es jetzt nicht», versetzte er höhnisch, «aber Sie haben es heute abend beim Spiel getragen. Sie haben es auch noch getragen, als Sie in Ihr Schlafzimmer gingen. Sie haben es erst dann abgenommen. Jetzt werden Sie mir verraten, wo es ist.»

Marny glaubte ersticken zu müssen. Wenn ihr doch nur eine Entschuldigung einfallen wollte, die Hand zu bewegen. Dann würde sie nach ihrem Colt greifen.

«Gut, ich werde Ihnen das Halsband geben. Ich hole es.»

«Das werden Sie nicht tun! Ich selber hole es. Und ich werde Sie nicht aus den Augen lassen, wenn ich es hole. Sagen Sie mir, wo es ist.»

Wiederum versuchte Marny, tief Luft zu holen. Es ging nicht.

«Hören Sie mich?» herrschte Pollock sie an. «Ich will dieses Nuggethalsband. Sagen Sie mir, wo es ist.»

Marny befeuchtete ihre Lippen. «Ich habe es versteckt. Ich lege es immer in ein Versteck.»

Pollock lächelte triumphierend. Dieses Lächeln verzerrte sein Gesicht und entblößte seine Zähne. «Wo ist das Versteck?»

«An einem Ort, wo niemand es vermuten würde. Meine Katze liegt mit ihren Jungen auf einer Decke in dieser kleinen Hütte. Ich schiebe das Halsband immer unter die Decke. Wenn Sie mit der Hand darunterlangen, werden Sie es finden und herausnehmen können.»

Pollock machte einen Schritt ins Zimmer, ohne sie – wie angekündigt – aus den Augen zu lassen. Dann machte er einen zweiten Schritt, dann einen dritten. Schließlich stand er am Tisch, auf dem die Hütte abgestellt war. Er verhielt sich vorsichtig. Immer noch blickte er Marny an. Immer noch war der Lauf seiner Pistole auf sie gerichtet. Endlich beugte er sich ein wenig herab. Marny folgte ihm mit den Blicken.

In seiner Rechten hatte Pollock die Pistole. Ohne in die Hütte zu sehen, tastete er mit seiner Linken an der Tür der Hütte entlang. Er spürte den Rand der Decke, auf der Geraldine mit ihren Kätzchen lag. Pollock starrte unverwandt Marny an, während er seine linke Hand unter die Decke schob.

Fauchend sprang ihm Geraldine entgegen. Sie sprang ihm mitten ins Gesicht. Ihre Klauen zerkratzten seine Wangen. Pollock keuchte erschrokken. Er warf seinen Kopf zurück. Und jetzt hatte Marny ihre Pistole in der Hand. Sie schoß.

Der Knall ihrer Pistole war der angenehmste Laut, den Marny je vernommen hatte. Aber fast im selben Moment hörte sie einen zweiten und lauteren Knall. Pollocks Hand sank herab, und seine Waffe fiel zu Boden. Dann stürzte er selber hin. Seine Kugel fuhr mit solcher Wucht in den Teppich, daß Marny beinahe neben ihm umgefallen wäre.

Sie lehnte sich an die Wand, schwindlig, aber nicht verletzt. Sie fühlte sich so unendlich erleichtert, daß sie vorerst gar nicht wahrnahm, was geschah. Erst nach einer Weile sah sie, daß ihre Kugel Pollock ins rechte Bein, unterhalb des Knies, getroffen hatte. Blut tropfte aus der Wunde auf den Teppich. In seinem Gesicht trug er die Spuren von Geraldines Klauen. Auch über seine Wangen rann Blut.

Geraldine hatte sich bei den Schüssen unter dem Tisch verkrochen. Da die Knallerei nun zu Ende war, traute sie sich wieder hervor und funkelte Pollock wütend an. Pollock, der wie gelähmt dagelegen hatte, tastete nach der Stelle, wo seine Pistole hingepoltert war.

Jetzt kam Marny vollends zu sich. Wie ein Raubvogel, der über seine Beute herfällt, so schnappte sie nach der Waffe, ehe Pollock sie wieder an sich nehmen konnte. Er versuchte aufzustehen, doch sein verletztes Bein knickte unter ihm weg, und er fiel abermals zu Boden. Marny hörte ihn stöhnen. Gewiß stöhnte er nicht so sehr seiner Schmerzen wegen als aus Wut, weil er sie nicht mehr zu überwältigen vermochte.

Jetzt hörte sie andere Geräusche: Türen wurden aufgerissen, schnelle Fußtritte kamen näher, aus vielen Kehlen drang Geschrei und Gefrage. Ins Zimmer stürmten Troy und Norman. Was die Schießerei zu bedeuten habe, wollten sie wissen.

Norman starrte auf den Mann, der am Boden lag. «Mein Gott, Marny!» rief er fast ungläubig aus. «Ist das nicht Captain Pollock? Was ist hier passiert?»

Troy hatte einen Arm um Marnys Schulter geschlungen. «Hat er dich verletzt, Marny?»

Sie schüttelte den Kopf. Der Armeecolt lastete schwer in ihrer Hand. Sie reichte die Waffe Troy und stützte sich auf ihn. Ihre andere Hand, die noch immer ihre eigene kleine Pistole umklammert hielt, hing schlaff herab. Troy nahm auch diese Waffe an sich. Nun, da die Gefahr vorüber war, schien ihr, sie sei noch nie im Leben so müde gewesen.

Norman trat zur Tür und gab Anweisungen:

«Sagt ihnen, es hat ein bißchen Ärger gegeben, aber die Sache ist schon wieder in Ordnung. Ein Einbrecher wollte sich hereinschleichen, aber Marny hat auf ihn geschossen. Sie hat ihn erwischt. Wir schmeißen ihn jetzt raus. Nein, sie ist nicht verletzt. Sagt ihnen, sie sollen weiterspielen. Wir haben alles unter Kontrolle.»

Mit Ausnahme ihrer Nerven war in der Tat alles unter Kontrolle. Pollock hatte sich auf einem Ellbogen in die Höhe gereckt und knurrte. Da er mit seinem angeschossenen Bein jedoch hilflos war, konnte er niemanden gefährden. Duke fand sich nun gleichfalls ein. Norman sprach ihn an:

«Wir können ihn nicht sein ganzes Blut auf dem Teppich verspritzen lassen, denn diese Teppiche kosten zuviel Geld.» Er sagte «ihn», als verdiene ein derartiger Schurke nicht, mit dem Namen tituliert zu werden. «Verbindet ihn mit einem Handtuch. Dieser Pferdedoktor Wardlaw spielt im Salon Roulette. Er soll ihn richtig bandagieren. Und ihn», schloß er und wies mit dem Daumen auf Pollock, «ihn schleift ihr hier raus.»

Während Duke Handtücher holte, um Pollocks Blut zu stillen, sorgte sich Troy weiterhin um Marny. Schwerfällig und sanft zugleich, denn sie hing auf ihm wie auf einer Krücke, half Troy ihr ins Schlafzimmer. Norman folgte ihnen. Troy drückte sie in einen Armsessel und sagte in tröstlichem Ton:

«Wir schaffen diesen Mann fort, Marny. Er ist nicht schwer verwundet. Daran wird er nicht sterben.»

«Zu schade», bemerkte Norman.

Marny fragte sich selbst nicht, ob sie sich darüber freuen solle, daß sie Pollock nicht tödlich verletzt habe, oder ob sie ihren Schuß bedauern müsse. Sie war viel zu wacklig auf den Beinen, um sich überhaupt irgend etwas zu fragen. Sie sah so schwach aus, wie sie sich fühlte, und Troy meinte zu Norman:

«Du solltest ihr besser Brandy holen.»

Norman ging hinaus. Troy legte die beiden Pistolen auf Marnys Frisierkommode und kehrte in das andere Zimmer zurück. Durch die offene Tür konnte Marny beobachten, wie die beiden Schwarzbärte sich den Captain unter die Arme klemmten und ihn hinauszerrten. Norman trat mit einer Flasche Brandy ein und goß ihr ein Zahnputzglas voll. Als er auf sie zukam, sah er den Armeecolt. Er nahm ihn in die Hand.

«Ist er mit dem Ding da auf dich losgegangen, Marny?»

Sie nickte.

«Was hat er gewollt?»

«Ich sollte die Safes aufmachen.»

«Diebischer Drecksack», meinte Norman. «Was ist in diesen Menschen gefahren? Er zählt doch zu den angesehensten Bürgern. Wenigstens tut er so. Na, das zeigt wieder mal, daß du keinem über den Weg trauen darfst.»

Norman seufzte, als er über diese menschliche Verkommenheit nachdachte. Marny griff nach ihrer Pistole und zog sie näher zu sich heran. Sie rechnete nicht damit, die Waffe heute nacht noch einmal zu gebrauchen. Es war ihr aber doch lieber, den kleinen Colt bei der Hand zu haben.

Norman blieb bei Marny, bis Troy meldete, daß Dr. Wardlaw Pollocks Verletzung behandelt habe. Die Schwarzbärte hatten seine Taschen durchsucht und alle Schlüssel an sich genommen, um jenen zu finden, mit dem er Marnys Tür geöffnet hatte. Alsdann hatten sie Pollock in eine Schubkarre geladen und zu seinem Hotel transportiert. Als Warnung hatten sie ihm ans Herz gelegt, daß jeder im Calico-Palast Beschäftigte den Befehl erhalten habe, ihn sogleich niederzuschießen, falls er die Schwelle noch einmal übertreten sollte.

Die Spieler saßen längst wieder an ihren Tischen. Schießereien waren in San Francisco etwas so Alltägliches, daß sie eigentlich bloß Leute interessierten, die unmittelbar betroffen wurden. «Ich nehme nicht an, daß du heute nacht noch Lust auf ein Spielchen hast, Marny.»

«Nein, die habe ich wirklich nicht», antwortete sie und ließ sich von seinem enttäuschten Gesicht nicht beeindrucken. «Ich würde Kendra gern sehen, sobald sie heimkommt. Und bis dahin möchte ich am liebsten allein sein.»

Norman gab nach. Er und Troy gingen davon.

Marny zog ihr schwarzes Satinkleid und ihre Salonschuhe aus. Statt dessen streifte sie ein weiches Wollkleid über. Nachdem sie das Zahnputzglas von neuem gefüllt hatte, machte sie es sich in dem Lehnsessel bequem. Wenn sie ihren Drink geschlürft hatte, wollte sie sich die Karten legen, um herauszufinden, ob sie Pollock auch in Zukunft noch zu fürchten habe oder ob sie nun von ihm in Frieden gelassen werde.

Jemand klopfte an die Tür. Kendra kam herein. Marny fand, daß Kendra noch nie so gut ausgesehen habe wie jetzt. «Wo steckt Hiram?» fragte sie.

«Er wartet. Er ist nicht mitgekommen, weil Norman uns gesagt hat, du möchtest mich allein sprechen. Soll er doch kommen? Er wird es verstehen, wenn du ihn nicht sehen willst.»

«Selbstverständlich will ich ihn hier haben. Mich haben nur die vielen Leute aufgeregt, die hier herumgerannt sind; das war alles. Du und Hiram, ihr werdet eine Erholung für mich sein.»

Kendra holte Hiram. Er lächelte sie warm an und umfaßte ihre Hand fest. «Können wir etwas tun?» erkundigte er sich dann.

Marny nickte zu Kendra hinüber. «Sie haben euch wohl erzählt, was geschehen ist?»

«Nicht in allen Einzelheiten. Die haben wir gar nicht erst abgewartet. Aber du brauchst uns jetzt nichts zu sagen. Du mußt vor allem über den Schock hinwegkommen.»

«Mich fröstelt ein wenig», gestand Marny. «Und ich habe auch noch ein bißchen Angst. Stürmt es draußen?»

«Sie haben noch ein bißchen Angst. Der Wind ist heute sanft. Wenn Sie jetzt schlafen wollen, können Sie das unbesorgt tun. Ich halte die Nacht über Wache an Ihrer Tür, wenn Sie wollen.»

Marny griff nach seiner Hand und stand auf. «Zunächst möchte ich einmal nachsehen, wie es Geraldine geht. Geraldine hat mir das Leben gerettet. Ich werde euch das später erzählen.»

Sie gingen ins Boudoir. In ihrer Hütte schliefen Geraldine und der Nachwuchs friedlich.

Marny streckte und reckte sich. «Ich fühle mich schon besser. Wir wollen wieder ins Schlafzimmer gehen, und ich werde die Karten auslegen und unsere . . .»

Mit einem Stöhnen brach ihr die Stimme. Ein Schauer rann über ihren Körper.

«Mein Gott!» schrie sie. «Nicht heute nacht! Ich kann es nicht mehr aushalten!»

Sie waren alle drei zusammengezuckt. Auch Kendra hatte einen Schrei ausgestoßen. Hiram brüllte außer sich vor Zorn:

«Diese verdammten Schurken! Schon wieder!»

Feueralarm gellte durch die Stadt.

Marny, Kendra und Hiram standen wie gelähmt im Raum, während die Glocken über die Plaza gellten und Schreckensrufe durch die Straßen hallten. Sie wußten, was passiert war: Diese Diebe und Mörder von Clarks Point hatten genauso gehandelt, wie von ihnen verkündet worden war. Sie hatten ihren Plan mit höhnischer Sorgfalt verwirklicht. Die Uhrzeiger wiesen auf Mitternacht. Noch ein paar Schläge, und man schrieb den 4. Mai, den Jahrestag der großen Feuersbrunst.

Die Strolche hatten in aller Öffentlichkeit über ihr Vorhaben gesprochen. Feixend hatten sie sich an den ungläubigen Mienen der anständigen Menschen ergötzt, die eine solche Schurkerei nicht für möglich hielten. Diese Verbrecher waren jedoch keine Witzbolde. Sie wollten noch einmal nach Herzenslust plündern, und das konnten sie nun.

Sie brannten die Stadt abermals nieder.

Einen Satz rief Marny sich während dieser Nacht immer wieder ins Gedächtnis: Das habe ich schon früher mitgemacht. Und immer wieder auch fragte sie sich: Warum muß ich das noch einmal erleben? Ich habe die Nase voll. Ich will von alledem nichts mehr wissen . . .

Dieser Brand, der fünfte große Brand, den Marny in San Francisco erlebte, war der schrecklichste von allen.

Das Feuer war in einem Farbengeschäft der Clay Street an der Plaza gelegt worden. Der Laden gehörte den Kaufleuten Baker und Meserve. Da ihre Artikel brennbar waren, gingen die Partner abends nach Geschäftsschluß durchs ganze Haus, um sicher zu sein, daß nirgendwo eine Lampe oder eine Kerze mehr brannte. Heute abend hatte Mr. Meserve den Laden inspiziert, alle Lichter gelöscht, abgeschlossen und war dann nach Hause gegangen.

Einige Stunden später fiel einem Mann, der die Plaza kreuzte, ein Lichtschein hinter einem Fenster im Obergeschoß auf. Er gab sofort Alarm. Die Feuerglocken wurden geläutet, die Wehren ratterten an. Sie rasten zur

Plaza so schnell, wie es ihnen möglich war, aber sie rasten dennoch nicht schnell genug. Als der Mann seinen Warnungsschrei ausgestoßen hatte, war der Brandherd nicht größer als ein Damentaschentuch gewesen, doch das Feuer fraß sich in furchtbarer Geschwindigkeit durch das Gebäude.

Bevor noch die erste Feuerwehr eintraf, stand das ganze obere Stockwerk in hellen Flammen. Binnen weniger Sekunden fingen die Nachbarhäuser Feuer, und schon stürmte der Brand die Clay Street hinab in Richtung Kearny Street und auf den Calico-Palast zu.

War es Zufall, war es Schicksal, gleichviel: Beim ersten Alarmruf rührte sich über der Stadt nur ein lindes Lüftchen aus Westen. Doch als hätten die Alarmglocken den schlummernden Gott des Windes geweckt, wurde aus diesem Lüftchen jählings ein Sturm. Und dieser Sturm trieb das Feuer nach Osten. Er blies mit tosender Gewalt. Die Feuerwehrmänner, die eben ihre Schläuche aufrollten, sahen an weit entfernten Stellen schon neue Brände aufflackern. In wenigen Minuten stürzten die Häuser der City in sich zusammen, und der Sturm jagte die Flammen bis zum Ufer und bis zu den Schiffen in der Bucht hinab.

Marny, Hiram und Kendra waren zu einem der Vorderfenster gerannt, von wo aus die Plaza zu überschauen war. Beim Anblick dieser Feuersbrunst stieß Kendra einen Entsetzensschrei aus. Hiram rief ihr zu:

«Lauf weg!»

«Das Haus hier ist doch . . .» wollte Kendra protestieren.

«Egal, ob es feuerfest ist oder nicht. Lauf weg, sage ich!» Er packte sie bei den Händen und wollte sie zur Treppe ziehen, als er sah, daß Marny in ihr Schlafzimmer stürzte. Er rannte ihr nach und bekam sie am Ärmel zu fassen. «Was, zum Teufel, haben Sie denn vor?»

«Ich muß die paar Sachen holen, die ich brauche. Auch Kendra braucht ein paar Sachen. Wenn Sie sie ohne Pistole auf die Straße gehen lassen wollen, dann sind Sie ein schöner Narr.» Marny riß sich los.

«Sie hat recht, Hiram.»

Aus den Korridoren in den unteren Etagen hörten sie, wie Männer schrien, Glas zerbrach, Stühle und Tische umfielen. Die Spieler rauften miteinander, da nicht wenige die Gewinne anderer einstecken wollten. Türen knallten. Alle stürmten mit dem Zeug davon, dessen sie sich hatten bemächtigen können. Hiram sagte jetzt ruhiger:

«Sie haben natürlich recht, Marny. Holen Sie Ihre Pistole.»

Kendra lief in ihr Zimmer, um die Pistole einzustecken, die ihr Archwood einst gekauft hatte – in jenen Tagen, da der Calico-Palast nur ein Zelt gewesen war und sie ihr Gebäck auf einem Tablett über ein unbebautes Grundstück hatte tragen müssen. Marny zog sich nicht um, sie vertauschte lediglich ihre Pantoffeln mit festen Schuhen. Ihre Gedanken rasten. Der Calico-Palast mochte feuersicher sein oder nicht; das mußte sich erst noch herausstellen. Fest stand jetzt nur eines: Kein Gebäude war vor den Plünderern sicher, wenn es nicht bewacht wurde. Vielleicht wollte

Norman sie hierbehalten, damit sie mit ihrem Colt ein Fenster schützte. Doch wenn er sie gehen ließ, dann würde sie Geraldine mitnehmen und die Jungen. Geraldine hatte ihr das Leben gerettet, und sie würde nun ihrerseits darauf achten, daß der Katze nichts widerfuhr.

Schon beim ersten Alarmruf hatte sie die Tür der kleinen Hütte verriegelt. Jetzt tauchte sie ein Handtuch in Wasser, wrang es aus und legte es um die Hütte. Dann schnitt sie ein Loch in das Tuch, so daß sie den Handgriff packen und die Hütte wie eine Reisetasche tragen konnte. Als Hiram und Kendra zurückkehrten, meinte sie mit einem Wink auf die winselnden Katzen:

«Sie meinen, es geht entschieden zuviel vor. Dieser Meinung bin ich übrigens auch.»

Norman und die Schwarzbärte kamen die Treppe heraufgehastet. «Wir sind auf dem Weg zu dem Wassertank oben.»

«Hoffentlich funktioniert er», murmelte Marny inbrünstig. Dann fragte sie: «Norman, kann ich dir behilflich sein? Wenn ja, dann bleibe ich hier.»

Norman blickte sie beinahe belustigt an. «Marny, du bist heute nacht so tatterig, daß du als Aufpasserin soviel taugen würdest wie ein gekochtes Ei.»

Marny lächelte. Sie schätzte diese mitleidlose Offenheit.

«Kommen Sie jetzt!» rief Hiram. Er wartete ungeduldig. Marny konnte gehen oder bleiben, wie es ihr beliebte, aber er hatte es eilig, Kendra ins Freie zu bringen. Norman sagte zu Marny:

«Nimm das mit.» Er gab ihr einen schweren Beutel voller Münzen.

«Das kann ich nicht. Ich habe beide Hände voll.»

Norman betrachtete sich ihre Waffe, mit der er einverstanden war. Dann fiel sein Blick auf die kleine Hütte. Die Augen traten ihm fast aus den Höhlen. «Was ist denn das?»

«Meine Katzen.»

«Katzen!» explodierte er. «Laß diese verdammten Katzen da, und nimm diesen Beutel.»

«Ich kann nicht», beharrte Marny.

«Dwight Carson hat uns garantiert...»

«Wenn das Haus feuerfest ist, dann ist auch dieser Beutel da in Sicherheit. Wenn das Haus abbrennt, dann schmelzen die Münzen. Ich aber werde mich um Geraldine kümmern.»

«Kommen Sie doch jetzt endlich!» schrie Hiram.

In einem Platzregen unschöner Worte teilte Norman ihr mit, sie sei verrückt, und es werde ihm keinerlei Kummer bereiten, wenn das Feuer sie samt ihren Katzen wie Kartoffeln röste. Marny ließ ihn stehen und stieg mit Hiram und Kendra die Treppe hinab.

Über die Schulter rief sie zurück:

«Norman, Captain Pollocks Pistole liegt in meinem Zimmer auf dem

Tisch. Ihr könnt sie vielleicht brauchen.»

Ohne zu antworten, stakste Norman davon. Hiram nahm Marny die Katzenhütte ab. Auf den unteren Fluren drängten sich Spieler mit ihren Freundinnen. Alle wollten zum Haupteingang.

Hiram hielt in der einen Hand eine Pistole und in der andern Geraldines Hütte. Ein wirres Durcheinander begegnete ihnen auf Schritt und Tritt. Sie hörten das Tosen der Flammen. Und mit einemmal vernahmen sie über ihren Köpfen ein Klicken – und dann stürzte das Wasser aus dem Behälter.

«Gott sei Dank!» rief Marny. Sie hätte in ihrer Dankbarkeit fast gelacht. Norman hatte den Tank auf dem Dach geflutet. Dreihundertfünfzig Liter Wasser strömten aus. Würden sie den Calico-Palast retten?»

Am Hauptportal stand einer der Barkeeper mit dem Mann aus Harvard. Marny, Kendra und Hiram traten hinaus in den Rauch und das Getümmel der Kearny Street. Das Feuer brannte so hell, daß sie wie am Tag sehen konnten. Hunderte, wenn nicht Tausende, wogten in den Straßen rund um die Plaza. Wie stets halfen einige, wo es not tat; wie stets rannten gewisse Kerle mit Diebesgut fort; wie stets liefen andere hysterisch hin und her.

Die Leute zerrten alle möglichen Dinge aus ihren Wohnungen. Die Plaza war schnell damit bedeckt. Ballen, Fässer, Schränke, Betten, Tische, Spiegel, Bilder, Safes, Geschäftsbücher – was ihnen in die Finger fiel, warfen sie hinaus.

Von der Südseite der Plaza war nun ein Krachen zu hören, als die Mauern des alten City Hotels einstürzten. Die übrigen Häuser der Clay Street waren brennende Ruinen. Doch zur Rechten sahen Kendra, Marny und Hiram, daß das Feuer noch nicht die Washington Street erreicht hatte. Die Feuerwehrmänner spritzten von dem Wasserreservoir auf der Plaza Ströme in die Räume der *Alta,* in Pockets Buchhandlung, in Blossoms Liebestempel und in die andern Gebäude auf dieser Seite.

Die Luft war heiß wie ein Wüstenwind. Funken und glühende Fetzen wurden vom Sturm dahingetrieben. Hiram, Kendra und Marny kämpften sich durch die Menschenmenge in Richtung Washington Street. Das El Dorado hatte noch kein Feuer gefangen, auch nicht das Verandah. Auf den Dächern beider Häuser arbeiteten Männer, um dem Brand Einhalt zu gebieten. In der Washington Street spannten Leute Maultiere vor ihre Fuhrwerke, in die sie Wertgegenstände geworfen hatten. Sie brüllten vor Wut, wenn die Wehren sich ihren Weg an ihnen vorbei bahnten.

Noch immer wehte der Sturm nach Osten. Hinter Hiram und seinen Begleiterinnen griff die Feuersbrunst nun auch auf den Häuserblock über, wo Hirams Bankhaus stand. Aus Blossoms Etablissement stürzte ein Mann heraus, schrie in panischer Furcht, starrte um sich und rannte dann wieder in das brennende Haus hinein, statt sich davonzumachen. Fast zur selben Zeit hörten sie einen Feuerwehrmann Hirams Namen schreien.

«Gott sei Dank, daß du hier bist und uns helfen kannst!» Ein Schlauch wurde in Hirams Hand gedrückt.

Hiram blieb stehen. Bis jetzt hatte er nur den einen Gedanken gehabt, Kendra an einen sicheren Ort zu bringen. Aber er war Mitglied der Feuerwehrbrigade. Wenn andere Männer ihre persönlichen Sorgen hintanstellten, weil alle bedroht waren, dann mußte auch er dazu imstande sein. Er wandte sich Marny zu:

«Nehmen Sie die Katzen.»

Sie griff nach der Hütte. Hiram griff nach dem Schlauch und machte sich ans Werk. Mit lauter Stimme schrie er inmitten des Aufruhrs den beiden Frauen nach:

«Geht auf den Berg! Bleibt nirgendwo stehen! Geht immer weiter, bis ihr in den Wind kommt!»

Sie hasteten bergan. Plötzlich erblickten sie Pocket, der gleichfalls mit einem Schlauch beschäftigt war.

Wie Hiram rief auch er:

«Immer weiter, Mädchen! Auf den Berg!»

Sie gingen weiter. Keuchend, schwitzend, stolpernd schleppten sie sich den Berg hinauf.

Die ganze Straße war ein Wirrwarr – Menschen, Maultiere, Wagen, Schubkarren. Auch andere Frauen erstiegen den Berg. Einige trugen kleine Kinder. Viele Männer trotteten tief gebeugt unter den Lasten, die sie sich auf den Rücken gepackt hatten. Niemand schien vom andern Notiz zu nehmen, es sei denn, er schob ihn beiseite.

Und der Wind umtobte sie.

In San Francisco war man an den Wind gewöhnt, an diesen ärgerlichen Wind, der den Männern die Hüte vom Kopf riß und den Frauen die Röcke um die Knie schlug, der Staubwolken aufrührte und Sand gegen die Fensterscheiben warf, der des Nachts die Schlafenden weckte, weil er an den Türen und Jalousien rüttelte. Die Leute waren mit diesem Wind vertraut. Viele mochten ihn sogar und lachten über die Spiele, die er trieb.

Heute nacht dagegen trieb der Wind keine harmlosen Spielchen. Dieser Wind, der zum Sturm geworden war, verheerte wie eine mörderische Soldateska ihre Stadt. Der Sturm kannte keine Gnade. Vom Sturm geweckt, brüllte das Feuer. Sein Brausen war so laut, daß alle andern Geräusche undeutlich wurden. Das Feuer war lauter als die Rufe der Feuerwehrmänner und das Zischen der Wasserschläuche und das Krachen von Steinen und Holz. Es war auch lauter als das verzweifelte Geheul auf der Straße. Es übertönte selbst die Todesschreie der Männer und Frauen, die sich nicht mehr aus den brennenden Häusern zu retten vermochten. Morgen, wenn die Ereignisse nüchtern betrachtet werden konnten, würden die Leute von «feuerfesten» Eisentüren erfahren, die sich in der Hitze verzogen, so daß sie nicht hatten geöffnet werden können. Die gefangenen Opfer waren gleichsam in eisernen Öfen geschmort worden.

Marny und Kendra schwankten die Washington Street hinauf. Sie japsten, husteten, wehrten sich gegen die Menge. Dann traf der Sturm sie mit aller Kraft. Hinter sich hörten sie die Flammen tosen. Sie wagten nicht, stehenzubleiben und einen Blick zurückzuwerfen.

Endlich, als die Straße sich in einem von Unkraut überwucherten Pfad verlor, erreichten sie den Berggrat. Marny stellte Geraldines Hütte auf die Erde. Dann sanken sie und Kendra ins Gras. Beide rangen nach Atem.

Hier oben gab es lediglich ein paar Baracken, um die der Sturm pfiff. Bei ihnen lagerten schon einige Flüchtlinge. Manche hockten stumm da und starrten regungslos mit leeren Gesichtern und glasigen Augen in die Tiefe. Marny und Kendra wurden sich der Gegenwart dieser Leute kaum bewußt. Sie sahen nur San Francisco – und San Francisco brannte nieder. Sie sahen es und hörten es: Dieses Bild glich einer Ruinenstadt, die man in einem Albtraum erblickt. Die Feuersbrunst war so gewaltig, daß sie den Himmel über Monterey rötete, das neunzig Meilen weiter südlich gelegen war. In diesem schrecklichen Licht konnte man alles so klar ausmachen, als schiene die Sonne mittags um zwölf.

In den ersten Minuten nahmen Marny und Kendra bloß ein Inferno von Flammen und Rauch wahr. Dann aber erkannten sie allmählich, was dieses schreckliche Licht ihnen enthüllte. Mauern brachen wie Glas und begruben unter sich alle Lebewesen. Auf lange Strecken hin waren die Straßen bereits Trümmerfelder. Glühende Asche lag dort, wo große Wohnhäuser gestanden hatten. Marny hatte einen Arm um Geraldines Hütte gelegt und den andern um ihre Knie. Sie zitterte vor Furcht angesichts dieses Grauens, das ständig entsetzlicher wurde. Dwight hatte ihr versichert, daß der Calico-Palast feuersicher sei. Welches Gebäude auf Erden aber konnte einen solchen Höllenbrand überstehen?

Sie hatte geglaubt, sie sei zu müde, um sich bewegen zu können. Doch sie wollte noch mehr sehen. Mühsam stand sie auf und schaute über die Dächer, die wie Stufen den ganzen Abhang bedeckten. Sie drehte den Kopf zur Seite. Die Dächer versperrten zum Teil die Sicht auf die Plaza. Sie erspähte indessen die Kearny Street.

Die Kearny Street brannte. Aber in den Flammen ragten noch einige Mauern auf, und eine davon war die Vorderfront des Calico-Palastes. Auch die Mauern des El Dorado standen noch, desgleichen die des Spielkasinos Verandah. Das Innere dieser Gebäude war vielleicht schon verbrannt; das solide Aussehen der Mauern gab ihr jedoch Hoffnung. Das Parker House hingegen war eine rauchende Ruine. Daneben erhob sich das prunkvolle Union Hotel, in dem Hiram wohnte. Es war fünfstöckig und galt als sehr massiv. Während Marny es noch betrachtete, stürzte die Vorderfront in die Straße. In der nächsten Minute krachten alle Mauern zusammen. Tausende von rotglühenden Backsteinen flogen auf die Straße. Die Flammenwand schien den Himmel aufzureißen.

Nun befand sich Hiram in der nämlichen Lage wie sie selbst nach dem

Feuer an Weihnachten: Er hatte nichts mehr anzuziehen. Ich habe das alles schon einmal durchgestanden.

Und der Calico-Palast war nur zwei Türen entfernt vom Union Hotel.

Marnys Kopf sank herab.

«Bitte, lieber Gott», flüsterte sie. «Laß mich das nicht alles noch einmal erleben ...»

Doch nach einigen Minuten sah sie wieder auf; sie konnte einfach nicht anders. Das Feuer hatte in der Clay Street alles verwüstet, aber Marny seufzte vor Freude, als sie sah, wie die Männer von der Feuerwehr sich immer noch abplagten, damit der Brand nicht auch in der Washington Street zu wüten beginne. Pockets Buchhandlung war also noch unbeschädigt. Auch das Gebäude der *Alta California* und Blossoms Freudenhaus brannten nicht. Marny fragte sich, wie der Prediger auf der Plaza seinen Zuhörern wohl die Tatsache erklären werde, daß der Herr die Vernichtung so vieler ehrbarer Geschäftshäuser zugelassen, aber ausgerechnet das luxuriöseste Bordell verschont habe. Sie sah auch Männer, die in die Redaktion der *Alta* hinein- und hinausrannten. Damit die Zeitung am Morgen einen Tatsachenbericht über die Feuersbrunst veröffentlichen konnte, riskierten sie ihr Leben. Brave Männer, dachte Marny.

Überall an den Brandstätten sah sie Leute. Manche zappelten wie Marionetten, die von der Hand eines Wahnsinnigen gelenkt wurden. Andere Männer kämpften verzweifelt, um ihre Stadt zu retten. Aus ihren Schläuchen schossen Wasserstrahlen gegen brennende Wände. Sie befreiten hilflose Verletzte. In den Straßen, die noch nicht in Flammen standen, brachten sie Schießpulver zur Explosion, um einen freien Raum zu schaffen, den das Feuer nicht überspringen konnte. Diese tapferen Männer taten alles Menschenmögliche. Wenn das Feuer ausgebrannt war, würde manch einer von ihnen nicht mehr am Leben sein.

Als Marny daran dachte, mußte sie plötzlich auch an Hiram denken. Sie wandte sich zu Kendra um, die im Gras kauerte. Sie hatte eine Hand vor die Augen gelegt, als wolle sie das Schreckensbild nicht sehen. Auch Kendra dachte natürlich an Hiram.

Marny setzte sich auf die Erde und legte einen Arm um Kendras Schultern. Sie sagte nichts, aber Kendra schien ihr Mitgefühl zu ahnen. Nach einer Weile murmelte Kendra, ohne aufzublicken:

«Marny.»

«Ja, mein Liebes.»

«Wenn Hiram das nicht überlebt, Marny, dann will ich auch nicht weiterleben.»

Was kann ich darauf antworten? fragte sich Marny. Irgendeine hübsche Phrase wie: ‹Aber nicht doch, so darfst du nicht denken?›

Marny sagte:

«Liebe Kendra, ich weiß keine Antwort.»

«Du brauchst auch nicht zu antworten», erwiderte Kendra. «Ich will nur selber reden. Ich habe alles verloren, was ich besaß. Ich habe versucht, mutig zu sein. Marny, du weißt, daß ich es versucht habe.»

«Du hast es nicht nur versucht, Kendra. Du bist tapfer gewesen. Du bist der tapferste Mensch, den ich kenne.»

«Ich werde es nicht noch einmal versuchen. Marny, ich kann nichts mehr hinnehmen.»

Marny streichelte Kendras Haar. Sie wußte nichts zu sagen. Sie ließ Kendra weiterreden.

«Ich habe ihn doch gerade erst gefunden, Marny. Und wenn ich ihn jetzt verliere – das kann ich nicht ertragen.» Kendra schaute auf die brennende Stadt hinab. «Marny, als ich heute abend vom Theater zurückkam, da war ich so glücklich wie noch nie. Eine ganz neue Welt hatte sich vor mir aufgetan. Und ich habe erst einen Blick hineingeworfen.» Sie zitterte. «Marny, vielleicht bin ich feige. Aber wenn ich Hiram verliere, dann will ich nichts mehr vom Leben. Ich fange nicht wieder an.»

Geraldine und ihre Jungen waren eingeschlafen. Marny wünschte, auch Kendra möge vor Erschöpfung in Schlaf sinken. Doch so einfach lagen die Dinge nicht. Menschen waren nun einmal komplizierter als Katzen. Endlich fand Marny ein paar Worte:

«Kendra, ich kann dir keine Hilfe anbieten. Aber ich bin deine Freundin, und was auch immer geschieht, ich werde dir beistehen. Das ist alles, was ich sagen kann.»

«Ich weiß», antwortete Kendra.

Es wurde wieder still zwischen ihnen. Um sie herum waren die Stimmen der andern Leute zu hören. In der Tiefe brauste das Feuer. Und die Stadt ging zugrunde.

64

Die Feuersbrunst schien kein Ende zu nehmen. Stundenlang tobte der Brand. Weder Kendra noch Marny hätten sagen können, wie viele Stunden nun schon vergangen waren. Ihr Zeitgefühl war in dieser Nacht so verwirrt wie jedes andere Gefühl.

Sie bebten im jaulenden Sturm. Unter ihnen barst die Stadt auseinander. Bei jedem Krachen dachte Kendra an die Menschen, denen dieses Krachen den Tod brachte. Bei jedem Krachen schickte sie ein Stoßgebet gen Himmel: Guter Gott, nicht Hiram. Bitte, lieber Gott, nicht Hiram . . .

Wie hilfsbereit hatte sich Hiram den Feuerwehrleuten angeschlossen. Als anständiger Mensch hätte er sich gar nicht anders verhalten können. Ach, schrie es in ihr, wenn er doch bloß dieses eine Mal ein Feigling gewesen wäre!

Doch sogleich wußte sie auch, daß sie dies nicht gewünscht hätte.

Hiram war kein Mensch, der alles nur halb machte. Dann hätte sie ihn nämlich nicht lieben können. Diese eine Erfahrung, die sie mit einem Mann jener Art, mit Ted, gemacht hatte, genügte ihr. Kendra hörte wiederum ein Krachen und sah unzählige Funken in den Himmel stieben.

Von neuem flehte sie zu Gott, er möge Hiram beschützen. Neben Kendra hockte Marny geduckt im Gras. Sie war vor Übermüdung fast erstarrt. Wie Norman gesagt hatte, waren ihre Nerven durch den Zusammenstoß mit Pollock bis zum Zerreißen gespannt. Nun setzte die Nachwirkung ein. Doch trotz ihrer Ermüdung bemerkte Marny, daß sie jetzt von einem Licht umgeben waren, das sich vom grellen Glanz des Brandes unterschied. Es war das Tageslicht. Der Morgen hatte begonnen. Sie waren die ganze Nacht hier oben gewesen.

Als sie über die Bucht blickte, konnte sie die Sonne durch die Rauchwolken schimmern sehen. Sie sah auch, daß der Brand nicht mehr so heftig war wie zuvor. Flammenzungen schossen zwar noch hoch, aber das Feuer brannte sich allmählich aus. Vielleicht war auch nichts mehr da, was hätte brennen können.

Marnys Arme und Beine waren verkrampft. Sie dehnte ihre Glieder und beugte sich dann vor, um in Geraldines Hütte zu schauen. Geraldine schlief immer noch mit den Kätzchen am Leib. Marny schloß ihre Finger um den Handgriff der Hütte. Diese glücklichen kleinen Katzen! Sie ahnten nichts von der Schlechtigkeit dieser Welt.

Plötzlich rissen derbe Finger ihre eigenen los. Marny warf sich herum. Ein verlumpter und verdreckter Kerl langte nach der Hütte. Was so sorgsam bewacht wurde, mußte wertvoll sein, dachte er vermutlich.

Marny vergaß ihre Müdigkeit. Ehe sie eine bewußte Entscheidung treffen konnte, stand sie bereits auf den Füßen, riß ihre Pistole heraus und schoß. Doch nun zeigte sich ihre Erschöpfung: Der Schuß ging fehl. Die Kugel schlug im Gras ein. Sie hörte einen warnenden Schrei Kendras, auch die Rufe der andern Leute. Dann packte der Dieb mit höhnischem Gelächter den Handgriff der Hütte und wollte fortrennen.

Zum zweiten Schritt kam er freilich nicht mehr. Bevor Marny noch einmal feuern konnte, hörte sie den Knall einer andern Pistole. Der Plünderer stürzte auf die Erde und streckte alle viere von sich. Die Hütte fiel ihm aus der Hand.

Marny zitterten die Knie. Sie spürte, wie Kendra nach ihrem Ellbogen faßte und sie stützte. Dann drehte sie sich um. Zu ihrer Verblüffung sah sie, daß diese andere Pistole in Kendras Rechter steckte. Marny keuchte:

«Das warst du? Wie hast du das denn gemacht?»

«Ich weiß es auch nicht», entgegnete Kendra. «Es ist eben . . . es ist eben passiert.»

Sie schien genauso verblüfft zu sein wie Marny und blickte überrascht auf die Pistole in ihrer Hand.

Der Kerl im Gras stöhnte vor Wut und Schmerz. Im selben Moment fragte eine andere Stimme scharf:

«Was wird hier gespielt?»

Im Licht des jungen Tages erkannten sie Pocket, der auf sie zukam. Er war mit einer mörderisch aussehenden Pistole bewaffnet und befahl den Leuten, ihm Platz zu machen. Als er Marny und Kendra erkannte, blieb er stehen und blickte auf den widerlichen Burschen, der über seinen verletzten rechten Arm jammerte.

«Was hatte er vor?» fragte Pocket.

Ein Mann trat aus der Schar. «Er wollte diesen Frauen eine Kiste stehlen.»

«Und hat als Lohn für seine Mühe eine Kugel erhalten? Sehr schön! Wenn ich ihn früher gesehen hätte, wäre er von mir abgeknallt worden. Ich mache Patrouillendienst. Wir halten Ausschau nach Plünderern.» Aus einer seiner Taschen zog er ein Tuch hervor und warf es dem winselnden Menschen auf der Erde zu. «Wickle das um deinen Arm und verschwinde.» Zu den übrigen Leuten sagte er: «Mit dieser Hand wird er für eine Weile nicht mehr klauen. Wer hat auf ihn geschossen?»

«Kendra», antwortete Marny.

«Kendra!» wiederholte Pocket. Dann glitt ein geradezu bewunderndes Lächeln über seine Züge. «Tüchtiges Mädchen. Ich sage Ihnen ganz offen, daß ich Ihnen das nicht zugetraut hätte.»

«Ich hätte es mir auch nicht zugetraut», sagte Kendra. «Aber irgendwie fühle ich mich jetzt besser.» Wieder klang ihre Stimme überrascht. Sie fühlte sich tatsächlich besser. Sie kam sich mitten in dieser Katastrophe jetzt weniger hilflos vor.

«Ich möchte mich hinsetzen», meinte Marny und ließ sich ohne weitere Worte in das Unkraut plumpsen. Ein schlampiges Frauenzimmer, anscheinend seine Freundin, war zu dem Plünderer getaumelt. Nun kniete sie neben ihm, band Pockets Tuch um den verletzten Arm und stieß dabei Flüche aus. Sie war betrunken. Pocket holte mit seiner üblichen Gelassenheit einen Revolver aus der Tasche des Mannes und steckte ihn ein. Dann griff er nach der Katzenhütte, in der Geraldine wütete, und brachte sie Marny zurück.

«Ihr habt gehört, daß ich diesen Leuten gesagt habe, ich bin auf einem Patrouillengang. Ich muß die Washington Street von hier bis zur Kearny Street nach Plünderern absuchen. Wenn ihr euch ein bißchen ausgeruht habt, könnt ihr mit mir zur Buchhandlung gehen. Dort ist es jetzt sicherer.»

Er berichtete ihnen, daß der Brand am Erlöschen sei. Überall aber machten sich Lumpenkerle in den Trümmern zu schaffen. Er und einige andere, die besten Schützen, waren zum Patrouillendienst abkommandiert worden. Auf Kendras Frage entgegnete er, zuletzt habe er Hiram vor etwa zwei Stunden gesehen. Zu dieser Zeit sei Hiram noch mit der Brandbekämpfung beschäftigt gewesen. Eine Verletzung habe er nicht an ihm entdecken können. Vom Calico-Palast stünden noch die Mauern. Da jedoch jede Feuerwehrbrigade ihren eigenen Bezirk zu überwachen habe, sei Pocket nicht nahe genug herangekommen, um zu wissen, ob der Calico-Palast im Innern beschädigt worden sei.

Dann mahnte er:

«Es wird Zeit, daß ihr an einen ruhigen und friedlichen Ort geht.»

Vor allem Marny betrachtete er mit Sorge. Von ihrem Kampf mit Pollock hatte er zwar noch nichts erfahren, aber sein scharfes Auge und seine Herzenswärme ließen ihn ahnen, daß sie nahe an der Grenze des Erträglichen war. Zum Schluß erklärte er:

«Ich muß mich wieder um meinen Dienst kümmern. Wollen Sie die Katzen tragen, Kendra?»

Marny rappelte sich in die Höhe. Zusammen mit Kendra trottete sie hinter Pocket den Berg hinab. Endlich kamen sie zu der Buchhandlung. Mr. Gilmore stand mit seinen Angestellten Posten. Pocket sagte ihm, die beiden Frauen könnten in sein Schlafzimmer gehen. Als sie ihm danken wollten, eilte er davon.

Pocket lebte nicht so behaglich, wie Hiram es im Union Hotel gehabt hatte. Sein Zimmer war klein und einfach möbliert. Auf Marny und Kendra wirkte es jedoch wie ein rettender Hafen. Marny fiel aufs Bett. Kendra stellte Geraldines Hütte auf den Fußboden und streckte sich neben Marny aus.

Sie sprachen nicht, aber sie waren beide noch zu erregt, um schlafen zu können. Diese Nacht war eine Qual gewesen. Der Tag, der vor ihnen lag, würde voll schmerzlicher Ungewißheit sein.

Nach einiger Zeit hörten sie laute Schritte, die Tür wurde aufgerissen, und eine kräftige Stimme rief:

«He, Pocket! Ist niemand da?»

Kendra sprang mit einem Freudenschrei vom Bett.

«Hiram!»

Er riß sie in seine Arme. Gleichzeitig fragten sie einander, ob sie heil seien. Beide waren heil. Er hatte keine ernsten Verletzungen, und sie waren wieder vereint. Über Kendras Schulter hinweg erkundigte sich Hiram, wie es um Marny stehe.

«Was ist mit dem Calico-Palast?» gab sie atemlos zurück.

In Hirams verschmutztem Gesicht leuchtete ein breites Grinsen auf. «Marny, den Calico-Palast gibt es immer noch.»

«Dann bin auch ich in Ordnung», versetzte Marny mit bebender Stimme. Sie preßte ihren Kopf in Pockets Kissen, fuhr mit den Fingern durch ihr zerzaustes Haar und schluchzte. Den Calico-Palast gab es immer noch!

Hiram wartete, bis sie sich beruhigt hatte. Schließlich erzählte er, Dwight Carson habe akkurat so massiv gebaut, wie er es versprochen hatte. Nicht nur der Calico-Palast war intakt, auch Hirams Bank hatte die

Katastrophe überstanden. In dem Viertel des Bankhauses waren sämtliche Häuser niedergebrannt. Allein die Bank mit ihrem Wassertank auf dem Dach und ihren vollkommen montierten Eisentüren und Verschlüssen hatte das Chaos überlebt.

Der Laden von Chase und Fenway war total vernichtet, ebenso ihr Lagerhaus. Immerhin jedoch waren sie glücklicher dran als viele andere, denn beider Wohnungen waren unbeschädigt. «Und sie haben ihre Münzen und den Goldstaub gerettet», fügte Hiram stolz hinzu. «Das Zeug liegt sicher in unserem Gewölbe. Sie können sofort mit dem Neubau anfangen.»

Marny trocknete ihre Tränen mit Pockets Kissen. «Hiram, kann ich zur Kearny Street runtergehen? Ich möchte gern in meinem eigenen Bett schlafen.»

Auch Kendra wollte in den Calico-Palast.

Hiram überlegte:

«Ihr werdet allerlei häßliche Dinge zu sehen bekommen», warnte er dann.

«Die werden wir wohl eine ganze Weile sehen. Warum also nicht gleich?» entgegnete Marny.

«Gut. Ich gehe mit euch.»

«Du mußt doch ganz erledigt sein», protestierte Kendra.

Hiram lachte. Natürlich sei er ganz erledigt, aber er habe Hunger. Das Union Hotel gab's nicht mehr, und die meisten andern Hotels und Restaurants waren auch verbrannt. Hiram hoffte, Kendra werde ihm ein Frühstück machen.

Jetzt trat Pocket ins Zimmer. Kendra lud ihn gleichfalls zum Essen ein. Hiram stand auf. Plötzlich aber wurde er ernst. «Noch eine Minute, Pocket. Mir fällt gerade ein, daß ich Marny etwas erzählen muß. Heute früh hat unsere Brigade Captain Pollock gefunden. Er ist tot.»

«Ach, Hiram! Sie meinen, er ist verbrannt?»

«Nein. Er lag in der Nähe seines Hotels. Der Rauch hat ihn erstickt. Irgendwie ist er aus dem Haus gekommen, aber er konnte nicht fliehen. Mit einer Wunde im Bein kann ein Mann nicht laufen.»

«Dann habe ich ihn also getötet?» fragte Marny leise. «Hiram, das wollte ich nicht.» Ihre Stimme wurde ein wenig fester. «Oder vielleicht wollte ich's doch. Ich weiß es nicht. Das ist alles so schnell passiert, und ich hatte auch soviel Angst. Ehrlich – ich weiß nicht, ob ich ihn umbringen wollte oder nicht.»

«Was heißt das?» rief Pocket. «Wer hat Captain Pollock umgebracht?»

Marny berichtete ihm von dem Vorfall. «Ich weiß wirklich nicht, ob ich die Absicht hatte, ihn zu töten», wiederholte sie am Ende. «Jedenfalls habe ich jetzt ein Schuldgefühl.»

Pocket hatte stumm zugehört. Nun lächelte er sie beruhigend an. «Sie haben ihn nicht töten wollen, Marny.»

«Wieso können Sie das wissen?» fragte sie eifrig.

«Wenn Sie ihn unter dem Knie ins Bein geschossen haben, dann müssen Sie gut gezielt haben. Das ist genau die richtige Stelle, um einen Mann kampfunfähig zu machen. Sie wollten sich selber schützen, ihn aber nicht töten. Er fiel um, hatte jedoch keine tödliche Verletzung erlitten. Und das haben Sie, ob bewußt oder unbewußt, gewollt. Sie haben gut gezielt, weil Sie nicht die Absicht hatten, ihn umzubringen.»

Marny seufzte erleichtert auf. Kendra drückte ihr die Hand. Hiram stimmte Pockets Meinung lebhaft bei. «Und Sie haben ihn ja auch nicht umgebracht. Es waren diese Rowdies, die das Feuer gelegt haben, in dem er umgekommen ist.»

Pocket schüttelte den Kopf. «Weißt du, Hiram, ich finde, es kommt der Wahrheit näher, wenn wir sagen, daß Pollock sich selbst umgebracht hat. Hätte er Marny nicht berauben wollen, wäre er auch nicht verletzt worden. Und wenn er nicht verletzt worden wäre, hätte er die Chance gehabt, sich vor den Flammen zu retten.»

Pocket machte eine Pause. Dann sprach er weiter:

«Und jetzt muß ich noch an etwas anderes denken, Marny. Pollock mag gestern abend bankrott gewesen sein. Wäre er jedoch ein ehrlicher Mann geblieben, dann könnte er heute reich werden.»

«Wieso denn das?»

«Er hat Marny erzählt, daß er das Recht besitze, sie zu bestehlen, weil er keine Backsteine und kein Bauholz mehr verkaufen könne. Nun, beides war gestern nahezu wertlos. Heute dagegen sind Backsteine und Bauholz kostbar. Drei Viertel von San Francisco sind abgebrannt, und die Leute müssen sich wieder Häuser bauen. Sie werden so viele Backsteine und soviel Holz kaufen, wie sie nur kriegen können. Pollocks Lager ist unversehrt.»

Und damit ergriff Pocket Geraldines Hütte.

«Auf jetzt, ihr Leute! Ich bin hungrig. Wir wollen zum Calico-Palast gehen und dort frühstücken.»

Gestern hatte man zehn Minuten gebraucht, um von der Buchhandlung zum Calico-Palast zu gehen. Heute morgen mußten sie immer wieder Waren ausweichen, die über der Plaza verstreut lagen. In der Kearny Street türmten sich Mauerwerk und Holzverschalungen zuhauf. Unter Schuttbergen lagen Tote. Mehr als nur einmal wurden sie angehalten und hatten sich die Klagen von Leuten anzuhören, die jetzt bettelarm waren. Andere flehten: «Haben Sie den Soundso nicht gesehen? Ich kann ihn nicht finden. Ich fürchte, daß er ...» Sie brauchten lange für ihren Weg.

Sie sagten kaum etwas, denn sie waren viel zu erschöpft und mitgenommen von den Tragödien, die sich ringsum abspielten. Doch später entsann sich Marny einer Bemerkung, die Pocket zwischen den Zähnen ausgestoßen hatte: «Und das haben Menschen getan. Und zwar absichtlich.»

«Einige dieser Kreaturen sind dabei umgekommen», hatte Marny ihm darauf geantwortet.

«Viel zu wenige.»

So sanftmütig er auch war, an diesem Tage hätte Pocket einen Brandstifter kurzerhand über den Haufen geschossen. Dessen war sich Marny gewiß.

Ja, der Calico-Palast hatte das Grauen überstanden. Die Fensterläden waren zersplittert, die Mauern mit Ruß verschmiert, Bruno Greggs hübsche Transparenzbilder verbrannt; die großen Goldlettern CALICO-PALAST an der Vorderfront sahen nun runzlig aus wie Blätter im Herbst; das Gebäude jedoch ragte wuchtig und einsam inmitten der Verwüstungen empor. Troy, der am Hauptportal Wache hielt, berichtete ihnen, Lulu, Lolo und Zack seien zu Bett gegangen. Norman und Hortensia saßen auf der Treppe und stärkten sich gerade mit Brot, Käse und Wein. Norman erzählte, Hortensia habe sich großartig benommen, einfach großartig. Nicht eine Minute habe sie den Kopf verloren. Sie habe für jeden einen Koffer gepackt, so daß sie alle Kleider und Münzen gehabt hätten, wenn sie zur Flucht gezwungen worden wären. «Und Sie», herrschte er Pocket an, «was wollen Sie mit diesen verdammten Katzen da?»

«Ich bringe sie nach Hause», erwiderte Pocket.

Norman konnte nur noch verwundert mit den Schultern zucken.

Während Kendra eine Mahlzeit richtete, füllte Marny Schalen mit Futter und Wasser und trug sie in Geraldines Gemach. Pocket folgte ihr mit der kleinen Hütte. Marny schauderte, als sie den Blutfleck auf dem Teppich sah und das Loch, wo Pollocks Kugel eingeschlagen war. Erst gestern abend war dies gewesen. Und was hatte sich seitdem nicht alles zugetragen...

Pocket schob den Riegel der Hütte zurück. Eines der Jungen war tot.

«Vermutlich ist es verletzt worden, als dieser Dreckskerl die Hütte fallen ließ. Ich wünschte, Kendra hätte ihm seine diebischen Pfoten kaputtgeschossen.»

Pocket blickte auf Geraldine, die mit großem Appetit ihr Frühstück verputzte. Tröstend meinte er dann:

«Ich glaube nicht, daß Katzen zählen können. Wenn Geraldine alle ihre Kätzchen verloren hätte, würde ihr das auffallen. Da sie aber immer noch drei hat, wird sie wahrscheinlich gar nicht merken, daß das vierte fehlt.»

«Wenigstens bin ich froh, daß es nicht das Kätzchen ist, das wir Calico getauft haben. Das hätte mir Sorgen gemacht. Es wäre ein schlechtes Omen für die Zukunft gewesen.» Jäh setzte sie hinzu: «Lachen Sie mich ruhig aus, wenn Sie wollen. Aber das ist nun mal meine Art.»

«Ich lache Sie doch nicht aus», erwiderte Pocket leicht überrascht. «Ich lache niemals Menschen aus. Wenn sie anders sind als ich, dann sind sie vielleicht im Recht.»

Als Marny an diesem Nachmittag erwachte, war ihr erstaunlich wohl zumute. Sie trat ans Fenster und sah auf die im Sonnenschein rauchenden Reste dessen zurück, was gestern noch eine Stadt gewesen war. Der Anblick war herzzerreißend. Block um Block waren die Stadtviertel eingestürzt. Hier und dort standen Mauern, die schwarzen Grabsteinen glichen.

Und dennoch war die Verheerung nicht absolut. Nicht nur der Calico-Palast stand noch, auch das El Dorado und das Verandah hatten nicht gelitten. Die Nordseite der Plaza war nicht in Flammen aufgegangen. Selbst in dem am schlimmsten verwüsteten Bezirk war Hirams Bankhaus nicht das einzige, welches sich als feuerfest erwiesen hatte. Marny konnte noch einige andere erkennen, und weitere befanden sich vielleicht außerhalb ihrer Sichtweite. Und schon sah sie Männer herumlaufen, die sich Notizen machten, die mit dem Wiederaufbau begannen. Sie wirkten ermutigend. Sie hatten schon einmal wieder von vorn anfangen müssen. Sie würden es abermals tun.

Das war am Sonntagnachmittag gewesen. Marny, Norman und ihre Angestellten verbrachten den Montag mit Reinigungsarbeiten. Um drei Uhr am Dienstagnachmittag öffnete der Calico-Palast wieder seine Pforten, und er blieb bis um zwei Uhr in der Frühe geöffnet. Während dieser elf Stunden waren die Bars und Spielräume überfüllt. Die Nerven der Männer waren noch immer angespannt, jeden Moment konnte jemand einen Wutanfall bekommen. Ein Gespräch mit andern über das Verlorene tat gut. Es wurde heftiger debattiert als sonst, und mehr Gäste als sonst verließen das Haus nicht zu Fuß, sondern man schleppte sie fort. Da indessen heute auch mehr Geld einging als sonst, ertrugen Marny und Norman diese Unordnung ohne Klagen.

In den nächsten Tagen veröffentlichte die *Alta* lange Listen der zerstörten Häuser und der Personen, die den Tod gefunden hatten oder ihren Verletzungen erlegen waren. Die Zeitung brachte aber auch erfreuliche Nachrichten. Eustis und Boyd gaben bekannt, daß Münzen und Goldstaub, die in ihrem Gewölbe deponiert waren, das Unglück unbeschadet überstanden hätten und verfügbar seien. Chase und Fenway inserierten eine Dankadresse an die Feuerwehrmänner, die aus ihrem brennenden Geschäft eine Kassette geborgen hatten, in der sich wichtige Dokumente befanden. Mr. Norrington ließ wissen, daß er sein Büro jetzt in der Dupont Street habe, wo er die Mieten entgegennehme.

Tag um Tag waren in der *Alta* Berichte zu lesen, die den Mut der Männer von der Feuerwehr priesen. Das Blatt nannte auch jene Gebäude, die der Vernichtung entgangen waren. Viele waren es nicht. Aber der Brand hatte den Beweis dafür geliefert, daß Dwight Carson sein Versprechen gehalten hatte. Sieben Häuser in San Francisco waren unter seiner Leitung errichtet worden. Sechs von ihnen standen in dem von der Feuersbrunst zerstörten Bezirk. Alle sechs waren heil. In allen ging das Geschäftsleben weiter, als sei nichts geschehen.

Und jetzt errichtete Dwight seine Bauten in New York. Als Marny darüber nachdachte, kam ihr eine Idee. Sie ließ Bruno Gregg zu sich bitten und teilte ihm mit, daß sie eine neue Aufgabe für ihn habe, sobald er mit den Transparenzbildern fertig sei.

65

Am zweiten Morgen nach dem Brand erzählte Kendra ihrer Freundin, daß sie in neun Tagen Hiram heiraten werde.

Eine so rasche Heirat hatten sie nicht geplant. Diese Schreckensnacht jedoch hatte ihnen gezeigt, wie wenig Sicherheit das Leben bot. «Wir dürfen uns nicht auf die Zukunft verlassen», sagte Kendra zu Marny. «Wir wollen wenigstens ein bißchen Glück erhaschen – und das so bald wie möglich.»

Sie pachteten eine Parzelle in Happy Valley, kauften eines der chinesischen Fertighäuser und ließen es von chinesischen Zimmerleuten aufbauen. Sie kauften auch Möbel und Anzüge bei den Versteigerern auf der Plaza. Die Möbel waren geschmacklos, und Hirams neue Anzüge saßen nicht sehr gut, aber dergleichen war nicht wichtig. Er und Kendra wollten heiraten, und das allein war wichtig.

Bis zur Hochzeit wohnte Hiram bei Mrs. und Mr. Eustis. Sie hatten ihn eingeladen, die Trauung in ihrem Heim vornehmen zu lassen. Mit einem Lächeln wies Marny die Bitte Kendras zurück, an der Zeremonie teilzunehmen. «Ich weiß, du und Hiram, ihr würdet mich gern dabeihaben, aber ich bezweifle sehr, ob auch Mrs. Eustis diesen Wunsch hat. Ich werde euch in eurem eigenen Haus besuchen, nachdem ihr eingezogen seid.»

Kendra mußte nachgeben.

San Francisco lag zwar in Trümmern, doch ging das Leben weiter. Pocket und Mr. Gilmore räumten ein Lagerhaus leer und machten daraus Wohnungen für ihre Angestellten. Norman stellte Feldbetten in einige private Spielzimmer, so daß die Bankhalter und Barkeeper eine Schlafstelle hatten. Nur wenige Bürger lebten bequem. Viele ersannen indessen neue Wege, um inmitten der Asche Geld zu verdienen. Manche schlugen Zelte auf und verpachteten Schlafräume darin. Andere stellten im Freien Öfen auf, welche die Luft mit ihrem Rauch schwärzten, und daneben provisorische Theken, auf denen die Kunden ihre Teller absetzen konnten, um das gerade gar gewordene Gericht zu verzehren. Drei Tage nach der Katastrophe eröffnete eine Gruppe unternehmungslustiger Händler in der Clay Street einen Markt.

Es war jedoch nicht so einfach, diesen Markt überhaupt zu erreichen. Die Bürger versuchten, Ordnung zu schaffen, aber in den niedergebrannten Distrikten waren die Straßen nahezu unpassierbar. Wenn Kendra ausging, zog sie hohe Stiefel an und schürzte mit beiden Händen die Röcke, während ein Mann von der Bar den Korb und eine Pistole trug. Sie stiegen über Töpfe und Pfannen, über Kochkessel, zerbrochene Teller und verkohlte Möbel, über Schnapsflaschen, die zu formlosen Klumpen geworden waren, über Stapel von Lebensmitteln, die das Feuer geröstet hatte und die nun verfaulten. Es waren keine angenehmen Einkaufsgänge.

Der Markt wurde bald zu einem Treffpunkt, wo die Leute nach ihren Bekannten suchten und Neuigkeiten austauschten. Kendra begegnete eines Tages Ralph und Serena. Sie waren beide guter Dinge. Das Feuer hatte ihnen nichts geraubt, denn sie wohnten jetzt in der Powell Street, die vom Brand nicht berührt worden war. Zwei Angestellte von Chase und Fenway schliefen nun in ihrem Salon, so berichteten sie.

Am Morgen danach traf Kendra auch Rosabel auf dem Markt, die von Mrs. Chase begleitet wurde. Rosabel erzählte, daß sie ein Baby erwarte und daß Mrs. Chase ihr in allem beistehe. Natürlich seien sie beide unglücklich über den Verlust des Ladens. Aber sie hätten ja noch ihre Wohnungen, ihre Männer würden das Geschäft bald wiederaufgebaut haben.

Nach ihrer Heimkehr sagte Kendra, daß sie Rosabel gesprochen habe. Marny hörte amüsiert zu. «Ich bin froh, daß Rosabel glücklich ist. Als sie heiratete, war ich nicht ganz sicher, ob die Sache gutgehen werde. Aber vielleicht hat sie jetzt das, was sie immer haben wollte.»

«Sie hat das, was die meisten Frauen haben wollen, Marny», mahnte Kendra. «Ein eigenes Heim und Kinder und ein friedliches Leben.»

«Ja, vermutlich. Viele kriegen das ja auch.»

Kendra erinnerte Marny nicht daran, daß sie selber sich nach einem solchen Leben sehne. Es gab einige Dinge, die Marny einfach nicht kapierte.

Hiram und Kendra wurden in einer kurzen und schlichten Zeremonie getraut. Mr. Chase und Frau waren anwesend sowie Mr. Fenway und Rosabel, Pocket, Mr. Gilmore, einige Angestellte der Bank und selbstverständlich auch Mr. Eustis und seine Frau. Marny war ferngeblieben, und Kendra wußte, daß die Eheleute Eustis deswegen nicht böse waren. Nach der Trauung begaben sich Hiram und Kendra in ihr Fertighaus mit seinen zusammengestoppelten Wänden und seinen wackligen Möbeln, und als sich Kendra dort umschaute, fühlte sie sich so daheim wie noch nirgendwo sonst.

Im Calico-Palast ging Marny fleißig ihren Geschäften nach. Neben ihrer regelmäßigen Arbeit beaufsichtigte sie Bruno Greggs Malereien und die

Reparaturen, die an der Vorderfront notwendig waren. Wie jedem Bürger war ihr durchaus bekannt, daß einige der Rowdies zwar in den Flammen den verdienten Tod gefunden hatten, andere dagegen – und zwar die meisten – sich weiterhin ihres Lebens erfreuten. Am Tag nach Kendras Heirat versuchten ein paar dieser Schurken, das Verandah anzustecken.

Kurz vor Tagesanbruch war einem Wachmann auf der Straße eine Flamme aufgefallen, die aus einem Lagerraum hinter der Bar hochzüngelte. Er gab Alarm, und die Feuerwehrmänner löschten den Brand sogleich. Marny ließ sich einige Tage später die Einzelheiten von Pocket erzählen. Sie freute sich über sein Kommen. Pocket gehörte zu jener Brigade, die den Brand bekämpft hatte.

«Nun, wie geht's in diesen Tagen?» erkundigte er sich, nachdem sie in der Küche Platz genommen hatten.

«Ich habe Angst, Pocket», antwortete Marny freimütig.

«Wegen des Feuers?»

«Ja. Wir meinen immer, der Calico-Palast sei gut bewacht. Die Leute im Verandah meinten das auch von sich. Sagen Sie mir doch, wie das geschehen konnte.»

«Der Verbrecher ist recht simpel zu Werke gegangen. Während das Verandah noch geöffnet und voller Gäste war, hat er sich fortgeschlichen. Im Lagerraum hat er sodann ein langes Hanfseil, das in eine Lösung aus Salpeter und Leim getaucht worden war, am einen Ende angezündet. Am andern Ende hat er in Öl getränkte Lappen hingelegt und ist danach wieder zur Bar zurückgegangen, bevor ihn jemand vermißte. Da diese Lunte nur langsam weiterbrannte, konnte der Kerl das Haus lange vor Ausbruch des Feuers verlassen.»

Marny fröstelte. Der Brand vom 4. Mai hatte zwar gezeigt, daß der Calico-Palast feuerfest war. Die teure Inneneinrichtung war dies jedoch nicht. Und auch die Menschen, die hier lebten, konnten ihres Lebens nicht sicher sein. Pocket meinte:

«Ich nehme an, dieser Schuft fühlte sich gefoppt, weil das Verandah den Großbrand überlebt hat und weil er nicht die erwartete Beute machen konnte. Deshalb hat er's noch einmal probiert.»

«Das ist der Geist von San Francisco», bemerkte Marny trocken: «Niemals aufgeben.»

Pocket legte seine Hand auf die ihren. Er blickte ihr gerade in die Augen.

«Wir geben aber auch nicht auf», entgegnete er langsam und ernst. «Deshalb bin ich heute gekommen, um Ihnen das zu sagen. Ich weiß, daß Sie sich Sorgen machen.» Entschlossen wiederholte er: «Wir geben auch nicht auf, Marny.»

Er benahm sich so ungewöhnlich, daß Marny fragte:

«Was meinen Sie damit?»

«Ich bin auf dem Weg zu einer Konferenz. Hiram wird dort sein, auch

Mr. Chase, Mr. Fenway, Mr. Eustis und noch viele andere. Wir werden San Francisco säubern.»

«Aber Pocket, ist das wirklich euer Ernst?» rief Marny bewundernd.

«Wir meinen es ernst.» Er stand auf. «Jetzt muß ich gehen.»

«Gut. Und vielen Dank für Ihren Besuch. Sie haben mich aufgeheitert.»

Pocket ging zur Tür und winkte ihr nach. Er strahlte ein ruhiges Selbstvertrauen aus – wie ein Mann, der vor einer Aufgabe steht, der er sich gewachsen fühlt. Pockets Herz war voller Freundlichkeit, doch wie sie ihm jetzt nachsah, mußte Marny an die Worte des Dichters Dryden denken: «Behüte uns vor dem Zorn eines geduldigen Mannes.»

In den folgenden Tagen besuchten Pocket und Hiram häufig den Calico-Palast. Oft kam auch Kendra. Sie brachten Steaks oder Koteletts mit, und Kendra bereitete dann für alle das Essen. Kendra strahlte vor Glück. Sie und Hiram hatten jetzt das Grundstück gewählt, auf dem ihr Haus gebaut werden sollte, und ein Architekt entwarf bereits die Pläne.

Hiram ließ manchmal seine Frau bei Marny, wenn er zu diesen Konferenzen ging. Marny berichtete Kendra dann, was es im Calico-Palast an Neuigkeiten gab: Hortensias Scheidung war im Gang. Ihre Freunde Jeff und Daisy Quellen waren von Sacramento heruntergekommen; sie wohnten auf Normans Kosten in einer der Herbergen, die nach dem Brand aus dem Boden schossen. Marny hielt es für durchaus wahrscheinlich, daß Hortensia ihre Schlafzimmertür nicht mehr verschloß, denn Normans Laune hatte sich in letzter Zeit merklich gebessert.

Pocket und Hiram sprachen nur selten über ihre Konferenzen. Marny wußte nur allzugut, wie dringend nötig ein Großreinemachen in San Francisco war. Mit Ausnahme des Zentrums, wo die Geschäftsleute Wächter engagiert hatten, die Streifengänge machten, herrschte in der Stadt dank den Banditen ein ständiger Schrecken. Raubüberfälle, Mißhandlungen, selbst Morde waren an der Tagesordnung. Die Steuern waren hoch. Die Polizisten wurden schlecht bezahlt, und häufig erschienen sie überhaupt nicht zum Dienst, weil sie keine Löhnung erhalten hatten. Nur wenige Gesetzesbrecher wurden arretiert, noch weniger verurteilt, und wer im Kittchen saß, mußte nicht viel Mühe aufwenden, um wieder in die Freiheit zu gelangen.

Nach dem entsetzlichen Großbrand war die Geduld der anständigen Bürger zu Ende. Sie zweifelten jetzt nicht mehr daran, daß die «Regierung» einen Teil der Beute einsäckelte und daß nichts getan werde, falls die Bürger nicht zur Selbstverteidigung schritten. Fünf Wochen nach der Katastrophe erfuhr man, was bei diesen geheimnisvollen Konferenzen beschlossen worden war.

Zweihundert verantwortungsbewußte Geschäftsleute ließen ihre Namen und ihre Ziele in den Zeitungen veröffentlichen. Sie hatten einen Sicherheitsausschuß gebildet und waren entschlossen, in der Stadt Ordnung zu schaffen. Ihr Programm war kompromißlos. Sie hatten eine Verfassung ausgearbeitet, einen Treffpunkt bestimmt und ein Signalzeichen vereinbart. Eines der Mitglieder versah Tag und Nacht Dienst im Feuerwehrgebäude an der Plaza. Das Signal – zwei schnelle Schläge auf die Alarmglocke, die nach einer Minute wiederholt wurden – rief alle Mann zu jeder Zeit auf den Plan.

Die Rowdies waren also gewarnt. Sie zeigten sich jedoch keineswegs beeindruckt. Sie hatten schon so lange vom Verbrechen gelebt, während die ehrlichen Männer ihrer Arbeit nachgegangen waren, daß nur wenige von ihnen glauben mochten, die schönen Zeiten für sie seien nun beendet. Am Tag nach der Gründung des Sicherheitsausschusses wurde die Glocke bereits geschlagen.

Es war am späten Nachmittag. Hiram, Pocket und Kendra saßen in der Küche des Calico-Palastes. Sie warteten auf Marny, die noch an ihrem Spieltisch zu tun hatte. Kendra richtete Steaks her, Pocket trank Kaffee, Hiram hielt ein Glas Whisky in der Hand und nörgelte, weil kein Eis darin war. Seit einigen Monaten gab es nämlich an den Bars von San Francisco Eis. Es wurde aus den zugefrorenen Bergseen gehackt und von den Flußschiffen in die Stadt transportiert. In dieser Woche hatten sich die Schiffe verspätet. Dann kam Marny in die Küche.

«Was ist das?» rief Kendra plötzlich.

Marny keuchte. «Es brennt ja schon wieder!»

«Pst!» wisperte Pocket. Er war ebenso wie Hiram aufgesprungen. Hiram nahm seine Uhr aus der Tasche. Wieder dröhnten die zweifachen Schläge der Glocke.

«Nein, das ist kein Feuer», sagte Pocket. Seine Stimme klang drohend. Er blickte Hiram düster an.

Hiram erklärte:

«Das gilt uns.» Danach steckte er seine Uhr wieder ein und tastete nach seiner Pistole.

Zu Kendra gewandt fuhr er fort:

«Ich weiß nicht, was das zu bedeuten hat, aber ich muß dich jetzt verlassen. Wenn ich heute abend nicht nach Hause komme, wirst du verstehen, daß ich dazu keine Möglichkeit habe.»

«Natürlich.»

Abermals erklang die Glocke. Hiram küßte Kendra. «Das ist ein Krieg, den wir hier führen. Falls wir ihn nicht gewinnen, werden die andern die Oberhand bekommen.»

Marny tätschelte Kendras Schulter. «Es ist genauso, wie er sagt, meine Liebe. Wir befinden uns im Kriegszustand.»

«Ich weiß ja», erwiderte Kendra.

«Komm, wein doch ein bißchen.»

«Mir ist nicht nach Weinen zumute», entgegnete Kendra heftig. «Ich will nicht weinen. Ich bin außer mir. In mir brennt alles. Diese elenden

Schufte!» Mit einem Blick auf ihre Steaks fragte sie: «Du willst in deiner nächsten Pause essen?»

«Ja, bitte», antwortete Marny mit gespielter Gleichgültigkeit.

Als sie in ihren Spielsalon zurückkehrte, waren die meisten Männer nicht mehr da. Einige hatten aufbrechen müssen, weil sie dem Sicherheitsausschuß angehörten. Andere wollten sich davon überzeugen, ob dieses Komitee seine Absichten auch in die Tat umsetzte. Der Rest hatte sich verdrückt, weil die Alarmglocken Aufregung verhießen.

Doch die Männer des Sicherheitsausschusses wollten ihre Absichten nicht nur in die Tat umsetzen; sie nahmen ihre Sache zu ernst, als daß sie in Eile gehandelt hätten. Sie versammelten sich in ihrem Hauptquartier in einem Hotel. Dort beratschlagten sie hinter verschlossenen Türen.

Die Männer, die aus dem Calico-Palast gestürzt waren, kamen wieder zurück. Sie standen schwatzend herum, gingen von neuem auf die Straßen, um Nachrichten zu ergattern, kamen abermals herein und diskutierten mit den andern, was sie aufgeschnappt hatten. Marny setzte ihr Spiel fort, nur gelegentlich achtete sie auf die Gespräche. Nach und nach hörte sie, was vor sich ging.

Man hatte den Sicherheitsausschuß einberufen, um über einen wohlbekannten Banditen zu Gericht zu sitzen. Er zählte zu jenen, welche die Stadt in Furcht versetzten. Er hieß Jenkins und war ein großer Bursche mit gewaltiger Körperkraft. Als gebürtiger Engländer war er nach einer australischen Strafkolonie deportiert worden. Nachdem er von den Goldfunden in Kalifornien gehört hatte, war es ihm gelungen, an Bord eines Schiffes nach San Francisco zu kommen. Seit er im Lande weilte, hatte er auch nicht einen Dollar durch ehrliche Arbeit verdient.

Am Nachmittag hatte sich dieser Jenkins in das Büro einer Schiffahrtsgesellschaft geschlichen, einen Safe mit viel Geld gestohlen und dann versucht, in einem Ruderboot zu entkommen. Einige Männer an den Kaianlagen hatten ihn jedoch beobachtet und Alarm geschlagen. Kurz danach wurde er von einem halben Dutzend Ruderern gejagt.

Jenkins war stark, gegen diese Übermacht konnte er jedoch nichts ausrichten. Seine Verfolger fesselten ihn und schafften ihn zur Feuerwehrstation. Der Diensthabende gab das Zeichen. Als alle Mitglieder des Komitees beisammen waren, trugen die Männer vom Hafen Jenkins' Fall vor.

«Hier», so erklärten sie, «haben wir einen Menschen, der sein jüngstes Verbrechen unter den Augen vieler Zeugen begangen hat, von denen die meisten anwesend und zur Aussage bereit sind. Nehmen die Herren vom Sicherheitsausschuß ihre Sache ernst oder nicht?»

Sie nahmen sie ernst.

Gegen Jenkins wurde ein Verfahren eingeleitet. Es dauerte der zahlreichen Zeugen wegen lange. Während sie ihre Aussagen machten, strömten vor dem Gebäude Hunderte von Männern und Frauen zusammen, um das Urteil abzuwarten. Es herrschte jedoch keine Unruhe. Kaum ein Laut war zu vernehmen. Die Leute unterhielten sich gedämpft. Alle warteten gespannt. Sie warteten im Dämmerlicht des Juniabends, und sie warteten auch noch, als der Mond längst schien.

Die Männer in Marnys Spielsalon waren nervös. Keinen hielt es lange an seinem Platz. Sie stellten sich an die Bar, dann setzten sie sich an einen Tisch, kurz darauf würfelten sie oder spielten Roulette, um wenig später wieder ruhelos umherzuwandern. Mit der gewohnten Selbstbeherrschung entlockte Hortensia ihrem Klavier hübsche Melodien, doch selbst ihre ergebensten Zuhörer konnten heute nicht lange lauschen. Alle Welt hatte den Wunsch, sich Bewegung zu machen. Die Barkeeper schenkten unentwegt Drinks ein. Einige Leute an der Bar behaupteten, aus diesem Schlamassel könne Jenkins sich nicht mit heiler Haut retten. Andere jedoch entgegneten, die Strolche ließen es wohl auf einen Kampf ankommen, um Jenkins zu befreien. Wie die Menge im Freien sprachen die Menschen auch hier nur mit leiser Stimme. Noch nie hatte Marny eine derartige Ruhe im Calico-Palast erlebt. Endlich hörte auch sie mit dem Spiel auf und wandte sich an den Mann aus Harvard, der draußen gewesen war.

«Wie stehen die Dinge?»

«Bis jetzt ist alles friedlich verlaufen. Hin und wieder tritt ein Mann auf den Balkon und bittet um Geduld. Sonst sagt er nichts. Aber man hört Gerüchte.»

«Was für Gerüchte?» fragte sie.

Mit einer schnellen Geste ließ der Harvardmann die Hand um seinen Hals kreisen.

Marny war darüber nicht erstaunt, dennoch empfand sie ein Kältegefühl.

«Soweit mußte es ja mal kommen», meinte der junge Mann.

«Ja», erwiderte sie und ging in die Küche. Der Geruch der Steaks hätte zu jeder anderen Zeit ihren Appetit angeregt. Heute aber wünschte sie, das Essen liege schon hinter ihr. Kendra saß am Tisch und las in der *Alta*. Als Marny eintrat, stand sie auf.

«Ich habe ein bißchen Suppe gekocht.»

«Danke», versetzte Marny und nahm einen Stuhl. Dann kostete sie die Suppe. Ob sie diese Gemüsebrühe wohl würde hinunterwürgen können?

Auch Kendra hatte schon von den Gerüchten gehört.

«Werden sie diesen Mann hängen?» fragte sie kurz.

«So heißt es.»

Einige Minuten blieben sie still. Marny schlürfte immer noch an ihrer Suppe.

Plötzlich erkundigte sich Kendra:

«Marny, wenn du ein Mitglied des Komitees wärest, würdest du für die Hinrichtung stimmen?»

Marny sah auf ihren Teller. Sie sah auf die Zuckerdose. Sie sah auf einen

Papierfetzen in der Ecke. Sie sah zu Kendra auf und sagte:

«Ja.»

Kendra verknotete ihre Finger vor sich auf dem Tisch. «Ich auch.»

«Es ist schrecklich», sprach Marny weiter. «Aber wir sind mit der Zeit dahintergekommen, daß gegen diese Teufel nichts anderes hilft als Gewalt.»

«Man muß ihnen Einhalt gebieten. Hiram und ich haben genug Stürme mitgemacht. Jetzt wollen wir Frieden. Wir lieben uns. Wir wollen Kinder haben, und wir wollen ein Haus haben, in dem sie sicher aufwachsen können.»

«Ich glaube, gerade jetzt bietet euch der Sicherheitsausschuß eine Gelegenheit dazu.»

Es wurde später und immer später. Marny gab Karten aus, Hortensia spielte auf dem Klavier, die Barkeeper gossen ein Glas ums andere voll, die Roulettekugel klickte, die Farospieler saßen mit düsteren Gesichtern schweigend da. Endlich wurde die Salontür aufgerissen, und Troy flog beinahe in den Raum. Jedermann verharrte stumm und starrte ihn an. Troy schrie:

«Das Urteil ist gefällt. Jenkins wurde schuldig gesprochen. Auf der Plaza wird er gehängt.»

Getränke wurden verschüttet, Gläser zersplitterten, Stühle kippten um. Die Männer stürmten zur Tür hinaus. Marny sammelte ihre Karten ein und ging dann zur Bar hinüber. Nur Wilfred, der Gebieter über alles Trinkbare, war noch auf seinem Posten; seine Helfer waren samt den Gästen auf die Straße gerannt.

«Es sieht so aus, als könnte ich für heute Schluß machen», meinte Marny seufzend. «Gib mir was zu trinken, aber was Gutes.»

Wilfred lächelte verständnisvoll und schenkte ein. Am Klavier unterhielten sich Norman und Hortensia leise. Troy kam jetzt auch an die Bar. Ihm folgte der Mann aus Harvard. Troy sagte:

«Nur keine Hast. Sie werden ihn nicht in der nächsten Minute hängen.»

«Wenn sie es doch nur schon getan hätten», entgegnete Marny hitzig.

«Es dauert nicht mehr lange», erwiderte Troy. «Aber Mr. Brannan – er hat das Urteil verkündet – will noch einen Geistlichen kommen lassen.»

«Ist dieser Jenkins denn gar ein religiöser Mensch?» fragte Marny.

«Sie wollen ihm einen letzten Trost gönnen.»

Norman gesellte sich zu ihnen. Mit einer Uhr in der Hand sagte er zu Troy:

«Es ist gleich zwei. Wer nicht ins Haus gehört, soll jetzt verschwinden. Schließ dann ab.»

«Gut.»

«Und such deinen Bruder. Sag ihm, daß keiner mehr ins Haus darf.

Komm, Wilfred, hilf uns.»

Sie gingen hinaus. Marny nahm ihr Glas und trat zum Fenster. Sie schlug die Vorhänge auseinander und blickte auf die Menschenmassen hinab, die sich auf der Plaza drängten. Auch Hortensia kam zu ihr. Schweigend beobachteten sie, wie immer mehr Menschen aus allen Richtungen herbeieilten. Marny hörte, daß die Tür aufgemacht wurde. Sie drehte sich um. Kendra war eingetreten.

«Wollt ihr denn zusehen?» fragte sie.

«Ich weiß noch nicht.»

«Wir sehen ja schon zu», meinte Hortensia.

«Ich möchte nicht zusehen», erklärte Marny, «gleichzeitig möchte ich aber dennoch zusehen. Ich verstehe mich selber nicht mehr.»

Hortensia bemerkte das Glas in Marnys Hand. «Das ist keine schlechte Idee.» Sie ging zur Bar und holte sich auch einen Drink. Zu dritt standen sie am offenen Fenster. Ob sie es wollten oder nicht – etwas zwang sie, hier stehenzubleiben. Vor ihnen lag die Plaza, die vom Vollmond erhellt wurde, so daß sie alles deutlich zu erkennen vermochten.

Zunächst kamen die Mitglieder des Sicherheitsausschusses. An ihrer Spitze trottete Jenkins. Er war gefesselt, und die Männer, die ihn führten, hielten ihre Waffen in der Hand, für den Fall, daß seine Kumpane ihn zu befreien suchten. Hinter diesen Wachen folgten die Angehörigen des Ausschusses, jeweils zwei Mann, und auch sie trugen ihre schußbereiten Pistolen bei sich. Diese Männer waren über die Prärien, quer durch den Isthmus oder ums Kap Hoorn nach Kalifornien gekommen.

Viele unter ihnen waren, wie Mr. Chase, Familienväter; andere, wie Hiram, hofften, es bald zu werden. Diese Männer hatten ihre Stadt aufgebaut, und sie waren nicht länger gesonnen, abseits zu stehen und mit anzusehen, wie diese Stadt zu einem Dschungel wurde.

Hinter den Ausschußmitgliedern schob sich die Menge her, die so lange vor dem Sitzungsgebäude gewartet hatte. Tausend Personen oder mehr kamen zur Plaza, um der Exekution beizuwohnen. Aber immer noch waren diese Menschen, wie in den vorangegangenen Stunden, fast unheimlich ruhig.

Jenkins wurde zu dem alten Haus aus Lehmziegeln gebracht, das Morse und Vernon einst Kendra als Kaserne bezeichnet hatten. Dort hielten sie an. In tiefem Schweigen traten die neun Männer, die als Henker ausgewählt worden waren, mit einem Strick auf Jenkins zu.

Bis jetzt hatte Jenkins eine mürrische Miene zur Schau getragen. Er schien sich darauf zu verlassen, daß seine Spießgesellen eingreifen würden. Mit einemmal begriff er nun, daß seine Freunde zwar Feuer in leeren Räumen legen und in dunklen Gassen Menschen niederschlagen konnten, daß sie jedoch nicht ihr Leben aufs Spiel setzten, wenn es zu kämpfen galt. Als die Schlinge sich herabsenkte, fing er wie ein wildes Tier zu brüllen an. Trotz seiner Fesseln wehrte er sich verzweifelt. Aber die Schlinge wurde ihm um den Hals gelegt.

Marny, Kendra und Hortensia schauderte es bei dieser Szene.

Die neun Scharfrichter vollzogen ihre Aufgabe. Jenkins schrie und schlug um sich. Der Strick wurde in die Höhe gezogen, und der schwere ungeschlachte Körper des Banditen verlor den Boden unter seinen Füßen.

Marny, Kendra und Hortensia zitterten. Sie wußten, daß die Schreie dieses Menschen nicht schrecklicher waren als die jener Opfer, die bei lebendigem Leibe verbrannt waren. Seine Todesqualen konnten auch nicht größer sein als die der ruchlos Hingemordeten. Und dennoch lief den drei Frauen der kalte Schweiß über die Haut.

Nach ein paar Sekunden baumelte der Körper regungslos am Galgen. Auch jetzt, da die Stimme des Hingerichteten verstummt war, wurde auf der Plaza niemand laut. Ein eisiges Schweigen lag über den Menschen.

Der Leichnam hing stundenlang am Strick. Diese Nacht war die ruhigste seit langem . . .

Marny, Kendra und Hortensia schlossen das Fenster und zogen die Vorhänge zu. Sie fragten sich, ob sie Schlaf finden würden. Endlich beschlossen sie, es vorerst gar nicht zu versuchen. Kendra, die von Kopf bis Fuß bebte, ließ sich in einen Stuhl an Marnys Spieltisch fallen und verbarg ihr Gesicht in den Händen. Hortensia goß sich an der Bar ihr Glas noch einmal voll. Marny folgte ihr. Kendra hörte das Geklirr der Gläser, dann spürte sie eine Hand auf ihrem Arm und vernahm Marnys Stimme, die ihren Namen aussprach. Sie blickte auf. Marny stand mit einem Glas Brandy vor ihr.

«Trink das. Keine Widerrede.»

Kendra gehorchte. Der Brandy erwärmte sie augenblicklich. Marny holte für sich selbst einen Drink und kam mit Hortensia zurück.

Einige Minuten saßen sie wortlos beisammen. Dann brach Marny plötzlich in ein Lachen aus. Es war ein eigentümliches, ein finsteres Lachen, das sich wie ein Schluchzen anhörte.

«Um Himmels willen, was ist denn daran so komisch!» begehrte Kendra auf.

«Nichts», versetzte Marny. «Aber mir ist etwas Komisches eingefallen. Stellt euch doch einmal vor: In hundert Jahren werden die Leute behaupten, wir hätten in der guten alten Zeit gelebt.»

66

Als Marny am nächsten Tag in den Spielsalon kam, wurde dort ungestüm für das Hängen plädiert. Ein paar Männer schüttelten zwar den Kopf, aber es waren eben nur ein paar. Und diese Männer wohnten erst seit kurzem in San Francisco. Sie hatten die Jahre nicht miterlebt, in denen das Verbrechen ungesühnt hatte um sich greifen können. Alle übrigen plädierten nicht bloß fürs Hängen, sie fügten hinzu: «Wenn wir das schon vor einem Jahr getan hätten, wären wir jetzt alle besser dran.»

Marny war heute müde. Alle waren müde. Keiner hatte ausgeschlafen. Marny war eingeschlummert und wieder aufgewacht, abermals eingedöst und hochgefahren, und so war dies stundenlang gewesen. Als sie schließlich um die Mittagszeit aufgestanden und zum Frühstück in die Küche gegangen war, hatte ihr Lolo mitgeteilt, daß Hiram beizeiten Kendra abgeholt habe.

Kurz vor Anbruch der Nacht suchte sie wiederum die Küche auf, um ihre gewohnte Schokolade zu schlürfen. Hiram und Pocket warteten bereits auf sie.

Hiram fragte:

«Wir wollten uns erkundigen, wie Ihnen nach dieser Nacht zumute ist.»

Marny seufzte. «Es war eine bedeutungsvolle Nacht, nicht wahr?»

Sie nahmen alle am Tisch Platz. «Ehrlich gesagt, ist mir schauderhaft zumute», gestand Marny. «Es war das erste Mal, daß man sozusagen in meinem Vorgarten einen Mann gehängt hat. Ich bin jetzt noch ganz durcheinander.»

«Uns allen geht es so», erwiderte Hiram freimütig. «Wir sind an derartige Dinge nicht gewöhnt.»

«Gleichzeitig habe ich aber das Gefühl, eine schwere Last sei mir vom Rücken genommen worden», sagte Pocket. «Das hätte schon längst geschehen sollen. Wir unternehmen wenigstens etwas, anstatt nur zu behaupten, es müsse etwas unternommen werden.»

«Meinen Sie denn, dieses Ereignis bringt ihnen jetzt Manieren bei?» fragte Marny.

«Nein», antworteten Hiram und Pocket einstimmig. Hiram erklärte:

«Wir gehen zu einer neuen Konferenz. Schon wird darüber geredet, wie die Rowdies sich an uns rächen wollen. Man fürchtet neue Einbrüche, neue Brandstiftungen, neue Morde. Niemand weiß, was dieses Pack plant. Aber wir sind gewappnet.»

«Und ihr werdet wieder so handeln wie gestern?»

«Ja», sagte Hiram ohne Zögern. «Wenn ihnen ein Gehängter nicht genügt, dann werden wir sie alle aufhängen.»

«Das werden wir machen», beteuerte Pocket ruhig.

Im Leitartikel der *Alta* wurde die Hinrichtung des Jenkins gebilligt. Am Tage darauf veröffentlichte die Zeitung die Verfassung des Sicherheitsausschusses und die Namen der Mitglieder. Sie gingen grimmig und entschlossen auf dem Wege weiter, den sie eingeschlagen hatten. Bewaffnete Posten schützten die Kaianlagen, überprüften die einlaufenden Schiffe und ließen keine entwichenen Sträflinge an Land. Andere Gruppen statteten bekannten Verbrechern einen Besuch ab und empfahlen ihnen, San Francisco zu verlassen. Sie führten eine so kräftige Sprache, daß einige dieser Schurken sich in aller Eile an Bord der Flußschiffe begaben. Zum Ärger der Zurückgebliebenen brachten die den Fluß abwärts kommenden Schiffe jedoch die Nachricht, daß sich auch in Städten des Binnenlandes Sicherheitsausschüsse gebildet hatten.

Die gewählten Volksvertreter tobten. In ihrer Wut schrien sie, das Treiben der Ausschußmitglieder sei illegal.

«Natürlich ist es illegal», meinte Hiram. «Illegal sind aber auch Mord, Brandstiftung und Einbruch. Daran hätten diese Herren denken sollen.»

«Langsam bessern sich die Verhältnisse», sagte Marny. «Ihr sorgt dafür, daß man in dieser Stadt friedlich leben kann. Übrigens bringen die Flußschiffe jetzt auch wieder Eis.»

Hiram hatte eine Schachtel mit Mandelkuchen bei sich, den Kendra für sie gebacken hatte.

«Wenn Sie nachher fortgehen, Hiram, kehren Sie dann in die Bank zurück?» fragte Marny.

«Ja. Kann ich etwas für Sie erledigen?»

«Könnten Sie vielleicht ein paar Minuten opfern und mich zu der Buchhandlung begleiten? Ich möchte mit Pocket sprechen. Es dauert nicht lange, bis ich angezogen bin.»

«Würden Sie mir nicht lieber eine Nachricht für Pocket mitgeben? Dann könnten Sie sich doch den Weg hin und zurück ersparen.»

Marny schüttelte den Kopf. «Nein, das ist eine Privatangelegenheit. Ich möchte gern mit ihm in seinem Büro reden.»

«Gut. In diesem Fall wird es mich freuen, Sie zu begleiten.»

«Schön», meinte Marny. «Einer seiner Angestellten wird mich gewiß zurückbringen.»

Sie ging hinaus. Hiram las die *Alta* und kaute Mandelkuchen. Als Marny wieder eintrat, trug sie ein dunkelblaues Seidenkleid und einen dazu passenden Hut. In der Hand hielt sie eine Skizzenmappe, wie sie auch Bruno Gregg verwendete. Falls Hiram neugierig war, so sagte er doch nichts, und sie war ihm dankbar dafür.

Marny und Hiram machten sich auf den Weg zu Pocket.

Der Brand lag nun sechs Wochen zurück. Viel Trümmerschutt war beseitigt worden, aber noch nicht genug. An aufgeräumten Stellen stapelten sich Steine und Holz für die Neubauten. Die Sägen kreischten, und die Hämmer dröhnten.

Vor der Buchhandlung standen Zimmerleute auf Leitern und ersetzten einen Fenstersturz, der von Feuerfunken versengt worden war. Hiram führte Marny zu einem Seiteneingang und dann die Treppe hinauf zu Pockets Büro. Er klopfte an, und da er keine Antwort erhielt, öffnete er die Tür.

«Warten Sie hier. Ich suche ihn.»

Hiram stieg wieder die Treppe hinunter. Mit ihrer Mappe unter dem Arm trat Marny über die Schwelle. Ein wenig überrascht schaute sie sich um.

Sie wußte nicht, wie sie sich Pockets Büro vorgestellt hatte; eine so ruhige und sachliche Atmosphäre hätte sie jedoch nicht erwartet. Ohne viel darüber nachzudenken, hatte sie Pocket für flatterhaft gehalten, weil seine Taschen immerzu vollgestopft waren mit allerlei Kleinkram. Ein lieber Kerl war er natürlich, den jedermann mochte und dem jedermann vertraute, aber doch kein Mensch, der scharf zu denken verstand. Jetzt aber sagte sie sich, daß sie ihn eigentlich besser hätte kennen müssen. Die Buchhandlung war freilich kein pompöses Unternehmen – im Vergleich zum Calico-Palast handelte es sich um einen bescheidenen Laden –, doch dieser Laden wurde von den Honoratioren der Stadt regelmäßig besucht, und ohne Zweifel arbeitete er mit Gewinn.

Pockets Büro war ein Eckzimmer mit drei Fenstern. Die Einrichtung konnte sich sehen lassen. Marny erblickte einen wohlgeformten Schreibtisch mit einem Ledersessel und einer Lampe. In der Nähe stand ein Tisch mit zwei Lehnstühlen. Auf diesem Tisch lagen einige Geschäftspapiere. Der eine Stuhl war zurückgeschoben. Pocket schien diese Papiere bearbeitet zu haben, als er plötzlich gerufen worden war. Zwischen den Fenstern gab es Bücherschränke, und an den Wänden hingen eine Lithographie des Golden Gate und ein gerahmter Straßenplan von San Francisco. Der Raum war nicht übermäßig gepflegt, aber er wirkte doch sehr ordentlich. Er war das Arbeitszimmer eines Mannes, der einen klaren Kopf besaß und wußte, was er wollte.

Marny drehte sich um, als sie Schritte vernahm.

Pocket kam ihr mit ausgestreckter Hand und freundlichem Willkommenslächeln entgegen. Ein gut aussehender Mann, dachte sie. Er hat ein festes Kinn und klare Züge; er ist auch gut angezogen: dunkler Geschäftsanzug und gekräuseltes weißes Hemd . . .

«Es freut mich sehr, Sie zu sehen, Ma'am.» Er trat zum Tisch und rückte ihr einen der Lehnstühle zurecht. «Nehmen Sie doch Platz.»

Marny sprach offen. «Pocket, wenn ich Ihnen ungelegen komme, dann sagen Sie's mir nur. Ich kann warten oder ein andermal herkommen.»

«Ihr Besuch ist mir ganz und gar nicht ungelegen», versicherte Pocket. Marny deutete auf die Papiere. Sie zeigten eine Art Plan. Andere, kleinere Blätter waren mit Zahlen bedeckt. Daneben lagen viele Bleistifte. «Ich habe Sie doch nicht etwa gestört?» fragte sie nüchtern.

«Ich habe nur ein bißchen mit Mr. Fenway geschwätzt.»

«War es auch nichts Wichtiges?»

«Mr. Fenway kam, um ein Dokument abzuholen, das er mir nach dem Brand zum Aufbewahren übergeben hatte. Wir haben uns bloß unterhalten, als Hiram mir sagte, daß Sie mich zu sprechen wünschen.»

«Schön», erwiderte Marny und nahm den Stuhl, den er ihr angeboten hatte.

Pocket lächelte sie liebenswürdig an. «Hiram meint, Sie kämen in einer Privatangelegenheit. Soll ich die Tür abschließen?»

«Ja, tun Sie das, Sie netter und aufmerksamer Mann.»

Pocket schloß die Tür und kehrte an den Tisch zurück. Nachdem er die Papiere zur Seite gewischt hatte, setzte er sich ihr gegenüber hin. Marny legte die Skizzenmappe auf den Tisch. Dann zog sie ihre Handschuhe aus und kam direkt auf den Zweck ihres Besuches zu sprechen.

«Ich möchte, daß Sie mir einen Gefallen tun, Pocket. Wollen Sie einen Brief für mich schreiben?»

«Aber gewiß», antwortete er zuvorkommend. «Mit dem größten Vergnügen.»

«Es dreht sich um einen Brief, den ich geschrieben haben möchte, selber aber nicht schreiben will. Und es dreht sich um einen Brief, den ich auch nicht von einem Anwalt oder einem sonstigen fremden Menschen schreiben lassen will. Ein Freund muß das für mich besorgen.»

«Ich bin ein Freund», bemerkte Pocket.

«Ja, das sind Sie», sagte Marny entschieden. «Und was noch mehr zählt: Sie können den Mund halten.» Sie lächelte ihn an. «Ehrenwort?»

«Ehrenwort.» Er lächelte auch. In geschäftsmäßigem Ton fragte er dann: «Und an wen soll dieser Brief gerichtet werden?»

«An Dwight Carson in New York.»

Es war Pocket nicht anzumerken, ob ihn diese Eröffnung verblüffte. «Gut», erwiderte er. «Und was soll ich ihm schreiben?»

«Ich möchte, daß Sie von seinen Häusern berichten. Schreiben Sie ihm, daß alle sieben die Katastrophe überlebt haben. Schreiben Sie ihm, daß sie dem Feuer widerstanden haben, während ringsum alles in Schutt und Asche gesunken ist.»

Pocket nickte. «Das werde ich tun.»

«Wenn die *Alta* in New York eintrifft, wird er die Liste der unbeschädigten Häuser lesen. Aber ich will, daß er Einzelheiten erfährt. Seine Arbeit bedeutet ihm soviel. Ich glaube nicht, daß er außer mir einem andern Menschen in San Francisco gestanden hat, wieviel sie ihm bedeutet.» Sie schlug die Mappe auf. «Ich habe Bruno Gregg Skizzen anfertigen lassen. Jedes Bild zeigt Dwights Häuser, wie sie heil inmitten der Trümmer stehen.»

Sie reichte ihm die Skizzen. Pocket betrachtete sie. «Sehr deutlich», lobte er. «Bruno Gregg versteht sich auf seine Kunst.» Er sah auf. «Marny, diese ganze Sache da – der Brief an Dwight Carson und daß Sie die Bilder haben für ihn machen lassen –, das ist wirklich anständig von Ihnen.»

Marny lächelte. «Wenn Sie ihm schreiben, dann vergessen Sie auch nicht zu erwähnen, wie rasch der Calico-Palast wieder aufmachen konnte. Auch von Hirams Bank müssen Sie erzählen und von allem Wissenswerten. Schreiben Sie ihm alles, was er Ihrer Meinung nach gern erfahren würde.»

«Alles», wiederholte Pocket.

«Und noch etwas möchte ich Ihnen sagen», fuhr Marny fort. Sie nahm einen Bleistift und wirbelte ihn zwischen ihren Fingern. «Pocket, wenn Sie über den Calico-Palast schreiben, erwähnen Sie mich nicht besonders. Sie können schreiben: ‹Norman und Marny und Hortensia arbeiten wieder wie gewöhnlich.› Dann wird er wissen, daß ich seinetwegen nicht zum Fenster hinausgesprungen bin und mir das Genick gebrochen habe – falls er sich überhaupt noch für mich interessieren sollte. Aber vermeiden Sie jede Anspielung darauf, daß er und ich einmal etwas miteinander hatten.»

«Ich verstehe», erklärte Pocket.

Marny blitzte ihn mit ihren grünen Augen voller Hochachtung an. «Ja, ich glaube, Sie verstehen mich. Nicht jeder würde das verstehen. Sie haben das mitbekommen, was die Damen in Philadelphia ‹Taktgefühl› nennen.»

Er verzog gutgelaunt die Lippen. «Das hat mir auch noch niemand gesagt.»

«Sie besitzen Zartgefühl», beharrte Marny. «Pocket, wenn Dwight diesen Brief erhält, wird er ihn herumzeigen wollen. Falls Sie etwas Spezielles über mich schreiben, wird er das nicht so ohne weiteres tun können. Sie verstehen doch den Unterschied?»

«Gewiß, Ma'am», erwiderte Pocket gelassen, «ich verstehe durchaus den Unterschied. Und wissen Sie was, Marny? Ich glaube, Sie haben auch ziemlich viel Taktgefühl mitbekommen.»

Darauf ging Marny nicht ein.

«Und Sie lassen auch nicht durchblicken, daß ich den Brief in Auftrag gegeben habe?»

«Nein. Aber wie machen wir das am besten? Lassen Sie mich einmal nachdenken.» Nach einer Minute schon kam ihm die Idee: «Ich werde ihm schreiben, da seine Gebäude noch stehen, hätte ich keine Veranlassung, mir um meine Buchhandlung Sorgen zu machen, falls diese Strolche noch einmal Feuer legen. Er habe mir eine Last von der Seele genommen. Klingt das glaubwürdig?»

«Es klingt famos, denn Sie sagen ja die reine Wahrheit. Er hat uns tatsächlich eine Last von der Seele genommen.»

«Ja, damit haben Sie recht», betonte Pocket. «Jedesmal, wenn ich mir diese sechs andern Häuser ansehe, werde ich daran erinnert, daß sie feuersicher sind. Also ist fast mit Gewißheit zu sagen, daß auch dieses Haus hier feuersicher ist. Der Gedanke ist erfreulich. Ich hatte in jener Nacht eine schlimme Angst.»

Marny holte tief Luft. «Pocket, wenn ich an diese Nacht denke, als wir stundenlang in den Hexenkessel starrten und ich mich fragte, was aus dem Calico-Palast geworden sein mochte . . . ach, Pocket, ich kann Ihnen gar nicht sagen, welche Angst ich hatte.»

«Sie brauchen es mir nicht zu erzählen», meinte er mitfühlend. «Ich weiß, wie schwer es für Sie gewesen wäre, wenn Sie ihn verloren hätten.»

Marny schrak jetzt noch in der Erinnerung daran zusammen. Beide schwiegen eine Weile. Pocket schaute sie wie eine Kameradin an. Endlich sprach er wieder:

«Wenn Sie einen Safe voller Geld verlieren würden – Gold, das soviel wert ist wie der Calico-Palast –, das wäre ein harter Schlag. Doch bei weitem kein so schmerzlicher Verlust, wie wenn Ihr Calico-Palast zerstört würde.»

Wieder entstand eine Pause. Dann fragte Marny:

«Wieso wissen Sie das, Pocket?»

Er überlegte kurz. «Nun, Ma'am, wenn ein Mensch Geld verliert oder einen Gegenstand, den er mit Geld gekauft hat, dann kann er das Verlorengegangene meist wieder ersetzen, sofern er gesund ist.»

Sie lauschte stumm. Pocket fuhr fort:

«Wenn aber ein Mensch etwas verliert, an das er seine Gedanken verwandt, das er geschaffen hat, dann verliert er ein Stück seines Ichs. Es ist dann so, als sterbe ein Teil seines Wesens.»

Marny mußte an ihre Gefühle beim Anblick des zerfallenden Calico-Palastes in der Nacht des ersten Brandes denken. Damals hatte sie geglaubt, ein Teil ihres Wesens sterbe.

«Und der Calico-Palast», sagte Pocket, «das sind Sie. Jedes Bild, jeder Teppich, jeder Tisch, jedes Kartenspiel, jede Flasche an der Bar – das alles sind Sie. Ist es etwa nicht so?»

«Doch», erwiderte Marny aufrichtig. «Sie haben recht. Ich liebe den Calico-Palast. Ich liebe ihn mehr als alles andere, das ich jemals besessen habe. Deshalb bin ich Dwight so dankbar dafür, daß er das Haus derart massiv gebaut hat.»

Pocket lehnte sich zurück. Er blickte sie nachdenklich an. Seine braunen Augen musterten bewundernd ihre roten Locken, ihr dunkelblaues Kleid, ihre kräftigen, geschmeidigen Hände. Unter diesem prüfenden Blick mußte Marny plötzlich kurz auflachen. «Wissen Sie denn nach so langer Zeit immer noch nicht, wie ich aussehe?»

«Ich liebe Ihr Aussehen.»

«Vielen Dank. Aber jetzt wird es Zeit, daß ich Sie wieder an Ihre Arbeit gehen lasse.»

«Noch nicht.» Er berührte die Papiere auf dem Tisch. «Das hat keine Eile.»

«Ich muß aber wieder zu meinen Spielkarten zurück.»

Er schüttelte den Kopf. «Das hat auch keine Eile. Wenn Sie jetzt schon anfingen, dann müßten Sie ja zwölf Stunden arbeiten, und so sehr lieben Sie den Calico-Palast nun auch wiederum nicht. Nicht einmal dann, wenn er das einzige wäre, was Sie hätten.»

«Das habe ich nicht gesagt, Pocket.»

«Aber ich sage es. Er ist das einzige, was Sie haben. Deswegen fürchten Sie sich ja auch so sehr, ihn zu verlieren.» Pocket sah sie scharf an. «Wünschen Sie eigentlich niemals noch etwas mehr?»

Marny starrte ihm ins Gesicht. In diesem Ton hatte Pocket noch nicht mit ihr gesprochen. «Wovon reden Sie denn da?»

«Ich rede von Ihnen.»

«Das hört sich aber nicht sehr höflich an.»

«Ich bemühe mich nicht um Höflichkeit. Höflich zu sein, das fällt mir nicht schwer. Schwer fällt es dagegen, ehrlich zu sein, und in diesem Augenblick bin ich ehrlich. Sie sind eine hübsche und großartige Person, Marny, und Sie verdienen mehr, als Sie bisher gekommen haben.»

Marny hörte ihm verwundert zu. «Und was sollte ich bekommen?»

Pocket schaute sie fest an. «Marny, ist es denn sehr befriedigend, ein Gebäude aus Steinen und Eisen zu lieben? Verlangt es Sie niemals nach einem Wesen, das Ihre Liebe erwidert?»

«Was versuchen Sie mir eigentlich zu erzählen, Pocket?» fragte sie erstaunt.

«In einem fort verlieben sich Männer in Sie.»

«Das hat in San Francisco nichts zu bedeuten», erwiderte sie knapp. «Ich verschenke nicht so schnell mein Vertrauen.»

«Aber Sie sind liebenswert», entgegnete Pocket, «Sie sind sogar äußerst liebenswert.»

«Ach, verdammt noch mal!» platzte Marny heraus. Sie blickte zu Boden und stützte ihre Stirn auf die Hand. Mit leiser Stimme sagte sie dann:

«Pocket, wir waren so gute Freunde. Machen Sie unsere Freundschaft doch jetzt nicht kaputt.»

«Was mache ich denn kaputt?» fragte er überrascht.

Sie antwortete, ohne aufzusehen. «Pocket, ich habe oft darüber nachgedacht. Ich habe Sie und Hiram sehr gern. Ein Grund dafür ist der, daß ihr beide mich niemals bedrängt habt. Ihr habt mich wie eine Persönlichkeit behandelt und nicht bloß einen Frauenkörper in mir gesehen.»

Unvermittelt brach sie ab. Pocket schwieg. Marny blickte immer noch nicht auf. «In dieser Stadt wird jede Frau, die nicht absolut widerwärtig ist, bis zum Überdruß gejagt. Gewiß, es macht uns Spaß, beachtet zu werden. Daß Männer uns attraktiv finden, gefällt uns auch. Was wir aber hier erleben müssen, das ist ja direkt ekelhaft.»

«Jetzt hören Sie mir mal gut zu», begann Pocket. «Ich lebe schon länger hier als Sie. Ich weiß, was Sie meinen. Es wundert mich durchaus nicht, daß Sie von Überdruß sprechen. Aber ich rede von etwas ganz anderem.»

«Ich wünschte, Sie würden damit aufhören.»

«Ich werde nicht aufhören», versetzte Pocket entschlossen, «und Sie werden mir zuhören. Ich habe in den vergangenen Wochen häufig an Sie denken müssen. Und ich bin dahintergekommen, daß ich Sie liebe und Ihnen helfen möchte, glücklich zu sein. Es hat mich wirklich verblüfft, Marny, als ich dahintergekommen bin. Und ich glaube, wenn wir verheiratet wären . . .»

Marny warf ihren Kopf in die Höhe.

«Verheiratet?» Sie stieß ein Lachen aus. «Pocket, seien Sie doch kein Narr! Weshalb, um alles in der Welt, wollen Sie mich heiraten?»

«Weil ich Sie liebe.»

Marnys Blick kreuzte den seinen. «Nein, Sie unschuldiger Tölpel. Schlagen Sie sich diesen Gedanken aus dem Kopf. Ich bin kein Hausmütterchen.»

«Und ich bin auch kein unschuldiger Tölpel», erwiderte Pocket. «Marny, ich habe lange und intensiv über diese Angelegenheit nachgegrübelt. Ich liebe Sie wirklich.»

Marny schüttelte ungläubig den Kopf. «Pocket, seit wann haben Sie darüber nachgegrübelt? Wann haben Sie Ihren Entschluß gefaßt?»

«Nach dem Brand.»

Diese Worte verwirrten sie. Seit dem Brand hatte sie Pocket öfter gesehen, aber nicht ein einziges Mal hatte er sich etwas anmerken lassen.

«Was hat der Brand damit zu tun?»

«Ich werde Ihnen erzählen, wie es war. Sie erinnern sich an den Morgen, als wir alle beisammen waren und Hiram Ihnen gesagt hat, daß Captain Pollock tot sei? Danach haben Sie mir berichtet, wie er mit seiner schweren Pistole auf Sie losgegangen ist.»

«Ja.»

«Da hat es angefangen. Nicht im Handumdrehen. Aber damals, als wir über Pollock sprachen, dachte ich mir, was für ein Schuft und Feigling er doch gewesen ist und daß er den Tod in den Flammen verdient hat. Ich war ziemlich müde und nicht in der Verfassung, klar zu denken. Als ich mich jedoch erholt hatte und wieder arbeitete, mußte ich von neuem daran denken. Ich konnte nichts dafür: Ich mußte daran denken. Ich wurde wütend, und mit jeder Minute wurde ich wütender: Dieser Mann wollte Sie umbringen, und Sie hatten niemanden zu Ihrem Schutz außer einer Katze.»

Marny gab keine Antwort. Sie lauschte. Immer noch blickte sie in sein Gesicht.

«Und die ganze Zeit über war ich dagewesen, ich, der's im Schießen mit jedem aufnehmen kann. Aber ich war nicht zur Stelle, als Sie mich am nötigsten gebraucht hätten. Nach einiger Zeit habe ich herausgefunden, weshalb ich so wütend war. Natürlich war ich auf diesen Pollock wütend, aber am wütendsten war ich auf mich selber. Wütend, weil ich Sie allein ließ, und Sie hatten keinen Menschen, der sich ernstlich darum sorgte, was aus Ihnen wurde, und dabei hätte ich doch bei Ihnen sein können! Ich sorge mich darum, was aus Ihnen wird, Marny. Es hat mich fast wie ein Schock getroffen, als ich entdeckte, wie sehr ich mich um Sie sorge. Aber von diesem Augenblick an habe ich gewußt, daß ich Sie liebe.»

Marny saß stumm da. Sie schaute auf ihre Hände, auf diese kräftigen Hände, die geschickter mit Karten umzugehen wußten als alle anderen Hände in San Francisco. Schließlich sagte sie, ohne den Blick zu heben:

«Pocket, das ist schön. Ich bin gerührt. Ich bin wirklich gerührt. Doch ehe ich mehr sage, geben Sie mir Zeit zum Nachdenken.»

Sie stand auf und trat zum Fenster. Sie sah durch die Scheiben und nahm nichts wahr. Auch Pocket erhob sich. Pocket konnte niemals sitzen bleiben, wenn eine Frau, aus welchem Grund auch immer, aufstand. Nach einer Weile meinte sie:

«Pocket, ich weiß, daß Sie mich gern haben. Aber ich glaube nicht, daß Sie mich heiraten wollen.»

«Aber gewiß will ich das», versicherte er prompt.

«Weshalb denn?»

«Weil ich Sie liebe, Marny.»

«Ach, Pocket, wie wollen Sie denn wissen, daß Sie mich lieben?» rief sie.

«Marny, wenn Sie in einer klaren Nacht zum Himmel aufblicken, und Sie finden ihn voller Sterne – wie wollen Sie wissen, daß dieser Anblick schön ist?»

Sie lachte weich. «Sie sind viel zu romantisch, Pocket, um realistisch sein zu können. Aber Sie sind nett.»

Er sann eine Weile nach. «Vielleicht wundern Sie sich darüber, daß ich so lange gebraucht habe, um meine Liebe zu Ihnen zu erkennen, da wir doch schon eine ganze Zeit miteinander vertraut sind. Ich will Ihnen auch das erklären: Daheim in Kentucky hatte ich Ärger wegen eines Mädchens. Ich habe einmal mit Kendra von der Geschichte gesprochen. Hat sie es Ihnen gesagt?»

Marny schüttelte den Kopf. «Wenn Sie Kendra etwas im Vertrauen erzählt haben, wird sie das nicht andern Leuten weitersagen.»

«Es war ein schlimmes Erlebnis. Ich habe Kendra gesagt, ich hätte es überwunden. Nun, ich habe es tatsächlich überwunden. Aber ich glaube, dieses Mädchen hat mich ... sagen wir: empfindungslos werden lassen. Das Erlebnis schmerzte mich nicht mehr, aber ich brachte auch keine tiefen Gefühle mehr auf. Mittlerweile hatte ich viel mit Frauen zu tun. Ich habe Frauen gern. Aber so etwas wie Liebe konnte ich nie wieder empfinden. Mein Herz war sozusagen ausgeschaltet, und es brauchte seine Zeit, ehe es wieder zum Leben erwachte.»

Marny sagte nichts. Mit einem Finger strich sie auf dem Fensterbrett hin und her.

Pocket stand noch am Tisch.

«Aber jetzt ist mein Herz nicht mehr ausgeschaltet. Ich liebe Sie, Marny.»

Wieder wurde es still. Marny hatte ihr Gesicht abgewandt. Sie war bestürzt. Pocket gestand ihr seine Liebe, und Pocket zählte zu den aufrichtigsten Menschen, die ihr jemals begegnet waren. Norman hatte Hortensia erzählt, wie leicht die Frauen in Kalifornien ihre ungeliebten Männer loswurden. Marny wußte, daß sie selbst nicht so würde handeln können. Sie hatte einen unabhängigen Charakter, aber sie besaß nicht die Gefühllosigkeit, einen Mann wie Pocket eines Tages von sich zu stoßen, als wäre er ein zerbrochener Stuhl. Seine Worte hatten sie im Innern aufgewühlt, und es war ihr gar nicht recht, daß es in ihrem Innern etwas aufzuwühlen gab.

Endlich drehte sie sich um.

«Haben Sie auch nicht vergessen, daß ich mich ziemlich viel herumgetrieben habe?»

«Das weiß ich», antwortete er gelassen.

«Und das war nicht immer reine Liebe.»

«Ich verstehe.»

«Wirklich?»

«Schon gut, schon gut», sagte Pocket. «Sie hatten Affären mit der Hälfte der Bevölkerung. Und ich hatte Affären mit der andern Hälfte der Bevölkerung. Und natürlich wissen Sie auch, daß wir beide lügen.»

«Warum sagen Sie das?»

Pocket lächelte weise. «Weil Sie viel zu anspruchsvoll sind, mein liebes Mädchen. Und was mich angeht, so bin ich in dieser Hinsicht ganz brauchbar, aber so übermäßig brauchbar bin ich schließlich auch nicht.»

Marny lachte. «Pocket, ich habe Sie gern.» Sie wurde wieder ernst. «Gut, lassen wir's damit sein Bewenden haben. Ich hatte einige Liebhaber. Fürchten Sie denn nicht, ich könnte eines Tages eine Abwechslung wünschen?»

«Möglich. Aber in diesem Fall würden Sie es mir sagen, bevor Sie gingen. Sie würden mich nicht betrügen.»

«Woher wollen Sie das wissen?»

«Weil ich Sie kenne», erwiderte Pocket. «Ich habe eine Menge gelernt, seit mir dieses Mädchen das Herz betäubt hat. Sie sind ehrlich. Sie betrügen sich selber nicht, wenn Sie Patiencen legen. Sie betrügen auch die Spieler nicht. Ein Mensch, der ehrlich gegen sich selbst ist, der ist auch ehrlich zu andern.»

Nachdenklich zog Marny an einer ihrer roten Locken, die auf ihre Wange geglitten war. «Ja, ich entsinne mich, daß Shakespeare etwas über dieses Thema geschrieben hat. Sie haben recht. Wenn wir verheiratet wären, würde ich keine Seitensprünge machen. Das bringt zu viele Scherereien mit sich.»

«Nein, Frauen nehmen solche Scherereien gern auf sich. Aber Sie wünschen ein einfaches und geordnetes Leben. Wollen Sie mich also heiraten?»

Marny sah zum Fenster hin. Dann sah sie ihn an. «Ich kann nicht kochen», gab sie zu bedenken.

«Dann ziehen wir eben in ein Hotel.»

«Ach, Pocket, hören wir doch mit diesem Unsinn auf! Wir können nirgendwo hinziehen. Wir können nicht heiraten. Wir sind zu verschieden. Wir finden nicht an den gleichen Dingen Gefallen.»

«Würde das denn eine Rolle spielen, solange wir an uns selber Gefallen finden?»

Wieder betrachtete Marny ihre Hände. Sie spreizte die Finger, als sei sie stolz auf sie. «Es würde eine Rolle spielen!» protestierte sie. «Sie trinken nicht, Sie spielen nicht ...» Plötzlich blickte sie auf. Ihre grünen Augen funkelten neugierig. «Pocket, warum tun Sie das eigentlich nicht?»

«Warum tue ich was nicht?»

«Warum trinken Sie nie einen Tropfen Schnaps?»

Pocket fing zu lachen an. Sein Lachen wurde fast zu einem Kichern, wie es kleine Buben von sich geben, wenn man sie bei einem harmlosen Streich erwischt hat. «Wenn ich's Ihnen erzähle, werden Sie mein Geheimnis dann auch nicht verraten?»

«Natürlich nicht. Aber was ist daran so geheimnisvoll?»

«Es ist geradezu peinlich. Tatsache ist, Marny, ich trinke nicht, weil ich nicht trinken kann.»

«Sie wollen mir doch nicht etwa sagen, daß Sie zu jenen Leuten gehören, die nach einer Kostprobe so lange weitersaufen müssen, bis sie restlos erledigt sind? Das kann ich nicht glauben.»

«Ich war noch nie in meinem Leben betrunken», beteuerte Pocket. «Ich werde überhaupt nicht betrunken. Der Schnaps macht mich nicht besoffen. Er versetzt mich in tiefen Schlaf. Ein Gläschen genügt, und schon muß ich gähnen. Zwei Gläschen, und mein Kopf rutscht auf den Tisch, und ich schlafe. Ich kann nichts dafür. Ich bin nun mal so beschaffen. Wie oft habe ich Männer an den Bartheken beobachtet, die ihre Gläser heben und ihren Spaß daran finden. Ich wundere mich dann immer, wie ihnen wohl zumute sein mag. Ich möchte das endlich einmal selber erleben, aber ich bleibe nie so lange wach.» Seine Lippen zuckten amüsiert. «Und was wollten Sie sonst noch wissen?»

«Warum spielen Sie nicht?» erkundigte sich Marny.

«Aus demselben Grund. Ich schlafe dabei ein.»

Das überstieg ihr Begriffsvermögen. Er mußte es ihr erklären:

«Ich will damit sagen, daß es mich langweilt. Ich kann mich nicht dafür interessieren.»

Marny griff in die Tasche ihres Kleides und holte ihr allgegenwärtiges Kartenspiel heraus. «Ich liebe das Spielen», erinnerte sie ihn. «Und ich werde Ihnen zuliebe damit nicht aufhören. Niemandem zuliebe werde ich damit aufhören.»

«Darum habe ich Sie ja auch gar nicht gebeten.»

Marny überlegte.

Dann sagte sie ernst:

«Pocket, ich habe Sie gern. Ich glaube, ich habe niemanden so gern wie Sie. Aber heiraten? Nein. Ich bin nicht die Sorte, die ein Mann heiraten kann.»

«Sie sind die Sorte, die ich mir wünsche», versicherte er.

«Nein», entgegnete Marny. «Ich habe sehr viel Achtung vor Ihnen, Pocket, und es macht mich stolz, daß Sie mich begehren. Aber das würde nicht gutgehen.» Sie trat wieder an den Tisch und griff nach ihren Handschuhen. «Und jetzt mache ich mich wieder an meine Arbeit, und Sie machen sich an die Ihre.»

Er schüttelte seinen Kopf. Sie berührte die Papiere auf dem Tisch.

«Sie haben heute vormittag daran gearbeitet. Arbeiten Sie jetzt weiter.»

«Ich würde mich lieber mit Ihnen unterhalten», erwiderte Pocket. Er sprach in zuversichtlichem Ton. Marny wollte jedoch keine weiteren Diskussionen. Deshalb wies sie auf die beiden großen Blätter und fragte:

«Was ist denn das? Es sieht wie ein Stadtplan aus.»

«Ja, es ist eine Kopie des Plans dort drüben an der Wand.»

Marny nahm das Blatt in die Hand. Der Plan war klar und zeigte alle Einzelheiten. «Was tun Sie? Oder wollen Sie's mir nicht sagen?»

«Warum nicht? Das kann ich Ihnen ruhig sagen. Ich besitze einige Liegenschaften in der Stadt. Die meisten Häuser wurden leider nicht von Dwight Carson gebaut», fügte er mit einem wehmütigen Lächeln hinzu. «Sie sind beim Brand zerstört worden. Ich muß demnach alles wiederaufbauen lassen. Die Kosten rechne ich gerade aus.»

Während er sprach, hatte sich Marny den Stadtplan näher angesehen. «Diese eingerahmten Kreuze hier sind aber nicht auf dem Plan an der Wand zu sehen», fragte sie forschend. «Was haben sie für eine Bedeutung?»

«Sie kennzeichnen meine Grundstücke», erwiderte Pocket.

«Oh, ich verstehe. Dann gehören Ihnen ja . . . Pocket!»

«Bitte?»

Marny ließ den Plan sinken. Ihre grünen Augen weiteten sich vor Verblüffung. «Pocket, gehören alle diese Grundstücke Ihnen?»

«Ja», antwortete er schlicht.

Wie vom Schlag getroffen keuchte Marny:

«Pocket, dann ist ja die halbe Montgomery Street Ihr Eigentum!»

«Nein, nein», wehrte er bescheiden ab. «Soviel habe ich nicht.»

Marnys Blick irrte über den Stadtplan. «Und das Grundstück, auf dem der Calico-Palast steht, gehört Ihnen?»

«Ganz recht», erwiderte Pocket.

«Und auch diese Grundstücke in der Kearny Street?»

«Ja.»

«Dann sind Sie also der Grundbesitzer, der uns diese wahnsinnige Pacht abknöpft?»

«Kein Mensch würde weniger von Ihnen verlangen. Wenn Sie ein Haus an der Plaza haben wollen, müssen Sie auch angemessen dafür zahlen.»

«Und Sie sind der Blutsauger, der die Pacht- und Mietgelder durch diesen Norrington einziehen läßt?»

«Norrington zieht auch im Auftrag anderer Grundbesitzer die Gelder ein.»

«Und Sie sind der Mann, dem das Haus gehört, in dem Loren und Kendra gewohnt haben», fuhr Marny scharf fort und studierte den Plan. «Sie sind jener unbekannte Kavalier, der Kendra nach Lorens Tod das Angebot gemacht hat, dort ohne Miete auch weiterhin zu bleiben. Ja, sie hat mir davon erzählt. Ach, Pocket», rief Marny vorwurfsvoll, «Sie sind ein Schürzenjäger, aber Sie sind doch kein Dummkopf! Haben Sie denn nicht gewußt, daß Kendra einen derartigen Vorschlag nicht annehmen würde?»

«Ich habe nicht gewußt, daß Norrington sie wegen der Miete gemahnt hatte», erklärte er entschieden. «Ich wußte, was Kendra mitgemacht hatte. Ich war bei ihr, so wie Sie bei ihr waren. Ich habe Norrington angewiesen, niemals einen meiner Mieter zu mahnen, sofern er mich nicht um meine Zustimmung gebeten hat. Ich habe ihm erklärt, er möge Kendra so lange in dem Haus wohnen lassen, wie sie will. Es ist mir gar nicht in den Sinn gekommen, daß sie meinen Vorschlag in der Weise auslegen könnte, wie sie's getan hat. Ich habe mir das einfach nicht vorstellen können. Das ist alles.»

Marny sah ihn mit einem schwachen Lächeln an, als müsse sie einen garstigen Buben schelten. «Sie sind manchmal aber wirklich naiv.»

«Ich fürchte, das stimmt», meinte er lammfromm. «Gleichviel, so hat sich die Sache verhalten. Aber als ich dann hörte, sie wolle wieder in den Calico-Palast gehen, habe ich mir gesagt, vielleicht tue ich ihr einen Gefallen, wenn ich sie hingehen lasse. Es war besser für sie, sich zu beschäftigen, als den ganzen Tag daheim herumzusitzen und über ihren Kummer zu brüten. Meinen Sie das denn nicht auch?»

«Doch, der Meinung bin ich allerdings auch. Sie sind ein netter Kerl, Pocket, obwohl Sie gelegentlich geistlose Minuten haben.» Marny hatte den Plan wieder auf den Tisch gelegt. «Pocket», fragte sie versonnen, «seit wann kaufen Sie eigentlich diese Grundstücke?»

«Seit ich in Kalifornien bin.. Als ich hier ankam, ahnte kein Mensch etwas von dem Gold. Aber es war vorauszusehen, daß San Francisco mit diesem Hafen und dem guten Ackerboden in der Umgebung bald eine große Stadt sein würde. Einige Parzellen habe ich aufgekauft, als ich noch Angestellter in Sutters Fort war. Das liegt nun vier Jahre zurück. Damals, 1847, waren Sie noch gar nicht im Lande.»

«Es würde mich interessieren, was Sie anfangs dafür bezahlt haben. Oder wollen Sie das lieber für sich behalten?»

«Weshalb denn? Damals konnte man ein Grundstück in der Nähe des Meeres für fünfzig oder für hundert Dollar bekommen.»

«In der Montgomery Street?»

«Ja, freilich. Parzellen, die ein Stück landeinwärts gelegen waren, kosteten zwölf Dollar. Um das Eigentumsrecht eintragen zu lassen, mußte man drei Dollar und zweiundsechzig Cent zahlen.»

Marny dachte an das Vermögen, das man heute für diese Grundstücke zahlen müßte. Sie seufzte tief und respektvoll auf. «Und seit dieser Zeit haben Sie unentwegt Land gekauft?»

«Ja.»

Von neuem blickte Marny auf den Plan. Pocket wartete höflich. Sie fragte sich, ob er wohl jemals laut, ungeduldig oder grob gewesen sein mochte. Unwillkürlich sagte sie:

«Pocket, ich habe Sie gefragt, weshalb Sie nicht trinken und spielen. Sie haben mir darauf geantwortet. Jetzt möchte ich Ihnen noch eine Frage stellen.»

«Sie können nach allem fragen.»

Was für schöne Augen er hat, dachte sie, haselnußbraun mit dunklen Wimpern und Brauen. «Pocket, warum machen Sie aus Ihrem Reichtum ein Geheimnis?»

«Man kann nicht sagen, daß es ein Geheimnis wäre. Hiram und Mr. Eustis kennen meinen Besitz, weil ich meine Geschäfte durch ihre Bank machen lasse, und auch Norrington weiß Bescheid.»

«Aber Sie leben doch so bescheiden! Warum hausen Sie in diesem kleinem Zimmer, wenn Sie eine ganze Suite in einem guten Hotel bewohnen könnten?»

«Ich fühle mich in meinem kleinen Zimmer sehr wohl. Ich brauche nicht bei Wind und Wetter in ein Büro zu gehen, und im übrigen bin ich kein Protz.»

«Um Himmels willen! Hiram war doch auch kein Protz, als er im Union Hotel gewohnt hat. Warum sollte ein Mann, der sich's leisten kann, nicht in einer komfortablen Umgebung leben?»

«Hiram ist ein Bankier», wandte Pocket ein, als sei ihre Frage dadurch beantwortet. «Die Leute erwarten von einem Bankier, daß er hartherzig ist.»

Verdutzt fragte Marny:

«Was hat denn das damit zu tun?»

«Sehr viel», erwiderte Pocket vergnügt. «Marny, reiche Leute werden arg belästigt. Ich bin kein Knauserer. Es macht mir Freude, jemandem zu helfen. Aber ich möchte nicht von allen jammernden Faulenzern dieser Stadt angebettelt werden.»

Marny lächelte zustimmend. Dann blickte sie wieder auf die Karte. «Pocket, warum haben Sie mir nie etwas davon erzählt?»

«Weshalb hätte ich's tun sollen?»

«Sie sind ein sehr reicher Mann.»

«Na und?» entgegnete er.

«Wer genug Verstand hat, um so viele Grundstücke an den günstigsten Stellen zu kaufen, der hat auch genug Verstand, um ihren Wert zu kennen. Jetzt sagen Sie mir eines: Als Sie mich gebeten haben, Sie zu heiraten, weshalb verschwiegen Sie da Ihren Reichtum?»

«Aber Marny, daran habe ich gar nicht gedacht. Weshalb hätte ich denn auch vom Geld reden sollen?»

«Ja, das ist die Frage.»

«Ach, das hätte so nach . . . nach Gewinnsucht geklungen. Ich wollte nicht, daß es so aussieht, als wären Sie hinter meinem Geld her.»

Beide verstummten. Marny sah ihm direkt in die Augen. Dann sagte sie klar und deutlich:

«Pocket, habe ich jemals ein Wort gesagt, aus dem Sie hätten entnehmen können, ich sei hinter dem Geld her?»

Pocket schnaufte plötzlich. Seine Augen wurden groß. «Aber Marny!» keuchte er. «Wenn Sie gewußt hätten, daß ich reich bin – hätten Sie dann ja gesagt?»

Sie lachte kurz auf. «Jetzt ist es zu spät. Ich kann genausogut die Wahrheit sagen. Selbstverständlich hätte ich ja gesagt.»

«Wirklich?»

Marny hob die Schultern. «Ich hätte ja gesagt. Aber ich konnte doch nicht ahnen, daß Sie eine Goldmine sind.»

Pocket brach in das fröhlichste Gelächter aus, das sie seit langem von einem Mann gehört hatte. Dann erklärte er:

«Sehr schön. Aber jetzt wissen Sie es ja. Also: Wollen Sie mich heiraten?»

68

Marny fuhr sich mit der Hand an die Kehle, als müsse sie etwas verschlukken. Sie starrte ihn immer noch an. Mit Mühe fand sie einige Worte.

«Möge der Herrgott sich Ihrer erbarmen. Sie wissen nicht genug, um auf sich selbst achtgeben zu können.»

«Das ist keine Antwort.»

«Ich bin beim Antworten», sagte Marny. «Ich muß Ihnen sagen, daß ich in meinem ganzen Leben noch keinen so dummen Menschen wie Sie getroffen habe.»

«Ist es denn dumm, wenn ein Mann genau weiß, was er will?»

«Es ist idiotisch», betonte Marny. «Es ist idiotisch, wenn ein Mann eine Frau heiraten will, die ihn bloß seines Geldes wegen nimmt.»

Pocket schüttelte verzweifelt den Kopf. Er glich einem Lehrer, der sich abplagt, einem Schüler etwas beizubringen, was der gar nicht beigebracht haben möchte. «Marny, ich sage Ihnen noch einmal, daß ich Sie liebe. Und wenn ich dies sage, dann meine ich damit, daß ich Ihnen das geben will, was Sie gern haben möchten.»

«Glauben Sie denn, ich müßte soviel Geld haben?»

«Wie soll ich wissen, was Sie haben müßten?» rief er aus. «Ich weiß ja nicht einmal, was ich haben müßte. Aber ich weiß, was ich will, und ich will Sie. Werden Sie jetzt endlich ja sagen?»

«Nein!» sagte Marny. Sie knallte ihm das Wort wie eine Pistolenkugel entgegen.

«Aber weshalb denn nicht?» fragte er drängend. Jetzt wurde er allmählich energisch. «Sagen Sie es mir doch, Marny.»

Sie gab keine Antwort.

«Sagen Sie es mir doch!» forderte er abermals.

Marny holte ihre Karten wieder aus der Tasche. Sie betrachtete und streichelte sie. «Es wäre nicht anständig von mir, wenn ich keine Antwort gäbe. Pocket, Sie meinen, Sie lieben mich, und das glaube ich Ihnen. Es würde mir auch nicht schwerfallen, Sie meinerseits zu lieben. Aber heiraten? Nein. Ich werde Sie nicht heiraten und auch keinen andern.»

«Und warum denn nicht, Marny?»

Marny strich über ihre Spielkarten. «Sie denken wohl, ich würde mich nach der Heirat ändern. Sie glauben, ich würde dann so wie Rosabel. Eine glückliche Hausfrau, die am Kamin den Tee eingießt und die auf den Markt geht, um Karotten für das Mittagessen einzukaufen. Eine brave Hausmutter, die es mit Wonne sieht, daß sie nun von den Ehefrauen der Herren Eustis und Chase anerkannt wird ...»

Sie hielt inne, denn Pocket wurde von einem neuen Heiterkeitsausbruch überwältigt. Als er sich wieder einigermaßen beruhigt hatte, meinte er:

«Marny, ich bin nicht so gebildet wie Sie, aber ein Dummkopf bin ich deswegen noch lange nicht. Ich denke keineswegs, daß Sie sich so wie Rosabel mausern werden. Ich möchte gar nicht, daß Sie so wären wie Rosabel. Ich liebe Sie so, wie Sie sind. Etwas anderes will ich nicht.»

Verdattert fragte Marny:

«Was wollen Sie dann?»

«Ich will Sie heiraten.»

«Nein. Sie wollen, daß ich den Calico-Palast aufgebe ...»

«Das will ich eben nicht!» Pocket bohrte seine Hände in die unordentlich ausgebeulten Taschen seines Anzugs. «Warum bilden Sie sich denn in einem fort ein, Sie wüßten, was in meinem Kopf vor sich geht, und Sie könnten meine Wünsche erraten? Ich weiß, was ich mir wünsche.»

Marny schaute wieder auf ihre Karten, als suche sie bei diesen ihren besten Freunden Unterstützung. «Da ich schon einmal dabei bin, die Wahrheit zu sagen, ist es besser, wenn ich Ihnen die ganze Wahrheit sage, Pocket. Ich will nicht heiraten – weil ich Angst davor habe.»

Jetzt war Pocket erstaunt. «Angst haben!» rief er. «Haben Sie etwa Angst vor mir?»

«Nein, nicht vor Ihnen. Ich habe Angst davor, mich zu eng an einen Menschen zu binden.» Sie blickte auf und erklärte beinahe wütend:

«Ich wünsche keine gutgemeinten Zudringlichkeiten. Ich will keine Übergriffe auf . . . na, auf mich.»

Sie schwieg, als sei sie über ihre eigene Offenheit bestürzt. Pocket begriff, daß sie ihm noch nicht alles gesagt hatte. Er wartete ab.

Nach einer Pause sprach sie weiter:

«Vielleicht können Sie das nicht verstehen. Aber ich habe so lange und so schwer um meine Freiheit kämpfen müssen. Jetzt bin ich frei, und die Freiheit ist mein kostbarster Besitz. Ich kann alles andere aufs Spiel setzen, nur sie nicht. Noch vor ein paar Minuten habe ich geglaubt, Ihr Geld lohne das Risiko. Aber in dem Moment, als Sie es mir angeboten haben, wußte ich auch schon, daß es nicht geht. Nie wieder lasse ich mich in eine Form pressen. Ich habe meine eigene Form. So, jetzt wissen Sie es.»

Pocket erwiderte zunächst nichts. Er betrachtete sie nun mit einer Zärtlichkeit, die anders war als jene, die er bislang gezeigt hatte.

Liebevoll sagte er zu ihr:

«Marny, ich habe etwas an mir, das Ihnen einfach nicht in den Kopf hineinwill. Legen Sie doch mal die Karten fort, und lassen Sie es mich erklären.»

Verdutzt legte Marny tatsächlich die Karten fort. Pocket nahm sie bei der Hand und führte sie zu ihrem Stuhl zurück. Sie gab nach, zögernd zwar, aber sie gab nach und setzte sich. Pocket ging um den Tisch und setzte sich ebenfalls. Dann sprach er in ernstem Ton:

«Marny, ich habe schon viele Menschen über die Liebe reden hören. Sie scheinen jedoch unter Liebe etwas anderes zu verstehen als ich. Sie sagen: ‹Ich liebe dich, also mußt du tun, was ich von dir verlange.› Das verstehe ich unter Liebe nun ganz und gar nicht. Ich meine dies: Weil ich Sie liebe, möchte ich, daß Sie das tun, was Sie tun möchten.»

Wieder wurde es für eine Weile still zwischen ihnen. Marny nahm ihr Kinn in die Hand und sah ihm ins Gesicht. «Ich glaube Ihnen nicht.»

«Und weshalb nicht?»

«Weil es auf der Erde keinen Menschen gibt, der so handeln könnte.»

«Doch, es gibt einen», erwiderte Pocket. «Nämlich mich.»

Sie schüttelte den Kopf.

«Ich sage es noch einmal: Ich möchte, daß Sie das tun, was Sie tun wollen. Ich will Sie nicht ändern. Ich möchte nicht, daß Sie so werden wie ich. Ich wünsche, daß Sie bleiben, wie Sie sind. Das ist ein gewaltiger Unterschied.»

Marny reckte sich hoch und schlug auf den Tisch. «Und was für ein Unterschied!»

Dann zog sie die Schultern in die Höhe und ließ sie wieder sinken, als sei ihr nun eine Bürde abgenommen worden. Schließlich sagte sie langsam und offenherzig:

«Pocket, schon viele Menschen haben mir gesagt, sie liebten mich. Meine Verwandten, meine Lehrerinnen, all diese feinen Leute in Philadelphia. Sie behaupteten, sie liebten mich. Und dann haben sie mir den Beweis dadurch geliefert, daß sie mich fast in den Wahnsinn getrieben hätten. Vom Morgen bis in die Nacht hinein wollten sie mich ummodeln. Sie begriffen nicht, daß ich anders war als sie und ihnen gar nicht ähnlich sein konnte. Ich konnte meine Natur ebensowenig ändern wie die Farbe meiner Augen. Ich habe versucht, sie zu besänftigen.»

Pocket hörte ihr aufmerksam zu. Er unterbrach sie nicht. Er verstand, daß sie von Dingen sprach, die sie seit langer Zeit innerlich quälten, und daß es für sie eine Erleichterung war, endlich einmal darüber zu sprechen.

«Ich habe versucht, sie zu besänftigen», wiederholte Marny. «Alles, was ich angepackt habe, war falsch. Heute lache ich darüber, aber es war eine schmerzliche Kindheit und Jugend. Ich konnte mir noch so große Mühe geben, es war alles verkehrt. Immer war ich im Unrecht. Schließlich habe ich aufgegeben.»

«Und gerade noch zur richtigen Zeit», meinte Pocket verständnisvoll. Sie lächelte ihm dankbar zu. Pocket lächelte auch. «Aber ich sage Ihnen doch ein ums andere Mal, daß ich nicht an Ihnen herummodeln will. Ich liebe Sie doch. Wenn Sie sich ändern würden, wären Sie ja ein anderer Mensch, den ich nicht lieben könnte. Verstehen Sie denn jetzt?»

Marny fragte verwundert:

«Soll ich mich denn überhaupt nicht ändern?»

«Nein», entgegnete Pocket.

«Wo würden wir denn wohnen?»

«Einer meiner Mieter plant einen Hotelneubau. Das Haus soll noch luxuriöser werden, als das Union Hotel je gewesen ist. Er könnte eine Suite für uns einrichten. Sie müßten sich allerdings um das Mobiliar kümmern, denn davon verstehe ich nichts. Um ehrlich zu sein: Ich habe noch nie in einer luxuriösen Wohnung gelebt. Aber ich würde das ganz gern einmal ausprobieren. Sie und ich, wir beide haben viel mehr Gemeinsamkeiten, als Sie glauben. Es könnte also durchaus klappen mit uns, Marny.»

Marny blickte unter sich und dachte lange nach. «Ich weiß noch nicht. Warten wir. Lassen Sie mich . . .»

Und wieder holte sie ihre Karten hervor.

Pocket stieß seinen Stuhl zurück und stellte sich neben sie. «Ich verstehe. Sie wollen Ihre Freunde befragen.»

Marny glaubte sich verteidigen zu müssen. «Sie haben doch nichts dagegen?»

«Eines Tages», antwortete Pocket ungeduldig, «wird es doch in Ihrem Dickkopf dämmern, und dann werden Sie endlich begreifen, daß ich gegen nichts etwas einzuwenden habe, was Sie machen wollen. Ich weiß doch längst schon, daß Sie die Karten über Ihre Zukunft befragen. Warum sollten Sie's auch nicht tun?»

Beruhigt legte Marny ihre Karten aus. Pocket sah ihr zu. Plötzlich hielt sie eine Karte unsicher eine Zeitlang in der Luft. «Pocket!»

«Ja?»

«Mir fällt gerade etwas ein», sagte Marny und legte die Karte noch immer nicht auf den Tisch. «In dieser Angelegenheit brauche ich die Karten doch nicht zu befragen. Ich habe das vor Jahren schon einmal getan.»

Pocket lächelte belustigt, als sie zu ihm aufschaute.

«Ja», erwiderte er, «ich kann mich entsinnen.»

«Wirklich?»

«Ja, wirklich. Es war damals in Sutters Fort, als Sie erfahren haben, daß dieser Delbert mit Ihrem Goldstaub durchgegangen war.»

Marny blinzelte schelmisch und nickte. Pocket kramte in seinem Gedächtnis.

«Sie haben gesagt: ‹Irgendwo in der Welt gibt es einen Halunken, der mir dafür zahlen wird.›»

Beide lachten.

«Ganz recht», pflichtete ihm Marny bei. «Und ich habe noch etwas gesagt, nämlich: ‹Verlassen Sie sich darauf, Pocket: Ich werde ihn finden.›» Sie strich ihm mit der Spielkarte über die Wange. «Pocket», rief sie immer noch lachend und zugleich verwundert, «Pocket, ich glaube, daß ich diesen Halunken jetzt erwischt habe.»

«Es sieht ganz danach aus.»

Aber dann fuhr Marny auf. «Pocket, nein, das stimmt nicht! Ich habe dich nicht gefunden. Du bist ja derjenige, der mich gefunden hat!» Und kurzerhand warf sie alle Karten auf der Tischplatte durcheinander, sprang auf und umfaßte seine Hände. «Pocket, werden diese Strolche noch einmal die Stadt anzünden?»

Er wurde ernst.

«Man hört davon reden. Ich fürchte, sie werden es wirklich versuchen.»

Sie preßte seine Hände fester. «Und dieser Mann – dieser Mieter, von dem du mir vorhin erzählt hast –, wird er das Luxushotel trotzdem bauen?»

«Aber ja, sicher», antwortete Pocket lächelnd. Doch gleich darauf wurde seine Miene wieder nüchtern. «Immer noch leben wir im Krieg. Die anständigen Leute wollen aufbauen, die Rowdies wollen vernichten. Dieser Krieg wird wohl bis ans Ende aller Zeiten währen. Wir wissen jedoch, auf welcher Seite wir stehen, nicht wahr?»

Marny gab seine Hände frei. «Wir», wiederholte sie mit Nachdruck. «Wir beide, Pocket. Du und ich.»

«Ja, meine Liebe», erwiderte er sanft.

«Stell dir einmal vor», murmelte Marny: «Jetzt brauche ich ja auch gar nicht mehr so zu tun, als wollte ich niemanden haben, der sich um mich sorgt . . .»

Pocket nahm sie in die Arme, und Marny drückte ihr Gesicht an seine Schulter.

«Du Halunke», flüsterte sie. «Ach, ich bin ja so froh, daß du mich gefunden hast.»